LE POÈTE

Né en 1956, Michael Connelly débute sa carrière comme journaliste en Floride, ses articles sur les survivants d'un crash d'avion en 1986 lui valant d'être sélectionné pour le prix Pulitzer. Il travaille au *Los Angeles Times* quand il décide de se lancer dans l'écriture avec *Les Égouts de Los Angeles*, pour lequel il reçoit l'Edgar du premier roman. Il y campe le célèbre personnage du policier Harry Bosch, que l'on retrouvera notamment dans *Volteface* et *Ceux qui tombent*. Auteur du *Poète*, il est considéré comme l'un des maîtres du roman policier américain. Deux de ses livres ont déjà été adaptés au cinéma, et l'ensemble de son œuvre constitue le cœur de la série télévisée *Bosch*.

Paru au Livre de Poche :

MICHAEL CONNELLY

Le Poète

ROMAN TRADUIT DE L'ANGLAIS PAR JEAN ESCH

CALMANN-LÉYY

Titre original :

THE POET

Publié avec l'accord de Little, Brown and Company, Inc., New York.
© Hieronymus, Inc., 1996.
© Calmann-Lévy, 2015, pour la traduction française.
La première édition en langue française a paru en mai 1997.
ISBN : 978-2-253-08586-7 – 1re publication LGF

Préface

C'est avec *Le Poète* que je mis fin à ma première carrière. À dix-neuf ans, j'avais choisi de devenir écrivain. Et pas n'importe quel écrivain : je voulais être auteur de romans policiers. La question pour le jeune homme que j'étais alors fut donc de savoir comment j'allais m'y prendre pour y arriver.

Avec l'aide de mes parents, je décidai de devenir journaliste et, plus précisément, journaliste spécialisé dans les affaires criminelles. Cela me donnerait accès aux commissariats de police et aux tribunaux, et me permettrait d'être juste devant le ruban jaune qui entoure les scènes de crime. Seuls les vrais inspecteurs seraient plus près de tout que moi.

C'est donc ainsi que tout commença. Je fus douze ans reporter détaché aux affaires criminelles avant que mon premier livre soit publié. Il n'aurait jamais vu le jour si je n'avais pas passé toutes ces années à faire la tournée des crimes.

Un an plus tard, un deuxième roman paraissait puis, l'année suivante, un troisième. Ils parlaient d'un inspecteur qui ressemblait beaucoup à ceux que

7

je croisais dans mon travail. Le deuxième se vendit mieux que le premier, et le troisième, mieux encore que le deuxième. Lorsque j'arrivai à mon quatrième sur cet inspecteur, je me retrouvai devant une décision à prendre. Mon travail d'enquête sur les affaires criminelles donnait à mes romans toute l'authenticité et la noblesse secrète du métier d'inspecteur, mais, depuis l'âge de dix-neuf ans, mon but avait toujours été de devenir romancier. Partager mon temps entre rédiger des articles de journaux et écrire des romans me laissait l'impression de ne pouvoir donner ni aux uns ni aux autres le meilleur de moi-même. Je savais qu'il fallait y aller. L'heure était venue de rendre ma carte de presse et de devenir l'écrivain que je voulais être.

Ce fut tout un processus. Appelez ça l'angoisse de la séparation. Je passai d'une grande salle avec cent journalistes tapant sur leurs claviers, buvant du mauvais café et racontant des blagues à une pièce où je travaillais seul et où le silence pouvait être assourdissant. Mais, d'une certaine manière, je continuais mon travail de jour : je parlais d'un journaliste spécialisé dans les affaires criminelles, mon raisonnement étant que décrire le boulot que je venais juste de quitter m'aiderait à faire la transition. Je puisai dans ce que je savais de ce travail, dans ce qu'il m'avait apporté, dans ce qui, à certains moments, m'avait donné l'impression d'être le prince de la ville. Je décrivis aussi le côté sombre de tout cela, l'intrusion dans la vie des gens au pire moment de leur existence. Et je commençai le roman avec la phrase qui, je le pensais souvent, résumait le mieux ce qu'était devenue ma vie lorsque, journaliste, j'écrivais sur les horreurs qui se produisent dans ce monde : « La mort, c'est mon truc. »

Une fois le livre terminé, je ne sus comment l'intituler. Ce fut le seul et unique ouvrage que je confiai sans titre à mon éditeur. Il y avait dans cette histoire un méchant que le FBI appelait « Le Poète » parce qu'il empruntait des phrases à un grand écrivain et poète. Lorsque mon éditeur me confia que le titre suggéré par le comité littéraire était *Le Poète*, je lui dis que je prenais. Mais pas pour les raisons qu'ils invoquaient. Pour moi, ce titre se réfère à Jack McEvoy, le journaliste qui me sert d'alter ego dans le roman. Le poète qui doit rendre sa copie à l'heure. Le genre même de reporter que j'avais toujours voulu être.

Michael Connelly

*Ce livre est dédié à Philip Spitzer et Joel Gotler.
Ce sont de grands agents et conseillers littéraires,
mais surtout de grands amis.*

1

La mort, c'est mon truc. C'est grâce à elle que je gagne ma vie. Que je bâtis ma réputation professionnelle. Je la traite avec la passion et la précision d'un entrepreneur de pompes funèbres, grave et compatissant quand je suis en présence des personnes en deuil, artisan habile quand je suis seul avec elle. J'ai toujours pensé que, pour s'occuper de la mort, le secret était de la tenir à distance. C'est la règle. Ne jamais la laisser vous souffler dans la figure.

Hélas, cette règle, la même, ne m'a pas protégé. Quand les deux inspecteurs sont venus me chercher et m'ont parlé de Sean, une sorte de paralysie glacée m'a aussitôt envahi. C'était comme si je me retrouvais de l'autre côté de la vitre d'un aquarium. J'avais l'impression d'évoluer sous l'eau – dans un sens, puis dans l'autre, encore et encore – et de contempler le monde extérieur à travers une paroi de verre. Assis sur la banquette à l'arrière de leur voiture, j'apercevais mes yeux dans le rétroviseur : ils lançaient un éclair chaque fois que nous passions sous un lampadaire. Je reconnus ce regard fixe et lointain, celui des toutes nouvelles veuves que j'avais interrogées pendant des années.

Je ne connaissais qu'un des deux inspecteurs. Harold Wexler. Je l'avais rencontré quelques mois plus tôt, un jour où j'étais allé au Pints Of pour boire un verre avec Sean. Tous les deux faisaient équipe au sein de la section CAP[1] de la police de Denver. Je me souviens que Sean l'appelait Wex. Les flics s'appellent toujours par des surnoms. Wexler, c'est Wex ; Sean, c'est Mac. C'est comme une sorte de lien tribal. Ces surnoms ne sont pas toujours très flatteurs, mais les flics s'en foutent. J'en connais un à Colorado Springs qui s'appelle Scoto, et la plupart de ses collègues le surnomment Scroto. Certains vont même jusqu'à l'appeler Scrotum, mais j'imagine qu'il faut être très ami avec lui pour se le permettre.

Wexler était bâti comme un petit taureau, puissant mais bas sur pattes. Avec une voix lentement érodée, au fil des ans, par la cigarette et le whisky. Un visage en lame de couteau, qui semblait toujours cramoisi chaque fois que je le voyais. Je me souviens qu'il buvait du Jim Bean avec de la glace. Je remarque toujours ce que boivent les flics. Ça apprend un tas de choses sur eux. Quand ils boivent de l'alcool et rien d'autre, je me dis qu'ils ont vu trop de trucs, et trop souvent des trucs que la plupart des gens ne verront jamais, pas même une seule fois dans leur vie. Sean, lui, buvait de la bière ce soir-là, de la Lite, mais il était jeune. Même s'il était le numéro un

---

1. *Crime Against Persons*, soit les homicides *(NdT)*.

de la brigade, il avait facilement dix ans de moins que Wexler. Peut-être que dix ans plus tard il aurait comme Wexler avalé son médicament, glacé et raide. Mais ça, je ne le saurai jamais.

Pendant presque tout le trajet, alors que nous quittions Denver, je ne cessai de repenser à cette soirée au Pints Of. Il ne s'y était pourtant rien produit d'important. J'avais simplement bu un verre avec mon frère dans un bar de flics. Et c'était le dernier bon moment qu'on avait passé ensemble, avant l'entrée en scène de Theresa Lofton. Ce souvenir me replongea dans l'aquarium.

Mais lorsque la réalité réussissait à traverser le verre et à se frayer un chemin jusque dans mon cœur, j'étais envahi par un sentiment d'échec et de chagrin. C'était ma première véritable blessure à l'âme en trente-quatre ans d'existence. En incluant la mort de ma sœur. J'étais encore trop jeune en ce temps-là pour pleurer comme il fallait la disparition de Sarah, ou même comprendre la douleur d'une vie inachevée. Mais ce jour-là, je pleurai, car j'ignorais que Sean fût si près du gouffre. Il buvait de la bière, alors que tous les autres flics que je connaissais buvaient du whisky avec de la glace.

Évidemment, j'étais conscient de l'auto-apitoiement contenu dans ce type de chagrin. La vérité, c'est que pendant longtemps nous n'avions guère été attentifs l'un à l'autre. Nous avions emprunté des chemins différents. Et chaque fois que je m'avouais cette vérité, mon chagrin se ranimait.

Mon frère m'avait expliqué un jour sa théorie du seuil limite. Chaque flic, disait-il, possédait une limite, mais cette limite lui était inconnue jusqu'à ce qu'il l'atteigne. Sean parlait des cadavres. Il était persuadé qu'un flic ne pouvait en supporter qu'un certain nombre et que ce nombre variait en fonction de chacun. Certains atteignaient rapidement la limite. D'autres assistaient à vingt morts violentes sans même l'approcher. Mais pour tout le monde, il y avait un seuil. Et quand celui-ci était atteint, c'était fini. On demandait sa mutation aux archives, ou on rendait son insigne : il fallait que ça change, car on ne se sentait plus capable de voir un cadavre de plus. Et si jamais cela se produisait, si on dépassait sa limite, on était dans de sales draps. On risquait d'avaler le canon de son flingue. Voilà ce que disait Sean.

Je m'aperçus que le deuxième flic, Ray Saint Louis, m'avait dit quelque chose.

Il se retourna sur son siège pour me regarder. Il était beaucoup plus costaud que Wexler. Malgré la faible lumière à l'intérieur de la voiture, je distinguais la texture rugueuse de sa peau grêlée. Je ne le connaissais pas, mais j'avais entendu d'autres flics parler de lui, et je savais qu'ils le surnommaient Big Dog. J'avais tout de suite pensé que Wexler et lui formaient le parfait duo – un duo à la Mutt et Jeff –, en les voyant m'attendre dans le hall du *Rocky*. Ils semblaient tout droit sortis d'un de ces vieux films qu'on passe la nuit à la télé. Grands imperméables sombres, chapeaux. La scène aurait dû être en noir et blanc.

— Vous avez entendu, Jack ? C'est nous qui lui annoncerons la nouvelle. C'est notre boulot, mais on préférait que vous soyez là pour nous filer un coup de main en quelque sorte, ou peut-être rester avec elle si le choc est trop brutal. Vous comprenez. Si elle a besoin de quelqu'un à ses côtés. OK ?

— OK.

— Parfait, Jack.

Nous allions chez Sean. Pas à l'appartement qu'il partageait avec quatre autres flics de Denver afin de résider officiellement dans cette ville comme l'exigeaient les règlements municipaux. Non, à sa maison de Boulder où sa femme, Riley, viendrait nous ouvrir la porte. Je savais que personne n'aurait besoin de lui annoncer la nouvelle. Elle comprendrait ce qui était arrivé dès qu'elle nous ouvrirait la porte et nous découvrirait tous les trois sur le seuil, sans Sean. N'importe quelle femme de flic l'aurait immédiatement compris. Elles passaient leur vie à redouter et à se préparer pour ce jour. Chaque fois qu'on frappe à la porte, elles s'attendent à voir les messagers de la mort en allant ouvrir. Cette fois, ils seraient là.

— Vous savez bien qu'elle devinera tout de suite, leur dis-je.

— Oui, sans doute, répondit Wexler. Elles devinent toujours.

En fait, songeai-je, ils comptaient là-dessus ; ils espéraient que Riley comprendrait au moment même où elle ouvrirait la porte. Cela leur faciliterait la tâche.

Je laissai retomber mon menton sur ma poitrine et glissai mes doigts sous mes lunettes pour me pincer l'arête du nez. J'étais devenu le personnage d'un de mes articles, affichant tous les signes de chagrin et de désespoir que je m'efforçais toujours d'obtenir, sans ménager mes efforts, afin de donner un semblant de profondeur à un article de journal de soixante centimètres de long. Et voilà que j'étais à mon tour un des figurants de l'histoire.

Un sentiment de honte s'abattit sur moi lorsque je repensai à toutes les fois où j'avais appelé des veuves ou les parents d'un enfant mort. Le frère d'un suicidé. Oui, j'ai même connu ces cas-là. Il n'est pas une seule forme de mort, je pense, sur laquelle je n'ai pas écrit, qui ne m'ait pas conduit à jouer les intrus dans la douleur de quelqu'un.

Que ressentez-vous ? Paroles de confiance pour un journaliste. Toujours la première question. Peut-être pas si directe, parfois soigneusement camouflée sous des mots destinés à exprimer la compassion et la compréhension… tous sentiments que je n'éprouvais pas réellement. J'avais d'ailleurs gardé la trace de cette indifférence. Une fine cicatrice blanche qui courait sur ma joue gauche, juste au-dessus de ma barbe. Souvenir laissé par le diamant de la bague de fiançailles d'une femme dont le futur mari avait péri dans une avalanche près de Breckenridge. Je lui avais fait mon numéro, elle m'avait répondu par une gifle du revers de la main. À l'époque, je débutais dans le métier et avais trouvé cela injuste. Aujourd'hui, je porte cette cicatrice comme un insigne.

— Arrêtez-vous, dis-je. Je crois que je vais vomir.

D'un coup de volant brusque, Wexler se rabattit sur la bande d'arrêt d'urgence. La voiture dérapa un court instant sur le verglas, mais Wexler en reprit le contrôle. Avant même l'arrêt complet, j'essayai désespérément d'ouvrir la portière, mais la poignée restait bloquée. C'était une voiture de flics, dont les passagers qui voyagent à l'arrière sont le plus souvent des suspects ou des prisonniers. L'ouverture des portières arrière était commandée de l'avant.

— La porte… articulai-je d'une voix étranglée.

La voiture s'immobilisa enfin, tandis que Wexler neutralisait le verrouillage des portières. J'ouvris la mienne, me penchai à l'extérieur et vomis dans la neige sale et fondue. Trois puissants haut-le-cœur venus des tréfonds. Pendant au moins trente secondes, je demeurai dans cette position, attendant la suite, qui ne vint pas. Je m'étais vidé. Je pensai à la banquette arrière de la voiture de flics. Pour les prisonniers et les suspects. Je me dis que j'incarnais les deux désormais. Suspect en tant que frère. Prisonnier de ma fierté. La sentence serait de vivre, évidemment.

Ces pensées furent rapidement chassées par le soulagement que me procura l'exorcisme physique. D'un pas hésitant, je descendis de la voiture et gagnai l'extrémité de l'asphalte où les lumières des véhicules qui passaient se reflétaient en arcs-en-ciel mouvants sur le vernis de gaz d'échappement qui recouvrait la neige de février. Apparemment, nous nous étions arrêtés en bordure d'un pâturage, mais à quel endroit, je l'ignorais. Je n'avais pas fait attention au chemin et ne savais pas à quelle distance nous étions de Boulder. J'ôtai mes gants, mes lunettes et les glissai dans les poches de mon manteau. Après quoi je me penchai et creusai la surface souillée pour atteindre la neige pure et blanche. Saisissant à pleines mains la poudre glacée, je l'appliquai sur mon visage, frottant jusqu'à ce que la peau me brûle.

— Ça va ? me demanda Saint Louis.

Il s'était approché dans mon dos, avec sa question idiote. Du même genre que mes « Que ressentez-vous ? ». Je l'ignorai.

— Allons-y, dis-je.

Nous remontâmes en voiture et, sans dire un mot, Wexler redémarra. Apercevant un panneau indiquant la sortie de Broomfield, je sus que nous étions à mi-chemin. Ayant grandi à Boulder, j'avais effectué un millier de fois ce trajet d'une cinquantaine de kilomètres entre les deux villes ; pourtant j'avais l'impression de me retrouver en territoire inconnu.

Et tout à coup je pensai à mes parents, à la façon dont ils réagiraient. Stoïquement, sans doute. Ils réagissaient toujours ainsi en cas de problème. Ils n'en parlaient pas. Ils continuaient comme si de rien n'était. Ils l'avaient fait avec Sarah. Ils feraient la même chose avec Sean.

— Pourquoi est-ce qu'il a fait ça ? demandai-je après quelques minutes de silence.

Wexler et Saint Louis ne répondirent pas.

— Je suis son frère ! On est jumeaux, bordel !

— Vous êtes aussi journaliste, souligna Saint

Louis. On est venus vous chercher pour que Riley ait un membre de sa famille auprès d'elle si elle en a envie. Vous êtes le seul…

— Nom de Dieu, mon frère s'est suicidé !

J'avais crié trop fort. Il y avait dans cette réplique une note d'hystérie qui ne marche jamais avec les flics, je le savais. Dès qu'on se met à brailler, ils se ferment, deviennent distants et froids. J'enchaînai d'une voix plus calme.

— Je crois que j'ai le droit de savoir ce qui s'est passé, et pourquoi. Je ne suis pas en train d'écrire un putain d'article ! Merde, les gars, vous…

Je secouai la tête, sans achever ma phrase. Je me dis que si j'essayais à nouveau, je perdrais encore mon sang-froid. En regardant par la vitre, je vis apparaître au loin les lumières de Boulder. Beaucoup plus nombreuses que lorsque j'étais gosse.

— On connaît pas la raison, dit enfin Wexler. Tout ce que je peux vous dire, c'est que ça arrive. Des fois, certains flics en ont marre de patauger dans toute cette merde. Peut-être que Mac en a eu marre lui aussi, voilà. Comment savoir ? Pour l'instant, les collègues enquêtent. Et quand ils sauront, je le saurai moi aussi. Et je vous le dirai. Parole.

— Qui s'occupe du dossier ?

— Le service des Parcs nous a refilé l'affaire. C'est les Enquêtes spéciales qui sont sur le coup.

— Quoi ? Les Enquêtes spéciales ? Ils ne s'occupent pas des suicides de flics, en général.

— Normalement, non. C'est nous. Au CAP. Mais dans ce cas précis, ils veulent pas qu'on enquête

21

sur un des nôtres. « Conflit d'intérêts », comme ils disent.

Le CAP. Homicides, agressions, viols, suicides. Je me demandai qui serait la victime de ce crime dans les rapports de police. Riley ? Moi ? Mes parents ? Mon frère ?

— C'est à cause de Theresa Lofton, hein ? demandai-je, mais ce n'était pas véritablement une question.

Je n'éprouvais pas le besoin d'avoir leur confirmation ou leur démenti. J'exprimais simplement à voix haute ce qui me semblait être l'évidence.

— On n'en sait rien, Jack, dit Saint Louis. Pas de conclusions hâtives.

Le meurtre de Theresa Lofton était le genre de drame qui fait réfléchir les gens. Pas seulement à Denver, partout. Quiconque entendait ou lisait la nouvelle s'arrêtait un instant pour songer aux images violentes qu'elle faisait naître dans les esprits, au pincement qu'elle provoquait dans les estomacs.

La plupart des homicides sont des « petits meurtres ». C'est comme ça qu'on les appelle entre journalistes. Leurs effets sur les autres personnes sont limités, leur pouvoir sur l'imagination de courte durée. Ils ont droit à quelques paragraphes en page intérieure. Enterrés au milieu du papier comme les victimes sont enterrées dans le sol.

Mais quand une ravissante étudiante est retrouvée coupée en deux morceaux dans un endroit jusqu'alors aussi paisible que Washington Park, il n'y a généralement pas assez de place dans le journal pour caser tous les articles générés par ce drame. Le meurtre de Theresa Lofton n'était pas un «petit meurtre». C'était un aimant qui attira irrésistiblement les journalistes à travers tout le pays. Theresa Lofton était «la fille coupée en deux». Voilà ce qu'on retenait. Et alors, ils fondirent tous sur Denver, venus de New York, de Chicago, de Los Angeles, journalistes de la télévision, de la presse écrite, quotidiens sérieux ou feuilles à scandale. Pendant une semaine, ils logèrent dans de bons hôtels, envahirent les rues de la ville et le campus de l'université, posant des questions idiotes et obtenant des réponses idiotes. Certains firent le siège de la crèche où Lofton travaillait à mi-temps, d'autres se rendirent à Butte, sa ville natale. Partout où ils allaient, ils découvraient la même chose : Theresa Lofton symbolisait l'image la plus médiatique qui soit : celle de la pure et simple Jeune Fille américaine.

Inévitablement, on compara l'affaire à celle du Dahlia noir survenue cinquante ans plus tôt à Los Angeles. Dans ce deuxième cas, c'était le corps d'une fille beaucoup moins «modèle» qu'on avait retrouvé coupé en deux sur un parking désert. Une émission de télévision racoleuse baptisa Theresa Lofton le «Dahlia blanc», en jouant sur le fait qu'on l'avait découverte dans un champ de neige près du lac Grasmere à Denver.

Ainsi, l'histoire s'était nourrie d'elle-même. Pendant presque deux semaines, elle brûla avec l'intensité d'un feu de poubelles. Mais personne ne fut arrêté, puis il y eut d'autres crimes ailleurs, d'autres feux pour permettre aux médias nationaux de se réchauffer. Les derniers développements de l'affaire Lofton se trouvèrent relégués dans les pages intérieures des journaux du Colorado. Quelques lignes dans les pages « En bref ». Finalement, Theresa Lofton prit place parmi les « petits meurtres » : elle fut enterrée.

Pendant tout ce temps, la police en général, et mon frère en particulier, demeurèrent quasiment muets, refusant même de confirmer que la victime avait été retrouvée coupée en deux. Cette information avait filtré presque par accident, grâce à un photographe du *Rocky* nommé Iggy Gomez. Il se promenait dans le parc en quête de jolies photos de paysage, celles qui servent à remplir le journal quand l'actualité est pauvre, et c'est ainsi qu'il était arrivé sur les lieux du crime avant tous les autres. Les flics avaient alerté les bureaux du médecin légiste et le labo par téléphone, sachant que les gars du *Rocky* et du *Post* étaient branchés sur leurs fréquences radio. Gomez avait pris des photos des deux civières utilisées pour transporter les deux sacs. Il avait ensuite appelé sa rédaction pour les informer que la police avait découvert un double meurtre, et qu'à en juger par la taille des sacs les victimes étaient certainement des enfants.

Plus tard, un journaliste du *Rocky* qui avait ses entrées dans la police, un nommé Van Jackson, obtint la sinistre confirmation, grâce à un informateur au sein du bureau du coroner : une victime était arrivée à la morgue en deux morceaux. L'article publié le lendemain matin dans le *Rocky* fut comme le chant des sirènes pour tous les médias du pays.

Mon frère et ses collègues du CAP accomplirent leur travail comme s'ils ne se sentaient nullement tenus d'informer le public. Chaque jour, les services relations presse de la police de Denver publiaient un communiqué de quelques lignes pour annoncer que l'enquête se poursuivait, et qu'aucune arrestation n'avait été effectuée pour le moment. Pressés de questions, les pontes de la police proclamaient que l'enquête ne se déroulerait pas dans les médias, une affirmation qui avait de quoi faire rire. Privés d'informations officielles, les journalistes firent ce qu'ils font toujours dans ces cas-là. Ils menèrent l'enquête de leur côté, noyant les lecteurs, les auditeurs et les spectateurs sous des détails en tout genre concernant la vie de la victime, détails qui n'avaient en fait aucun lien avec l'affaire.

Malgré tout, rien ou presque ne filtra hors du quartier général de la police de Delaware Street et, au bout de quelques semaines, le déchaînement médiatique retomba, abattu par le manque de substance vitale : l'information.

Je n'avais pas écrit d'article sur Theresa Lofton. Mais j'aurais bien voulu. Ce n'était pas le genre d'histoire qui se produit fréquemment par ici, et n'importe quel journaliste aurait aimé s'offrir une part du gâteau. Mais, dès le départ, Van Jackson s'occupa de l'affaire avec Laura Fitzgibbons, la correspondante du journal sur le campus. Je dus ronger mon frein. Tant que les flics ne trouvaient pas l'assassin, je savais que j'avais ma chance. Aussi, quand Jackson me demanda, au tout début de l'enquête, si je ne pouvais pas soutirer quelques informations à mon frère, même officieusement, je lui promis d'essayer, mais je n'en fis rien. Je voulais cette affaire, et il n'était pas question d'aider Jackson à rester sur le coup en l'abreuvant à ma source.

Vers la fin du mois de janvier, alors que l'affaire, déjà vieille d'un mois, avait quitté la une, je passai à l'attaque. Et je commis mon erreur.

Un matin, j'allai trouver Greg Glenn, le rédacteur en chef des nouvelles locales et lui annonçai mon désir de m'occuper du dossier Lofton. Après tout, c'était ma spécialité, mon domaine. J'avais une longue expérience des crimes les plus remarquables de l'Empire des montagnes Rocheuses. Pour reprendre un cliché journalistique, mon savoir-faire traquait la vérité cachée derrière les gros titres. Alors, j'allai voir Glenn et lui rappelai que je disposais d'un atout. Mon frère était chargé de l'enquête, lui dis-je, et n'accepterait d'en parler qu'à moi. Glenn ne prit même pas le temps de songer à tous les efforts que Jackson avait consacrés à cette affaire. Je le savais. Une seule chose l'intéressait : obtenir des informations que n'avait pas le *Post*. Je ressortis du bureau avec la mission en poche.

Mon erreur avait été d'annoncer à Glenn que j'avais des tuyaux avant d'en parler à mon frère. Le lendemain je marchai jusqu'au poste de police, qui se trouve à deux rues du journal, et retrouvai Sean à la cafétéria pour déjeuner. Je lui parlai de ma mission. Il me demanda de laisser tomber.

— Je ne peux rien pour toi, Jack.

— Qu'est-ce que tu racontes ? C'est ton enquête !

— C'est mon enquête, exact, mais je refuse de coopérer avec toi, ou avec quiconque chercherait à écrire un article. J'ai transmis à la presse les informations principales, je ne suis pas obligé de faire plus, et je ne le ferai pas.

Il tourna la tête, vers le fond de la cafétéria. Sean avait la sale manie de ne jamais regarder les gens en face lorsqu'il n'était pas d'accord avec eux. Quand nous étions gosses, je lui sautais dessus quand il réagissait comme ça et lui donnais des coups de poing dans le dos. Je ne pouvais plus le faire, mais ce n'était pas l'envie qui m'en manquait.

— Sean, c'est un sujet en or. Tu n'as pas le droit de…

— J'ai tous les droits, et je me fous de savoir si c'est un sujet en or, comme tu dis. Pour moi, c'est l'horreur, Jack. Tu piges ? Je n'arrête pas d'y penser. Et il est hors de question que je t'aide à vendre du papier grâce à cette histoire.

— Allons, Sean, je suis un écrivain, moi. Je me contrefous de savoir si ça fait vendre du papier ou pas. Ce qui m'intéresse, c'est l'histoire. Rien à branler du journal ! Tu sais bien ce que j'en pense.

Finalement, il se retourna vers moi et me dit :

— Et toi, tu sais maintenant ce que je ressens dans cette affaire.

Je restai muet quelques instants, le temps de prendre une cigarette. J'étais redescendu à un demi-paquet par jour environ, et j'aurais pu me passer de celle-là, mais je savais que ça emmerdait Sean. Et je fumais chaque fois que je voulais l'agacer.

— C'est le coin non-fumeurs ici, Jack.

— Tu n'as qu'à m'embarquer ! Au moins, tu auras arrêté quelqu'un.

— Pourquoi est-ce que tu deviens aussi con quand tu n'obtiens pas ce que tu veux ?

— Et toi ? Tu ne résoudras jamais cette affaire. C'est ça la vérité. Tu ne veux pas que je remue la merde et que je parle de ton échec. Tu as renoncé.

— N'essaye pas de frapper sous la ceinture, Jack. Tu sais bien que ça n'a jamais marché avec moi.

Il avait raison. Ça n'avait jamais marché.

— Bon et maintenant ? Tu veux garder cette petite histoire d'horreur pour toi tout seul ? C'est ça ?

— Ouais, disons.

Assis à l'arrière de la voiture de Wexler et Saint Louis, je gardais les bras croisés sur la poitrine. Position réconfortante. C'était comme si je me tenais droit pour ne pas me disloquer. Plus je repensais à mon frère, plus cette histoire me paraissait invraisemblable. Oh, je savais que le meurtre de Theresa Lofton avait été lourd à porter, mais pas au point de le pousser au suicide. Non, pas Sean.

— Il s'est servi de son arme ?

Wexler me regarda dans le rétroviseur. Il m'observe, pensai-je. Savait-il ce qui s'était passé entre mon frère et moi ?

— Oui.

L'évidence me frappa tout à coup. Je ne pouvais pas concevoir une chose pareille. Tous les moments que nous avions partagés, pour finir de cette façon ? Je me foutais pas mal de l'affaire Lofton. Ce qu'ils racontaient était impossible.

— Non, pas Sean.

Saint Louis se retourna sur son siège pour me regarder.

— De quoi parlez-vous ?

— Sean n'aurait jamais fait un truc pareil, voilà tout.

— Écoutez, Jack, il…

— Il n'en avait pas marre de toute cette merde, comme vous dites. Il adorait ça, au contraire. Demandez à Riley. Demandez à n'importe qui, au… Allons, Wex, c'est vous qui le connaissiez le mieux et vous savez bien que c'est du bidon. Il adorait la traque. C'était son expression. Il n'aurait abandonné pour rien au monde. À l'heure qu'il est, il aurait pu être chef adjoint ou je ne sais quelle connerie, mais ça ne l'intéressait pas. Lui, ce qu'il voulait, c'était enquêter sur des meurtres. Et il est resté au CAP.

Wexler ne répondit pas. Nous étions arrivés à Boulder et roulions maintenant dans Baseline, en direction de Cascade. Je plongeais en chute libre dans le silence de la voiture. Le poids du geste qu'avait, selon eux, commis Sean m'écrasait, et je me sentais aussi glacé et sale que la neige au bord de la route.

— Il a laissé un mot, un truc comme ça ? demandai-je. Hein ?

— Il y avait un mot. On pense que c'était un mot.

Je vis Saint Louis tourner la tête vers Wexler et lui jeter un regard qui disait : « Tu parles trop. »

— Un mot ? Et qu'est-ce qu'il disait ?

Il y eut un long silence, puis Wexler ignora son collègue.

— Hors de l'espace. Hors du temps.

— « Hors de l'espace. Hors du temps. » C'est tout ? Rien d'autre ?

— Non, rien.

Le sourire sur le visage de Riley dura environ trois secondes. Avant d'être immédiatement remplacé par une expression de terreur sortie du tableau de Munch. Le cerveau est un ordinateur étonnant. Trois secondes pour regarder trois visages à sa porte et on sait que son mari ne reviendra jamais à la maison. IBM ne pourra jamais rivaliser. Sa bouche forma un trou noir horrible d'où jaillit un son inarticulé, suivi de l'inévitable et inutile : « Non ! »

— Riley, dit Wexler timidement. Asseyons-nous.

— Non ! Oh, non, mon Dieu, non !

— Riley…

Elle s'éloigna de la porte à reculons, tel un animal acculé, fonçant d'abord dans un coin, puis dans le coin opposé, comme si elle pouvait encore changer les choses en nous échappant. Elle disparut dans le living-room, derrière le mur. En la rejoignant, nous la trouvâmes effondrée au milieu du canapé, dans un état proche de la catatonie, comme moi ou pas loin. Les premières larmes apparaissaient dans ses yeux. Wexler s'assit à côté d'elle sur le canapé. Big Dog et moi restâmes debout, aussi silencieux que des lâches.

— Il est mort? demanda-t-elle, connaissant déjà la réponse, mais sachant qu'elle ne pouvait éviter la question, pour être débarrassée.

Wexler hocha la tête.

— Comment?

Wexler regarda ses pieds, hésita un instant. Il se tourna vers moi, puis revint sur Riley.

— Il s'est suicidé, Riley. Je suis désolé.

Tout d'abord, elle refusa d'y croire, comme moi. Mais Wexler savait présenter les choses et, finalement, elle cessa de protester. C'est alors qu'elle se tourna vers moi pour la première fois, en larmes. Elle avait un air implorant, comme si elle me demandait si nous partagions le même cauchemar et... ne pouvais-je donc rien faire pour y mettre fin? Ne pouvais-je pas la réveiller? Ne pouvais-je pas dire à ces deux personnages sortis d'un vieux film en noir et blanc qu'ils se trompaient? J'avançai vers le canapé, m'assis à côté d'elle et la serrai dans mes bras. J'étais là pour ça. J'avais vécu cette scène trop souvent pour ne pas savoir ce qu'on attendait de moi.

— Je vais rester avec toi, murmurai-je. Aussi longtemps que tu le voudras.

Elle ne dit rien. S'arrachant à mon étreinte, elle se tourna vers Wexler.

— Ça s'est passé où ?

— Dans Estes Park. Au bord du lac.

— Non, jamais il ne… Qu'est-ce qu'il faisait là-bas ?

— Il a reçu un appel. Quelqu'un affirmant posséder des renseignements sur une de ses affaires. Ils avaient rendez-vous au Stanley pour boire un café. Et ensuite, il… il est allé jusqu'au lac. On ignore pourquoi. C'est un garde forestier qui l'a retrouvé dans sa voiture, après avoir entendu un coup de feu.

— Quelle affaire ? demandai-je.

— Écoutez, Jack, je ne veux pas entrer dans…

— Quelle affaire ? hurlai-je, sans me soucier du ton de ma voix cette fois. Le meurtre de Theresa Lofton, hein ?

Wexler répondit par un bref hochement de tête, et Saint Louis s'éloigna en maugréant.

— Avec qui avait-il rendez-vous ? insistai-je.

— Ça suffit, Jack. Pas question d'entrer dans les détails.

— Je suis son frère. Et là, tu vois, c'est sa femme.

— L'enquête est en cours, mais si vous voulez douter, sachez que c'est impossible. On est allés sur place. Sean s'est suicidé. Il s'est servi de son arme de service, il a laissé un mot et on a retrouvé des traces de poudre sur ses mains. J'aimerais pouvoir affirmer le contraire, mais il s'est suicidé.

2

Dans le Colorado, l'hiver, la terre s'arrache par petits blocs gelés quand on attaque la pellicule de givre avec une bêche pour y creuser une tombe. Mon frère fut enterré au Green Mountain Memorial Park à Boulder, à moins de deux kilomètres de la maison où nous avions grandi. Enfants, nous longions le cimetière en voiture pour nous rendre au centre aéré de Chautauqua Park. Je ne pense pas que nous ayons regardé une seule fois les pierres tombales en passant, et encore moins imaginé que cette enceinte serait un jour notre destination ultime, comme elle l'était aujourd'hui pour mon frère Sean.

Green Mountain se dressait au-dessus du cimetière tel un immense autel, notre petit rassemblement en paraissait encore plus petit. Riley était là, évidemment, accompagnée de ses parents et des miens ; il y avait également Wexler et Saint Louis, deux dizaines d'autres flics, quelques copains de collège avec lesquels ni Sean, ni moi, ni Riley n'avions gardé le moindre contact, et moi. Ce n'était pas un enterrement officiel avec fanfare et drapeaux. Ce rituel était réservé aux policiers qui mouraient dans l'exercice de leurs fonctions. Et même si l'on pouvait affirmer que tel était bien le cas pour mon frère, les autorités ne partageaient pas cet avis. Conclusion : Sean n'avait pas eu droit au Grand Show, et la plupart des policiers de Denver ne s'étaient pas déplacés. Pour un grand nombre d'entre eux, le suicide est une maladie contagieuse.

J'avais été désigné pour porter le cercueil avec quelques autres. Je marchai en tête à côté de mon père. Deux flics que je n'avais jamais vus, mais qui appartenaient à la brigade de Sean, avaient pris place au milieu, Wexler et Saint Louis fermant la marche. Saint Louis était trop grand et Wexler trop petit. Mutt et Jeff. Le cercueil penchait d'un côté tandis que nous avancions. L'effet produit devait être curieux. Mon esprit vagabonda pendant que nous peinions sous la charge et je pensai au corps de Sean qui ballottait à l'intérieur.

J'adressai à peine la parole à mes parents ce jour-là, et pourtant je me retrouvai avec eux dans la limousine, en compagnie de Riley et de ses parents. Nous ne nous étions rien dit d'important depuis des années, et même la mort de Sean ne pouvait abattre cette barrière. Après le décès de ma sœur, vingt ans plus tôt, j'avais senti en eux un changement à mon égard. Comme si, ayant survécu à l'accident, j'étais devenu suspect à leurs yeux. Suspect d'avoir survécu. Je suis sûr également que, depuis ce temps-là, je n'ai cessé de les décevoir par mes choix. J'y vois comme une succession de petites déceptions qui se sont accumulées au fil des années, à l'instar des intérêts sur un compte en banque, jusqu'à atteindre une somme confortable qui leur a permis de prendre leur retraite. Nous sommes des étrangers. Je ne les vois qu'à l'occasion des fêtes obligatoires. Voilà pourquoi je ne pouvais rien leur dire d'essentiel – et eux non plus n'avaient rien à me dire. Exception faite des gémissements de Riley de temps à autre, semblables à des râles de bête blessée, l'intérieur de la limousine était aussi silencieux que le cercueil de Sean.

Après l'enterrement, je pris quinze jours de vacances, ajoutés à la semaine de congés pour deuil offerte par le journal, et je partis seul faire une virée dans les Rocheuses, en voiture. Les montagnes ont toujours conservé leur magie à mes yeux. C'est là que mes plaies se referment le plus vite.

Roulant vers l'ouest sur la 70, je franchis le col de Loveland et tous les sommets jusqu'à Grand Junction. Sans me presser, en trois jours. Je m'arrêtai pour skier. Parfois, je m'arrêtais simplement sur les refuges au bord de la route, pour réfléchir. Après Grand Junction, je bifurquai vers le sud et atteignis Telluride le lendemain. Durant tout le chemin, je laissai la Cherokee en position 4 × 4. Je fis une halte à Silverton car les chambres d'hôtel y étaient moins chères, et je skiai tous les jours pendant une semaine. Je passais mes soirées à boire du Jagermeister dans ma chambre ou près de la cheminée, dans le salon de l'auberge où je logeais. J'essayais d'épuiser mon corps dans l'espoir que mon esprit l'imiterait. En vain. Je ne pensais qu'à Sean. « Hors de l'espace. Hors du remps. » Son dernier message était une énigme qui hantait mon cerveau.

Pour une raison que j'ignorais, le noble métier de mon frère l'avait trahi. Il l'avait tué. Le chagrin que provoquait cette simple constatation refusait de s'envoler, même quand je dévalais les pentes sur mes skis, et que le vent s'engouffrait derrière mes lunettes pour m'arracher des larmes.

Je ne mettais plus en doute la conclusion officielle, mais ce n'étaient pas Wexler et Saint Louis qui m'avaient convaincu. Je m'étais convaincu tout seul. Telle était l'érosion de ma détermination sous l'effet du temps et des faits. À mesure que les jours passaient, l'horreur du geste de Sean semblait plus facile à comprendre, à accepter même. Et il y avait Riley. Le lendemain de ce premier soir, elle m'avait confié une chose que même Wexler et Saint Louis ignoraient. Sean allait consulter un psychologue une fois par semaine. Certes, il aurait pu bénéficier d'un soutien psychologique au sein de la police, mais il avait choisi la discrétion de peur que des rumeurs ne nuisent à sa carrière.

Je finis par comprendre qu'il fréquentait ce psychologue à l'époque même où j'étais allé le voir pour mon article sur Theresa Lofton et me dis qu'il essayait peut-être de m'épargner l'angoisse que cette affaire avait déclenchée en lui. J'aimais cette idée et tentai de m'y raccrocher durant ces jours passés dans la montagne.

Un soir, après avoir trop bu, face au miroir de ma chambre d'hôtel, j'envisageai de me raser la barbe et de me couper les cheveux très court, comme ceux de Sean. Nous étions de vrais jumeaux – mêmes yeux noisette, mêmes cheveux châtains, même silhouette dégingandée – mais peu de gens s'en apercevaient. Nous n'avions jamais ménagé nos efforts pour nous forger des identités séparées. Sean portait des lentilles de contact et faisait de la musculation pour envelopper son ossature. Je portais des lunettes, et la barbe depuis la fac, et n'avais pas soulevé de fonte depuis que je jouais dans l'équipe de basket du collège. Et j'avais sur le visage la cicatrice laissée par la bague de la femme de Breckenbridge. Ma blessure de guerre.

Après le collège, Sean était entré dans l'armée, puis dans la police, en conservant sa coupe militaire. Plus tard, il avait obtenu son diplôme universitaire en étudiant à mi-temps : il en avait besoin pour grimper les échelons de la police. Moi, j'avais traîné mes guêtres pendant un ou deux ans, et vécu à New York et Paris avant de suivre toute la filière universitaire. Je voulais devenir écrivain et m'étais retrouvé dans le monde de la presse. Au fond de moi, je me disais que c'était juste une étape. Je me disais ça depuis dix ans maintenant, peut-être même plus.

Ce soir-là, dans ma chambre d'hôtel, je m'observai longuement dans le miroir, mais finalement je ne me rasai pas la barbe et ne me coupai pas les cheveux. Je ne cessais de penser à Sean enterré dans le sol gelé, et mon estomac se nouait. Lorsque mon heure viendra, décrétai-je, je serai incinéré. Je ne voulais pas me retrouver comme ça sous la glace.

Ce qui m'intriguait le plus, c'était le message. La version officielle de la police était la suivante : après avoir quitté le Stanley Hotel et traversé Estes Park jusqu'au lac Bear, au volant de sa voiture de fonction, il s'était arrêté, sans couper le moteur, le chauffage branché. Lorsque la chaleur avait fini d'embuer le pare-brise, il avait écrit son message avec son doigt ganté. À l'envers pour qu'il soit lisible de l'extérieur de la voiture. Tels étaient les derniers mots qu'il avait adressés à un monde dans lequel vivaient deux parents, une épouse et un frère jumeau.

« Hors de l'espace. Hors du temps. »

Je ne comprenais pas. Le temps de quoi ? L'espace de quoi ? Sean était parvenu à une conclusion désespérante, sans jamais nous en faire part. Il ne s'était pas confié à moi, ni à mes parents ou à Riley. Était-ce à nous de lui tendre la main, sans même avoir connaissance de ses blessures secrètes ? Dans la solitude de mon voyage, je conclus que non. C'était à lui de faire le premier pas. Il aurait dû essayer. En agissant ainsi, il nous avait privés de la possibilité de lui venir en aide. Et maintenant, il nous laissait prisonniers de notre chagrin et de notre culpabilité. Je compris alors qu'une bonne partie de ma douleur était, en réalité, de la colère. J'étais furieux contre lui, mon frère jumeau, à cause de ce qu'il m'avait fait.

Mais il n'est pas facile d'en vouloir aux morts. Je ne pouvais pas rester fâché contre Sean. Or, la seule façon de soulager la colère était de mettre en doute toute cette histoire. Et le cycle infernal reprenait. Refus, acceptation, colère. Refus, acceptation, colère.

Lors de mon dernier jour à Telluride, j'appelai Wexler. Je sentis qu'il n'était pas heureux d'entendre ma voix.

— Vous avez retrouvé l'indic, le type du Stanley ?

— Non, Jack, aucune piste. Je vous ai dit que je vous préviendrais.

— Oui, je sais. Mais je me pose encore des questions. Pas vous ?

— Laissez tomber, Jack. Nous nous sentirons tous beaucoup mieux quand nous pourrons tirer un trait sur cette histoire.

— Et les Enquêtes spéciales ? Ils ont déjà tiré un trait ? Affaire classée ?

— Quasiment. Je ne leur ai pas parlé cette semaine.

— Dans ce cas, pourquoi continuez-vous à rechercher l'indic ?

— Je me pose des questions, moi aussi. Comme vous. Des petits détails.

— Vous avez changé d'avis au sujet de Sean ?

— Non. Je veux juste que tout soit bien clair. J'aimerais savoir de quoi il a parlé avec cet indic, voire s'ils se sont même parlé. L'affaire Lofton n'est pas classée, vous savez. Et j'avoue que ça me ferait plaisir de boucler l'enquête, en mémoire de Sean.

Je constatai qu'il ne l'appelait plus Mac. Sean n'appartenait plus à la clique.

Le lundi suivant, je repris mon travail au *Rocky Mountain News*. En entrant dans la salle de rédaction, je sentis plusieurs regards se poser sur moi. Mais cela n'avait rien d'inhabituel. J'avais souvent l'impression qu'on me regardait quand j'entrais. Mon boulot faisait l'envie de tous mes collègues. Pas de train-train quotidien, pas de contraintes de bouclage. J'étais libre d'errer dans toute la région des montagnes Rocheuses, avec un seul et unique sujet en tête : le meurtre. Tout le monde aime lire une bonne histoire de meurtre. Certaines semaines, je m'intéressais à des coups de fusil dans une cité, je racontais la vie de celui qui avait tiré et celle de la victime, leur rencontre fatale. La semaine suivante, j'évoquais un meurtre dans la haute société de Cherry Hill, ou une fusillade dans un bar de Leadville. Le haut et le bas de l'échelle : les «petits meurtres» et les grands. Mon frère avait raison : ça faisait vendre des journaux, quand on savait bien raconter les histoires. Moi, mon boulot, c'était justement de raconter. Je devais prendre mon temps et bien raconter.

Sur mon bureau, à côté de l'ordinateur, les journaux formaient une pile de trente centimètres de haut. Ils constituaient ma principale source d'approvisionnement. J'étais abonné à tous les quotidiens, hebdomadaires et mensuels publiés entre Pueblo et Bozeman. Je traquais les petites histoires de meurtre que je pouvais ensuite transformer en longs récits. Je n'avais que l'embarras du choix. L'Empire des montagnes Rocheuses était d'une violence qui remontait à l'époque de la ruée vers l'or. Évidemment, il n'y avait pas autant de crimes qu'à Los Angeles, Miami ou New York, loin s'en fallait. Mais je ne manquais jamais de matériau de base pour travailler. J'étais toujours à la recherche d'un angle nouveau, ou différent, concernant le crime ou l'enquête, un détail sensationnel ou un truc qui fend le cœur. Mon boulot consistait à exploiter ces éléments.

Mais ce matin-là, je ne cherchais pas une idée d'article. Je commençai par inspecter la pile de journaux en quête d'anciens numéros du *Rocky* et de notre concurrent, le *Post*. Les suicides ne constituent pas généralement une denrée de choix pour les journaux, sauf dans des circonstances exceptionnelles. La mort de mon frère entrait dans cette catégorie. J'avais donc de bonnes chances, pensais-je, de dénicher un article.

Je ne m'étais pas trompé. Si le *Rocky* n'avait rien publié sur ce sujet, sans doute par égard pour moi, le *Post*, en revanche, avait fait paraître un article de quinze centimètres en bas d'une des pages « locales », le lendemain de la mort de Sean.

UN INSPECTEUR DE POLICE SE SUICIDE
DANS LE PARC NATIONAL

Un inspecteur de la police de Denver chargé de l'enquête sur le meurtre de l'étudiante de l'université de Denver, Theresa Lofton, a été

41

retrouvé mort mardi dans le Rocky Mountain National Park, après s'être apparemment suicidé, déclarent les autorités.

Sean McEvoy, 34 ans, a été découvert dans sa voiture banalisée, stationnée dans un parking du lac Bear, à proximité de l'entrée d'Estes Park.

Le corps de l'inspecteur a été découvert par un garde forestier qui, ayant entendu un coup de feu vers 17 heures, s'était rendu dans le parking pour déterminer l'origine de la détonation.

La direction du Parc a chargé la police d'enquêter sur cette affaire, qui est maintenant entre les mains de la brigade des Enquêtes spéciales. L'inspecteur Robert Scalari, qui dirige l'enquête, a déclaré que, selon les premiers indices, il s'agissait d'un suicide.

Toujours d'après l'inspecteur Scalari, un mot a été retrouvé sur les lieux du drame, mais il a refusé d'en révéler la teneur. Il y a de fortes raisons de penser, a-t-il dit, que Sean McEvoy était déprimé par des préoccupations d'ordre professionnel, mais il a refusé, là encore, d'en dire plus.

McEvoy, qui était né et vivait toujours à Boulder, était marié, mais n'avait pas d'enfant. Entré dans la police il y a douze ans, il en avait rapidement gravi tous les échelons, pour finalement être nommé à la section CAP, chargée d'enquêter sur tous les crimes violents commis dans notre ville.

Chef de cette unité, McEvoy avait dernièrement dirigé l'enquête sur le meurtre de Theresa Lofton, cette jeune fille de 19 ans retrouvée étranglée et mutilée il y a trois mois dans Washington Park.

L'inspecteur Scalari n'a pas voulu préciser s'il était fait allusion à l'affaire Lofton, toujours pas résolue, dans le mot laissé par McEvoy, ni si cette enquête comptait parmi les préoccupations professionnelles dont il aurait souffert.

D'après Robert Scalari, on ignore pour quelle raison McEvoy s'est rendu à Estes Park avant de se suicider. Il a déclaré que l'enquête sur les circonstances de cette mort se poursuivait.

Je lus l'article deux fois. Il ne contenait rien que je ne sache déjà, pourtant, il exerçait sur moi une étrange fascination. Peut-être était-ce parce que je croyais savoir, ou du moins deviner pour quelle raison Sean s'était rendu à Estes Park et ensuite jusqu'au lac Bear. Une raison à laquelle je refusais de penser, néanmoins. Je découpai l'article, le glissai à l'intérieur d'une chemise et rangeai le tout dans un tiroir de mon bureau.

Mon ordinateur ayant émis un petit bip, un message s'imprima en haut de l'écran. Un appel du rédacteur en chef des nouvelles locales. J'avais repris le boulot.

Le bureau de Greg Glenn se trouvait au fond de la salle de rédaction. Un des murs, entièrement vitré, lui permettait d'avoir l'œil sur les rangées d'espaces cloisonnés où s'affairaient les journalistes et d'apercevoir, à travers les fenêtres orientées à l'ouest, la chaîne des montagnes quand elle ne disparaissait pas dans le brouillard.

Glenn était un bon rédacteur en chef, qui plaçait le plaisir de lire avant toute autre considération dans un article. Voilà ce que j'aimais chez lui. Dans ce métier, il existe deux écoles de rédacteurs en chef. Certains, amoureux des faits, en bourrent leurs articles jusqu'à la gueule, au point que presque personne ne les lit jusqu'au bout. D'autres préfèrent les mots et ne permettent jamais aux faits de leur barrer la route. Glenn m'appréciait car je savais écrire, et me laissait quasiment libre de choisir mes sujets. Jamais il ne me harcelait pour obtenir un article et jamais il ne taillait sauvagement dans mon texte. Je savais depuis longtemps que, si par malheur, il quittait le journal, était muté ou promu à un autre poste, tout cela risquait fort de changer. Les rédacteurs en chef des nouvelles locales se construisent leur nid. S'il partait, je serais sans aucun doute contraint de retourner hanter les postes de police pour rédiger des brèves à partir de la main courante. Des «petits meurtres».

Je m'assis dans le fauteuil rembourré en face de son bureau et attendis qu'il ait fini de téléphoner. Glenn avait environ cinq ans de plus que moi. Quand j'avais débuté au *Rocky* dix ans plus tôt, il était un de ses journalistes vedettes, comme moi aujourd'hui. Mais, finalement, il avait choisi la voie du pouvoir. Et maintenant il portait un costume tous les jours, avait sur son bureau une statuette d'un joueur de foot des Broncos qui hoche la tête, passait le plus clair de son temps au téléphone, et se montrait toujours très attentif à la direction dans laquelle soufflait le vent politique en provenance du siège central du groupe, à Cincinnati. C'était un homme de quarante ans avec de l'embonpoint, une épouse, deux enfants et un bon salaire – pas assez élevé pour qu'il puisse acheter une maison dans le quartier où rêvait d'habiter sa femme. Il m'avait raconté tout ça un soir devant une bière, au Wynkoop, la seule fois au cours de ces quatre dernières années où je l'avais vu en dehors du boulot.

Sur un des murs de son bureau étaient punaisées en permanence les sept dernières unes du journal. Chaque jour, la première chose qu'il faisait en arrivant était d'enlever la plus ancienne et de la remplacer par la dernière née. Je pense qu'il faisait ça pour garder à l'esprit les informations et la continuité du traitement. Ou peut-être que, privé de signature maintenant qu'il n'écrivait plus d'articles, le fait de fixer au mur toutes ces unes était un moyen de se rappeler qu'il était le chef. Glenn raccrocha et leva les yeux vers moi.

— Merci d'être venu, dit-il. Je voulais juste vous redire combien je suis désolé au sujet de votre frère. Et si vous souhaitez prendre encore quelques jours de congé, aucun problème. Nous nous arrangerons.

— Je vous remercie. Mais j'ai décidé de me remettre au boulot.

Il hocha la tête, sans toutefois faire le moindre geste pour me congédier. Je compris qu'il m'avait convoqué pour une autre raison.

— Bien. Parlons boulot, alors. Vous avez quelque chose sur le feu en ce moment ? Si je me souviens bien, vous étiez à la recherche d'un nouveau sujet quand… quand c'est arrivé. Puisque vous avez décidé de reprendre le collier, il serait bon, je pense, que vous vous occupiez l'esprit. Pour vous replonger dans le bain, vous comprenez.

À cet instant, je sus ce que j'allais faire. Oh, l'idée était là, en moi, depuis un moment déjà. Mais elle n'était pas montée à la surface jusqu'à ce que Glenn me pose sa question. Dès lors, c'était évident. Bien entendu.

— Je vais écrire un article sur mon frère, déclarai-je.

J'ignore si c'était la réponse qu'il espérait, mais je parie que oui. Il devait rêver de cet article depuis qu'il avait appris que les flics étaient venus me chercher dans le hall du journal pour m'annoncer la mort de mon frère. Et sans doute était-il assez intelligent pour savoir qu'il n'avait pas besoin de me suggérer cet article, l'idée s'imposerait d'elle-même. Il lui suffirait de me poser la question.

En tout cas, j'avais mordu à l'hameçon et à partir de cet instant, plus rien ne fut jamais pareil dans ma vie. S'il est possible de retracer avec précision la vie de tout individu rétrospectivement, la mienne changea avec cette phrase, au moment où je lui fis part de mon intention. Je croyais être familiarisé avec la mort, je croyais connaître le mal, en fait je ne connaissais rien.

3

Le regard de William Gladden balayait les visages joyeux qui passaient devant lui. C'était comme un distributeur automatique géant. Faites votre choix. Celui-ci ne vous plaît pas ? En voici un autre. Est-ce qu'il vous convient ?

Non. Aujourd'hui, aucun ne convenait. En outre, leurs parents étaient trop près. Il devrait attendre le moment où l'un d'eux commettrait une erreur, sortirait sur la jetée ou se dirigerait vers le stand de barbe à papa en abandonnant sa précieuse progéniture.

Gladden aimait les chevaux de bois de la promenade de Santa Monica. Non pas parce que c'était un authentique manège d'époque et qu'il avait fallu six ans, à en croire l'histoire racontée dans la vitrine, pour peindre à la main les chevaux lancés au galop et redonner à cette merveille son lustre d'antan. Non pas parce qu'il figurait dans un tas de films qu'il avait vus, surtout à l'époque où il habitait à Raiford. Non pas parce que cela lui rappelait les tours de manège avec son Meilleur Ami à la foire de Sarasota. Non, il aimait ces chevaux de bois à cause des enfants qui montaient dessus. L'innocence et l'abandon à une joie pure se lisaient sur leurs visages tandis que le manège tournoyait encore et encore au son du limonaire. Depuis qu'il était arrivé de Phoenix, il venait ici. Tous les jours. Il savait que cela pourrait prendre du temps, mais un jour sa patience finirait par payer, et sa demande serait satisfaite.

Alors qu'il contemplait ce kaléidoscope de couleurs, son esprit effectua brusquement un saut dans le passé, comme souvent depuis Raiford. Il repensa à son Meilleur Ami. Il se souvint du placard tout noir, avec seulement une bande de lumière en bas. Il se recroquevillait sur le sol près de la lumière, près de l'air. De cette façon, il voyait bouger ses pieds. Il voyait chaque pas. Il aurait voulu être plus âgé, plus grand, pour pouvoir atteindre l'étagère du haut. Ah, s'il avait pu l'atteindre ! la belle surprise qu'il aurait réservée à son Meilleur Ami !

Gladden réintégra le présent et regarda autour de lui. Le tour de manège était terminé et les derniers enfants allaient retrouver leurs parents qui attendaient derrière la barrière. D'autres enfants faisaient la queue, prêts à se précipiter vers leur cheval favori. Il chercha encore une fillette aux cheveux bruns et à la peau lisse et mate, mais en vain. Il s'aperçut alors que la femme qui récoltait les tickets des enfants l'observait avec insistance. Leurs regards se croisèrent, et Gladden détourna la tête. Il remonta la lanière de son sac fourre-tout. Le poids de l'appareil photo et des livres l'avait fait glisser sur son épaule. Il prit note de laisser les livres dans la voiture la prochaine fois. Ayant jeté un dernier regard au manège, il se dirigea vers une des portes donnant sur la promenade.

Arrivé à la sortie, il adressa un regard distrait à la femme du manège. Les enfants se ruaient vers les chevaux de bois en hurlant. Certains accompagnés de leurs parents, la plupart seuls. La femme qui récoltait les tickets l'avait déjà oublié. Rien à craindre.

4

Laurie Prine leva les yeux de son écran d'ordina-teur lorsque j'entrai, et me sourit. J'espérais bien la trouver là. Contournant le guichet, je pris une chaise devant un bureau inoccupé et m'assis à côté d'elle. Apparemment, c'était l'heure creuse à la biblio-thèque du *Rocky*.

— Oh non ! dit-elle en riant. Quand tu viens me voir et que tu t'assoies, c'est que ça va durer un moment.

Elle faisait allusion aux recherches approfon-dies que j'effectuais généralement pour écrire mes articles. Bon nombre de mes histoires criminelles m'entraînaient vers des problèmes de portée plus générale, concernant la police et la justice. J'avais toujours besoin de savoir ce qui avait été déjà écrit sur le sujet et dans quel journal.

— Désolé, lui renvoyai-je, faussement contrit. À cause de moi tu risques de passer le restant de ta journée avec Lex et Nex.

— À condition que je puisse y accéder. Qu'est-ce que tu veux ?

Laurie possédait un certain charme, discret. Elle avait des cheveux bruns que je n'avais jamais vus autrement que tressés, des yeux noisette derrière des lunettes cerclées de métal et une bouche épaisse, sans jamais aucun rouge à lèvres. Elle posa un bloc-notes devant elle, remonta ses lunettes sur son nez et prit un stylo, prête à écrire la liste de mes exigences. Lexis et Nexis étaient deux banques de données informatiques englobant la plupart des grands et des moins grands journaux du pays, ainsi que les jugements des tribunaux et un tas d'autres voies annexes sur les autoroutes de l'information. Quand on voulait savoir combien d'articles avaient été écrits sur tel ou tel sujet, ou tel ou tel événement, on commençait par interroger le réseau Lexis/Nexis.

— Suicides de policiers, dis-je. Je veux en savoir le plus possible là-dessus.

Je vis le visage de Laurie se crisper. Sans doute me soupçonnait-elle d'effectuer cette recherche pour des raisons personnelles. Les minutes de connexion coûtent cher et la direction interdisait formellement toute utilisation de ce réseau à des fins privées.

— Ne t'inquiète pas, lui dis-je, je bosse sur un article. Glenn vient de me donner le feu vert.

Laurie acquiesça, mais je me demandai si elle me croyait. J'aurais parié qu'elle irait demander confirmation au boss. Son regard revint se poser sur le bloc-notes.

— Je cherche toutes les statistiques nationales concernant le nombre de suicides chez les flics, le pourcentage comparé à d'autres professions, et par rapport à la population dans son ensemble ; et tout ce qui concerne les groupes d'experts ou les organismes gouvernementaux qui ont planché sur le sujet. Et puis... voyons voir... tous les éléments anecdotiques.

— Anecdotiques ? répéta-t-elle.

— Oui, tous les articles qui parlent d'un suicide de flic. Sur les cinq dernières années. Il me faut des exemples.

— Comme ton...

Elle prit conscience de ce qu'elle allait dire.

— Oui, comme mon frère.

— Quelle tristesse.

Elle ne dit rien de plus. Je laissai le silence s'installer quelques instants entre nous, puis je lui demandai combien de temps, selon elle, nécessiterait cette recherche. Très souvent, mes demandes passaient après toutes les autres car je n'étais pas tributaire des délais de bouclage.

— C'est vraiment vaste comme demande. Je vais devoir y passer un certain temps, et tu sais bien que je serai débordée quand les quotidiens vont commencer à débarquer. Mais je te promets d'essayer. En fin d'après-midi, ça te va ?

— Excellent.

De retour dans la salle de rédaction, je jetai un coup d'œil à la pendule murale : 11 heures 30. Parfait pour ce que je devais faire. Utilisant le téléphone de mon bureau, j'appelai un de mes informateurs chez les flics.

— Hé, Skipper, tu es là dans la journée ?

— Quand ?

— À l'heure du déjeuner. Il se pourrait que j'aie besoin de quelque chose. Certainement même.

— Merde. OK. Je serai là. Au fait, t'as repris quand ?

— Aujourd'hui. À tout de suite.

Je raccrochai, enfilai mon pardessus et quittai la salle de rédaction. Je me rendis à pied au quartier général de la police de Denver, agitai ma carte de presse sous le nez d'un flic installé derrière son guichet – il ne prit même pas la peine de lever les yeux de son *Post* –, puis montai directement dans les bureaux de la brigade des Enquêtes spéciales, au quatrième étage.

— J'aimerais vous poser une question, me dit l'inspecteur Robert Scalari après que je lui eus fait part de ma requête. Vous êtes ici en tant que frère ou en tant que journaliste ?

— Les deux.

— Asseyez-vous.

Il se pencha sur son bureau. Pour me permettre d'admirer le savant travail de tissage qu'il avait effectué sur ses cheveux dans le but de masquer son crâne dégarni ?

— Écoutez-moi bien, Jack, dit-il. Vous me posez un problème.

— Quel problème ?

— Si vous veniez me voir parce que vous êtes son frère et que vous voulez comprendre, ce serait différent, et je vous dirais sans doute tout ce que je sais. Mais si ce que je vous raconte finit ensuite

53

dans le *Rocky Mountain News*, alors là, je ne suis pas d'accord. J'ai trop de respect pour la mémoire de votre frère. Je ne veux pas que sa mort serve à faire vendre du papier. Contrairement à vous.

Nous étions seuls dans une petite pièce occupée par quatre bureaux. Les paroles de Scalari me firent voir rouge, mais je ravalai ma colère. À mon tour, je me penchai vers lui, pour lui faire voir le dessus de mon crâne couvert de cheveux en pleine santé.

— À moi de vous poser une question, inspecteur Scalari, lui dis-je. Mon frère a-t-il été tué ?

— Non.

— Vous êtes certain qu'il s'agit d'un suicide.

— Exact.

— Et le dossier est classé ?

— Exact.

Je fis un pas en arrière.

— Dans ce cas, je suis bien embêté.

— Et pourquoi donc ?

— Parce que vous essayez de jouer sur les deux tableaux. Vous me dites que l'affaire est classée, et pourtant, je n'ai pas le droit de consulter le dossier. Si l'affaire est classée, je devrais pouvoir le consulter, car la victime était mon frère. Et si elle est classée, ça veut dire que je ne risque pas, en tant que journaliste, de compromettre une enquête en cours en consultant le dossier.

Je lui laissai quelques instants pour digérer.

— Et donc, enchaînai-je, en suivant votre raisonnement, rien ne peut m'empêcher de consulter le dossier.

Il me dévisagea. Je voyais la colère faire trembler ses joues.

— Écoutez-moi, Jack. Il y a dans ce dossier certaines choses qu'il vaut mieux ne pas connaître, et encore moins publier.

— Je pense être le meilleur juge en ce domaine, inspecteur Scalari. Sean était mon frère. Mon frère jumeau. Je n'ai aucune envie de lui faire du mal. Je veux juste essayer de comprendre, pour moi-même. Si par la suite j'écris quelque chose sur ce sujet, ce sera pour l'enterrer avec lui. Pigé ?

Nous nous observâmes un long moment, sans rien dire. La balle était dans son camp, et j'attendais.

— Je ne peux pas vous aider, dit-il finalement. Même si je le voulais. L'affaire est bouclée. Le dossier a été transmis aux archives. Si vous souhaitez le consulter, adressez-vous à eux.

Je me levai.

— Merci de m'avoir mis au courant dès le début de notre conversation.

Je sortis sans rien ajouter. Je savais parfaitement que Scalari m'enverrait paître. Si j'étais allé le trouver malgré tout, c'est que je devais suivre la routine, et surtout que j'avais besoin de savoir où se trouvait le dossier.

Ayant descendu l'escalier emprunté presque uniquement par les flics, je pénétrai dans le bureau du responsable administratif. À midi et quart, le hall d'accueil et la réception étaient déserts. Je passai devant sans m'arrêter, frappai à la porte et entendis une voix me dire d'entrer.

Le capitaine Forest Grolon était assis derrière son bureau. Cet homme était si imposant que le bureau modèle standard ressemblait à un meuble d'enfant. Il avait le teint mat et le crâne rasé. Lorsqu'il se leva pour me serrer la main, je me souvins qu'il atteignait presque les deux mètres. Et que s'il avait fallu le peser, la balance aurait dû pouvoir afficher le chiffre 150 sur son cadran. Je lui serrai la main et souris. Grolon me servait de source depuis l'époque où j'avais été affecté aux commissariats, il y avait six ans de cela. Il n'était alors qu'un simple sergent en uniforme. Depuis, nous avions l'un et l'autre gravi les échelons.

— Comment ça va, Jack ? me demanda-t-il. Alors, comme ça, tu viens juste de reprendre ?

— Oui, après quelques semaines de congé. Ça va.

Il ne fit aucune allusion à mon frère. Mais il était un des rares flics présents à l'enterrement, et je savais ce qu'il ressentait. Pendant qu'il se rasseyait, je pris place sur un des sièges qui faisaient face au bureau.

Le travail de Grolon n'avait qu'un lointain rapport avec le maintien de l'ordre. En fait, il s'occupait de l'aspect financier de la chose. Responsable du budget annuel de la police locale, de l'embauche et de la formation. Des renvois aussi. Mais si ce poste n'avait que peu de rapport avec le métier de policier, il s'inscrivait parfaitement dans ses plans. En effet, Grolon voulait devenir chef de la police, et il accumulait dans ce but quantité d'expériences afin d'être, le jour venu, le candidat idéal à ce poste. Garder des contacts au sein des médias locaux faisait également partie du plan. Au moment décisif, il compterait sur moi pour dresser de lui un portrait flatteur dans les colonnes du *Rocky*. Et je le ferais. En attendant, je pouvais compter sur lui, pour certaines choses.

— Alors, puis-je savoir ce qui me prive de déjeuner ? reprit-il d'un ton bourru, car cela entrait dans notre petit jeu habituel.

Je savais que Grolon préférait me rencontrer à l'heure du déjeuner, quand son assistant était absent et qu'il y avait moins de risques qu'on le voie avec moi.

— Je ne vous prive pas de déjeuner. Vous mangerez un peu plus tard, voilà tout. Je veux consulter le dossier de mon frère. Scalari m'a dit qu'il l'avait déjà expédié aux archives pour le microfilmer. Je me disais que vous pourriez peut-être le récupérer afin que j'y jette un coup d'œil rapide.

— À quoi bon, Jack ? Pourquoi réveiller tout ça ?

— Il faut que je sache, capitaine. Je ne reprendrai aucune information dans mon article. Mais il faut que je le lise. Si vous me le filez maintenant, j'aurai fini avant même que les types des archives reviennent de déjeuner. Personne n'en saura rien. Sauf vous et moi. Et je saurai m'en souvenir.

Dix minutes plus tard, Grolon me tendait le dossier. Il était aussi mince que l'annuaire des habitants d'Aspen. Je ne sais pas pourquoi, mais je m'attendais à quelque chose de plus gros et de plus lourd, comme si l'épaisseur du dossier de police devait refléter l'importance qu'avait cette mort à mes yeux.

À l'intérieur, sur le dessus, se trouvait une enveloppe portant la mention PHOTOS. Je la déposai de côté sur le bureau, sans l'ouvrir. Venaient ensuite un rapport d'autopsie et plusieurs formulaires d'enquête standard, attachés par un trombone.

J'avais étudié suffisamment de rapports d'autopsie pour savoir que je pouvais sauter les premières pages remplies d'interminables descriptions d'organes, de glandes diverses et de notes sur l'état général du corps pour en arriver directement aux dernières où figuraient les conclusions. Il n'y avait là aucune surprise. La mort avait été provoquée par une balle tirée en pleine tête. Le mot « suicide » était entouré juste en dessous. Les examens sanguins destinés à identifier les drogues courantes indiquaient des traces d'hydrobromure dextrométhorphan. À la suite de cette information, quelqu'un, sans doute un gars du labo, avait noté : « sirop antitussif – boîte à gants ». Cela signifiait qu'à part une ou deux gorgées de sirop contre la toux, dont la bouteille avait été retrouvée dans la voiture, mon frère n'était absolument pas ivre lorsqu'il avait pointé l'arme sur son visage.

Le rapport d'analyse balistique contenait un sous-rapport portant la mention RdP, et je savais que cela signifiait résidus de poudre. Une analyse microscopique des gants en cuir que portait la victime avait mis en évidence la présence de particules de poudre brûlée sur le gant droit, indiquant que la victime s'était servie de cette main pour presser la détente. Les mêmes résidus, ainsi que des brûlures de gaz, avaient été également découverts dans sa gorge. La conclusion s'imposait : il s'était enfoncé le canon de son arme dans la bouche avant de tirer.

Le dossier contenait par ailleurs l'inventaire de tous les objets retrouvés dans la voiture. Je ne remarquai rien d'anormal. Je tombai ensuite sur la déposition du témoin. Il s'agissait d'un certain Stephen Pena, garde forestier de son état, en poste dans le parc, chargé de la surveillance et du guichet d'informations.

Le témoin déclare qu'il ne pouvait apercevoir le parking depuis l'intérieur de sa cabane où il travaillait. Vers 16 heures 58, il a entendu une sorte de détonation étouffée, qu'il a aussitôt identifiée comme un coup de feu, par expérience. Ayant localisé sa provenance, savoir le parking, le témoin s'est rendu immédiatement sur place, pensant avoir affaire à des chasseurs. À cette heure, il n'y avait qu'un seul véhicule dans le parking et, à travers les vitres partiellement embuées de la voiture, il a aperçu la victime renversée sur le siège du conducteur. Le témoin s'est alors précipité, mais n'a pas réussi à ouvrir la portière, car elle était verrouillée. En collant son nez à la vitre, il a constaté que la victime était certainement décédée, étant donné l'importance des blessures qu'elle avait à l'arrière du crâne. Le témoin a immédiatement regagné sa cabane, d'où il a alerté la police et ses supérieurs. Il est ensuite retourné à la voiture pour attendre l'arrivée de la police.

Le témoin déclare être arrivé en vue de la voiture de la victime moins de cinq secondes après avoir entendu le coup de feu. Le véhicule était garé à une cinquantaine de mètres des arbres ou du bâtiment le plus proche. D'après le témoin, il est impossible que quelqu'un ait eu le temps de ressortir de la voiture après le coup de feu, et de se cacher sans être vu par le témoin.

Je remis la déposition à sa place dans le dossier et feuilletai les autres rapports. Une feuille intitulée «Compte rendu» décrivait la dernière journée de mon frère. Il était arrivé au poste à 7 heures 30, avait déjeuné avec Wexler à midi et était parti à 14 heures pour aller au Stanley. Sans dire à Wexler, ni à personne d'autre, avec qui il avait rendez-vous.

Toutes les tentatives des enquêteurs afin de déterminer s'il s'était réellement rendu au Stanley n'avaient rien donné. Ils avaient interrogé toutes les serveuses et tous les serveurs du restaurant de l'hôtel, mais personne ne se rappelait avoir vu mon frère.

Plus loin dans le dossier, un rapport d'une seule page résumait l'entretien de Scalari avec le psychologue de Sean. D'une manière ou d'une autre, peut-être par Riley, Scalari avait appris que Sean fréquentait ce spécialiste de Denver. Le Dr Colin Dorschner déclarait, d'après le rapport, que Sean souffrait d'une grave dépression provoquée par le stress de son métier, et plus particulièrement son incapacité à résoudre l'affaire Lofton. Ce que ne précisait pas ce résumé, c'était si Dorschner pensait que mon frère avait des tendances suicidaires. En fait, je me demandai si Scalari lui avait simplement posé la question.

Le dernier document du dossier était le rapport final de l'officier chargé de l'enquête. Le dernier paragraphe contenait le résumé et la conclusion de Scalari.

En se fondant sur les indices relevés et le témoignage oculaire concernant le décès de l'inspecteur Sean McEvoy, l'inspecteur chargé de l'enquête conclut que la victime est morte de sa main, d'une balle tirée à bout portant, après avoir rédigé un message a l'intérieur du pare-brise recouvert de buée. Toutes les personnes de son entourage, ses collègues, parmi lesquels l'inspecteur chargé de l'enquête, mais également son épouse et le psychologue Colin Dorschner, savaient la victime très affectée sur le plan émotionnel par ses tentatives infructueuses pour découvrir le coupable du meurtre de Theresa Lofton survenu le 19 déc. (affaire n° 832). On peut penser que ces profondes perturbations psychologiques ont conduit la victime à se suicider. Le Dr Armand Griggs, psychologue rattaché à la police de Denver, a déclaré lors d'un entretien (22/2) que le message laissé sur le pare-brise – « Hors de l'espace, hors du temps » – pouvait être considéré comme un message d'adieu correspondant à l'état d'esprit de la victime.

À l'heure actuelle, aucun élément tangible ne vient contredire la théorie du suicide.

Fait le 24/2 Off. RJS D-II.

En fixant tous les rapports avec le trombone, je m'aperçus que j'avais omis de regarder une dernière chose.

Grolon avait décidé de descendre à la cafétéria pour chercher un sandwich. J'étais seul dans le bureau. Cinq minutes s'écoulèrent sans doute, immobiles et silencieuses, tandis que je contemplais l'enveloppe. Je savais que si je regardais ces photos, cette dernière image de mon frère ne me quitterait plus jamais. Et je ne le voulais pas. Mais je savais également que j'avais besoin de voir ces photos pour avoir enfin une certitude concernant sa mort, pour m'aider à chasser les ultimes doutes.

J'ouvris rapidement l'enveloppe pour m'empêcher de changer d'avis. En sortant le paquet de clichés en couleur, de format 18 × 24, je découvris tout d'abord une image d'ensemble de la scène. La voiture de fonction de mon frère, une Chevy Caprice blanche, seule à l'extrémité du parking. On distinguait la cabane du garde forestier en arrière-plan, au sommet d'une petite colline. Le parking avait été déneigé peu de temps auparavant, et sur les côtés se dressait une digue de neige de plus d'un mètre de hauteur.

La photo suivante montrait en gros plan le pare-brise de la voiture, vu de l'extérieur. Le message était à peine lisible, car la buée s'était dissipée. Mais il était toujours là et, à travers la vitre, j'apercevais également Sean. Il avait la tête rejetée en arrière et la bouche grande ouverte. Je passai à la photo suivante et, cette fois, je me retrouvai à l'intérieur de la voiture, avec lui. Le cliché avait été pris du siège du passager ; son corps tout entier était visible. Le sang avait coulé sur sa nuque, tel un large collier, autour de son cou, puis sur son pull. Son gros anorak était ouvert. Il y avait des éclaboussures sur le toit et la vitre arrière. L'arme gisait près de sa cuisse droite.

Les autres photos étaient principalement des gros plans pris sous différents angles. Curieusement, elles n'eurent pas sur moi l'effet que je redoutais. L'éclairage aseptisé dépouillait mon frère de toute humanité. Il ressemblait à un mannequin de cire. Rien dans ces clichés ne me paraissait aussi traumatisant que cette terrible constatation : je m'étais une fois de plus convaincu que Sean s'était bel et bien suicidé. Je m'avouai alors que j'avais nourri secrètement un espoir, et celui-ci venait de s'envoler.

Grolon revint à ce moment-là. Il me jeta un regard interrogateur. Je me levai et déposai le dossier sur son bureau, tandis qu'il contournait ce dernier pour regagner son fauteuil. Il ouvrit un sac en papier brun et en sortit un sandwich œuf-salade enveloppé de film transparent.

— Ça va ?

— Oui, ça va.

— Vous en voulez la moitié ?

— Non.

— Qu'est-ce que vous ressentez ?

Cette question me fit sourire ; je l'avais moi-même posée bien souvent. Sans doute Grolon fut-il déstabilisé par mon sourire, car je le vis froncer les sourcils.

— Vous voyez ça ? lui demandai-je en désignant

la cicatrice sur mon visage. Voilà ce qui m'est arrivé pour avoir osé poser la même question un jour.

— Désolé.

— Inutile d'être désolé. Je ne l'étais pas.

5

Après avoir lu le dossier concernant la mort de mon frère, j'étais curieux de connaître tous les détails de l'affaire Theresa Lofton. Si je voulais écrire un article sur le geste de Sean, j'avais besoin de savoir tout ce qu'il savait. Il fallait que je comprenne ce qu'il avait fini par comprendre. Mais cette fois, Grolon ne pouvait pas m'aider. Les dossiers des affaires d'homicide en cours étaient tous sous clé, et si je demandais à Grolon d'essayer de me procurer le classeur Lofton, nul doute qu'il y verrait plus de risques que d'avantages potentiels.

Après m'être rendu au bureau des détectives du CAP et l'avoir trouvé désert, déjeuner oblige, je décidai de partir en quête de Wexler en passant tout d'abord au Satire, endroit où les flics aimaient manger – et boire – à midi. Je l'aperçus sur une des banquettes du fond. Seul problème, il était avec Saint Louis. Ils ne m'avaient vu ni l'un ni l'autre, et je m'interrogeai : valait-il mieux battre en retraite et essayer de coincer Wexler plus tard, quand il serait seul ? Mais soudain, le regard de Wexler s'arrêta sur moi. Je me dirigeai vers sa table. À en juger par leurs assiettes barbouillées de ketchup, ils avaient fini de déjeuner. Wexler avait devant lui, sur la table, ce qui ressemblait à du Jim Bean avec des glaçons.

— Tiens, regardez qui arrive ! dit-il d'un ton enjoué.

Je me glissai sur la banquette, à côté de Saint Louis, de façon à me trouver en face de Wexler.

— Hé, qu'est-ce que ça veut dire ? protesta Saint Louis, sans conviction.

— Le pouvoir de la presse, lui répondis-je. Alors, tout va bien, les gars ?

— Lui réponds pas, dit Saint Louis en s'adressant à Wexler. Ce type veut quelque chose qu'il peut pas avoir.

— Évidemment, dis-je. C'est pas nouveau.

— Y a jamais rien de nouveau, Jack, dit Wexler. C'est vrai, ce que dit Big Dog ? Vous voulez un truc que vous ne pouvez pas avoir ?

C'était un jeu. Du bavardage amical destiné à dénicher le noyau de l'information sans être obligé de poser directement la question et d'affronter la réponse. La même chose que les surnoms utilisés par les flics. J'avais souvent joué à ce petit jeu, et je me débrouillais plutôt bien. Il fallait avancer avec sub-tilité. Un peu comme la technique du « criss-cross » au basket, du temps du lycée. Ne jamais perdre la balle des yeux, et observer les deux autres types en même temps. J'avais toujours joué en finesse. Sean, lui, c'était la force. Il était plutôt football. Moi, j'étais basket.

— Pas exactement, dis-je. Mais j'ai repris le boulot, les gars.

— Oh, merde, soupira Saint Louis. Accrochons-nous.

— Où on en est dans l'affaire Lofton? demandai-je à Wexler, ignorant son collègue.

— Eh, Jack, vous vous adressez à nous en tant que journaliste maintenant? voulut savoir Wexler.

— Je ne m'adresse qu'à vous seul. Et en tant que journaliste, en effet.

— Aucun commentaire sur l'affaire Lofton.

— Ça veut donc dire rien de nouveau?

— J'ai dit «aucun commentaire».

— Écoutez. Je veux savoir où vous en êtes. Cette affaire a presque trois mois maintenant; le dossier va bientôt se retrouver au panier, si ce n'est pas déjà fait, et vous le savez. Je veux juste le consulter. Je veux savoir ce qui a démoli Sean à ce point.

— Vous oubliez quelque chose, on dirait. Le rapport a conclu au suicide et le dossier est classé. Peu importe ce qui l'a déboussolé à ce point dans l'affaire Lofton. D'ailleurs, rien ne prouve qu'il y avait un lien avec son geste. C'est accessoire, au plus. Mais on le saura jamais.

— Arrêtez vos conneries. Je viens de lire le dossier. (Je crus voir les sourcils de Wexler se dresser, de manière subliminale.) Tout y est. Sean était devenu maboul à cause de cette affaire. Il allait chez le psy, il consacrait tout son temps à l'enquête. Alors, ne me dites pas qu'on ne saura jamais.

— Écoutez, mon petit gars, on…

Je le coupai :

— Vous l'appeliez comme ça, Sean ?

— Comment ?

— Mon petit gars. Vous l'appeliez « mon petit gars » ?

Wexler semblait troublé.

— Non, jamais.

— Alors, ne m'appelez pas comme ça.

Wexler leva les bras, en signe de paix.

— Pourquoi m'empêchez-vous de voir le dossier ? Vous piétinez dans cette affaire.

— Dixit ?

— Moi. Ça vous fout la trouille. Vous avez vu ce qui est arrivé à Sean et vous ne voulez pas qu'il vous arrive la même chose. Résultat, le dossier est enfermé dans un tiroir quelque part, sous une épaisse couche de poussière. J'en suis sûr.

— Vous savez, Jack, vous êtes un sacré baratineur. Et si vous n'étiez pas le frère de votre frère, je vous balancerais sur le trottoir. Vous m'emmerdez. Et j'aime pas qu'on m'emmerde.

— Ah oui ? Alors, imaginez un peu ce que je ressens, moi. La vérité, c'est que je suis son frère, et j'estime que ça me donne des droits.

Saint Louis me lança un petit ricanement sardonique destiné à me rabaisser.

— Dis donc, Big Dog, lui dis-je, c'est pas l'heure de la promenade ? Va donc arroser un lampadaire ou une bouche d'incendie.

Wexler laissa échapper le début d'un éclat de

rire, qu'il s'empressa de contenir. Le visage de Saint Louis s'empourpra.

— Écoutez-moi bien, espèce de salopard. Je vais vous…

— Ça suffit, les gars, intervint Wexler. Arrêtez. Si tu sortais prendre l'air et fumer une clope, Ray ? Le temps que je discute avec notre ami Jackie. Je le remets à sa place et je te rejoins.

Je m'extirpai du box afin de laisser passer Saint Louis. Il me jeta un regard meurtrier au passage. Je me glissai de nouveau sur la banquette.

— Finissez votre verre, Wex. Inutile de faire comme s'il n'y avait pas de whisky sur cette table.

Wexler grimaça et avala une gorgée de Jim Bean.

— Jumeaux ou pas, dit-il, vous ressemblez vachement à votre frère. Vous êtes pas du genre à renoncer facilement. Vous êtes même un petit futé, parfois. Sans cette barbe à la con et vos cheveux de hippie, on pourrait vous prendre pour lui. Faudrait faire quelque chose pour cette vilaine cicatrice.

— Si on parlait du dossier ?

— Qu'est-ce que vous voulez ?

— Il faut que vous me laissiez le consulter. Vous devez bien ça à Sean.

— Je pige pas, Jack.

— Je suis sûr que si. Je ne peux pas tirer un trait sur cette histoire avant de tout savoir. J'essaye simplement de comprendre.

— Vous essayez aussi d'écrire un article.

— Pour moi, écrire, c'est l'équivalent de ce que vous avez dans votre verre. Si je peux écrire un truc sur cette histoire, j'arriverai enfin à comprendre. Et ensuite, je pourrai l'enterrer. Je ne veux rien d'autre.

Wexler détourna la tête et prit l'addition que la serveuse avait déposée sur la table. Puis il vida son verre d'un trait et se glissa hors du box. Debout devant moi, il me toisa et poussa un long soupir chargé de bourbon.

— Passez au bureau, dit-il. Je vous accorde une heure.

Il brandit son index et répéta, au cas où je n'aurais pas saisi :

— Une heure.

De retour dans la salle des inspecteurs du CAP, j'utilisai le bureau qui avait été celui de mon frère. Personne ne l'avait encore réquisitionné. Peut-être portait-il malheur maintenant. Wexler était planté devant un mur de classeurs, en train de fouiller dans un tiroir ouvert. Saint Louis avait disparu, ayant décidé, semblait-il, de ne pas se mêler de cette histoire. Wexler s'éloigna enfin du tiroir, avec deux épais dossiers. Il les déposa devant moi.

— Tout y est ? lui demandai-je.

— Absolument tout. Vous avez une heure.

— Allons, Wex, il y a au moins dix centimètres de paperasses ! Laissez-moi l'emporter chez moi et je vous le…

— C'est bien ce que je disais, exactement comme votre frangin. Une heure, McEvoy. Réglez votre montre, car ce dossier retourne dans son tiroir dans une heure. Cinquante-neuf minutes exactement. Vous perdez du temps.

Comprenant qu'il était inutile d'insister, j'ouvris le premier classeur.

Theresa Lofton était une ravissante jeune femme qui s'était inscrite à l'université pour obtenir son diplôme d'enseignante. Elle voulait devenir institutrice.

Elle était en première année et logeait dans un dortoir sur le campus. Tout en suivant un cursus complet, elle travaillait à mi-temps à la crèche du bâtiment des étudiants mariés.

On supposait qu'elle avait été kidnappée sur le campus, ou à proximité, un mercredi, le lendemain du dernier jour de cours avant les congés de Noël. La plupart des étudiants étaient déjà partis en vacances. Theresa était restée à Denver pour deux raisons : un, son travail, la crèche ne fermait qu'à la fin de la semaine, et deux, un problème de voiture. Elle attendait qu'on installe un nouvel embrayage sur sa vieille Coccinelle pour pouvoir rentrer chez elle.

Son enlèvement n'avait pas été signalé, sa camarade de chambre et tous ses amis étant déjà repartis chez eux pour Noël. Nul ne s'était aperçu de sa disparition. Lorsqu'elle n'était pas venue travailler à la crèche le jeudi matin, le directeur avait pensé qu'elle était simplement rentrée prématurément dans le Montana sans finir sa semaine ; de toute façon, elle ne devait pas reprendre son travail après Noël. Ça n'aurait pas été la première fois qu'un étudiant lui jouait ce sale tour, surtout quand les examens étaient passés et que résonnait l'appel des vacances. Conclusion, le directeur de la crèche n'avait pas pris la peine d'alerter la police.

Le corps de Theresa fut retrouvé le vendredi matin dans Washington Park. Les enquêteurs parvinrent à retracer ses derniers faits et gestes jusqu'au mercredi midi, lorsqu'elle avait appelé le garagiste ; elle était encore à la crèche, il se rappelait avoir entendu des voix d'enfants à l'arrière-plan, et il lui avait annoncé que sa voiture était prête. Elle passerait la chercher après son travail, elle devait d'abord se rendre à la banque. Elle n'avait rien fait de tout cela. Elle avait dit au revoir au directeur de la crèche à midi et était partie. Plus personne ne l'avait revue vivante. Sauf, évidemment, le meurtrier.

Il me suffisait de regarder les photos pour comprendre comment cette affaire avait pu ébranler et hanter Sean. Il y avait des photos avant et après. Un portrait de Theresa, sans doute destiné à l'annuaire du lycée. Une fille au visage frais, avec toute la vie devant elle. Elle avait des cheveux bruns bouclés et des yeux d'un bleu cristallin. Dans ses prunelles étincelait une petite étoile lumineuse. Il y avait également un instantané où on la voyait en short et débardeur. Souriante, elle transportait un gros carton provenant du coffre d'une voiture. Les muscles de ses bras fins et bronzés étaient tendus. On sentait qu'elle avait dû faire un petit effort pour garder la pose avec ce gros carton. Je retournai la photo ; au dos on pouvait lire, griffonné sans doute de la main d'un de ses parents : « Arrivée de Terri sur le campus ! Denver, Colorado ».

Les autres photos avaient été prises « après ». Il y en avait beaucoup plus, et je fus frappé par leur nombre. Pourquoi les flics en prenaient-ils autant ? Chaque cliché ressemblait à une sorte d'effroyable viol, même si la fille était déjà morte. Sur ces photos, les yeux de Theresa Lofton avaient perdu leur éclat. Ils étaient ouverts, mais ternes, recouverts d'un voile laiteux.

Les clichés montraient la victime allongée dans un lit de broussailles enneigées, d'une cinquantaine de centimètres de hauteur, sur une légère pente. Les articles de journaux disaient vrai. Elle était coupée en deux. Une écharpe était solidement nouée autour de son cou et, à en juger par ses yeux écarquillés et exorbités, c'était ainsi qu'elle était morte. Mais de toute évidence, le meurtrier n'avait pas ménagé sa peine ensuite. Le corps avait été tranché en plein milieu, puis la partie inférieure posée sur la partie supérieure, composant un épouvantable tableau qui suggérait que la victime se livrait à un acte sexuel sur sa propre personne.

Soudain, j'eus conscience que Wexler, derrière le bureau voisin, m'observait pendant que je passais en revue cette succession de clichés écœurants. Je m'efforçai de dissimuler mon dégoût. Ou ma fascination. Je comprenais maintenant de quoi voulait me protéger mon frère. Je n'avais jamais rien vu d'aussi horrible. Enfin, je levai les yeux vers Wexler.

— Nom de Dieu…

— Eh oui.

— Quand les journaux à scandale racontaient que ça ressemblait au meurtre du Dahlia noir à L. A., ils n'étaient pas loin de la vérité ?

— Non. Mac avait acheté un bouquin sur cette histoire. Et je me souviens qu'il a appelé un vétéran de la police de L. A. Il y a des similitudes. Le coup du corps coupé en deux. Mais le Dahlia noir, ça remonte à cinquante ans.

— Peut-être que quelqu'un s'en est inspiré.

— Possible. Mac y avait pensé.

Je rangeai les photos dans l'enveloppe et reportai mon attention sur Wexler.

— Elle était lesbienne ?

— Non, pas à notre connaissance du moins. Elle avait un petit ami, chez elle là-bas dans le Montana. Un brave gars. Il est hors de cause. Votre frère pensait comme vous à un moment. À cause de ce qu'a fait le meurtrier, avec les deux morceaux du corps. Il pensait que quelqu'un voulait peut-être se venger, parce que la fille était gouine. En essayant d'exprimer quelque chose, de cette façon dingue. Mais cette piste ne l'a mené nulle part.

Je hochai la tête.

— Bon, il vous reste quarante-cinq minutes.

— Vous savez, c'est la première fois depuis longtemps que je vous entends l'appeler « Mac ».

— Laissez tomber. Plus que quarante-quatre minutes.

Après les photos, la lecture du rapport d'autopsie

faisait retomber la tension. Je constatai que l'heure du décès correspondait au premier jour de la disparition de Theresa. Autrement dit, elle était morte depuis plus de quarante heures quand on avait retrouvé son corps.

La plupart des comptes rendus évoquaient des impasses. Les enquêtes de routine auprès de la famille de la victime, de son petit ami, de ses camarades de fac, des collègues de la crèche, et même des parents des enfants dont elle s'occupait n'avaient rien donné. Presque toutes les personnes interrogées avaient été mises hors de cause, grâce à des alibis ou d'autres recoupements.

La même conclusion figurait dans tous les rapports : Theresa Lofton ne connaissait pas son meurtrier, leurs chemins s'étaient croisés par hasard, c'était une simple question de malchance. Le meurtrier mystérieux était toujours présenté comme un homme, bien qu'il n'existât aucune preuve concrète pour l'affirmer. La victime n'avait subi aucune agression sexuelle. Mais les meurtriers et les bourreaux de femmes les plus violents étant généralement des hommes, on estimait qu'il avait fallu une certaine force physique pour pouvoir ainsi trancher les os et les tendons de la victime. Aucune arme coupante n'avait été retrouvée sur place.

Même si le corps s'était presque totalement vidé de son sang, des traces de lividité cadavérique indiquaient qu'un certain temps s'était écoulé entre la mort et les mutilations subies par la victime. Peut-être même deux ou trois heures, d'après le rapport.

Autre bizarrerie : le moment où le corps avait été abandonné dans le parc. On l'avait découvert quarante heures environ après la mort estimée de Theresa Lofton. Pourtant, le parc était un endroit très fréquenté par les promeneurs et les joggers. Il semblait peu probable que le cadavre ait pu rester aussi longtemps en plein milieu du parc sans que quelqu'un le remarque, même si une chute de neige précoce avait considérablement réduit le nombre de passants. En fait, le rapport concluait que le corps avait été déposé à cet endroit trois heures au maximum avant d'être découvert au petit jour par un jogger matinal.

Où s'était-il trouvé pendant tout ce temps ? Les enquêteurs ne pouvaient répondre à cette question. Mais ils possédaient un indice.

Le rapport d'analyse des fibres répertoriait plusieurs types de poils et cheveux d'origine étrangère, ainsi que des fibres de coton trouvées sur le corps ou prélevées avec un peigne. Ces éléments devaient servir à établir un lien entre la victime et un suspect, le jour où un suspect se présenterait. Un passage du rapport avait été entouré. Le paragraphe en question concernait la présence d'une fibre particulière, du kapok, découverte sur le cadavre en quantité importante. Trente-trois poils de graines de kapok avaient été prélevés. Un tel nombre indiquait un contact direct avec la source. Si elles ressemblaient au coton, précisait le rapport, les fibres de kapok étaient beaucoup plus rares et utilisées principalement dans les matériaux nécessitant une certaine élasticité, comme par exemple les coussins de bateau, les gilets de sauvetage ou certains sacs de couchage. Je me demandai pourquoi ce passage du rapport avait été entouré, et posai la question à Wexler.

— Sean pensait que les fibres de kapok étaient la clé de l'endroit où le corps avait été planqué pendant plusieurs heures. Autrement dit, si on trouvait d'où provenait cette saloperie, qui ne court pas les rues, on découvrirait du même coup le lieu du crime. Hélas, ça n'a jamais rien donné.

Les rapports étant classés par ordre chronologique, je pus voir toutes les hypothèses naître, puis s'effondrer, les unes après les autres. Et je sentis grandir un sentiment de découragement. L'enquête ne conduisait nulle part. De toute évidence, mon frère était convaincu que Theresa Lofton avait croisé le chemin d'un *serial killer*, le criminel le plus insaisissable qui soit. Un rapport envoyé par le Centre national d'analyses des crimes violents, rattaché au FBI, contenait un portrait psychologique du meurtrier. Mon frère avait également conservé dans le dossier la photocopie d'un inventaire de dix-sept pages concernant tous les aspects du crime, inventaire qu'il avait rédigé et envoyé au bureau du VICAP, le Programme d'étude sur les criminels violents. Mais l'ordinateur du VICAP n'avait pu fournir qu'une réponse négative à cette liste de paramètres. Le meurtre de Theresa Lofton n'offrait pas suffisamment de points communs avec d'autres meurtres commis dans le pays pour mériter plus d'attention de la part du FBI.

Le profil psychologique fourni par le Bureau émanait d'un agent fédéral dont le nom figurait sur le rapport : Rachel Walling. Il contenait un ensemble de généralités sans aucun intérêt pour l'enquête, car même si les traits de personnalité évoqués étaient pertinents, et sans doute justes, ils n'aidaient pas nécessairement les inspecteurs à faire le tri parmi les millions d'hommes susceptibles de figurer au nombre des suspects. Le portrait psychologique suggérait que le meurtrier était très certainement un individu mâle de race blanche, entre vingt et trente ans, souffrant d'un sentiment d'impuissance et de colère vis-à-vis des femmes – d'où ces horribles mutilations infligées au corps de la victime. Sans doute avait-il été élevé par une mère dominatrice, son père étant absent du foyer familial, ou bien trop occupé à gagner sa vie ; bref il avait abandonné à la mère la tâche d'élever et éduquer l'enfant. Le profil qualifiait, par ailleurs, le meurtrier d'« organisé » dans sa façon de procéder et mettait en garde : le succès qu'il avait rencontré dans l'accomplissement de son crime et les efforts qu'il avait déployés pour échapper à la police pouvaient le conduire à exécuter d'autres crimes de nature similaire.

Les derniers rapports contenus dans le premier classeur comprenaient des résumés d'interrogatoires, des vérifications concernant des informations reçues, et divers autres détails relatifs à l'affaire ; tous pouvaient sembler anodins au moment où ils avaient été consignés, mais se révéler essentiels ultérieurement. En parcourant tous ces rapports, je vis grandir l'attachement de Sean pour Theresa Lofton. Dans les premières pages, elle apparaissait toujours sous le nom de «la victime», parfois de Lofton. Par la suite, il avait commencé à l'appeler Theresa. Et dans les derniers rapports, ceux archivés en février, avant sa mort, il l'appelait Terri, diminutif sans doute emprunté à la famille et aux amis, ou peut-être lu au dos de la photo prise le jour de son arrivée sur le campus. Que de joie alors !

Je refermai le premier dossier et m'attaquai au second ; il me restait dix minutes. Moins épais, celui-ci semblait rempli d'un fatras d'enquêtes inachevées. On y trouvait, par exemple, plusieurs lettres d'individus proposant leurs théories sur le meurtre. Un médium avait écrit pour dire que l'esprit vivant de Theresa Lofton tournoyait quelque part au-dessus de la couche d'ozone, dans une zone sonore à haute fréquence. Theresa parlait à toute vitesse et sa voix ressemblait à un gazouillis pour une oreille non exercée, mais le médium était capable de déchiffrer ce chant et disposé à questionner Theresa si Sean le souhaitait. Rien dans le dossier n'indiquait que mon frère l'avait souhaité.

Un rapport additionnel précisait que la banque et le garage de Theresa se trouvaient à proximité de la fac ; on pouvait s'y rendre à pied. À trois reprises, des inspecteurs avaient fait le trajet entre le dortoir, la crèche, la banque et le garage sans jamais rencontrer un seul témoin qui se rappelât avoir vu Theresa le mercredi après le dernier jour de cours. Malgré tout, la théorie de mon frère – évoquée dans un autre rapport additionnel – était que Theresa Lofton avait été enlevée après avoir appelé le garage, de la crèche, mais avant de se rendre à la banque afin d'y retirer de l'argent pour payer les réparations.

Ce second dossier contenait également le compte rendu chronologique du travail des inspecteurs affectés à l'enquête. Initialement, quatre membres du CAP avaient travaillé sur l'affaire à plein temps. Mais comme les résultats se faisaient attendre, et que d'autres affaires se présentaient, seuls Sean et Wexler étaient restés sur le coup. Puis uniquement Sean : il refusait d'abandonner.

La dernière notation dans le rapport chronologique datait du jour de sa mort. Une seule ligne : « RUSHER. R.V. Stanley. A/P. Rens. sur Terri. »

— Le temps est écoulé.

Je levai la tête. Wexler désignait sa montre. Je refermai le dossier sans protester.

— Que signifie A/P ?

— Appel personnel. Ça veut dire qu'il a reçu un coup de fil.

— Qui est ce Rusher ?

— On n'en sait rien. Y a plusieurs personnes de ce nom dans l'annuaire. On les a appelées. Elles ignoraient toutes de quoi il s'agissait. J'ai interrogé le fichier central, mais avec juste un nom de famille, ça ne m'a pas beaucoup avancé. La vérité, c'est qu'on sait pas qui c'est. On ne sait même pas si c'est un homme ou une femme. Et on ne sait pas non plus si Sean a vraiment rencontré quelqu'un ou pas. On n'a trouvé personne qui l'ait vu au Stanley.

— Pourquoi serait-il allé voir cette personne sans vous en parler, ou même sans laisser un mot pour s'expliquer ? Pourquoi y être allé seul ?

— Comment savoir ? On a reçu tellement d'appels sur cette affaire qu'on aurait pu passer toutes nos journées à les transcrire. Et peut-être ne savait-il rien. Peut-être savait-il seulement que quelqu'un cherchait à le rencontrer. Votre frère était tellement obsédé par cette histoire qu'il aurait rencontré n'importe qui affirmant détenir des informations. Je vais même vous confier un petit secret. C'est un truc qui figure pas au dossier parce qu'il ne voulait pas qu'on le prenne pour un cinglé, mais… il était allé voir le voyant – le médium – dont il est question là-dedans.

— Et ça a donné quoi ?

— Rien. Que des conneries comme quoi le meurtrier rôdait dans les parages, avec l'envie de recommencer. Sans blague ? Merci du tuyau. En tout cas, ça ne figure pas dans le dossier. Je ne veux pas que les autres pensent que Mac était devenu maboul.

Je ne pris pas la peine de lui faire remarquer la stupidité de sa réflexion. Alors que mon frère s'était suicidé, Wexler essayait de limiter les dégâts qu'aurait pu subir sa réputation si on apprenait qu'il avait consulté un médium !

— Ça ne sortira pas de cette pièce, dis-je.

Et après quelques instants de silence, j'ajoutai :

— Quelle est votre théorie sur ce qui s'est passé ce jour-là, Wex ? De vous à moi, évidemment.

— Ma théorie ? Ma théorie, c'est qu'il est allé à ce putain de rendez-vous, et que celui qui l'avait appelé n'est pas venu. Une impasse de plus, il n'a pas supporté. La goutte d'eau qui fait déborder le vase. Il est allé au bord du lac et… il a fait ce qu'il a fait… Vous avez l'intention d'écrire un article sur lui ?

— Je ne sais pas. Sans doute.

— Écoutez, je ne sais pas comment vous dire ça, mais… C'était votre frère, mais c'était aussi mon ami. Et peut-être que je le connaissais mieux que vous. Alors… laissez tomber. N'insistez pas.

Je lui promis de réfléchir, mais c'était uniquement pour le rassurer. Ma décision était déjà prise. Je pris congé et consultai ma montre pour m'assurer que j'avais encore le temps de me rendre à Estes Park avant la tombée de la nuit.

6

Il était plus de 17 heures quand je pénétrai dans le parking du lac Bear, songeai qu'il avait le même aspect que lorsque mon frère l'avait découvert : désert. Le lac était gelé, la température chutait rapidement. Le ciel, qui avait déjà viré au pourpre, s'assombrissait. Pas de quoi attirer les gens du coin ou les touristes en cette fin de journée.

En traversant le parking, j'essayai de comprendre pourquoi Sean avait choisi de venir ici. Autant que je sache, ce lieu n'avait aucun rapport avec l'affaire Lofton. Mais je pensais connaître la réponse. Je m'arrêtai à l'endroit même où il s'était arrêté, et restai assis dans la voiture pour réfléchir.

Une lumière était allumée au-dessus de la porte de la cabane du garde forestier, sous l'auvent du toit. Je décidai d'aller voir si Pena, le témoin, était là. Puis tout à coup, une autre pensée me vint. Je me glissai sur le siège passager de la Tempo. Inspirant plusieurs fois à fond, j'ouvris la portière et courus vers le bois, là où les arbres étaient les plus proches de la voiture. En courant, je comptai à voix haute. J'en étais à onze secondes lorsque je franchis la bordure de neige et atteignis le couvert des arbres.

Arrêté dans le petit bois, dans la neige jusqu'aux genoux, sans bottes, je me penchai en avant et les mains sur les cuisses, essayai de reprendre mon souffle. Jamais un meurtrier n'aurait eu le temps de se cacher dans le bois si Pena était sorti aussi rapidement de sa cabane qu'il l'avait déclaré. Rassasié d'air, je me dirigeai vers la cabane du garde forestier en me demandant de quelle façon l'aborder. Journaliste ou frère ?

C'était bien Pena derrière la vitre. Je distinguais son nom sur la plaque de son uniforme. Il était en train de verrouiller un tiroir de son bureau quand je collai mon nez à la vitre. Il pliait boutique.

— Je peux vous aider, monsieur ? Je m'en allais.

— Oui, j'aurais aimé vous poser quelques questions.

Il sortit en m'observant d'un œil méfiant : de toute évidence, je n'étais pas habillé pour une balade dans la neige. Je portais un jean, des Reebok et une chemise en velours sous un gros pull de laine. J'avais laissé mon manteau dans la voiture et je grelottais.

— Je m'appelle Jack McEvoy.

J'attendis de voir s'il réagissait. Rien. Sans doute avait-il simplement lu le nom dans les dépositions qu'on lui avait fait signer, ou dans le journal. Et la prononciation – Mac-a-voy – ne correspondait pas à l'orthographe.

— Mon frère est… c'est lui que vous avez découvert il y a une quinzaine de jours.

Je lui montrai le parking.

— Oh, dit-il. Dans la voiture… le policier.

— J'ai passé toute la journée dans les bureaux de la police justement, à lire des rapports et ainsi de suite. Je voulais simplement jeter un œil. C'est dur, vous savez… à accepter.

Il hocha la tête en tentant de regarder discrètement sa montre.

— J'aimerais juste vous poser quelques questions, vite fait. Vous étiez ici, à l'intérieur, quand vous avez entendu le… coup de feu ?

Je parlais rapidement pour qu'il ne puisse pas m'interrompre.

— Oui…

On aurait dit qu'il essayait de prendre une décision. Finalement, il poursuivit :

— J'allais justement m'en aller, comme ce soir. Je rentrais chez moi. C'est à ce moment-là que je l'ai entendu. C'est curieux, vous savez. C'était comme si, d'une certaine façon, je savais déjà. Me demandez pas pourquoi. Franchement, j'ai pensé que c'étaient peut-être des braconniers qui chassaient le cerf. Je suis sorti à toute vitesse et la première chose que j'ai regardée a été le parking. J'ai vu la voiture. Et je l'ai aperçu, lui, à l'intérieur. Les vitres étaient couvertes de buée, mais je le voyais quand même. Derrière le volant. Mais à la façon dont il était penché en arrière… j'ai compris ce qui s'était passé. Désolé d'apprendre que c'était votre frère.

Répondant par un simple hochement de tête, j'examinai sa cabane. Un petit bureau et une remise. Je calculai qu'il s'était écoulé moins de cinq secondes entre le moment où Pena avait entendu le coup de feu et celui où il avait regardé le parking.

— Y a pas eu de souffrance, dit Pena.

— Pardon ?

— Si c'est ça que vous voulez savoir. Il n'a pas souffert physiquement, je pense pas. J'ai couru jusqu'à la bagnole. Il était déjà mort. Sur le coup.

— D'après les rapports de police, vous n'avez pas pu l'approcher. Les portières étaient verrouillées.

— Exact, j'ai pas réussi à ouvrir. Mais j'ai bien vu qu'il était mort. Et je suis revenu ici pour téléphoner.

— À votre avis, combien de temps est-il resté sur le parking avant de... passer à l'acte ?

— J'en sais rien. Comme je l'ai expliqué à la police, je ne vois pas le parking d'ici. J'étais dans la remise – y a un chauffage à l'intérieur –, mais je dirais... au moins une demi-heure avant que j'entende le coup de feu. Il a pu rester garé là-bas pendant tout ce temps. À réfléchir à son geste, j'imagine.

Je hochai la tête.

— Vous ne l'avez pas vu marcher sur le lac ? Avant le coup de feu, je veux dire.

— Sur le lac ? Non. Personne n'est allé sur le lac.

Je restai planté là, à essayer de réfléchir à d'autres questions.

— Ils ont trouvé pourquoi il avait fait ça ? demanda le garde forestier. Je sais que c'était un policier et...

Je fis non de la tête. Je ne voulais pas aborder ce

sujet avec un inconnu. Après l'avoir remercié, je regagnai le parking pendant qu'il fermait la porte à clé. La Tempo était la seule voiture sur le parking déblayé. Soudain, une autre idée me vint, et je fis demi-tour.

— Ils déneigent souvent le parking ?

Pena s'éloigna de la porte.

— Après chaque chute de neige.

J'acquiesçai et pensai aussitôt à autre chose.

— Où garez-vous votre voiture ?

— On a une sorte de parking pour le matériel un peu plus bas sur la route, à cinq ou six cents mètres d'ici. Je me gare là le matin et je monte le chemin à pied. Le soir, je le redescends.

— Vous voulez que je vous dépose ?

— Non. Mais merci quand même. J'irai plus vite en prenant le chemin.

Durant tout le retour, je pensai à la dernière fois où j'étais monté au lac Bear. C'était aussi en hiver. Mais le lac n'était pas gelé, pas entièrement du moins. Et en repartant cette fois-là, j'avais aussi froid qu'aujourd'hui et je me sentais tout aussi seul. Et coupable.

Riley semblait avoir vieilli de dix ans depuis que je l'avais vue à l'enterrement. Malgré cela, lorsqu'elle vint m'ouvrir la porte, je fus immédiatement frappé par quelque chose qui m'avait échappé. Theresa Lofton ressemblait à Riley McEvoy à 19 ans. Scalari ou quelqu'un d'autre avait-il pensé à interroger les psys à ce sujet ?

Elle me fit entrer. Elle savait qu'elle avait une sale tête. Après avoir ouvert la porte, elle plaqua nonchalamment sa main sur son visage, pour se cacher. Elle esquissa un sourire timide. Nous entrâmes dans la cuisine. Elle me demanda si je voulais un café, mais je répondis que je ne resterais pas longtemps. Je m'assis devant la table. Il me sembla qu'à chacune de mes visites on s'installait autour de la table de la cuisine. La disparition de Sean n'avait pas changé cette habitude.

— Je voulais te prévenir que j'allais écrire un truc sur Sean.

Elle resta muette un long moment, sans me regarder. Puis elle se leva et entreprit de vider le lave-vaisselle. J'attendis.

— Tu es obligé ? me demanda-t-elle finalement.

— Oui… je crois.

Elle ne dit rien.

— Je vais appeler le psy, Dorschner. Je ne sais pas s'il acceptera de me parler, mais maintenant que Sean n'est plus de ce monde, je ne vois pas quelle raison il aurait de refuser. Mais, euh… peut-être qu'il t'appellera pour demander ta permission…

— Ne t'en fais pas, Jack, je ne te mettrai pas de bâtons dans les roues.

Je la remerciai d'un hochement de tête, mais remarquai une certaine sécheresse dans ses paroles.

— Je suis allé chez les flics cet après-midi, et ensuite je suis monté jusqu'au lac.

— Je ne veux pas entendre parler de ça, Jack. Si tu te crois obligé d'écrire quelque chose sur ce qui s'est passé, libre à toi. Fais ce que tu dois faire. Mais moi, j'ai le droit de ne pas vouloir en entendre parler. Et ce que tu écriras sur Sean, je ne le lirai pas. Moi aussi, je ferai ce que je dois faire.

— Je comprends. Mais il faut encore que je te demande une chose. Ensuite, je te laisse en dehors de tout ça.

— En dehors de tout ça, dis-tu ? rugit-elle. J'aimerais bien y être. Hélas, je suis en plein dedans ! Et j'y resterai jusqu'à la fin de mes jours. Tu as envie de faire un article ? Tu penses que c'est un moyen de t'en débarrasser ? Et moi, Jack, qu'est-ce que je dois faire ?

Je regardai fixement le sol. J'avais envie de m'en aller, mais ne savais comment prendre congé. Sa douleur et sa colère irradiaient vers moi comme la chaleur qui s'échappe d'un four dont la porte est fermée.

— Tu veux m'interroger sur la fille, hein ? reprit-elle, d'une voix plus calme et sans crier. Tous les inspecteurs m'ont posé la même question.

— Exact. Pourquoi cette fille…

Je ne savais pas comment formuler ma question.

— Pourquoi Sean en a-t-il oublié tous les bons côtés de sa vie ? Aucune idée. Je n'en sais foutre rien !

Je vis la rage et les larmes envahir de nouveau son regard. C'était comme si son mari l'avait abandonnée pour une autre femme. Et j'étais là devant elle, la plus proche incarnation vivante de Sean qu'elle pourrait trouver. Pas étonnant qu'elle déverse sur moi sa colère et sa souffrance.

— Parlait-il de cette affaire à la maison?

— Non, pas spécialement. Il me parlait de ses enquêtes de temps à autre. Celle-ci ne semblait pas différente, excepté le sort qu'on avait réservé à la victime. Il m'a raconté ce que lui avait fait le meurtrier. Il m'a expliqué qu'il avait été obligé de la regarder. Après, je veux dire. Je savais que cela le tracassait, mais un tas de choses le tracassaient. Un tas d'enquêtes. Il ne voulait pas qu'un seul coupable puisse s'en tirer. C'est ce qu'il disait toujours.

— Mais cette fois, il est allé voir un psy.

— Il faisait des cauchemars et c'est moi qui lui ai conseillé d'y aller. Je l'y ai poussé.

— Quel genre de cauchemars?

— Il rêvait qu'il était là au moment où elle subissait tout ça. Il assistait à la scène sans pouvoir intervenir.

Cette remarque me rappela une autre mort, il y avait longtemps. Sarah. Sarah qui traversait la couche de glace. Je me souvins de mon sentiment d'impuissance en la voyant tomber. Je ne pouvais rien y faire. Je levai les yeux vers Riley.

— Sais-tu pourquoi Sean est monté au lac?

— Non.

— À cause de Sarah?

— Je t'ai dit que je ne savais pas.

— C'était avant qu'il te rencontre. Mais c'est là-bas qu'elle est morte. Un accident de…

— Oui, je sais, Jack. Mais je ne vois pas le rapport. Après tout ce temps.

Moi non plus je ne comprenais pas. Cela faisait

partie des nombreuses pensées déroutantes qui m'habitaient, mais je ne pouvais pas laisser tomber.

Avant de rentrer à Denver, je fis un détour par le cimetière. Sans savoir pourquoi. Il faisait nuit et il avait neigé deux fois depuis l'enterrement. Il me fallut un quart d'heure uniquement pour retrouver l'endroit où Sean était inhumé. Il n'y avait pas encore de pierre tombale. Je me repérai grâce à la dalle voisine. Celle de ma sœur.

Sur la tombe de Sean, il y avait deux fleurs en pots gelées et une petite pancarte en plastique qui dépassait de la neige, avec son nom dessus. Aucune fleur sur celle de Sarah. Je contemplai un long moment la tombe de Sean. Le ciel était dégagé et le clair de lune suffisant pour éclairer la scène. Mon souffle faisait de la buée.

— Pourquoi, Sean ? demandai-je à voix haute. Pourquoi ?

Soudain conscient de ce que j'étais en train de faire, je regardai autour de moi. J'étais seul dans le cimetière. La seule personne vivante. Je repensai à ce que m'avait dit Riley, sur l'obsession d'un Sean qui refusait qu'aucun coupable puisse s'en tirer. Et je songeai à quel point je me foutais de ces questions, du moment que l'histoire faisait un bon article de plusieurs colonnes. Comment avions-nous pu nous éloigner aussi radicalement l'un de l'autre ? Mon frère et moi. Mon frère jumeau. Je n'en savais rien. Mais ça me rendait triste. Et j'avais le sentiment que la personne qui était enterrée là n'était peut-être pas la bonne.

Je repensai à ce que m'avait dit Wexler le soir où ils étaient venus me chercher pour m'apprendre ce qui était arrivé. Il m'avait parlé de toute cette merde que ne supportait plus Sean. Je ne parvenais toujours pas à y croire. Mais il fallait bien croire à quelque chose. Je pensai à Riley et aux photos de Theresa Lofton. Et je pensai à ma sœur s'enfonçant à travers la glace. Je me dis alors que le meurtre de cette fille avait empoisonné mon frère d'une détresse désespérée. Je me dis alors qu'il était hanté par ce désespoir et par les yeux d'un bleu cristallin de cette fille qu'on avait coupée en deux. Et comme il ne pouvait se tourner vers son frère, il s'était tourné vers sa sœur. Il était allé au lac qui l'avait emportée. Et il l'avait rejointe.

Je quittai le cimetière sans me retourner.

7

Gladden avait pris position derrière la barrière, à l'opposé de l'endroit où la femme ramassait les billets des enfants. Elle ne pouvait pas le voir. Mais dès que le grand manège se mit à tourner, il put observer à sa guise chaque enfant. Passant sa main dans ses cheveux blonds décolorés, Gladden regarda autour de lui. Il aurait parié que tout le monde le prenait pour un père comme les autres.

Le manège avait repris sa ronde. Le limonaire diffusant les accords nasillards d'une chanson que Gladden ne reconnaissait pas, les chevaux de bois recommencèrent à tourner en montant et descendant, dans le sens contraire des aiguilles d'une montre. Gladden n'était jamais monté personnellement sur ce manège, bien qu'il ait vu un grand nombre de pères accompagner leurs enfants. C'était peut-être trop risqué.

Il remarqua une fillette d'environ cinq ans qui s'accrochait désespérément à un des étalons noirs. Penchée en avant, elle serrait dans ses bras minuscules le poteau strié comme un sucre d'orge qui sortait de l'encolure de son cheval de bois. Une jambe de son petit short rose était remontée le long de sa cuisse. Elle avait la peau café au lait. Glissant la main à l'intérieur de son sac marin, Gladden sortit l'appareil photo. Il augmenta la vitesse d'obturation pour éviter que la prise de vue ne soit floue et pointa l'objectif sur le manège. Il effectua la mise au point et attendit que la fillette repasse devant lui.

Deux tours de manège furent nécessaires, mais finalement il estima avoir ce qu'il cherchait, et abaissa son appareil. En jetant des regards autour de lui pour s'assurer qu'il n'avait rien à craindre, il remarqua un homme appuyé contre la barrière, à moins de dix mètres de lui, sur sa droite. Cet homme n'était pas là avant. Plus inquiétant encore, il portait un veston et une cravate. Un pervers ou un policier. Gladden jugea plus prudent de s'en aller.

Sur la jetée, le soleil était presque aveuglant. Gladden fourra l'appareil photo à l'intérieur de son sac de marin et chaussa ses lunettes à verres réfléchissants. Il décida d'avancer sur les planches, vers l'endroit où il y avait plus de monde. En cas de nécessité, il pourrait toujours semer ce type. Si vraiment il était suivi. Il s'avança vers la sortie d'un pas lent et décontracté. Puis il s'arrêta le long du garde-fou, se retourna et renversa la tête en arrière, comme s'il voulait réchauffer son visage. Celui-ci était tourné vers le soleil, mais ses yeux, derrière les verres argentés, observaient l'étendue des planches qu'il venait de parcourir.

Pendant quelques instants, il ne vit rien. L'homme en veston-cravate semblait avoir disparu. Mais soudain il le vit, son veston sur le bras, avec des lunettes de soleil, qui longeait la rangée de commerces, se dirigeant lentement vers lui.

— Putain de merde ! s'exclama-t-il.

Une femme assise sur un banc non loin de là, avec un jeune garçon, lui jeta un regard réprobateur en l'entendant jurer.

— Excusez-moi, dit Gladden.

Il se retourna vers l'autre partie de la jetée. Il fallait réfléchir vite. Il savait que les flics opéraient habituellement par deux sur le terrain. Où était le deuxième ? Au bout d'une trentaine de secondes, il finit par le repérer dans la foule. C'était une femme. Elle marchait à moins de cinquante mètres derrière l'homme à la cravate, vêtue d'un pantalon et d'un polo. Plus décontractée que son collègue. Elle se fondait dans la foule, si l'on excepte la radio accrochée à sa taille. Gladden voyait bien qu'elle essayait de la cacher. Alors qu'il l'observait, elle pivota afin de lui tourner le dos et porta la radio à sa bouche.

Elle réclamait des renforts. Forcément. Il devait rester calme, mais aussi trouver un plan. L'homme à la cravate se trouvait à une vingtaine de mètres. Gladden s'éloigna du garde-fou et marcha vers l'extrémité de la jetée, en accélérant le pas. Il utilisa la même ruse que la femme flic. Se servant de son corps comme d'un écran, il fit glisser son sac de marin devant lui, tira la fermeture à glissière et plongea la main pour s'emparer de l'appareil photo. Puis, sans le sortir du sac, il le retourna jusqu'à ce qu'il trouve la touche CLEAR permettant d'effacer la pellicule. Il n'y avait pas grand-chose dessus. La fillette sur le manège, quelques gamins sous les douches de la plage. Pas de grosses pertes.

Son affaire faite, il poursuivit son chemin sur la jetée. Il sortit ses cigarettes de son sac et, utilisant de nouveau son corps comme bouclier, il se retourna en rentrant la tête dans les épaules pour faire obstacle au vent et allumer sa cigarette. Quand il y fut parvenu, il releva la tête et vit les deux flics approcher. Ils pensaient certainement l'avoir coincé. Il se dirigeait toujours vers l'extrémité des planches. La femme avait rattrapé l'homme, et ils se rapprochaient en parlant. Sans doute se demandaient-ils s'il fallait attendre les renforts, songea Gladden.

D'un pas vif, celui-ci marcha vers la boutique d'appâts et les bureaux de la promenade. Il connaissait bien la configuration des lieux au bout de la jetée. À deux reprises au cours de la semaine il avait suivi des enfants accompagnés de leurs parents, du manège jusqu'à l'extrémité de la promenade. Il savait que, derrière la boutique d'appâts, des escaliers conduisaient à la plate-forme d'observation sur le toit.

Ayant tourné au coin de la boutique, hors de vue des deux flics, Gladden courut derrière et gravit l'escalier. Il dominait maintenant les planches devant la boutique. Les deux flics étaient juste en dessous, toujours en train de discuter. Puis l'homme suivit le chemin emprunté par Gladden pendant que la femme demeurait en arrière. Ils ne voulaient pas prendre le risque de le laisser s'enfuir. Une question lui traversa soudain l'esprit. Comment savaient-ils ? Un flic en civil ne se promène pas sur la jetée par hasard. Ces flics étaient là pour une raison précise. Lui. Mais comment savaient-ils ?

Il s'arracha à ces pensées pour se concentrer sur la situation présente. Il fallait créer une diversion. Le flic ne tarderait pas à comprendre qu'il n'était pas avec les pêcheurs au bout de la jetée, et monterait le chercher sur la plate-forme d'observation. Il avisa la poubelle en fer dans un coin, près de la balustrade en bois. Il courut jeter un coup d'œil à l'intérieur. Elle était presque vide. Il posa son sac de marin, souleva la poubelle par-dessus sa tête et courut vers le garde-fou. Il la jeta le plus loin possible et la regarda s'envoler par-dessus les têtes de deux pêcheurs, avant de tomber dans l'eau. Il se produisit un grand plouf et un jeune garçon s'exclama :

— Hé !

— Un homme à la mer ! hurla Gladden. Un homme à la mer !

Récupérant prestement son sac de marin, il recula à toute vitesse vers la balustrade à l'autre extrémité du toit. Il chercha la femme flic. Elle était toujours là, en dessous de lui, mais, de toute évidence, elle avait entendu le plouf et ses cris. Deux enfants contournèrent en courant la boutique d'appâts pour découvrir la cause de ces braillements et de cette agitation. Après une sorte d'hésitation, la femme flic suivit les enfants de l'autre côté du bâtiment, vers l'origine du plouf. Son sac en bandoulière, Gladden enjamba rapidement la balustrade, s'accroupit et sauta par terre deux mètres plus bas. Puis il courut sur la jetée, vers l'intérieur des terres.

Arrivé à mi-chemin, il aperçut les deux flics de la plage sur leurs vélos. Ils portaient des shorts et des polos bleus. Ridicule. Il les avait observés la veille, amusé à l'idée qu'ils se considèrent comme des flics. Et maintenant, il courait droit vers eux, en agitant les bras pour leur faire signe de s'arrêter.

— C'est vous les renforts ? cria-t-il en arrivant à leur hauteur. Ils sont tout au bout de la jetée. Le suspect est dans la flotte. Il a sauté. Ils ont besoin de votre aide, et d'un bateau aussi. Ils m'ont envoyé vous prévenir.

— Allons-y ! beugla un des flics à son collègue.

Pendant qu'il s'éloignait en pédalant furieusement, l'autre décrocha la radio fixée à sa ceinture et demanda aux gardes-côtes d'envoyer un bateau.

Après les avoir félicités d'un geste pour la rapidité de leurs réactions, Gladden s'éloigna. Au bout de quelques secondes, il se retourna et vit le deuxième flic pédaler à son tour vers l'extrémité de la jetée. Alors, il se remit à courir.

Arrivé au sommet du pont qui reliait la plage à Ocean Avenue, Gladden se retourna encore pour observer l'agitation qui régnait au bout de la jetée. Il alluma une cigarette et ôta ses lunettes de soleil. Ce que les flics peuvent être cons, songea-t-il. Ils n'ont que ce qu'ils méritent. Il se hâta d'atteindre l'autre côté du pont, traversa Ocean Avenue et descendit jusqu'à la promenade de la 3ᵉ Rue, où il n'aurait aucun mal à se fondre dans la foule qui envahissait les commerces et les restaurants populaires. Je les emmerde, ces sales flics, se dit-il. Ils avaient eu leur chance, ils l'avaient laissée filer. Tant pis pour eux.

Une fois sur la promenade, il emprunta une galerie conduisant à plusieurs petits fast-foods. Toute cette excitation lui ayant ouvert l'appétit, il entra dans un de ces restaurants pour commander une part de pizza et un soda. Pendant qu'il attendait que la serveuse fasse réchauffer la pizza au four, il repensa à la fillette sur le manège et regretta d'avoir effacé les photos. Mais comment pouvait-il savoir qu'il réussirait à s'échapper si facilement ?

— J'aurais dû m'en douter ! grogna-t-il à voix haute.

Il tourna la tête pour s'assurer que la fille derrière le comptoir n'avait rien entendu. Il l'observa un instant. Elle n'avait rien de séduisant. Trop vieille, se dit-il. Elle aurait presque pu avoir des enfants.

Gladden l'observant, elle se servit de ses doigts pour sortir maladroitement la part de pizza du four et la déposer sur une assiette en carton. Après quoi elle se lécha les doigts – elle s'était brûlée – et déposa l'assiette de Gladden sur le comptoir. Il l'emporta à une table, mais ne mangea pas. Il ne supportait pas qu'on touche sa nourriture.

Il s'interrogeait : combien de temps devrait-il attendre avant de pouvoir redescendre sur la plage et récupérer sa voiture sans risque ? Heureusement qu'il avait choisi un parking ouvert toute la nuit. Au cas où. Quoi qu'il arrive, ils ne devaient pas retrouver sa voiture. Car s'ils la retrouvaient, ils ouvriraient le coffre et découvriraient son ordinateur. Et ensuite, ils ne le laisseraient plus jamais repartir.

Plus il pensait à l'épisode avec les flics, plus sa colère montait. Le manège était désormais zone interdite. Pas question d'y remettre les pieds. Pas avant un long moment du moins. Il faudrait transmettre un message à tous les autres sur le réseau.

Malgré tout, il ne comprenait toujours pas comment c'était arrivé. Son esprit rebondissant d'une hypothèse à l'autre, il alla jusqu'à soupçonner un membre du réseau, mais soudain son regard s'immobilisa sur la femme qui récoltait les tickets. C'était sans doute elle qui avait prévenu les flics. Elle était la seule à le voir tous les jours. Oui, c'était elle.

Il ferma les yeux et appuya sa tête contre le mur. Il s'imaginait devant le manège, marchant vers la fille des tickets. Avec son couteau. Il allait lui apprendre à s'occuper de ses affaires. Si elle croyait qu'elle pouvait...

Soudain, il sentit une présence. Quelqu'un le regardait.

Il ouvrit les yeux. Les deux flics de la jetée étaient là près de lui. L'homme, couvert de sueur, fit signe à Gladden de se lever.

— Debout, salopard.

Les deux flics ne lui livrèrent aucune information en chemin. Ils avaient confisqué et fouillé son sac de marin, ils lui avaient passé les menottes et annoncé qu'il se trouvait en état d'arrestation, mais avaient refusé de préciser pour quelle raison. Ils lui prirent ses cigarettes et son portefeuille. Une seule chose le tracassait : l'appareil photo. Heureusement, il n'avait pas emporté les livres, cette fois.

Il réfléchit au contenu du portefeuille. Rien de très important, conclut-il. D'après son permis de conduire de l'Alabama, il s'appelait Harold Brisbane. Il se l'était procuré par l'intermédiaire du réseau ; des photos contre des pièces d'identité. Il possédait d'autres papiers dans la voiture et dès qu'ils le relâcheraient, adieu Harold Brisbane.

Ils ne trouvèrent pas les clés de sa voiture. Elles étaient cachées sous le pneu de secours. Gladden s'était préparé à l'éventualité d'une arrestation. Il savait qu'il devait absolument maintenir les flics à l'écart de la voiture. L'expérience lui avait appris à prendre toutes ses précautions, à toujours envisager le pire. Voilà ce qu'Horace lui avait enseigné à Raiford, pendant toutes les nuits qu'ils avaient passées ensemble.

Une fois dans les locaux des inspecteurs de la police de Santa Monica, on le fit entrer, sans ménagement et sans un mot, à l'intérieur d'une petite salle réservée aux interrogatoires. Là, ils lui ordonnèrent de s'asseoir sur une des chaises en métal gris et lui ôtèrent une de ses menottes qu'ils attachèrent autour d'un anneau vissé au centre de la table. Après quoi, ils ressortirent et Gladden demeura seul pendant plus d'une heure.

Sur le mur qui lui faisait face se trouvait un

miroir, sans doute une glace sans tain. On l'observait. Mais pas moyen de deviner qui se trouvait de l'autre côté. Il ne comprenait pas comment on avait pu suivre ses traces, de Phoenix, de Denver ou de n'importe où ailleurs.

À un moment donné, il lui sembla entendre des voix de l'autre côté du miroir. Ils étaient là, juste derrière, à l'observer et espionner en chuchotant. Il ferma les yeux et appuya son menton sur sa poitrine pour qu'ils ne puissent voir son visage. Et soudain il releva la tête, avec un immense sourire de dément, lubrique et cruel, et hurla :

— Tu vas le regretter, nom de Dieu !

De quoi semer la terreur dans l'esprit de la personne qu'ils avaient installée de l'autre côté du miroir, songea-t-il. Cette salope de bonne femme du manège. Et il replongea dans son rêve de vengeance.

Après exactement quatre-vingt-dix minutes d'isolement dans cette pièce, la porte s'ouvrit enfin et les deux mêmes flics entrèrent. Ils s'assirent, la femme juste en face de lui, l'homme sur sa gauche. La femme déposa un magnétophone sur la table, ainsi que son sac de marin. Ce n'est rien, ce n'est rien, se répéta-t-il comme s'il s'agissait d'un mantra. Il sortirait d'ici avant le coucher du soleil.

— Désolés de vous avoir fait attendre, dit la femme d'un ton cordial.

— C'est pas grave. Je peux avoir mes cigarettes ?

D'un signe de tête, il désigna le sac de marin. En fait, il n'avait pas réellement envie de fumer, il voulait juste voir si l'appareil photo se trouvait toujours à l'intérieur. Impossible de faire confiance à ces putains de flics. Il n'avait même pas besoin d'Horace pour le savoir. Ignorant sa requête, la femme flic mit en marche le magnétophone. Puis elle se présenta : inspecteur Constance Delpy, et présenta son collègue, l'inspecteur Ron Sweetzer. Tous deux appartenaient à la brigade de Protection des mineurs.

Gladden fut surpris de constater que la femme semblait prendre la direction des opérations. Pourtant, elle paraissait plus jeune que Sweetzer, entre cinq et huit ans de moins. Elle avait des cheveux blonds, une coupe courte facile à coiffer. Six ou sept kilos de trop peut-être, principalement au niveau des hanches et des bras. Gladden la soupçonna de faire de la musculation. Et c'était sans doute une lesbienne. C'était des choses qu'il devinait. Il avait du flair.

Sweetzer, lui, avait un visage marqué et un comportement laconique. Il commençait à se dégarnir, une fine bande de cheveux parsemant le dessus de son crâne. Gladden décida de se concentrer sur Delpy. C'était de ce côté-là que venait le danger.

Elle sortit de sa poche une fiche cartonnée et lui lut ses droits constitutionnels.

— J'ai pas besoin de savoir tout ça, dit-il quand elle eut terminé. J'ai rien fait de mal.

— Vous comprenez le sens de ces mots ?

— Ce que je ne comprends pas, c'est pourquoi je suis ici.

— Monsieur Brisbane, est-ce que vous compre…

— Oui.

— Bien. Au fait, vous possédez un permis de conduire de l'Alabama. Que venez-vous faire par ici ?

— Ça me regarde. J'aimerais appeler un avocat. Je ne répondrai à aucune question. Comme je vous l'ai dit, j'ai bien compris les droits que vous venez de me lire.

Il savait ce qu'ils voulaient : son adresse ici et l'endroit où était garée sa voiture. Ils n'avaient rien contre lui. Mais sa tentative de fuite suffirait sans doute à ce qu'un juge local estime légitime de leur accorder un mandat de perquisition pour fouiller son logement et sa voiture, s'ils savaient où ils se trouvaient. Et ils ne devaient surtout pas le savoir, surtout pas.

— Nous parlerons de votre avocat dans un instant, lui répondit Delpy. Auparavant, je veux vous donner la possibilité de tout clarifier, peut-être même de ficher le camp d'ici, sans gaspiller votre argent avec un avocat.

Ouvrant le sac de marin, elle en sortit l'appareil photo et le paquet de bonbons Starburst que les enfants aimaient tant.

— C'est quoi, tout ça ? demanda-t-elle.

— Ça me semble évident, non ?

Elle brandit l'appareil photo devant elle, l'examinant comme si elle n'en avait jamais vu.

— À quoi ça vous sert ?

— À prendre des photos.

— Des photos d'enfants ?

— J'aimerais contacter un avocat.

— Et ce paquet de bonbons, hein ? Ça sert à quoi ? Vous les distribuez aux enfants ?

— J'aimerais beaucoup contacter un avocat.

— Faites pas chier avec votre avocat, s'écria Sweetzer avec hargne. On vous tient, Brisbane. Vous avez photographié des gamins sous les douches. Des petits gamins nus avec leurs mères. Putain, vous me dégoûtez !

Gladden se racla la gorge et posa sur Delpy un regard vide.

— J'ignore de quoi vous parlez. Mais je me pose une question. Alors, je vous la pose également : est-ce un crime ? Je ne dis pas que je l'ai fait, mais si je l'avais fait, j'ignorais que photographier des enfants sur une plage fût interdit par la loi.

Gladden secoua la tête, comme s'il ne comprenait pas. Delpy secoua la tête elle aussi, comme écœurée.

— Inspecteur Delpy, je vous assure que de nombreux cas de jurisprudence ont fait valoir que l'observation d'une nudité décente en public – dans ce cas précis, une mère qui rince son jeune enfant sur une plage – ne peut être considérée comme une marque d'intérêt lubrique. Voyez-vous, si le photographe qui a pris une telle photo a commis un crime, vous devriez dans ce cas inculper également la mère qui lui a offert cette possibilité. Mais sans doute le savez-vous déjà. Je suis certain que vous avez passé cette heure et demie à consulter le district attorney.

Sweetzer se pencha vers lui au-dessus de la table. Gladden perçut dans son haleine une odeur de tabac et de chips au goût barbecue. Sweetzer avait certainement mangé des chips exprès, songea-t-il, pour l'empester avec son haleine insupportable durant l'interrogatoire.

— Écoutez-moi bien, salopard! On sait parfaitement ce que vous êtes, et ce que vous faites. Je me suis occupé de viols, de meurtres... mais les types dans votre genre, c'est ce qu'il y a de plus infect sur cette terre. Vous refusez de parler? Parfait, pas de problème. Voilà ce qu'on va faire : on va vous conduire à Biscailuz dès ce soir, et on vous enfermera avec tous les détenus. Je connais plusieurs gars là-bas, Brisbane. Et je vais répandre la nouvelle. Vous savez ce qu'ils font aux pédophiles de votre espèce?

Gladden tourna lentement la tête, jusqu'à ce que son regard plonge dans celui de Sweetzer, pour la première fois.

— Inspecteur, je n'en suis pas certain, mais il me semble que votre haleine constitue à elle seule un châtiment aussi cruel qu'inusité[1]. Si, par hasard, je suis condamné pour avoir pris des photos sur la plage, je pourrais peut-être utiliser cet élément pour faire appel.

Sweetzer leva le bras pour frapper.

— Ron!

Il se figea, regarda sa collègue et laissa lentement retomber son bras. Gladden n'avait même pas cillé devant cette menace. Il aurait accueilli le coup avec plaisir. Devant un tribunal, il aurait pu en tirer parti.

---

1. Allusion à la Constitution des États-Unis qui protège tout citoyen d'une peine de ce genre *(NdT)*.

— Ah, formidable ! dit Sweetzer. On est tombé sur un spécialiste du droit qui croit tout savoir, hein ? Parfait. Eh bien, mon gars, tu vas pouvoir enfiler ta robe dès ce soir, si tu vois ce que je veux dire.

— Puis-je appeler un avocat maintenant ? demanda Gladden d'un ton las.

Il avait compris leur tactique. Ils n'avaient rien contre lui et tentaient de lui foutre la trouille pour le pousser à commettre une erreur. Mais il ne leur ferait pas ce plaisir ; il était trop intelligent pour eux. Et tout au fond d'eux-mêmes, ils le savaient certainement, se dit-il.

— Écoutez, je n'irai pas à Biscailuz, et vous le savez aussi bien que moi. Qu'est-ce que vous avez contre moi ? Vous avez mon appareil photo, qui, au cas où vous ne l'auriez pas remarqué, ne contient aucune photo. Et vous avez une employée du manège, ou un maître nageur, ou je ne sais qui, qui affirme que j'ai pris des photos. Mais il n'existe aucune preuve, autre que leur parole. Et si vous leur avez demandé de m'observer à travers la glace sans tain, cette identification n'a aucune valeur. Si je ne m'abuse, je n'ai pas été reconnu formellement parmi d'autres personnes.

Il attendit, mais ils restèrent muets. Il avait les rênes en main désormais.

— Mais le point capital dans cette affaire, c'est que la personne que vous avez installée derrière ce miroir est témoin d'une chose qui n'est même pas un crime. Dès lors, comment voulez-vous que je passe la nuit en prison ? Mais peut-être pouvez-vous me l'expliquer, inspecteur Sweetzer, si cet effort ne dépasse pas votre intelligence.

Sweetzer se leva d'un bond, projetant sa chaise contre le mur. Delpy tendit le bras, obligée de le retenir physiquement cette fois.

— Du calme, Ron. Assieds-toi. Assieds-toi.

Sweetzer obéit. Delpy reporta son attention sur Gladden.

— Si vous avez l'intention de continuer ainsi, reprit ce dernier, je vais être obligé d'appeler un avocat. Où est le téléphone, je vous prie ?

— Vous pourrez téléphoner. Une fois placé en garde à vue. Mais pour les cigarettes, pas question. La prison du comté est un établissement non-fumeurs. Nous prenons soin de votre santé.

— De quoi m'accusez-vous ? Vous n'avez pas le droit de me garder !

— Pollution de la mer, acte de vandalisme sur un objet appartenant à la municipalité. Tentative de fuite pour échapper à un officier de police.

Gladden haussa les sourcils, l'air interrogateur. Delpy répondit par un sourire.

— Vous avez oublié quelque chose, dit-elle. La poubelle que vous avez lancée dans la baie de Santa Monica.

Avec un petit hochement de tête victorieux, elle arrêta le magnétophone.

Dans la cellule du poste de police, Gladden fut enfin autorisé à téléphoner. En portant le combiné à son oreille, il sentit l'odeur puissante du savon industriel qu'on lui avait donné pour ôter l'encre de ses doigts. Cela lui rappela qu'il devait sortir d'ici avant que ses empreintes n'entrent dans le fichier informatique national. Il composa le numéro qu'il avait mémorisé le soir où il avait pris la direction de la côte. Krasner figurait sur la liste du réseau.

Au début, la secrétaire de l'avocat faillit le rembarrer, mais Gladden la pria de dire à Me Krasner qu'il appelait de la part de M. Pederson, le nom suggéré sur la messagerie du réseau. Et très rapidement, Krasner prit la communication.

— Arthur Krasner à l'appareil, que puis-je pour vous ?

— Maître Krasner, je m'appelle Harold Brisbane et j'ai un problème.

Gladden lui raconta alors avec précision sa mésaventure. Il parlait à voix basse dans le téléphone, car il n'était pas seul. Deux autres hommes se trouvaient avec lui dans la cellule, attendant d'être transférés à Biscailuz Center, la prison du comté. Un des deux dormait à même le sol, un junkie assurément. Le deuxième était assis à l'autre bout de la cellule, mais il observait Gladden et essayait d'entendre ce qu'il disait, car il n'y avait rien d'autre à faire. C'était peut-être un indic, songea Gladden, un flic se faisant passer pour un prisonnier afin d'espionner ce qu'il disait à son avocat.

Gladden n'omit aucun détail, à l'exception de son identité véritable. Quand il eut terminé son récit, Krasner demeura muet un long moment.

— Quel est ce bruit que j'entends ? demanda-t-il enfin.

— Un type qui dort par terre. Il ronfle.

— Oh, Harold, il ne faut pas rester au milieu de ces gens, soupira Krasner d'un ton condescendant qui déplut à Gladden. Il faut faire quelque chose.

— C'est pour ça que je vous appelle.

— Mes honoraires dans cette affaire, pour aujourd'hui et demain, seront de mille dollars. C'est un prix d'ami. Je le réserve aux personnes envoyées par... M. Pederson. Si jamais mon intervention devait se poursuivre au-delà de demain, nous évoquerions la question. Pensez-vous avoir un problème pour trouver cet argent ?

— Non, aucun.

— Et la caution ? Une fois mes honoraires payés, qu'est-ce qu'il vous restera pour la caution ? Engager vos biens me semble hors de question. Les garants réclament dix pour cent du montant de la caution fixée par le juge. Ce sont leurs honoraires. Vous ne pourrez pas récupérer cette somme.

— Laissons tomber. Après avoir payé vos honoraires exorbitants, je pense pouvoir en ajouter cinq de mieux. Dans l'immédiat. Je pourrais obtenir plus, mais ça risque d'être difficile. J'aimerais ne pas dépasser cinq et surtout, je veux sortir d'ici le plus vite possible.

Krasner ignora la remarque concernant ses honoraires.

— Vous parlez de cinq mille dollars ?

— Oui, évidemment. Cinq mille. Que pouvez-vous faire avec cette somme ?

Krasner devait se mordre les doigts d'avoir consenti un rabais sur ses honoraires prohibitifs, songea Gladden.

— OK, ça veut dire que vous pouvez assumer une caution de cinquante mille. Je crois que ça se présente bien. Je suis certain qu'ils ne seront pas trop sévères pour cette histoire de pollution et de tentative de fuite. C'est un dossier bidon monté de toutes pièces. Il suffira de vous envoyer devant le juge et de vous faire libérer sous caution.

— Entendu.

— Je pense que cinquante mille, c'est trop pour cette affaire, mais cet argument fera partie de la négociation avec le juge. On verra bien comment ça se passe. J'ai cru comprendre que vous ne vouliez pas fournir d'adresse.

— Exact. Il m'en faut une nouvelle.

— Dans ce cas, nous serons peut-être obligés d'aller jusqu'aux cinquante mille. Mais entre-temps, je m'occuperai de vous trouver une adresse. Toutefois, cela risque d'entraîner de nouveaux frais. Pas énormes. Je peux vous prom…

— Très bien. Faites.

Gladden se tourna vers l'homme assis à l'autre bout de la cellule.

— Et pour ce soir ? demanda-t-il à voix basse. Comme je vous l'ai dit, les flics veulent qu'on me fasse du mal.

— Je pense qu'ils bluffent, toutefois…

— Vous en parlez à votre aise !

— Toutefois, je ne veux prendre aucun risque.

Écoutez-moi bien, monsieur Brisbane. Je ne peux pas vous faire libérer ce soir, mais je vais passer quelques coups de fil. Tout ira bien. Je vais vous faire entrer là-bas avec un K-9.

— C'est quoi, ce truc ?

— Un statut d'invulnérabilité à l'intérieur de la prison. Généralement, on réserve ça aux mouchards et aux grosses affaires. J'appellerai la prison et je leur expliquerai que vous servez d'informateur dans le cadre d'une enquête fédérale à Washington.

— Ils ne vérifieront pas ?

— Si, mais il est trop tard aujourd'hui. Ils vous refileront un joli K-9, et quand ils s'apercevront demain que c'est bidon, vous serez déjà devant le tribunal, et libre ensuite, si tout se passe bien.

— Belle combine, Krasner.

— Oui, mais hélas, je ne pourrai plus l'utiliser. D'ailleurs, je me demande si je ne vais pas augmenter légèrement les honoraires dont nous avons parlé, afin de combler ce manque à gagner.

— Allez au diable ! Vous connaissez les conditions. Je peux me procurer six mille dollars, grand maximum. Vous vous débrouillez pour me faire sortir d'ici et tout ce qui dépasse le montant de la caution est pour vous. Faites de votre mieux.

— Marché conclu. Une dernière chose. Vous avez aussi évoqué le problème des empreintes. J'ai besoin d'en savoir un peu plus à ce sujet. Afin que, en toute conscience, je ne fasse devant la cour aucune déclaration qui puisse…

— J'ai un casier, si c'est ce que vous voulez

savoir. Mais je ne pense pas qu'il soit nécessaire d'en parler.

— Je comprends.

— Quand sera lu l'acte d'accusation ?

— En fin de matinée. Quand j'appellerai la prison, aussitôt après notre conversation, je m'arrangerai pour que vous ayez une place dans le premier bus pour Santa Monica. Mieux vaut attendre dans la cellule du tribunal qu'à Biscailuz.

— Je n'en sais rien. Je n'y ai jamais mis les pieds.

— Euh, monsieur Brisbane... je suis obligé d'évoquer une fois encore la question de mes honoraires et de la caution. J'aurai besoin, hélas, d'avoir l'argent en ma possession avant de franchir la porte du tribunal demain.

— Donnez-moi votre numéro de compte. Je vous ferai virer la somme en question demain matin. Pourrai-je passer un coup de téléphone interurbain avec mon K-9 ?

— Non. Vous devrez appeler mon bureau. Je préviendrai Judy, ma secrétaire. Elle composera sur l'autre ligne le numéro que vous lui donnerez, et elle établira le contact. Aucun problème. J'ai déjà procédé de cette façon.

Krasner lui donna son numéro de compte, Gladden utilisant la technique de mémorisation que lui avait enseignée Horace pour le graver dans son cerveau.

— Maître Krasner, vous vous rendriez un immense service en détruisant les traces de cette transaction et en faisant apparaître dans votre comptabilité vos honoraires sous forme de versement d'argent liquide.

— Message reçu. Vous ne voyez rien d'autre ?

— Si. Vous devriez envoyer un message sur le réseau DSL, pour dire aux autres ce qui s'est passé et leur recommander de ne pas approcher du manège.

— Je le ferai.

Après avoir raccroché, Gladden s'appuya contre le mur et s'y laissa glisser jusqu'à ce qu'il se retrouve assis par terre. Il évita de regarder l'homme à l'autre bout de la cellule. Constatant que ses ronflements s'étaient arrêtés, il songea que le type couché par terre était peut-être mort. Overdose. Non, voilà qu'il remuait légèrement dans son sommeil. Un instant, Gladden envisagea d'arracher le bracelet en plastique attaché autour du poignet du junkie et de le remplacer par le sien. Ainsi, serait-il sans doute libéré le lendemain matin sans avoir à payer les honoraires d'un avocat et les 50 000 dollars de caution.

Non, c'était trop risqué, songea-t-il. L'autre type au fond de la cellule était peut-être un flic, et celui qui dormait par terre un multirécidiviste. Or, on ne sait jamais à quel moment un juge estime que trop c'est trop. Finalement, Gladden décida de tenter sa chance avec Krasner. Après tout, il avait trouvé son nom dans la messagerie du réseau. L'avocat connaissait forcément son métier. Malgré tout, les six mille dollars lui restaient en travers de la gorge. Il se faisait escroquer par le système judiciaire. Six mille dollars pour quoi ? Qu'avait-il fait de mal ?

Il glissa la main dans sa poche pour prendre une

cigarette et se souvint qu'on lui avait confisqué son paquet. Cette constatation accrut sa colère. Il s'apitoya encore plus sur son sort. La société le persécutait, et pour quelle raison, hein? Il n'avait pas choisi ses instincts et ses désirs. Ne pouvaient-ils le comprendre?

Il aurait bien aimé avoir son ordinateur portable avec lui. Il avait envie de se connecter sur le réseau et de bavarder avec des gens qui lui ressemblaient. Il se sentait isolé dans cette cellule. Il crut même qu'il allait se mettre à pleurer, mais l'homme appuyé contre le mur d'en face l'observait. Pas question de faire ça devant lui.

8

Je dormis très mal après cette journée passée
dans les dossiers. Je ne cessais de penser aux photos.
Celles de Theresa d'abord, et celles de mon frère.
Figés l'un et l'autre pour l'éternité dans des poses
effroyables, et rangés dans des enveloppes. J'avais
envie de retourner voler ces clichés et de les brûler.
Je ne voulais pas que d'autres personnes que moi
puissent les voir.

Le matin venu, après avoir préparé du café, je
branchai mon ordinateur et me connectai sur le système informatique du *Rocky* pour consulter les messages qui m'attendaient. J'engloutis des poignées de
Cheerios, à même le paquet, en attendant que s'effectue la connexion et que mon code d'accès soit
accepté. Mon portable et mon imprimante étaient
installés sur la table de la salle à manger car, la plupart du temps, je mangeais en travaillant. C'était
mieux que d'y rester assis tout seul, à songer que je
mangeais seul depuis trop longtemps pour me rappeler quand cela avait commencé.

Mon appartement n'était pas très grand. J'occupais le même deux-pièces, avec les mêmes meubles, depuis maintenant neuf ans. L'endroit n'avait rien de déplaisant, mais rien d'exceptionnel non plus. Sean excepté, je n'aurais su dire qui m'y avait rendu visite pour la dernière fois. Quand j'étais avec une femme, je ne l'emmenais pas chez moi. De toute façon, il n'y en avait pas eu tant que ça.

À l'époque où j'avais emménagé, je pensais rester un an ou deux au maximum, puis j'achèterais une maison, me disais-je. Je me marierais, j'aurais un chien, un truc dans ce genre. Mais ça ne s'était pas fait, et je ne savais pas pourquoi. Mon métier, sans doute. Du moins, c'est ce que je me disais. Je concentrais toute mon énergie sur mon travail. Dans chaque pièce étaient entreposées des piles de journaux où figuraient mes articles. J'aimais les garder pour les relire. Si je mourais chez moi, je savais qu'en me découvrant ici on me prendrait, à tort, pour un de ces rats sur lesquels j'avais écrit un article, et qui meurent au milieu de journaux empilés jusqu'au plafond, avec leur fric planqué dans le matelas. Personne ne se donnerait la peine d'ouvrir un de ces journaux pour lire l'article que j'y avais écrit.

Deux messages seulement m'attendaient sur l'ordinateur. Le plus récent signé Greg Glenn, pour me demander comment ça se passait. Il avait été envoyé la veille à 18 heures 30. Son impatience m'exaspérait : Glenn m'avait donné son feu vert le lundi matin, et dès le lundi soir il voulait savoir où j'en étais. « Comment ça se passe ? », dans la bouche d'un rédac' chef, ça signifie : « Où est l'article ? »

Qu'il aille se faire foutre, songeai-je. Je lui envoyai une réponse brève disant que j'avais passé toute la journée du lundi avec les flics, et que j'étais désormais convaincu du suicide de mon frère. Cela réglé, j'allais pouvoir me lancer dans l'exploration de la fréquence et des causes des suicides dans la police.

Le message précédent provenait de Laurie Prine, la bibliothécaire. Elle me l'avait adressé à 16 heures 30, et il disait simplement : « Trouvailles intéressantes sur Nexis. Tout est sur le comptoir. »

Je lui renvoyai un message pour la remercier de la rapidité avec laquelle elle avait effectué les recherches, expliquant que j'avais été retenu de manière imprévue à Boulder, mais que je passerais chercher les documents immédiatement. J'avais le sentiment que Laurie s'intéressait à moi, bien que j'aie toujours pris soin de limiter nos relations à un cadre strictement professionnel. Il faut être prudent, et sûr de son coup. Quand on fait des avances attendues et espérées, tout va bien. Quand elles sont déplacées, on se retrouve au tribunal. Mon opinion, c'est qu'il vaut mieux rester en dehors de tout ça.

Je fis ensuite défiler sur mon écran les dépêches des agences AP et UPI pour voir s'il se passait des choses intéressantes. Je repérai l'histoire d'un toubib qui s'était fait tirer dessus à l'entrée d'une clinique de Colorado Springs. Un militant anti-avortement avait été arrêté, mais le médecin n'était pas encore mort. J'effectuai une copie de la dépêche et la transférai dans ma documentation personnelle, même si à priori je ne pensais pas l'utiliser, à moins que le médecin ne meure.

On frappa à ma porte. Je me levai et regardai à travers le judas avant d'ouvrir. C'était Jane. Elle habitait à l'étage en dessous, à l'autre bout du couloir. Elle vivait ici depuis un an environ ; j'avais fait sa connaissance lorsqu'elle m'avait demandé un coup de main pour déplacer des meubles, lors de son emménagement. Ne connaissant rien du tout à cette profession, elle avait été très impressionnée quand je lui avais expliqué que j'écrivais dans un journal. Nous étions allés deux fois au cinéma et une fois au restaurant, et nous avions passé une journée à faire du ski à Keystone, mais tout cela s'étalait sur un an depuis qu'elle habitait l'immeuble, et apparemment ça ne débouchait sur rien. Je pense que les réticences venaient de moi, et non d'elle. Elle était plutôt séduisante, dans le genre « vie au grand air », et la raison se trouvait peut-être là. J'étais moi-même un adepte de la nature – dans ma tête du moins – et je cherchais autre chose.

— Salut, Jack. J'ai aperçu ta voiture dans le parking hier soir, et j'ai compris que tu étais rentré. Comment s'est passé ton voyage ?

— Bien. Ça m'a fait du bien de changer d'air.

— Tu as fait du ski ?

— Oui, un peu. Je suis allé à Telluride.

— C'est chouette. En fait, je voulais te le dire, mais tu étais déjà parti, si jamais tu repars, je peux m'occuper de tes plantes, prendre ton courrier enfin… tu vois. N'hésite pas à demander.

— OK, merci. Mais je n'ai aucune plante ici. Il m'arrive souvent de partir à l'improviste pour mon boulot, c'est pour ça que j'en ai pas.

En disant cela, je me retournai pour regarder l'intérieur de mon appartement, comme pour vérifier ce que je disais. Sans doute aurais-je dû l'inviter à boire un café, mais je ne le fis pas.

— Tu as repris le collier? me demanda-t-elle.

— Oui.

— Moi aussi. D'ailleurs, il faut que j'y aille. Mais dès que j'aurai plus de temps on fait un truc, d'accord? Un ciné, par exemple.

Nous aimions tous les deux les films avec De Niro. C'était un de nos points communs.

— OK. Appelle-moi.

— Compte sur moi.

Après avoir fermé la porte, je me reprochai encore une fois de ne pas l'avoir invitée à entrer. De retour dans la salle à manger, je refermai l'ordinateur et mes yeux se posèrent sur la pile de feuilles de deux centimètres d'épaisseur posée à côté de l'imprimante. Mon roman inachevé. Je l'avais commencé plus d'un an auparavant, mais ça ne menait nulle part. Ce devait être l'histoire d'un écrivain qui devient tétraplégique à la suite d'un accident de moto. Avec l'argent de l'assurance, il engage une jolie étudiante du coin pour dactylographier son roman, pendant qu'il compose oralement les phrases. Mais bientôt, il s'aperçoit que la fille réécrit tout ce qu'il lui dicte avant de le taper. Et surtout, il comprend qu'elle a plus de talent que lui. Finalement, il reste assis sur sa chaise, muet, pendant qu'elle écrit le roman. Il ne fait que regarder. Il a envie de la tuer, de l'étrangler. Mais il ne peut même pas bouger les mains. Il vit un enfer.

La pile de feuilles restait posée sur la table, comme pour me mettre au défi d'essayer encore une fois. J'ignore ce qui m'empêchait de la fourrer au fond d'un tiroir, avec le premier roman que j'avais commencé bien des années auparavant, et jamais terminé. Toujours est-il que je ne le faisais pas. Sans doute éprouvais-je le besoin de l'avoir en permanence sous les yeux.

La salle de rédaction du *Rocky* était encore déserte quand j'arrivai. Le rédacteur en chef de l'édition du matin discutait avec un journaliste des infos locales, mais je n'aperçus personne d'autre. La plupart des employés ne commençaient pas avant neuf heures, ou plus tard. Ma première étape fut la cafétéria. J'y bus un autre café avant de faire un saut à la bibliothèque où un épais listing portant mon nom m'attendait sur le comptoir. Je jetai un coup d'œil au bureau de Laurie Prine pour la remercier en personne, mais elle non plus n'était pas encore arrivée.

De ma table de travail j'apercevais le bureau de Greg Glenn. Il était déjà là, lui, pendu au téléphone comme d'habitude. Conformément à ma routine, je débutai ma journée par la lecture du *Rocky* et du *Post*, simultanément. J'adorais ça, le jugement quotidien de la guerre des journaux de Denver. Quand on faisait les comptes, c'étaient les exclusivités qui rapportaient toujours le maximum de points. Mais généralement les deux journaux couvraient les mêmes sujets et il s'agissait plutôt d'une guerre de tranchées : c'est là que se déroulait le véritable combat. Je commençais par lire «notre» article, puis je lisais le leur, pour voir qui racontait le mieux l'histoire et qui détenait les meilleures informations. Je ne votais pas toujours pour le *Rocky*. Loin s'en faut. Je travaillais avec de vrais connards et je n'étais pas fâché de les voir se faire botter le cul par le *Post*. Même si, évidemment, je ne l'aurais jamais avoué à quiconque. Telle était la nature de ce métier, de la compétition. Nous rivalisions avec les autres journaux ; nous rivalisions également entre nous. Voilà pourquoi j'étais convaincu que quelques-uns de mes «collègues» m'observaient d'un œil mauvais chaque fois que j'entrais dans la salle de rédaction. Pour certains de ces journalistes, les plus jeunes, j'étais presque un héros ; mes articles, mon savoir-faire et ma position étaient pour eux des modèles. Pour d'autres, je n'étais, j'en suis sûr, qu'un écrivaillon lamentable, qui disposait d'un statut privilégié et usurpé. Un dinosaure. Ils n'avaient qu'une seule envie : m'abattre. Mais je ne leur en voulais pas. Je comprenais. Si j'avais été à leur place, j'aurais pensé la même chose.

Les quotidiens de Denver fournissaient des sujets aux journaux plus importants de New York, Los Angeles, Chicago et Washington. Sans doute aurais-je dû trouver un meilleur poste depuis longtemps, et j'avais même refusé, il y avait quelques années de cela, une proposition du *L. A. Times*. Mais je m'en étais quand même servi comme moyen de pression auprès de Glenn pour obtenir ma rubrique sur les meurtres. Il avait cru que cette offre concernait un job en or pour couvrir les affaires criminelles ; je ne lui avais jamais dit qu'il s'agissait seulement d'un poste en banlieue, pour la *Valley Edition*. Il m'avait alors proposé de créer cette rubrique criminelle spécialement pour moi si je restais. Parfois je me disais que j'avais commis une erreur en acceptant sa proposition. Peut-être eût-il été préférable de tout recommencer à zéro, ailleurs.

Nous avions fait bonne figure dans la compétition du matin. Après avoir repoussé les journaux, je m'attaquai au listing de la bibliothèque. Laurie Prine avait déniché dans les quotidiens de la côte Est plusieurs journaux qui analysaient la pathologie des suicides de policiers, et une poignée d'articles plus concis concernant des exemples précis de suicides à travers tout le pays. Elle avait eu le tact de ne pas imprimer l'article du *Denver Post* sur la mort de mon frère.

La plupart des articles de fond considéraient le suicide des policiers comme un risque professionnel lié à leur métier. Tous débutaient par l'évocation d'un cas particulier pour embrayer ensuite sur un débat avec des psys et des experts de la police afin de déterminer ce qui poussait des flics à se faire sauter la cervelle. Tous concluaient qu'il existait un lien de cause à effet entre les suicides de policiers, le stress inhérent au métier et un événement traumatique survenu dans l'existence de la victime.

Ces articles me seraient d'une grande utilité ; tous mentionnaient les noms des spécialistes dont j'aurais peut-être besoin. Et, plusieurs fois, on y faisait aussi allusion à une enquête en cours, subventionnée par le FBI, dans le cadre de la Law Enforcement Foundation à Washington. Je surlignai les passages en question, envisageant déjà d'utiliser les statistiques toutes fraîches du FBI ou de la Fondation pour donner à mon article un parfum d'exclusivité et de crédibilité.

Le téléphone sonna. C'était ma mère. Nous ne nous étions pas parlé depuis l'enterrement. Après m'avoir posé quelques questions sur mon voyage, ou pour savoir comment allait tout le monde, elle en vint au fait.

— Riley m'a appris que tu avais l'intention d'écrire un article sur Sean.

Ce n'était pas une question, mais je répondis comme si c'en était une.

— Exact.

— Pourquoi, John ?

Elle était la seule à m'appeler John.

— Parce qu'il le faut. Je... je ne peux pas continuer à faire comme s'il ne s'était rien passé. Je dois au moins essayer de comprendre.

— Quand tu étais enfant, il fallait toujours que tu détruises tout. Tu t'en souviens ? Tous ces jouets que tu as cassés !

— Pourquoi est-ce que tu parles de ça, maman ? Il s'agit de...

— Ce que je veux te dire, c'est que lorsqu'on casse des choses, on ne peut pas toujours les réparer après. Et qu'est-ce qu'il reste ensuite ? Rien du tout, John, il ne reste plus rien.

— Tout cela n'a aucun sens, maman. Comprends-moi, je suis obligé de le faire.

Je ne comprenais pas pourquoi je m'emportais si rapidement quand je discutais avec elle.

— Il t'arrive de penser aux autres, des fois ? Tu ne t'es pas dit que tu pouvais faire du mal aux gens en mettant tout ça dans le journal ?

— Tu parles de papa ? Ça pourrait l'aider, lui aussi.

Il y eut un long silence, et je l'imaginai dans sa cuisine, assise à la table, les yeux fermés, tenant le téléphone contre son oreille. Mon père était probablement devant elle, n'osant pas évoquer ce sujet avec moi.

— Vous vous doutiez de quelque chose ? lui demandai-je à voix basse. L'un ou l'autre ?

— Non, bien sûr que non, me répondit-elle avec tristesse. Personne ne se doutait.

Nouveau silence, à la suite duquel elle m'adressa sa dernière supplique.

— Réfléchis bien, John. Mieux vaut panser ses blessures en privé.

— Comme avec Sarah ?

— Qu'est-ce que ça signifie ?

— Tu n'en as jamais parlé… tu ne m'en as jamais parlé.

— Je ne veux pas parler de ça maintenant.

— Tu n'as jamais voulu en parler. Remarque, ça ne fait que vingt ans.

— Tu n'as pas le droit de te moquer de ça.

— Pardonne-moi, maman. Je ne le fais pas exprès.

— Réfléchis seulement à ce que je t'ai demandé.

— Promis, dis-je. Je te tiendrai au courant.

Elle raccrocha, aussi furieuse contre moi que j'étais furieux contre elle. Ça me gênait de savoir qu'elle m'interdisait d'écrire un truc sur Sean. C'était un peu comme si elle continuait à le protéger, à le chouchouter. Il était mort, pourtant. Et moi, j'existais encore.

Je me redressai sur mon siège afin de jeter un regard par-dessus les cloisons insonorisantes qui entouraient mon bureau. La salle de rédaction commençait à se remplir. Glenn était sorti de sa cage pour aller discuter avec le rédac' chef du matin de la couverture qu'il fallait centrer sur l'attentat visant le médecin avorteur. Je me renfonçai dans mon fauteuil pour qu'ils ne me voient pas et n'aient pas l'idée de me confier du rewriting. Je fuyais ça comme la peste. Ils envoyaient une troupe de reporters sur les lieux d'un crime ou d'un drame, et ces types me communiquaient leurs informations par téléphone. Je devais ensuite raconter toute l'histoire avant l'heure de bouclage, et décider qui avait le droit d'apposer son nom en tête de l'article. Le métier de journaliste sous son aspect le plus speed, le plus fou, mais j'en avais eu ma dose. Moi, je voulais juste écrire mes histoires de meurtres, et qu'on me fiche la paix.

Un instant, j'envisageai d'aller me cacher à la cafétéria avec mes documents, mais préférai finalement courir le risque de rester là. Je repris ma lecture. L'article le plus impressionnant était paru dans le *New York Times* cinq mois plus tôt, ce qui n'avait rien de surprenant. Le *Times* était le Saint-Graal du journalisme. Le *nec plus ultra*. Ayant commencé à lire l'article, je décidai de le mettre de côté et de le garder pour la bonne bouche. Après avoir parcouru et lu intégralement tout le reste, je montai me chercher un autre café, puis repris la lecture de l'article du *New York Times*, sans me presser.

Au centre de cette histoire figuraient les suicides, apparemment sans relations, de trois membres de la police de New York en moins de deux mois. Les victimes ne se connaissaient pas, mais toutes avaient succombé au « blues du policeman », pour reprendre l'expression du journaliste. Deux s'étaient servis de leur arme de service, à leur domicile ; le troisième s'était pendu dans un repaire d'héroïnomanes, sous les yeux hébétés et horrifiés de six junkies défoncés. L'article s'intéressait à l'étude sur les suicides dans la police menée conjointement par le Behavioral Science Service[1] du FBI, dit BSS, à Quantico en Virginie, et la Law Enforcement Foundation. Le journaliste citant le directeur de la Fondation, Nathan Ford, je notai son nom dans mon carnet avant de poursuivre ma lecture. Ford expliquait que les chercheurs avaient étudié tous les cas de suicides de policiers répertoriés au cours de ces cinq dernières années afin de mettre en évidence des causes similaires. La

---

1. Département des sciences du comportement *(NdT)*.

principale conclusion, disait-il, était qu'on ne pouvait pas déterminer par avance les futures victimes du blues du policeman. Mais, une fois diagnostiqué, le mal pouvait être traité efficacement si le policier en difficulté réclamait de l'aide. Toujours d'après Ford, l'étude avait pour but d'établir une base de données qui pourrait être traduite ensuite sous la forme d'un protocole susceptible d'aider les responsables de la police à repérer les agents victimes de ce type de dépression avant qu'il ne soit trop tard.

L'article du *New York Times* était accompagné d'un encadré concernant une affaire survenue à Chicago un an auparavant environ, dans laquelle l'agent de police avait réclamé de l'aide, sans pouvoir être sauvé. En lisant ces lignes, je sentis mon estomac se serrer. L'inspecteur John Brooks, de la police de Chicago, avait suivi des séances de thérapie avec un psychiatre après qu'une affaire d'homicide sur laquelle il enquêtait eut commencé à le perturber. L'affaire en question était l'enlèvement et le meurtre d'un garçon de douze ans nommé Bobby Smathers. Le garçon avait été porté disparu pendant deux jours avant que son corps ne soit découvert sous une congère près du zoo de Lincoln Park. Il avait été étranglé. Il ne lui restait plus que deux doigts.

Une autopsie révéla que les huit doigts manquants avaient été tranchés avant sa mort. Ajouté au fait qu'il ne parvenait pas à identifier et à capturer le coupable, c'était apparemment plus que n'avait pu en supporter l'inspecteur Brooks.

M. Brooks, un inspecteur de police fort estimé, a réagi de manière étonnamment brutale à la mort précoce du jeune garçon aux yeux marron.

Ses supérieurs et ses collègues ayant constaté que cette sombre histoire nuisait à son travail, Brooks demanda un congé d'un mois et entama une thérapie intensive avec le Dr Ronald Cantor, auquel il avait été adressé par un psychologue rattaché à la police de Chicago.

Dès le début de ces séances, d'après le Dr Cantor, Brooks évoqua ouvertement ses tendances suicidaires, expliquant qu'il était hanté par des cauchemars dans lesquels il entendait le jeune garçon pousser des hurlements de douleur.

Après vingt séances de thérapie s'étalant sur une période de plus d'un mois, le Dr Cantor approuva la réintégration de l'inspecteur Brooks dans son unité. Aux dires de tout le monde, Brooks avait repris une activité normale, menant avec succès plusieurs nouvelles enquêtes criminelles. Il confia à ses amis que ses cauchemars avaient disparu. Surnommé « Jumpin' John » à cause de son zèle et de son acharnement, l'inspecteur Brooks continua parallèlement à rechercher le meurtrier du jeune Bobby Smathers.

Mais un jour, durant l'hiver glacial de Chicago, un changement se produisit en lui. Le 13 mars – jour où Bobby Smathers aurait dû fêter ses treize ans – l'inspecteur Brooks s'installa dans son fauteuil favori, dans le petit bureau où il aimait écrire des poèmes pour s'évader de son métier d'enquêteur à la Criminelle. Au préalable, il avait avalé au moins deux comprimés de Percocet, un médicament contre la douleur qu'on lui avait prescrit quand il avait été blessé au dos un an plus tôt. Il écrivit une seule ligne dans son carnet de poésie. Puis il enfonça le canon de son .38 Spécial dans sa bouche et pressa la détente. Sa femme le découvrit en rentrant du travail.

La mort de l'inspecteur Brooks plongea sa famille et ses amis dans le deuil et l'interrogation. Qu'auraient-ils pu faire pour éviter cela ? Quels étaient les signes qui leur avaient échappé ? Le Dr Cantor secoua la tête avec tristesse quand, au cours d'une interview, on lui demanda s'il existait des réponses à ces questions troublantes.

« L'esprit humain est une chose étrange, imprévisible et parfois redoutable, déclara le psychiatre de sa voix posée. Je croyais que John avait fait beaucoup de chemin avec moi. Mais, de toute évidence, nous n'étions pas allés assez loin. »

L'inspecteur Brooks et les cauchemars qui le hantaient demeurent une énigme. Son ultime message lui-même est mystérieux. L'unique phrase qu'il a écrite dans son carnet n'offre guère d'éclaircissement pour comprendre ce qui l'a poussé à retourner son arme contre lui-même…

« À travers la porte pâle », tels furent ses derniers mots, sur le papier. Cette phrase n'est pas née de son imagination ; l'inspecteur Brooks l'a empruntée à Edgar Allan Poe. Dans son poème « Le palais hanté » publié initialement dans une des plus célèbres histoires de Poe, *La Chute de la maison Usher*, l'auteur écrivait :

> *Pendant que, telle une rivière rapide et lugubre,*
> *À travers la porte pâle,*
> *Une hideuse multitude éternellement se rue,*
> *Qui va éclatant de rire... ne pouvant plus sourire.*

Le sens que revêtaient ces paroles pour l'inspecteur Brooks reste confus, mais nul doute qu'elles symbolisent la mélancolie contenue dans son geste ultime.

En attendant, le meurtre du jeune Bobby Smathers n'est toujours pas élucidé. Au sein de la brigade criminelle où travaillait l'inspecteur Brooks, ses collègues poursuivent l'enquête et, comme ils le disent eux-mêmes, ils réclament désormais justice pour deux victimes.

« À mes yeux, c'est comme un double meurtre », nous a déclaré Lawrence Washington, un inspecteur ayant grandi avec Brooks et qui faisait équipe avec lui à la brigade criminelle. « Celui qui a tué le gamin a aussi tué également "Jumpin' John". Vous ne pourrez pas m'ôter cette idée de la tête. »

Je me redressai dans mon fauteuil et balayai du regard la salle de rédaction. Personne ne s'intéressait à moi. Je reportai mon attention sur le listing pour lire la fin de l'article. J'étais sous le choc, presque autant que le soir où Wexler et Saint Louis étaient venus me chercher. J'entendais cogner mon cœur ; une main glacée me broyait les viscères. Je ne voyais plus que le titre de la célèbre histoire. *Usher*. Je l'avais lue au lycée. Et plus tard, en fac. Je connaissais l'intrigue. Et je savais qui était le personnage central. Roderick Usher. Ouvrant mon carnet, je parcourus les quelques notes que j'y avais jetées après avoir quitté Wexler la veille. Le nom était là. Sean l'avait inscrit dans son rapport chronologique. C'était sa dernière notation.

RUSHER

Après avoir composé le numéro de la bibliothèque du journal, je demandai à parler à Laurie Prine.

— Laurie, c'est...

— Salut, Jack. Je t'ai reconnu.

— Écoute, j'ai besoin d'un renseignement très urgent. Je crois qu'il faut faire une recherche. Mais je ne sais pas comment...

— De quoi s'agit-il, Jack ?

— Edgar Allan Poe. On a quelque chose sur lui ?

— Évidemment. Je suis sûre qu'on a des tas de fiches biographiques. Je pourrais...

— Je voulais dire, est-ce qu'on a ses nouvelles ou

d'autres œuvres ? Je cherche *La Chute de la maison Usher*. Désolé de te déranger encore une fois.

— Aucune importance. Écoute, pour ce qui est des œuvres, je ne sais pas ce qu'on peut trouver ici. Comme je te le disais, on a surtout des éléments biographiques. Je peux jeter un œil. Mais si on n'a rien, tu trouveras certainement ton bonheur dans n'importe quelle librairie.

— OK, merci. Je vais faire un saut au Livre écorné.

Je m'apprêtais à raccrocher, mais je l'entendis prononcer mon nom.

— Oui ?

— Je viens d'avoir une idée. Si tu veux citer une phrase ou un truc comme ça, on a le dictionnaire de citations de Bartlett sur CD ROM. Je peux me connecter vite fait.

— OK. Vas-y.

Elle me fit patienter une éternité. J'en profitai pour relire la fin de l'article du *New York Times*. Tout cela me paraissait un peu tiré par les cheveux, mais les coïncidences entre la façon dont étaient morts mon frère et l'inspecteur Brooks, et le lien entre ces deux noms, Roderick Usher et Rusher, étaient trop frappantes.

— OK, Jack, dit Laurie en reprenant le téléphone. J'ai consulté nos index. Nous n'avons aucun livre qui contienne toutes les œuvres de Poe. Mais j'ai chargé le disque de poésie, on va bien voir. Qu'est-ce que tu cherches au juste ?

— « Le palais hanté », un poème qui fait partie de

l'histoire intitulée *La Chute de la maison Usher*. Tu peux me trouver ça ?

Elle ne répondit pas. Je l'entendis pianoter sur son clavier.

— Ah, voilà ! J'ai plusieurs citations tirées de la nouvelle et du poème. Trois écrans.

— Y a-t-il un vers qui dise «Hors de l'espace, hors du temps» ?

— «Hors de l'espace. Hors du temps. »

— Oui. Je ne connais pas la ponctuation exacte.

— Aucune importance.

Elle pianotait.

— Euh, non. C'est pas dans…

— Merde !

J'ignore pourquoi j'avais réagi ainsi. Je le regrettai immédiatement.

— Attends un peu, Jack. C'est un vers tiré d'un autre poème.

— Quoi ? Un poème de Poe ?

— Oui. C'est dans «Dream-Land». Tu veux que je te le lise ? J'ai toute la strophe.

— Vas-y, je t'écoute.

— OK. Je te préviens, je ne suis pas très douée pour lire de la poésie, mais bon… «Par un obscur et solitaire chemin/ Hanté par les seuls anges malins/ Là où un Eidolon nommé NUIT/ Sur un trône noir règne droit comme un i/ J'ai récemment sur cette terre débarqué/ Venu de la plus lointaine et sombre Thulé/ Venu d'une région étrange et sauvage qui, sublime, s'étend,/ hors de l'espace, hors du temps. »

Voilà. Il y a une note de l'éditeur. Il nous apprend qu'un Eidolon est un fantôme.

Je ne dis rien. J'étais pétrifié, glacé.

— Jack?

— Relis-moi tout. Lentement cette fois.

Je notai la strophe dans mon carnet. J'aurais pu lui demander d'imprimer le poème et passer le chercher ensuite, mais je n'avais pas envie de bouger. Je voulais, durant ce court instant, rester totalement seul avec ces mots. Il le fallait.

— Qu'est-ce qui se passe, Jack? me demanda-t-elle quand elle eut fini de lire. Tu m'as l'air dans tous tes états.

— Je ne sais pas encore. Faut que je te laisse.

Je raccrochai.

Brusquement, je fus pris d'une bouffée de chaleur, envahi d'un sentiment de claustrophobie. Aussi vaste que fût la salle de rédaction, j'avais l'impression que ses murs se rapprochaient. Mon cœur cognait. La vision de mon frère dans la voiture traversa mon esprit en un éclair.

Glenn était au téléphone quand j'entrai dans son bureau et m'assis en face de lui. Il me désigna la porte, avec un mouvement du menton, comme s'il voulait que j'attende dehors qu'il ait terminé sa conversation. Je ne bougeai pas. Il répéta son geste. Je secouai la tête.

— Excusez-moi, j'ai un petit problème, dit-il dans l'appareil. Puis-je vous rappeler? Parfait. Entendu.

Il raccrocha.

— Qu'est-ce…

— Il faut que j'aille à Chicago, dis-je. Aujour-d'hui même. Et ensuite certainement à Washington, et peut-être à Quantico en Virginie. Au siège du FBI.

Glenn ne fut pas convaincu.

— «Hors de l'espace, hors du temps»? Allons, Jack! C'est une pensée qui peut traverser l'esprit d'un tas de gens qui envisagent de se suicider ou le font. Que cette phrase apparaisse dans un poème écrit cent cinquante ans plus tôt par un individu au caractère morbide et qui a également écrit un autre poème cité par un autre flic mort ne suffit pas à faire de tout ça un complot!

— Et Rusher et Roderick Usher? Vous pensez que c'est une coïncidence, ça aussi? Ça fait trois coïncidences et vous me dites que ça ne vaut pas la peine de se renseigner?

— Je n'ai jamais dit ça! (Sa voix grimpa d'un ton, signe de son indignation.) Évidemment qu'il faut se renseigner! Servez-vous de votre téléphone, renseignez-vous. Mais je refuse de vous envoyer en voyage aux quatre coins du pays sur la base de ce que vous m'apportez.

Il fit pivoter son fauteuil afin de consulter son écran d'ordinateur et voir s'il avait des messages. Il n'y en avait aucun. Il se retourna vers moi.

— Et le mobile?

— Pardon?

— Qui aurait intérêt à tuer votre frère et ce type de Chicago? Ça n'a aucun... Mais comment se fait-il que les flics soient passés à côté?

— Je n'en sais rien.

— Vous êtes resté avec eux toute la journée, vous avez consulté le dossier. Qu'est-ce qui cloche dans la théorie du suicide ? Comment quelqu'un aurait-il pu faire ça et s'enfuir ? Comment se fait-il qu'hier vous étiez persuadé vous aussi que c'était un suicide ? J'ai reçu votre message, vous disiez que vous étiez convaincu. Pourquoi les flics en sont-ils convaincus, eux aussi ?

— Je n'ai pas encore les réponses à ces questions. Voilà pourquoi j'aimerais aller à Chicago, et ensuite au FBI.

— Écoutez, Jack, vous avez une place en or ici. Vous ne pouvez pas savoir combien de journalistes sont venus dans ce bureau pour me dire qu'ils en rêvaient. Vous…

— Qui ?

— Hein ?

— Qui veut ma place ?

— Peu importe. Nous ne parlons pas de ça. Ce que je veux dire, c'est que vous avez une planque ici, vous êtes libre d'aller où bon vous semble dans tout l'État. Mais pour ce genre de déplacement, je suis obligé de rendre des comptes à Neff et Neighbors. J'ai également une salle de rédaction remplie de journalistes qui eux aussi aimeraient bien voyager de temps en temps pour écrire un article. Et j'aimerais qu'ils puissent le faire. C'est bon pour la motivation. Mais nous sommes dans une période d'austérité et je ne peux pas autoriser toutes les demandes de déplacement.

Je détestais ce genre de sermon, et je me demandais si Neff et Neighbors, le directeur de rédaction et le directeur de publication du journal, se souciaient vraiment de savoir où Glenn expédiait ses journalistes, du moment que ça donnait de bons sujets d'article. Et ça, c'était un bon sujet. Glenn mentait, et il le savait.

— Très bien, dis-je. Dans ce cas, je prendrai sur mon temps de vacances.

— Vous avez déjà utilisé tous vos congés après l'enterrement. Et de toute façon il n'est pas question que vous fassiez le tour du pays en tant que journaliste du *Rocky Mountain News* si vous n'êtes pas envoyé en mission par le journal.

— Et un congé sans solde? Vous avez dit hier que si j'avais besoin d'un peu plus de temps, on pourrait s'arranger.

— Un peu de temps pour porter le deuil, oui, mais pas pour courir à travers tout le pays. D'ailleurs, vous connaissez le règlement en cas de congé sans solde. Je ne peux pas vous garantir votre situation. Si vous décidez de vous absenter, vous risquez de ne pas retrouver votre poste à votre retour.

L'envie de démissionner sur-le-champ me démangeait, mais le courage me manquait, et je savais que j'avais besoin du journal. J'avais besoin de l'institution des médias comme laissez-passer auprès des flics, des enquêteurs et de toutes les personnes concernées. Privé de ma carte de presse, je ne serais que le frère d'un suicidé, quelqu'un qu'on peut aisément rembarrer.

— Il me faut des éléments plus solides pour justifier ces déplacements, Jack, reprit Glenn. Nous n'avons pas les moyens de financer une partie de pêche aussi coûteuse; il nous faut des faits concrets. Si vous aviez autre chose à m'offrir, je pourrais peut-être m'arranger pour Chicago. Mais pour ce qui concerne cette Fondation et le FBI, vous pouvez vous débrouiller par téléphone. Si vraiment ce n'est pas possible, peut-être pourrai-je demander à un type du bureau de Washington de se renseigner directement sur place.

— C'est mon frère et c'est mon article! Pas question de refiler le sujet à quelqu'un d'autre!

Glenn leva les mains en signe d'apaisement. Il savait que sa proposition était inacceptable.

— Dans ce cas, dit-il, servez-vous du téléphone et apportez-moi du concret.

— Vous savez ce que vous me demandez? Vous êtes en train de me dire: ne partez pas sans avoir de preuves. Mais justement! J'ai besoin de partir pour en obtenir!

De retour à mon bureau, j'ouvris un nouveau fichier sur mon ordinateur et entrepris d'y inscrire tout ce que je savais sur la mort de Theresa Lofton et sur celle de mon frère. Je notai tous les détails dont je me souvenais après avoir lu les dossiers. Le téléphone sonna, mais je ne décrochai pas. Je continuai à taper. Je savais que j'avais besoin d'une base d'informations pour débuter. Je m'en servirais ensuite pour démonter l'affaire du suicide de Sean. Glenn m'avait finalement proposé un marché. Si je parvenais à convaincre la police de rouvrir le dossier de mon frère, j'irais à Chicago. En ce qui concerne Washington, nous en reparlerions, avait-il dit, mais si je pouvais aller à Chicago, je savais qu'après j'irais dans la capitale.

Tandis que je tapais sur mon clavier, l'image de mon frère ne cessait de me revenir en mémoire. Cette photo aseptisée, sans vie, me dérangeait désormais. Car j'avais cru à l'impossible. J'avais laissé tomber Sean et mon sentiment de culpabilité était encore plus intense. C'était mon frère dans cette voiture, mon jumeau. C'était moi.

9

Pour finir, je me retrouvai avec quatre pages de notes que je parvins à synthétiser, après une heure de cogitations, en six lignes de questions auxquelles je devais trouver des réponses. J'avais découvert qu'en examinant les faits sous l'angle opposé, c'est-à-dire en supposant que Sean ne s'était pas suicidé, mais avait été assassiné, je voyais une chose que les flics avaient certainement laissée passer. Leur erreur provenait de leur prédisposition à croire, et donc à accepter, que Sean ait pu se suicider. Ils le connaissaient et savaient combien l'accablait l'affaire Theresa Lofton. Ou peut-être était-ce quelque chose dont tous les flics croyaient leurs collègues capables. Peut-être avaient-ils vu trop de cadavres. La seule chose étonnante pour eux était peut-être, en réalité, qu'un flic ne se suicide pas. Mais en examinant les faits avec le regard d'un incrédule, je voyais ce qu'ils ne voyaient pas.

J'étudiai la liste de questions que j'avais notée sur une page de mon carnet :

Pena :	ses mains ?
après :	combien de temps ?
Wexler/Scalari :	voiture ?
	chauffage ?
	verrouillage ?
Riley :	gants ?

Pour interroger Riley, je pouvais utiliser le téléphone. Je composai son numéro et m'apprêtais à raccrocher après la sixième sonnerie quand enfin elle répondit.

— Riley ? C'est Jack. Tout va bien ? Je tombe au mauvais moment ?

— C'est quoi, le bon moment ?

On aurait dit qu'elle avait bu.

— Tu veux que je vienne te voir, Riley ? J'arrive tout de suite.

— Non, inutile, Jack. Ça va. C'est juste... un coup de cafard, tu vois. Je n'arrête pas de penser à lui.

— Je comprends. Moi aussi je pense à lui.

— Alors, comment se fait-il que tu sois resté si longtemps sans venir, avant qu'il... Je suis désolée, Jack, je ne devrais pas parler de ça...

Je restai muet un instant.

— Je ne sais pas, Riles. Disons qu'on s'était plus ou moins disputés à cause d'un truc. Je lui ai dit des choses que j'aurais pas dû. Et lui aussi, je crois. On était en froid... Et il a commis son geste avant qu'on puisse se retrouver.

Je m'aperçus que je ne l'avais pas appelée Riles depuis bien longtemps. L'avait-elle remarqué ?

— Vous vous étiez disputés à quel sujet ? La fille coupée en deux ?

— Pourquoi dis-tu ça ? Il t'en a parlé ?

— Non. Simple déduction. Il était complètement obsédé par elle, peut-être que toi aussi ? Voilà ce que je me suis dit.

— Écoute, Riley… Ce n'est pas bon de ressasser tout ça. Essaye de penser à des choses plus positives.

Je faillis craquer et lui avouer le but que je poursuivais. J'aurais aimé lui offrir de quoi soulager sa douleur. Mais c'était encore prématuré.

— C'est pas facile.

— Je sais, Riley. Je suis désolé. Je ne sais pas quoi te dire.

Il y eut un long silence entre nous. Je n'entendais rien à l'autre bout du fil. Ni musique ni télé. Je me demandai ce qu'elle faisait seule dans la maison.

— Ma mère m'a appelé tout à l'heure. Tu lui as dit ce que je voulais faire.

— Oui. J'ai pensé qu'elle avait le droit de savoir.

Je gardais le silence.

— Pourquoi tu m'appelles, Jack ? me demanda-t-elle finalement.

— Une simple question. Ça peut te paraître un peu incongru, mais tant pis. Les flics t'ont-ils montré ou rendu les gants de Sean ?

— Ses gants ?

— Ceux qu'il portait ce jour-là.

— Non. Je ne les ai pas récupérés. Personne ne m'en a parlé.

— Quel genre de gants portait-il ?

— Des gants de cuir. Pourquoi ?

— Oh, une idée comme ça. Je t'en parlerai plus tard, s'il en sort quelque chose. De quelle couleur ? Noirs ?

— Oui, en cuir noir. Fourrés, je crois.

Sa description correspondait aux gants que j'avais vus sur les photos prises à l'intérieur de la voiture. Ça ne voulait pas dire grand-chose, dans un sens comme dans l'autre. Juste un point de détail à vérifier.

Nous bavardâmes encore quelques minutes, puis je lui proposai de dîner avec elle ce soir, car je devais me rendre à Boulder, mais elle déclina mon offre. Nous raccrochâmes. J'étais inquiet à son sujet, et j'espérais que cette conversation – le simple contact humain – lui remonterait un peu le moral. J'envisageai de passer chez elle malgré tout, après avoir fait ce que j'avais à faire.

Alors que je traversais Boulder, je vis des nuages chargés de neige s'amonceler au-dessus des sommets des Flatirons. Ayant grandi dans cette région, je savais avec quelle rapidité la neige pouvait se mettre à tomber une fois que les nuages étaient là. J'espérai qu'il y avait des chaînes dans le coffre de ma Tempo de fonction, mais j'en doutais.

En arrivant au lac Bear, je trouvai Pena dehors, devant sa cabane de garde forestier, en train de discuter avec un groupe de skieurs de fond qui passaient par là. En attendant qu'il ait terminé, je me dirigeai vers le lac. À plusieurs endroits, les gens avaient déblayé la neige jusqu'à la glace. Timidement, j'avançai sur la surface du lac gelé et plongeai mon regard dans une trouée bleu-noir, en imaginant les profondeurs. Un léger tremblement me parcourut. Vingt ans plus tôt, ma sœur avait traversé la pellicule de glace et s'était noyée dans ce lac. Et voilà que maintenant mon frère trouvait la mort dans sa voiture à moins de cinquante mètres. En contemplant cette surface étincelante, je me rappelai avoir entendu dire que certains poissons du lac se laissaient parfois prendre par la glace en hiver, mais que lorsque venait le dégel du printemps, ils se réveillaient et retrouvaient leur liberté. Je me demandai si c'était vrai, et songeai que, dans ce cas, c'était bien dommage qu'il n'en aille pas de même pour les êtres humains.

— Ah, vous revoilà.

Je me retournai et vis Pena.

— Désolé de vous déranger. J'ai encore quelques questions à vous poser.

— Vous excusez pas. J'aurais aimé pouvoir faire quelque chose… avant. Peut-être que j'aurais pu le voir arriver, lui demander s'il avait besoin d'aide, un truc comme ça.

Nous nous dirigions vers la cabane.

— Je ne sais pas si quelqu'un aurait pu faire quelque chose, vous savez, répondis-je, histoire de parler.

— Alors, qu'est-ce que vous voulez me demander ?

Je sortis mon carnet.

— Euh, premièrement… Quand vous avez couru jusqu'à la voiture, avez-vous vu ses mains ? Pourriez-vous dire où elles étaient ?

Il continua d'avancer sans rien dire. Sans doute se représentait-il la scène.

— En fait, dit-il enfin, je crois bien que je les ai regardées, justement. Quand j'ai vu qu'il était seul, j'ai immédiatement pensé qu'il s'était suicidé. Et je suis quasiment certain d'avoir regardé ses mains pour voir s'il tenait une arme.

— Et ?

— Non. L'arme était posée à côté de lui. Elle était tombée sur le siège.

— Vous souvenez-vous s'il portait des gants quand vous l'avez découvert ?

— Des gants… des gants…, répéta-t-il, comme s'il essayait d'arracher une réponse à sa mémoire.

Après un nouveau silence prolongé, il ajouta :

— Je ne sais pas. Je n'arrive pas à revoir ce détail. Que dit la police ?

— Je veux juste savoir si vous vous en rappelez.

— Désolé, je me souviens pas de ça.

— Si la police le désirait, accepteriez-vous de vous laisser hypnotiser ? Peut-être que la mémoire vous reviendrait de cette façon-là ?

— Hypnotiser, vous dites ? Ils font ça dans la police ?

— Parfois. Quand c'est important.

— Bah, si c'est important, je pense que j'accepterai.

Nous nous étions arrêtés devant la cabane. Je regardai ma Tempo, garée à l'endroit même où mon frère s'était rangé.

— La deuxième chose que je voulais vous demander concerne le chronométrage. D'après le rapport de police, vous êtes arrivé en vue de la voiture moins de cinq secondes après avoir entendu le coup de feu. Or, en cinq secondes, il était impossible à quiconque de sortir de la voiture et de courir se cacher dans le bois sans être repéré.

— Exact. Impossible. Je l'aurais vu.

— Bien. Mais après ?

— Quoi après ?

— Après avoir couru jusqu'à la voiture et constaté que l'homme était mort... Vous m'avez dit l'autre jour que vous étiez revenu à la cabane à toutes jambes pour téléphoner. C'est exact ?

— Oui, à Police-Secours et à mon patron.

— Donc, vous êtes entré dans la cabane, d'où vous ne pouviez plus voir la voiture, c'est bien ça ?

— En effet.

— Combien de temps ?

Pena hocha la tête ; il voyait où je voulais en venir.

— Peu importe, répondit-il, vu qu'il était seul dans la voiture.

— Oui, je sais, mais faites-moi plaisir, répondez. Combien de temps ?

Il eut un mouvement d'épaules qui semblait dire «à quoi bon ?» et demeura silencieux, le temps d'entrer dans la cabane et d'esquisser un petit geste de la main, comme s'il décrochait un téléphone.

— J'ai eu la police tout de suite. Ça n'a pas traîné. Ils m'ont demandé mon nom et ainsi de suite, ça a pris un petit peu de temps. Ensuite, j'ai appelé Doug Paquin, mon boss. J'ai expliqué que c'était urgent et ils me l'ont passé immédiatement. Je lui ai raconté; il m'a dit d'aller surveiller le véhicule en attendant l'arrivée de la police. Et voilà. Je suis ressorti.

En tout, j'estimai qu'il avait dû rester éloigné de la Caprice au moins trente secondes.

— Quand vous vous êtes précipité vers la voiture la première fois, avez-vous essayé d'ouvrir toutes les portières pour vérifier qu'elles étaient verrouillées?

— Non, uniquement celle du conducteur. Mais elles étaient toutes verrouillées.

— Comment le savez-vous?

— Quand les flics sont arrivés, ils ont essayé de les ouvrir, sans y parvenir. Ils ont dû utiliser des sortes de crochets pour forcer la serrure.

J'acquiesçai, puis lui demandai:

— Et à l'arrière? Hier, vous m'avez dit que les vitres étaient embuées. Avez-vous mis votre nez au carreau pour regarder sur le siège arrière? Ou par terre?

Pena comprit soudain le sens de ma question. Après un instant de réflexion, il secoua la tête.

— Non, j'ai pas regardé à l'arrière. J'ai pensé qu'il était tout seul à l'intérieur.

— La police vous a posé les mêmes questions?

— Non. Mais je vois où vous voulez en venir.

— Une dernière chose. Quand vous avez prévenu la police, avez-vous dit qu'il s'agissait d'un suicide, ou simplement qu'il y avait un mort ?

— Je... Oui, je leur ai dit que quelqu'un venait de se suicider. C'est ce que j'ai dit. Ils doivent en avoir un enregistrement.

— Sans doute. Merci beaucoup.

Je regagnai ma voiture alors que soufflaient les premières rafales de neige. Pena me rappela :

— Et pour l'hypnose ?

— Ils vous préviendront s'ils ont besoin de vous.

Avant de m'installer au volant, je jetai un coup d'œil dans le coffre. Évidemment, il n'y avait pas de chaînes.

En retraversant Boulder, je m'arrêtai dans une librairie qui portait un nom approprié, « Rue Morgue », pour y acheter un épais volume contenant l'intégrale des histoires et des poèmes d'Edgar Allan Poe. J'avais l'intention de m'y plonger le soir même. Durant le trajet qui me ramenait à Denver, je m'efforçai de faire coïncider les réponses du garde forestier avec la théorie que j'échafaudais. J'avais beau tourner ses déclarations dans tous les sens, rien ne pouvait m'éloigner de ma nouvelle conviction.

En débarquant dans les locaux de la police de Denver, à la brigade des Enquêtes spéciales, j'appris que Scalari était absent. Je me rendis alors à la Criminelle où je trouvai Wexler derrière son bureau. Pas de Saint Louis en vue.

— La barbe, dit Wexler. Vous venez encore m'emmerder ?

— Non, pourquoi ? Vous avez l'intention de m'envoyer chier ?

— Ça dépend de ce que vous avez à me demander.

— Où est la bagnole de mon frère ? Elle est de nouveau en service ?

— Qu'est-ce que ça veut dire, Jack ? Vous ne pouvez donc pas imaginer qu'on soit capables de mener une enquête correctement ?

Furieux, il lança son stylo dans une corbeille à papier placée dans un coin de la pièce. Comprenant ce qu'il venait de faire, il se leva pour aller le rechercher.

— Écoutez, je ne cherche pas à vous en remontrer, ni à vous causer des ennuis, repris-je d'un ton neutre. J'essaye simplement de répondre à toutes mes questions, mais plus j'essaye et plus je me pose de questions.

— Du genre ?

Je lui rapportai ma conversation avec Pena le garde forestier et vis naître sa colère. Le sang lui monta au visage ; un tremblement agita sa mâchoire.

— Hé, vous avez clos le dossier ! m'exclamai-je. Plus rien ne m'interdit d'interroger Pena. De plus, Scalari, vous ou quelqu'un d'autre a laissé passer un truc important. La voiture est restée sans surveillance plus de trente secondes pendant que le garde forestier téléphonait dans la cabane.

— Ouais, et alors ?

— Vous vous êtes intéressés uniquement au temps écoulé entre le coup de feu et le moment où il a vu la voiture. Cinq secondes. Autrement dit, personne n'a pu s'enfuir. Affaire bouclée, suicide. Mais Pena m'a expliqué que les vitres étaient couvertes de buée. Forcément, puisque quelqu'un a écrit le message sur le pare-brise. Mais Pena n'a pas regardé à l'arrière, sur la banquette ou sur le sol. Ensuite, il s'est absenté pendant au moins trente secondes. Quelqu'un a très bien pu se planquer à l'arrière, sortir de la bagnole pendant que le garde forestier téléphonait et courir se planquer dans le bois. Un jeu d'enfant.

— Vous êtes complètement dingue ou quoi ? Et le mot sur le pare-brise ? Et les résidus de poudre sur le gant ?

— N'importe qui aurait pu écrire sur le pare-brise. Et le meurtrier a très bien pu enfiler le gant qui portait les traces de poudre. Il l'a enlevé ensuite et l'a enfilé à Sean. C'est long, trente secondes. Peut-être même plus. Sans doute plus. Pena a passé deux coups de téléphone, Wex.

— Il y a trop de suppositions dans votre histoire. Il fallait que le meurtrier soit certain que Pena s'absenterait aussi longtemps.

— Pas forcément. Il s'est peut-être dit qu'il aurait assez de temps, ou sinon il éliminerait le garde forestier. Vu la façon dont vous avez traité cette affaire, vous auriez certainement conclu que Sean l'avait descendu avant de se flinguer.

— Vous délirez, Jack. J'aimais votre frère comme mon frère, nom de Dieu ! Vous croyez que ça me fait plaisir de penser qu'il s'est tiré une balle dans le caisson ?

— Laissez-moi vous poser une question. Où étiez-vous quand vous avez appris la nouvelle ?

— Ici même, à mon bureau. Pourquoi ?

— Qui vous a averti ? Vous avez reçu un appel ?

— Ouais. Le capitaine m'a téléphoné. L'office des Parcs avait appelé l'officier de garde. Celui-ci a prévenu le capitaine.

— Qu'est-ce qu'il vous a dit ? Répétez-moi ses paroles exactes.

Wexler hésita, fouillant sa mémoire.

— Je ne me souviens plus. Il a simplement dit que Mac était mort.

— Il a dit ça de cette façon, ou il a dit que Mac s'était suicidé ?

— Je ne sais plus. Peut-être bien. Quelle importance ?

— Le garde forestier qui a prévenu la police leur a dit que Sean s'était suicidé. Et tout est parti de là. Vous êtes tous allés sur place en pensant à un suicide et, évidemment, c'est ce que vous avez trouvé. Toutes les parties du puzzle correspondaient à l'idée que vous aviez en partant. Tout le monde savait que Sean était déprimé à cause de l'affaire Lofton. Vous comprenez ? Vous étiez prédisposés à croire au suicide. Vous avez même réussi à m'en convaincre quand nous sommes allés à Boulder ce soir-là.

— Arrêtez vos conneries, Jack. Je n'ai pas que ça à faire. Vous n'avez aucune preuve de ce que vous avancez et je refuse de perdre mon temps avec les théories d'un type qui refuse de regarder la vérité en face.

Je restai muet un instant, attendant qu'il se calme.

— Où est la voiture, Wex ? Si vous êtes si sûr de vous, montrez-moi la voiture. Je connais un moyen de vous prouver ce que je dis.

Wexler semblait hésiter. Sans doute était-il en train de s'interroger : devait-il céder à ma requête ? Accepter de me montrer la voiture, c'était reconnaître que j'avais au moins fait naître un petit doute dans son esprit.

— Elle est toujours là, sur le parking, répondit-il enfin. Je la vois tous les matins quand je viens bosser !

— Elle est encore dans l'état où on l'a trouvée ?

— Ouais, pareil. Ils ont mis les scellés. Tous les jours en arrivant, je vois son sang sur le pare-brise, nom de Dieu !

— Allons y jeter un œil, Wex. Je pense qu'il y a un moyen de vous convaincre. Dans un sens ou dans l'autre.

Les rafales de neige étaient descendues de Boulder. Dans le parking du poste de police, Wexler demanda les clés du véhicule au responsable du parc automobile. Il consulta également le registre pour savoir si quelqu'un d'autre que les enquêteurs avait pris les clés ou pénétré à l'intérieur de la voiture. Personne. Autrement dit, la voiture était dans le même état que lorsqu'on l'avait remorquée jusqu'ici.

— Ils attendent un ordre de réquisition du bureau du chef pour faire le ménage. Ils sont obligés de l'envoyer à l'extérieur pour ça. Vous saviez qu'il y avait des sociétés spécialisées dans le nettoyage des maisons, des voitures et ainsi de suite, quand quelqu'un y a été tué ? Tu parles d'un putain de boulot.

Si Wexler était si bavard, songeai-je, c'était pour combattre sa nervosité. Arrivés devant la voiture, nous restâmes immobiles. La neige tourbillonnait autour de nous. Le sang qui maculait l'intérieur de la vitre arrière avait séché et viré au marron presque noir.

— Ça va puer quand on ouvrira la porte, me prévint Wexler. Bon Dieu, je peux pas croire que je suis en train de faire ça. Je refuse d'aller plus loin si vous m'expliquez pas ce qui se passe.

Je hochai la tête.

— OK. Je veux vérifier deux choses. Je veux voir si le chauffage est réglé au maximum et si les portes arrière sont verrouillées.

— Dans quel but ?

— Les vitres étaient embuées et il faisait froid dehors, mais pas tant que ça. Sur les photos, j'ai remarqué que Sean était habillé chaudement. Il avait son anorak. Il n'avait pas besoin de monter le chauffage au maximum. Mais qu'est-ce qui fait de la buée sur les vitres, à part le chauffage, quand le moteur ne tourne pas ?

— Je ne…

— Pensez aux missions de surveillance, Wex. Qu'est-ce qui fait de la buée ? Mon frère m'a raconté un jour l'histoire de la planque où vous vous étiez fait avoir tous les deux parce qu'il y avait de la buée sur les vitres. Vous n'avez même pas vu le type sortir de la maison.

— Ouais, on bavardait. C'était juste après le Super Bowl. On parlait de ces enfoirés de Broncos qui avaient encore perdu et toutes les vitres étaient embuées à cause de notre respiration.

— Exact. Et à ma connaissance, mon frère n'avait pas l'habitude de parler tout seul. Conclusion, si le chauffage n'est pas allumé, et s'il y a suffisamment de buée sur les vitres pour écrire un message, ça veut dire, je suppose, qu'il y avait quelqu'un avec lui. Et qu'ils discutaient.

— C'est une hypothèse hasardeuse et qui ne prouve absolument rien. Et le verrouillage des portières ?

Je lui fis part de ma théorie :

— Quelqu'un est dans la voiture avec Sean. D'une manière ou d'une autre, il s'empare de l'arme de mon frère. Peut-être qu'il sort la sienne pour le désarmer. Il lui ordonne de lui donner ses gants. Sean obéit. Le type enfile les gants et tue Sean avec son arme. Ensuite, il saute par-dessus le siège et se cache sur le plancher. Il attend que le garde forestier accoure et reparte, puis il se penche par-dessus le siège, écrit le message sur le pare-brise et remet ses gants à Sean. C'est pour ça qu'on retrouve des résidus de poudre. Après, il sort par la portière de derrière, la verrouille et court se planquer derrière un arbre. Aucune empreinte de pas, car le parking a été déneigé. Et quand Pena revient surveiller la voiture comme le lui a ordonné son supérieur, le type a foutu le camp.

Wexler resta muet un long moment, le temps d'assimiler.

— OK, c'est une théorie, dit-il. Prouvez-la maintenant.

— Vous connaissiez mon frère. Vous bossiez ensemble. C'est quoi, les consignes concernant les portières ? Toujours les laisser verrouillées. Exact ? Ainsi, aucun risque de perdre un prisonnier en route. Pas de gaffes. Si on transporte un passager « normal », on peut toujours déconnecter le verrouillage. Comme vous l'avez fait le soir où vous êtes venus me chercher avec votre collègue. Quand j'ai eu envie de vomir, la portière était bloquée. Vous vous souvenez ? Vous avez été obligé de la débloquer pour que je puisse l'ouvrir et gerber dehors.

Wexler ne dit rien, mais à voir son visage je compris que j'avais fait mouche. Si jamais le système de verrouillage des portières était déconnecté à l'intérieur de la Caprice, ça ne prouverait rien de manière absolue, mais il saurait, car il connaissait mon frère, que Sean n'était pas seul dans cette voiture.

Finalement, il me dit :

— On ne peut pas s'en rendre compte d'un simple coup d'œil. C'est juste un bouton. Il faut que quelqu'un s'installe à l'arrière et essaye de sortir.

— Ouvrez-moi. J'y vais.

D'un tour de clé, Wexler déverrouilla les fermetures électriques et j'ouvris la portière arrière, côté passager. L'odeur douceâtre et écœurante du sang séché m'assaillit. Je pénétrai dans la voiture et refermai la portière.

Je demeurai immobile un long moment. Certes, j'avais vu les photos, mais elles ne pouvaient me préparer à me retrouver dans cette voiture. L'odeur, le sang sur la vitre, le toit et le repose-tête du conducteur. Le sang de mon frère. Je sentis l'étau étouffant de la nausée me serrer la gorge. Rapidement, j'examinai par-dessus le siège le tableau de bord et les manettes de réglage du chauffage. Puis, à travers la vitre du côté droit, je regardai Wexler. L'espace d'un instant, nos yeux se croisèrent et je me demandai si je voulais vraiment que la portière soit déverrouillée. Je songeai que ce serait nettement plus simple de tout laisser tomber, mais cette idée quitta rapidement mon esprit. Si je laissais tomber maintenant, je savais que ça me hanterait jusqu'à la fin de mes jours.

Penché en avant, j'actionnai le bouton de verrouillage de ma portière. Je tirai sur la poignée, la portière s'ouvrit. Je descendis de voiture et me tournai vers Wexler. La neige commençait à s'accumuler dans ses cheveux et sur ses épaules.

— Et le chauffage est éteint, dis-je. Ce n'est donc pas ça qui a embué les vitres. Je pense qu'il y avait quelqu'un avec Sean dans la voiture. Ils discutaient. Et ce salopard l'a tué.

On aurait dit que Wexler venait de voir un fantôme. Tout se mettait en place dans sa tête. Ce n'était plus une simple théorie désormais, et il le savait. Je crus qu'il allait se mettre à pleurer.

— Nom de Dieu ! soupira-t-il.

— Nous sommes tous passés à côté.

— Non, c'est pas la même chose. Un flic n'a pas le droit de laisser tomber son équipier de cette façon. À quoi on sert si on n'est même pas capables de veiller sur les nôtres ? Il faut qu'un putain de journaliste…

Il n'acheva pas sa phrase, mais je pensais savoir ce qu'il ressentait. D'une certaine façon, il croyait avoir trahi Sean. Et je savais ce qu'il éprouvait, car j'éprouvais la même chose.

— Il n'est pas trop tard, dis-je. Nous pouvons encore rattraper notre erreur.

Impossible de l'arracher à son désespoir. Si quelqu'un pouvait le réconforter, ce n'était pas moi. Cela devait venir de l'intérieur.

— Nous avons seulement perdu un peu de temps, Wex, lui dis-je malgré tout. Ne restons pas là. Il commence à faire froid.

La maison de mon frère était plongée dans l'obscurité lorsque je me rendis chez lui pour mettre Riley au courant. Avant de frapper à la porte, j'hésitai un instant, songeant combien il était absurde à moi de penser que la nouvelle que je lui apportais pouvait, d'une certaine façon, lui mettre du baume au cœur. « Bonne nouvelle, Riley ! Sean ne s'est pas suicidé comme nous l'avons cru, il a été assassiné par un cinglé qui n'en était pas à son premier meurtre, et qui va sans doute récidiver. »

Je frappai quand même. Il n'était pas tard. Je l'imaginais assise dans le noir, ou bien dans une des chambres du fond, qui ne laissaient filtrer aucune lumière. La lanterne du porche s'alluma au-dessus de ma tête et la porte s'ouvrit avant que je sois obligé de frapper une seconde fois.

— Jack…

— Salut, Riley. Je peux te parler une minute ?

Je savais qu'elle ne savait pas encore. J'avais conclu un arrangement avec Wexler. C'était moi qui lui annoncerais la nouvelle. Il s'en foutait. Il était trop occupé à rouvrir le dossier, à dresser une liste de suspects possibles et à faire réexaminer la voiture de Sean pour y chercher des empreintes et autres indices. Je ne lui avais pas parlé de Chicago ; j'avais gardé cette information pour moi, sans trop savoir pourquoi. À cause de l'article ? Voulais-je conserver l'exclusivité ? C'était la réponse la plus simple, et je m'en servais pour apaiser la gêne que j'éprouvais de ne pas lui avoir tout dit. Mais dans les coins les plus reculés de mon esprit, je savais bien qu'il s'agissait d'autre chose. D'une chose que, peut-être, je ne voulais pas regarder en pleine lumière.

— Entre, me dit Riley. Un problème ?

— Non, pas vraiment.

Je la suivis à l'intérieur. Elle m'entraîna jusqu'à la cuisine, où elle alluma la lumière au-dessus de la table. Elle portait un jean, d'épaisses chaussettes en laine et un sweat-shirt des Colorado Buffaloes.

— Il y a du nouveau pour la mort de Sean, et je voulais t'en parler. Directement, plutôt qu'au téléphone.

Nous nous assîmes à la table de la cuisine. Les cernes sous ses yeux n'avaient pas disparu, et elle n'avait même pas tenté de les dissimuler avec du maquillage. Sentant son désespoir s'abattre sur moi, je détachai mon regard de son visage. Je croyais y avoir échappé, mais c'était impossible dans cet endroit. Sa souffrance envahissait chaque parcelle de la maison, et elle était contagieuse.

— Tu dormais ?

— Non, je lisais. Que se passe-t-il, Jack ?

Je lui expliquai. Mais contrairement à Wexler, je ne lui cachai rien. Chicago, les poèmes, et ce que j'avais l'intention de faire. Parfois, pendant mon récit, elle hochait la tête, mais c'était sa seule réaction. Pas de larmes, pas de questions. Tout cela viendrait quand j'aurais terminé.

— Et voilà, dis-je en conclusion. Je suis venu te prévenir. Je pars pour Chicago dès que possible.

Après un long silence, elle s'exprima enfin.

— C'est bizarre, je me sens affreusement coupable.

Je voyais briller des larmes dans ses yeux, mais elles refusaient de couler. Sans doute n'en avait-elle plus assez.

— Coupable, dis-tu ? Pour quelle raison ?

— Pendant tout ce temps, j'ai été furieuse contre lui. À cause de son geste, tu comprends. Comme s'il avait dirigé son arme sur moi, pas sur lui. J'avais commencé à le haïr, à haïr sa mémoire. Et voilà que tu… enfin, tout ça.

— Nous avons tous réagi de la même façon. C'était la seule façon de continuer à vivre.

— Tu as prévenu Millie et Tom ?

Mes parents. Riley avait toujours été gênée de les appeler autrement que par leurs prénoms.

— Non, pas encore. Mais je vais le faire.

— Pourquoi tu n'as rien dit à Wexler au sujet de Chicago ?

— Je ne sais pas. Sans doute pour avoir une longueur d'avance. Ils l'apprendront demain.

— Si ce que tu affirmes est vrai, Jack, il faut tout leur raconter. Je ne veux pas que le meurtrier puisse s'en tirer uniquement pour te permettre d'écrire un article.

— Écoute, Riley, répondis-je en m'efforçant de rester calme. Celui qui a fait ça avait réussi à s'en tirer, comme tu dis, avant que je m'en mêle. Je veux simplement interroger les flics de Chicago avant Wexler. Un seul jour.

Nous restâmes muets un instant, jusqu'à ce que j'ajoute :

— Mais ne te méprends pas. Je veux écrire cet article, c'est exact. Mais il ne s'agit pas que de ça. En fait il s'agit de Sean et de moi.

Elle acquiesça, et je laissai le silence s'installer entre nous. Comment lui expliquer mes motivations ? Mon unique talent dans la vie consistait à assembler des mots pour raconter une histoire cohérente et intéressante, mais à l'intérieur de moi les mots me manquaient pour exprimer ces choses. Pour l'instant. Je savais qu'elle avait besoin d'en savoir plus et j'essayai d'assouvir ce besoin en lui offrant une explication que moi-même je ne comprenais pas très bien.

— Quand nous avons décroché notre diplôme de fin d'études, je m'en souviens, lui et moi savions déjà ce que nous voulions faire dans la vie. Je voulais écrire des livres, devenir célèbre ou riche, voire les deux. Sean, lui, serait inspecteur en chef de la police de Denver et il éluciderait toutes les énigmes… Aucun de nous deux n'a atteint son but. Mais Sean s'en est approché plus que moi.

Elle s'efforça d'esquisser un sourire en m'entendant évoquer ce souvenir, mais ça n'allait pas avec le reste de son visage et elle y renonça.

— Enfin bref, repris-je. À la fin de cet été-là, je devais partir pour Paris afin d'y écrire le Grand Roman américain. Et lui attendait de pouvoir s'engager dans l'armée. Au moment de nous dire au revoir, nous avons conclu un marché. Un truc idiot, sentimental. Si je devenais riche, je lui achèterais une Porsche, avec des porte-skis. Comme Redford dans *La Descente infernale*. Voilà le marché. Il ne voulait rien d'autre. Il choisirait le modèle. Et moi, je paierais. Je lui répondis que j'étais perdant dans cette affaire, car il n'avait rien à m'offrir en échange. Si, me dit-il. Si jamais il m'arrivait quelque chose – si par exemple j'étais tué ou blessé, si on m'attaquait pour me voler ou n'importe quoi –, il retrouverait le coupable. Il ferait en sorte que justice soit rendue. Et veux-tu que je te dise, Riley ? Eh bien, j'y croyais. J'étais certain qu'il le ferait. Et ça avait quelque chose de réconfortant.

Ainsi racontée, cette histoire ne semblait guère avoir de sens. Je ne voyais pas où je voulais en venir.

— C'était sa promesse, dit Riley, pas la tienne.

— Oui, je sais.

Je me tus. Je sentais qu'elle m'observait.

— Simplement… ajoutai-je. Je… je ne sais pas.

Disons que je ne peux pas rester assis les bras croisés et regarder sans agir. Il faut que j'aille là-bas. Je dois absolument…

Il n'existait pas de mots pour expliquer ça.

— Faire quelque chose ?

— Oui. Sans doute. Mais je ne peux pas en parler, Riley. Je dois le faire. Il faut que j'aille à Chicago.

10

Gladden et cinq autres hommes furent introduits dans un petit box avec des chaises, entouré d'une paroi vitrée, dans un coin de l'immense salle de tribunal. Une ouverture d'une trentaine de centimètres de haut parcourait toute la longueur de la paroi de verre, à hauteur de visage, pour permettre aux accusés d'entendre les actes d'accusation et de répondre aux questions de leurs avocats et du juge.

Après une nuit sans sommeil, Gladden ressemblait à un épouvantail. On l'avait placé dans une cellule individuelle, mais les bruits de la prison l'avaient empêché de dormir : ils lui rappelaient trop Raiford. Regardant autour de lui, il ne vit personne qu'il connaissait. Pas même les deux flics, Delpy et Sweetzer. Il ne remarqua pas non plus la moindre caméra, le moindre appareil photo. Il en déduisit que sa véritable identité n'avait pas été découverte. Et cela lui redonna confiance. Un homme avec des cheveux roux bouclés et d'épaisses lunettes contourna les tables réservées à la partie civile pour se diriger vers la cage de verre. De petite taille, il était obligé de relever le menton pour que sa bouche atteigne la fente de la paroi, comme un nageur qui n'a plus pied dans l'eau.

— Monsieur Brisbane ? demanda-t-il en promenant un regard interrogateur sur les hommes qui venaient d'entrer dans le box.

Gladden s'avança et se pencha vers l'ouverture.

— Krasner ?

— Oui. Comment ça va ?

Il lui tendit la main à travers la fente. Gladden la lui serra à contrecœur. Il détestait que n'importe qui le touche, sauf un enfant. Il ne répondit pas à la question de Krasner. On ne demandait pas si ça allait à quelqu'un qui venait de passer la nuit en prison.

— Alors, vous avez parlé au procureur ?

— Oui. Nous avons eu une longue conversation. Vous continuez à jouer de malchance, en ce sens que le D. A. adjoint chargé de cette affaire est une femme avec laquelle j'ai déjà traité. Une vraie peau de vache, et les policiers qui vous ont arrêté l'ont informée de… euh, comment dire… ce qu'ils ont vu sur la jetée.

— Autrement dit, elle va tout faire pour m'enfoncer.

— Exact. Mais heureusement on a plus de chance avec le juge. Pas de problème de ce côté-là. À ma connaissance, il est le seul de ce tribunal à ne pas avoir été procureur avant d'être élu.

— Hip hip hip hourrah ! Vous avez reçu l'argent ?

— Oui, ça s'est passé comme prévu. Tout est en règle. Une seule question : souhaitez-vous plaider

165

non coupable dès aujourd'hui ou bien suivre la procédure ?

— Qu'est-ce que ça change ?

— Oh, pas grand-chose. Disons qu'en discutant le montant de la caution on peut peut-être faire pencher le juge très légèrement de notre côté si, psychologiquement, il sait que vous avez déjà rejeté les accusations et que vous êtes prêt à vous battre.

— OK, non coupable. Faites-moi sortir d'ici.

Le juge de la municipalité de Santa Monica, Harold Nyberg, ayant appelé Harold Brisbane, Gladden s'approcha de la fente de la paroi vitrée. Krasner fit de nouveau le tour des tables pour venir se placer lui aussi près de la fente, afin de pouvoir, en cas de besoin, s'entretenir avec son client. Krasner se présenta, comme le fit l'adjoint du D. A., Tamara Feinstock. Après avoir renoncé à la lecture détaillée des chefs d'accusation, Krasner annonça au juge que son client plaidait non coupable. Le juge Nyberg eut un moment d'hésitation. De toute évidence, c'était inhabituel à ce stade.

— Êtes-vous certain que M. Brisbane souhaite plaider non coupable dès aujourd'hui ?

— Oui, Votre Honneur. Il souhaite accélérer les choses, car il est totalement innocent, à cent pour cent, de toutes ces accusations.

— Hmm. Je vois… dit le juge, occupé à lire un document posé devant lui. (Il n'avait même pas jeté un regard en direction de Gladden.) J'en conclus, reprit-il, que vous ne souhaitez pas renoncer à vos dix jours.

— Un instant, Votre Honneur, je vous prie. (Krasner se tourna vers Gladden et s'adressa à lui en chuchotant.) Vous avez droit dans les dix jours à une audition préliminaire concernant les accusations retenues contre vous. Si vous y renoncez, le juge prévoira une audition afin de déterminer la date de l'audience préliminaire. Si vous décidez de ne pas renoncer, il en fixera tout de suite la date. Sous dix jours. Si vous ne renoncez pas, cela prouvera encore une fois que vous voulez vous battre, que vous ne demandez pas la charité au procureur. Ça peut influer sur la caution.

— OK. On ne renonce pas.

Krasner se retourna vers le juge.

— Merci, Votre Honneur. Nous ne renonçons pas. Mon client estime en effet que ces accusations ne survivront pas à une audience préliminaire, et donc il prie le tribunal de fixer celle-ci le plus tôt possible afin de pouvoir tirer un trait sur…

— Maître Krasner, Mlle Feinstock ne trouve peut-être rien à redire à vos commentaires, mais moi si. Nous sommes ici pour lire l'acte d'accusation. Vous n'êtes pas en train de plaider.

— Très bien, Votre Honneur.

Le juge tourna la tête pour étudier un calendrier fixé sur le mur du fond, au-dessus d'un des bureaux des greffiers. Il prit date dix jours plus tard et décréta une audience préliminaire à la Division 110. Krasner ouvrit son agenda pour prendre note. Gladden vit l'adjointe du procureur faire de même. C'était une femme jeune, mais dénuée de charme. Elle n'avait pas ouvert la bouche depuis qu'avait débuté l'audience trois minutes plus tôt.

— Très bien, dit le juge. Des remarques au sujet de la caution ?

— Oui, Votre Honneur, dit Feinstock en se levant. Le ministère public recommande au tribunal de s'écarter du barème des cautions et de fixer un montant de deux cent cinquante mille dollars.

Le juge Nyberg leva les yeux de dessus ses documents pour observer l'adjointe du D. A. avant de se tourner vers Gladden pour la première fois. C'était comme si, en examinant physiquement l'accusé, il essayait de déterminer ce qui motivait une caution si élevée pour un ensemble d'accusations qui paraissaient, somme toute, assez mineures.

— Pourquoi cela, mademoiselle Feinstock ? demanda-t-il. Je ne vois rien dans ce dossier qui nécessite un tel écart.

— Nous pensons que l'accusé est un fugitif potentiel, Votre Honneur. Il a refusé de fournir aux policiers qui l'ont arrêté une adresse en ville, et même son numéro de plaque d'immatriculation. Son permis de conduire a été délivré dans l'Alabama, et nous n'avons pas vérifié son authenticité. De fait, nous ne savons même pas si Harold Brisbane est son véritable nom. Nous ignorons qui est cet homme et où il vit, nous ignorons s'il a un métier ou une famille, et tant que nous n'en savons pas plus, il apparaît comme un fugitif en puissance.

— Votre Honneur ! s'écria Krasner. Mlle Feinstock déforme la réalité des faits. La police connaît l'identité de mon client. Il a fourni un permis de conduire de l'État d'Alabama, dont personne n'a mis en doute l'authenticité. M. Brisbane est arrivé depuis peu de Mobile, il cherche actuellement du travail et ne possède pas encore d'adresse fixe. Lorsqu'il sera installé, il se fera un plaisir de transmettre ses coordonnées aux autorités. Entre-temps, on peut le contacter, si nécessaire, par l'intermédiaire de mon cabinet, et il s'est engagé à m'appeler deux fois par jour, moi ou tout autre représentant de la justice que vous choisirez, Votre Honneur. En outre, comme vous le savez, tout renoncement au barème des cautions doit être motivé par la propension d'un accusé à s'enfuir. Or, l'absence de domicile fixe ne peut en aucun cas être considérée comme une volonté de se soustraire à la justice. Bien au contraire, M. Brisbane a rejeté tout ajournement dans cette affaire. Il semble évident qu'il souhaite combattre ces accusations et laver sa réputation le plus rapidement possible.

— Appeler votre cabinet tous les jours, c'est bien, mais son adresse ? demanda le juge. Où habitera-t-il ? Vous semblez avoir omis dans votre discours le fait que votre client a visiblement déjà tenté d'échapper à la police avant son arrestation.

— Votre Honneur, nous récusons cette accusation. Les policiers en question étaient en civil, et à aucun moment ils n'ont mentionné leur qualité de policiers. Mon client transportait avec lui un appareil photo de grande valeur – grâce auquel, soit dit en passant, il gagne sa vie – et il a eu peur d'être victime d'un vol. Voilà pourquoi il a voulu échapper à ces deux personnes.

— Tout cela est très intéressant, commenta le juge. Et son adresse ?

— M. Brisbane loue une chambre au Holiday Inn de Pico Boulevard. Et il ne ménage pas ses efforts pour trouver du travail. Photographe free-lance et concepteur graphique, M. Brisbane est confiant dans ses perspectives d'avenir. Il n'a nullement l'intention de disparaître dans la nature. Comme je l'ai dit, il veut combattre ces…

— Oui, maître Krasner, vous l'avez dit. À combien estimez-vous le montant de la caution ?

— Une caution de deux cent cinquante mille dollars pour avoir jeté une poubelle dans l'océan me semble totalement disproportionnée. J'estime qu'une modeste caution de cinq ou dix mille dollars, au maximum, correspondrait davantage au chef d'inculpation. Mon client ne roule pas sur l'or. S'il consacre tout son argent à sa remise en liberté, il n'aura plus de quoi vivre et s'offrir les services d'un avocat.

— Vous oubliez la tentative de fuite et l'acte de vandalisme.

— Je vous le répète, Votre Honneur, mon client a tenté de fuir, mais il était loin de se douter qu'il avait affaire à des agents de police ! Il pensait…

— Une fois de plus, maître Krasner, je vous demande de garder vos arguments pour le jour du procès.

— Je suis désolé, Votre Honneur, mais intéressons-nous aux accusations. Nul doute que l'on s'achemine vers une inculpation pour délit mineur, le montant de la caution doit être fixé en conséquence.

— Rien d'autre.

— J'ai terminé.

— Mademoiselle Feinstock ?

— Merci, Votre Honneur. Le ministère public demande encore une fois au tribunal d'abandonner le barème des cautions. M. Brisbane s'est rendu coupable de délits graves. Malgré les assurances de Me Krasner, nous restons convaincus que l'accusé est un fugitif en puissance, et d'ailleurs rien ne prouve qu'il se nomme véritablement Harold Brisbane. Mes enquêteurs m'ont rapporté que l'accusé se décolorait les cheveux, et cela depuis l'époque où a été prise la photo de son permis de conduire. Cela peut s'apparenter à un désir de falsifier son identité. Nous espérons pouvoir emprunter aujourd'hui l'ordinateur analyseur d'empreintes de la police de Los Angeles, afin de voir si…

— Votre Honneur ! s'exclama Krasner. Je me vois obligé de faire une objection sur ce point, car il…

— Maître Krasner, dit le juge, vous avez eu tout loisir de vous exprimer.

— En outre, reprit Feinstock, l'arrestation de M. Brisbane est le résultat d'autres activités suspectes dont il s'est rendu coupable. Plus précisément…

— Objection !

— … le fait d'avoir photographié de jeunes

enfants – dont certains nus – à leur insu, et à l'insu de leurs parents. L'incident qui a donné lieu…

— Votre Honneur !

— … aux accusations qui figurent devant vous est survenu après que M. Brisbane eut tenté d'échapper aux deux inspecteurs munis d'une plainte contre lui.

— Votre Honneur ! lança Krasner d'une voix puissante. Il n'existe aucune charge accablante contre mon client. Le bureau du procureur essaye simplement de jeter le discrédit sur lui devant cette cour. Cela est parfaitement malhonnête et contraire à toute éthique. Si M. Brisbane s'est rendu coupable de toutes ces choses, où sont les chefs d'inculpation ?

Le silence envahit l'immense caverne du prétoire. Le coup de sang de Krasner avait même réussi à faire taire les autres avocats qui s'entretenaient à voix basse avec leurs clients. Le regard du juge glissa de Feinstock à Krasner, puis à Gladden, pour finalement revenir se poser sur l'adjointe du D. A.

— Mademoiselle Feinstock, reprit-il, le bureau du procureur envisage-t-il, à l'heure actuelle, de retenir d'autres charges contre cet homme ? Au moment précis où nous parlons ?

Après un instant d'hésitation, Feinstock répondit à contrecœur :

— Aucun autre motif d'inculpation n'a pu être enregistré, mais comme je le disais, la police continue d'enquêter sur l'identité véritable et les activités de l'accusé.

Le juge replongea le nez dans les documents disposés devant lui et se mit à écrire. Krasner ouvrit la bouche pour ajouter quelque chose, puis se ravisa. À voir l'attitude du juge, il était évident qu'il avait pris sa décision.

— D'après le barème des cautions, celle-ci devrait être fixée à dix mille dollars, déclara-t-il. Toutefois, j'ai décidé de procéder à un ajustement et d'en porter le montant à cinquante mille dollars. Maître Krasner, je me ferai un plaisir de reconsidérer cette décision ultérieurement si d'ici là votre client a pu apaiser les soupçons du procureur concernant son identité, son adresse, et ainsi de suite.

— Très bien, Votre Honneur. Merci.

Le juge appela l'affaire suivante. Mlle Feinstock ferma le dossier posé devant elle, le déposa sur une pile de dossiers semblables sur sa droite, prit un autre dossier sur la pile de gauche et l'ouvrit. Krasner se tourna vers Gladden, avec un petit sourire.

— Désolé, dit-il, je pensais qu'il se contenterait de vingt-cinq mille. Le plus beau, c'est qu'elle s'estime certainement satisfaite. Elle avait demandé un *quarter* dans l'espoir probablement d'obtenir un *dime* ou un *nickel*. Elle a eu le *nickel*[1].

— Peu importe. Dans combien de temps pourrai-je enfin sortir d'ici ?

— Restez calme. Dans une heure, vous êtes libre.

---

1. *Quarter* : pièce de 25 cents. *Dime* : pièce de 10 cents. *Nickel* : pièce de 5 cents *(NdT)*.

11

Les rives du lac Michigan étaient gelées ; après la tempête, la glace était déchiquetée, traître et magnifique. Les derniers étages de la Sears Tower avaient disparu, engloutis par le linceul grisâtre qui flottait au-dessus de la ville. Je voyais tout cela en empruntant la voie express Stevenson. Nous étions en fin de matinée et il allait certainement neiger de nouveau avant la fin de la journée. Je trouvais qu'il faisait froid à Denver, mais ce n'était rien à côté de ce qui m'attendait à l'aéroport de Chicago.

Je n'y avais pas remis les pieds depuis trois ans. Et, malgré la température glaciale, cette ville me manquait. J'avais suivi des cours de journalisme à Medill au début des années 80 et appris à aimer véritablement cet endroit. J'espérais y rester et continuer à travailler pour les quotidiens locaux, mais le *Tribune* et le *Sun-Times* avaient l'un et l'autre décliné mon offre, mes interlocuteurs me conseillant de voir du pays, d'acquérir de l'expérience et de revenir avec mes articles. Ce fut une amère déception. Moins le refus que le fait de devoir quitter cette ville. Évidemment, j'aurais pu rester au bureau des dépêches locales, où je travaillais durant mes études, mais ce n'était pas le genre d'expérience qu'exigeaient les rédacteurs en chef, et je n'aimais pas l'idée de travailler pour une agence de presse qui vous payait comme un étudiant qui a plus besoin d'apprendre son métier que de gagner sa vie. Je rentrai donc à la maison et dégotai un boulot au *Rocky*. Des années passèrent. Dans les premiers temps, je retournais à Chicago au moins deux fois par an pour y revoir des amis et retrouver mes bars préférés, mais j'y étais allé de moins en moins souvent au fil du temps. Juste avant ma dernière visite, mon pote Larry Bernard venait d'entrer au *Tribune*, après être allé chercher cette fameuse expérience qu'on avait exigée de moi. J'avais fait le voyage pour le voir, et depuis je n'étais jamais revenu à Chicago. Sans doute possédais-je alors suffisamment de références pour un journal comme le *Tribune*, mais je ne m'étais jamais décidé à leur envoyer mes articles.

Le taxi me déposa devant l'hôtel Hyatt, juste en face du *Tribune*, de l'autre côté du fleuve. Ne pouvant occuper ma chambre avant 15 heures, je confiai mes bagages au réceptionniste et me dirigeai vers les cabines téléphoniques. Après m'être égaré dans les pages de l'annuaire, je trouvai et composai enfin le numéro de la Brigade des crimes violents de la police de Chicago Zone Trois et demandai à parler à l'inspecteur Lawrence Washington. Dès qu'il répondit, je raccrochai. Je voulais juste le localiser et m'assurer qu'il était bien là. Mon expérience des

175

flics m'avait appris à ne jamais prendre rendez-vous. C'est la meilleure façon de leur indiquer l'endroit et l'heure à éviter. La plupart d'entre eux n'aiment pas parler avec les journalistes, la majorité ne voulant même pas être vus avec eux. Et les rares flics qui acceptent, mieux vaut s'en méfier. Conclusion, il faut les prendre par surprise. C'est le jeu.

Après avoir raccroché, je consultai ma montre. Bientôt midi. Il me restait vingt heures. Mon avion pour Washington décollait à huit heures le lendemain matin.

Devant l'hôtel, je pris un taxi et demandai au chauffeur de pousser le chauffage avant de me conduire au coin de Belmont et Western en passant par Lincoln Park. Je verrais ainsi l'endroit où on avait retrouvé le corps du jeune Smathers un an plus tôt. Je me disais que l'endroit, si je parvenais à le localiser, aurait exactement le même aspect que ce jour-là.

J'ouvris ma sacoche, mis en marche mon portable et appelai les articles que le *Tribune* avait consacrés à l'affaire Smathers et que j'avais chargés sur le disque dur la veille, à la bibliothèque du *Rocky*. Je les fis défiler sur l'écran jusqu'à ce que j'atteigne le paragraphe décrivant la découverte du corps par un employé du zoo qui coupait à travers le parc en sortant de chez sa petite amie. L'enfant avait été retrouvé dans une sorte de clairière enneigée où se déroulaient les tournois de la ligue italo-américaine de *bocce*[1] en été. D'après l'article, l'espace compris

_____
1. Équivalent italien de notre pétanque *(NdT)*.

entre Clark et Wisconsin était visible de la grange rouge qui faisait partie de la ferme citadine du zoo.

La circulation étant fluide, nous atteignîmes le parc en moins de dix minutes. Je demandai au chauffeur de bifurquer vers Clark et de se garer sur le côté quand nous arriverions dans Wisconsin.

La neige qui recouvrait le terrain était encore fraîche, à peine souillée par quelques traces. Elle formait une couche d'au moins cinq centimètres sur les bancs de bois le long du chemin. Cette partie du parc semblait totalement abandonnée. Descendant du taxi, j'avançai au milieu de l'espace dégagé, sans rien attendre de particulier, mais en espérant quelque chose. Quoi, je n'aurais su le dire. Juste une sensation, peut-être. Après quelques dizaines de mètres, je tombai sur un groupe d'empreintes, qui coupaient ma route de gauche à droite. Je les traversai et tombai sur un deuxième groupe de traces, de droite à gauche cette fois, les promeneurs ayant, semble-t-il, rebroussé chemin. Des enfants, pensai-je. Peut-être se rendaient-ils au zoo. S'il était ouvert. Tournant la tête en direction de la grange rouge, je remarquai alors les fleurs déposées au pied d'un énorme chêne à vingt mètres de là.

Je marchai vers l'arbre et, instinctivement, je compris. Ces fleurs symbolisaient un anniversaire. Arrivé devant le chêne, je constatai que les fleurs en question – des roses d'un rouge éclatant éparpillées sur la neige comme du sang – étaient fausses, faites de copeaux de bois. Dans la fourche formée par la branche la plus basse, quelqu'un avait coincé une petite photo prise en studio, représentant un jeune garçon souriant, les coudes appuyés sur une table, les mains plaquées sur les joues. Il portait une veste rouge, une chemise blanche et un tout petit nœud papillon bleu. Les parents, me dis-je. Mais pourquoi n'avaient-ils pas déposé la photo sur la tombe de l'enfant ?

Je regardai autour du moi. Les étangs près de la grange étaient gelés, quelques personnes y faisaient du patin. Mais personne d'autre en vue. Je me retournai vers Clark Street et je vis le taxi qui attendait. De l'autre côté de la rue se dressait une tour en brique. L'enseigne fixée sur l'auvent indiquait RÉSIDENCE HEMINGWAY. C'est de cet immeuble que sortait l'employé du zoo quand il avait découvert le corps de l'enfant.

Je reportai mon attention sur la photo coincée dans la fourche de l'arbre et, sans la moindre hésitation, je m'en emparai. On l'avait plastifiée, comme un permis de conduire, pour la protéger des intempéries. Au dos figurait le nom de l'enfant, et rien d'autre. Je glissai le cliché dans la poche de mon pardessus. Un jour, pensai-je, j'en aurais peut-être besoin pour accompagner mon article.

Je retrouvai la chaleur du taxi avec le même bonheur que si j'entrais dans un salon où brûlait un feu de cheminée. Je continuai à passer en revue les articles du *Tribune* pendant que nous roulions vers la Zone Trois.

Les circonstances de ce meurtre étaient aussi effroyables que celles de l'affaire Theresa Lofton. Le jeune garçon avait disparu dans la cour de récréation, pourtant clôturée, d'une école élémentaire de Division Street. Avec deux camarades, il était sorti en douce pour faire des boules de neige. S'apercevant qu'ils n'étaient plus dans la classe, leur maîtresse était partie les chercher. Mais Bobby Smathers avait déjà disparu. Les deux jeunes témoins de douze ans furent incapables de raconter à la police ce qui s'était passé. D'après eux, Bobby Smathers s'était comme volatilisé. Occupés à ramasser de la neige, ils avaient relevé la tête et il n'était plus là. Persuadés qu'il se cachait quelque part pour leur tendre une embuscade, ils ne l'avaient pas cherché.

On avait retrouvé Bobby le lendemain dans une énorme congère près du terrain de Lincoln Park. Plusieurs semaines d'enquête à temps plein, dirigée par l'inspecteur John Brooks, n'avaient pas permis de dépasser le stade de l'explication fournie par les deux gamins de douze ans : Bobby Smathers avait tout simplement disparu de l'école ce jour-là.

En relisant les articles, je cherchai les similitudes avec l'affaire Lofton. Elles n'étaient pas nombreuses. Theresa était une fille, une adulte de race blanche, et Bobby un jeune garçon noir. Difficile de trouver deux victimes plus différentes. Mais l'un et l'autre étaient demeurés invisibles pendant plus d'une vingtaine d'heures avant qu'on ne retrouve leurs corps mutilés dans un parc public. Et enfin, tous les deux se trouvaient au milieu d'enfants le jour de leur enlèvement. Le garçon était dans son école, la jeune femme à la crèche où elle travaillait. J'ignorais la signification éventuelle de ces points communs, mais je n'avais rien d'autre.

Le quartier général de la Zone Trois était une forteresse de briques orange. Cet immense bâtiment de deux étages abritait également le premier tribunal d'instance du comté de Cook. Un flot incessant de citoyens franchissait dans les deux sens les portes en verre fumé. Je pénétrai à mon tour dans un hall dont le sol était rendu glissant par la neige fondue. Le comptoir d'accueil était fait des mêmes briques orange. Quelqu'un aurait-il défoncé les portes vitrées avec une voiture que les flics auraient été à l'abri derrière leur comptoir. Évidemment, pour les visiteurs qui se trouvaient devant, c'était une autre histoire.

Je jetai un coup d'œil vers l'escalier situé sur ma droite. Si ma mémoire était bonne, il conduisait au bureau des inspecteurs, et je fus tenté d'ignorer la procédure pour monter directement. Finalement, je me retins. Avec les flics, si vous enfreignez la règle la plus insignifiante, ils deviennent irritables. Je me dirigeai vers un des types en uniforme derrière le comptoir. Il observa la sacoche de l'ordinateur pendue à mon épaule.

— Vous emménagez chez nous ?

— Non, c'est juste un ordinateur. Je viens voir l'inspecteur Lawrence Washington. Je voudrais lui parler.

— Et vous êtes ?

— Je m'appelle Jack McEvoy. Mon nom ne lui dira rien.

— Vous avez rendez-vous ?

— Non. Il s'agit de l'affaire Smathers. Dites-lui ça.

Les sourcils du flic grimpèrent jusqu'au milieu de son front.

— Vous savez quoi ? Ouvrez donc votre sac qu'on jette un œil sur cet ordinateur pendant que je téléphone.

Je m'exécutai, ouvrant mon ordinateur comme on me demandait de le faire dans les aéroports. Je l'allumai, l'éteignis et le rangeai. Le flic m'observait, le téléphone collé contre l'oreille, s'adressant à une personne que je supposai être une secrétaire. Je m'étais dit qu'en mentionnant le nom de Smathers je parviendrais à franchir au moins le premier barrage.

— J'ai ici un monsieur qui voudrait voir Larry Legs, au sujet du gamin.

Il écouta la réponse, puis raccrocha.

— Premier étage. En haut de l'escalier, vous tournez à gauche, vous allez au fond du couloir, la dernière porte. Y a marqué « Brigade criminelle » dessus. Vous verrez, c'est le Noir.

— Merci.

En me dirigeant vers l'escalier, je repensai à la façon dont ce flic avait mentionné Bobby Smathers, en disant simplement « le gamin », et la personne qui se trouvait au bout du fil avait tout de suite compris. Cela en disait long sur cette affaire, beaucoup plus que les articles dans les journaux. Généralement, les flics s'efforcent de dépersonnaliser leurs enquêtes au maximum. À cet égard, ils ressemblent aux *serial killers*. Si la victime n'est pas un être humain qui respire et qui souffre, son souvenir ne risque pas de vous hanter. Appeler une victime « le gamin » allait à l'encontre de cette pratique. J'en conclus qu'un an après les faits l'affaire continuait de peser sur la Zone Trois.

Le bureau des inspecteurs de la Criminelle avait la taille d'une moitié de court de tennis, et le sol était tapissé d'une moquette à poils ras vert foncé. Trois cellules de travail accueillaient chacune cinq bureaux. Deux paires de bureaux se faisaient face, le dernier, celui du sergent, se trouvant à l'écart dans le fond. Sur le mur de gauche étaient alignées des rangées de classeurs métalliques, verrouillés à l'aide de barres glissées dans les poignées des tiroirs. Derrière les espaces cloisonnés, deux bureaux vitrés occupaient tout le mur du fond. Le premier était le bureau du lieutenant. Le second ressemblait à une salle d'interrogatoire. Une table y était installée, et je remarquai un homme et une femme en train de manger des sandwichs au-dessus d'emballages en Cellophane dépliés servant de napperons. Trois autres personnes étaient assises à des bureaux dans la pièce ; la secrétaire, elle, se tenait près de la porte.

— Vous venez voir Larry ? me demanda-t-elle.

Je hochai la tête, elle me désigna l'homme assis derrière le bureau le plus éloigné, à l'autre bout de la pièce. Il était seul à l'intérieur de la cellule. Je m'avançai vers lui. Il ne leva pas la tête de ses paperasses, même quand j'arrivai devant lui.

— Il neige ? me demanda-t-il.

— Non. Mais ça ne va pas tarder.

— Comme toujours. Je suis Washington, vous voulez quoi ?

Je tournai la tête vers les deux inspecteurs dans les autres cellules. Personne ne m'adressa un seul regard.

— J'aurais voulu vous parler en privé, si possible. Cela concerne le jeune Smathers. J'ai des renseignements.

Sans même les regarder, j'aurais parié que tous les autres flics, en entendant cela, s'étaient tournés vers moi. En tout cas, Washington posa enfin son stylo pour me regarder. Il paraissait avoir la trentaine ; pourtant, ses cheveux coupés court étaient déjà saupoudrés de gris. Mais visiblement, il se maintenait en forme. Ça se voyait avant même qu'il se lève. Et il était tiré à quatre épingles. Il portait un costume marron foncé avec une chemise blanche et une cravate club. La veste de son costume avait du mal à contenir son torse puissant.

— Vous voulez me parler en privé ? Pour me dire quoi ?

— C'est justement ce que je voudrais vous dire en privé.

— Vous n'êtes pas un de ces types qui viennent se confesser, hein ?

Je souris.

— Et si je venais pour ça justement ? Ça pourrait être moi.

— Y a pas de danger ! Très bien, allons à côté.

Mais j'espère que vous n'allez pas me faire perdre mon temps… C'est comment votre nom déjà ?

— Jack McEvoy.

— OK, Jack. Si je fous ces personnes dehors et si vous me faites perdre mon temps, eux et moi on ne sera pas contents du tout.

— Je pense qu'il n'y aura aucun problème.

Lorsqu'il se leva, je constatai qu'il était beaucoup plus petit que je l'avais cru. On aurait dit que la partie inférieure de son corps appartenait à quelqu'un d'autre. Deux jambes courtes et épaisses sous un buste large et puissant. D'où le surnom employé par le flic à l'accueil, Larry Legs. Peu importait son élégance vestimentaire. C'était cette particularité physique qui le ferait toujours montrer du doigt.

— Un problème ? me demanda-t-il en contournant son bureau pour venir vers moi.

— Euh, non. Je me… Jack McEvoy, enchanté.

Je posai mon ordinateur et tendis la main, mais Washington l'ignora.

— Suivez-moi, Jack.

— Entendu.

Il avait répondu à mon regard trop insistant par une autre rebuffade. Je ne lui en voulais pas. Je le suivis jusqu'à l'entrée de la pièce vitrée où l'homme et la femme étaient en train de déjeuner. Jetant un coup d'œil par-dessus son épaule, il regarda ma sacoche.

— Vous avez quoi là-dedans ?

— Un ordinateur. Deux ou trois choses à vous montrer, si ça vous intéresse.

Il ouvrit la porte du bureau ; l'homme et la femme levèrent la tête.

— Désolé, les amis, le pique-nique est terminé, annonça-t-il.

— Hé, tu peux pas nous accorder cinq minutes, Larry ? demanda l'homme, avant de se mettre debout.

— Impossible. J'ai un client.

Ils enveloppèrent ce qui restait de leurs sandwichs et abandonnèrent les lieux sans rien ajouter. L'homme me jeta au passage un regard que je pris pour une marque d'agacement. Je m'en fichais. Washington me fit signe d'entrer, je déposai mon ordinateur sur la table à côté d'un petit carton en forme de pyramide portant le signe « interdiction de fumer ». Nous nous assîmes chacun d'un côté de la table. La pièce sentait le tabac froid et la sauce salade italienne.

— Eh bien, que puis-je pour vous ? demanda Washington.

Je rassemblai mes pensées et m'efforçai de paraître calme. Je n'étais jamais très à l'aise devant les flics, même si leur univers me fascinait. J'avais toujours le sentiment d'avoir quelque chose à me reprocher. Quelque chose de grave. Une sorte de tare révélatrice.

— Je ne sais pas par où commencer. Je viens de Denver. J'ai débarqué ce matin à Chicago. Je suis journaliste et j'ai…

— Minute, minute ! Journaliste, vous dites ? Quel genre de journaliste ?

Je voyais la colère contracter ses muscles sous la peau noire de sa mâchoire supérieure. Je m'y attendais.

— Journaliste de presse écrite. Je travaille pour le *Rocky Mountain News*. Écoutez ce que j'ai à vous dire et, ensuite, si vous voulez me foutre dehors, libre à vous. Mais je pense que vous ne le ferez pas.

— Écoutez, mon vieux, j'ai déjà eu droit à tous les boniments possibles et imaginables de la part de types comme vous. J'ai pas de temps à perdre. Et je ne...

— Et si John Brooks avait été assassiné ?

Je cherchai sur son visage un signe indiquant qu'il avait déjà envisagé cette hypothèse. En vain. Il ne trahit aucune réaction.

— Votre partenaire, repris-je. Je pense qu'il a peut-être été assassiné.

Washington secoua la tête.

— J'aurai tout entendu ! Par qui ? Qui l'aurait tué ?

— La même personne qui a tué mon frère. (Là, je m'interrompis et l'observai jusqu'à ce qu'il m'accorde toute son attention.) Il était flic à la Criminelle. Il travaillait à Denver. On l'a tué il y a environ un mois. Au début, ils ont cru, eux aussi, que c'était un suicide. Mais j'ai fourré mon nez dans cette histoire et ça m'a conduit ici. D'accord, je suis journaliste, mais la question n'est pas là. Ça concerne mon frère. Et ça concerne votre collègue.

Le front plissé, dessinant un V sombre, Washington me dévisagea longuement sans rien dire. J'attendis. Il était au bord de la falaise. Ou il plongeait avec moi ou il me foutait dehors. Détournant les yeux, il se renversa dans son fauteuil. De la poche intérieure de sa veste il sortit un paquet de cigarettes et en alluma une. Il tira vers lui une corbeille à papier métallique posée dans un coin pour y jeter ses cendres. Combien de fois, pensai-je, avait-il entendu des gens lui dire que fumer était néfaste pour la croissance ? Il pencha la tête en arrière en recrachant la fumée bleue, qui alla planer au plafond. Puis il se pencha vers moi, par-dessus la table.

— Je me demande si vous êtes cinglé ou pas. Montrez-moi vos papiers.

Ça y était, nous avions franchi le pas. Je sortis mon portefeuille et lui tendis mon permis de conduire, ma carte de presse et mon accréditation auprès de la police de Denver. Il les examina avec soin, mais je savais qu'il avait déjà décidé d'écouter mon histoire. Il y avait dans la mort de Brooks quelque chose qui l'incitait à écouter les affirmations d'un journaliste qu'il ne connaissait même pas.

— OK, dit-il en me restituant mes papiers. Tout est en règle. Mais ça ne signifie pas pour autant que je suis obligé de croire un seul mot de ce que vous racontez.

— Non. Mais je pense que vous êtes déjà convaincu.

— Alors, vous crachez le morceau, oui ou non ? Vous ne croyez pas que s'il y avait un truc qui clochait, je serais en train de me… de me… Qu'est-ce que vous savez de cette histoire d'ailleurs ?

187

— Pas grand-chose. Uniquement ce qui était dans les journaux.

Washington écrasa sa cigarette sur la paroi de la corbeille et laissa tomber le mégot éteint au fond.

— Allez, Jack, racontez-moi votre truc. Sinon, soyez sympa, foutez le camp.

Je n'avais pas besoin de notes. Je lui racontai l'histoire dans ses moindres détails, car je les connaissais par cœur. Il me fallut une demi-heure, durant laquelle Washington fuma deux autres cigarettes sans poser une seule question. Il gardait la cigarette coincée entre ses lèvres, la fumée qui s'élevait en volutes lui masquant les yeux. Mais je savais. Exactement comme avec Wexler. Je ne faisais que lui confirmer une chose qu'il devinait instinctivement depuis le début, au plus profond de lui.

— Vous voulez le numéro de Wexler ? lui demandai-je pour conclure. Il vous confirmera tout ce que je viens de vous dire.

— Non, je le trouverai si j'en ai besoin.

— Vous avez des questions ?

— Non. Pas pour l'instant.

Il m'observait fixement.

— Et maintenant ? demandai-je.

— Je vais vérifier tout ça. Où on peut vous joindre ?

— À l'hôtel Hyatt, près du fleuve.

— Très bien. Je vous appellerai.

— Ça ne me suffit pas, inspecteur.

— Que voulez-vous dire ?

— Je suis venu jusqu'ici pour obtenir des informations, pas uniquement pour vous en donner et retourner ensuite dans ma chambre. J'ai des questions à vous poser au sujet de Brooks.

— Écoutez, fiston, il n'a jamais été question de ce genre de marché. Vous êtes venu me voir, vous m'avez raconté votre histoire. Il n'y avait pas de…

— Pas de condescendance, je vous prie ; inutile de m'appeler « fiston », comme si j'étais un plouc qui débarque de sa campagne. Je vous ai donné quelque chose, j'attends autre chose en échange. Je suis venu pour ça.

— Je n'ai rien à vous offrir pour l'instant, Jack.

— Mon cul ! Libre à vous de me mentir, Larry, mais je sais que vous savez quelque chose. Et j'en ai besoin.

— Pour pondre un bel article qui fera rappliquer tous les chacals de votre espèce ?

À mon tour, je me penchai vers lui.

— Je vous le répète, il ne s'agit pas d'écrire un article.

Je reculai et nous nous dévisageâmes. J'avais envie d'une cigarette, mais je n'en avais pas et ne voulais pas lui en demander une. Le silence fut brisé lorsqu'un des inspecteurs que j'avais vus dans le bureau des détectives en arrivant ouvrit la porte et glissa la tête à l'intérieur de la pièce.

— Tout va bien ? demanda-t-il.

— Fous le camp, Rezzo !

Une fois que l'autre eut refermé la porte, Washington me dit :

— Sale fouineur. Vous savez ce qu'ils se disent en

ce moment, hein? Ils se disent que, si ça se trouve, vous êtes en train d'avouer le meurtre du gamin. Ça s'est passé il y a un an exactement. On voit des trucs bizarres parfois. Mais quand je leur raconterai votre histoire...

Je pensai à la photo de l'enfant dans ma poche.

— Je me suis arrêté sur les lieux en venant, dis-je. Il y avait des fleurs.

— Il y en a toujours. Les parents y retournent tout le temps.

Soudain, je me sentis coupable d'avoir pris la photo. Mais je gardai le silence. J'attendais que Washington continue. Il parut se calmer quelque peu. Son visage se détendit.

— Écoutez, Jack, il faut que je vérifie deux ou trois trucs. Et j'ai besoin de réfléchir. Je vous ai promis de vous appeler, je le ferai. Retournez à votre hôtel, faites-vous masser ou je ne sais quoi. Vous aurez de mes nouvelles, d'une manière ou d'une autre, dans quelques heures.

J'acquiesçai à contrecœur, et il se leva. Il tendit le bras au-dessus de la table, paume en avant. Je lui serrai la main.

— Joli boulot. Pour un journaliste, s'entend.

Je récupérai mon ordinateur et pris congé. La pièce s'était remplie d'inspecteurs et un grand nombre d'entre eux me regardèrent partir. Sans doute étais-je resté assez longtemps avec Washington pour qu'ils ne me prennent pas pour un cinglé. Dehors, il faisait encore plus froid et la neige tombait à gros flocons. Il me fallut un quart d'heure pour trouver un taxi.

Sur le chemin du retour, je demandai au chauffeur de faire un détour par Wisconsin Avenue et de s'y arrêter. Je bondis hors du taxi, courus dans la neige jusqu'à l'arbre et replaçai la photo de Bobby Smathers à l'endroit où je l'avais trouvée.

12

Larry Legs me fit poireauter tout l'après-midi. Vers 17 heures, j'essayai de l'appeler, mais ne parvins pas à le joindre à la Zone Trois, ni au « 11-21 », ainsi que l'on surnomme le siège de la police. La secrétaire du bureau des détectives de la Criminelle refusa de m'indiquer où il se trouvait et même de le contacter avec son biper. À 18 heures, résigné, j'essayais d'accepter mon échec lorsqu'on frappa à la porte de ma chambre. C'était lui.

— Salut, Jack, dit-il sans franchir le seuil. Allons faire un tour en voiture.

Washington s'était garé juste devant l'hôtel, dans la contre-allée où officiaient les voituriers. Il avait pris soin toutefois de coincer sur le tableau de bord une carte portant la mention « Police » pour éviter les ennuis. Nous démarrâmes aussitôt. Il traversa le fleuve et prit vers le nord dans Michigan Avenue. De toute évidence, la neige ne s'était pas calmée et de petites congères s'étaient formées de chaque côté de la route. La plupart des véhicules que nous apercevions étaient recouverts d'une épaisse couche de givre. Mon souffle faisait de la buée à l'intérieur de la voiture de Washington alors que le chauffage était au maximum.

— Je parie que vous avez pas mal de neige vous aussi, là d'où vous venez, Jack.

— Exact.

Il se contentait de bavarder. Malgré mon impatience de savoir ce qu'il avait à me dire, je jugeai préférable d'attendre, de le laisser prendre son temps. Je pourrais toujours réintégrer mon rôle de journaliste et lui poser des questions plus tard.

Ayant tourné vers l'ouest dans Division Street, il s'éloigna du lac. Le scintillement du Miracle Mile et de la Gold Coast disparaissant bientôt, autour de nous les immeubles devinrent un peu plus miteux ; la plupart avaient grand besoin d'être rénovés. L'idée me vint que nous nous dirigions peut-être vers l'école où Bobby Smathers s'était « volatilisé », mais Washington ne me fournit aucune explication.

Il faisait totalement nuit maintenant. Après être passés sous le métro aérien, nous arrivâmes bientôt en vue d'une école. Washington me la montra du doigt.

— C'est là qu'allait le gamin. Voici la cour de récréation. Il a disparu tout à coup, comme ça. (Il fit claquer ses doigts.) Je suis resté planté ici toute la journée hier. Au cas où il se passerait quelque chose, ou si le gars, le meurtrier, décidait de revenir.

— Ça n'a rien donné ?

Il secoua la tête et replongea dans ses ruminations silencieuses.

Mais nous continuâmes sans nous arrêter. Si Washington tenait à me montrer l'école, la visite avait été rapide. Continuant à rouler vers l'ouest, nous atteignîmes finalement une succession de tours en brique qui paraissaient abandonnées. Je savais où nous étions. Dans les cités. Monolithes à peine éclairés qui se découpaient sur le fond bleu-noir du ciel. Assurément, les bâtiments avaient pris l'apparence de ceux qui les habitaient. Froids et déprimants, les laissés-pour-compte de l'aménagement urbain.

— Qu'est-ce qu'on vient faire ici ? lui demandai-je.

— Vous connaissez cet endroit ?

— Oui. Vous savez, j'ai fait mes études ici… à Chicago, je veux dire. Tout le monde connaît Cabrini Green. Et alors ?

— J'ai grandi ici. Et Jumpin' John Brooks aussi.

Immédiatement, je songeai aux probabilités. Celles de survivre dans un environnement pareil, de survivre pour devenir flic ensuite !

— Des ghettos verticaux, les uns à côté des autres. John et moi, on disait toujours que c'était le seul endroit où il fallait prendre l'ascenseur pour monter en enfer.

Je répondis par un simple hochement de tête. J'étais totalement hors de mon univers.

— À condition que les ascenseurs fonctionnent, ajouta-t-il.

Je m'aperçus alors que pas un instant je n'avais songé que Brooks puisse être noir. Il n'y avait aucune photo sur les documents fournis par l'ordinateur, et aucune raison de faire allusion dans les articles à des considérations raciales. J'avais supposé qu'il était blanc, tout naturellement, et je pourrais toujours m'interroger plus tard à ce sujet. Dans l'immédiat, j'essayai de comprendre ce que voulait me dire Washington en me conduisant ici.

Ce dernier pénétra dans un parking au pied d'un des immeubles. Deux containers à ordures étaient recouverts de plusieurs décennies de graffitis. Un peu plus loin se dressait un panneau de basket rouillé, mais le panier avait disparu depuis longtemps. Washington arrêta la voiture en laissant tourner le moteur. Je me demandai si c'était pour le chauffage, ou pour pouvoir s'enfuir rapidement en cas de nécessité. Je vis un petit groupe d'adolescents, vêtus de longs manteaux, le visage aussi sombre que le ciel, quitter précipitamment l'immeuble le plus proche, traverser une pelouse gelée et s'engouffrer dans un autre bâtiment de la cité.

— Vous vous demandez ce que vous foutez ici, hein ? dit Washington. Je comprends. Évidemment. Un Blanc comme vous.

Une fois de plus, je me tus. Je le laissai aller jusqu'au bout de sa tirade.

— Vous voyez cet immeuble, le troisième sur la droite ? C'était le nôtre. J'habitais au quatorzième avec ma grand-tante ; John, lui, vivait avec sa mère au douzième. Il n'y avait pas de treizième étage, il y a suffisamment de malchance par ici. Ni lui ni moi n'avions de père. Du moins, de ceux qu'on peut voir de temps en temps.

Sans doute cherchait-il à me dire quelque chose, mais je ne savais pas quoi. Je n'avais pas la moindre idée des combats qu'avaient dû mener les deux amis pour s'arracher à la tombe de cet immeuble qu'il me montrait. Je ne dis rien.

— Nous étions amis pour la vie. Bon sang, figurez-vous qu'il a fini par épouser ma première petite amie, Edna. Plus tard, dans la police, après être entrés à la Criminelle et avoir appris notre métier avec des inspecteurs chevronnés pendant des années, on a demandé à faire équipe, lui et moi. Et ils ont accepté ! Le *Sun-Times* a même publié un article sur nous. Ils nous ont collés à la Zone Trois, parce que ça incluait cet endroit. Ils pensaient que ça entrait dans nos compétences. De fait, beaucoup d'affaires viennent d'ici. Mais ça marche toujours par rotation. Et il se trouve que c'est tombé sur nous le jour où on a retrouvé ce gamin avec les doigts tranchés. Putain, l'appel est arrivé à huit heures pile. Dix minutes plus tôt, et c'était l'équipe de nuit qui s'y collait.

Il resta silencieux. Sans doute songeait-il à tout ce qui aurait été différent si quelqu'un d'autre avait reçu l'appel.

— Parfois, la nuit, quand on avait mené une enquête ou assuré une planque, John et moi on venait ici après le service, on se garait à l'endroit où nous sommes, et on restait là à regarder la cité.

Soudain, je compris le message. Larry Legs savait que Jumpin' John n'avait pas pressé sur la détente, car il savait combien Brooks avait dû lutter pour échapper à un endroit pareil. Brooks avait réussi à s'arracher à l'enfer, il n'était pas question pour lui d'y retourner de son plein gré. Tel était le message.

— C'est pour ça que vous saviez, hein ?

Washington se tourna vers moi et hocha la tête, une seule fois.

— Ça fait partie des trucs qu'on sait, voilà tout. Il ne s'est pas suicidé. Je l'ai expliqué aux enquêteurs, mais ils étaient trop pressés de se débarrasser de cette sale affaire.

— Vous n'aviez donc que votre intuition. Il n'y avait pas un truc qui clochait quelque part ?

— Si, un truc, mais ce n'était pas suffisant à leurs yeux. Ils avaient le mot écrit de sa main, ses séances chez le psy, tout collait. Une aubaine pour eux. Ça ne faisait aucun doute – John s'était suicidé –, avant même qu'ils referment le sac pour l'emmener. C'était comme ça et pas autrement.

— Alors, quel est le détail qui cloche ?

— Les deux balles.

— De quoi parlez-vous ?

— Ne restons pas ici. Allons dîner.

Il redémarra et décrivit un large cercle dans le parking pour déboucher dans la rue. Nous roulâmes vers le nord, dans des rues que je ne connaissais pas. Malgré tout, je croyais savoir où nous allions. Au bout de cinq minutes de silence, fatigué d'attendre la suite de l'histoire, je demandai :

— Parlez-moi de ces deux balles.

— Il a tiré deux balles.

— Hein ? Ce n'était pas dans les journaux.

— Les journaux ne donnent jamais tous les

détails. Mais moi, je suis allé sur place, chez lui. Edna m'a appelé aussitôt après l'avoir découvert. Je suis arrivé avant tout le monde. Il avait tiré une balle dans le sol et l'autre dans sa bouche. D'après la version officielle, il aurait tiré une première fois pour voir s'il en était capable, ou un truc comme ça, pour s'entraîner. Pour essayer de trouver le courage. Et la deuxième fois, il est allé jusqu'au bout. Ça n'a aucun sens. Pas pour moi.

— Pourquoi ? Quelle est votre théorie ?

— Je pense que la première lui a été tirée dans la bouche. La deuxième, c'était pour les résidus de poudre. Le meurtrier a refermé la main de John autour du flingue et il a visé le sol. Pour qu'on retrouve des traces de poudre sur ses doigts. Conclusion logique : suicide. Affaire classée.

— Mais personne n'a cru à votre explication.

— Jusqu'à aujourd'hui. Jusqu'à ce que vous débarquiez avec votre histoire d'Edgar Allan Poe. Je suis allé voir les gars des Enquêtes spéciales pour leur raconter ce que vous aviez découvert. Je leur ai rappelé les zones d'ombre du supposé suicide. Ils vont rouvrir le dossier pour y jeter un œil. Demain matin, nous avons une réunion au 11-21. Le chef des Enquêtes spéciales va demander mon détachement pour me coller sur l'affaire.

— Formidable.

Ce fut mon seul commentaire. La tête tournée vers la vitre, je regardai dehors. Je sentais croître mon excitation. Tous les éléments s'imbriquaient. J'avais maintenant deux suicides supposés de flics, dans deux villes différentes, suicides qui étaient peut-être des meurtres, et peut-être liés. De quoi faire un article. Un sacré article. Et surtout, je pouvais me servir de cet élément comme d'un laissez-passer à Washington pour accéder aux dossiers de la Fondation, et même du FBI. À condition d'arriver le premier. Si la police de Chicago ou de Denver contactait le Bureau avant moi, je risquais de me retrouver sur la touche, car ils n'auraient plus besoin de moi.

— Pourquoi ? demandai-je.

— Pourquoi quoi ?

— Pourquoi quelqu'un fait-il ça ? Et que cherche-t-il au juste ?

Larry ne répondit pas à ma question. Il continua de rouler dans la nuit glaciale.

Nous dînâmes au fond de la salle du Slammer[1], un bar de flics proche de la Zone Trois. Nous commandâmes l'un et l'autre le plat du jour, un rôti de dinde avec de la sauce et des pommes de terre, une nourriture adaptée au froid. Pendant le repas, Washington me dévoila le plan de l'unité des Enquêtes spéciales. Tout cela était confidentiel, bien évidemment, précisa-t-il ; si je voulais écrire un article, je devais interroger le lieutenant qui allait diriger l'équipe. Je n'y voyais pas d'inconvénient. Après tout, j'étais à l'origine de cette enquête. Le lieutenant ne refuserait pas de me parler.

---

1. Soit la « prison » *(NdT)*.

Curieusement, Washington gardait les deux coudes sur la table pendant qu'il mangeait. Comme s'il protégeait sa nourriture. Parfois, il parlait la bouche pleine, mais c'était à cause de l'excitation. J'étais excité moi aussi. Et surtout, je veillais à défendre mon rôle dans l'enquête, dans l'histoire.

— On va commencer par Denver, déclara Washington. On va collaborer ; on mettra toutes nos infos en commun et on verra ce que ça donne. Au fait, vous avez parlé à Wexler ? Il était furieux contre vous.

— Pour quelle raison ?

— À votre avis ? Vous ne lui avez pas parlé de Poe, de Brooks, de Chicago. Je crois que vous venez de perdre une de vos sources, Jack.

— Possible. Ils ont du nouveau là-bas ?

— Oui. Le garde forestier.

— Ah ?

— Ils l'ont hypnotisé. Ils l'ont fait revenir dans le passé, le jour du drame. Il a dit que votre frère ne portait qu'un seul gant quand il a regardé à travers le pare-brise pour chercher l'arme. Et ensuite, le gant en question, celui avec les traces de poudre, s'est retrouvé sur la main de votre frère, comme par miracle. Wexler m'a dit qu'ils n'avaient plus aucun doute désormais.

J'acquiesçai, plus pour moi que pour Washington.

— La police de Denver et vous devrez en référer au FBI, n'est-ce pas ? Il s'agit de deux crimes liés, commis dans des États différents.

— On verra. N'oubliez pas une chose : les gars

d'ici ne sont jamais très chauds pour travailler avec les G Men[1]. Dès qu'on va les trouver, on se fait marcher sur les pieds et entuber à tous les coups. Cela étant, vous avez raison : c'est sans doute la seule solution. Si c'est bien ce que je pense, et ce que vous pensez vous aussi, le Bureau finira par prendre les choses en main.

Je ne lui confiai pas mon désir de me rendre personnellement au siège du FBI. Il fallait que j'y arrive le premier. Je repoussai mon assiette, regardai Washington et secouai la tête. Cette histoire était invraisemblable.

— Quel est votre sentiment dans cette affaire ? De quoi s'agit-il à votre avis ?

— Il n'y a pas trente-six mille possibilités, répondit Washington. Première hypothèse, on a affaire à un seul type, quelqu'un qui tue des gens et revient sur place pour supprimer le flic responsable de l'enquête.

J'acquiesçai. J'étais d'accord avec lui.

— Deuxième hypothèse : les premiers meurtres n'ont pas de rapport. Notre assassin débarque en ville par hasard, il attend une occasion qui lui plaît, ou bien il voit un truc à la télé, et il liquide le flic chargé de l'enquête.

— Hmm.

— Troisième possibilité : on a affaire à deux meurtriers. Dans les deux villes, un des deux types

---

1. Agents du FBI. G Men est l'abréviation de *Government Men* (NdT).

commet le premier meurtre, le deuxième se pointe et commet le second : il bute le flic. Des trois hypothèses, c'est celle que j'aime le moins. Trop de questions. Est-ce qu'ils se connaissent ? Est-ce qu'ils travaillent ensemble ? Ça nous emmène trop loin.

— Ils se connaîtraient forcément. Sinon, comment le deuxième meurtrier saurait-il où a sévi le premier ?

— Exact. Alors, on se concentre sur les hypothèses un et deux. Nous n'avons pas encore décidé si la police de Denver allait venir ici et si on envoyait des hommes là-bas, mais il faut s'intéresser au gamin et à l'étudiante. Chercher un lien éventuel entre les deux, et si on découvre quelque chose, partir de là.

J'acquiesçai. Je réfléchissais à la première hypothèse. Une seule personne, un seul meurtrier, responsable de tous ces morts.

— S'il existe un seul meurtrier, qui est la véritable cible ? demandai-je, comme si je me parlais à moi-même. La première victime ou l'enquêteur ?

Le V reparut sur le front de Washington.

— Peut-être a-t-on affaire à un type qui veut tuer des flics. C'est ça son objectif. Alors, il se sert du premier meurtre – Smathers, Lofton – pour attirer sa proie. C'est-à-dire le flic.

Je regardai autour de moi. Le fait de prononcer ces paroles à voix haute, même si j'y pensais depuis que j'avais pris l'avion pour venir ici, provoqua en moi un frisson glacé.

— Effrayant, hein ? dit Washington.

— Oui. Terrifiant.

— Et vous savez pourquoi ? Parce que si tel est le cas, il y a forcément d'autres victimes. Chaque fois qu'un flic est supposé s'être suicidé, l'enquête est bouclée en quatrième vitesse. Toutes les polices ont hâte de liquider ce genre d'affaires. On ne se pose pas trop de questions. Voilà pourquoi il y en a forcément d'autres. Si la première hypothèse est la bonne, le meurtrier n'a pas commencé avec Brooks et il ne s'est pas arrêté à votre frère. Il y en a d'autres. J'en mettrais ma main au feu.

Il repoussa son assiette lui aussi. Il n'avait plus faim.

Une demi-heure plus tard, il me déposait devant l'entrée du Hyatt. Le vent qui soufflait du lac était glacial. Je n'avais pas envie de rester dehors, mais Washington refusa de m'accompagner dans ma chambre. Il me donna sa carte.

— Il y a mon numéro personnel et mon biper. Appelez-moi.

— Je n'y manquerai pas.

— OK, Jack, à plus tard. (Il tendit le bras, nous échangeâmes une poignée de main.) Et merci.

— Merci de quoi ?

— De les avoir convaincus. Je vous dois une fière chandelle. Et Jumpin' John aussi.

13

Gladden contempla pendant plusieurs secondes l'écran d'un bleu intense avant de commencer. Il avait pris l'habitude d'accomplir cet exercice pour évacuer de son esprit toute la pression, toute la haine. Mais cette fois il avait du mal. Il débordait de fureur.

Décidé à se changer les idées, il prit l'ordinateur sur ses genoux. Il manipula la boule avec son pouce, faisant glisser la flèche d'une fenêtre à l'autre, jusqu'à ce qu'elle s'immobilise sur l'icône TERMINAL. Il enfonça la touche ENTER, puis choisit le programme souhaité. Après avoir cliqué sur l'icône TÉL, il attendit, en écoutant les grincements désagréables des entrailles de l'ordinateur. C'était comme une naissance, pensa-t-il, à chaque fois. L'horrible gémissement du nouveau-né. Quand la connexion fut effectuée, le message de bienvenue s'afficha sur l'écran.

```
**************************************
        Bienvenue au club DSL
**************************************
```

Au bout de quelques secondes, le message disparut et l'ordinateur réclama le premier code d'accès de Gladden. Ce dernier tapa les lettres sur le clavier, attendit la fin de l'identification, puis entra le deuxième mot de passe quand un message l'exigea. En quelques secondes, son accès fut validé et les avertissements habituels apparurent sur l'écran.

```
****************************************
             DIEU SOIT LOUÉ !
****************************************
Règles de conduite


1. Ne jamais utiliser un vrai nom.
2. Ne jamais donner les numéros du
réseau à des connaissances.
3. Ne jamais accepter de rencontrer
un autre utilisateur.
4. Ne jamais oublier que d'autres
utilisateurs peuvent être des corps
étrangers.
5. L'opérateur se réserve le droit de
déconnecter tout utilisateur.
6. La messagerie ne peut servir à
évoquer des activités illégales - c'est
interdit !
7. Le réseau DSL n'est pas respon-
sable de son contenu.
8. Pour continuer, appuyer sur une
touche.
****************************************
```

Gladden enfonça la touche ENTER, et l'ordinateur l'informa qu'un message personnel l'attendait. D'une

main légère, il pianota sur le clavier et le message
en question, adressé par l'opérateur, emplit la partie
supérieure de l'écran.

```
*****************************************
   Merci pour la mise en garde. J'espère
que tout va bien. Désolé d'avoir de tes
nouvelles dans ces circonstances. Ici,
pas de problème. Si tu lis ce message,
c'est que tu es libre. Bravo! Bonne
chance et surtout, reste en «contact»
avec toi-même et les autres (ah, ah).
                                     PTL
*****************************************
```

Gladden appuya sur la touche R, puis sur
«Enter», et une ligne de commande destinée à la
réponse apparut sur l'écran. Il tapa quelques mots
destinés à l'expéditeur du message.

```
*****************************************
   Ne t'en fais pas pour moi. Tout est
réglé. Ton humble serviteur est libre
comme l'air.
                                     PTL
*****************************************
```

Cela fait, Gladden exécuta une série de commandes afin d'accéder au menu principal de la messagerie. Celui-ci s'afficha presque aussitôt. En face
de chaque rubrique figurait le nombre de messages
pouvant être consultés.

```
*******************************************
```

```
*******************************************
```

Rapidement, il tapota les commandes permettant d'accéder à la rubrique « Réflexions et jérémiades ». C'était une des plus appréciées. Il avait déjà lu la plupart des fiches et en avait lui-même rédigé certaines. Les gens écrivaient pour raconter que la vie était injuste envers eux. Et dire que peut-être, à une autre époque, leurs goûts et leurs instincts ne seraient pas considérés comme anormaux. Dans l'ensemble, il y avait plus de jérémiades que de réflexions, avait toujours pensé Gladden. Il ouvrit le fichier *Eidolon* et commença à le relire.

```
*******************************************
```

Je pense qu'ils vont bientôt entendre parler de moi. L'heure est proche où j'apparaîtrai dans la lumière de la fascination et de la peur du public. Je suis prêt. Chacun de mes semblables finit par assumer son rôle. Fini l'anonymat. On me donnera un nom, une désignation qui ne reflétera pas ce que je suis, ni mes nombreux talents, un nom déterminé uniquement par sa capacité à s'inscrire joliment en première page d'un journal à scandale et à déclencher des sentiments de peur chez les masses. Ce qui fait peur nous passionne. La peur fait vendre des journaux et des émissions de télévision. Bientôt, ce sera à mon tour de faire vendre.

Je serai traqué et tristement célèbre. Mais ils ne me trouveront pas. Jamais. Voilà ce qu'ils ne comprendront pas. Je les attends depuis toujours.

J'ai décidé que le moment était venu de raconter mon histoire. J'ai envie de la raconter. J'y mettrai tout ce que j'ai, tout ce que je suis. Dans ces fenêtres vous me verrez vivre et mourir. Mon ordinateur Boswell ne porte pas de jugements, un simple mot ne le fait pas trembler de peur. Qui mieux que le portable Boswell peut entendre mes confessions? Où trouver biographe plus fidèle que le portable Boswell? Je vais commencer à tout vous raconter dès maintenant. Allumez vos phares. Je vais vivre et mourir ici même, dans l'obscurité.

L'homme tombe parfois incroyablement, passionnément amoureux de la souffrance.

Ce n'est pas moi qui ai écrit cela le premier, et je le regrette. Mais peu importe, car je le crois. Ma souffrance est ma passion, ma religion. Jamais elle ne m'abandonne. Elle me guide. Elle est moi. Je m'en aperçois maintenant. Ces mots signifient, je pense, que notre douleur est le chemin sur lequel s'accomplissent les voyages et les choix de notre vie. Elle jalonne notre route, si l'on peut dire, pour tout ce que nous faisons et devenons. Voilà pourquoi nous l'accueillons à bras ouverts.

Nous l'étudions et, malgré toute sa cruauté, nous l'aimons. Nous n'avons pas le choix.

J'ai à ce sujet un immense sentiment de clarté, de compréhension totale. En me retournant, en regardant derrière moi sur le chemin, je vois que la douleur a façonné tous mes choix. En regardant devant, je vois où elle me conduit. En réalité, je ne marche plus sur le chemin. C'est lui qui se déplace sous mes pieds, qui m'emporte, comme un immense ruban, à travers le temps. Il m'a conduit jusqu'ici.

Ma douleur est la pierre sur laquelle je bâtis ma tribune. Je suis le cou-

```
pable. L'Eidolon. La véritable identité
est la douleur. Ma douleur. Jusqu'à ce
que la mort nous sépare.

    Prudence sur la route, mes chers
amis.
*****************************************
```

Il relut son texte et se sentit profondément ému.
Ces mots lui allaient droit au cœur.

Revenant au menu principal, il pénétra dans la
rubrique « Bourse aux échanges » pour voir s'il
n'y aurait pas de nouveaux clients. Non, aucun. Il
enfonça la touche G comme *good bye* pour prendre
congé. Il éteignit l'ordinateur et le referma.

Ah, si seulement les flics ne lui avaient pas confisqué son appareil photo, pensa-t-il. Il ne pouvait
pas prendre le risque de retourner le réclamer, et le
peu d'argent qui lui restait ne lui permettait pas de
s'en racheter un. D'un autre côté, privé d'appareil
photo, il ne pouvait plus honorer les commandes, et
cela voulait dire encore moins d'argent. La fureur
qui enflait en lui était comme des lames de rasoir
naviguant dans son sang, le lacérant de l'intérieur.
Finalement, il décida de se faire expédier encore de
l'argent de Floride, puis d'aller acheter un nouvel
appareil.

Il gagna la fenêtre et observa les voitures qui rou-
laient au pas dans Sunset. Un parking illimité sans
cesse en mouvement. Tout cet acier fumant, songea-
t-il. Toute cette chair. Où allait-elle ? Combien d'individus dans ces voitures lui ressemblaient-ils ?

Combien éprouvaient les mêmes besoins, combien sentaient les lames de rasoir ? Combien avaient le courage d'aller jusqu'au bout ? Une fois de plus, la colère se fraya un passage au milieu de ses pensées. Elle était devenue chose palpable, une fleur noire qui déployait ses pétales dans sa gorge et l'étouffait.

Il se dirigea vers le téléphone et composa le numéro que Krasner lui avait donné. Sweetzer décrocha après la quatrième sonnerie.

— Occupé, Sweetzer ?

— Qui est à l'appareil ?

— C'est moi. Comment vont les gosses ?

— Hein ?... Qui êtes-vous ?

Son instinct lui ordonnait de raccrocher immédiatement. Ne jamais avoir affaire aux gens comme lui. Mais Gladden était curieux.

— Vous avez gardé mon appareil photo, dit-il.

Il y eut un bref silence.

— Monsieur Brisbane, comment allez-vous ?

— Très bien, inspecteur, je vous remercie.

— Nous avons votre appareil, c'est exact, et vous avez le droit de le récupérer étant donné que vous en avez besoin pour gagner votre vie. Voulez-vous prendre rendez-vous pour venir le chercher ?

Gladden ferma les yeux et serra de toutes ses forces le téléphone dans sa main, jusqu'à ce qu'il craigne de le broyer. Ils savaient. Sinon, ils lui auraient dit de tirer un trait sur son appareil-photo. Ils savaient quelque chose et ils voulaient le faire venir. Mais que savaient-ils au juste ? Gladden avait envie de hurler, mais la raison lui conseillait de garder son calme devant Sweetzer. Pas de faux mouvement.

— Il faudra que je réfléchisse.

— Ça m'a l'air d'être un chouette appareil. Je ne sais pas trop comment il fonctionne, mais je serais bien content de l'avoir. Enfin, il est ici si vous voulez…

— Allez vous faire foutre, Sweetzer.

La colère avait pris le dessus. Gladden avait prononcé ces mots en serrant les dents.

— Écoutez, Brisbane, je faisais juste mon boulot. Si ça vous pose un problème, venez me voir ; on arrangera ça. Et si vous voulez récupérer votre putain d'appareil photo, vous pouvez venir également. Mais je refuse de continuer à vous écouter si vous…

— Vous avez des gosses, Sweetzer ?

Il y eut un long silence à l'autre bout du fil, mais Gladden savait que l'inspecteur était toujours là.

— Qu'est-ce que vous dites ?

— Vous avez entendu.

— Vous êtes en train de menacer ma famille, espèce de sale fils de pute ?

Ce fut au tour de Gladden de demeurer muet quelques instants. Puis un son étouffé prit naissance tout au fond de sa gorge et se transforma peu à peu en un rire de dément. Incapable de le contrôler, il le laissa échapper, jusqu'à ce qu'il n'entende plus que ça, ne pense plus qu'à ça. Et brusquement, il raccrocha, brisant net son rire comme un couteau planté dans une gorge. Le visage déformé par une horrible grimace, il cria dans la chambre vide, entre ses dents serrées.

— Va te faire foutre !

Puis il ralluma son portable pour accéder au répertoire photo. Son écran était ce qu'on pouvait faire de mieux en matière de portable, mais les cristaux liquides ne pouvaient rivaliser avec la qualité que lui aurait donné un matériel de bureau. Les images étant suffisamment nettes, il s'en contenta. Il parcourut tout le dossier, photo après photo. Une collection macabre de morts et de vivants. Curieusement, il parvint à trouver l'apaisement et eut le sentiment qu'il pouvait contrôler certains aspects de sa vie.

Malgré tout, il était attristé par ce qu'il voyait devant lui, par ce qu'il avait fait. Ces petits sacrifices. Consentis dans le but de soulager ses blessures. Il savait combien tout cela était égoïste, pervers jusqu'au grotesque. Et le fait de transformer ces sacrifices en argent détruisait son réconfort, le remplaçait par une haine de soi et un dégoût qui ne manquaient jamais de survenir. Sweetzer et les autres avaient raison : il méritait d'être traqué.

Il roula sur le dos et contempla le plafond maculé de taches humides. Des larmes emplirent ses yeux. Il ferma les paupières et essaya de dormir, d'oublier. Mais son Meilleur Ami était là, dans l'obscurité, derrière ses paupières. Comme toujours, il était là. Le visage figé, une effroyable entaille en guise de lèvres.

Gladden rouvrit les yeux et regarda vers la porte. On avait frappé. Il se redressa vivement sur le lit en entendant le frottement métallique d'une clé qui pénétrait dans la serrure. Il comprit son erreur. Sweetzer avait localisé l'origine de l'appel. Ils savaient qu'il appellerait !

La porte de la chambre s'ouvrit en grand. Vêtue d'une blouse blanche, une petite femme noire apparut dans l'encadrement, deux serviettes posées sur le bras.

— Je viens pour faire la chambre, dit-elle. Désolée de passer si tard, mais j'ai eu beaucoup de travail. Demain, je commencerai par vous, promis.

Gladden poussa un soupir en constatant qu'il avait oublié d'accrocher la pancarte « Ne pas déranger » sur la porte.

— C'est pas grave, dit-il en se levant avec précipitation pour l'empêcher d'entrer. Donnez-moi juste les serviettes, ça ira pour aujourd'hui.

En prenant les serviettes, il remarqua le prénom brodé sur la blouse de la femme de chambre : Evangeline. Elle avait un joli visage, et aussitôt il eut pitié d'elle : ce travail, être obligée de faire le ménage des autres.

— Merci, Evangeline.

Il vit le regard de la femme de chambre se poser sur le lit, par-dessus son épaule. Le lit n'était pas défait. Il ne l'avait pas ouvert la nuit précédente. Reportant son attention sur lui, elle esquissa un hochement de tête, accompagné d'un petit sourire, lui sembla-t-il.

— Vous avez besoin d'autre chose ?

— Non, Evangeline.

— Bonne journée.

Gladden referma la porte et se retourna. Là, sur le lit, l'ordinateur portable était resté ouvert. Sur l'écran apparaissait une des photos. Retournant vers le lit, il l'observa sans déplacer le portable. Puis il regagna la porte, l'ouvrit et se posta dans l'encadrement, à l'endroit même où la femme de chambre s'était tenue quelques secondes plus tôt. Il regarda l'ordinateur. On voyait bien le garçon allongé par terre, et que pouvaient être ces taches sur le fond blanc immaculé de la neige, sinon du sang ?

Se précipitant vers l'ordinateur, il enfonça la touche d'effacement d'urgence qu'il avait lui-même programmée. La porte était toujours ouverte. Il essaya de réfléchir. Nom de Dieu, quelle gaffe !

Il sortit de la chambre. Evangeline se trouvait au bout du couloir, à côté d'un chariot d'entretien. Elle tourna la tête vers lui, son visage était inexpressif. Mais Gladden voulait en avoir le cœur net. Il ne pouvait pas tout miser sur l'interprétation du visage de cette femme.

— Evangeline, dit-il. J'ai changé d'avis. Ma chambre a sans doute besoin d'un petit coup de ménage. Et je n'ai plus de papier-toilette ni de savon.

Elle posa la planchette sur laquelle elle était en train de noter quelque chose et se baissa pour prendre du papier-toilette et une savonnette dans son chariot. Gladden l'observa en glissant ses mains dans ses poches. Il remarqua qu'elle mastiquait du chewing-gum, en faisant des petites bulles. Un comportement insultant en présence de quelqu'un. C'était comme s'il était invisible. Comme s'il ne comptait pas.

Quand Evangeline avança vers lui avec le papier-toilette et le savon, il garda les mains enfoncées dans ses poches. Il recula d'un pas pour la laisser pénétrer dans la chambre. Dès qu'elle fut entrée, il se dirigea vers le chariot pour jeter un coup d'œil sur la feuille posée dessus. Face à la chambre 112, elle avait noté « Serviettes ».

Gladden regarda autour de lui en regagnant sa chambre. Le motel se composait de deux étages disposés autour d'une cour intérieure, chacun comportant une vingtaine de chambres. Il aperçut un autre chariot d'entretien à l'étage au-dessus, en face. Celui-ci se tenait devant une porte ouverte, mais la femme de chambre était invisible. Aucun client ne traînait au bord de la piscine située au milieu de la cour. Il faisait trop froid. Il n'y avait personne dans les parages.

Il entra dans sa chambre et referma la porte, au moment même où Evangeline ressortait de la salle de bains avec le sac de la poubelle.

— La porte doit rester ouverte quand nous faisons le ménage dans une chambre, dit-elle. C'est le règlement.

Il lui barra la route.

— Vous avez vu la photo ?

— Hein ? Excusez-moi, monsieur, je dois rouvrir la…

— Vous avez vu la photo sur l'ordinateur ? sur le lit ?

Il désigna le portable en observant le regard de la femme de chambre. Celle-ci paraissait troublée, mais elle ne se retourna pas.

— Quelle photo ?

Elle tourna enfin la tête vers le lit affaissé, puis se retourna vers lui, avec la même expression de confusion, teintée d'un agacement croissant.

— J'ai rien pris du tout ! Vous n'avez qu'à appeler M. Braggs si vous croyez que j'ai volé quelque chose. Je suis honnête, moi. Il aura qu'à demander à une autre fille de me fouiller. Je l'ai pas prise votre photo ! Je sais même pas de quelle photo vous parlez !

Gladden l'observa un instant, puis sourit.

— Oui, je crois que vous êtes une femme honnête, Evangeline. Mais j'ai besoin d'être sûr. Vous comprenez.

14

Le siège de la Law Enforcement Foundation se trouvait dans la 9ᵉ Rue, à quelques blocs seulement du ministère de la Justice et du quartier général du FBI à Washington. C'était un bâtiment gigantesque, et je supposais qu'il abritait d'autres agences ou fondations subventionnées par les deniers publics. Ayant franchi les lourdes portes, je consultai le tableau dans le hall et pris l'ascenseur jusqu'au troisième.

Apparemment, la fondation occupait la totalité de l'étage. À la sortie de l'ascenseur, je fus accueilli par un imposant bureau derrière lequel trônait une femme tout aussi imposante. Chez les journalistes, on appelle ces endroits des « bureaux de déception », les personnes qu'on y installe vous laissant rarement aller où vous voulez et voir qui vous voulez. Je lui annonçai que je souhaitais rencontrer le Dr Ford, le directeur de la fondation, cité dans l'article du *New York Times* concernant les suicides de policiers. Ford était le gardien de la base de données à laquelle je devais accéder.

— Il est parti déjeuner. Vous aviez rendez-vous ?

Je lui répondis que je n'avais pas rendez-vous et déposai ma carte de visite devant elle sur le bureau. Je consultai ma montre. Une heure moins le quart.

— Oh, vous êtes journaliste, dit-elle, comme si cette profession avait quelque chose de criminel. C'est très différent dans ce cas. Vous devez vous adresser au bureau des affaires publiques avant qu'on vous autorise à rencontrer le Dr Ford.

— Je vois. Et pensez-vous qu'il y a quelqu'un au bureau des affaires publiques, ou bien sont-ils tous partis déjeuner eux aussi ?

Elle décrocha son téléphone et composa un numéro.

— Allô, Michael ? Tu es là ou tu déjeunes ? J'ai devant moi un monsieur qui dit travailler pour le *Rocky Mountain News* à... Non, il voulait d'abord parler au Dr Ford.

Elle écouta, dit « OK », puis raccrocha.

— Michael Warren va vous recevoir. Il a un rendez-vous à 13 heures 30, je vous conseille de vous dépêcher.

— Me dépêcher d'aller où ?

— Bureau 303. Vous suivez le couloir derrière moi, vous tournez à droite et c'est la première porte sur votre droite.

En parcourant ce long chemin, je songeai que le nom de Michael Warren ne m'était pas inconnu, mais impossible de me souvenir où je l'avais entendu. La porte du bureau 303 s'ouvrit juste au moment où je l'atteignais. Un homme d'une quarantaine d'années s'apprêtait à sortir dans le couloir, mais s'arrêta en me voyant.

— C'est vous le gars du *Rocky* ?

— Oui.

— Je commençais à croire que vous vous étiez perdu. Entrez. Je ne peux vous consacrer que quelques minutes. Je suis Mike Warren. «Michael» si vous citez mon nom dans un article, mais je préférerais que vous ne le citiez pas et que vous interrogiez les employés de la fondation. Espérons que je pourrai vous aider.

Dès qu'il se fut rassis derrière son bureau encombré, je me présentai et nous échangeâmes une poignée de main. Il m'invita à prendre un siège. Des journaux étaient empilés sur un coin du bureau. Dans le coin opposé se trouvaient des photos de son épouse et de ses deux enfants, disposées de façon que Warren puisse les voir et ses visiteurs aussi. Un ordinateur était installé sur une petite table surbaissée à sa gauche, et au-dessus, sur le mur, une photo montrait Warren en train de serrer la main du président. Warren était rasé de près ; il portait une chemise blanche et une cravate bordeaux. Le col était légèrement élimé, là où sa barbe de cinq heures frottait contre le tissu. Sa veste était suspendue sur le dossier de son fauteuil. La pâleur de sa peau semblait accentuée par ses yeux sombres, vifs, et ses cheveux noirs et raides.

— Alors, qu'est-ce qui vous amène ? Vous êtes du bureau local ?

Il faisait référence à la société mère qui possédait

ici une antenne de journalistes chargés de transmettre les nouvelles en provenance de Washington à tous les organes du groupe. C'était à eux que Greg Glenn m'avait suggéré de m'adresser au début de la semaine.

— Non, je viens de Denver.

— Ah. Et que puis-je pour vous ?

— Il faut que je m'entretienne avec Nathan Ford, ou quiconque s'occupe directement de l'étude sur les suicides dans la police.

— Les suicides dans la police ? C'est un projet du FBI. Le chercheur qui s'occupe de ça est Oline Fredrick.

— Oui, je sais que le FBI est impliqué dans cette étude.

— Voyons voir... (Il décrocha son téléphone, puis le reposa.) Vous n'avez pas téléphoné avant de venir, il me semble ? Votre nom ne me dit rien.

— Non. Je viens d'arriver en ville. C'est une histoire brûlante, pourrait-on dire.

— Brûlante ? Les suicides de flics ? Ça ne ressemble pourtant pas beaucoup à un scoop. Pourquoi tant de précipitation ?

Soudain, je sus qui il était.

— Dites, vous n'avez pas bossé pour le *L. A. Times* ? Au bureau de Washington ? Vous êtes bien Michael Warren ?

Il sourit : quelqu'un l'avait reconnu, lui ou son nom.

— Exact. Comment le savez-vous ?

— Les dépêches du *Post-Times*. Je les ai épluchées pendant des années. Je me suis souvenu de votre nom. Vous vous occupiez de la rubrique judiciaire, non ? Du bon boulot.

— Jusqu'à l'année dernière. J'ai démissionné pour venir travailler ici.

Je hochai la tête. Il y avait toujours un moment de silence gêné quand je croisais la route de quelqu'un qui avait quitté le journalisme et se trouvait maintenant de l'autre côté de la barrière. Généralement, c'étaient des types au bout du rouleau, des fatigués de mener une vie où on était toujours pressé par les délais, toujours obligé de fournir des papiers. J'avais lu un jour un livre sur un journaliste, écrit par un journaliste, qui comparait cette existence à une course permanente devant une moissonneuse-batteuse. C'était la description la plus juste qu'il m'ait été donné de lire. Parfois, certains journalistes se lassaient de cavaler devant la machine, parfois, ils se faisaient happer et se retrouvaient broyés. Parfois aussi, ils réussissaient à esquiver la trajectoire de la machine. Ils utilisaient alors leur expérience dans le métier pour rechercher la routine d'un poste où ils pouvaient manipuler les médias, au lieu d'en faire partie. C'est ce qu'avait fait Warren et, d'une certaine façon, j'en étais désolé pour lui. Il avait été sacrément bon. J'espérai seulement qu'il n'éprouvait pas les mêmes regrets.

— Ça vous manque ?

Il fallait que je lui pose la question, au moins par politesse.

— Pas pour le moment. De temps à autre, je tombe sur un super article et je me dis que j'aurais bien voulu être sur le coup avec tous les autres, essayant de trouver un point de vue original. Mais ça peut vous lessiver un homme, vous savez.

Il mentait et je pense qu'il savait que je le savais. Il mourait d'envie de replonger.

— Oui, je commence à le ressentir parfois.

Je lui rendis son mensonge, histoire de lui remonter le moral, si c'était possible.

— Et au sujet des suicides de flics ? C'est quoi, votre point de vue ?

Il regarda sa montre.

— En fait, dis-je, ce n'était pas un sujet brûlant jusqu'à avant-hier. Maintenant, ça l'est devenu. Je sais que vous n'avez pas beaucoup de temps, mais je peux vous expliquer rapidement. Toutefois… je ne voudrais pas me montrer insultant, mais j'aimerais que vous me juriez que tout ce que je dirai restera confidentiel. C'est mon article et j'attends d'être fin prêt pour tout balancer.

Il acquiesça.

— Ne vous en faites pas, je comprends très bien. Je ne répéterai ce que vous allez me raconter à aucun journaliste, à moins qu'il ne m'interroge précisément sur ce même sujet. Par contre, il se peut que je sois obligé d'en parler avec certaines personnes de la fondation ou à la police. Je ne peux vous faire aucune promesse tant que j'ignore de quoi il s'agit.

— Logique.

J'avais envie de lui faire confiance. Peut-être parce qu'il est toujours plus facile de faire confiance à quelqu'un qui a exercé la même profession que vous. Je pense également que j'étais heureux de raconter mes découvertes à quelqu'un qui soit capable de les apprécier en termes journalistiques. C'était une forme de vantardise, à laquelle je n'étais pas indifférent. Je me lançai.

— Au début de la semaine, j'ai commencé à me documenter pour un article sur les suicides de policiers. Je sais que c'est du réchauffé. Mais j'avais un angle nouveau. Mon frère était flic, et le mois dernier, il s'est suicidé, paraît-il. Je…

— Oh, quelle horreur, je suis désolé.

— Merci, mais je ne vous en parlais pas dans ce but. J'ai décidé d'écrire cet article car je voulais essayer de comprendre la raison de son geste, d'après la police de Denver du moins. J'ai suivi la routine, j'ai interrogé les archives et, naturellement, je suis tombé sur plusieurs articles évoquant l'étude menée par la fondation.

Voyant qu'il essayait de regarder discrètement sa montre, je décidai de capter son attention.

— Pour résumer, en essayant de découvrir pourquoi mon frère s'était suicidé, j'ai découvert qu'il ne s'était pas suicidé.

Je le regardai. J'avais réussi mon coup.

— Que voulez-vous dire ?

— Jusqu'à présent, mon enquête a permis de déterminer que le suicide de mon frère était en fait un meurtre maquillé. Quelqu'un l'a assassiné. Le dossier a été rouvert. J'ai également établi un lien avec un autre prétendu suicide de flic, l'année dernière à Chicago. Ce dossier a lui aussi été rouvert. Je suis arrivé de Chicago ce matin. Les flics de là-bas, ceux de Denver et moi-même pensons qu'un type se balade à travers le pays pour buter des flics en faisant croire à des suicides. La clé permettant de découvrir d'autres cas similaires se trouve peut-être dans les informations rassemblées pour l'étude de la fondation. Je crois savoir que vous possédez tous les dossiers concernant les suicides de policiers à l'échelle nationale, sur les cinq dernières années ?

Il y eut un moment de silence. Warren me dévisageait.

— Je crois, dit-il finalement, que vous feriez mieux de me raconter toute l'histoire, en détail. Attendez une minute…

Il leva la main à la manière d'un policier qui règle la circulation à un carrefour, décrocha son téléphone de l'autre main et pianota un numéro à trois chiffres.

— Drex ? C'est Mike. Écoute, je sais que je te préviens un peu tard, mais je ne peux pas me libérer ce midi. Un imprévu… Non… On est obligés de remettre ça. Je te rappelle demain. Merci, salut.

Il raccrocha et leva les yeux vers moi.

— C'était juste un déjeuner. Maintenant, racontez-moi tout.

Une demi-heure plus tard, après qu'il eut passé quelques coups de téléphone afin d'organiser une réunion, Warren me conduisit à travers le labyrinthe des couloirs de la fondation jusqu'à une porte marquée du chiffre 383. Derrière se trouvait une salle où s'étaient déjà installés le Dr Nathan Ford et Oline

Fredrick. Les présentations furent brèves, puis Warren et moi prîmes place.

Oline Fredrick semblait avoir vingt-cinq ans tout au plus ; c'était une jeune femme aux cheveux blonds bouclés, qui affichait une expression d'indifférence. D'emblée, je m'intéressai davantage à Ford. Warren m'avait fait un topo. Toutes les décisions, m'avait-il dit, seraient prises par Ford. Le directeur de la fondation était un petit homme vêtu d'un costume sombre, mais sa présence irradiait dans toute la pièce. Il portait d'épaisses lunettes à monture noire, avec des verres légèrement roses. Sa barbe était du même gris uniforme que ses cheveux. Sa tête ne bougeant presque pas, il suivit du regard nos déplacements lorsque nous entrâmes et nous assîmes à la grande table ovale. Il y avait posé les coudes et joint les mains devant lui.

— Je propose que l'on commence, dit-il une fois les présentations achevées.

— J'aimerais simplement que Jack vous répète ce qu'il m'a raconté dans mon bureau, dit Warren. Ensuite, nous pourrons discuter. Jack, ça ne vous ennuie pas de recommencer votre récit ?

— Non, pas du tout.

— Je vais prendre des notes, cette fois.

Je leur racontai donc l'histoire avec précision, comme je l'avais fait pour Warren. Parfois, un détail nouveau me revenait à l'esprit, pas nécessairement important, mais je l'ajoutais quand même. Je savais qu'il me fallait coûte que coûte impressionner Ford, car c'était lui qui déciderait si je pouvais bénéficier ou pas de l'aide d'Oline Fredrick.

Cette dernière fut d'ailleurs la seule à m'interrompre. Quand j'évoquai la mort de mon frère, elle précisa qu'ils avaient reçu la semaine précédente le protocole expédié par les services de police de Denver. Je lui dis qu'elle pouvait le balancer à la poubelle. Arrivé à la fin de mon histoire, je me tournai vers Warren, l'air interrogateur.

— Ai-je oublié quelque chose ?

— Non, je ne pense pas.

L'un et l'autre, nous regardâmes Ford et attendîmes. Il était demeuré quasiment immobile durant mon récit. Voyant que j'avais fini, il leva ses mains jointes et tapota plusieurs fois son menton, pendant qu'il réfléchissait. Quel genre de docteur était-il ? me demandai-je. Quels diplômes faut-il pour diriger une fondation ? Sans doute était-il plus politicien que médecin.

— Voilà une histoire très intéressante, commenta-t-il. Je comprends que vous soyez excité, et Warren aussi. Il a été journaliste durant presque toute sa vie d'adulte, et je pense que l'attrait du scoop coule encore dans ses veines, peut-être même au détriment de ses attributions actuelles.

Il ne regarda pas Warren en décochant cette attaque. Ses yeux restèrent fixés sur moi.

— Ce que je ne comprends pas, reprit-il, et c'est la raison pour laquelle je ne peux, semble-t-il, partager votre excitation, c'est le rapport entre cette histoire et la fondation. Quelque chose m'échappe, monsieur McEvoy.

— Eh bien, docteur Ford, répondit Warren. Jack n'a pas...

— Non, taisez-vous, lui lança Ford. Laissez M. McEvoy s'expliquer.

Je m'efforçai de réfléchir en termes précis. Ford ne voulait pas entendre des élucubrations. Il voulait savoir quel bénéfice il pouvait tirer de cette affaire.

— Je suppose, dis-je, que tous les éléments de votre étude sont informatisés ?

— Exact, répondit-il. La plupart des dossiers sont stockés sur ordinateur. Nous comptons sur la coopération des nombreuses forces de police de ce pays pour établir notre champ de recherches. Tous les rapports nous parviennent, c'est le protocole dont Mlle Fredrick parlait précédemment. Les informations sont ensuite entrées dans l'ordinateur. Mais ça ne suffit pas. Seul le talent du chercheur peut digérer ces faits et nous dire ce qu'ils signifient. Dans le cas de cette étude, le chercheur est secondé par des spécialistes du FBI pour analyser les données brutes.

— Oui, je comprends très bien. Ce que je veux dire, c'est que vous possédez une énorme banque de données concernant les suicides de policiers.

— Sur les cinq ou six dernières années, je crois. Les travaux avaient déjà débuté avant l'arrivée d'Oline dans notre équipe.

— Il faut que j'interroge votre ordinateur.

— Pourquoi ?

— Si nous avons vu juste... et là je ne parle pas uniquement de moi, les inspecteurs de police de Denver et de Chicago partagent cet avis, nous sommes en présence de deux affaires liées. Le…

— Liées en apparence.

— Oui, en apparence. Mais si tel est le cas, il y a fort à parier que ce ne sont pas les deux seules. Nous sommes en présence d'un *serial killer*. Peut-être y a-t-il de nombreux meurtres, ou quelques-uns seulement, voire aucun. Mais je veux m'en assurer, et vous possédez toutes les informations. Tous les suicides déclarés au cours des six dernières années. Je veux interroger votre ordinateur et chercher tous les cas qui pourraient être de faux suicides, autrement dit, des meurtres commis par notre homme.

— Et comment comptez-vous procéder ? demanda Fredrick. Nous possédons plusieurs centaines de dossiers dans ce fichier.

— Les protocoles que remplissent et vous envoient les services de police mentionnent-ils les fonctions et le grade de la victime ?

— Oui.

— Dans ce cas, nous commencerons par tous les inspecteurs de la Criminelle qui se sont prétendument suicidés. Ma théorie, c'est que le meurtrier s'attaque uniquement aux flics de la Criminelle. Peut-être sommes-nous dans un scénario où la proie devient chasseur. J'ignore quelles sont ses motivations, mais je commencerais par là. Par les flics de la Criminelle. Cas par cas. Il nous faut les mots d'adieu. Les lettres accompagnant le suicide.

— Ça ne figure pas dans l'ordinateur, déclara Fredrick. Pour chaque cas, si nous avons une copie de la lettre, elle se trouve archivée dans les dossiers. Les lettres ne font pas partie de l'étude, sauf lorsqu'elles font allusion à la pathologie de la victime.

— Mais vous avez conservé les copies papier ?

— Oui, toutes. Aux Archives.

— Il suffit d'aller les récupérer ! déclara Warren, avec enthousiasme.

Son intervention provoqua un silence. Finalement, tous les regards se tournèrent vers Ford.

— Une question encore, me dit le directeur. Le FBI est-il au courant de tout cela ?

— Au moment où je vous parle, je ne peux l'affirmer, lui répondis-je. Mais je sais que les policiers de Denver et de Chicago ont l'intention de reprendre mon enquête et, une fois convaincus que je suis sur la bonne voie, ils préviendront le Bureau. Et les choses suivront leur cours.

Ford acquiesça :

— Monsieur McEvoy, dit-il, pourriez-vous attendre dans le hall, je vous prie ? J'aimerais m'entretenir en privé avec Mlle Fredrick et M. Warren avant de prendre une décision.

— Certainement.

Je me levai et gagnai la porte, mais avant de sortir, je me retournai vers Ford.

— J'espère… euh… j'espère que ça pourra se faire. Quoi qu'il en soit, merci.

Le visage de Michael Warren en disait long. J'étais assis dans le hall, sur un canapé défoncé recouvert de vinyle, quand il arriva du fond du couloir, les yeux baissés. En me voyant, il secoua simplement la tête.

— Retournons dans mon bureau, dit-il.

Je le suivis en silence et repris le même fauteuil. Il paraissait aussi abattu que moi.

— Pourquoi ? demandai-je.

— Parce que c'est un con, murmura-t-il. Parce que le ministère de la Justice tient les cordons de la bourse et que le FBI, c'est le ministère de la Justice. C'est leur étude ; ils l'ont commandée. Jamais Ford ne fera la moindre chose qui risque de tuer la poule aux œufs d'or. Vous avez dit ce qu'il ne fallait pas, Jack. Vous auriez dû répondre que le FBI était au courant et avait laissé courir.

— Il ne m'aurait pas cru.

— Peu importe, il aurait pu dire qu'il y croyait. Si jamais on lui reprochait d'avoir fourni des informations à un journaliste avant le Bureau, il aurait pu rejeter la faute sur vous et dire qu'il croyait que le FBI s'en foutait.

— Et maintenant ? Je ne peux pas laisser tomber.

Cette question ne s'adressait pas véritablement à Warren, plutôt à moi.

— Vous avez des sources au Bureau ? Car je peux vous assurer qu'en ce moment même Ford est en train d'appeler le FBI. Sans doute informe-t-il directement Bob Backus.

— Qui ?

— Une des huiles de chez eux. L'étude sur les suicides appartient à son équipe.

— Ce nom me dit vaguement quelque chose.

— Vous connaissez certainement Bob Backus Senior. Le père. C'était une sorte de superflic, débauché par le FBI il y a plusieurs années pour aider à mettre sur pied le BSS, le Département des sciences du comportement, et le VICAP, le Violent Criminal Apprehension Program[1]. Je suppose que Bobby junior s'efforce de suivre les traces de son père. Quoi qu'il en soit, dès que Ford aura raccroché, Backus va tout verrouiller. Et vous serez obligé de passer par le Bureau.

Je n'étais plus capable de réfléchir. Je me retrouvais acculé. Je me levai et me mis à faire les cent pas dans la pièce exiguë.

— Nom de Dieu, j'arrive pas à y croire ! C'est mon article… et je me fais balancer sur la touche par une espèce d'abruti qui se prend pour J. Edgar Hoover !

— Nat Ford ne met pas de robes.

— Ça n'a rien de drôle.

— Oui, je sais. Pardonnez-moi.

Je me rassis. Warren ne me mit pas à la porte, bien que nous n'ayons plus rien à nous dire. Et soudain, je compris ce qu'il attendait de moi. Mais je ne savais pas comment aborder le sujet. N'ayant jamais travaillé à Washington, je ne connaissais pas les règles. Finalement, je décidai d'y aller comme à Denver. Sans tourner autour du pot.

— Rien ne vous empêche d'interroger l'ordinateur, hein ?

---

1. Programme d'étude des criminels violents *(NdT)*.

D'un mouvement de tête je désignai le terminal sur sa droite. Il m'observa un moment avant de répondre.

— C'est hors de question. Je ne m'appelle pas « Gorge profonde », Jack. Après tout, il ne s'agit que d'une simple histoire de crimes. Voilà la vérité. Vous voulez juste prendre le FBI de vitesse.

— Vous êtes journaliste.

— Ancien journaliste. Maintenant, je travaille ici et je refuse de mettre en danger ma...

— Vous savez que quelqu'un doit raconter cette histoire. Si Ford est au téléphone avec le FBI en ce moment même, ils vont rappliquer dès demain et on peut dire adieu au scoop. Vous savez comme il est difficile de leur soutirer des renseignements. Vous avez connu ça. L'affaire est enterrée sur-le-champ, ou bien alors un article débile paraît un an plus tard, ou même après, avec plus de conjectures que de faits réels. Voilà ce qui va se passer si vous ne me branchez pas sur ce putain d'ordinateur.

— J'ai dit non.

— D'accord, vous avez raison. Tout ce qui m'intéresse, c'est mon article. Le méga scoop. Mais je le mérite. Et vous le savez bien. Le FBI ne se déplacerait pas si je n'étais pas impliqué. Mais on est en train de me foutre sur la touche... Réfléchissez. Mettez-vous à ma place. Imaginez que ça soit arrivé à votre frère.

— J'y ai pensé, et je dis non.

Je me relevai.

— Si jamais vous changez d'avis...

— Non.

— Je vais prendre une chambre au Hilton. Le Hilton où Reagan s'est fait tirer dessus.

Sur ce, je quittai le bureau sans rien ajouter, et lui non plus.

15

Pour tuer le temps dans ma chambre du Hilton, je mis à jour mes dossiers sur mon ordinateur en y ajoutant le peu de choses que j'avais apprises à la fondation, après quoi j'appelai Greg Glenn au journal pour le tenir au courant des événements survenus à Chicago et Washington. À la fin de mon récit, il laissa échapper un sifflement sonore et je l'imaginai se renversant dans son fauteuil, envisageant toutes les possibilités.

Je possédais déjà de quoi pondre un bon article, en effet, mais je n'étais pas satisfait. Je voulais rester à la pointe du combat. Je ne voulais pas m'en remettre au FBI et autres enquêteurs, obligé d'écouter ce qu'ils voudraient bien me dire. Je voulais continuer d'enquêter. J'avais écrit d'innombrables articles sur des affaires de meurtre, mais toujours avec le regard de l'outsider. Cette fois, je me trouvais à l'intérieur, et j'avais l'intention d'y rester. Je précédais la vague. Je compris alors que mon frère devait ressentir la même excitation quand il était sur une affaire. En chasse, comme il disait.

— Vous êtes toujours là, Jack ?

— Hein ? Oui, je réfléchissais à autre chose.

— Quand peut-on publier l'article ?

— Ça dépend. Demain, c'est vendredi. Accordez-moi jusqu'à demain. J'ai un bon pressentiment sur le gars de la fondation. Mais si je n'ai pas de ses nouvelles avant demain en milieu de matinée, j'essaierai le FBI. J'ai le nom d'un type. Si ça ne donne rien, je rentrerai à Denver et j'écrirai mon article samedi, pour l'édition de dimanche.

Dimanche était le jour du plus gros tirage. Je savais que Glenn aurait envie de frapper fort avec cet article.

— Bon, dit-il. Même si on doit se contenter de ça, c'est déjà énorme. On a une enquête d'ampleur nationale sur un tueur de flics qui opère en toute impunité depuis Dieu sait quand. Ça va…

— Hé, n'exagérons pas. Rien n'est confirmé. Pour l'instant, c'est juste une enquête dans deux États, concernant un éventuel tueur de flics.

— N'empêche, c'est énorme ! Et si le FBI s'en mêle, ça devient une affaire nationale. Ils vont tous repiquer notre article, le *New York Times*, le *Post*…

« Mon article », faillis-je rectifier, mais je me retins. Les paroles de Glenn dévoilaient la vérité qui se cachait derrière une grande partie du journalisme contemporain. Il n'y était plus guère question d'altruisme, de service public et de droit à l'information. C'était devenu une question de concurrence, de rivalité et de publicité : quel journal avait publié l'article en premier, lequel était à la traîne ? Et qui décrocherait le prix Pulitzer à la fin de l'année ? C'était une vision plutôt sombre, mais après toutes ces années dans le métier, mon point de vue avait viré au cynisme.

Malgré tout, je mentirais en disant que je ne savourais pas l'idée de mettre à jour une affaire d'importance nationale et de voir tout le monde m'emboîter le pas. Simplement, je n'aimais pas en parler aussi ouvertement avec Glenn. Et il y avait Sean. Je ne perdais pas de vue cet aspect. Je voulais la peau du type qui lui avait fait ça. Plus que tout le reste.

Après avoir promis à Glenn de le rappeler si du nouveau se produisait, je raccrochai. Pendant que je faisais les cent pas dans ma chambre, je songeai moi aussi, je l'avoue, aux possibilités qui s'offraient. Je pensai à la célébrité que pouvait me valoir cet article. De quoi me permettre de quitter définitivement Denver si je le souhaitais. Pour m'installer peut-être dans une des « trois grandes » : Los Angeles, New York, Washington. Ou bien Chicago ou Miami, au moins. En voyant plus loin, j'envisageai même un contrat avec une maison d'édition. Il y a un marché énorme pour les histoires criminelles authentiques.

Mais je chassai toutes ces pensées, honteux. Une chance que personne ne puisse connaître nos pensées les plus secrètes. Nous apparaîtrions tels que nous sommes, à savoir des imbéciles manipulateurs et prétentieux.

J'avais envie de quitter ma chambre, mais je ne pouvais m'absenter à cause du téléphone. J'allumai la télé ; ce n'était qu'un assortiment de « talk-shows » concurrents proposant leur sélection quotidienne de petites histoires minables. Des enfants de strip-teaseuses sur une des chaînes, sur une autre des stars du porno dont les époux étaient jaloux, sur une autre encore des hommes qui estimaient que les femmes avaient besoin d'une bonne correction de temps à autre pour filer droit. J'éteignis la télé et une idée me vint. Il me suffisait de quitter cette chambre, pensai-je. Warren m'appellerait à coup sûr puisque je n'étais plus là pour recevoir son appel. Ça marchait à tous les coups. J'espérai simplement qu'il laisserait un message.

L'hôtel était situé dans Connecticut Avenue, près de Dupont Circle. Je me dirigeai vers le rond-point et entrai dans la librairie Mystery Books pour y acheter un livre intitulé *Multiples Blessures*, d'Alan Russell. J'avais lu quelque part une excellente critique sur cet ouvrage, et j'espérais que cette lecture me changerait les idées.

Avant de retourner au Hilton, je me promenai pendant quelques minutes aux abords de l'hôtel, cherchant l'endroit où Hinckley avait attendu Reagan avec son arme. J'avais conservé un souvenir très vivace des images de la panique, mais impossible de retrouver où cela s'était passé. J'en conclus que l'hôtel avait peut-être fait faire des travaux pour éviter que le lieu ne devienne une attraction touristique.

En tant que spécialiste des affaires criminelles, j'étais moi-même un touriste du macabre. J'allais de meurtre en meurtre, d'horreur en horreur, sans ciller. A priori. En traversant le hall du Hilton, vers la rangée d'ascenseurs, je réfléchis à ce que cela signifiait. Peut-être quelque chose clochait-il en moi. Pourquoi attacher tant d'importance à l'endroit où se trouvait Hinckley ?

— Jack ?

Arrivé devant les ascenseurs, je me retournai. C'était Michael Warren.

— Hé...

— J'ai appelé votre chambre... J'ai pensé que vous étiez peut-être dans les parages.

— Je suis allé faire un tour. Je commençais à désespérer.

Je prononçai ces mots avec un sourire, et une forte dose d'espoir. L'instant était lourd de conséquences. Warren avait troqué son costume de bureau contre un blue-jean et un pull. Il tenait sur le bras un pardessus en tweed. Il avait adopté le comportement de l'informateur confidentiel, préférant se déplacer plutôt que de laisser les traces éventuelles d'un coup de téléphone.

— Vous voulez monter dans ma chambre ou bien rester ici ?

Il avança vers les ascenseurs.

— Allons dans votre chambre.

Nous n'échangeâmes que des banalités dans l'ascenseur. Observant ses vêtements, je lui dis :

— Vous êtes passé chez vous.

— J'habite tout près de Connecticut Avenue, juste derrière le périphérique. C'est le Maryland. Ce n'est pas très loin.

C'était un appel interurbain, voilà pourquoi il

n'avait pas téléphoné avant de venir. En outre, l'hôtel se trouvait certainement entre son domicile et la fondation. Je commençais à ressentir les petits picotements de l'excitation dans ma poitrine. Warren était sur le point de changer de camp.

Il flottait dans le couloir une odeur d'humidité qui semblait identique à celle de tous les hôtels que j'avais fréquentés. J'ouvris la porte de la chambre avec ma carte magnétique et m'écartai pour le laisser entrer. Mon ordinateur était resté ouvert sur le minuscule bureau ; mon pardessus et l'unique cravate que j'avais emportée étaient jetés en travers du lit. À part ça, la chambre était en ordre. Warren lança son manteau sur le lit et nous nous installâmes sur les deux seules chaises.

— Alors, qu'est-ce qui vous amène ? lui demandai-je.

— J'ai effectué une recherche.

Il sortit de la poche arrière de son jean une feuille pliée en quatre.

— J'ai accès aux fichiers de l'ordinateur principal, reprit-il. Avant de m'en aller ce soir, j'ai cherché les dossiers des victimes qui travaillaient pour la Criminelle. Il n'y en a que treize. J'ai imprimé leurs noms, leurs lieux d'affectation et les dates de leur décès.

Il me tendit la feuille dépliée. Je la pris aussi délicatement que s'il s'agissait d'une feuille d'or.

— Merci. Votre recherche a-t-elle été enregistrée ?

— À vrai dire, je n'en sais rien. Mais je ne le

pense pas. Ce n'est pas un réseau à accès limité. J'ignore s'il existe des options de sécurité pour enregistrer les demandes.

— Merci, répétai-je.

Je ne savais pas quoi dire d'autre.

— Quoi qu'il en soit, c'était le plus facile, dit-il. Mais éplucher les protocoles aux archives, ça risque de prendre du temps… Je voulais savoir si vous aviez besoin d'aide. Vous savez sans doute mieux que moi quels sont les documents importants.

— Quand ?

— Ce soir. C'est maintenant ou jamais. Les archives sont fermées, mais j'ai les clés, car je suis parfois obligé d'aller repêcher des vieux trucs que nous réclament les médias. Si on n'y va pas ce soir, les dossiers risquent d'avoir disparu demain. J'ai l'impression que le FBI ne voudra pas qu'ils restent stockés ici, surtout en apprenant que vous les avez réclamés. Ils vont venir les embarquer demain à la première heure.

— C'est Ford qui vous l'a dit ?

— Non, pas exactement. Je l'ai su par Oline. Ford n'a pas contacté Backus, mais Rachel Walling. Il a dit qu'elle…

— Une minute. Rachel Walling, dites-vous ?

Ce nom ne m'était pas inconnu. Après un moment de réflexion, je me souvins : c'était la psychologue qui avait signé l'étude du VACP réclamée par Sean dans l'affaire Theresa Lofton.

— Oui, Rachel Walling. Une psy de chez eux. Pourquoi ?

— Pour rien. J'ai déjà rencontré ce nom.

— Elle travaille pour Backus. Elle sert plus ou moins d'intermédiaire entre le Bureau et la fondation pour l'étude sur les suicides. Enfin, bref, d'après Oline, Walling a dit à Ford qu'elle allait s'occuper de tout ça. Peut-être même voudra-t-elle vous interroger.

— Si je ne l'interroge pas le premier. (Je me levai.) Allons-y.

— Euh… juste une chose. (Il se leva à son tour.) Je n'ai rien fait, d'accord ? Vous utiliserez ces dossiers uniquement comme des outils pour votre enquête. Vous n'écrirez pas dans votre article que vous avez eu accès aux dossiers de la fondation. Et vous nierez avoir consulté un seul de ces dossiers. Je risque ma place. C'est d'accord ?

— Évidemment.

— Alors, dites-le.

— Je suis d'accord. Sur tous les points.

Nous nous dirigeâmes vers la porte.

— C'est drôle, dit-il. Pendant des années, j'ai utilisé des informateurs. Je n'ai jamais eu conscience des risques qu'ils couraient pour moi. Maintenant, je comprends. Et ça fout la trouille.

Je me contentai de le regarder en hochant la tête. Je craignais, si je disais quelque chose, qu'il change d'avis et rentre chez lui.

Sur le chemin de la fondation, à bord de sa voiture, il ajouta quelques règles de base à sa liste.

— Je ne dois pas être cité comme source dans votre article, OK ?

— OK.

— Tout renseignement venant de moi ne peut être attribué à un « membre de la fondation ». Uniquement une « source proche des milieux de l'enquête », c'est bien compris ? Dans le but de me protéger.

— Entendu.

— Vous cherchez des noms qui ont peut-être un rapport avec votre meurtrier. Si vous les trouvez, tant mieux, mais ensuite vous ne devrez pas dire comment vous les avez obtenus. C'est clair ?

— Oui, on s'est déjà mis d'accord là-dessus. Vous n'avez rien à craindre, Mike. Je ne dévoile pas mes sources. Jamais. J'utiliserai uniquement ces renseignements pour obtenir d'autres confirmations. Ce sera mon point de départ. Ne vous en faites pas.

Il retrouva son calme pendant un instant, avant que les doutes ne resurgissent dans son esprit.

— De toute façon, il saura que c'est moi.

— Arrêtons-nous dans ce cas. Je ne veux pas mettre en danger votre boulot. Tant pis, je m'adresserai au FBI.

Évidemment, je n'avais aucune envie d'en arriver là, mais je devais lui offrir cette possibilité. Je n'en étais pas encore au point où je pouvais convaincre un type de perdre son travail uniquement pour obtenir des renseignements pour un article. Je ne voulais pas avoir ce drame sur la conscience. Elle était déjà assez chargée.

— Si Walling prend l'affaire en main, vous pouvez tirer un trait sur le FBI.

— Vous la connaissez ? Elle est coriace ?

— Oh, que oui ! C'est une de ces femmes qui, sous le maquillage, sont dures comme le roc. Un jour, j'ai essayé de l'affronter. Elle m'a envoyé sur les roses. D'après ce que j'ai pu apprendre par Oline, elle a divorcé ou un truc comme ça il n'y a pas long-temps. Je suppose qu'elle est encore dans sa période « tous les hommes sont des salauds », et j'ai l'impression que ça risque de durer.

Je m'abstins de toute remarque. Warren devait prendre une décision et je ne pouvais pas l'aider.

— Ne vous en faites pas pour Ford, dit-il enfin. Il pensera sans doute que ça vient de moi, mais il ne pourra rien faire. Je nierai. Donc, tant que vous tien-drez votre parole, il n'aura que ses soupçons.

— Vous n'avez rien à craindre de mon côté.

Il trouva une place libre dans Constitution Ave-nue, non loin de la fondation. Nos souffles formaient d'épais nuages de buée quand nous descendîmes de voiture. Qu'il pense ou pas que son boulot était en danger, j'étais nerveux. À mon avis, nous l'étions l'un et l'autre.

Il n'y avait pas de gardien à duper. Aucun employé faisant des heures sup' et risquant de nous surprendre. Nous ouvrîmes la porte d'entrée avec la clé de Warren, et ce dernier nous conduisit directe-ment au bon endroit.

La salle des Archives était grande comme deux garages et les murs étaient couverts d'étagères métal-liques où se côtoyaient des dossiers beiges munis d'onglets de différentes couleurs.

— Comment va-t-on procéder ? murmurai-je.

Il sortit de sa poche la feuille pliée en quatre.

— Il y a toute une section réservée à l'étude sur les suicides. On cherche les noms qui nous intéressent, on emporte les dossiers dans mon bureau et on photocopie toutes les pages dont on a besoin. J'ai laissé la photocopieuse branchée en partant. Pas besoin de la faire chauffer. Et vous n'êtes pas non plus obligé de chuchoter. Nous sommes seuls.

Je constatai qu'il disait un peu trop « on », mais ne fis aucune remarque. Il me conduisit dans une des allées, en pointant le doigt ici et là, à mesure qu'il lisait les noms des programmes inscrits sur les étagères. Finalement, il trouva la section correspondant à l'étude sur les suicides. Tous les dossiers possédaient des onglets de couleur rouge.

— Les voici, dit Warren en tendant la main.

Bien que peu épais, les dossiers occupaient trois étagères. Oline Fredrick avait dit vrai : ils se comptaient par centaines. Chaque petit onglet rouge qui dépassait représentait un mort. Il y avait énormément de douleur sur ces étagères. Je n'avais plus qu'à espérer que certains d'entre eux n'étaient pas à leur place. Warren me tendit la feuille, et je parcourus la liste de treize noms.

— Dans tous ces dossiers, il n'y a que treize inspecteurs de la Criminelle ?

— Eh oui. L'étude a rassemblé des données concernant plus de mille six cents cas de suicide. Environ trois cents par an, en moyenne. Mais la plupart des victimes sont des flics en uniforme. Les gars de la Criminelle voient les cadavres eux aussi, mais je suppose que, pour eux, l'horreur est déjà passée quand ils arrivent sur place. Généralement, ce sont les meilleurs éléments, les plus intelligents, les plus solides aussi. Il semblerait qu'ils avalent moins souvent le canon de leur arme que les flics de la rue. En tout cas, je n'en ai trouvé que treize. Plus votre frère et Brooks à Chicago, évidemment, mais je me suis dit que vous n'aviez pas besoin des dossiers.

Je me contentai de hocher la tête.

— Ils doivent être classés par ordre alphabétique, reprit-il. Lisez-moi les noms de la liste, je sortirai les dossiers. Et donnez-moi votre calepin.

Moins de cinq minutes furent nécessaires pour sortir les dossiers. Chaque fois, Warren arrachait une feuille vierge de mon carnet afin de marquer les emplacements sur les étagères, et pouvoir ainsi remettre en place les dossiers plus rapidement une fois que nous aurions terminé. C'était du travail intensif. Même s'il ne s'agissait pas d'un rendez-vous avec «Gorge profonde» dans un parking souterrain pour participer à la chute d'un président, je sentais monter l'adrénaline.

D'ailleurs, les mêmes règles s'appliquaient. Un informateur, quels que soient ses tuyaux, a toujours une bonne raison de prendre des risques. Or, en observant Warren, je ne parvenais pas à deviner ses véritables motivations. Certes, le sujet en valait la peine, mais ce n'était pas son article. L'aide qu'il m'apportait ne lui rapporterait rien, à part la satisfaction de m'avoir aidé. Était-ce suffisant? Je l'ignorais, mais alors même que nous établissions ce lien sacré qui lie le journaliste et son informateur, je songeai qu'il me fallait tenir Warren à distance. Tant que je ne connaîtrais pas ses véritables motivations.

Les dossiers à la main, nous empruntâmes rapidement deux longs couloirs, pour finalement atteindre le bureau 303. Soudain, Warren s'immobilisa, et je faillis lui rentrer dedans. La porte de son bureau était entrouverte de quelques centimètres. Il me la désigna, en secouant la tête, pour me faire comprendre qu'il ne l'avait pas laissée ainsi en partant. Je répondis par un haussement d'épaules, pour lui indiquer que c'était à lui de prendre une décision. Il approcha son oreille de l'interstice. J'entendis un bruit moi aussi. On aurait dit un froissement de feuille, suivi d'un bruissement. Un doigt glacé glissa dans ma nuque. Warren se retourna vers moi, l'air interrogateur, lorsque soudain la porte du bureau s'ouvrit en grand.

Il y eut une réaction en chaîne. Warren sursauta, je sursautai à mon tour, imité par le petit Asiatique qui venait d'apparaître dans l'encadrement de la porte, un chiffon à poussière dans une main, un sac-poubelle dans l'autre. Il nous fallut à tous les trois un instant pour reprendre notre souffle.

— Pardon, monsieur, dit l'Asiatique. Je faisais ménage dans bureau.

— Oui, oui, bien sûr, répondit Warren avec un sourire. C'est très bien. Pas de problème.

— Vous avez oublié éteindre photocopieuse.

Sur ce, il s'éloigna dans le couloir avec son matériel et se servit d'une clé attachée à sa ceinture par une chaîne pour pénétrer dans le bureau suivant. Je me tournai vers Warren en souriant.

— Vous avez raison, vous n'êtes pas «Gorge profonde».

— Et vous, vous n'êtes pas Robert Redford. Allons-y.

Après m'avoir demandé de fermer la porte, il rebrancha la mini photocopieuse et fit le tour de son bureau avec les dossiers. Je m'assis dans le même fauteuil que précédemment.

— OK, dit-il. Commençons par éplucher tout ça. Il y a certainement une sorte de résumé au début. On devrait y trouver les lettres, ou tout autre détail important. Si vous pensez que ça correspond, vous faites une photocopie.

Nous commençâmes notre examen. Malgré ma sympathie pour Warren, l'idée de le laisser décider si la moitié de ces cas correspondaient ou pas à ma théorie ne me plaisait pas. Je voulais tout voir.

— N'oubliez pas, lui dis-je. Nous cherchons un message un peu alambiqué, qui pourrait ressembler à un poème, à une phrase de roman ou je ne sais quoi.

Il referma le dossier qu'il était en train de parcourir et le jeta sur la pile.

— Qu'y a-t-il? lui demandai-je.

— Vous ne me faites pas confiance.

— La question n'est pas là. Simplement... je veux m'assurer que nous sommes bien sur la même longueur d'ondes, voilà tout.

— Écoutez, c'est idiot. Nous allons tout photocopier et foutre le camp d'ici. Vous ferez le tri tranquillement à votre hôtel. Ce sera plus rapide, moins risqué. Vous n'aurez pas besoin de moi.

Évidemment, pensai-je. Nous aurions dû procéder de cette façon dès le début. Durant le quart d'heure suivant, Warren fit fonctionner la photocopieuse pendant que je sortais les feuilles des dossiers et les rangeais une fois copiées. La machine était lente, mal adaptée à un usage aussi intensif.

Quand enfin nous eûmes terminé, Warren l'éteignit et me demanda de l'attendre dans son bureau.

— J'avais oublié le personnel de nettoyage. Il vaut mieux que je rapporte les dossiers tout seul, et je reviens vous chercher.

— OK.

Après son départ, je commençai à parcourir les photocopies des dossiers, mais ma nervosité m'empêcha de me concentrer. Je brûlais d'envie de me précipiter vers la sortie avec mes documents sous le bras et de foutre le camp avant de me faire repérer. Je regardai autour de moi pour essayer de tuer le temps. Je pris la photo représentant la famille de Warren. Une jolie épouse, toute menue, et deux enfants, un garçon et une fille. Tous les deux d'âge préscolaire. La porte du bureau s'ouvrit, alors que je tenais encore le cadre. C'était Warren et j'éprouvai un sentiment de gêne. Il sembla ne rien remarquer.

— C'est bon, on peut y aller.

Comme deux espions, nous ressortîmes furtivement, protégés par l'obscurité.

Warren demeura silencieux durant presque tout le trajet jusqu'à l'hôtel. Sans doute, songeais-je, parce que son rôle était maintenant terminé, et il le savait. Le journaliste, c'était moi. Lui n'était que l'informateur. C'était *mon* article. Je devinais sa jalousie, son désir. Par rapport à l'article. À ce métier. À ce qu'il avait été autrefois.

— Pourquoi avez-vous laissé tomber ? lui demandai-je. En réalité ?

Cette fois, il abandonna les faux-semblants.

— À cause de ma femme, de ma famille. Je n'étais jamais chez moi. Les coups de bourre en permanence. Il fallait que je couvre toutes les affaires. Finalement, j'ai été obligé de faire un choix. Certains jours, je me dis que j'ai fait le bon. D'autres, je pense le contraire. Comme aujourd'hui. C'est une sacrée histoire, Jack.

À mon tour je restai muet un instant. Warren pénétra dans l'allée principale de l'hôtel et fit le tour du rond-point pour s'arrêter devant les portes. À travers le pare-brise, il désigna un emplacement à droite de l'entrée.

— Vous voyez ce coin là-bas ? C'est là que Reagan s'est fait tirer dessus. J'étais présent. Je me trouvais à deux mètres de Hinckley, pendant qu'on attendait. Il m'a même demandé l'heure, nom de Dieu ! J'étais presque le seul journaliste. À l'époque, ils ne se donnaient même plus la peine de couvrir ses déplacements. Mais après, c'était différent.

— Ouah.

— C'est ce qu'on appelle un grand moment.

Je le regardai et hochai la tête avec gravité, puis nous éclatâmes de rire tous les deux. Nous connaissions le secret. C'était un grand moment uniquement dans l'univers d'un journaliste. Nous savions qu'il n'y avait sans doute rien de mieux, pour un journaliste, que d'assister à la tentative d'assassinat d'un président, sauf à assister à un assassinat réussi. Du moment qu'on ne reçoit pas une balle perdue…

Je descendis de voiture et me penchai à l'intérieur avant de refermer la portière.

— Vous avez dévoilé votre véritable personnalité, mon vieux.

Il sourit.

— Possible.

16

Les treize dossiers étaient minces. Chacun d'eux contenait le questionnaire de cinq pages fourni par le FBI et la fondation, accompagné généralement de quelques notes annexes ou de témoignages de collègues du défunt soulignant le stress de cette profession.

La plupart des histoires se ressemblaient. Tension professionnelle, alcool, problèmes conjugaux, dépression. La formule de base du blues du policier. Mais l'ingrédient principal était toujours la dépression. Dans quasiment tous les dossiers, il était indiqué que la dépression, sous une forme ou sous une autre, s'attaquait à la victime au cœur même de son travail. Néanmoins, seuls quelques-uns précisaient que les victimes étaient affectées par une affaire bien spécifique, résolue ou pas, sur laquelle on leur avait demandé d'enquêter.

Je lus en diagonale les conclusions de chacun des protocoles et pus ainsi éliminer rapidement plusieurs cas en fonction de divers facteurs, qu'il s'agisse d'un suicide commis devant témoins ou bien dans des circonstances interdisant toute mise en scène.

Pour les huit cas retenus, le choix devenait plus difficile, car tous semblaient correspondre au schéma, d'après les résumés du moins. Dans chacun d'eux il était fait allusion à des enquêtes spécifiques ayant profondément affecté les victimes. Or, je n'avais pour tout critère de sélection que le fardeau d'une affaire non résolue et des citations de Poe. Je devais donc m'en tenir à ces deux seuls éléments pour juger lesquels de ces huit cas restants pouvaient s'inscrire dans une série de faux suicides.

Ayant établi mon propre protocole, je fus conduit à éliminer deux autres cas en découvrant dans le dossier des allusions aux lettres d'explications. Dans ces deux cas, le suicidé avait adressé un mot à une personne bien précise, une mère dans le premier cas, une épouse dans le second, implorant le pardon et la compréhension. Ces deux lettres ne contenaient rien qui ressemblât à des vers, ni même à de la littérature. Je rayai ces deux cas, j'en avais encore six.

En consultant attentivement un des dossiers restants, je tombai sur le mot laissé par le défunt – une seule ligne, en fait, comme celles écrites par mon frère et par Brooks – dans une partie annexe contenant le rapport des enquêteurs. En lisant ces mots, je fus parcouru d'une décharge électrique. Je les avais reconnus.

« Je suis hanté par des anges malins. »

Rapidement, j'ouvris mon carnet à la page où j'avais recopié la strophe tirée du poème «Dream-Land», que Laurie Prine m'avait lu, sur le CD-ROM.

> Par un obscur et solitaire chemin,
> Hanté par les seuls anges malins,
> Là où un Eidolon nommé NUIT,
> Sur un trône noir règne droit comme un i
> J'ai récemment sur cette terre débarqué,
> Venu de la plus lointaine et sombre Thulé…
> Venu d'une région étrange et sauvage qui,
> [sublime, s'étend,
> hors de l'espace – hors du temps.

Bingo. Mon frère et Morris Kotite, un inspecteur d'Albuquerque, qui s'était prétendument suicidé en se tirant une balle dans la poitrine et une autre dans la tempe, avaient l'un et l'autre laissé un mot qui citait la même strophe du même poème. Ce n'était pas un hasard.

Mais ces sentiments de revanche et d'excitation firent aussitôt place à une fureur profonde et grandissante. J'étais furieux de ce qui était arrivé à mon frère et à ces hommes. J'étais furieux contre tous les flics encore vivants qui n'avaient pas vu la vérité plus tôt et, en un éclair, je repensai aux paroles de Wexler après que je l'avais convaincu du meurtre de mon frère. Un putain de journaliste, avait-il dit. Je partageais sa colère maintenant. Mais surtout, constatai-je, ma colère était dirigée contre celui qui avait fait ça, et le peu de choses que je savais sur lui. Pour reprendre ses propres termes, le meurtrier était un Eidolon. Je pourchassais un fantôme.

Il me fallut une heure pour éplucher les cinq dossiers restants. Je pris des notes sur trois des victimes et rejetai les deux autres. L'une des deux fut écartée lorsque je découvris qu'elle était morte le jour même où John Brooks se faisait tuer à Chicago. Il me semblait peu probable, compte tenu de la préparation que nécessitait chaque meurtre, qu'il puisse s'en produire deux dans la même journée.

Je rejetai le deuxième cas, les causes du suicide ayant été attribuées, entre autres, au désespoir provoqué par l'enlèvement et le meurtre abominable d'une jeune fille de Long Island dans l'État de New York. Bien que la victime n'ait pas laissé de mot, ce suicide semblait correspondre initialement à mes critères de sélection et nécessiter un examen plus approfondi, mais en lisant le rapport jusqu'au bout, j'appris que l'inspecteur en question avait réussi à arrêter un suspect dans cette affaire d'enlèvement et de meurtre. Cela ne correspondait pas au schéma et, bien sûr, ne cadrait pas avec la théorie formulée par Larry Washington à Chicago, théorie selon laquelle la même personne tuait d'abord la première victime avant d'assassiner l'inspecteur chargé de l'enquête.

Les trois derniers dossiers à avoir retenu mon intérêt – outre celui de l'inspecteur Kotite – concernaient un dénommé Garland Petry, un flic de Dallas qui s'était tiré une balle dans la poitrine, puis une autre en pleine tête. Il avait laissé un mot disant :

«Hélas, je sens que je suis dépouillé de mes forces. »
Je ne connaissais pas ce Petry, évidemment. Mais je
n'avais jamais entendu un flic employer l'expression
«dépouillé de mes forces». Ce message qu'il était
censé avoir écrit de sa main avait quelque chose de
littéraire. Je ne l'imaginais pas jaillissant du cerveau
d'un flic suicidaire.

Dans le deuxième cas retenu, il s'agissait également d'une unique phrase. Clifford Beltran, inspecteur du bureau du shérif du comté de Sarasota
en Floride, s'était, paraît-il, suicidé trois ans plus tôt
– c'était le cas le plus ancien –, en laissant le mot
suivant : «Que Dieu protège mon âme misérable. »
Là encore, ces mots sonnaient étrangement, me
semblait-il, dans la bouche d'un flic, quel qu'il fût.
Certes, ce n'était qu'un pressentiment, mais je décidai d'inclure Beltran dans ma liste.

Enfin, le troisième cas retenu, bien qu'il ne soit fait
aucune allusion à une lettre dans le dossier, était celui
de John P. McCafferty, inspecteur de la brigade criminelle de Baltimore. J'inscrivis McCafferty sur la
liste à cause de l'étrange ressemblance entre sa mort
et celle de John Brooks. McCafferty avait prétendument tiré une première balle dans le sol de son appartement avant de se tirer la seconde, fatale celle-ci,
dans la gorge. J'entendais encore Lawrence Washington m'expliquer que c'était une ruse destinée à laisser
des traces de poudre sur les mains de la victime.

Quatre noms en tout. Après avoir relu les notes
que j'avais prises, je sortis de mon sac de voyage le
livre d'Edgar Poe que j'avais acheté à Boulder.

C'était un épais volume contenant tout ce que Poe était censé avoir écrit. En consultant la table des matières, je constatai que soixante-seize pages étaient consacrées à sa poésie. La nuit promettait d'être longue. Je commandai un pot de café à la réception, sans oublier un tube d'aspirine pour la migraine que ne manquerait pas de provoquer l'abus de caféine. Et je commençai à lire.

Je n'ai jamais eu peur de la solitude ou du noir. Je vis seul depuis dix ans ; j'ai même campé en solitaire dans des parcs nationaux et inspecté des immeubles calcinés et abandonnés pour écrire mes articles. J'ai attendu des heures dans des voitures sombres, dans des rues encore plus sombres, pour piéger des hommes politiques ou des truands, ou bien rencontrer des informateurs timides. Si les truands m'inspiraient de la peur, le fait de me retrouver seul dans l'obscurité ne m'avait jamais effrayé. Mais je dois avouer que les vers de Poe, ce soir-là, me remplirent d'effroi. Peut-être était-ce parce que je me trouvais seul dans une chambre d'hôtel, dans une ville que je ne connaissais pas. Peut-être était-ce parce que j'étais entouré de documents parlant de morts et de meurtres, ou parce que je sentais la présence proche de mon frère défunt. Ou peut-être était-ce simplement le fait de savoir de quelle manière étaient utilisés ces mots que je lisais. Toujours est-il que j'étais habité par un sentiment de peur tenace, qui refusait de disparaître, même lorsque je branchai la télévision pour entendre le bourdonnement rassurant d'un bruit de fond.

Allongé sur le lit, bien calé contre les oreillers, j'avais allumé toutes les lumières pour lire. Cela ne m'empêcha pas de sursauter quand un éclat de rire strident résonna soudain au bout du couloir. À peine m'étais-je renfoncé dans le cocon confortable creusé par le poids de mon corps dans les oreillers pour finir de lire un poème intitulé « Une énigme », que le téléphone retentit, me faisant sursauter encore une fois avec sa double sonnerie, si différente du son de mon téléphone à la maison. À minuit passé, j'en conclus que c'était Greg Glenn qui m'appelait de Denver où il était deux heures de moins.

Mais au moment de décrocher, je pris conscience de mon erreur. Glenn ignorait dans quel hôtel j'étais descendu.

Au bout du fil résonna la voix de Michael Warren.

— Je me doutais que vous ne dormiez pas. J'appelais juste pour savoir si vous aviez trouvé quelque chose.

Une fois de plus, j'éprouvai une sorte de gêne face à son implication dans cette histoire, toutes ses questions. Il avait un comportement différent de tous les autres informateurs qui m'avaient fourni des renseignements en douce. Mais je ne pouvais pas l'envoyer balader, compte tenu des risques qu'il avait pris.

— Je suis en train de tout éplucher, dis-je. Pour l'instant, je lis les poèmes d'Edgar Poe. Et je me fais des frayeurs.

Il émit un petit ricanement poli.

— Mais concrètement, ça donne quoi… pour les suicides ?

Soudain, je pensai à une chose.

— D'où m'appelez-vous ?

— De chez moi. Pourquoi ?

— Vous ne m'avez pas dit que vous habitiez dans le Maryland ?

— Si. Et alors ?

— C'est donc un appel interurbain ? Il va figurer sur votre facture. On saura que vous m'avez appelé à mon hôtel, mon vieux. Vous n'avez pas pensé à ça ?

Je ne pouvais croire à une telle négligence de sa part, surtout à la lumière de ses propres mises en garde concernant le FBI et l'agent Walling.

— Oh, merde, je... en fait, je crois que je m'en fous. Personne ne s'intéressera à mes factures de téléphone. Ce n'est pas comme si j'avais transmis des secrets d'État, bon sang !

— Je ne sais pas. Vous les connaissez mieux que moi.

— Laissez tomber. Alors, qu'avez-vous découvert ?

— Je vous l'ai dit, je continue à chercher. J'ai noté quelques noms qui pourraient se révéler intéressants.

— Ah, tant mieux. Je suis content de savoir que les risques étaient justifiés.

Je hochai la tête, avant de m'apercevoir qu'il ne pouvait pas me voir.

— Ouais... merci encore une fois. Bon, il faut que je m'y remette. Je commence à m'endormir et je voudrais terminer ce soir.

— Je vous laisse travailler. Si vous avez le temps

demain, essayez de me passer un coup de fil pour me tenir au courant.

— Je ne suis pas sûr que ce soit une bonne idée, Michael. Je crois qu'il vaut mieux rester discrets.

— C'est vous qui voyez. D'ailleurs, j'aurai bientôt l'occasion de lire tout ça dans le journal, je suppose. Vous avez des délais ?

— Non. Je n'ai pas encore abordé la question.

— Sympa, votre rédac' chef. Bon, je vous laisse. Bonne chasse.

Rapidement, je replongeai dans l'étreinte des mots du poète. Mort cent cinquante ans plus tôt, il sortait les bras de sa tombe pour s'emparer de moi. Poe était un maître de l'atmosphère et du rythme. L'atmosphère était lugubre, le tempo souvent frénétique. Je me surpris à identifier ces mots et ces phrases avec ma propre vie. « Seul je vivais/Dans un monde qui gémissait », avait-il écrit. « Et mon âme était un courant stagnant. » Paroles cinglantes qui semblaient, à cet instant du moins, me correspondre.

Poursuivant ma lecture, je me sentis bientôt saisi par l'étau empathique de la mélancolie du poète en lisant les strophes du « Lac ».

> Mais quand la Nuit eut jeté son voile
> Sur ce lieu, comme sur nous tous,
> Quand s'éloigna le vent mystique
> Et son murmure mélodique…
> Alors… ah, alors je m'éveillai
> dans la terreur du lac solitaire.

Poe avait su restituer mes propres terreurs et souvenirs intermittents. Mon cauchemar. Il avait franchi un siècle et demi pour poser son doigt glacé sur ma poitrine.

La mort se cachait dans cette vague empoisonnée
Et son abîme offrait une tombe appropriée.

J'achevai la lecture du dernier poème à 3 heures du matin. Je n'avais trouvé qu'une seule corrélation nouvelle entre ces poèmes et les mots laissés par les victimes. La phrase attribuée à l'inspecteur de la police de Dallas, Garland Petry – « Hélas, je sens que je suis dépouillé de mes forces » – provenait d'un poème intitulé « Pour Annie ».

En revanche, je ne trouvai aucune correspondance entre les derniers mots attribués à l'inspecteur Beltran de la police de Sarasota et un quelconque poème écrit par Edgar Allan Poe. Je me demandai si, la fatigue aidant, le passage en question ne m'avait pas échappé, mais j'étais persuadé d'avoir lu avec attention, malgré l'heure tardive. Cette phrase n'était pas tirée de cet ouvrage, voilà tout. « Que Dieu protège mon âme misérable. » Telle était la phrase. Sans doute l'ultime et sincère prière d'un homme qui va se suicider, pensais-je maintenant. Et je rayai Beltran de ma liste, persuadé qu'il était l'auteur de ces paroles de souffrance.

Je relus encore une fois mes notes, en luttant

contre le sommeil, et conclus que le cas McCafferty à Baltimore et le cas Brooks à Chicago offraient des similitudes qu'on ne pouvait ignorer. Et je savais ce qu'il me restait à faire le lendemain. J'irais à Baltimore pour essayer d'en apprendre plus.

Cette nuit-là mon rêve réapparut. Le seul cauchemar récurrent de mon existence. Comme toujours, je rêvais que je marchais sur un immense lac gelé. La glace était bleue, presque noire, sous mes pieds. De tous côtés j'étais au milieu de nulle part, tous les horizons formant une étendue blanche aveuglante et brûlante. Baissant la tête, je continuais d'avancer. J'hésitais en entendant une voix de fille, un appel au secours. Je regardais autour de moi, mais il n'y avait personne. Je pivotais sur mes talons et repartais. Un pas. Deux… Et soudain, la main jaillissait à travers la glace pour me saisir. Elle m'attirait vers le trou qui s'élargissait. M'attirait-elle vers le fond ou essayait-elle de sortir ? Je ne le sais jamais. J'ai fait ce rêve d'innombrables fois, et je ne le sais jamais.

Je ne voyais que la main et le bras fluet sortant de l'eau noire. Je savais que cette main représentait la mort. Je me réveillai.

Les lumières et la télévision étaient toujours allumées. Je me redressai et regardai autour de moi sans comprendre d'abord, puis me rappelant où j'étais, et pourquoi. J'attendis que les frissons soient passés pour me lever. J'éteignis la télévision et me dirigeai vers le minibar, brisai le scellé et ouvris la porte. Je choisis une petite bouteille d'Amaretto que je vidai sans prendre de verre. Je la notai sur la petite liste des consommations. Six dollars. J'étudiai la liste et les prix exorbitants, juste pour m'occuper l'esprit.

Au bout d'un moment, je sentis que l'alcool commençait à me réchauffer. Assis sur mon lit, je jetai un coup d'œil au réveil. 4 heures 45. Il fallait que je me recouche. J'avais besoin de dormir. Je me glissai sous les draps et repris le livre posé sur la table de chevet. Je relus «Le lac». Mes yeux ne pouvaient se détacher de ces deux lignes.

> La mort se cachait dans cette vague empoi-
> [sonnée
> Et son abîme offrait une tombe appropriée.

Finalement, l'épuisement eut raison de mes pensées confuses. Je reposai le livre et replongeai dans le cocon de mon lit. Et je dormis d'un sommeil de mort.

17

L'instinct de Gladden lui ordonnait de ne pas rester dans cette ville, mais il ne pouvait pas partir – pas maintenant. Il avait des choses à faire. Le transfert de fonds arriverait à la succursale de la Wells Fargo dans quelques heures, et il devait s'acheter un nouvel appareil photo. C'était une priorité dont il ne pourrait s'acquitter s'il reprenait la route pour fuir, direction Fresno ou ailleurs. Il était obligé de rester à L. A.

Levant les yeux vers le miroir fixé à la tête du lit, il examina son visage. Il avait des cheveux noirs maintenant. Il ne s'était pas rasé depuis mercredi et déjà sa barbe était fournie. Il prit ses lunettes sur la table de chevet et les chaussa. Il avait jeté ses lentilles colorées dans la poubelle du « In N Out » où il avait dîné la veille au soir. Il se regarda de nouveau dans le miroir et sourit à sa nouvelle image. Celle d'un homme neuf.

Il jeta un coup d'œil à la télé. Sur l'écran, une femme pratiquait une fellation pendant qu'un autre homme la possédait dans la position que choisissent instinctivement les chiens. Le son était coupé, mais il devinait sans peine ce qu'il entendrait s'il montait le volume. La télévision était restée allumée toute la nuit. Les films porno inclus dans le prix de la chambre ne parvenaient pas à l'exciter, car les acteurs étaient beaucoup trop vieux et avaient tous l'air de s'ennuyer terriblement. Ils étaient écœurants. Malgré tout, il laissa la télé allumée. Cela l'aidait à se souvenir que tout le monde éprouvait des désirs malsains.

Reprenant son livre, il relut une fois de plus le poème d'Edgar Allan Poe. Il le connaissait par cœur après tant d'années, tant de lectures. Mais il aimait voir les mots imprimés sur la page blanche, et tenir le livre entre ses mains. D'une certaine façon, il trouvait ça réconfortant.

> Dans des visions de la nuit noire
> J'ai rêvé de la joie envolée…
> Mais un songe éveillé de lumière et d'espoir
> M'a laissé le cœur brisé.

Il se redressa sur le lit et reposa son livre en entendant soudain une voiture s'arrêter devant sa chambre. Il gagna la fenêtre et regarda le parking du motel à travers la fente des rideaux. Le soleil l'aveugla. Ce n'étaient que de nouveaux arrivants. Un homme et une femme qui avaient l'air éméché, et pourtant il n'était même pas midi.

Il se dit qu'il était temps de sortir. Avant toute chose, se procurer le journal pour savoir si un article parlait d'Evangeline. De lui. Ensuite, se rendre à la banque. Puis trouver un appareil photo. Et peut-être qu'après cela, s'il avait le temps, il se mettrait en chasse.

Il savait que plus il restait caché dans sa chambre, moins il courait le risque d'être repéré. Mais il était certain d'avoir bien couvert ses traces. Il avait changé deux fois de motel depuis son départ du Hollywood Star. La première chambre, à Culver City, ne lui avait servi qu'à se teindre les cheveux. Après quoi, il avait tout nettoyé, à fond, et était reparti. Il avait poursuivi son chemin, jusque dans la Vallée, et pris une chambre dans ce taudis, le Bon Soir Motel dans Ventura Boulevard, à Studio City. Quarante dollars la nuit, avec trois chaînes de télé pour adultes pour le même prix.

Il s'était inscrit sous le nom de Richard Kidwell. Le nom qui figurait sur sa dernière pièce d'identité. Il lui faudrait se brancher sur le réseau pour s'en procurer de nouvelles. Mais cela l'obligeait à établir une boîte aux lettres pour les recevoir, songea-t-il. Une raison de plus de rester à L. A. Pour le moment du moins. Il ajouta la boîte aux lettres à la liste des choses à faire.

En enfilant son pantalon, il jeta un autre coup d'œil à la télévision. Une femme munie d'un gode-michet en caoutchouc attaché autour de ses reins à l'aide de sangles était en train de pénétrer une autre femme. Gladden laça ses chaussures, éteignit la télé et sortit de sa chambre.

Il eut un mouvement de recul en voyant le soleil.

À grands pas il traversa le parking jusqu'au bureau du motel. Il portait un T-shirt blanc avec un dessin de Pluto. Son personnage de dessin animé préféré. Par le passé, ce T-shirt l'avait aidé à apaiser les craintes des enfants. Apparemment, ça marchait à tous les coups.

Derrière la vitre du bureau était assise une femme à l'aspect négligé, avec un tatouage à l'endroit où se trouvait autrefois le renflement de son sein gauche. Aujourd'hui la peau pendait, et le tatouage était si vieux, si déformé, qu'il ressemblait davantage à un bleu. La femme portait une énorme perruque blonde, un rouge à lèvres rose vif et sur les joues une couche de maquillage assez épaisse pour givrer un gâteau, ou ressembler à un télévangéliste. C'était elle qui lui avait donné sa chambre la veille. Il déposa un billet d'un dollar dans l'ouverture du guichet et réclama en échange trois pièces de vingt-cinq cents, deux dimes et un nickel. Il ignorait combien coûtaient les journaux à Los Angeles. Dans d'autres villes, les prix variaient entre vingt-cinq et cinquante cents.

— Désolé, mon gars, j'ai pas de monnaie, répondit-elle du ton de quelqu'un qui mendie une autre cigarette.

— Ah, merde, grogna Gladden.

Il secoua la tête avec colère. Décidément, on ne trouvait plus de gens serviables sur cette terre.

— Et dans votre porte-monnaie ? demanda-t-il. J'ai pas envie d'aller jusqu'au bout de cette putain de rue pour acheter le journal.

— Je vais regarder. Mais restez poli. Z'êtes pas obligé de jouer les grincheux.

Il la regarda se lever. Elle portait une petite jupe noire moulante qui dévoilait de manière gênante un réseau de veines variqueuses derrière les cuisses. Gladden s'aperçut qu'il n'aurait pu lui donner d'âge : la trentaine fatiguée, ou bien plus de quarante-cinq. Quand elle se pencha pour prendre son sac rangé dans le tiroir inférieur d'un classeur, il aurait parié qu'elle faisait exprès de le laisser se rincer l'œil. Elle revint avec son sac et fouilla à l'intérieur pour trouver de la monnaie. Pendant que le gros sac noir lui avalait la main comme un animal, elle l'observa à travers la vitre, comme pour le jauger.

— Vous avez vu quelque chose qui vous plaît ? demanda-t-elle.

— Non, répondit Gladden. Alors, vous avez la monnaie ?

Elle arracha sa main à la gueule du sac et compta la monnaie dans sa paume.

— Pas la peine d'être grossier. D'ailleurs, j'ai que 71 cents.

— Ça ira.

Il fit glisser le billet d'un dollar dans l'ouverture.

— Z'êtes sûr ? Y a six pennies.

— Oui, ça ira. Tenez, votre argent.

La femme déposa les pièces dans l'ouverture, et Gladden eut le plus grand mal à s'en emparer, car ses ongles étaient tout rongés.

— Z'êtes dans la chambre 6, hein ? dit-elle en consultant le registre. Une chambre simple. Z'êtes toujours seul ?

— Hé, c'est le jeu des questions ou quoi ?

— Je me renseigne. Qu'est-ce que vous foutez seul dans cette chambre, hein ? J'espère que vous vous branlez pas sur le couvre-lit.

Elle lui adressa un petit sourire suffisant. Elle s'était vengée. Gladden sentit monter, puis éclater sa colère. Il savait qu'il aurait dû garder son calme, ne pas se faire remarquer, mais il ne put se retenir.

— Qui est le plus grossier des deux, hein ? Vous savez ce que je pense ? Vous me donnez envie de gerber ! Avec toutes vos veines sur le cul vous ressemblez à une carte routière conduisant en enfer, ma vieille !

— Hé ! Faites gaffe, sinon…

— Sinon quoi ? Vous allez me foutre dehors ?

— Faites gaffe à ce que vous dites.

Gladden ramassa la dernière pièce, pivota sur ses talons et s'éloigna sans rien ajouter. Sortant dans la rue, il se dirigea vers le distributeur de journaux pour acheter l'édition du matin.

De retour dans les confins obscurs de sa chambre, à l'abri, il feuilleta le journal à la recherche du cahier des infos locales. C'est là qu'il trouverait l'article. Il parcourut rapidement les huit pages de la section, sans apercevoir le moindre article consacré au meurtre du motel. Déçu, il pensa que la mort d'une femme de chambre noire ne méritait pas de figurer dans les journaux de L. A.

Il jeta le quotidien sur le lit. Mais lorsque celui-ci retomba, l'attention de Gladden fut soudain attirée par une photo en première page du cahier. Elle représentait un jeune garçon sur un toboggan. Il reprit le journal pour lire la légende qui accompagnait la photo. On y apprenait que les balançoires et autres jeux pour enfants avaient enfin repris leur place dans le parc MacArthur après que les travaux de construction d'une station de métro avaient entraîné pendant une longue période la fermeture d'une grande partie du parc.

Gladden observa la photo. Le garçon sur le toboggan se nommait Miguel Arax et avait sept ans. Gladden ne connaissait pas le quartier où était situé ce parc, mais la présence d'une station de métro indiquait certainement la présence d'une population aux revenus faibles. Autrement dit, la plupart des enfants seraient pauvres, avec des peaux mates comme le garçon sur la photo. Il décida de se rendre sur place ultérieurement, après avoir accompli toutes ses tâches et trouvé un logement. C'était toujours plus facile avec les pauvres. Ils avaient tellement de besoins et de désirs.

Un logement. Oui, voilà quelle était sa véritable priorité. Il ne pouvait pas rester dans ce motel, ni dans un autre, même s'il avait pris soin de brouiller ses traces. Il y avait trop de risques. L'enjeu augmentait sans cesse, et ils n'allaient pas tarder à le rechercher. C'était un sentiment basé uniquement sur l'instinct et rien d'autre. Ils allaient bientôt le rechercher, et il devait trouver un endroit sûr.

Il reposa le journal et décrocha le téléphone. Il reconnut sans peine la voix éraillée par le tabac qui lui répondit après qu'il eut composé le 0.

— Euh, c'est... Richard... la chambre 6. Je voulais juste vous dire que j'étais désolé pour ce qui s'est passé tout à l'heure. J'ai été grossier et je m'en excuse.

Comme elle ne disait rien, il enchaîna :

— En tout cas, vous aviez raison : je commence à me sentir seul dans cette chambre et je voulais savoir si la proposition que vous m'avez faite tenait toujours.

— Quelle proposition ?

Elle avait décidé de ne pas lui faciliter les choses.

— Vous savez bien, vous m'avez demandé si j'avais vu un truc qui me plaisait. En fait… oui.

— Franchement, je ne sais pas… Vous étiez vachement agressif tout à l'heure. J'aime pas ça. Qu'est-ce que vous avez en tête, hein ?

— Je n'en sais rien. En tout cas, j'ai une centaine de dollars dans ma poche pour être sûr de passer du bon temps.

Elle ne répondit pas immédiatement.

— Je quitte ce trou à rats à quatre heures. Et ensuite, j'ai tout mon week-end. Je peux passer vous voir.

Gladden sourit, mais il masqua la satisfaction dans sa voix.

— Je suis impatient.

— Je m'excuse, moi aussi. D'avoir été grossière, et pour tout ce que j'ai dit.

— Ravi de l'entendre. Alors, à tout de suite… Oh, attendez !

— Quoi, mon chou ?

— C'est comment votre nom ?

— Darlene.

— Eh bien, Darlene, vivement quatre heures.

Elle gloussa et raccrocha. Gladden, lui, ne riait pas.

18

Le lendemain matin, je dus attendre jusqu'à dix heures que Laurie Prine arrive à son bureau à Denver. J'avais hâte de me mettre au travail, mais elle commençait tout juste sa journée et je dus subir d'abord les banalités d'usage et les questions pour savoir où j'étais et ce que je faisais, avant d'en arriver au fait.

— Quand tu as interrogé l'ordinateur au sujet des suicides de policiers, est-ce que le *Baltimore Sun* faisait partie du lot ?

— Oui.

Je m'en doutais, mais il fallait que j'en aie le cœur net. Je savais également que les recherches informatiques n'étaient pas infaillibles.

— OK. Est-ce que tu pourrais faire une recherche sur le *Sun* en utilisant juste le nom de John McCafferty ?

Je lui épelai le nom.

— Ça peut se faire. Sur quelle période ?

— Je ne sais pas… sur les cinq dernières années, disons.

— Tu en as besoin pour quand ?

— Hier soir.

— Ça signifie, je suppose, que tu restes en ligne ?

— Exact.

Je l'entendis pianoter sur son clavier afin de lancer la recherche. Pour patienter, je posai le livre de Poe sur mes genoux et relus quelques poèmes. Maintenant que la lumière du jour filtrait à travers les rideaux, les mots n'exerçaient plus sur moi la même emprise que la nuit précédente.

— OK, je... Ouah ! J'ai un tas de réponses. Vingt-huit au total. Tu cherches quelque chose de particulier, Jack ?

— Euh, non. Quel est l'article le plus récent ?

Je savais qu'elle pouvait passer en revue toutes les réponses en faisant apparaître uniquement les gros titres sur son écran.

— Bon, voici le dernier : « Un inspecteur de police renvoyé pour complicité dans la mort de son ancien équipier ».

— Bizarre, commentai-je. Cette histoire aurait dû apparaître dans la première recherche que tu as effectuée. Tu peux me lire un bout de l'article ?

Elle frappa quelques touches sur son clavier, puis attendit, je suppose, que l'article s'affiche sur l'écran.

— OK. Je te lis le début. « Un inspecteur de la police de Baltimore a été démis de ses fonctions lundi pour avoir falsifié les éléments d'un crime et tenté de faire croire que son équipier depuis des années ne s'était pas donné la mort au printemps dernier. Cette sanction disciplinaire a été prise par une Commission professionnelle de la police contre l'inspecteur Daniel Bledsoe, à la suite de deux jours d'auditions à huis clos. Il n'a pas été possible de joindre l'inspecteur Bledsoe pour recueillir ses commentaires, mais un de ses collègues chargé de le représenter durant les auditions a affirmé que cet officier couvert de récompenses avait été traité avec une sévérité injustifiée par une police qu'il avait servie excellemment pendant vingt-deux ans. D'après la direction de la police, l'équipier de Bledsoe, l'inspecteur John McCafferty, s'est donné la mort le 8 mai dernier à l'aide de son arme. Son corps a été découvert par son épouse, Susan, qui a immédiatement prévenu Bledsoe. Ce dernier, affirment ses supérieurs, s'est rendu chez son collègue, a détruit un mot retrouvé dans la poche de chemise de la victime et falsifié d'autres indices sur les lieux du drame, cela pour faire croire que McCafferty avait été tué par un intrus s'étant emparé de l'arme du détective. La police…» Je continue, Jack ?

— Oui, continue.

— «La police déclare que Bledsoe est allé jusqu'à tirer une deuxième balle dans le corps de McCafferty, en visant le haut de la cuisse. Bledsoe a ensuite demandé à Susan McCafferty d'appeler Police-Secours, puis il est reparti et a feint la stupeur en apprenant, plus tard, que son équipier était mort. Au moment de se donner la mort, McCafferty avait apparemment déjà tiré une balle dans le plancher, puis placé le canon de son arme dans sa bouche et commis le geste fatal. D'après les enquêteurs,

Bledsoe a tenté de faire croire à un meurtre afin que Susan McCafferty puisse toucher des indemnités et une pension plus élevées, s'il était prouvé que son mari avait été assassiné. Mais le pot aux roses a finalement été découvert après que des enquêteurs soupçonneux eurent longuement interrogé Susan McCafferty le jour même du drame. Celle-ci a alors reconnu avoir été témoin du geste de Bledsoe. » Je ne lis pas trop vite ? Tu prends des notes ?

— Non, c'est bon. Continue.

— OK. « Au cours de l'enquête Bledsoe a refusé de reconnaître sa participation aux faits et a également refusé de plaider sa cause durant l'audition de la commission de discipline. Jerry Liebling, collègue et défenseur de l'accusé, a déclaré que Bledsoe avait fait ce que tout équipier loyal ferait pour un camarade décédé. "Il a juste essayé d'améliorer un peu le sort de la veuve, a dit Liebling. Mais la hiérarchie a eu la main trop lourde. Bledsoe a tenté de bien faire, résultat, il a perdu son travail, sa carrière est fichue et sa vie avec. Comment ce message sera-t-il perçu par les policiers de base ?" D'autres policiers contactés lundi ont exprimé des sentiments similaires. Mais la direction de la police affirme pour sa part que Bledsoe a été traité de manière équitable, comme le prouve la décision de ne retenir aucune charge contre lui et Susan McCafferty, en signe de compassion pour l'un et l'autre. Les inspecteurs McCafferty et Bledsoe faisaient équipe depuis sept ans et avaient enquêté sur quelques-unes des plus grosses affaires de meurtre survenues dans cette ville. L'une d'elles est d'ailleurs considérée responsable, en partie, de la mort de McCafferty. D'après les responsables de la police, la dépression dont souffrait McCafferty à la suite de l'assassinat, non élucidé, de Polly Amherst, une institutrice enlevée sur le campus du collège Hopkins, victime de sévices sexuels puis étranglée, aurait fait naître en lui des pulsions suicidaires. McCafferty luttait également contre des problèmes d'alcool. "La police n'a pas perdu seulement un bon inspecteur, a déclaré Liebling, à l'issue du jugement prononcé lundi, elle en a perdu deux. Jamais ils ne retrouveront deux gars aussi efficaces que Bledsoe et McCafferty. On peut dire que nos supérieurs ont vraiment déconné aujourd'hui."» Voilà, Jack.

— OK, merci. Je… euh, j'aurais besoin que tu m'envoies l'article sur ma messagerie personnelle… J'ai mon portable. Je peux le récupérer.

— Entendu. Et les autres articles ?

— Tu peux revenir aux gros titres ? Est-ce qu'il y en a d'autres sur la mort de McCafferty, ou bien ils ne parlent que de ses enquêtes ?

Il lui fallut une trentaine de secondes pour faire défiler les manchettes.

— Apparemment, ça ne concerne que les enquêtes. Il y a aussi des papiers sur l'institutrice. Mais rien d'autre sur le suicide. Et je pense à un truc : je crois savoir pourquoi l'autre jour l'ordinateur n'a pas sorti l'article que je viens de te lire : le mot «suicide» n'y figure pas. Et c'est le mot clé que j'ai tapé.

Je l'avais déjà compris. Je lui demandai de m'envoyer les articles concernant l'institutrice, la remerciai et raccrochai.

J'appelai ensuite le bureau principal des inspecteurs de la police de Baltimore et demandai à parler à Jerry Liebling.

— Liebling, j'écoute.

— Inspecteur Liebling, je m'appelle Jack McEvoy, et je pense que vous pouvez peut-être m'aider. J'essaye de contacter Dan Bledsoe.

— Ce serait à quel sujet ?

— Je préfère lui en parler directement.

— Désolé, je ne peux rien pour vous, et j'ai un autre appel.

— Écoutez, je sais ce qu'il a essayé de faire pour McCafferty. J'ai quelque chose à lui apprendre qui pourrait l'aider. Franchement, je ne peux pas vous en dire plus. Mais si vous refusez de me donner un coup de main, vous laissez passer une belle occasion de l'aider. Je vais vous donner mon numéro. Appelez Bledsoe et répétez-lui ce que je vous ai dit. Laissons-le décider.

Il y eut un long silence et je crus soudain qu'il n'y avait plus personne au bout du fil.

— Allô ?

— Oui, je suis là. Écoutez. Si Dan a envie de vous parler, il le fera. Appelez-le vous-même. Son numéro est dans l'annuaire.

— Hein ? L'annuaire du téléphone ?

— Oui. Bon, faut que je raccroche.

Ce qu'il fit. Je me sentais bête. Je n'avais même

pas pensé à consulter l'annuaire, car je n'avais jamais connu un flic qui accepte d'y figurer. Je rappelai les Renseignements de Baltimore et donnai le nom de l'ancien inspecteur.

— Je n'ai aucun numéro au nom de Daniel Bledsoe, me répondit l'employé de la compagnie de téléphone. Par contre, j'ai un « Bledsoe Assurances » et un « Enquêtes Bledsoe ».

— Bon, donnez-moi ces deux numéros, et les adresses aussi, s'il vous plaît.

— En fait, il y a deux numéros différents, mais une seule adresse. C'est à Fells Point.

Je notai les deux numéros et commençai par appeler celui des enquêtes. Une femme me répondit :

— Agence Bledsoe, j'écoute ?

— Bonjour. Pourrais-je parler à Dan ?

— Désolée, on ne peut pas le joindre pour le moment.

— Savez-vous s'il sera là dans la journée ?

— Il est déjà là. Il est au téléphone. Ici, c'est sa messagerie. Quand il est absent ou en ligne, l'appel arrive chez nous. Il a appelé pour avoir ses messages il y a dix minutes. Mais j'ignore combien de temps il va rester. Je ne gère pas son emploi du temps.

Fells Point est une langue de terre située à l'est de l'Inner Harbor de Baltimore. Les boutiques pour touristes et les hôtels cèdent la place à des bars et des commerces moins engageants, puis à de vieilles usines en brique. Après, c'est Little Italy. Dans certaines rues, l'asphalte usé laisse voir les pavés en dessous, et quand le vent souffle dans la bonne direction, on sent le parfum âcre et humide de la mer, ou bien l'odeur de la raffinerie de sucre installée de l'autre côté de l'anse. La «Bledsoe Assurances et Enquêtes» avait élu domicile dans un immeuble de brique d'un seul étage, au coin des rues Caroline et Fleet.

Il était 13 heures passées de quelques minutes. Sur la porte du petit bureau de plain-pied était fixé un cadran d'horloge en plastique dont on pouvait déplacer les aiguilles, avec les mots *De retour à :* Les aiguilles indiquaient 13 heures. Regardant autour de moi, je ne vis personne se précipiter pour tenir sa promesse, mais décidai d'attendre malgré tout. Je n'avais rien d'autre à faire de toute façon.

Je marchai jusqu'à une épicerie au bout de la rue, y achetai un Coca et regagnai ma voiture. Assis derrière le volant, je pouvais surveiller la porte du bureau de Bledsoe. Je faisais le guet depuis une vingtaine de minutes lorsque enfin je vis un homme avec des cheveux noir de jais, un embonpoint d'homme mûr qui pointait entre les pans de sa veste et une légère claudication se diriger vers la porte, l'ouvrir avec sa clé et entrer. Je descendis de voiture, sans oublier la sacoche contenant mon ordinateur, et le rejoignis.

Le bureau de Bledsoe ressemblait à un ancien cabinet de médecin, bien que j'aie du mal à imaginer pourquoi un médecin aurait fixé sa plaque dans ce quartier d'usines. On pénétrait d'abord dans un petit vestibule avec une fenêtre coulissante et un comptoir derrière lequel, jadis, était sans doute assise une secrétaire. La fenêtre, dépolie comme une porte de cabine de douche, était fermée. J'avais entendu un vague bruit de sonnette en ouvrant la porte, mais personne ne s'était manifesté. Je demeurai planté là quelques instants et observai les lieux. Un vieux canapé et une table basse occupaient presque entièrement l'espace. Des magazines de toutes sortes étaient déployés en éventail sur la table, le plus récent datant d'au moins six mois. Je m'apprêtais à lancer un « bonjour » ou à frapper à la porte du sanctuaire lorsque le bruit d'une chasse d'eau résonna quelque part derrière la fenêtre coulissante. Je vis alors une silhouette floue se déplacer derrière la vitre, puis la porte située sur la gauche qui s'ouvrait. L'homme aux cheveux noirs apparut. Je remarquai alors la fine moustache qui courait au-dessus de sa lèvre.

— Je peux vous aider ?

— Daniel Bledsoe ?

— Lui-même.

— Je m'appelle Jack McEvoy. J'aimerais vous parler de John McCafferty. Je pense que nous pouvons nous venir en aide mutuellement.

— C'est une vieille histoire.

Il observait ma sacoche d'un œil méfiant.

— C'est juste un ordinateur, lui dis-je. On peut s'asseoir quelque part ?

— Euh… oui. Pourquoi pas ?

Je franchis la porte derrière lui et le suivis dans un petit couloir où se découpaient trois autres portes, alignées sur le côté droit. Il ouvrit la première et nous pénétrâmes dans un bureau aux murs recouverts de faux lambris en bois d'érable. Sa licence professionnelle était accrochée dans un cadre, avec quelques autres photos datant de sa vie de flic. Ce décor était aussi miteux que sa moustache, mais j'étais décidé à en savoir plus. Si j'avais appris quelque chose sur les flics, et cela s'appliquait certainement aussi aux ex-flics, c'était bien qu'il ne fallait pas se fier aux apparences. J'en connaissais certains, dans le Colorado, qui continueraient de porter des survêtements en polyester bleu ciel si on en fabriquait encore. Cela ne les empêchait pas d'être les plus intelligents, les plus coriaces et les plus efficaces de leur brigade. Et je supposais qu'il en allait de même pour Bledsoe. Il s'assit derrière un bureau muni d'un plateau en Formica noir. Il avait fait le mauvais choix le jour où il l'avait acheté dans un magasin de meubles de bureau d'occasion. On voyait la poussière qui s'était accumulée sur la surface brillante. Je m'assis en face de Bledsoe, sur le seul autre siège disponible. Il enregistrait avec précision chacune de mes impressions.

— Dans le temps, cet endroit était une clinique d'avortements. Le type s'est retrouvé en tôle à cause de quelques opérations « tardives ». Je me suis installé dans les murs et me fous de la poussière et de la déco. Je travaille essentiellement par téléphone, en fourguant des assurances à des flics. Et généralement je me déplace chez les clients, ceux qui veulent une enquête. Ils ne viennent pas me voir. Les gens qui viennent ici se contentent la plupart du temps de laisser des fleurs devant la porte. En souvenir des morts, j'imagine. Sans doute ont-ils trouvé l'adresse dans de vieux annuaires ou je ne sais quoi. Mais si vous me disiez plutôt ce que vous venez chercher ici ?

Je lui parlai d'abord de mon frère, puis de John Brooks à Chicago. Je vis son visage se remplir de scepticisme à mesure que je racontais mon histoire et sentis qu'il était sur le point de me foutre dehors.

— Qu'est-ce que ça veut dire ? Qui vous envoie ?

— Personne. Mais j'ai des raisons de penser que j'ai un jour ou deux d'avance sur le FBI. Ils vont venir vous voir. Et je me disais que vous voudriez peut-être me parler d'abord. Je sais ce que c'est, vous comprenez. Mon frère et moi étions jumeaux. J'ai toujours entendu dire que les vieux couples de flics, surtout à la Criminelle, devenaient comme des frères. Comme des jumeaux.

Sur ce, je marquai un temps d'arrêt. J'avais joué mes cartes, à l'exception de mon atout, et je devais attendre le moment idéal. Bledsoe sembla se détendre quelque peu. Peut-être sa colère cédait-elle place à la confusion.

— Et qu'est-ce que vous attendez de moi ?

— La lettre. Je veux savoir ce que disait McCafferty dans sa lettre.

— Il n'y avait pas de lettre. Je n'ai jamais dit qu'il y avait une lettre.

— Sa femme dit qu'il y en avait une.

— Eh bien, allez donc l'interroger.

— Non, je préfère en parler avec vous. Laissez-moi vous expliquer quelque chose. Le coupable de tous ces meurtres oblige, d'une manière ou d'une autre, ses victimes à écrire une ligne ou deux, en guise de message d'adieu. J'ignore comment il s'y prend, et pourquoi elles obéissent, mais c'est comme ça. Et chaque fois, la phrase provient d'un poème. Un poème du même auteur. Edgar Allan Poe.

Je soulevai la sacoche de mon ordinateur et l'ouvris pour y prendre l'épais recueil des œuvres de Poe. Je le déposai sur le bureau, bien en évidence.

— Je pense que McCafferty a réellement été assassiné. Quand vous êtes arrivé sur place, sa mort ressemblait à un suicide, car c'était le but recherché. Je vous parie la pension de votre équipier que le mot que vous avez détruit est une citation tirée d'un poème qui se trouve dans ce bouquin.

Le regard de Bledsoe se posa sur le livre, avant de revenir sur moi.

— Apparemment, repris-je, vous pensiez lui devoir suffisamment pour mettre en péril votre carrière afin d'améliorer le sort de sa veuve.

— Ouais, et regardez ce que ça m'a valu. Un bureau de merde avec une licence de merde accrochée au mur. Je passe mes journées dans une pièce où on tuait des bébés dans le ventre de leurs mères. Ce n'est pas très glorieux.

— Écoutez, tout le monde dans la police sait qu'il y avait une intention noble dans votre geste ; sinon, vous ne leur vendriez aucune assurance. Ce que vous avez fait, vous l'avez fait pour votre équipier. Maintenant, vous devez aller jusqu'au bout.

Bledsoe tourna la tête vers une des photos accro-

284

chées au mur. On le voyait avec un autre homme, tous les deux se tenant par le cou, avec de grands sourires décontractés. La photo semblait avoir été prise dans un bar, à une époque plus heureuse.

— « Cette fièvre qu'on nomme "la vie" est enfin vaincue », récita-t-il sans détacher son regard de la photo.

Je posai brutalement la main sur le livre. Le bruit nous fit sursauter tous les deux.

— Je sais où c'est ! m'exclamai-je en ouvrant le recueil.

J'avais corné les pages où figuraient les poèmes dont s'était servi le meurtrier. Je n'eus aucun mal à retrouver celui intitulé « Pour Annie ». Je le parcourus pour vérifier que je ne m'étais pas trompé, puis reposai le livre sur le bureau, en le tournant vers Bledsoe…

— Première strophe, dis-je.

Il se pencha en avant pour lire le poème.

> Dieu soit loué ! la crise…
> Le danger est passé,
> Et la longue maladie
> est enfin terminée…
> Cette fièvre qu'on nomme « la vie »
> Est enfin vaincue.

19

En traversant à grands pas le hall du Hilton, sur le coup de 16 heures, je m'imaginai Greg Glenn contournant lentement son bureau pour se rendre à la conférence de rédaction quotidienne dans la salle de réunion du journal. Il fallait absolument que je lui parle ; si je ne parvenais pas à le coincer à temps, il allait se retrouver accaparé par cette réunion, et la suivante, pendant au moins deux heures.

En approchant de la rangée d'ascenseurs, je vis une femme franchir les portes ouvertes de la seule cabine présente au rez-de-chaussée et m'empressai de lui emboîter le pas. Elle avait déjà appuyé sur le bouton du douzième étage. Je m'enfonçai au fond de la cabine et consultai ma montre encore une fois. Avec un peu de chance, je réussirais à le joindre. Apparemment, les conférences éditoriales ne débutaient jamais à l'heure.

La femme s'étant placée contre la paroi de droite, nous observions le silence légèrement gêné qui s'installe immanquablement entre des inconnus enfermés dans un ascenseur. Dans l'encadrement en cuivre poli de la porte, je distinguais son visage. Ses yeux restaient fixés sur les chiffres lumineux qui indiquaient notre ascension. C'était une très jolie femme, et j'avais du mal à détacher mon regard de son reflet, tout en craignant qu'elle ne baisse la tête et me prenne en flagrant délit. Mais sans doute, pensais-je, savait-elle que je l'observais. J'ai toujours été persuadé que les jolies femmes savent et comprennent que les hommes les regardent, tout le temps.

Quand la porte de l'ascenseur s'ouvrit au douzième étage, j'attendis qu'elle sorte la première. Elle tourna à gauche et s'éloigna dans le couloir. Je tournai à droite pour me diriger vers ma chambre, en me retenant pour ne pas lui jeter un dernier regard par-dessus mon épaule. Au moment où j'atteignais ma porte et sortais ma clé magnétique de ma poche de chemise, j'entendis des pas légers sur la moquette du couloir. Je me retournai, c'était elle. Elle me sourit.

— Je me suis trompée de chemin.

— Ah, pas étonnant, lui répondis-je en lui souriant à mon tour. Un vrai labyrinthe, ces couloirs.

Quelle remarque idiote, songeai-je en ouvrant ma porte au moment où elle passait derrière moi. J'entrai dans la chambre, sentis soudain une main me saisir par le col de ma veste et me retrouvai projeté à l'intérieur. Simultanément, une autre main se glissait sous ma veste pour agripper ma ceinture. Je fus plaqué à plat ventre sur le lit. Je réussis malgré tout à ne pas lâcher mon ordinateur, ne voulant pas risquer d'endommager un matériel de deux mille dollars, mais la sacoche me fut brutalement arrachée.

— FBI ! Vous êtes en état d'arrestation. Pas un geste !

Pendant qu'une main appuyait sur ma nuque pour m'empêcher de me relever, l'autre me fouillait de la tête aux pieds.

Et, aussi soudainement qu'elles s'étaient emparées de moi, les mains se retirèrent.

— OK, debout. Allez !

Je me retournai, me redressai et me retrouvai enfin assis sur le lit. Je levai la tête. C'était la femme de l'ascenseur. Je devinai mon expression hébétée. L'idée d'avoir été neutralisé si aisément par cette femme me procurait un sentiment d'humiliation qui me mettait le rouge aux joues.

— Ne vous en faites pas, dit-elle. J'ai fait la même chose à des types plus costauds et plus dangereux que vous.

— Vous avez intérêt à me montrer un insigne ou vous aurez besoin d'un avocat.

Elle sortit un portefeuille de sa poche de manteau et l'ouvrit devant moi d'un geste habile.

— C'est vous qui avez besoin d'un avocat. Vous allez prendre cette chaise qui est devant le bureau, la poser dans le coin et vous asseoir gentiment pendant que je fouille la chambre. Ça ne sera pas long.

Ce qu'elle m'avait montré ressemblait à un insigne officiel du FBI. Il y était écrit : Agent spécial Rachel Walling. Ayant lu ce nom, je commençai à comprendre ce qui se passait.

— Allez, vite, vite ! Asseyez-vous dans le coin.

— Montrez-moi le mandat de perquisition.

— Vous avez le choix, me renvoya-t-elle d'un ton cassant. Vous vous asseyez dans le coin ou je vous emmène dans la salle de bains et je vous attache au tuyau sous le lavabo. Faites ce que je vous dis.

Je me levai, tirai la chaise dans le coin et m'assis.

— Vous ne m'avez toujours pas montré ce putain de mandat.

— Êtes-vous conscient que recourir à la grossièreté est une tentative plutôt lamentable pour rétablir votre sentiment de supériorité masculine ?

— Nom de Dieu ! Êtes-vous consciente du baratin que vous me débitez ? Montrez-moi le mandat, bordel !

— Je n'ai pas besoin de mandat. Vous m'avez invitée à entrer et autorisée à fouiller votre chambre, et je vous ai arrêté après avoir découvert les documents volés.

Elle recula jusqu'à la porte, sans me quitter des yeux, et la referma.

— Je ne vous ai invitée nulle part. Essayez de raconter ça à quelqu'un et vous allez vous planter. Vous pensez qu'un juge croira que j'ai été assez stupide pour vous autoriser à fouiller ma chambre si vraiment j'y cachais des documents volés ?

Elle m'adressa un petit sourire amusé.

— Monsieur McEvoy, je mesure un mètre soixante-dix et pèse cinquante-sept kilos. En comptant mon arme. Pensez-vous qu'un juge croira votre version des faits ? D'ailleurs, seriez-vous capable de raconter devant un jury ce que je vous ai fait ?

Je détournai la tête pour regarder vers la fenêtre.

La femme de chambre avait ouvert les rideaux. Le ciel commençait déjà à s'assombrir.

— J'en doute, ajouta-t-elle. Voulez-vous me faire gagner du temps ? Où sont les photocopies des protocoles ?

— Dans la sacoche de l'ordinateur. Je n'ai commis aucun crime en me les procurant, ni en les conservant.

Je devais faire attention à ce que je disais. J'ignorais si Michael Warren avait été découvert ou pas. Rachel Walling était en train d'examiner le contenu de la sacoche. Elle en sortit le livre de Poe et l'observa d'un air dubitatif avant de le jeter sur le lit. Elle sortit ensuite mon carnet et les photocopies des dossiers. Warren avait raison. C'était une belle femme. Dans une carapace d'acier certes, mais une belle femme quand même. De mon âge environ, un ou deux ans de plus peut-être, avec des cheveux châtains qui lui frôlaient les épaules. Des yeux d'un vert pénétrant et une forte aura de confiance en soi. Voilà sans doute ce qu'il y avait de plus attirant chez elle. Et même si à cet instant j'avais toutes les raisons de la détester, je ne pouvais demeurer insensible à son charme.

— Toute effraction est un crime, déclara-t-elle. Et dès lors qu'il a été constaté que les documents volés appartenaient au FBI, cette affaire relève de mes compétences.

— Je n'ai commis aucune effraction et je n'ai rien volé. C'est un cas de harcèlement policier. J'ai toujours entendu dire que les agents fédéraux prenaient la mouche quand quelqu'un faisait leur boulot à leur place.

Penchée au-dessus du lit, elle parcourut les documents. Puis elle se redressa, glissa sa main dans sa poche et en sortit un sachet en plastique transparent contenant une petite feuille de papier. Elle la brandit sous mon nez. Je reconnus une feuille arrachée dans mon carnet. Avec ces six lignes écrites à l'encre noire :

Pena :	ses mains ?
après :	combien de temps ?
Wexler/Scalari :	voiture ?
	chauffage ?
	verrouillage ?
Riley :	gants ?

Je reconnus mon écriture et toutes les pièces du puzzle s'emboîtèrent soudain. Warren avait arraché des feuilles de mon calepin pour marquer les emplacements des dossiers que nous avions empruntés. Il avait arraché une feuille contenant d'anciennes notes et, pour une raison quelconque, il ne l'avait pas récupérée en remettant les dossiers à leur place. Walling dut lire la consternation sur mon visage.

— Quelle négligence ! Il suffit de faire analyser et de comparer l'écriture et votre compte est bon. Qu'en dites-vous ?

Cette fois, je fus même incapable de prononcer un mot grossier.

— Je confisque votre ordinateur, ce livre et vos

carnets, en tant que preuves potentielles. Si nous n'en avons pas besoin, nous vous les restituerons. Sur ce, il est temps d'y aller. Ma voiture est garée juste devant la porte. Cependant, pour vous prouver que je ne suis pas une méchante fille, je veux bien vous embarquer sans vous passer les menottes. Nous avons une longue route à faire jusqu'en Virginie, mais en partant maintenant nous avons une chance d'éviter les embouteillages. Vous acceptez d'être sage ? Un seul pas de travers, comme on dit, et je vous colle à l'arrière de la voiture avec les menottes, aussi serrées qu'une alliance.

Je me levai en hochant simplement la tête. J'étais en état de choc. Je n'osais pas croiser son regard. Je gagnai la porte en gardant les yeux baissés.

— Hé, qu'est-ce qu'on dit ?

Je marmonnai quelques paroles de remerciement et l'entendis glousser derrière moi.

Elle s'était trompée. Nous ne pûmes échapper aux embouteillages. C'était vendredi soir. Les gens qui essayaient de quitter la ville étaient plus nombreux que les autres jours, et tout ce monde roulait au pas vers les autoroutes. Pendant une demi-heure, ni elle ni moi ne parlâmes, sauf quand elle lançait un juron à cause d'un bouchon ou d'un feu rouge. Assis à côté d'elle, à l'avant, je ne cessais de réfléchir. Il fallait que je contacte Glenn le plus vite possible. Il fallait qu'ils me trouvent un avocat. Un bon de préférence. Je ne voyais qu'un seul moyen de me tirer de ce mauvais pas : dénoncer un informateur que j'avais promis de protéger. Peut-être, songeais-je, que si j'appelais Warren, il se dénoncerait et confirmerait que je ne m'étais pas introduit par effraction dans les locaux de la fondation. Mais je rejetai cette éventualité. Je lui avais donné ma parole. Je devais la respecter.

Lorsque nous arrivâmes au sud de Georgetown, la circulation devint enfin plus fluide et Walling sembla se détendre, ou du moins se souvenir que je me trouvais avec elle dans la voiture. Je la vis tendre la main vers la boîte à gants et s'emparer d'une petite carte blanche. Après avoir allumé le plafonnier, elle coinça la carte contre le volant afin de pouvoir lire en conduisant.

— Vous avez un stylo ?

— Pardon ?

— Un stylo. Je croyais que les journalistes avaient toujours un stylo sur eux.

— Exact. J'en ai un.

— Parfait. Je vais vous lire vos droits constitutionnels.

— Quels droits ? Vous les avez déjà tous violés ou presque.

Ignorant ma remarque, elle se mit à débiter le texte figurant sur la carte, puis me demanda si j'avais compris. Je répondis par un grognement affirmatif et elle me tendit la carte.

— Très bien. Vous allez prendre votre stylo pour signer et dater au dos de cette carte.

Je m'exécutai et lui rendis la carte. Elle souffla sur l'encre pour la faire sécher, puis glissa la fiche cartonnée dans sa poche.

— Maintenant, déclara-t-elle, on peut parler. À moins que vous ne préfériez appeler votre avocat. Comment avez-vous pénétré dans les archives de la fondation ?

— Pas par effraction. Je ne peux vous en dire plus sans avocat.

— Je vous ai montré la preuve. Allez-vous prétendre qu'elle ne vous appartient pas ?

— Je peux l'expliquer… Écoutez, je vous dis simplement que je n'ai rien fait d'illégal pour obtenir ces photocopies. Je ne peux en dire davantage sans dévoiler…

Je n'achevai pas ma phrase. J'en avais trop dit.

— Ah, le vieux refrain : « Je refuse de dévoiler mes sources. » Où étiez-vous aujourd'hui, monsieur McEvoy ? Je vous ai attendu depuis midi.

— J'étais à Baltimore.

— Pour quoi faire ?

— Ça me regarde. Vous possédez les originaux des protocoles, il vous suffit de réfléchir.

— L'affaire McCafferty, hein ? Vous savez qu'une entrave à une enquête fédérale peut vous valoir d'autres chefs d'inculpation ?

Je la gratifiai de mon plus beau rire forcé.

— Oui, bien sûr, dis-je, sarcastique. Quelle enquête fédérale ? Si je n'étais pas venu voir Ford hier, vous seriez toujours dans votre bureau là-bas à compter les suicides. C'est comme ça avec le FBI, hein ? Si une idée est bonne, c'est votre idée, forcément. Et si l'affaire est bonne, ça devient votre affaire. Mais en attendant, c'est « je ne vois rien, je n'entends rien », et un tas de saloperies passent inaperçues.

— Hé, qui vous a nommé spécialiste à sa mort ?

— Mon frère.

Elle ne l'avait pas vue venir, et ma remarque lui cloua le bec pendant plusieurs minutes. Cela eut également pour effet, apparemment, de lézarder la carapace dont elle s'était entourée.

— Je suis désolée pour ce qui lui est arrivé, dit-elle.

— Moi aussi.

Toute la rage provoquée par la mort de Sean monta en moi, mais je parvins à la ravaler. Je ne connaissais pas cette femme et ne pouvais pas partager avec elle une chose aussi personnelle. Repoussant ma colère, je cherchai autre chose à dire.

— Vous auriez pu le rencontrer, vous savez. C'est vous qui avez rédigé l'étude du VICAP et le profil psychologique que lui a envoyés le FBI pour son enquête.

— Oui, je sais. Mais nous ne nous sommes jamais parlé.

— Et si vous répondiez à une question vous aussi ?

— Éventuellement. Je vous écoute.

— Comment m'avez-vous retrouvé ?

En fait, je me demandais si Warren ne l'avait pas envoyée sur mes traces. Si je parvenais à en obtenir confirmation, les données du problème n'étaient plus les mêmes, et pas question de me retrouver en prison pour protéger celui qui m'avait foutu dans le pétrin.

— Oh, ce n'était pas difficile, répondit-elle. Le Dr Ford m'a gentiment fourni votre nom et votre pedigree. Il m'a téléphoné juste après votre petite entrevue d'hier et je suis arrivée ce matin. Je pensais qu'il serait plus prudent de protéger ces dossiers et, de toute évidence, j'avais raison. Hélas, c'était trop tard. Vous êtes un rapide. Mais quand j'ai découvert la feuille arrachée dans un calepin de journaliste, j'ai tout de suite compris que vous aviez pénétré dans les archives.

— Je n'ai commis aucune effraction.

— Allons, toutes les personnes associées à l'étude nient avoir eu des contacts avec vous. En outre, le Dr Ford se souvient parfaitement de vous avoir dit que vous ne pouviez avoir accès à ces dossiers sans l'accord préalable du Bureau. Or, curieusement, je vous retrouve en possession des dossiers.

— Et comment saviez-vous que je logeais au Hilton ? Ça aussi, c'était écrit sur une feuille de papier ?

— J'ai bluffé votre rédacteur en chef comme un vulgaire pisse-copie. Je lui ai raconté que j'avais des renseignements importants pour vous, et il m'a dit où vous étiez.

Je tournai la tête vers la vitre pour qu'elle ne voie pas mon sourire. Elle venait de commettre, sans le savoir, une erreur aussi révélatrice que si elle m'avait annoncé de but en blanc que Warren m'avait trahi.

— On ne dit plus pisse-copie maintenant, lui dis-je. Ce n'est pas politiquement correct.

L'air impassible, je me retournai vers elle pour la première fois depuis que nous étions montés en voiture. Je me sentais reprendre du poil de la bête. La confiance en moi, qu'elle avait écrasée de manière experte sur le lit de ma chambre d'hôtel, retrouvait une seconde jeunesse. À moi maintenant de la manipuler.

— Je croyais que vous vous déplaciez toujours par deux, lui dis-je encore.

Nous étions de nouveau arrêtés à un feu rouge. Au loin, je distinguais l'entrée de l'autoroute. C'était maintenant ou jamais.

— En général, oui, me répondit-elle. Mais tout le monde était très occupé aujourd'hui et, d'ailleurs, en quittant Quantico, je pensais juste me rendre à la fondation pour interroger Oline et le Dr Ford, et récupérer les dossiers. Franchement, je ne pensais pas effectuer une arrestation.

Son petit numéro se désintégrait rapidement. Je voyais clair maintenant. Pas de menottes. Pas de collègue du FBI. J'étais assis à l'avant. Et je savais que Greg Glenn ignorait où je logeais à Washington. Je ne le lui avais pas dit, et je n'avais pas réservé ma chambre par l'intermédiaire de l'agence de voyages du *Rocky*, pour des questions de temps.

Mon portable était posé sur le siège entre nous. Dessus, elle avait empilé les photocopies des dossiers, le recueil de Poe et mon carnet. Je récupérai le tout.

— Que faites-vous ? demanda-t-elle.

— Je descends. (Je lançai les protocoles sur ses genoux.) Tenez, vous pouvez les garder. J'ai tous les renseignements dont j'ai besoin.

J'ouvris la portière.

— Restez où vous êtes, bordel !

Je me tournai vers elle, avec un grand sourire.

— Avez-vous conscience que recourir à la grossièreté est une tentative misérable pour rétablir votre supériorité ? Écoutez, c'était bien vu, mais malheureusement, il vous manquait quelques bonnes réponses sur la fin. Je vais prendre un taxi pour rentrer à l'hôtel. J'ai un article à écrire.

Je descendis de voiture avec toutes mes affaires. Une fois sur le trottoir, je regardai autour de moi et avisai une cabine téléphonique à l'entrée d'un drugstore. Je marchai dans cette direction. Et soudain je vis la voiture s'engouffrer dans le parking du drugstore et me barrer la route en s'arrêtant brutalement. L'agent Walling jaillit hors du véhicule.

— Vous commettez une grave erreur ! dit-elle en avançant vers moi à grands pas.

— Quelle erreur ? C'est vous qui avez commis une erreur. À quoi rime cette comédie ?

Elle me regarda, bouche bée.

— Je vais vous le dire, moi. Vous avez voulu me mener en bateau !

— En bateau ? Et pour quelle raison ?

— Pour avoir des renseignements. Vous vouliez savoir ce que je savais. Et je devine très bien la suite. Ayant obtenu ce que vous cherchiez, vous seriez venue me dire : « Oh, je suis vraiment confuse, votre informateur vient de se dénoncer. Vous êtes libre, désolée pour ce petit malentendu. » Je vous conseille de retourner à Quantico pour travailler votre petit numéro.

Je la contournai pour me diriger vers le téléphone.

Je décrochai le combiné ; il n'y avait pas de tonalité. Mais je fis comme si de rien n'était. Elle m'observait. J'appelai les renseignements.

— Je voudrais le numéro d'une compagnie de taxis, dis-je à un correspondant inexistant.

Je glissai un quarter dans l'appareil et composai un numéro fictif. Je lus l'adresse figurant sur le téléphone et réclamai un taxi. Ayant raccroché, je me retournai ; Walling se tenait tout près de moi. Elle tendit le bras pour décrocher l'appareil. Après avoir plaqué le combiné contre son oreille quelques secondes, elle esquissa un sourire et raccrocha. Elle me montra le côté de la cabine. Les fils du téléphone avaient été coupés et quelqu'un avait fait un nœud avec.

— Vous auriez besoin de travailler votre numéro vous aussi.

— Foutez-moi la paix.

Je pivotai sur mes talons et collai mon nez à la vitre du magasin pour voir s'il y avait un autre téléphone à l'intérieur. Il n'y en avait pas.

— Que vouliez-vous que je fasse, hein ? demanda-t-elle dans mon dos. J'ai besoin de savoir ce que vous savez.

Je me retournai brusquement.

— Il suffisait de demander ! Vous n'étiez pas obligée de… d'essayer de m'humilier.

— Vous êtes journaliste, Jack. Oseriez-vous prétendre que vous étiez disposé à m'ouvrir vos dossiers ?

— Pourquoi pas ?

— Ben tiens ! Ce n'est pas demain la veille qu'un

journaliste lâchera une information. Regardez Warren. Il n'est même plus dans le métier et pourtant il a agi en journaliste. Vous avez ça dans le sang.

— En parlant de sang, justement, je vous rappelle que l'enjeu n'est pas seulement un article. Vous ne pouvez pas savoir comment j'aurais réagi si vous m'aviez abordé comme un être humain.

— OK, dit-elle. Peut-être. Je vous l'accorde.

Nous fîmes quelques pas dans deux directions opposées, puis elle demanda :

— Et maintenant, on fait quoi ? Vous m'avez percée à jour, d'accord, c'est à vous de choisir. Je vous le répète, j'ai besoin de savoir ce que vous savez. Êtes-vous décidé à tout me dire ou bien vous préférez reprendre vos jouets et rentrer chez vous ? Si vous faites ça, nous sommes perdants tous les deux. Et votre frère aussi.

Elle avait réussi à m'acculer, très habilement, et j'en étais conscient. Pour le principe, j'aurais dû foutre le camp. Mais je ne pouvais pas. En dépit de tout, cette femme me plaisait bien. Sans un mot, je regagnai la voiture, m'assis à l'avant et l'observai à travers le pare-brise. Elle hocha la tête et contourna la voiture pour s'installer au volant. Une fois assise, elle se tourna vers moi et me tendit la main.

— Rachel Walling.

Je lui serrai la main.

— Jack McEvoy.

— Oui, je sais. Enchantée de faire votre connaissance.

— Moi de même.

20

Pour me prouver sa bonne foi, Rachel Walling dévoila ses cartes la première, non sans m'avoir arraché la promesse que cette conversation resterait confidentielle jusqu'à ce que son supérieur ait décidé si le Bureau devait ou non m'apporter son aide, et dans quelle proportion. Cette promesse m'importait peu, car je savais que j'avais les atouts en main. J'avais déjà la matière de mon article et le Bureau ne tenait certainement pas à le voir publier si rapidement. Cela me conférait de gros moyens de pression, même si l'agent Walling n'en avait pas conscience.

Une demi-heure durant, pendant que nous roulions lentement sur l'autoroute en direction de Quantico, elle m'énuméra les actions entreprises par le FBI au cours des dernières vingt-huit heures. Nathan Ford, de la Law Enforcement Foundation, l'avait appelée jeudi à 15 heures pour l'informer de ma visite, de l'état de mon enquête et de mon désir de consulter les dossiers concernant les suicides. Walling l'avait félicité de m'avoir envoyé sur les roses, après quoi elle avait consulté Bob Backus, son supérieur immédiat. Ce dernier lui avait donné son accord pour abandonner l'étude psychologique qu'on lui avait commandée et enquêter de manière prioritaire sur les affirmations formulées lors de ma rencontre avec Ford. À ce moment-là, le Bureau n'avait pas encore été contacté par la police de Denver ou de Chicago. Walling avait commencé par interroger l'ordinateur du BSS, connecté directement à celui de la fondation.

— En gros, me dit-elle, j'ai fait les mêmes recherches que Michael Warren a effectuées pour vous. D'ailleurs, j'étais branchée sur le système informatique de la fondation, dans mon bureau de Quantico, quand il a interrogé l'ordinateur. Après avoir identifié l'utilisateur, j'ai quasiment suivi son travail en direct sur mon portable. J'ai tout de suite compris que vous aviez réussi à le mettre dans votre poche et qu'il travaillait pour vous. Comme vous l'imaginez, il fallait tout de suite arrêter l'hémorragie. En fait, je n'avais pas besoin de venir en ville aujourd'hui car nous possédons des copies papier de tous les protocoles à Quantico. Mais il fallait que je sache ce que vous faisiez. J'ai eu la confirmation que Warren vous servait d'informateur, et que vous déteniez des photocopies des protocoles quand j'ai découvert la page de votre carnet parmi les dossiers.

Je secouai la tête.

— Quel sort attend Warren ?

— J'ai averti Ford et, ensemble, nous l'avons confronté aux preuves ce matin. Il a reconnu les faits et m'a même indiqué votre hôtel. Ford lui a demandé sa démission et Warren la lui a donnée.

— Merde…

J'éprouvais un sentiment de culpabilité, même si je n'étais pas effondré par la nouvelle : je me demandais en effet si Warren n'avait pas orchestré lui-même sa démission. Et s'il s'agissait d'un sabotage ? Voilà ce que je me disais. C'était plus facile à accepter.

— Au fait, reprit-elle, qu'est-ce qui clochait dans mon numéro ?

— Mon rédacteur en chef ignorait à quel hôtel je logeais. Warren était le seul à le savoir.

Elle resta muette pendant un moment jusqu'à ce que je l'incite à poursuivre le récit de son enquête. Elle me raconta ainsi que le jeudi après-midi, en interrogeant l'ordinateur, elle avait relevé les treize noms d'inspecteurs de la Criminelle décédés que m'avait donnés Warren, auxquels s'ajoutaient mon frère et John Brooks de Chicago. Elle avait ensuite imprimé les protocoles et cherché les liens entre tous ces décès, en s'intéressant plus particulièrement aux mots d'adieu des victimes, comme j'en avais émis le souhait devant Ford. Elle avait bénéficié de l'aide d'un collègue cryptologue et du programme informatique de décodage du FBI, doté d'une base de données à côté de laquelle celle du *Rocky* ressemblait à une bande dessinée.

— En comptant votre frère et Brooks, nous sommes parvenus à établir au total des liens entre cinq cas, déclara-t-elle.

— Il vous a fallu trois heures pour faire ce qui

m'a pris une semaine de travail. Mais comment avez-vous retenu McCafferty sans avoir la lettre dans le dossier ?

Son pied relâcha légèrement l'accélérateur et elle se tourna vers moi. Un bref instant, avant d'accélérer de nouveau.

— Nous n'avons pas comptabilisé McCafferty. Des agents du bureau de Baltimore sont actuellement sur l'affaire.

J'étais perplexe car j'avais, moi aussi, comptabilisé cinq cas, en incluant McCafferty.

— Quels sont vos cinq cas ?

— Attendez, laissez-moi réfléchir…

— Bon, il y a d'abord mon frère et Brooks, ça fait deux.

J'avais ouvert mon carnet.

— Exact.

Je parcourus mes notes.

— Vous avez Kotite, à Albuquerque ? « Hanté seulement par des anges malins ? »

— Oui, il est sur la liste. Il y en a un autre à…

— Dallas. Garland Petry. « Hélas, je me sens dépouillé de mes forces. » Le vers est tiré du poème « Pour Annie ».

— Exact. On l'a aussi.

— Et pour finir, j'avais McCafferty. Et vous alors ?

— Euh… un truc qui s'est passé en Floride. Une vieille histoire. Un adjoint du shérif, si je me souviens bien. J'aurais besoin de mes notes.

— Attendez ! (Je feuilletai quelques pages de

mon carnet.) Ça y est, j'ai trouvé ! Clifford Beltran, services du shérif du comté de Sarasota. Il…

— Oui, c'est lui.

— Mais… Son mot d'adieu disait : « Que Dieu protège mon âme misérable. » J'ai lu tous les poèmes de Poe. Cette phrase ne figure dans aucun.

— Vous avez raison. Nous l'avons trouvée ailleurs.

— Où ça ? Dans une des nouvelles ?

— Non. En fait, ce sont ses dernières paroles. Les dernières paroles de Poe : « Que Dieu protège mon âme misérable. »

J'acquiesçai. Ce n'était pas un poème, mais ça collait parfaitement. Donc, il y en avait maintenant six. Je restai un moment sans rien dire, comme par respect pour le nouveau venu sur la liste. Je consultai mes notes. Beltran était mort trois ans plus tôt. C'était long pour un meurtre passé inaperçu.

— Poe s'est suicidé ?

— Non, même si, d'une certaine façon, son style de vie peut être considéré comme un long suicide. C'était un homme à femmes et un gros buveur. Il est mort à quarante ans, à la suite, apparemment, d'une beuverie à Baltimore.

Je songeai au meurtrier, le fantôme : imitait-il la vie d'Edgar Poe ?

— Parlez-moi de McCafferty, Jack. Nous l'avions retenu au départ lui aussi, mais d'après le dossier il n'a pas laissé de mot. Qu'avez-vous découvert ?

Je me trouvais confronté à un autre problème. Bledsoe. Il m'avait révélé une chose qu'il n'avait encore avouée à personne auparavant. Je sentais que je n'avais pas le droit d'en parler au FBI.

— Avant de vous répondre, il faut que je passe un coup de fil.

— Oh, bon sang, Jack ! Vous me faites ce coup-là après tout ce que je vous ai raconté ? Je croyais qu'on avait conclu un arrangement.

— Exact. Il faut juste que je passe un coup de téléphone, histoire de régler un détail avec un informateur. Déposez-moi devant une cabine et je le ferai immédiatement. Je pense qu'il n'y aura aucun problème. Le plus important, c'est que McCafferty figure sur la liste. Il a laissé un mot.

Je consultai de nouveau mon carnet et je citai :

— « Cette fièvre qu'on nomme "la vie" a enfin été vaincue. » Voilà ce qu'il a écrit. C'est tiré de « Pour Annie ». Comme Petry, le flic de Dallas.

En l'observant, je perçus son énervement.

— Écoutez, Rachel... vous permettez que je vous appelle Rachel ?... je n'ai pas l'intention de vous faire des cachotteries. Je vais juste passer ce coup de fil. D'ailleurs, vos agents de Baltimore sont certainement déjà au courant à l'heure qu'il est.

— Certainement, me renvoya-t-elle d'un ton qui semblait dire : « Si c'est à votre portée, on peut faire mieux. »

— OK. Continuez, alors. Que s'est-il passé une fois que vous avez obtenu la liste des cinq noms ?

À 18 heures le jeudi, m'expliqua-t-elle, Backus et elle avaient organisé une réunion des agents de la BSS et du CIU, l'unité d'intervention spéciale, pour évoquer ses découvertes préliminaires. Après qu'elle avait donné les cinq noms et expliqué les rapports qui les unissaient, son patron, Backus, excité, avait décrété une priorité absolue pour cette enquête. Rachel Walling avait été nommée responsable et devait le tenir informé. D'autres agents de la BSS et du CIU furent chargés d'étudier la liste des victimes et d'établir un profil psychologique ; les agents de liaison du VICAP des bureaux locaux des cinq villes où avaient eu lieu les meurtres recevant l'ordre de rassembler et d'expédier sur-le-champ toutes les informations concernant ces décès. Toute l'équipe avait passé une nuit blanche.

— Le Poète.

— Quoi ?

— On a surnommé le meurtrier « le Poète ». Chaque enquête de ce type reçoit un nom de code.

— Bon Dieu ! m'écriai-je. La presse à scandale va adorer ! Je vois déjà les gros titres : « Le Poète assassine sans rime ni raison. » À croire que vous le faites exprès !

— La presse n'en saura rien. Backus est bien décidé à mettre la main sur ce type avant qu'il soit effrayé par des fuites dans la presse.

Il y eut un silence, pendant lequel je cherchai une réponse.

— Vous n'oubliez pas quelque chose ? lui dis-je finalement.

— Je sais que vous êtes journaliste, Jack, et c'est vous qui êtes à l'origine de cette affaire. Mais vous devez bien comprendre une chose : si vous déclenchez un raz de marée médiatique sur ce type, on ne l'aura jamais. Il prendra peur et retournera se cacher sous son rocher. Nous laisserons échapper notre chance.

— Hé, je ne suis pas fonctionnaire, moi ! Je suis payé pour découvrir la vérité et écrire des articles… Le FBI n'a pas le droit de me dire ce que je dois écrire ou pas, ni quand.

— Vous ne pouvez pas utiliser ce que je viens de vous dire.

— Je sais. J'ai donné ma parole et je la respecterai. D'ailleurs, je n'ai pas besoin d'utiliser ce que vous m'avez dit. Je le savais déjà. Presque tout. Sauf pour Beltran, mais il me suffit de lire la notice biographique de ce bouquin et je trouverai les dernières paroles de Poe… Je n'ai pas besoin ni des informations ni de l'autorisation du FBI pour écrire cet article.

Ces paroles provoquèrent un nouveau silence. Je sentais que Rachel fulminait, mais je devais tenir bon. Je devais jouer le plus finement possible. Dans ce genre de partie, on n'a jamais droit à une seconde donne. Après quelques minutes de tension, je vis apparaître les premiers panneaux d'autoroute annonçant Quantico. Nous n'étions plus très loin.

— Écoutez, repris-je. Nous parlerons de cet article plus tard. Je n'ai pas l'intention de m'enfuir pour commencer à le rédiger. J'en parlerai calmement avec mon rédacteur en chef et je vous ferai connaître notre décision. Ça vous va ?

— Parfait, Jack. J'espère seulement que vous

penserez à votre frère pendant cette discussion, car je suis sûre que votre patron n'y pensera pas.

— Soyez gentille, ne me parlez pas de mon frère ni de mes motivations. Vous ne savez rien de moi, ni de lui, et vous ne savez pas ce que je pense.

— Très bien.

Nous fîmes encore plusieurs kilomètres dans un silence de plomb. Ma colère retombant légèrement, je me demandai si je n'avais pas été trop brutal. Son but était de capturer cet individu qu'ils avaient surnommé le Poète. C'était également le mien.

— Je regrette mes paroles de tout à l'heure, dis-je. Je reste persuadé que nous pouvons nous aider mutuellement. Nous pouvons coopérer et, peut-être, mettre la main sur ce type.

— Franchement, je ne sais pas. Je ne vois pas l'intérêt de coopérer avec vous si tout ce que je dis se retrouve dans les journaux, puis à la télé et dans les magazines. Vous avez raison sur un point : j'ignore ce que vous avez en tête. Je ne vous connais pas, et je ne suis pas certaine de pouvoir vous faire confiance.

Sur ce, elle resta muette jusqu'à ce qu'on atteigne l'entrée de Quantico.

21

Il faisait déjà nuit et je distinguais mal les lieux lorsque nous pénétrâmes dans l'enceinte de l'Académie du FBI et du Centre de recherches, situés au cœur d'une base de Marines. L'ensemble était constitué de trois grands bâtiments de brique reliés par des atriums et des couloirs vitrés. Walling pénétra dans un parking portant la mention «Réservé aux agents du FBI» et se gara.

Elle s'obstina dans son mutisme alors que nous descendions de voiture. Cela me désolait. Je ne voulais pas qu'elle soit fâchée contre moi ou qu'elle me juge trop égoïste.

— Écoutez, lui dis-je, ma première priorité est d'arrêter ce type, bien évidemment. Donnez-moi simplement un téléphone. J'appelle mon informateur et mon rédacteur en chef, et nous trouvons une solution. OK?

— D'accord, répondit-elle à contrecœur.

J'étais heureux d'avoir enfin réussi à lui arracher quelque chose, serait-ce ce seul mot. Nous pénétrâmes dans le bâtiment du centre et empruntâmes une succession de couloirs jusqu'à un petit escalier que nous descendîmes pour accéder au Centre national d'étude sur les crimes violents. Nous étions au sous-sol. Rachel en tête, nous traversâmes un hall d'accueil et entrâmes dans une vaste pièce qui n'était guère différente d'une salle de rédaction. Il y avait là deux rangées de bureaux et d'espaces de travail séparés par des cloisons d'insonorisation, et une série de bureaux fermés, alignés sur le côté droit. Rachel s'écarta et me fit signe d'entrer dans l'un d'eux. Je me dis qu'il s'agissait du sien, bien qu'il fût austère et impersonnel. La seule photo était celle du président, accrochée sur le mur du fond.

— Asseyez-vous et servez-vous du téléphone, me dit-elle. Je vais chercher Bob pour savoir où on en est. Ne vous en faites pas, le téléphone n'est pas sur écoute.

Je perçus le sarcasme dans sa voix et vis son regard balayer le dessus du bureau : surtout pour s'assurer que je ne restais pas seul avec des documents importants. Satisfaite, elle ressortit. Je m'assis derrière le bureau et sortis mon carnet pour y chercher des numéros de téléphone que m'avait donnés Dan Bledsoe. Je réussis à le joindre chez lui.

— C'est Jack McEvoy. Nous nous sommes vus aujourd'hui.

— Exact.

— Voilà, je me suis fait pincer par le FBI en retournant à Washington. Ils ont décidé de mettre le paquet sur ce type, et ils ont déjà établi des liens entre cinq affaires. Mais ils n'ont pas encore

McCafferty, à cause de l'absence de lettre. Je peux leur refiler le tuyau pour les aider. Mais je voulais d'abord vous en parler. Car ils vont sans doute débarquer chez vous si je leur dis ce que je sais. Remarquez, ils viendront sans doute, même si je ne dis rien.

Pendant qu'il réfléchissait, je balayai du regard le dessus du bureau, comme l'avait fait Walling. Il était parfaitement rangé, occupé presque entièrement par un calendrier mensuel qui servait aussi de sous-main. Je constatai que Rachel revenait juste de vacances, comme l'indiquait le mot « vac » inscrit en face de chaque jour de la semaine précédente. Diverses abréviations accompagnaient d'autres dates au cours du mois, mais elles demeuraient indéchiffrables pour moi.

— OK, filez-leur le renseignement, déclara Bledsoe.

— Vous êtes sûr ?

— Oui. Si le FBI annonce que Johnny Mac a été assassiné, son épouse touchera le pognon. C'est ce que j'ai toujours voulu, alors dites-leur. Ils ne me feront rien. Ils ne peuvent rien me faire. C'est déjà fait. D'ailleurs, j'ai appris par un ami qu'ils avaient débarqué ici aujourd'hui pour fouiller les dossiers.

— OK, mec. Merci.

— Vous aurez une part du gâteau ?

— Je n'en sais rien. J'y travaille.

— C'est votre enquête. Accrochez-vous. Mais surtout ne faites pas confiance aux fédéraux, Jack. Ils se serviront de vous et après, ils vous laisseront sur le pavé comme une merde de chien.

Après l'avoir remercié de son conseil, je raccrochai. Au même moment, un type vêtu du costume gris, modèle standard, des agents du FBI, passa devant la porte ouverte, m'aperçus derrière le bureau et s'arrêta. Il entra, l'air intrigué.

— Je vous demande pardon, mais… que faites-vous ici ?

— J'attends l'agent Walling.

C'était un type costaud avec un visage dur, rougeaud, et des cheveux noirs très courts.

— Et je peux savoir qui vous êtes ?

— Je m'appelle Jack McEvoy. Elle…

— Ne vous asseyez pas derrière le bureau.

Il fit un geste de la main pour me montrer que je devais repasser devant le bureau et m'asseoir sur un des sièges réservés aux visiteurs. Plutôt que de discuter, je choisis d'obéir. Il me remercia et ressortit. Cet épisode m'aida à me souvenir pourquoi je n'avais jamais aimé avoir affaire aux agents du FBI. En général, ils étaient tous frappés de rétention anale.

M'étant assuré qu'il était parti, je tendis le bras par-dessus le bureau pour reprendre le téléphone de Walling et composai le numéro direct de Greg Glenn. Il était un peu plus de 17 heures à Denver et je savais qu'il serait en train de superviser le bouclage, mais je n'avais pas le choix.

— Jack, vous pouvez me rappeler ? me dit-il.

— Non. Il faut que je vous parle tout de suite.

— Bon, mais faites vite. On a eu un autre toubib descendu, et on est à la bourre pour boucler.

Rapidement, je le mis au courant de mes dernières découvertes et lui racontai ce qui s'était passé avec le FBI. Il sembla oublier immédiatement l'histoire du toubib qui s'était fait tirer dessus et les problèmes de bouclage, ne cessant de répéter que je tenais du sensationnel et que ça ferait un article sensationnel. Je laissai de côté la démission forcée de Warren et la petite comédie de Walling pour tenter de me bluffer. Je lui expliquai où je me trouvais et ce que j'avais l'intention de faire. Il approuva.

— On aura sans doute besoin de toute la place pour cette histoire de toubib, de toute façon, me dit-il. Pendant au moins deux jours. C'est la folie ici. J'aurais bien aimé que vous soyez là pour torcher quelques articles.

— Désolé.

— Bah. Continuez sur votre lancée, voyez ce que ça donne et tenez-moi au courant. Ça va être génial, Jack.

— Espérons-le.

Glenn repartit dans l'évocation des possibilités, en termes de récompenses journalistiques, de concurrence avec les confrères et de scoop à l'échelle nationale. Pendant que je l'écoutais, Walling pénétra dans le bureau, accompagnée d'un homme que je supposai être Bob Backus. Lui aussi portait l'inévitable costume gris, mais il avait le visage du type qui commande. Je lui donnai entre 35 et 40 ans et il paraissait en excellente forme physique. Il avait des cheveux châtains coupés en brosse, des yeux d'un bleu perçant et arborait un air chaleureux. Je levai un doigt pour leur indiquer que j'avais presque terminé. J'interrompis Glenn.

— Désolé, Greg, je dois raccrocher.

— OK. Tenez-moi au courant. Encore une chose, Jack.

— Quoi ?

— Apportez-moi des photos.

— Promis.

En raccrochant, je me dis qu'il en demandait peut-être trop. Mettre un photographe sur le coup, c'était trop risqué. Je devais penser à me placer moi-même d'abord.

— Jack, voici Bob Backus, notre responsable. C'est lui qui dirige l'équipe à laquelle j'appartiens. Bob, je vous présente Jack McEvoy du *Rocky Mountain News*.

Nous nous serrâmes la main ; Backus avait une poigne de fer. Encore un stéréotype macho du FBI, à l'instar du costume. Tout en parlant, il se pencha distraitement vers le bureau pour y redresser le sous-main.

— Ah, c'est toujours un plaisir de rencontrer un de nos amis du Quatrième Pouvoir. Surtout quand il nous vient de l'extérieur.

Je me contentai d'un hochement de tête. C'était du baratin et tout le monde le savait.

— Si nous allions boire un café au Boardroom ? me proposa Backus. La journée a été longue. Je vous ferai un peu visiter en chemin.

Tandis que nous remontions, Backus n'ajouta rien d'important, si ce n'est ses condoléances pour la mort de mon frère. Mais lorsque nous fûmes tous les trois installés devant nos cafés à une des tables de la cafétéria qu'ils surnommaient le Boardroom, c'est-à-dire la salle de conférences, il en vint au fait.

— Tous nos propos sont confidentiels, Jack. Tout ce que vous voyez ou entendez ici à Quantico est confidentiel. C'est bien compris ?

— Oui. Pour l'instant.

— Très bien. Si vous souhaitez revenir sur ce principe, dites-le-nous, à Rachel ou à moi, et on la bouclera. Seriez-vous disposé à signer un engagement écrit en ce sens ?

— OK. À condition que ce soit moi qui le rédige.

Backus acquiesça, comme si je venais de marquer un point au cours d'un débat.

— Ça me semble normal. (Il repoussa son gobelet de café, frotta ses paumes l'une contre l'autre pour ôter quelque saleté invisible et se pencha vers moi au-dessus de la table.) Jack, nous avons une réunion dans un quart d'heure. Comme vous l'a très certainement expliqué Rachel, nous avons mis les bouchées doubles. Selon moi, nous ferions preuve d'une négligence criminelle si nous menions cette enquête de tout autre façon. J'ai mis toute mon équipe sur le coup, plus huit agents de la BSS qu'on m'a prêtés et deux scientifiques à plein temps. Et j'ai la coopération de six bureaux locaux. Je n'ai pas le souvenir d'un tel investissement pour une autre enquête.

— Vous m'en voyez ravi... Bob.

Il sembla ne pas s'offusquer que je l'appelle par son prénom. C'était un petit test. Apparemment, il me traitait d'égal à égal, en m'appelant souvent par le mien. J'avais décidé de voir ce qui se passerait si je faisais la même chose. Jusqu'à présent, pas de problème.

— Vous avez accompli un excellent travail, reprit-il. Cela nous a fourni un point de départ solide. C'est un bon début, et je tiens à vous dire que cela fait déjà plus de vingt heures que nous sommes sur les dents.

Derrière Backus, je vis l'agent qui s'était adressé à moi dans le bureau de Walling s'asseoir à une autre table avec une tasse de café et un sandwich. Il commença à manger en nous observant.

— Nous parlons là d'une formidable quantité de compétences humaines impliquées dans cette enquête, reprit Backus. Mais dans l'immédiat, notre priorité numéro un, c'est le secret.

Les choses se déroulaient exactement comme je l'avais prévu et je dus faire un effort pour ne pas laisser voir que j'étais conscient de mon emprise sur le FBI et sur l'enquête. J'avais un moyen de pression. J'étais sur le coup.

— Vous ne voulez pas que j'écrive mon article, lui dis-je.

— C'est exactement ça. Pas maintenant, du moins. Nous savons que vous possédez suffisamment d'éléments, indépendamment de ce que nous vous avons appris, pour rédiger un sacré article. Cette histoire, c'est de la dynamite, Jack. Si vous décidez de la raconter, dans votre journal là-bas à Denver, ça va attirer l'attention. Dès le lendemain, l'info sera sur toutes les chaînes de télé et dans tous les journaux. Puis dans tous les magazines et dans toutes les émissions à scandale. À moins de vivre en ermite, tout le monde sera au courant. Et ça, Jack, je vous le dis clairement et simplement, c'est impossible. Si le meurtrier sait que nous savons, il risque de disparaître. S'il est intelligent, et nous savons qu'il l'est foutrement, il disparaîtra. Nous ne l'aurons jamais. Or, ce n'est pas ce que vous voulez. Nous parlons de l'individu qui a tué votre frère. Ce n'est pas ce que vous voulez, hein?

Je hochai la tête pour indiquer que je comprenais le dilemme et restai silencieux, le temps de préparer ma réponse. Mon regard glissa de Backus vers Walling, avant de revenir sur le premier.

— Mon journal a déjà investi énormément de temps et d'argent, lui dis-je. J'ai mis à jour toute l'affaire. Et vous comprenez bien que je pourrais écrire dès ce soir un article disant que les autorités mènent une enquête à l'échelle nationale afin de vérifier l'hypothèse selon laquelle un tueur de flics agirait en toute impunité depuis au moins trois ans.

— Comme je le disais, vous avez fait de l'excellent travail et nul ne peut nier l'importance de cette affaire.

— Alors, que proposez-vous? Je tire un trait et je m'en vais? J'attends que vous teniez une conférence de presse le jour où vous arrêterez ce type... si vous y arrivez jamais?

Backus se racla la gorge et se renversa contre le dossier de sa chaise. Je jetai un regard à Walling, mais son visage demeurait impénétrable.

— Je n'essaierai pas d'enrober la pilule, dit Backus. C'est exact, je vous demande de vous asseoir sur votre article pendant quelque temps.

— Jusqu'à quand? Ça veut dire quoi, « quelque temps » ?

Backus observa le décor de la cafétéria, comme s'il y venait pour la première fois. Il répondit sans me regarder.

— Jusqu'à ce qu'on attrape ce type.

J'émis un petit sifflement.

— Et qu'obtiendrai-je en échange? Quel est l'intérêt pour le *Rocky Mountain News* ?

— Avant tout, et c'est le plus important, vous nous aiderez à capturer l'assassin de votre frère. Et si ça ne vous paraît pas suffisant, je suis certain que nous pourrons négocier une manière d'accord d'exclusivité concernant l'arrestation du suspect.

Plus personne ne parla pendant un long moment. Il était clair que la balle se trouvait désormais dans mon camp. Je choisis mes mots avec énormément de soin avant de me pencher au-dessus de la table, pour dire :

— Comme vous le savez certainement, Bob, nous sommes dans une situation où, pour une fois, ce n'est pas vous qui avez toutes les cartes en main pour mener le jeu. C'est mon enquête. Je l'ai commencée et je n'ai pas l'intention de laisser tomber. Je ne rentrerai pas à Denver pour m'asseoir derrière un bureau et attendre que le téléphone sonne. Je suis dans le coup et si vous essayez de me foutre sur la touche, j'irai écrire mon article. Il sera dans le journal dimanche matin. C'est notre plus gros tirage de la semaine.

— Vous feriez ça à votre frère ? me lança Walling, d'une voix rendue cassante par la colère. Vous vous en foutez ?

— Rachel, je vous en prie, intervint Backus. Qu'est-ce…

— Non, je ne m'en fous pas, lui répondis-je. J'étais le seul à ne pas m'en foutre. Alors n'essayez pas de me culpabiliser. Mon frère est mort et il le restera, peu importe que vous retrouviez ce type ou pas, que j'écrive mon article ou pas.

— D'accord, Jack, nous ne mettons pas en cause vos motivations, dit Backus en levant les mains dans un geste d'apaisement. Apparemment, nous nous retrouvons dans une position antagoniste et je ne le veux pas. Pourquoi ne pas m'expliquer clairement ce que vous souhaitez ? Je suis sûr que nous allons régler ce problème rapidement. Avant même que le café refroidisse.

— C'est simple, lui répondis-je immédiatement. Mettez-moi sur l'enquête. Accès privilégié en tant qu'observateur. Je n'écrirai pas un mot avant qu'on mette la main sur ce salopard ou qu'on abandonne.

— C'est du chantage, dit Walling.

— Non, c'est l'accord que je vous propose, répliquai-je. En fait, c'est plutôt une concession, car je connais toute l'histoire. M'asseoir dessus est contraire à mon instinct et à mes habitudes.

Je regardai Backus. Walling était furieuse, mais je

savais que ça ne comptait pas. La décision viendrait de son supérieur.

— À mon avis, ce n'est pas possible, Jack, dit Backus. Le règlement du Bureau interdit d'introduire un élément extérieur dans une enquête. D'ailleurs, ça pourrait être dangereux pour vous.

— Je m'en fous. Et du reste aussi. Tel est le marché. C'est à prendre ou à laisser. Appelez qui vous devez appeler. Mais voilà le marché.

Backus fit glisser son gobelet de café devant lui et plongea son regard dans le liquide noir encore fumant. Il n'en avait même pas bu une gorgée.

— Cette décision dépasse largement mon niveau d'autorité, déclara-t-il. Je serai obligé de vous recontacter.

— Quand ?

— Je vais appeler immédiatement.

— Et la réunion ?

— Ils peuvent commencer sans moi. Attendez-moi donc ici tous les deux. Ça ne devrait pas être long.

Backus se leva et rangea soigneusement sa chaise sous la table.

— Que les choses soient bien claires, dis-je avant qu'il ne pivote sur ses talons, si je suis autorisé à participer à l'enquête en tant qu'observateur, je n'écrirai aucun article sur cette affaire tant que nous n'aurons pas arrêté un suspect, ou que vous ne déciderez pas, pensant avoir perdu trop de temps, de consacrer vos efforts à d'autres enquêtes. À deux exceptions cependant.

— Lesquelles ? demanda Backus.

— Premièrement, si vous me demandez expressément d'écrire l'article. Viendra peut-être le moment où vous voudrez obliger ce type à sortir de son trou. Dans ce cas, j'écrirai l'article. Deuxième exception : en cas de fuite. Si jamais cette histoire apparaît dans un autre journal ou à la télé, l'accord est rompu. Immédiatement. Même si j'apprends simplement que quelqu'un d'autre est sur le point de tout dévoiler, je prendrai les devants. C'est mon histoire.

Backus me regarda en hochant la tête.

— Je reviens tout de suite.

Et il s'éloigna. Walling m'observa et dit :

— Si ça n'avait tenu qu'à moi, je vous aurais traité de bluffeur.

— Ce n'était pas du bluff, dis-je. J'étais sérieux.

— Dans ce cas, si vous êtes prêt à échanger la capture du meurtrier de votre frère contre un article, j'ai vraiment de la peine pour vous. Je vais me chercher un autre café.

Elle se leva à son tour et me laissa seul. En la regardant marcher vers le comptoir, je sentis que mon esprit se mettait à vagabonder au-delà de ses paroles, pour finalement s'arrêter sur les vers de Poe que j'avais lus la nuit précédente et qui restaient gravés dans ma mémoire.

Seul je vivais,
Dans un monde qui gémissait
Et mon âme était un courant stagnant.

22

J'entrai dans la salle de conférences avec Backus et Walling, et constatai que presque tous les sièges étaient occupés. Pour assister à cette réunion exceptionnelle, des agents avaient pris place autour de la longue table ; à l'extérieur du cercle, d'autres participants étaient assis sur des chaises alignées le long du mur. Backus me désigna l'une d'elles et me fit signe de m'installer. Après quoi, Walling et lui allèrent s'asseoir aux deux dernières places libres, au centre de la table. Apparemment, ces chaises leur étaient réservées. Sentant tous les yeux se poser sur moi, l'intrus, je me penchai vers le sol et fis semblant de fouiller dans la sacoche de mon ordinateur comme si je cherchais quelque chose, afin de ne pas affronter les regards.

Backus avait accepté mon marché. Ou plutôt, la personne qu'il avait appelée l'avait accepté. Je ferais partie de l'équipe, et l'agent Walling me servirait de « baby-sitter », pour reprendre son expression. J'avais rédigé et signé un document par lequel je m'engageais à n'écrire aucun article sur cette enquête avant concrétisation de nos efforts ou abandon – cela à moins que ne survienne une des deux exceptions que j'avais mentionnées précédemment. J'avais demandé à Backus d'être accompagné par un photographe, mais il m'avait répondu que cela ne faisait pas partie de notre marché. Malgré tout, il acceptait de considérer toute demande spécifique concernant d'éventuelles photos. Je ne pouvais pas faire plus pour Glenn.

Une fois que Backus et Walling eurent pris place, et que la curiosité à mon égard fut retombée, je regardai autour de moi. Une douzaine d'hommes et trois femmes, dont Walling, se trouvaient réunis dans cette pièce. La plupart des hommes étaient en bras de chemise, et de toute évidence cela faisait un bon moment qu'ils travaillaient. La table était couverte de gobelets en polystyrène, des tas de paperasses étant étendus un peu partout, même sur leurs genoux. Une femme faisait le tour de la pièce en distribuant une liasse de documents à chaque agent. Je reconnus parmi eux le type au visage dur qui était entré dans le bureau de Walling et que j'avais aperçu ensuite à la cafétéria. Quand Walling était allée rechercher du café, je l'avais vu abandonner son sandwich pour la rejoindre au comptoir et lui parler. Je ne pouvais entendre ce qu'ils se disaient, mais apparemment elle l'avait rembarré et cela ne semblait pas lui plaire.

— Très bien, mesdames et messieurs, dit Backus. Essayons de commencer. La journée a été dure et les prochaines risquent de l'être encore plus.

Le murmure des conversations cessa brusquement. Aussi discrètement que possible, je glissai la main dans la sacoche de mon ordinateur pour sortir mon carnet. Je l'ouvris à une page vierge, prêt à prendre des notes.

— Tout d'abord, j'ai une petite annonce à faire, dit Backus. Cet homme que vous ne connaissez pas et que vous voyez assis là-bas contre le mur s'appelle Jack McEvoy. Il est journaliste au *Rocky Mountain News* et a l'intention de rester avec nous jusqu'à la fin de cette affaire. C'est grâce à son excellent travail que notre équipe a vu le jour. Il a découvert notre Poète. Il a accepté de n'écrire aucun article sur notre enquête avant l'arrestation du coupable. Je vous demande de faire preuve du maximum de courtoisie envers lui. Il est ici avec l'accord du haut responsable.

De nouveau, je sentis les regards se tourner vers moi et je restai pétrifié, en tenant mon carnet et mon stylo, comme surpris sur les lieux d'un crime avec du sang sur les mains.

— S'il n'a pas l'intention d'écrire un article, pourquoi a-t-il sorti son carnet ?

Je me tournai vers la voix familière et constatai que la question provenait de l'homme au visage dur que j'avais rencontré dans le bureau de Rachel.

— Il a besoin de prendre des notes pour pouvoir relater les faits quand il écrira son article, déclara celle-ci, prenant ma défense de manière inattendue.

— Les poules auront des dents le jour où les journalistes relateront les faits, répliqua l'agent.

— Allons, Gordon, ne mettons pas M. McEvoy mal à l'aise, le reprit Backus avec un sourire. Je suis sûr qu'il fera de l'excellent travail. Notre supérieur le pense également. Et de fait, McEvoy a accompli du très bon boulot jusqu'à présent et nous pouvons lui accorder à la fois le bénéfice du doute et notre coopération.

Je vis le dénommé Gordon secouer la tête d'un air atterré ; son visage s'assombrit. Au moins étais-je renseigné d'emblée sur les personnes à éviter. J'eus une nouvelle indication lorsque la femme qui distribuait les documents passa devant moi en m'ignorant.

— C'est notre dernière réunion générale, déclara Backus. Demain, la plupart d'entre nous vont se séparer et le PC de toute l'opération se transportera à Denver, lieu où s'est produit le dernier cas. Rachel demeure agent de liaison et coordinatrice. Brass et Brad resteront ici pour collationner les données et ainsi de suite. Je veux recevoir des copies papier de chaque agent à 18 heures précises, heure locale, chaque jour, à Denver et ici à Quantico. Pour l'instant, vous utiliserez le fax de notre bureau de Denver. Le numéro doit figurer sur les photocopies qu'on vous a remises. Dès que nous aurons installé nos propres lignes, nous vous transmettrons les numéros. Maintenant, faisons le point. Il est capital que nous soyons tous sur la même longueur d'ondes. Je veux que rien ne filtre de cette enquête. Il y a déjà eu trop de fuites.

— On a intérêt à pas déconner, dit Gordon d'un ton sarcastique. La presse nous surveille.

Il y eut quelques rires, mais Backus y mit fin.

— Très bien, Gordon, vous avez clairement exprimé votre mécontentement. Je vais céder la parole à Brass quelques instants ; elle fera le point sur l'état de l'enquête.

Une femme assise en face de Backus se racla la gorge. Elle étala devant elle trois feuilles qui semblaient provenir d'une imprimante, puis se leva.

— Bien. Nous avons six décès d'inspecteurs dans six États différents. Par ailleurs, nous avons six meurtres non résolus, sur lesquels enquêtaient ces six inspecteurs au moment de leur mort. Notez que nous ne sommes pas encore en mesure d'affirmer avec certitude si nous avons affaire à un ou deux meurtriers, voire plus, bien que cela semble peu probable. Nous penchons vers la thèse du meurtrier unique, mais, pour l'instant, aucun élément tangible ne vient la confirmer. En revanche, nous pouvons affirmer sans risque de nous tromper que les meurtres de ces six inspecteurs sont liés, et donc l'œuvre très certainement d'une seule et même personne. Pour l'instant, nous concentrons tous nos efforts sur cet individu. Celui que nous surnommons le Poète. À part cela, le lien avec les autres meurtres reste théorique. Nous y reviendrons. Commençons, si vous le voulez bien, par les inspecteurs. Consultez rapidement le premier rapport concernant les victimes, parmi les documents qu'on vous a remis, et je vous apporterai quelques précisions.

Je regardai tout le monde consulter les polycopiés,

agacé d'être ainsi mis sur la touche. Je me jurai d'en glisser un mot à Backus après la réunion. Je tournai la tête vers Gordon et vis qu'il m'observait. Il m'adressa un clin d'œil et plongea le nez dans ses documents. C'est alors que Walling se leva et fit le tour de la table pour venir vers moi. Elle me tendit une liasse de polycopiés. Je la remerciai d'un hochement de tête, mais elle était déjà repartie à sa place. En passant, je la vis jeter un coup d'œil en direction de Gordon, tous les deux échangeant un long regard noir.

Je reportai mon attention sur les feuilles que je tenais dans la main. La première dressait simplement la liste des agents concernés et leurs fonctions. Il y avait également les numéros de téléphone et de fax des bureaux de Denver, Baltimore, Tampa, Chicago, Dallas et Albuquerque. Je parcourus les noms des agents et ne trouvai qu'un seul Gordon. Gordon Thorson. En face de son nom, cette simple mention « Quantico ».

Je cherchai ensuite Brass et devinai sans peine qu'il s'agissait de Brasilia Doran, chargée, d'après ce document, de la « coordination victimes/profil ». D'autres attributions concernaient d'autres agents, comme par exemple, graphologie ou cryptologie, mais le plus souvent, il s'agissait simplement de la ville d'affectation, suivie d'un nom de victime. Apparemment, deux agents de la BSS se rendraient dans chaque ville où avait sévi le Poète afin de coordonner les enquêtes sur ces affaires avec les agents des bureaux du FBI et la police locale.

Je passai à la page suivante, celle que tout le monde était en train de lire.

RAPPORT PRÉLIMINAIRE VICTIMOLOGIE.
LE POÈTE DSC 95-17

Vict. numéro :

1. Clifford Beltran, Serv. du shérif du comté de Sarasota. Crim.

Homme de race blanche. Né le 14/3/34. Décédé le 1/4/92.

Arme : carabine Smith & Wesson cal. 12.

Une seule balle. Dans la tête.

Lieu du crime : domicile. Pas de témoin.

2. John Brooks, police de Chicago. Crim. Zone Trois.

Homme de race noire. Né le 21/7/54. Décédé le 30/10/93.

Arme de service. Glock cal. 19.

Deux balles, un impact. Dans la tête.

Lieu du crime : domicile. Pas de témoin.

3. Garland Petry, police de Dallas. Crim.

Homme de race blanche. Né le 11/11/51. Décédé le 28/3/94.

Arme de service. Beretta cal. 38.

Deux balles, deux impacts. Poitrine et tête.

Lieu du crime : domicile. Pas de témoin.

4. Morris Kotite, police d'Albuquerque. Crim.

Homme de type hispanique. Né le 14/9/56. Décédé le 24/9/94.

Arme de service Smith & Wesson cal. 38.

Deux balles, un impact. Dans la tête.

Lieu du crime : domicile. Pas de témoin.

5. Sean McEvoy, police de Denver. Crim.

Homme de race blanche. Né le 21/5/61. Décédé le 10/2/95.

Arme de service Smith & Wesson cal. 38.

Une balle. Dans la tête.

Lieu : voiture. Pas de témoin.

Je remarquai immédiatement une chose : McCafferty ne figurait pas encore sur leur liste. Chronologiquement il aurait occupé la seconde place. Je m'aperçus ensuite que les regards de plusieurs personnes présentes dans la salle se posaient sur moi, à mesure qu'elles découvraient le dernier nom de la liste et comprenaient apparemment qui j'étais. Je gardai les yeux fixés sur ma feuille, lisant et relisant les indications figurant sous le nom de mon frère. Sa vie avait été réduite à quelques dates et descriptions. Enfin, Brasilia Doran vola à mon secours.

— Bien, dit-elle. Sachez que ces documents ont été imprimés avant que nous ayons confirmation du sixième cas. Si vous voulez bien l'ajouter à la liste, la victime figure à la deuxième place, entre Beltran et Brooks. Son nom est John McCafferty, inspecteur de la brigade criminelle de la police de Baltimore. Nous aurons plus de détails ultérieurement. Mais comme vous pouvez d'ores et déjà le constater, il n'y a guère d'éléments récurrents dans tous ces cas. Les armes et les lieux du crime diffèrent, et nous avons trois Blancs, un Noir et un Hispanique comme victimes… La victime supplémentaire, McCafferty, est un homme de race blanche de quarante-sept ans.

« Malgré tout, il existe un petit nombre de dénominateurs communs, en ce qui concerne les circonstances de ces drames et les pièces à conviction. Toutes les victimes sont des hommes, des inspecteurs de la Criminelle tués d'une balle dans la tête, en l'absence de témoin oculaire. Nous en arrivons alors aux deux sortes de points communs cruciaux que nous cherchons à exploiter. Dans chacun des cas, nous trouvons une référence à Edgar Allan Poe. C'est le premier point commun. Le second, c'est que chacune des victimes, à en croire les témoignages de ses collègues, était obsédée par une enquête particulière ; et deux des inspecteurs avaient réclamé une aide psychologique.

« Si vous passez à la page suivante…

Le bruit des feuilles qu'on tournait fut comme un murmure dans la salle. Je sentais une fascination morbide s'emparer de chacun. Pour moi, ce moment avait quelque chose d'irréel. J'avais l'impression d'être dans la peau d'un scénariste découvrant enfin son film sur l'écran. Avant, tout cela était une chose cachée dans mes carnets, la mémoire de mon ordinateur et dans ma tête, comme appartenant au royaume lointain des possibilités. Et soudain, je me retrouvais dans une salle remplie d'enquêteurs qui évoquaient à voix haute ce sujet, lisaient des documents, confirmant ainsi la réalité de cette horreur.

La feuille suivante rassemblait les messages laissés par les «suicidés», toutes les citations tirées des poèmes de Poe que j'avais relevées et recopiées la nuit précédente.

— C'est ici que toutes ces affaires se rejoignent de manière irréfutable, déclara Doran. Notre Poète est amateur d'Edgar Allan Poe. Nous ne savons pas encore pour quelle raison, mais c'est une chose sur laquelle nous allons travailler ici pendant que vous serez en voyage. Je vais donner la parole à Brad quelques instants pour qu'il vous en dise un peu plus à ce sujet.

L'agent fédéral assis juste à côté de Doran se leva pour prendre la direction des opérations. Revenant à la liste de la première page, j'y trouvai un certain Bradley Hazelton. Brass et Brad. Une équipe de choc, pensai-je. Hazelton, un individu dégingandé, les joues grêlées par des cicatrices d'acné, remonta ses lunettes sur son nez avant de parler.

— Bien. Ce qui nous intéresse ici, c'est que les six citations liées à ces affaires, y compris celle de Baltimore, proviennent de trois poèmes de Poe, et de ses dernières paroles. Nous les étudions actuellement pour tenter de déterminer une sorte d'obsession commune à tous ces poèmes, et comprendre quel peut être le rapport avec notre meurtrier. Nous ne savons pas ce que nous cherchons. Il est cependant clair que notre homme joue avec nous à ce niveau, et c'est là qu'il prend le plus de risques. Je pense que nous ne serions pas réunis ici aujourd'hui, et M. McEvoy n'aurait pas fait le rapprochement entre tous ces meurtres si notre homme n'avait pas décidé de citer Edgar Allan Poe. Ces poèmes constituent en quelque sorte sa signature. Nous essayons également de déterminer pourquoi il a choisi Poe plutôt que Walt Whitman, par exemple, mais je...

— Je vais vous dire pourquoi, déclara un agent assis tout au bout de la table. Poe était un cinglé morbide, et notre type lui ressemble.

Il y eut quelques rires.

— Euh, oui, sans doute... on peut dire ça, grosso modo, répondit Hazelton, sans comprendre que cette remarque était destinée à détendre l'atmosphère. Quoi qu'il en soit, Brass et moi allons travailler là-dessus et si certains d'entre vous ont des idées, elles seront les bienvenues. Mais voici d'ores et déjà quelques indications. Poe est généralement considéré comme le père du roman policier, grâce à son récit intitulé *Double Assassinat dans la rue Morgue* qui ressemble à un thriller. Autrement dit, nous avons peut-être affaire à un meurtrier qui considère tout cela comme une vaste énigme. Il prend plaisir à nous narguer avec son mystère à lui, en utilisant les phrases de Poe en guise d'indices. Par ailleurs, j'ai commencé à lire quelques ouvrages critiques sur l'œuvre de Poe et j'y ai découvert une chose intéressante. Un des poèmes utilisés par notre meurtrier s'intitule « Le Palais hanté ». Ce poème figure dans une nouvelle nommée *La Chute de la maison Usher*. Je suis sûr que vous l'avez tous lue ou que vous en avez entendu parler. Enfin bref, tous les spécialistes s'accordent à dire que ce poème, s'il sert, de prime abord, à décrire la maison de Usher, est également une description cachée, ou inconsciente, du personnage principal de l'histoire, Roderick Usher. Et ce nom, vous le savez si vous avez assisté à la réunion d'hier soir, apparaît dans la mort de la victime numéro 6. Pardon, je veux parler de Sean McEvoy. Ce n'est pas juste un numéro.

Il se tourna vers moi et m'adressa un petit signe de tête ; je le lui rendis.

— La description contenue dans le poème… une minute, je vous prie.

Hazelton parcourait ses notes. Il trouva enfin ce qu'il cherchait, repoussa ses lunettes sur son nez une fois de plus et poursuivit :

— Voici ce que nous trouvons : « Des bannières blondes, superbes, dorées/ À son dôme flottaient et ondulaient », et un peu plus loin : « Le long des remparts chevelus et pâles ». Quelques lignes plus bas, il est fait allusion à « deux fenêtres lumineuses », et bla-bla-bla. Bref, sur le plan de la description, cela nous donne le portrait d'un homme blanc, reclus, avec des cheveux blonds, longs peut-être, ou bien bouclés, et des lunettes. Voilà les bases de votre profil psychologique.

Il y eut des éclats de rire dans la salle et Hazelton parut s'en offusquer.

— C'est dans les bouquins, protesta-t-il. Je ne plaisante pas, et je pense que c'est un bon point de départ.

— Hé, attendez un peu ! Pas si vite ! lança une voix venant du cercle extérieur.

Un homme se leva pour obtenir l'attention de toute l'assemblée. Il était plus âgé que la plupart des autres agents présents et affichait l'air blasé du vétéran à qui on ne la fait pas.

— De quoi est-ce qu'on parle au juste ? Des bannières blondes qui flottent ? C'est quoi ces conneries ? Géniale, cette histoire de poèmes. Ça aidera certainement le jeunot là-bas à vendre un tas de canards, mais depuis vingt heures que je vous écoute parler, rien n'a encore réussi à me convaincre qu'on avait affaire à un cinglé en liberté qui aurait réussi, on ne sait pas trop comment, à maîtriser cinq ou six flics et à leur coller le canon de leur flingue dans la bouche. J'ai du mal à avaler ça, si je peux me permettre. Qu'est-ce qu'on sait au juste ?

Il y eut un bourdonnement d'approbation et des hochements de tête dans la salle. Quelqu'un prononça le nom de l'agent qui avait déclenché les hostilités : « Smitty ». Je relevai le nom d'un certain Chuck Smith sur la première page de la liasse de documents. Il partait pour Dallas.

Doran se leva à son tour pour répondre.

— C'est là que le bât blesse, nous le savons, dit-elle. La méthodologie reste pour l'instant notre point faible. Mais la corrélation avec Poe est une certitude selon moi, et Bob partage mon avis. Qu'est-ce qu'on peut faire d'autre ? On dit que c'est impossible et on laisse tomber ? Non, on agit comme si d'autres vies pouvaient être en jeu, car c'est certainement le cas.

Vos questions trouveront, je l'espère, des réponses au cours de l'enquête. Mais je suis d'accord pour dire que c'est un élément à considérer, et il est toujours sain de se montrer sceptique. C'est un problème de pouvoir. Comment le Poète s'y prend-il pour manipuler ses victimes ?

Elle tourna la tête et balaya la salle du regard. Smitty ne disait plus rien.

— Brass, dit Backus. Passons aux premières victimes.

— OK. Tournez la page, mesdames et messieurs.

La feuille suivante contenait des informations sur les meurtres qui avaient hanté les inspecteurs assassinés par le Poète. Dans le rapport, elles étaient appelées « victimes secondaires », même si, dans chaque ville, elles étaient en fait mortes les premières. Je constatai une fois de plus que le dossier n'était pas à jour. Polly Amherst, la femme assassinée à Baltimore et dont le meurtre avait obsédé John McCafferty, ne figurait pas encore sur la liste.

VICTIMOLOGIE SECONDAIRE.
RAPPORT PRÉLIMINAIRE

1. Gabriel Ortiz, Sarasota, Floride.
Écolier.
Garçon de type hispanique. Né le 1/6/82.
Décédé le 14/2/92.
Strangulation avec accessoire, violences.
(Fibres de kapok.)

2. Robert Smathers, Chicago.

Écolier.

Garçon de race noire. Né le 11/8/81. Décédé le 15/8/93.

Strangulation manuelle, mutilations *ante mortem*.

3. Althea Granadine, Dallas.

Écolière.

Fillette de race noire. Née le 10/10/84. Décédée le 4/1/94.

Multiples blessures au couteau dans la poitrine, mutilations *ante mortem*.

4. Manuela Cortez, Albuquerque, Nouveau-Mexique.

Gouvernante.

Femme de type hispanique. Née le 11/4/46. Décédée le 16/8/94.

Multiples blessures avec objet contondant, mutilations *post mortem*.

(Fibres de kapok.)

5. Theresa Lofton

Étudiante, employée de crèche.

Femme de race blanche. Née le 4/7/75. Décédée le 16/12/94.

Strangulation avec accessoire, mutilations *post mortem*.

(Fibres de kapok.)

— Une fois encore, il nous manque une victime, déclara Doran. Celle de Baltimore. Je crois savoir qu'il ne s'agissait pas d'un enfant, mais d'une enseignante. Polly Amherst. Strangulation avec accessoire et mutilations *post mortem*.

Elle marqua une pause au cas où certains auraient pris des notes.

— Nous continuons de recevoir par fax les dossiers et les informations concernant ces différentes affaires, reprit-elle. Cette liste a été établie pour les besoins de la réunion. Mais, en premier lieu, ce qui nous intéresse dans ces cas « secondaires », c'est le rapport constant avec les enfants. Trois victimes étaient des enfants, deux autres travaillaient directement avec les enfants, et la dernière, Manuela Cortez, la gouvernante, a été kidnappée, puis assassinée, alors qu'elle se rendait à l'école fréquentée par les enfants de ses patrons pour les ramener à la maison. Il est permis de penser que les cibles visées dans cette chaîne étaient toutes des enfants, mais dans un cas sur deux peut-être que quelque chose a cloché, la tentative d'enlèvement étant interrompue par les futures victimes adultes, qui ont été éliminées.

— Que faut-il penser des mutilations ? demanda un des agents assis à l'extérieur du cercle. Certaines sont *post mortem*, mais avec les enfants… c'est différent.

— Aucune certitude à ce sujet, mais à ce stade on peut supposer que cela fait partie de sa tactique de camouflage. En utilisant des méthodes et des pathologies différentes, il a réussi à passer inaperçu. Rassemblées sur le papier, ces affaires peuvent sembler similaires, mais plus l'analyse est approfondie, plus elles diffèrent. C'est comme si six individus différents avec des pathologies différentes avaient assassiné ces victimes. En fait, toutes ces affaires ont été passées au crible des questionnaires de la VICAP par nos bureaux locaux, mais aucune correspondance n'a été mise au jour. N'oubliez pas que le questionnaire comporte maintenant dix-huit pages.

« Point essentiel : je pense que le meurtrier a étudié nos méthodes. Il a su modifier sa façon de procéder avec ses victimes pour que nos ordinateurs infaillibles ne puissent mettre en évidence aucune correspondance. Il n'a commis qu'une seule erreur : les fibres de kapok. C'est grâce à ce détail que nous l'avons trouvé.

Un agent assis à l'extérieur du cercle leva la main et Doran lui donna la parole d'un signe de tête.

— Si on a retrouvé des fibres de kapok à trois reprises, pourquoi l'ordinateur n'a-t-il pas repéré ces correspondances, si tous ces meurtres ont été enregistrés comme vous l'affirmez ?

— Erreur humaine. Dans le premier cas, celui du jeune Ortiz, l'élément kapok était inhérent à l'environnement et n'a pas été retenu. Il ne figure pas dans le questionnaire. Dans l'affaire d'Albuquerque, les fibres n'ont été identifiées qu'après l'analyse soumise à la VICAP. Et quand il s'est avéré que c'était du kapok, le questionnaire n'a pas été complété. Un oubli. Résultat, nous sommes passés à côté des points communs. Nous avons été avertis aujourd'hui seulement, par notre bureau local. Il n'y a que dans le meurtre de Denver que l'élément kapok a été jugé digne de figurer dans les recherches de la VICAP.

Plusieurs agents laissèrent échapper un grognement et, personnellement, je ressentis un pincement au cœur. Ils étaient passés à côté de l'occasion qui leur était offerte, dès le meurtre d'Albuquerque, de découvrir les agissements d'un *serial killer*. Et s'ils n'étaient pas passés à côté ? songeai-je. Sean serait-il toujours en vie ?

— Ce qui nous amène à la grande question, reprit Doran. Combien y a-t-il de meurtriers ? Un qui accomplit les premiers meurtres, et un second qui liquide les inspecteurs ? Ou bien un seul ? Un seul qui tue tout le monde ? Pour l'instant, en nous fondant essentiellement sur les improbabilités logistiques liées à l'existence de deux meurtriers, nous nous attachons à prouver la théorie du lien. Nous pensons donc que dans chaque ville les deux meurtres sont liés.

— Et la pathologie ? demanda le dénommé Smitty.

— Nous n'en sommes qu'au stade des suppositions. La plus évidente, c'est que le meurtrier considère l'élimination de l'inspecteur comme un moyen de masquer ses traces et d'assurer sa fuite. Mais là aussi nous avons une autre théorie. Il est possible que le premier meurtre ait été commis par notre homme dans le simple but d'attirer l'inspecteur chargé de l'enquête. En d'autres termes, il s'agit d'un appât, présenté de manière effroyable afin de déclencher un phénomène obsessionnel chez l'inspecteur. Nous pensons que le Poète espionne ensuite chacune de ses futures victimes pour connaître leurs habitudes, leurs routines. Il peut ainsi se rapprocher de sa cible et accomplir enfin le meurtre sans risquer d'être repéré.

Le silence se fit dans la salle. J'eus alors le sentiment que tous ces agents, bien qu'ils aient certainement un grand nombre de *serial killers* à leur tableau de chasse, n'avaient encore jamais rencontré un prédateur semblable à celui qu'ils surnommaient le Poète.

— Évidemment, reprit Brass, nous n'avons que des théories pour le moment...

Backus se leva.

— Merci, Brass, dit-il, avant de s'adresser à l'assemblée. Rapidement maintenant, car j'aimerais bien passer au profil psychologique et conclure cette réunion, Gordon, vous vouliez nous communiquer une information.

— Oui, très vite, dit Thorson en se levant pour se diriger vers un chevalet supportant de grandes feuilles de papier. La carte qui figure sur vos documents a besoin d'être réactualisée en tenant compte du meurtre de Baltimore. Si vous voulez bien m'accorder votre attention quelques instants...

À l'aide d'un marqueur noir, il esquissa sur la feuille une carte des États-Unis. Puis, prenant un gros feutre rouge, il entreprit de tracer l'itinéraire du Poète. Partant de la Floride, qu'il avait dessinée relativement petite par rapport au reste du pays, le trait montait jusqu'à Baltimore, glissait vers Chicago, redescendait jusqu'à Dallas, remontait ensuite vers Albuquerque et poursuivait son ascension jusqu'à Denver. Thorson reprit le gros feutre noir pour inscrire les dates de chaque meurtre à l'emplacement de chaque ville.

— Ce tracé parle de lui-même, déclara-t-il. Notre homme se dirige vers l'ouest, et pour une raison x ou y il en veut visiblement aux inspecteurs de la Criminelle.

D'un large geste, il désigna la moitié ouest du pays.

— Nous devons guetter l'apparition des prochains meurtres par ici, à moins qu'avec un coup de chance on puisse l'arrêter avant.

Observant le terminus de la ligne brisée rouge dessinée par Thorson, je fus envahi par un sentiment bizarre. Où était le Poète à cet instant ? Qui serait la prochaine victime ?

— Et si on le laissait continuer jusqu'en Californie, il se retrouverait au milieu des siens ? Problème réglé.

Tout le monde rit de cette plaisanterie lancée par un des agents assis à l'écart de la table. Ce trait d'humour sembla donner du courage à Hazelton.

— Hé, Gordo, dit-il en tendant le bras vers le chevalet derrière lui pour tapoter avec son stylo sur le minuscule appendice représentant la Floride. J'espère que cette carte n'est pas une sorte de lapsus freudien ?

Cette remarque provoqua les plus gros éclats de

rire de toute la réunion et le visage de Thorson s'empourpra, ce qui ne l'empêcha pas de sourire de cette plaisanterie faite à ses dépens. Je vis une lueur de ravissement éclairer le visage de Rachel Walling.

— Très drôle, Hazel, répondit Thorson d'une voix puissante. Tu devrais retourner analyser ces foutus poèmes. Tu m'as l'air doué.

Les rires cessant brusquement, je soupçonnai Thorson d'avoir lancé à Hazelton une pique plus personnelle qu'humoristique.

— Je peux poursuivre maintenant? reprit Thorson. Dès ce soir, nous allons alerter tous nos bureaux locaux, principalement dans l'Ouest du pays, pour leur demander de surveiller particulièrement ce genre d'affaires. Si nous pouvions être avertis rapidement du prochain meurtre et envoyer les types du labo sur place, ça nous serait très utile. Une équipe se tiendra prête. Mais en attendant, nous comptons sur les forces locales. Bob?

Backus se racla la gorge avant de reprendre la parole.

— Si personne n'a rien à ajouter, venons-en au profil psychologique. Que peut-on dire sur notre meurtrier? J'aimerais mettre quelque chose sur le communiqué que va envoyer Gordon.

Suivit alors une avalanche d'observations lancées à la cantonade, dont un grand nombre de réflexions incohérentes, certaines provoquant même des rires. Je sentais une profonde complicité entre ces agents. Non exempte de quelques tensions, comme le prouvait l'échange entre Thorson et Walling tout à l'heure, et à l'instant entre Thorson et Hazelton. Assurément, ce n'était pas la première fois que tous ces gens se réunissaient autour de cette table, dans cette pièce. Loin s'en fallait, hélas.

Le portrait psychologique qui en résulta ne serait guère utile pour capturer le Poète. Les généralités lancées sur le tapis par les agents fédéraux étaient essentiellement des considérations psychologiques. Colère. Isolement. Éducation et intelligence supérieures à la moyenne… Comment reconnaître ces éléments au milieu de la masse ? me demandai-je. Impossible.

De temps à autre, Backus intervenait en posant une question destinée à remettre la discussion sur les rails.

— Si vous souscrivez à la dernière théorie de Brass, pourquoi assassiner des flics de la Criminelle ?

— Si on pouvait répondre à cette question, on aurait déjà coincé notre homme. Tout le mystère est là. Cette histoire de poèmes n'est qu'une diversion.

— Riche ou pauvre ?

— Il a du fric. Forcément. Où qu'il aille, il ne reste jamais longtemps. Il ne travaille pas… Son métier, c'est de tuer.

— Il a un compte en banque bien rempli ou des parents riches, un truc comme ça. Il a une bagnole, il a besoin de fric pour faire le plein.

La discussion se prolongea encore une vingtaine de minutes pendant que Brass Doran prenait des notes pour le profil préliminaire. Après quoi Backus mit fin à la réunion et annonça quartier libre pour la soirée, avant le départ le lendemain matin.

Alors que tout le monde se dispersait, quelques agents vinrent vers moi pour se présenter, m'adresser leurs condoléances pour mon frère et me féliciter pour mon enquête. Mais ils n'étaient pas nombreux, et parmi eux se trouvaient Hazelton et Doran. Après quelques minutes, je me retrouvai seul et essayais d'apercevoir Rachel Walling quand Gordon Thorson s'approcha. Il avait la main tendue, et après un instant d'hésitation, je la serrai.

— Je n'avais pas l'intention de vous chercher des poux, dit-il avec un sourire chaleureux.

— Ce n'est rien. N'en parlons plus.

Il avait une poigne solide et après la poignée de main réglementaire de deux secondes, je voulus retirer ma main, mais il refusa de la lâcher. Au contraire, il l'attira vers lui et se pencha en avant pour que je sois le seul à entendre ce qu'il voulait me dire.

— Une chance que votre frère ne soit plus là pour voir ça, murmura-t-il. Si j'avais fait ce que vous avez fait pour participer à cette enquête, j'aurais honte de moi. Je pourrais plus me regarder dans la glace.

Il s'écarta, sans cesser de sourire. Je le regardai simplement, en hochant la tête, de manière inexplicable. Il lâcha ma main et s'éloigna. Je me sentais humilié, car je ne m'étais pas défendu. Bêtement, j'avais juste hoché la tête.

— Que se passe-t-il ?

Je me retournai. C'était Rachel Walling.

— Euh, rien. Il m'a… rien.

— Ne faites pas attention à ce qu'il dit. C'est un connard, parfois.

J'acquiesçai.

— Oui, je commence à le croire.

— Venez, retournons au Boardroom. Je meurs de faim.

Dans le couloir, elle évoqua les modalités du voyage.

— Nous partons de bonne heure demain matin. Il est préférable que vous restiez ici ce soir plutôt que de retourner au Hilton. Les dortoirs des visiteurs se vident le vendredi. On peut vous y installer et demander au Hilton de récupérer vos affaires et de les expédier à Denver. Ça vous pose un problème?

— Euh, non. A priori.

Je pensais encore à Thorson.

— Qu'il aille au diable!

— Qui?

— Ce type, Thorson. C'est un connard, en effet.

— Oubliez-le. Nous partons demain matin et lui, il reste ici. Alors, pour le Hilton?

— OK. J'ai mon ordinateur avec moi, et toutes les choses importantes.

— Je m'arrangerai pour vous trouver une chemise propre demain.

— Oh, ma voiture! J'ai laissé ma voiture de location au garage du Hilton.

— Vous avez les clés?

Je les sortis de ma poche.

— Donnez-les-moi. On va s'en occuper.

23

Aux petites heures du jour, alors que l'aube n'était encore qu'une promesse derrière les rideaux, Gladden arpentait l'appartement de Darlene, trop nerveux pour pouvoir dormir, trop excité pour en avoir envie. Il allait et venait d'une petite pièce à l'autre, réfléchissant, faisant des projets, attendant. Il retournait voir Darlene dans la chambre, l'observait un instant, couchée sur le lit, puis revenait dans le living-room.

Des affiches de vieux films porno, non encadrées, étaient scotchées sur les murs et l'appartement était encombré d'un bric-à-brac de souvenirs d'une vie médiocre. Tout semblait recouvert d'un vernis de nicotine. Bien que fumeur, Gladden trouvait cela écœurant. Cet endroit était une porcherie.

Il s'arrêta devant une des affiches, celle d'un film intitulé *Dans l'intimité de Darlene*. Elle lui avait expliqué qu'elle avait été une star au début des années 80, avant que la vidéo révolutionne le métier et qu'elle commence à paraître vieille, que l'on voie apparaître autour de ses yeux et de sa bouche les traces d'usure de la vie. Avec un sourire empreint de nostalgie, elle lui avait montré les affiches sur lesquelles les photos légèrement floues montraient son corps et son visage lisses, sans aucune ride. Elle se faisait appeler simplement Darlene. Pas besoin d'un nom de famille. Gladden se demanda ce qu'on pouvait ressentir en vivant au milieu des images d'une gloire passée qui, de tous côtés, se moquait de ce qu'on était devenu.

Se détournant de l'affiche, il avisa le sac à main sur la table de jeu dans la salle à manger et fouilla à l'intérieur. Il contenait surtout des produits de maquillage, des paquets de cigarettes vides et des pochettes d'allumettes. Il y trouva aussi une petite bombe de gaz pour se protéger des agressions et son portefeuille. Contenant sept dollars. En examinant le permis de conduire, il découvrit son véritable nom.

— Darlene Kugel, lut-il à voix haute. Ravi de faire votre connaissance, madame.

Il empocha l'argent et remit tout le reste dans le sac. Sept dollars, ce n'était pas grand-chose, mais c'était déjà ça. Le vendeur de chez Digitime lui avait réclamé un acompte pour commander l'appareil photo. Gladden était maintenant débiteur de quelques centaines de dollars, et sept dollars de plus en poche ne pouvaient pas faire de mal.

Chassant les soucis d'argent de ses pensées, il se remit à arpenter les pièces. Il était confronté à un problème de temps. L'appareil photo devait être expédié spécialement de New York. Pas avant mercredi. Encore cinq jours. Pour ne courir aucun risque, Gladden savait qu'il devait attendre ici, dans l'appartement de Darlene. Et il savait qu'il en était capable.

Il décida de faire la liste des commissions. Les placards de Darlene étaient quasiment vides, à l'exception de quelques boîtes de thon, et il détestait cette saloperie. Il devrait donc sortir faire des courses, et revenir se planquer ici jusqu'à mercredi. Il n'avait pas besoin de grand-chose. De l'eau minérale – apparemment, Darlene buvait l'eau du robinet. Des Fruit Loops aussi, peut-être quelques plats cuisinés de la marque Chef Boyardee.

Il entendit une voiture passer devant la maison. S'approchant de la porte, il entendit enfin le bruit qu'il attendait. Celui du journal qui heurte le sol. Darlene lui avait expliqué que le locataire de la maison voisine recevait le journal. Gladden était fier d'avoir eu la présence d'esprit de lui poser la question. Il gagna la fenêtre et observa la rue à travers les rideaux. L'aube se levait, grise et brumeuse. Dehors, tout était calme.

Après avoir débloqué les deux verrous, Gladden ouvrit la porte et sortit dans l'air froid du petit matin. Il regarda autour de lui et découvrit le journal plié sur le trottoir, devant l'entrée de l'appartement voisin. Aucune lumière n'était allumée derrière les fenêtres. Rapidement, il alla ramasser le journal et revint chez Darlene.

Installé sur le canapé, il ouvrit aussitôt le journal à la section des infos locales et feuilleta les huit pages du cahier. Rien. Aucun article sur la femme de chambre. Jetant le cahier dans un coin, il reprit le journal.

Elle était là, sa photo. Dans le coin inférieur droit de la première page. C'était celle prise par la police de Santa Monica lors de son arrestation. Détachant les yeux de sa propre image, il entreprit de lire l'article. Il était transporté. Une fois de plus, il faisait la une. Après tant d'années. Son visage s'enflamma pendant qu'il lisait.

LE MEURTRIER SUPPOSÉ DU MOTEL
A ÉCHAPPÉ À LA JUSTICE EN FLORIDE

par Keisha Russell

Un habitant de Floride ayant, selon les autorités, échappé autrefois à une condamnation pour pédophilie dans ce même État a été identifié comme suspect numéro 1 dans le meurtre sauvage d'une femme de chambre d'un motel de Hollywood, a déclaré vendredi la police de Los Angeles.

William Gladden, 29 ans, est recherché activement pour le meurtre d'Evangeline Crowder, dont le corps a été retrouvé dans la chambre de Gladden au Hollywood Star Motel. Le cadavre de la victime, âgée de 19 ans, avait été découpé en morceaux et placé dans trois tiroirs du bureau de la chambre.

Le corps a été découvert après que Gladden eut quitté le motel. Une employée de l'établissement qui cherchait sa collègue disparue est entrée dans la chambre et a vu le sang qui coulait du bureau. Evangeline Crowder était mère d'un jeune enfant.

Gladden s'était inscrit à l'hôtel sous le nom de Bryce Kidder. Mais les analyses d'une empreinte retrouvée dans la chambre ont permis, toujours selon la police, d'identifier le suspect.

Gladden avait déjà été condamné à une peine de 70 ans de prison pour pédophilie, à l'issue d'un procès à sensation qui s'était déroulé à Tampa, il y a sept ans.

Mais après avoir purgé seulement deux ans de sa peine, Gladden fut finalement remis en liberté lorsque sa condamnation fut annulée en appel. Le tribunal estima que la pièce à conviction principale – des photos d'enfants nus – avait été obtenue de manière illégale par les autorités. À la suite de ce revers juridique, l'accusation autorisa Gladden à plaider coupable pour des chefs d'inculpation mineurs. Il fut alors placé en liberté conditionnelle pour une durée équivalente au temps déjà passé en prison.

Autre ironie du sort, la police a également appris que Gladden avait été arrêté à Santa Monica trois jours seulement avant la découverte du meurtre du motel. Il avait été placé en garde à vue pour divers chefs d'inculpation à la suite d'une plainte l'accusant de prendre des photos d'enfants que leurs mères lavaient sous les douches de la plage, ou sur le manège de la promenade. Jugé rapidement, il avait été libéré sous caution avant que sa véritable identité ne soit établie.

Lire la suite en page 14.

Gladden dut se reporter à l'intérieur du journal pour continuel sa lecture. Là, il découvrit une autre photo de lui, regardant fixement le lecteur. C'était celle du jeune homme de vingt et un ans au visage émacié et aux cheveux roux qu'il était avant qu'on ne commence à le persécuter en Floride. Elle était accompagnée d'un autre article le concernant. Il s'empressa d'abord de finir le premier.

Suite de la première page.

La police affirme n'avoir encore établi aucun mobile dans le meurtre sauvage d'Evangeline Crowder. Bien que toutes les empreintes aient été soigneusement effacées dans la chambre de motel occupée par Gladden pendant presque une semaine, l'inspecteur Ed Thomas de la police criminelle de Los Angeles a déclaré que Gladden avait commis une erreur qui a permis son identification. Il a laissé derrière lui une seule empreinte digitale, sous la poignée de la chasse d'eau des toilettes.

« Un sacré coup de chance, a dit Thomas. Nous avions juste besoin de cette empreinte. »

L'empreinte en question a été soumise au Système d'identification automatisée des empreintes, l'AFIS, connecté à une banque de données d'empreintes digitales au niveau national. La correspondance a été établie avec les empreintes de Gladden stockées dans l'ordinateur du département des affaires judiciaires de Floride.

D'après l'inspecteur Thomas, Gladden est recherché pour violation de liberté conditionnelle depuis bientôt quatre ans, date à laquelle il a cessé de rendre régulièrement visite à son agent de probation en Floride et s'est volatilisé.

Dans l'affaire de Santa Monica, les policiers ont arrêté Gladden dimanche dernier, après l'avoir poursuivi sur la jetée où ils l'avaient observé en train de regarder de jeunes enfants sur le manège.

En voulant échapper à la police, Gladden a lancé dans la baie une poubelle qui se trouvait sur la jetée. Il a finalement été appréhendé dans un restaurant de la Promenade.

Gladden, qui prétendait se nommer Harold Brisbane, fut inculpé pour pollution de l'eau, acte de vandalisme et tentative de fuite. Mais le bureau du procureur refusa de retenir les charges concernant d'éventuelles photos d'enfants, invoquant le manque de preuves.

L'inspecteur Constance Delpy, de la police de Santa Monica, déclare que son collègue et elle avaient commencé à surveiller le manège après avoir reçu la plainte d'une employée affirmant avoir vu Gladden traîner autour des enfants et prendre des photos sur la plage des enfants nus que leurs parents lavaient sous les douches.

Si les empreintes digitales de Gladden ont bien été relevées lors de son arrestation, la police de Santa Monica ne possède pas sa propre banque de données informatisées et doit généralement utiliser le matériel du ministère de la Justice ou d'autres administrations, comme par exemple la police de Los Angeles, afin de soumettre des empreintes à l'AFIS. Cela peut parfois prendre plusieurs jours, car chaque service traite en priorité ses propres demandes.

Dans ce cas précis, les empreintes de l'homme prétendant s'appeler Brisbane, relevées par la police de Santa Monica, n'ont été traitées par la police de Los Angeles que le mardi suivant. Entre-temps, Gladden, qui avait passé la nuit de dimanche à lundi à la prison du comté, avait été libéré en versant une caution de 50 000 dollars.

La police de Los Angeles a identifié Gladden jeudi en fin de journée grâce à l'unique empreinte relevée dans la chambre du motel.

Les inspecteurs impliqués dans les deux affaires s'interrogent encore sur cette succession d'événements ayant sans doute conduit à un meurtre.

« Quand un truc comme ça se produit, on se pose forcément des questions », a déclaré l'inspecteur Delpy de la brigade de protection des mineurs de la police de Santa Monica. « Qu'aurions-nous dû faire pour garder ce type sous les verrous ? Je n'en sais rien. On ne gagne pas à tous les coups. »

Selon l'inspecteur Thomas, le véritable crime a eu lieu en Floride, lorsque Gladden a été remis en liberté.

« Voilà un type, un pédophile reconnu, que la justice laisse sortir de prison, dit Thomas. Quand le système a des ratés, ça finit toujours comme ça, on dirait, c'est un innocent qui paie les pots cassés. »

Gladden enchaîna rapidement sur l'article suivant. Il était envahi d'un étrange sentiment d'allégresse en lisant ce qu'on écrivait sur lui. Il se délectait de cette gloire.

UN SUSPECT A RÉUSSI À BERNER
LA JUSTICE DE FLORIDE

par Keisha Russell

Brillant défenseur de sa propre cause, à en croire les autorités, William Gladden a su utiliser toutes les astuces légales apprises en prison pour corrompre le système judiciaire et disparaître… jusqu'à cette semaine.

Il y a huit ans, Gladden travaillait au centre aéré des Petits Canards de Tampa, lorsqu'il fut arrêté et accusé d'actes pédophiles sur pas moins de onze jeunes enfants, au cours d'une période de trois ans.

Cette arrestation a donné lieu à un procès retentissant, à l'issue duquel, deux ans plus tard, il fut reconnu coupable de vingt-huit chefs d'inculpation. De toute évidence, la preuve cruciale qui conduisit à cette condamnation fut un lot de photos Polaroïd montrant neuf des jeunes victimes. Sur ces clichés on voyait les enfants, plus ou moins dévêtus, enfermés dans un placard du centre aéré, aujourd'hui abandonné.

L'aspect le plus accablant de ces photos n'était pas, cependant, la nudité de certains enfants, mais plutôt l'expression de leurs visages, comme l'a expliqué Charles Hounchell, ancien procureur principal du comté de Hillborough, chargé de l'affaire à l'époque.

« Tous les gosses semblaient effrayés », nous a déclaré M. Houchell vendredi, lors d'une interview par téléphone, de Tampa où il exerce désormais dans le privé. « Ces enfants n'aimaient pas ce qu'on leur faisait, et ça se voyait. Ces photos permettaient de saisir l'horrible vérité. Et ce que disaient ces visages correspondait à ce que les enfants ont raconté aux psychologues. »

Mais lors du procès, les photos furent plus importantes que l'avis des psychologues, ou même que les témoignages des enfants. En dépit des protestations de Gladden affirmant que ces photos avaient été découvertes au cours d'une fouille illégale de son domicile par un officier de police dont le fils faisait partie des enfants victimes des supposés sévices, le juge accepta d'inclure ces photos parmi les pièces à conviction.

Par la suite, les jurés ont reconnu s'être fondés presque exclusivement sur les photos pour condamner Gladden, après que l'avocat de Gladden eut réussi à discréditer les deux psychologues chargés d'interroger les enfants, en les accusant d'avoir incité ces derniers à formuler des accusations contre son client.

Gladden fut donc condamné à une peine d'emprisonnement de 70 ans, à la maison d'arrêt de Raiford.

En prison, Gladden, qui possédait déjà un diplôme de littérature anglaise, étudia la poésie, la psychologie et le droit. Apparemment, il excellait dans cette dernière matière. Le pédophile condamné assimila rapidement les astuces juridiques, d'après Hounchell, et aida d'autres détenus à bâtir des dossiers d'appel, tout en élaborant le sien.

Parmi ses plus célèbres «clients» dans le quartier réservé aux agresseurs sexuels figuraient Donel Forks, celui qu'on nommait le «Violeur à la taie d'oreiller» d'Orlando, l'ancien champion de surf de Miami, Alan Jannine, et l'hypnotiseur des cabarets de Las Vegas, Horace Gomble. Tous trois ont été condamnés pour de multiples viols et Gladden échoua dans ses tentatives pour obtenir leur remise en liberté ou une révision de leur procès en rédigeant des pourvois pendant qu'il purgeait sa peine en leur compagnie.

Mais après moins d'un an d'emprisonnement, Gladden présenta une demande, extrêmement bien documentée, d'annulation de son procès, critiquant une fois encore les conditions de la fouille de son domicile qui avait permis de découvrir les photos accablantes.

Comme l'a raconté Hounchell, Raymond Gomez, l'officier de police qui a découvert ces photos, s'était rendu au domicile de Gladden dans un état de grande fureur après que son fils de cinq ans lui eut avoué avoir subi des sévices de la part d'un monsieur qui travaillait au Centre.

Ayant frappé à la porte sans obtenir de réponse, l'officier de police, qui n'était pas en service, déclara avoir trouvé la porte ouverte et être entré. Par la suite, au cours d'une audition avec le juge, Gomez affirma avoir vu les photos étalées sur le lit. Il quitta alors rapidement la maison et courut alerter des inspecteurs qui obtinrent un mandat de perquisition.

Gladden fut arrêté un peu plus tard dans la journée quand les inspecteurs débarquèrent à son domicile avec le mandat et découvrirent les photos dissimulées dans un placard. Durant le procès, Gladden soutint que sa porte était verrouillée quand il avait quitté son domicile et que les photos n'étaient pas étalées en évidence. Mais peu importait que la porte soit restée ouverte, et les photos placées en évidence, souligna Gladden, la fouille effectuée par Gomez constituait une violation flagrante de droits constitutionnels qui le protégeaient contre toute perquisition et confiscation illégales.

Quoi qu'il en soit, le juge estima que Gomez avait agi en tant que père, et non en tant qu'officier de police, lorsqu'il était entré dans l'appartement. La découverte accidentelle de ces pièces à conviction n'était donc pas une violation de la Constitution.

Par la suite cependant, une cour d'appel se rangea du côté de Gladden, estimant que Gomez, de par sa fonction de policier, connaissait les procédures de perquisition et avait commis une faute en pénétrant dans cet appartement sans y être autorisé. La Cour Suprême de Floride refusa par la suite d'inverser le jugement de la cour d'appel, ouvrant ainsi la voie à un nouveau procès, dans lequel les photos ne pourraient, cette fois, être utilisées comme pièces à conviction.

Confrontées à la difficile tâche de gagner un procès sans les preuves jugées cruciales par le premier jury, les autorités permirent à Gladden de plaider coupable de la seule accusation de comportement obscène avec un enfant.

La peine maximale pour un crime de ce genre est de cinq ans de prison et de cinq ans de mise à l'épreuve. À cette date, Gladden avait déjà passé 33 mois en prison et gagné une réduction de peine équivalente pour bonne conduite. Lors du nouveau procès, il fut condamné à la peine maximale, ce qui ne l'empêcha pas de sortir libre du tribunal, avec une mise à l'épreuve.

«Un vrai camouflet pour la justice, se souvient Hounchell, le procureur de l'époque. Nous savions que ce type était coupable, mais nous ne pouvions pas utiliser les preuves que nous avions en main. Après ce jugement, j'avais du mal à regarder en face ces parents et leurs enfants. Car je savais que ce type allait se retrouver libre et qu'il aurait sans doute envie de recommencer.»

Moins d'un an après sa libération, Gladden disparut et un mandat d'arrêt le concernant fut lancé pour violation de liberté conditionnelle. Il a refait surface cette semaine dans le sud de la Californie, avec des conséquences que les autorités locales qualifient de dramatiques.

Gladden relut entièrement l'article une deuxième fois. Il était fasciné par sa précision et le crédit qu'on lui accordait. Il aimait bien également la façon dont, si on lisait entre les lignes, la journaliste mettait en doute la version des faits du flic Gomez. Ce sale menteur, pensa Gladden. Il est entré chez moi et il a tout fait foirer. Bien fait pour lui! Il fut presque tenté de décrocher le téléphone et d'appeler cette journaliste pour la remercier, mais il se retint. Trop risqué. Il songea à Hounchell, le jeune procureur.

— Un camouflet, dit-il à voix haute. Un camou-flet !

Ses pensées se bousculaient dans sa tête. Il était rempli de joie. Alors qu'ils ignoraient tant de choses, il était déjà en première page ! Ils ne tarderaient pas à savoir sans doute. Ils découvriraient la vérité. Son heure de gloire était proche. Très proche.

Gladden se leva et retourna dans la chambre afin de se préparer pour aller faire les courses. Mieux valait y aller tôt, se dit-il. Une fois de plus, il observa Darlene. Penché au-dessus du lit, il la prit par le poignet et tenta de lever son bras. La rigidité cadavérique s'était déjà emparée du corps. Il regarda son visage. Les muscles de la mâchoire étaient crispés, écartant ses lèvres en un horrible rictus. Ses yeux ouverts semblaient contempler son propre reflet dans le miroir fixé au-dessus du lit.

Il lui arracha sa perruque. Ses vrais cheveux étaient châtain-roux, et courts, moches. Il remarqua un peu de sang sur les pointes des boucles blondes de la perruque, et emporta cette dernière dans la salle de bains pour la nettoyer et se préparer. Après quoi, il retourna dans la chambre et prit dans la penderie tout ce dont il aurait besoin pour aller faire les courses. En se tournant encore une fois vers le corps, au moment de quitter la chambre, Gladden s'aperçut qu'il avait oublié de demander à Darlene ce que représentait son tatouage. Trop tard.

Avant de refermer la porte, il poussa le thermostat du climatiseur à fond. Pendant qu'il se changeait dans le living-room, il nota qu'il lui faudrait acheter d'autres bâtons d'encens. Pour ce faire il utiliserait les sept dollars qu'il avait pris dans son sac à main. Puisqu'elle était la cause du problème, se dit-il, il était bien normal qu'elle paye pour y remédier.

24

Le samedi matin, un hélicoptère nous conduisit de Quantico à l'aéroport de Washington, où nous prîmes un petit jet privé à destination du Colorado. Là où mon frère était mort. Là où la piste était la plus fraîche. À part moi, il y avait Backus, Walling et un médecin légiste nommé Thompson que je me rappelais avoir vu lors de la réunion de la veille.

Sous ma veste je portais une chemise bleu ciel arborant les trois lettres FBI sur la poitrine. Walling était venue frapper à la porte de mon dortoir ce matin et m'avait tendu cette chemise avec un grand sourire. C'était un geste amical, mais j'avais hâte d'arriver à Denver pour pouvoir enfiler mes propres vêtements. Même si c'était quand même mieux que de garder la chemise que je portais depuis deux jours.

Le vol se déroulait sans problème. J'étais assis au fond de l'avion, trois rangées derrière Backus et Walling. Thompson se trouvait juste derrière eux. Pour tuer le temps, je lus la notice biographique d'Edgar Allan Poe dans le recueil que j'avais acheté et entrai quelques notes dans mon portable.

Alors que nous survolions le centre du pays, Rachel quitta sa place pour venir me rendre visite. Elle portait un jean, une chemise verte en velours côtelé et des chaussures de randonnée noires. En se glissant sur le siège à côté de moi, elle plaça ses cheveux derrière son oreille, dévoilant ainsi les contours de son visage. C'était une jolie femme et je m'aperçus qu'en moins de vingt-quatre heures j'étais passé de la haine au désir.

— À quoi pensez-vous, tout seul dans votre coin ?

— À rien. À mon frère, j'imagine. Si on met la main sur ce type peut-être que je saurai enfin ce qui s'est passé. J'ai toujours du mal à me faire à cette idée.

— Vous étiez proche de lui ?

— Oui, la plupart du temps. (Je n'avais pas besoin de réfléchir.) Mais au cours des derniers mois, non... Ce n'était pas la première fois. C'était comme une sorte de cycle. On s'entendait bien, et après, on ne pouvait plus se supporter.

— Il était plus âgé ou plus jeune ?

— Plus âgé.

— De combien ?

— Trois minutes. Nous étions jumeaux.

— Oh, je l'ignorais.

Je me contentai de hocher la tête et elle fronça les sourcils, comme si le fait que nous soyons jumeaux rendait cette perte encore plus douloureuse. C'était peut-être vrai.

— Je n'avais pas fait attention en lisant les rapports.

— Ça n'a sans doute aucune importance.

— Ça permet de mieux comprendre pourquoi… Je me suis toujours interrogée sur les jumeaux.

— Vous voulez savoir si j'ai reçu un message psychique de mon frère le jour où on l'a tué ? La réponse est non. Ce genre de truc ne nous est jamais arrivé. Ou bien si c'est arrivé, je n'ai rien remarqué, et Sean ne m'en a jamais parlé.

Je tournai la tête vers le hublot. Je me sentais bien en sa compagnie, malgré un départ plutôt tumultueux la veille. Mais je commençais à la croire capable de mettre à l'aise son pire ennemi.

J'essayai de lui poser des questions sur elle afin d'inverser les rôles. Elle évoqua son mariage, dont m'avait déjà parlé Warren, sans s'étendre sur son ex-mari. Elle m'expliqua qu'elle était partie à Georgetown pour faire des études de psychologie, et qu'elle avait été recrutée au cours de sa dernière année par le FBI. Après être devenue agent fédéral au bureau local de New York, elle avait suivi des cours du soir à l'université de Columbia pour obtenir un diplôme de droit. Elle reconnut volontiers que le fait d'être une femme, outre son diplôme de droit, l'avait propulsée dans la hiérarchie du FBI. Travailler à la BSS était un job en or.

— Vos parents doivent être fiers de vous, lui dis-je.

Elle secoua la tête.

— Non ?

— Ma mère a fichu le camp quand j'étais enfant.

Il y a longtemps que je ne l'ai pas revue. Elle ne sait rien de moi.

— Et votre père ?

— Mon père est mort quand j'étais très jeune.

J'étais conscient de m'être aventuré au-delà des limites de la simple conversation. Mais mon instinct de journaliste me poussait toujours à poser une question supplémentaire, celle à laquelle on ne s'attend pas. En outre, je sentais qu'elle avait envie d'en dire davantage, mais n'osait pas le faire sans que je l'interroge.

— Que s'est-il passé ?

— Il était flic. Nous vivions à Baltimore. Il s'est suicidé.

— Oh… je suis désolé, Rachel. Je n'aurais pas dû…

— Non, ce n'est rien. Je voulais que vous le sachiez. Je pense que ce n'est pas sans rapport avec ce que je suis devenue, et ce que je fais. C'est peut-être la même chose avec votre frère, et votre article. Et je voulais vous dire aussi que si je me suis montrée un peu brutale avec vous hier, je le regrette.

— Ne vous en faites pas pour ça.

— Merci.

Il s'ensuivit un moment de silence, mais je sentais que le sujet n'était pas clos.

— L'étude sur les suicides dans la police, c'est…

— Oui, c'est la raison pour laquelle j'en ai eu l'idée.

Un nouveau silence s'installa entre nous. Pourtant, je ne me sentais pas gêné et il me semblait qu'elle non plus. Finalement, elle se leva et se dirigea vers les placards situés au fond de l'avion afin de distribuer des sodas à tous les passagers. Quand Backus eut fini de plaisanter, disant qu'elle faisait une excellente hôtesse, Rachel revint s'asseoir à mes côtés. Lorsque reprit notre conversation, je m'efforçai d'aborder un sujet éloigné du souvenir de son père.

— Vous n'avez jamais regretté de ne pas devenir psy ? lui demandai-je. Car c'était bien le but de vos études, je suppose ?

— Non, je ne regrette rien. Ce métier est beaucoup plus riche. Et j'ai certainement eu l'occasion d'approcher directement plus de psychopathes que la plupart des psys dans toute leur vie.

— Et vous parlez uniquement des agents avec qui vous travaillez.

Elle rit de bon cœur.

— Oh, si vous saviez !

Peut-être était-ce parce que c'était une femme, mais je la sentais différente des autres agents fédéraux que j'avais connus et fréquentés pendant des années. Elle n'était pas aussi agressive. Elle savait écouter au lieu de parler, elle savait réfléchir au lieu de réagir. J'en venais à penser que je pouvais lui confier mes réflexions à tout moment, sans craindre les conséquences.

— Comme Thorson, par exemple, ajoutai-je. On dirait que ça ne tourne pas très rond chez lui.

— Sans aucun cloute, me répondit-elle, avec un sourire crispé suivi d'un mouvement de tête.

— C'est quoi, son problème ?

— Il est furieux.

— À cause de quoi ?

— Un tas de choses. Il a un lourd passif. Dont moi. Nous avons été mariés.

Je n'étais pas véritablement surpris. Il y avait de la tension entre eux, et perceptible. Ma première impression avait été qu'il aurait pu servir d'emblème à l'association « Tous les hommes sont des salauds ». Pas étonnant que Rachel Walling ait une vision si noire du sexe opposé.

— Désolé d'avoir parlé de lui, dans ce cas. Je suis vraiment nul.

Elle sourit.

— Ne vous excusez pas. Il fait cette impression-là à un tas de gens.

— Ce doit être dur de travailler avec lui. Comment se fait-il que vous apparteniez à la même unité ?

— Ce n'est pas exactement le cas. Lui travaille au CIR, la brigade spéciale d'intervention. Moi, je navigue entre la BSS et le CIR. Nous sommes amenés à travailler ensemble uniquement dans des cas comme celui-ci. Avant d'être mariés, nous étions collègues. Nous travaillions tous les deux sur le programme VICAP et passions beaucoup de temps sur les routes. Et puis nous nous sommes séparés.

Elle but une gorgée de Coca, et je mis fin à mes questions. Visiblement, je n'en posais que de mauvaises, et je décidai de calmer le jeu pour l'instant. Mais ce fut elle qui poursuivit, spontanément.

— Quand nous avons divorcé, j'ai quitté l'équipe

du VICAP, et j'ai commencé à m'occuper essentielle-ment des projets de recherches de la BSS, les profils psychologiques, et parfois une enquête. Gordon, lui, est passé au CIR. Mais nous continuons à nous voir à la cafétéria, ou dans ce genre d'affaires.

— Pourquoi ne pas demander carrément votre mutation ?

— Je vous l'ai dit, être affectée au centre natio-nal est une aubaine. Je n'ai aucune envie de partir, et lui non plus. À moins qu'il veuille rester uniquement pour me contrarier. Bob Backus nous a convoqués un jour pour nous dire qu'il jugeait préférable que l'un de nous deux soit transféré, mais ni Gordon ni moi n'avons voulu céder. Ils ne peuvent pas le muter à cause de son ancienneté. Il est ici depuis la création du centre. Et s'ils décident de m'expédier ailleurs, le centre perdra une de ses trois femmes, et ils savent que je ferai du raffut.

— C'est-à-dire ?

— Oh, je dirai simplement qu'on me transfère parce que je suis une femme. Peut-être que j'irai en parler au *Post*. Voyez-vous, le centre est un peu la vitrine du Bureau. Quand nous débarquons quelque part pour filer un coup de main aux flics du coin, nous sommes des héros, Jack. Les médias boivent nos paroles, et pas question pour le Bureau de ter-nir cette image. Voilà pourquoi Gordon et moi nous continuons à nous adresser des grimaces d'un bout à l'autre de la table.

L'avion vira en perdant de l'altitude et, à tra-vers le hublot, j'aperçus à l'horizon, vers l'ouest, la silhouette familière des Rocheuses. Nous étions presque arrivés.

— Avez-vous participé aux interviews de Bundy et Manson, des gens comme ça ?

J'avais lu quelque part, ou entendu parler du projet de la BSS d'aller interroger tous les meurtriers et violeurs en série dans les prisons du pays. De ces interviews était née la banque de données dont se servait maintenant la BSS pour établir les profils psychologiques d'autres meurtriers. Cette étude avait duré plusieurs années, et je me souvenais d'une histoire de séquelles chez les agents fédéraux qui s'étaient retrouvés face à ces individus.

— Sacré voyage ! dit-elle. Nous en faisions tous partie : moi, Gordon, Bob. Charlie Manson continue à m'écrire de temps à autre. À l'époque de Noël généralement. En tant que criminel, il était très doué pour manipuler ses disciples femmes. Et sans doute pense-t-il que s'il peut s'attirer la compassion de quelqu'un au FBI, ce sera une femme. Moi, en l'occurrence.

Ça me paraissait logique.

— Quant aux violeurs, reprit-elle, leur pathologie ressemble énormément à celle des meurtriers. De très chics types, croyez-moi. Je sentais qu'ils me jaugeaient dès que j'entrais dans la pièce. Je savais qu'ils essayaient de calculer le temps dont ils disposaient avant que le gardien intervienne. Est-ce qu'ils pourraient m'avoir avant l'arrivée des renforts. Très révélateur de leur pathologie. Ils ne pensaient qu'en termes d'aide extérieure. Ils n'envisageaient pas que je puisse me défendre seule. Sauver ma peau. Pour eux, toutes les femmes étaient uniquement des victimes. Des proies.

— Vous voulez dire que vous étiez seule pour interviewer ces individus ? Sans cloison entre vous ?

— Les interviews se déroulaient de manière informelle, généralement dans une pièce destinée aux avocats. Sans séparation, juste un trou de maton. Le protocole...

— Un trou de maton.

— Une sorte de fenêtre à travers laquelle le gardien pouvait voir ce qui se passait. Le protocole exigeait la présence de deux agents durant toutes les interviews, mais dans la pratique ces types étaient trop nombreux. La plupart du temps, on arrivait dans une prison et on se répartissait le boulot. C'était plus rapide. Les salles où avaient lieu les interviews étaient toujours surveillées, mais parfois, je l'avoue, certains de ces types me fichaient la trouille. J'avais l'impression d'être seule. Mais je n'osais pas lever la tête pour voir si le maton nous observait, car le sujet aurait fait la même chose et s'il avait vu que le gardien ne regardait pas... vous comprenez.

— Bon Dieu !

— Pour les détenus les plus violents, mon collègue et moi restions ensemble. Il pouvait s'agir de Gordon, de Bob, ou de quelqu'un d'autre. Mais c'était toujours plus rapide quand on se répartissait les interviews.

Nul doute, pensai-je, qu'après deux années passées à faire ces interviews elle avait, elle aussi, un sacré passif. Et je me demandai si c'était à cela qu'elle faisait allusion en parlant de son mariage avec Thorson.

— Vous étiez habillés de la même façon ? me demanda-t-elle.

— Hein ?

— Votre frère et vous. Vous savez, comme certains jumeaux.

— Oh, les fringues assorties, voulez-vous dire. Non, Dieu soit loué. Nos parents nous ont épargné ça.

— Qui était le vilain petit canard de la famille ? Lui ou vous ?

— Moi, sans aucun doute. Sean était le saint, et moi le pécheur.

— Quels sont vos péchés ?

Je la regardai.

— Ils sont trop nombreux pour tous les citer.

— Vraiment ? Et votre frère, qu'a-t-il fait pour mériter le titre de saint ?

Le sourire s'effaça de mon visage tandis que je repensais au souvenir qui constituait la réponse à sa question. L'avion en profita pour décrire un virage brutal sur l'aile, redresser sa course et reprendre de l'altitude. Oubliant sa question, Rachel se pencha pour regarder vers l'avant de l'appareil. Je vis Backus descendre l'allée, en s'appuyant contre les cloisons de chaque côté pour conserver son équilibre. Il fit signe à Thompson de le suivre et tous les deux se dirigèrent vers nous.

— Que se passe-t-il ? lui demanda Rachel.

— Changement de cap, dit Backus. Je viens de recevoir un appel de Quantico. Le bureau de Phoenix a réagi à notre communiqué de ce matin. La semaine dernière, un inspecteur de la Criminelle a été retrouvé mort à son domicile. Il s'agissait à première vue d'un suicide, mais quelque chose clochait. Ils ont finalement penché pour un homicide. Apparemment, le Poète a commis une erreur.

— À Phoenix ?

— Oui, c'est la piste la plus fraîche. (Il consulta sa montre.) Et nous devons faire vite. Il doit être enterré dans quatre heures et je veux absolument examiner le corps avant.

25

Deux voitures officielles et quatre agents fédéraux du bureau local étaient là pour nous accueillir lorsque le jet atterrit à l'aéroport Sky Harbor International de Phoenix. C'était une chaude journée, en comparaison de l'endroit d'où nous venions, et nous ôtâmes nos manteaux, obligés de les porter avec nos sacoches d'ordinateur et nos sacs de voyage. Thompson transportait en plus une boîte à outils contenant tout son matériel. Je montai en voiture avec Walling et deux agents nommés Matuzak et Mize, deux Blancs qui semblaient avoir moins de dix ans d'expérience, à eux deux. À en juger par leur attitude respectueuse envers Walling, il était clair qu'ils tenaient la BSS en haute estime. On les avait prévenus que j'étais journaliste, ou bien, en voyant ma barbe et ma coupe de cheveux, ils avaient deviné que je ne faisais pas partie de la maison, en dépit des initiales FBI imprimées sur ma chemise. Ils ne m'accordèrent aucune attention.

— Où va-t-on? demanda Walling tandis que notre Ford grise ordinaire suivait la Ford grise ordinaire qui transportait Backus et Thompson et quittait l'aéroport.

— Au salon funéraire Scottsdale, répondit Mize.

Il était assis à l'avant ; Matuzak conduisait. Il consulta sa montre et ajouta :

— L'enterrement a lieu à quatorze heures. Ça laisse moins d'une demi-heure à votre toubib pour s'occuper du corps avant qu'ils l'habillent et le foutent dans la boîte pour le grand show.

— Le corps a été exposé ?

— Ouais, hier soir, répondit Matuzak. Il a déjà été embaumé et maquillé. Je me demande ce que vous espérez trouver.

— Nous n'espérons rien. Nous voulons juste regarder. Je suppose que vos collègues sont en train de faire un topo à l'agent Backus dans la voiture de devant. Vous voulez bien nous mettre au courant, nous aussi ?

— Ce type-là, c'est Robert Backus ? s'exclama Mize. Il a l'air vachement jeune.

— Robert Backus junior.

— Ah, dit Mize avec une grimace semblant indiquer qu'il comprenait pourquoi un homme si jeune tenait les rênes. Tout s'explique.

— Ne parlez pas sans savoir, répliqua Rachel. Il porte un nom connu, mais c'est aussi l'agent le plus opiniâtre et le plus consciencieux avec lequel j'aie jamais travaillé. Il a bossé dur pour décrocher ce poste. À vrai dire, les choses auraient sans doute été plus faciles pour lui s'il s'était appelé Mize, par exemple. Cela dit, est-ce que l'un de vous deux pourrait nous faire un topo maintenant ?

Je vis Matuzak observer Rachel dans son rétro-viseur. Son regard glissa ensuite vers moi, ce qui n'échappa pas à Rachel.

— Il est OK, dit-elle. Il a reçu l'autorisation de la direction pour être ici. Il en sait autant que nous. Ça vous pose un problème ?

— Non, si ça n'en pose pas pour vous, dit Matu-zak. John ? Raconte.

Mize se racla la gorge.

— Y a pas grand-chose à raconter. On n'a pas beaucoup d'éléments, vu qu'on n'a pas été conviés. Tout ce qu'on sait, c'est qu'ils ont retrouvé ce type, William Orsulak. Ils l'ont retrouvé mort chez lui, lundi. Un flic de la Criminelle. On estime qu'il était mort depuis au moins trois jours. Il était de congé vendredi, pour une histoire de repos cumulés, et la dernière fois que quelqu'un se souvient de l'avoir vu, c'est jeudi soir, dans un bar fréquenté par tous les flics.

— Qui l'a découvert ?

— Un type de la brigade, quand Orsulak est pas venu bosser lundi. Il était divorcé et il vivait seul. Enfin bref, ils ont passé toute la semaine à s'interro-ger, on dirait. Suicide ou pas suicide ? Finalement, ils ont opté pour le meurtre. Ça, c'était hier. Apparem-ment, la thèse du suicide posait trop de problèmes.

— Que savez-vous sur le lieu du crime ?

— Ça m'ennuie de vous dire ça, agent Walling, mais vous en apprendriez autant que moi en achetant les journaux du coin. Comme je vous l'expliquais, la police de Phoenix ne nous a pas invités à la noce et on ne sait presque rien. Quand on a reçu le télégramme de Quantico ce matin, Jamie Fox, le gars qui est dans la voiture de devant avec l'agent Backus, y a jeté un œil pendant qu'il faisait des heures sup' en remplissant de la paperasserie. Comme ça semblait coller avec votre affaire, il vous a appelés. Ensuite, on nous a mis sur le coup, Bob et moi, mais ainsi que je vous le disais, on ne sait pas trop à quoi s'en tenir.

— Parfait. (Elle semblait furieuse. Je savais qu'elle aurait voulu être dans la première voiture.) Je suis sûre que nous en saurons plus au salon funéraire. Et la police locale ?

— Ils nous attendent.

Nous nous garâmes derrière le salon funéraire Scottsdale, dans Camelback Road. Le parking était déjà bondé, bien que l'enterrement n'ait lieu que dans deux heures. Plusieurs hommes faisaient les cent pas, d'autres étant appuyés contre les voitures. Des inspecteurs. Ça se sentait. Impatients, sans doute, de savoir ce que le FBI allait dire. Je remarquai la camionnette d'une chaîne de télé, avec la parabole sur le toit, garée à l'extrémité du parking.

Walling et moi descendîmes de voiture pour rejoindre Backus et Thompson, et l'on nous conduisit vers une porte située à l'arrière de la morgue. Nous pénétrâmes alors dans une immense pièce entièrement recouverte de carrelage blanc, jusqu'au plafond. Au centre trônaient deux tables en inox destinées à recevoir les cadavres, surmontées de tuyaux d'arrosage ; trois murs étaient occupés par des comptoirs, en inox également, et tout un tas de matériel. Un groupe de cinq hommes se trouvait déjà dans la salle, et quand ils se déplacèrent pour venir nous accueillir, je découvris le corps allongé sur la table la plus éloignée. J'en conclus qu'il s'agissait d'Orsulak, bien que la tête ne présente aucune trace de blessure par balle. Le corps était nu et quelqu'un avait arraché un mètre de papier absorbant au rouleau qui se trouvait sur le comptoir pour le déposer en travers du bas-ventre du policier mort afin de couvrir ses parties génitales. Le costume dans lequel Orsulak serait enterré était suspendu sur un cintre accroché à une patère sur le mur du fond.

Des poignées de main furent échangées entre nous et les flics vivants. Thompson fut conduit vers le corps ; il déposa sa boîte à outils près de la table et se mit au travail.

— Ça m'étonnerait que vous trouviez un truc qui nous aurait échappé, déclara le dénommé Grayson, le responsable de l'enquête au niveau de la police locale.

C'était un type trapu, qui paraissait doté d'une certaine assurance et d'une bonne nature. Il avait le visage buriné, comme tous ses collègues.

— Ça m'étonnerait aussi, répondit Walling, prompte à formuler la réponse adaptée. Vous l'avez déjà examiné. Et depuis, il a été lavé et préparé.

— Malgré tout, nous devons suivre la routine, ajouta Backus.

— Si vous nous disiez de quoi il retourne au

juste, hein ? demanda Grayson. Peut-être que ça pourra nous éclairer.

— Très bien, dit Backus.

Pendant que Backus faisait à Grayson un compte rendu succinct de l'enquête sur le Poète, j'observais Thompson à l'œuvre. Il était à son aise avec le cadavre, n'hésitant pas à toucher, sonder, presser… Il passa un long moment à promener ses doigts gantés dans les cheveux poivre et sel du mort, avant de les recoiffer soigneusement avec un peigne tiré de sa poche. Ensuite, il procéda à un examen approfondi de la bouche et de la gorge, en se servant d'une loupe munie d'une lampe. Finalement, il reposa la loupe et sortit un appareil photo de sa boîte à outils. Lorsqu'il photographia la gorge du macchabée, l'éclair du flash attira l'attention des flics réunis dans la salle.

— Simples clichés documentaires, messieurs, expliqua Thompson, sans même lever le nez de son travail.

Il entreprit ensuite d'examiner les extrémités du corps, d'abord la main et le bras droits, puis la main et le bras gauches. Il reprit sa loupe pour étudier la paume et les doigts de la main gauche. Après quoi, il prit deux photos de la paume et deux autres de l'index. Les policiers présents dans la pièce semblaient ne pas se poser de questions, convaincus apparemment qu'il s'agissait, comme on le leur avait dit, d'une simple procédure de routine. Mais j'avais remarqué que Thompson n'avait pas photographié la main droite et en déduisis qu'il avait sans doute découvert un élément important sur la main gauche. Il rangea l'appareil photo dans sa caisse à outils, après avoir disposé sur le comptoir les quatre nouveaux clichés crachés par le Polaroïd. Il poursuivit ensuite son examen du cadavre, sans prendre d'autres photos. Il interrompit Backus dans ses explications pour lui demander de l'aider à retourner le corps, puis il reprit son examen complet de la tête aux pieds. Je remarquai une petite plaque de matière cireuse et sombre à l'arrière du crâne ; sans doute l'endroit par où était ressortie la balle. Thompson ne se donna pas la peine de la photographier.

Il acheva l'examen du cadavre au moment même, ou pas loin, où Backus achevait son topo et je me demandai s'il ne l'avait pas fait exprès.

— Alors ? s'enquit Backus.

— Rien à signaler, à priori, répondit le légiste. J'aimerais lire le compte rendu d'autopsie, si c'est possible. Le rapport est ici ?

— Oui, comme vous l'avez demandé, dit Grayson. Tout a été photocopié.

Il tendit une chemise cartonnée à Thompson, qui se dirigea vers un des plans de travail pour ouvrir et feuilleter le dossier.

— Voilà, je vous ai dit tout ce que je sais, messieurs, déclara Backus. Maintenant, j'aimerais connaître les éléments qui vous ont empêché de conclure au suicide.

— En fait, je crois que j'étais pas entièrement convaincu avant d'entendre votre histoire, avoua Grayson. Mais maintenant, je suis sûr que cet enculé de Poète – pardonnez-moi, agent Walling – est notre homme. Toujours est-il qu'on s'est posé la question, et finalement on a décidé d'opter pour l'homicide, pour trois raisons. Premièrement, quand on a découvert ce pauvre Bill, il avait la raie du mauvais côté. Pendant vingt ans, il est toujours venu au boulot avec la raie à gauche. Le jour où on le retrouve mort, il a la raie à droite. C'est rien qu'un détail, mais ça s'ajoutait aux deux autres. Je veux parler du rapport du légiste. On a demandé à un type de la morgue d'effectuer des prélèvements à l'intérieur de la bouche pour chercher des résidus de poudre et pour savoir si le flingue était enfoncé à l'intérieur, ou simplement à quelques centimètres. On a trouvé des résidus, en effet, mais on a aussi relevé de la graisse et une troisième substance qu'on n'a pas réussi à identifier. Et tant qu'on n'en savait pas plus, j'étais pas chaud pour conclure au suicide.

— Que pouvez-vous me dire sur cette substance ? demanda Thompson.

— C'est une espèce d'extrait de graisse animale. Additionné de silicium pulvérisé. Tout est marqué dans le rapport du légiste qui se trouve dans le dossier que je vous ai donné.

Il me sembla voir Thompson jeter un bref regard à Backus, puis détourner la tête en signe d'acquiescement tacite.

— Vous savez ce que c'est ? demanda Grayson qui avait apparemment eu la même impression.

— Je ne peux me prononcer au pied levé, dit Thompson. Je vais relever tous les détails dans le rapport et je demanderai à notre laboratoire de

Quantico d'interroger l'ordinateur. Je vous tiendrai au courant.

— Quelle était la troisième raison ? demanda Backus en s'empressant de changer de sujet.

— La troisième raison, c'est Jim Beam, l'ancien équipier d'Orsulak, qui nous l'a donnée. Il est à la retraite maintenant.

— C'est son nom, Jim Beam ? demanda Walling.

— Ouais, le Beamer comme on l'appelait. Il m'a téléphoné de Tucson en apprenant la mort de Bill, il voulait savoir si on avait retrouvé la balle. Je lui ai dit qu'on l'avait extraite du mur, derrière sa tête. Alors, il m'a demandé si elle était en or.

— En or ? répéta Backus. En or véritable ?

— Oui. Une balle en or. Je lui ai dit que c'était une balle en plomb, comme toutes les autres dans le chargeur. Comme celle qu'on a retrouvée dans le plancher. On pensait que la balle tirée dans le sol était la première, un moyen de se donner du courage. Mais Beamer m'a affirmé que c'était pas un suicide. D'après lui, c'était un meurtre.

— Comment le savait-il ?

— Orsulak et lui étaient de vieux potes, et Jim savait que parfois Orsulak parlait de… Bah, il n'y a sûrement aucun flic qui n'y ait pas pensé au moins une fois.

— Au suicide, dit Walling.

C'était une affirmation, pas une question.

— Exact. Et Jim m'a raconté qu'un jour Orsulak lui avait montré cette balle en or qu'il avait eue quelque part, il ne savait plus où, dans un catalogue de vente par correspondance ou un truc comme ça. Et il avait dit à Beamer. «C'est mon parachute en or. Quand je serai au bout du rouleau, celle-ci sera pour moi.» Et donc, pour Jim Beam, c'était clair : pas de balle en or, pas de suicide.

— Avez-vous retrouvé cette fameuse balle en or ? s'enquit Walling.

— Oui. Après le coup de téléphone de Beam, on l'a cherchée. Elle était dans le tiroir de sa table de chevet, juste à côté de son lit. Comme s'il la gardait à portée de main en cas de besoin.

— Et cet argument vous a convaincus.

— Cumulés, ces trois éléments faisaient pencher sérieusement la balance du côté de l'homicide. Du meurtre. Mais comme je vous le disais, je n'ai été convaincu que lorsque vous avez débarqué avec votre histoire. Et maintenant, j'avoue que ce Poète me file une trique de... pardonnez-moi, agent Rachel Walling.

— Ce n'est rien. Il nous file à tous la trique. Orsulak a-t-il laissé un mot ?

— Oui, et c'est justement ça qui faisait qu'on avait tellement de mal à croire au meurtre. On a retrouvé une lettre et c'était bien l'écriture de Bill, ça c'est sûr !

D'un hochement de tête, Walling fit comprendre que ce n'était pas une surprise.

— Que disait ce mot ?

— Ça n'avait aucun sens. On aurait dit un poème. Il disait... attendez une minute. Agent Thomas, repassez-moi le dossier une minute, je vous prie.

— Thompson, rectifia le légiste en lui tendant le dossier.

— Pardon.

Grayson feuilleta plusieurs pages avant de trouver ce qu'il cherchait. Il lut à voix haute.

— « Montagnes à jamais renversées/ Dans des océans illimités. » Voilà ce qui était écrit.

Walling et Backus se tournèrent vers moi. J'ouvris mon recueil et parcourus les poèmes.

— Je me souviens d'avoir lu ce vers, mais je ne sais plus exactement où.

Je commençai par relire rapidement les poèmes déjà utilisés par le meurtrier. Finalement, je retrouvai le vers dans « Dream-Land », le poème utilisé deux fois auparavant, y compris pour le message inscrit sur le pare-brise de la voiture de mon frère.

— Ça y est, je l'ai !

Je tendis le livre à Rachel pour lui montrer le poème. Les autres se rassemblèrent autour d'elle.

— Ah ! le fils de pute ! grommela Grayson.

— Pouvez-vous nous raconter comment ça s'est passé à votre avis ? lui demanda Rachel.

— Oui, bien sûr. Notre théorie, c'est que celui qui a fait ça est entré chez Bill et l'a surpris dans son sommeil. Avec le flingue de Bill, il l'a obligé à se lever et à s'habiller. C'est à ce moment-là que Bill a fait sa raie du mauvais côté. Il ne savait pas ce qui allait se passer, ou peut-être le savait-il déjà. Quoi qu'il en soit, il voulait nous adresser un message. Après, le type l'entraîne dans le salon, le fait asseoir et l'oblige à écrire le mot sur une feuille arrachée dans le carnet qu'il avait toujours dans sa poche de veste. Et hop, il le bute. Une balle dans la tête. Il fourre le flingue dans la main de Bill, tire une balle dans le plancher et c'est comme ça qu'on retrouve des résidus de poudre sur la main de Bill. Le salopard fout le camp, et nous, on découvre le corps trois jours plus tard.

Grayson jeta un coup d'œil en direction du cadavre, constata que personne ne s'en occupait et consulta sa montre.

— Hé, où est passé le gars des pompes funèbres ? Que quelqu'un aille le prévenir qu'on a terminé. Vous avez terminé avec le corps, hein ?

— Oui, lui confirma Thompson.

— Il faut encore le préparer.

— Inspecteur Grayson, dit Rachel Walling. L'inspecteur Orsulak enquêtait-il sur une affaire particulière au moment de sa mort ?

— Oh, oui ! Une sale affaire même. Le petit Joaquin. Un gamin de huit ans enlevé le mois dernier. On n'a retrouvé que sa tête.

L'évocation de ce meurtre, sa violence, provoquèrent un instant de silence dans cette pièce où l'on préparait habituellement les morts. Avant cette révélation, j'avais déjà la conviction que la mort d'Orsulak était liée à toutes les autres, mais en apprenant le meurtre de cet enfant, je fus envahi par une certitude inébranlable et sentis bouillonner dans mon ventre la colère qui m'était devenue familière.

— Je suppose que tout le monde va assister à l'enterrement ? dit Backus.

— Exact.

— Pourrions-nous convenir d'un autre rendez-vous ? Nous aimerions consulter également le dossier de l'enfant assassiné, Joaquin.

Le rendez-vous fut fixé au dimanche matin 9 heures, au siège de la police de Phoenix. Apparemment, Grayson pensait qu'en manœuvrant sur son terrain il avait plus de chances de conserver une parcelle d'autorité. Moi, j'avais plutôt le sentiment que le Big G allait s'engouffrer dans cette affaire et balayer le pauvre Grayson comme une lame de fond qui renverse un podium de maître nageur.

— Dernière chose : les journalistes, dit l'agent Walling. J'ai aperçu un camion de la télévision dehors.

— Oui, ils sont sur le coup, surtout depuis que…
Il n'acheva pas sa phrase.

— Depuis que ? demanda Walling.

— Eh bien… j'imagine que quelqu'un a appris, en écoutant la fréquence de la police, qu'on avait rendez-vous ici avec des agents fédéraux.

Rachel émit un grognement et Grayson hocha la tête comme s'il s'attendait à cette réaction.

— Écoutez, messieurs, dit-elle, il faut impérativement garder le secret. Si jamais ce que vous venez d'entendre sort de cette pièce, le Poète va rentrer dans sa coquille. Et nous n'arrêterons jamais le type qui a fait ça.

D'un mouvement de tête, elle désigna le cadavre sur la table et quelques flics se retournèrent pour vérifier qu'il était toujours là. L'employé des pompes funèbres venait d'entrer dans la pièce et décrochait déjà le porte-manteau où était suspendu le dernier costume du mort. Il regarda le groupe de visiteurs, attendant qu'ils s'en aillent pour se retrouver seul avec le corps.

— On s'en va, George, lui lança Grayson. Vous pouvez commencer.

Backus reprit la parole :

— Dites aux journalistes que la présence du FBI est une simple visite de routine et que vous continuez à diriger l'enquête sur un homicide éventuel. Surtout, faites comme si vous n'étiez sûr de rien.

Alors que nous retraversions le parking pour rejoindre les voitures officielles, une jeune blonde décolorée affichant une expression déterminée avança vers nous en brandissant un micro, suivie par un cameraman. Collant le micro contre sa bouche, elle demanda :

— Quelle est la raison de la présence du FBI ?

Elle pointa le micro vers moi, juste sous mon nez. J'ouvris la bouche, mais aucun son n'en sortit. J'ignorais pourquoi elle s'était adressée à moi, puis je compris : c'était à cause de la chemise. Les initiales FBI imprimées sur ma poche l'avaient apparemment convaincue d'avoir affaire à un agent fédéral.

— Je vais répondre à votre question, déclara aussitôt Backus, et le micro glissa vers sa bouche. Nous sommes venus ici à la demande de la police de Phoenix pour procéder à un examen de routine du corps et connaître les détails de cette affaire. Notre intervention prend fin à cet instant et toutes les questions doivent être adressées aux forces de police locales. Nous n'avons pas d'autre commentaire à faire, je vous remercie.

— Mais avez-vous la conviction que l'inspecteur Orsulak a été victime d'une mise en scène ? insista la journaliste.

— Je suis désolé, répondit Backus. Vous devez poser vos questions à la police de Phoenix.

— Quel est votre nom ?

— Je préfère que mon nom ne soit pas cité, merci.

Il la bouscula légèrement pour s'engouffrer dans une des deux voitures. Je suivis Walling vers la seconde. Quelques minutes plus tard, nous roulions vers Phoenix.

— Vous êtes inquiet ? me demanda Rachel.

— À quel sujet ?

— Votre scoop.

— J'espère simplement qu'elle est comme la plupart des journalistes de la télé.

— C'est-à-dire ?

— Sans sources ni ressources. Dans ce cas, je n'ai rien à craindre.

26

Le bureau local du FBI était installé dans l'enceinte du tribunal fédéral, dans Washington Street, à quelques rues seulement du siège de la police où nous devions retrouver les autorités locales le lendemain. En suivant Mize et Matuzak dans un couloir au plancher ciré jusqu'à une salle de réunion, je perçus chez Rachel une certaine nervosité, dont je pensais connaître la cause. Obligée de voyager en ma compagnie, elle ne pouvait se trouver à bord de la première voiture au moment où Thompson révélerait à Backus ce que lui avait appris l'examen du cadavre.

La salle de réunion était beaucoup plus petite que celle de Quantico. Lorsque nous y entrâmes, Backus et Thompson étaient déjà installés autour de la table ; Backus parlait au téléphone. En nous voyant entrer, il plaqua sa main sur le combiné et dit :

— Messieurs, je suis obligé de m'entretenir en privé avec mes agents. Vous pourriez peut-être… nous trouver des voitures, si c'est possible. Il faudrait aussi nous réserver des chambres quelque part. Six, apparemment.

À voir l'expression de Matuzak et Mize, on aurait pu croire qu'ils venaient d'apprendre leur rétrogradation. Ils acquiescèrent d'un air morose et ressortirent. Ne faisant pas partie des agents de Backus, je ne savais pas quelle attitude adopter, si j'étais invité ou exclu.

— Jack, Rachel, asseyez-vous, déclara Backus. Laissez-moi finir cette conversation téléphonique et je demanderai ensuite à James de vous faire un topo.

Ayant pris place, nous écoutâmes la fin de cette conversation à sens unique. De toute évidence, Backus écoutait les messages qu'on lui transmettait et réagissait. Tout ne concernait pas l'enquête sur le Poète.

— OK, et pour Gordon et Carter ? demanda-t-il, une fois tous les messages transmis. Arrivée prévue à quelle heure ? Si tard ? Bon Dieu. OK, écoutez bien. Contactez Denver et demandez-leur d'examiner les pièces à conviction dans l'affaire McEvoy. Dites-leur de rechercher des traces de sang à l'intérieur des gants. S'ils en trouvent, qu'ils entament les procédures d'exhumation... Oui, oui... En cas de problème, appelez-moi immédiatement. Qu'ils se renseignent également pour savoir si la police a effectué des prélèvements à l'intérieur de la bouche de la victime et si oui, qu'ils envoient tous les résultats à Quantico. Ceci est valable pour toutes les affaires. Troisième chose : James Thompson va expédier un document au labo par Federal Express. Nous avons besoin de faire analyser une substance.

Même chose avec Denver. Quoi d'autre ?... Quand doit avoir lieu la réunion par téléphone avec Brass ? OK, à plus tard.

Backus raccrocha et nous regarda. J'aurais voulu lui demander ce qu'il entendait par « exhumation », mais Rachel me prit de vitesse.

— Six chambres ? Gordon va rappliquer ?

— Oui, avec Carter.

— Pourquoi, Bob ? Vous savez bien que...

— Nous avons besoin d'eux, Rachel. Nous atteignons le point crucial de cette enquête et les choses sont en train de bouger. Dans le meilleur des cas, nous avons dix jours de retard sur le meurtrier. Il nous faut davantage de bras pour entreprendre ce qui doit être entrepris. C'est aussi simple que ça et il est inutile de s'attarder sur la question. Eh bien, Jack, vous vouliez dire quelque chose ?

— Cette exhumation...

— Nous en reparlerons dans quelques instants. Vous comprendrez mieux. James, expliquez-leur ce que vous avez découvert sur le corps.

Le légiste sortit de la poche de sa veste quatre Polaroïd qu'il étala sur la table, devant Rachel et devant moi.

— Voici la paume gauche et l'index droit. Les deux photos de gauche sont grandeur nature. Les deux autres sont agrandies dix fois.

— Perforations, dit Rachel.

— Exact.

Je n'avais rien remarqué avant qu'elle les mentionne, mais je distinguais maintenant de minuscules trous dans les rides de la peau. Trois dans la paume, deux autres à l'extrémité de l'index.

— De quoi s'agit-il ? demandai-je.

— À première vue, ce sont juste des piqûres d'épingle, expliqua Thompson. Mais il n'y a aucune cicatrisation, aucune croûte. Autrement dit, ces piqûres ont été faites peu de temps avant la mort. Ou alors, juste après, bien que cela n'ait aucun intérêt.

— Aucun intérêt pour quoi ?

— Jack, dit Backus, nous cherchons à comprendre comment ça s'est passé. Comment des flics aguerris, des durs à cuire, ont pu se faire avoir de cette façon. Il s'agit d'une question de domination. C'est une des clés.

D'un geste vague, je montrai les Polaroïd.

— Et que voyez-vous ?

— Ces photos, et d'autres éléments, pourraient indiquer un recours à l'hypnose.

— Vous voulez dire que le meurtrier a hypnotisé mon frère et les autres victimes pour les convaincre de se fourrer leur arme dans la bouche et d'appuyer sur la détente ?

— Non, je doute que ce soit aussi simple. N'oublions pas qu'il est extrêmement difficile d'utiliser la suggestion hypnotique pour annihiler l'instinct de conservation dans le cerveau d'un individu. La plupart des spécialistes affirment que c'est totalement impossible. Mais une personne placée en état d'hypnose peut être manipulée à des degrés divers. Elle peut être rendue docile, malléable. À ce stade, ce n'est encore qu'une hypothèse, évidemment. Mais nous avons relevé cinq traces de piqûre sur la main de cette victime. Une méthode classique pour tester l'état de transe consiste à piquer la peau du sujet après avoir chassé la notion de douleur de son esprit. Si le sujet réagit, l'hypnose ne fonctionne pas. En revanche, s'il ne montre aucun signe de douleur, c'est qu'il est en état de transe.

— Et donc obéissant, ajouta Thompson.

— Vous voulez examiner la main de mon frère ?

— Oui, Jack, répondit Backus. Et pour ça, nous avons besoin d'un permis d'exhumer. D'après le dossier, je crois me souvenir que votre frère était marié. Sa veuve donnera-t-elle son consentement ?

— Je n'en sais rien.

— Nous aurons peut-être besoin de votre concours.

Je me contentai de hocher la tête. La situation devenait de plus en plus étrange.

— Quels sont les autres éléments ? Vous avez dit que d'autres éléments, en plus des photos, suggéraient le recours à l'hypnose.

— Les autopsies, répondit Rachel à sa place. Tous les examens sanguins des victimes ont révélé la présence de substances étrangères. Elles avaient toutes quelque chose dans le sang. Votre frère…

— Du sirop pour la toux ! m'écriai-je, sur la défensive. On a retrouvé la bouteille dans la boîte à gants.

— Exact. Mais la liste contient des produits vendus librement, comme du sirop antitussif, et des médicaments délivrés uniquement sur ordonnance. Comme par exemple du Percocet, prescrit un an et demi plus tôt pour des douleurs dorsales. Si ma mémoire est bonne, il s'agissait du meurtre de Chicago. Une autre victime – l'inspecteur Petry, je crois, à Dallas – avait des traces de codéine dans le sang. Provenant de cachets de Tylénol. On a retrouvé l'emballage dans l'armoire à pharmacie.

— Bon, et alors ?

— Individuellement, cela ne revêtait aucune signification particulière au moment du décès. Pour chaque victime, les résultats des examens sanguins s'expliquaient par l'accès à ces substances. En effet, on peut logiquement supposer qu'une personne qui est sur le point de se suicider décide d'avaler deux comprimés de Percocet, provenant d'un vieux flacon, pour se calmer. Et donc, ces éléments n'ont pas été retenus.

— Mais maintenant, ils prennent une signification particulière ?

— Ça se pourrait, dit Rachel. La mise en évidence de ces piqûres d'épingle évoque l'idée d'hypnose. Si on y ajoute l'introduction d'un quelconque produit anesthésiant dans le sang, alors, on commence à deviner de quelle façon ces hommes ont pu être manipulés.

— Avec du sirop pour la toux ?

— Cela pourrait éventuellement accroître la réceptivité du sujet à l'hypnose. La codéine, par exemple, est un amplificateur reconnu. Les produits vendus librement ne contiennent plus de codéine, mais certains médicaments de substitution pourraient posséder les mêmes fonctions d'amplification.

— Vous saviez tout ça depuis le début ?

— Non, ces informations n'entraient dans aucun schéma jusqu'à présent.

— Le cas s'est déjà produit ? Comment savez-vous tout cela ?

— L'hypnose est un outil assez fréquemment utilisé par la justice et la police, déclara Backus. Mais elle a également fait ses preuves dans l'autre camp.

— Nous avons connu une affaire de ce type il y a plusieurs années, reprit Rachel. Il s'agissait d'une espèce de magicien qui se produisait dans les cabarets de Las Vegas ; il faisait un numéro d'hypnose sur scène. C'était également un pédophile. Il avait mis au point une tactique. Quand il se produisait dans des foires, ou des trucs comme ça, il pouvait approcher les enfants. Il faisait un numéro exprès pour les gamins, en matinée, et il expliquait au public qu'il avait besoin d'un jeune volontaire. Les parents, ravis, lui jetaient quasiment leur enfant dans les bras. Il en choisissait un, en disant qu'il devait l'emmener en coulisse pour le préparer, pendant qu'un autre numéro se déroulait sur scène. Là, il hypnotisait le gamin, le violait et ensuite, toujours grâce à l'hypnose, il effaçait ce souvenir de la mémoire de sa victime. Après quoi il revenait sur scène avec l'enfant, il faisait son numéro et réveillait le jeune volontaire. Il se servait de codéine pour amplifier les effets. Versée dans le Coca.

— Oui, je m'en souviens, dit Thompson en hochant la tête. Harry l'Hypnotiseur.

— Non. Horace l'Hypnotiseur, rectifia Rachel. Il

faisait partie des individus interviewés pour l'étude sur les violeurs. À la prison de Raiford, en Floride.

— Hé, une minute, dis-je. Ça voudrait dire...

— Non, ce n'est pas notre homme. Il est toujours en prison. Il a écopé d'une peine de vingt-cinq ans, si j'ai bonne mémoire. Or, ça remonte à six ou sept ans seulement. Il est toujours derrière les barreaux. Normalement.

— On vérifiera quand même, dit Backus. Pour être sûr. Quoi qu'il en soit, vous voyez, Jack, à quelle hypothèse nous sommes confrontés ? J'aimerais que vous contactiez votre belle-sœur. Mieux vaut qu'elle apprenne la nouvelle par vous. Expliquez-lui combien c'est important.

J'acquiesçai.

— Merci, Jack, nous vous sommes reconnaissants. Si nous faisions une pause, histoire de voir ce qu'on peut manger dans cette ville ? La réunion par téléphone avec les autres bureaux locaux débute dans une heure vingt.

— Et l'autre élément ? demandai-je.

— Quel élément ? me renvoya Backus.

— La substance retrouvée dans la bouche de cet inspecteur. J'ai eu l'impression que vous saviez ce que c'était.

— Non. Je viens de prendre des dispositions pour faire expédier au centre les échantillons prélevés et après examen seulement, avec de la chance, nous saurons.

Il mentait, et je le savais, mais je n'insistai pas. Tout le monde se leva et sortit dans le couloir. Je dis que je n'avais pas faim et que je devais en outre dénicher un magasin pour acheter quelques vêtements. Quitte à prendre un taxi s'il n'y avait pas de boutique dans les environs.

— Je vais accompagner Jack, déclara Rachel.

J'ignorais si elle avait vraiment envie de m'accompagner, ou si sa mission consistait à me surveiller, à s'assurer que je ne m'enfuyais pas pour aller écrire un article. J'esquissai un geste de la main pour signifier que ça m'était égal.

Grâce aux indications fournies par Matuzak, nous prîmes la direction d'un centre commercial baptisé Arizona Center. C'était une belle journée ensoleillée, et cette promenade offrait un répit bienvenu après la tension de ces derniers jours. Rachel et moi parlâmes de Phoenix – c'était la première fois qu'elle y venait elle aussi –, mais au bout d'un moment je ramenai la conversation vers la dernière question que j'avais posée à Backus.

— Il a menti, et Thompson aussi.

— Au sujet des prélèvements buccaux ?

— Oui.

— Je pense simplement que Bob ne veut pas vous en dire plus que nécessaire. Pas en tant que journaliste. En tant que frère.

— S'il y a du nouveau, j'exige d'être mis au courant. Souvenez-vous de notre marché : j'étais dans le coup avec vous, et pas sur la touche une fois sur deux, comme avec cette histoire d'hypnose à la con.

Elle s'arrêta et se tourna vers moi.

— Très bien, Jack. Si vous voulez tout savoir, je vais tout vous dire. Mais si, comme nous le supposons, tous les meurtres obéissent au même schéma, vous risquez de ne pas apprécier ce que vous allez entendre.

Je regardai au loin, dans la direction où nous allions. Le centre commercial était en vue. Un édifice couleur grès, avec des allées découvertes et accueillantes.

— Je vous écoute.

— Rien n'est encore sûr avant l'analyse des prélèvements. Mais apparemment, cette substance décrite par Grayson ne nous est pas inconnue. Voyez-vous, certains violeurs récidivistes sont très intelligents. Ils savent qu'ils peuvent laisser des indices derrière eux. Comme du sperme, par exemple. Alors ils utilisent des préservatifs. Mais dans le cas de préservatifs lubrifiés, le lubrifiant peut lui aussi laisser des traces. Et être identifié. Parfois, c'est accidentel… mais parfois aussi, les violeurs veulent qu'on sache ce qu'ils ont fait.

Je la regardai et faillis laisser échapper un râle.

— Vous voulez dire que… le Poète a eu… des rapports sexuels avec lui ?

— C'est une possibilité. Mais, en toute franchise, nous l'avions envisagée depuis le début. Avec les *serial killers*… c'est presque toujours une histoire d'assouvissement sexuel. C'est une question de pouvoir et de contrôle, deux composantes du plaisir sexuel.

— Il n'avait pas le temps !

— Que voulez-vous dire?

— Avec mon frère. Le garde forestier est arrivé immédiatement. Il n'a pas pu…

Je m'interrompis. Évidemment, songeai-je, il n'avait pas eu le temps après…

— Oh, Seigneur…

— Voilà ce que Bob espérait ne pas avoir à vous annoncer.

Je détournai la tête et levai les yeux vers le ciel bleu. La seule imperfection y était la double balafre laissée par les réacteurs d'un jet depuis longtemps sorti du tableau.

— Je ne comprends pas, dis-je. Pourquoi ce type fait-il ça?

— Nous ne le saurons peut-être jamais, Jack. (Elle posa une main réconfortante sur mon épaule.) Ces individus que nous traquons… parfois, il n'y a pas d'explication. C'est le plus difficile, découvrir leurs motivations, comprendre ce qui les pousse à agir ainsi. Nous avons une expression pour les décrire : on dit qu'ils viennent de la lune. Parfois, c'est la seule explication possible quand on ne connaît pas les réponses. Essayer de comprendre le fonctionnement de ces individus, c'est comme rassembler un miroir brisé. Parfois, on ne peut pas expliquer le comportement de certains individus, alors on dit qu'ils ne sont pas humains. On dit qu'ils viennent de la lune. Et sur cette lune d'où vient le Poète, les instincts auxquels il obéit sont considérés comme normaux et naturels. Il suit ses instincts, en créant des mises en scène qui lui procurent de la jouissance. Notre boulot, c'est de tracer la carte de la lune du Poète, pour pouvoir le retrouver et le renvoyer d'où il vient.

Je ne pouvais qu'écouter et acquiescer. Il n'y avait aucun réconfort dans ses paroles. Je ne savais qu'une seule chose : si l'occasion m'en était donnée, je renverrais moi-même le Poète sur la lune…

— Essayez de ne pas penser à ça pour le moment, ajouta-t-elle. Allons vous acheter des vêtements. On ne peut pas continuer à laisser croire aux journalistes que vous êtes l'un des nôtres.

Elle sourit en disant cela, et je lui rendis timidement son sourire pendant qu'elle m'entraînait vers le centre commercial.

27

Nous nous retrouvâmes dans la salle de réunion du bureau local du FBI à 18 heures 30. Backus était déjà là, en train de régler les détails techniques de la liaison téléphonique, en compagnie de Thompson, Matuzak, Mize, et de trois autres agents auxquels je n'avais pas été présenté. Je déposai mes achats sous la table. Le sac contenait deux chemises, un pantalon, plusieurs sous-vêtements et paires de chaussettes. Je regrettai immédiatement de ne pas avoir enfilé une de mes chemises neuves, car les trois agents inconnus nous jetaient, à ma chemise du FBI et à moi, des regards noirs, comme si j'avais commis une sorte de sacrilège en essayant de me faire passer pour un agent fédéral. Backus demanda à la personne avec laquelle il s'entretenait au téléphone de le rappeler quand tout serait au point, et raccrocha.

— OK, dit-il. La réunion débutera dès que toutes les liaisons seront établies. En attendant, parlons de Phoenix. Dès demain, je veux reprendre les enquêtes sur les deux affaires, celle de l'inspecteur et celle du gamin. On repart à zéro. Et j'aimerais… Oh, pardon. Rachel, Jack, je vous présente Vince Pool, police criminelle de Phoenix. Il nous fournira tout ce dont nous avons besoin.

Pool, qui semblait avoir vingt-cinq ans de carrière, bien plus que quiconque dans cette pièce, nous salua d'un hochement de tête, sans dire un mot. Backus ne prit pas la peine de présenter les deux autres hommes.

— Nous avons rendez-vous avec la police locale demain matin à neuf heures, annonça-t-il.

— Je pense que nous n'aurons aucun mal à les éjecter sur la touche en douceur, dit Pool.

— Évitons toute animosité, surtout. Ce sont eux qui connaissaient le mieux Orsulak. Leurs renseignements seront précieux. Il faut les mettre dans le coup, tout en gardant le contrôle des opérations.

— Pas de problème.

— Ce cas constitue peut-être notre meilleure chance. La piste est encore fraîche. Espérons que le meurtrier a commis une erreur, et qu'avec ces deux morts, le gamin et l'inspecteur, nous mettrons le doigt dessus. J'aimerais voir…

Le téléphone posé sur la table sonna, Backus décrocha aussitôt.

— Allô… Ne quittez pas.

Il enfonça une touche sur l'appareil et raccrocha le combiné.

— Brass, vous êtes là ?

— Présente, patron.

— OK. Faisons l'appel, pour voir qui est en ligne.

Les agents fédéraux répartis dans six villes différentes s'annoncèrent dans le haut-parleur.

— OK, parfait. J'aimerais que cette discussion reste aussi informelle que possible. Je propose de commencer par un tour de table, pour entendre ce que chacun a à nous dire. Brass, j'aimerais terminer par vous. Commençons par la Floride. C'est vous, Ted ?

— Euh… oui, monsieur. Je suis avec Steve. On a juste eu le temps de se mettre dans le bain et on espère avoir plus d'informations demain. Malgré tout, il y a quand même quelques anomalies qui méritent d'être relevées.

— Je vous écoute.

— Eh bien, il s'agit du premier arrêt, du moins le suppose-t-on, sur la route du Poète. Clifford Beltran. Le deuxième drame – à Baltimore – n'est survenu que dix mois plus tard. C'est aussi le plus long intervalle entre deux passages à l'acte. Ce qui nous amène à nous interroger sur le côté aléatoire de ce premier meurtre.

— Vous pensez que le Poète connaissait Beltran ? demanda Rachel.

— C'est possible. Mais pour l'instant, c'est juste un pressentiment, une hypothèse de travail. Cependant, il y a quelques éléments, qui, ajoutés les uns aux autres, méritent qu'on s'y attarde, pour confirmer cette idée. Premièrement, c'est le seul meurtre commis avec un fusil Nous avons consulté le dossier d'autopsie aujourd'hui ; il contient quelques photos pas très jolies. Visage totalement pulvérisé par une double décharge. Nous connaissons tous la pathologie symbolique de cet acte.

— Violence excessive, dit Backus. Indiquant que le meurtrier connaissait ou fréquentait la victime.

— Exact. Deuxièmement, nous avons l'arme elle-même. D'après les rapports, il s'agissait d'un vieux Smith & Wesson que Beltran gardait dans un placard, sur une étagère, hors de vue. Toujours d'après les rapports, cette information provient de sa sœur. Beltran ne s'était jamais marié et vivait dans la maison où il avait grandi. Nous n'avons pas interrogé personnellement la sœur. En fait, s'il s'agit bien d'un suicide, pas de problème, le gars a ouvert le placard et a pris son fusil. Sauf que maintenant on débarque là-dedans, et on affirme que ce n'était pas un suicide.

— Et comment le Poète savait-il que le fusil se trouvait sur une étagère en haut du placard ? dit Rachel.

— Gagné ! Comment le savait-il ?

— Bien joué, Ted et Steve, commenta Backus. Ça me plaît. Quoi d'autre ?

— Le dernier élément est plutôt délicat. Le journaliste est avec vous ?

Tout le monde se tourna vers moi.

— Oui, dit Backus. Mais tout restera confidentiel. Vous pouvez dire ce que vous avez à dire. N'est-ce pas, Jack ?

J'acquiesçai avant de comprendre que les correspondants disséminés dans les autres villes ne pouvaient pas nous voir.

— Exact, confirmai-je. Tout est confidentiel.

— OK. Pour l'instant, ça reste au niveau de la spéculation, et on ne sait pas trop comment ça s'imbrique dans l'ensemble, mais voici ce qu'on a découvert. Lors de l'autopsie de la première victime, le gamin, Gabriel Ortiz, le légiste a conclu, en se fondant sur l'examen des glandes et des muscles anaux, que le jeune garçon avait subi des sévices répétés. Si le meurtrier a abusé de lui sur une longue période, ça ne colle pas avec la théorie de la victime choisie et kidnappée au hasard. Ça nous paraît donc peu probable.

« Cependant, en voyant les choses du point de vue de Beltran qui, il y a trois ans, ignorait tout ce que nous savons aujourd'hui, il y a quelque chose qui ne colle pas. Il n'avait que cette affaire, il ne connaissait pas l'existence des autres cas sur lesquels nous enquêtons. Quand le rapport d'autopsie lui est parvenu, concluant que le garçon avait subi des sévices répétés, Beltran aurait dû, en toute logique, se jeter sur cette information et rechercher le violeur considéré comme suspect numéro un.

— Il ne l'a pas fait ?

— Non. Il dirigeait une équipe de trois inspecteurs et a orienté presque tout le travail d'enquête vers le parc où le gamin a été enlevé après l'école. J'ai obtenu cette information d'un des gars de l'équipe, de manière confidentielle. Il avait suggéré, dit-il, d'élargir les recherches au passé de l'enfant, mais Beltran l'a envoyé balader.

« Et maintenant, le morceau de choix. D'après mon informateur au bureau du shérif, Beltran avait demandé à s'occuper de cette enquête. Il la voulait. Après son prétendu suicide, mon informateur s'est un peu renseigné et il est apparu que Beltran avait connu le gamin par le biais d'un programme local d'aide sociale baptisé "Les Potes", qui s'occupe de placer des enfants sans père auprès d'adultes. Un peu à la manière du programme "Grand Frère[1]". Beltran étant flic, il n'a eu aucun mal à passer les tests de sélection. Il était le "Pote" du gamin. Inutile, je suppose, de vous faire un dessin.

— Vous pensez que c'est Beltran qui a abusé du garçon ? demanda Backus.

— C'est possible. Je pense en tout cas que mon informateur voulait me le laisser entendre, mais il n'acceptera jamais de le déclarer ouvertement. Tout le monde est mort. L'affaire est classée. Pas question pour la police de divulguer une histoire pareille. Alors qu'un des leurs est impliqué et que les shérifs sont élus par la population.

Je vis Backus hocher la tête.

— Ça se comprend.

Il y eut un instant de silence.

— Ted, Steve, tout cela est très intéressant, reprit Backus. Mais comment est-ce que ça cadre avec le reste ? Est-ce uniquement un élément annexe, ou est-ce que vous y voyez autre chose ?

— Nous n'avons encore aucune certitude. Mais si on admet que Beltran était un violeur d'enfants, un

---

1. Programme d'aide aux enfants noirs dont le père a disparu *(NdT)*.

pédophile, et si on ajoute à cela le fait qu'il a été tué avec un fusil caché dans un endroit que quelqu'un connaissait parce qu'il connaissait Beltran, on entre dans un domaine qui mérite, selon moi, d'être exploré plus en profondeur.

— Je suis d'accord. Votre informateur vous a-t-il appris d'autres choses sur Beltran et les «Potes»?

— On lui a dit que Beltran s'occupait des «Potes» depuis longtemps déjà. Et on suppose que de nombreux enfants lui ont été confiés.

— C'est dans cette direction que vous allez enquêter?

— Oui, dès demain matin. On ne peut rien faire ce soir.

Backus acquiesça, un doigt posé sur ses lèvres, signe qu'il réfléchissait.

— Brass? reprit-il. Qu'en pensez-vous? Comment est-ce que ça cadre avec la psychopathologie?

— Dans toute cette affaire, les enfants sont un fil conducteur. De même que les inspecteurs de la Criminelle. Hélas, nous ignorons encore ce qui motive ce type. Je pense néanmoins que cette piste doit être suivie avec le plus grand sérieux.

— Ted, Steve, avez-vous besoin de renforts? demanda Backus.

— Je pense que ça ira. Ici, à Tampa, tout le monde veut être dans le coup. Si on a besoin d'hommes, on n'a qu'à se servir.

— Parfait. Au fait, avez-vous interrogé la mère du garçon au sujet des rapports de son fils avec Beltran?

— Nous essayons de la localiser, de même que la sœur de Beltran. N'oubliez pas que ça remonte à trois ans. Mais avec un peu de chance, nous pourrons les interroger demain, après notre visite aux « Potes ».

— OK. Passons à Baltimore. Sheila ?

— Présente. Nous avons consacré toute notre journée à refaire l'enquête de la police locale. Nous avons interrogé Bledsoe. Concernant le meurtre de Polly Amherst, sa théorie dès le départ était qu'ils recherchaient un pédophile. Amherst était enseignante. Bledsoe nous a dit que McCafferty et lui étaient persuadés qu'elle avait surpris par hasard un pédophile dans l'enceinte de l'école et que le type l'a enlevée, étranglée puis massacrée afin de masquer le véritable mobile de son crime.

— Pourquoi forcément un pédophile ? demanda Rachel. Elle aurait pu tout aussi bien tomber sur un cambrioleur, un dealer ou je ne sais quoi d'autre.

— Polly Amherst surveillait la récréation le jour où elle a disparu. La police a interrogé tous les enfants qui se trouvaient dans la cour. Ils ont récolté un tas de récits contradictoires, mais une poignée de gamins se souvenaient d'avoir aperçu un homme derrière les grilles. Un individu avec des cheveux blond filasse et des lunettes. De race blanche. Apparemment, Brad n'était pas très loin de la vérité avec sa description de Roderick Usher. Les enfants ont également précisé que cet homme possédait un appareil photo. C'est à peu près tout pour le signalement.

— Bien. Autre chose, Sheila ? demanda Backus.

— Les seuls indices physiques retrouvés sur le

corps de la victime sont des cheveux. Blonds décolorés. Couleur naturelle : châtain-roux. Voilà, c'est
à peu près tout pour l'instant. Nous allons retourner
interroger Bledsoe demain.

— OK. Au tour de Chicago maintenant.

Les autres rapports ne contenaient aucun élément
nouveau en termes d'identification, ou susceptible de
venir s'ajouter à la masse d'informations de plus en
plus importantes concernant le Poète. De manière
générale, les agents fédéraux suivaient les pistes déjà
explorées par les forces de police locales, sans rien
découvrir de nouveau. Même le compte rendu en
provenance de Denver ne contenait que des informations réchauffées. Mais à la fin de son rapport,
l'agent qui était au bout du fil précisa qu'un examen
des gants que portait mon frère avait été effectué, et
une seule minuscule tache de sang découverte sur
la doublure en fourrure à l'intérieur du gant droit.
L'agent demanda si j'étais toujours disposé à appeler
Riley pour la convaincre d'autoriser l'exhumation. Je
ne répondis pas, abasourdi que j'étais en pensant à ce
qu'avaient dû être les derniers instants de mon frère
si la théorie de l'hypnose était confirmée. Interrogé
une seconde fois au sujet de l'exhumation, je promis
de téléphoner dès demain matin.

Comme s'il s'agissait d'un élément annexe, l'agent
conclut son rapport en disant qu'il avait expédié au
labo de Quantico les échantillons prélevés dans la
bouche de mon frère.

— Mais ils connaissent leur boulot ici, patron, et
ça m'étonnerait qu'on en trouve plus qu'eux.

— C'est-à-dire? demanda Backus en évitant soigneusement de croiser mon regard.

— Uniquement des résidus de poudre. Rien d'autre.

Je n'aurais su dire ce que j'éprouvai en entendant ces paroles. Du soulagement sans doute, mais ça ne prouvait pas qu'il s'était ou ne s'était pas passé quelque chose. Rien ne ressusciterait Sean et je continuais d'imaginer ses derniers instants, ses dernières pensées. Je m'efforçai néanmoins de chasser ces idées macabres pour me concentrer sur la réunion. Backus avait demandé à Brass de lui communiquer ses dernières conclusions et j'avais loupé la majeure partie du rapport.

— Et donc, nous avons décidé d'écarter toute corrélation, disait-elle. Exception faite de l'hypothèse émise précédemment, en Floride, j'affirme que les victimes sont choisies au hasard. Ces inspecteurs ne se connaissaient pas, ils n'ont jamais travaillé ensemble et leurs chemins ne se sont jamais croisés. Nous avons découvert que quatre d'entre eux avaient suivi un séminaire de formation sponsorisé par le Bureau, à Quantico, il y a quatre ans, mais pas les deux autres, et rien n'indique que les quatre premiers se soient même rencontrés lors de ce séminaire. Tout cela ne concerne pas l'inspecteur Orsulak à Phoenix. Nous n'avons pas encore eu le temps de nous renseigner sur son passé.

— Autrement dit, s'il n'existe pas de corrélation, cela signifie que le meurtrier les choisit uniquement parce qu'ils mordent à l'hameçon? dit Rachel.

— Je pense que oui.

— Donc, il doit se trouver dans les parages et découvrir sa proie après que l'appât a été tué.

— Exact. Cependant, tous ces meurtres-appâts ont été largement repris par les organes d'information locaux. Notre homme aurait donc pu voir les inspecteurs pour la première fois à la télé, ou sur une photo dans un journal.

— Aucune particularité physique récurrente ?

— Non. Il choisit simplement celui qui est chargé de l'enquête. C'est l'inspecteur principal qui devient la proie. Attention, ça ne veut pas dire qu'une fois la sélection effectuée il ne trouve pas l'un ou l'autre de ces sujets plus attirant ou satisfaisant pour ses fantasmes. Ça peut arriver.

— Quels fantasmes ? demandai-je en faisant un terrible effort uniquement pour suivre l'exposé de Brass.

— C'est Jack qui pose cette question ? Nous ignorons quels fantasmes, Jack. Justement. Nous nous attaquons au problème par le mauvais bout. Nous ne savons pas quels sont les fantasmes qui motivent ce meurtrier, et tout ce que nous voyons et supposons est fragmentaire. Peut-être ne saurons-nous jamais comment il fonctionne. Ce type descend de la lune, Jack. En fait, nous ne connaîtrons la vérité que s'il décide de tout raconter un jour.

Tandis que je hochais la tête, une autre question me vint à l'esprit. J'attendis d'être sûr que personne n'avait rien à ajouter.

— Euh, agent Brass… Doran, je veux dire ?

— Oui ?

— Peut-être en avez-vous déjà parlé, mais que peut-on dire des poèmes ? Avez-vous une idée plus précise de leur fonction ?

— De toute évidence, il s'agit d'une forme d'exhibition. Nous avons évoqué ce point hier. Ces poèmes sont sa signature, et bien qu'il cherche visiblement à échapper à la police, sa psychologie le pousse à laisser derrière lui un petit quelque chose pour dire : « Hé, regardez, je suis passé par là ! » C'est le rôle de ces poèmes. Quant à leur contenu, le point commun, c'est qu'ils parlent tous de la mort, plus ou moins directement. On y trouve également le thème selon lequel la mort constitue une porte ouverte vers d'autres choses, d'autres endroits. « Par la porte pâle », telle est, si j'ai bonne mémoire, l'une des citations utilisées. Notre Poète est peut-être convaincu d'expédier tous ces hommes qu'il tue vers un monde meilleur. Il les transforme. C'est un élément à considérer quand on s'intéresse à la pathologie de cet individu. Mais une fois encore, nous en revenons à la fragilité de nos conjectures. C'est un peu comme si on fouillait dans une poubelle pleine de déchets pour essayer de deviner ce qu'une personne a mangé au dîner la veille. Nous ignorons ce que recherche ce type, et nous ne le saurons pas avant de l'avoir capturé.

— Brass ? C'est encore Bob. Comment analysez-vous la fréquence des meurtres ?

— Je laisse Brad répondre à cette question.

— Ici Brad. Euh… ce type est ce qu'on appelle

un voyageur de fortune. Certes, il se sert de tout le pays comme terrain de chasse, mais il lui arrive de rester au même endroit plusieurs semaines, voire plusieurs mois. C'est inhabituel dans nos profils psychologiques antérieurs. Le Poète n'est pas un meurtrier qui commet son geste et s'enfuit. Il frappe et ensuite il reste dans le secteur pendant quelque temps. Nous pensons que, durant cette période, il est comme un chasseur qui observe sa proie. Il doit apprendre à connaître les habitudes de sa future victime. Pour finir, il lie connaissance avec elle. C'est une piste à explorer : l'apparition d'un nouvel ami ou d'une nouvelle relation dans la vie du détective visé. Peut-être un nouveau voisin ou un type rencontré dans un bar. Le cas de Denver indique qu'il peut également approcher sa proie en se faisant passer pour un informateur possédant des renseignements. Il peut aussi combiner toutes ces approches.

— Ce qui nous amène à l'étape suivante, dit Backus. Après la prise de contact.

— Le contrôle, dit Hazelton. Après s'être approché suffisamment près de ses victimes, comment les contrôle-t-il ? Nous pensons qu'il possède une arme, grâce à laquelle il confisque celle de sa proie au départ, mais il y a autre chose. Comment peut-il persuader six inspecteurs de police, sept maintenant, d'écrire des vers ? Et comment éviter l'affrontement physique à chaque fois ? Pour l'instant, nous explorons les possibilités d'une hypnose combinée à des amplificateurs chimiques appartenant aux victimes elles-mêmes. Le cas McEvoy constitue à cet égard la seule anomalie. Si on le met de côté pour s'intéresser aux autres, chacun d'entre nous possède certainement dans son armoire à pharmacie un quelconque médicament acheté en vente libre ou délivré sur ordonnance et qui peut amplifier l'effet de l'hypnose. De toute évidence, certains produits sont plus efficaces que d'autres. Mais ce qui importe, si ce scénario est juste, c'est que le Poète utilise les accessoires fournis par la victime elle-même. Nous nous intéressons de près à cet aspect. Voilà, c'est tout pour le moment.

— Très bien, dit Backus. D'autres questions ?

Les personnes présentes dans la salle et le haut-parleur demeurèrent silencieux.

— OK, mesdames et messieurs, reprit Backus en se penchant en avant mais en gardant les mains à plat sur la table, la bouche près du micro du téléphone. On y met tout ce qu'on a. On en a vraiment besoin, cette fois.

Rachel et moi suivîmes Backus et Thompson à l'hôtel Hyatt où Matuzak avait réservé des chambres. Je dus m'inscrire séparément et régler le prix de ma chambre, tandis que Backus se faisait remettre les clés des cinq autres chambres payées par le gouvernement. J'eus droit, malgré tout, au rabais accordé habituellement par la direction de l'hôtel au FBI. Sans doute grâce à la chemise que je portais.

Rachel et Thompson attendaient au bar, où nous avions décidé de prendre un verre avant le dîner. Quand Backus donna sa clé à Rachel, je l'entendis dire qu'elle avait la chambre 321 et notai le numéro dans ma tête. Je logeais quatre chambres plus loin, au 317, et songeais déjà à cette nuit et au moyen de combler la distance qui nous séparait.

Après une demi-heure passée à parler de choses et d'autres, Backus se leva et déclara qu'il montait dans sa chambre pour lire les derniers rapports avant de se rendre à l'aéroport pour y accueillir Thorson et Carter. Il déclina notre proposition de dîner avec nous et se dirigea vers les ascenseurs. Quelques minutes plus tard, Thompson s'éclipsa à son tour : il voulait consulter attentivement le rapport d'autopsie d'Orsulak.

— Eh bien, nous nous retrouvons seuls tous les deux, on dirait, Jack, commenta Rachel, dès que Thompson se fut éloigné. Qu'avez-vous envie de manger ?

— Je ne sais pas. Et vous ?

— Je n'y ai pas réfléchi. Par contre, je sais ce dont j'ai envie dans l'immédiat… Prendre un bon bain chaud.

Nous convînmes de nous retrouver une heure plus tard pour aller dîner. Nous prîmes l'ascenseur pour monter jusqu'à notre étage dans un silence chargé de tension et de désir.

Une fois dans ma chambre, je tentai de chasser Rachel de mes pensées en branchant mon portable sur la ligne de téléphone afin de consulter mes messages à Denver. Il n'y en avait qu'un seul, émanant de Greg Glenn : il voulait savoir où j'étais passé. Je lui répondis, en doutant toutefois qu'il ait l'occasion de lire ma réponse avant de revenir travailler lundi matin. J'adressai ensuite un message à Laurie Prine pour lui demander de rechercher tous les articles concernant Horace l'Hypnotiseur parus dans les journaux de Floride au cours des sept dernières années. Elle n'avait qu'à me les expédier directement sur la messagerie de mon ordinateur, mais, lui précisai-je, ce n'était pas urgent.

Après quoi, je pris une douche et enfilai mes vêtements neufs pour dîner avec Rachel. Comme j'avais vingt minutes d'avance, j'envisageai d'aller voir s'il n'y avait pas une pharmacie dans les environs. Mais je songeai à l'impression produite sur Rachel si, en cas de succès, je me retrouvais dans son lit avec un préservatif tout prêt dans ma poche. Finalement, je renonçai. Je décidai d'improviser en fonction des événements.

— Vous avez regardé CNN ?
— Non, dis-je.

Je me tenais sur le seuil de sa chambre. Elle retourna s'asseoir sur le lit pour enfiler ses chaussures. Visiblement revigorée, elle portait un chemisier couleur crème et un jean noir. La télé était toujours allumée, mais le reportage diffusé concernait l'assassinat du médecin dans la clinique du Colorado. Rachel ne faisait certainement pas allusion à cette affaire.

— Que disaient-ils ?
— Nous sommes passés à la télé. Vous, Bob et moi, filmés à la sortie du salon funéraire. D'une

manière ou d'une autre, ils ont trouvé le nom de Bob et l'ont affiché à l'écran.

— Ils ont dit qu'il appartenait à la BSS ?

— Non, uniquement au FBI. Mais ça ne change rien. CNN a certainement repiqué l'info à la chaîne locale. Où qu'il se trouve, si le Poète voit ce reportage, ça pourrait poser un problème.

— Pourquoi ? Ce n'est pas rare de voir le FBI s'intéresser à ce genre d'affaires. Le Bureau a la manie de fourrer son nez partout.

— Le problème, c'est que ça fait le jeu du Poète. On trouve ça dans presque toutes les affaires. Un des éléments de satisfaction que recherche ce genre d'individus, c'est justement de voir leur œuvre à la télé et dans les journaux. D'une certaine façon, ça leur permet de revivre le fantasme du drame. Une partie de leur fascination pour les médias s'étend jusqu'à ceux qui les pourchassent. J'ai le sentiment que ce type, notre Poète, en sait plus sur nous que nous sur lui. Si je ne me trompe pas, il a certainement lu des bouquins sur les *serial killers*. Des saloperies racoleuses ou même des études plus sérieuses. Il connaît peut-être certains noms. Le père de Bob est souvent mentionné dans ces ouvrages. Voire Bob lui-même. Et moi aussi. On y trouve nos noms, nos photos et nos déclarations. S'il a vu le reportage sur CNN et s'il nous a reconnus, il va se douter que nous sommes sur ses traces. On risque de le perdre. Il pourrait disparaître de la circulation.

L'ambiguïté donna le ton de la soirée. Incapables

de décider ce que nous voulions manger, et où, nous optâmes finalement pour le restaurant de l'hôtel. Si la cuisine était passable, nous partageâmes une bouteille de cabernet qui, lui, était excellent. Je dis à Rachel de ne pas s'inquiéter pour les deniers publics, c'était le journal qui régalait. Elle commanda une forêt-noire pour le dessert.

— J'ai le sentiment que vous seriez heureuse s'il n'y avait pas de médias libres dans le monde, lui dis-je alors que nous avions presque terminé le dessert.

Les conséquences du reportage diffusé par CNN avaient dominé tout le repas.

— Non, pas du tout. Je respecte les médias. Ils sont nécessaires dans une société démocratique. Simplement, je ne respecte pas l'irresponsabilité qu'on y rencontre trop souvent.

— En quoi ce reportage était-il irresponsable ?

— Celui-ci n'avait rien de dramatique en soi, mais je n'apprécie pas qu'ils aient utilisé nos images sans s'interroger sur les ramifications éventuelles. J'aimerais que les médias aient une vision plus globale des choses, qu'ils prennent du recul, au lieu de rechercher en permanence la satisfaction immédiate.

— Pas toujours. Regardez, je ne vous ai pas envoyés sur les roses, vos collègues et vous, en disant que j'allais écrire mon article. J'ai misé sur le long terme. J'ai pris du recul.

— Oh, quelle grandeur d'âme ! De la part de quelqu'un qui s'est imposé de force dans l'enquête…

Elle souriait, et moi aussi.

— Hé ! protestai-je.

— Si nous parlions d'autre chose ? Je suis fatiguée de toutes ces histoires. Mon Dieu, comme j'aimerais pouvoir m'allonger et oublier tout ça quelques instants.

Ça recommençait. Le choix de ses paroles, sa façon de me regarder en les prononçant. Interprétais-je correctement ces signes ou bien y voyais-je uniquement ce que j'avais envie d'y voir ?

— OK, ne parlons plus du Poète, dis-je. Parlons de vous.

— De moi ?

— Vos rapports avec Thorson… on se croirait dans un feuilleton télé.

— C'est ma vie privée.

— Non, pas quand vous vous foudroyez du regard d'un bout à l'autre de la pièce pendant les réunions, ou quand vous essayez de convaincre Backus de l'écarter de l'enquête.

— Je n'ai jamais voulu l'écarter de l'enquête. Je veux juste qu'il me fiche la paix et je n'ai pas envie de l'avoir sur le dos ici. Il trouve toujours un moyen de s'immiscer pour tirer la couverture à lui. Vous verrez.

— Combien de temps avez-vous été mariés ?

— Quinze mois de rêve.

— Quand était-ce ?

— Ça remonte à loin : trois ans.

— Et les hostilités persistent après tout ce temps ?

— Je n'ai pas envie d'en parler.

Mais je sentais que si. Je laissai passer un petit moment. La serveuse vint remplir nos tasses de café.

— Que s'est-il passé ? repris-je à voix basse. Vous ne méritez pas d'être malheureuse comme ça.

Délicatement, elle tira sur ma barbe ; c'était la première fois qu'elle me touchait depuis qu'elle m'avait violemment plaqué sur le lit dans ma chambre d'hôtel à Washington.

— Vous êtes adorable, Jack.

Elle secoua la tête et enchaîna :

— C'était une erreur pour tous les deux. Parfois, je me demande même ce qui nous a attirés l'un vers l'autre. Ça n'a pas marché, tout simplement.

— Pourquoi ?

— Parce que. Il ne pouvait pas en être autrement. Je vous l'ai dit, nous avions tous les deux un lourd passif. Surtout lui. Mais il portait un masque et quand j'ai découvert toute la fureur qui se cachait derrière, c'était trop tard. J'ai fui dès que j'ai pu.

— Pourquoi cette fureur en lui ?

— Pour un tas de raisons. Il est plein d'animosité. À cause d'autres femmes, d'autres relations. J'étais son deuxième mariage raté. À cause du boulot aussi. Parfois, il s'enflammait comme un chalumeau.

— Il vous frappait ?

— Non. Je ne suis pas restée assez longtemps pour lui en donner l'occasion. Évidemment, les hommes ne croient pas à l'intuition féminine, mais si j'étais restée, je pense qu'on en serait arrivés là. C'était dans la logique des choses. Aujourd'hui encore, j'essaye de l'éviter au maximum.

— Et lui est toujours amoureux de vous.

— Si vous croyez ça, vous êtes fou.

— Je sens qu'il y a quelque chose.

— Son seul désir, c'est de me voir malheureuse. Il veut se venger, car il me considère comme responsable de son mariage raté, de sa vie ratée, et de tout le reste.

— Comment un type comme ça peut-il garder son boulot?

— Je vous le répète, il porte un masque. Il sait cacher son vrai visage. Vous l'avez vu à la réunion. Parfaitement maître de lui. Concernant le FBI, vous devez bien comprendre une chose: ils ne cherchent pas à virer leurs agents. Du moment qu'il faisait correctement son travail, peu importait ce que je ressentais ou disais.

— Vous vous êtes plainte de lui?

— Pas directement. Autant me trancher la gorge. Certes, je possède une position enviable à la BSS, mais ne vous méprenez pas: le FBI reste un monde d'hommes. Et on ne va pas trouver son patron pour se plaindre de choses dont on croit son ex-mari capable. Si je faisais ça, je finirais certainement à la brigade fluviale de Salt Lake City.

— Que pouvez-vous faire?

— Pas grand-chose. Indirectement, j'y ai fait suffisamment allusion devant Backus pour que celui-ci comprenne ce qui se passe. Mais, comme vous avez pu le constater aujourd'hui en écoutant notre conversation, il n'interviendra pas. Je suppose que Gordon lui glisse lui aussi quelques allusions dans l'autre oreille. À la place de Bob, je me tiendrais aussi tranquille qu'il le fait en attendant que l'un de nous deux fasse une connerie. Le premier qui fait un faux pas se retrouve dehors.

— Un faux pas ? Ça veut dire quoi ?

— Je ne sais pas. Avec le Bureau, on ne sait jamais. Mais Bob est obligé de prendre plus de pincettes avec moi qu'avec lui. Question de politique, vous comprenez. Il a intérêt à préparer ses arrières s'il veut essayer de muter une femme. C'est mon atout...

J'acquiesçai. Nous avions épuisé le sujet. Mais je ne voulais pas qu'elle remonte dans sa chambre. Je voulais rester avec elle.

— Vous êtes un excellent interviewer, Jack. Très rusé.

— Ah ?

— Nous avons passé toute la soirée à parler de moi et du FBI. Et vous alors ?

— Quoi, moi ? Je ne me suis jamais marié, je n'ai jamais divorcé. Je n'ai même pas de plantes vertes. Je passe mes journées assis derrière un ordinateur. Je n'entre pas dans la même catégorie que Thorson et vous.

Elle sourit, puis laissa échapper un petit gloussement, comme un rire d'enfant.

— Oui, nous faisons bien la paire. Nous faisions plutôt. Vous sentez-vous mieux après la réunion d'aujourd'hui, après ce qu'ils ont découvert à Denver ?

— Ce qu'ils n'ont pas découvert, voulez-vous dire ? Je ne sais pas. C'est sans doute préférable de penser qu'il n'a pas été obligé de subir ça. Malgré tout, il n'y a pas de quoi se sentir plus heureux.

— Avez-vous appelé votre belle-sœur ?

— Non, pas encore. Je le ferai demain matin. J'ai l'impression qu'il vaut mieux aborder ce sujet en plein jour.

— Je n'ai jamais eu l'occasion de côtoyer les familles des victimes, dit-elle. Les agents fédéraux arrivent toujours après les faits.

— Ce n'est pas comme moi… Je suis passé maître dans l'art d'interviewer l'épouse devenue veuve, la femme désormais sans enfant, le père de la fiancée morte. Faites votre choix, je les ai tous interviewés.

Il s'ensuivit un long moment de silence. La serveuse revint nous proposer du café, mais nous déclinâmes son offre. Je réclamai l'addition. Je savais maintenant que ça ne se ferait pas ce soir-là. J'avais perdu le courage d'aller plus loin de peur d'essuyer un refus. J'ai toujours fonctionné de la même façon. Quand il m'importait peu d'être rembarré, je tentais ma chance. Mais quand je tenais à une femme, quand je savais qu'un rejet me ferait du mal, je n'osais pas.

— À quoi pensez-vous ? me demanda-t-elle.

— À rien, mentis-je. À mon frère, sans doute.

— Et si vous me racontiez cette histoire ?

— Quelle histoire ?

— L'autre jour, vous étiez sur le point de me dire quelque chose de bien sur lui. La plus belle chose qu'il avait faite pour vous. La raison pour laquelle c'était un saint.

Je l'observai, assise en face de moi. Évidemment,

je compris aussitôt de quoi elle parlait, mais je pris le temps de réfléchir avant de répondre. J'aurais pu aisément lui mentir, lui dire que la plus belle chose qu'avait faite Sean, c'était de m'aimer, mais j'avais confiance en elle. Nous faisons confiance aux choses que nous trouvons belles, aux choses que nous désirons. Et peut-être avais-je envie de me confier à quelqu'un après tant d'années.

— La plus belle chose qu'il ait faite, c'est de ne pas m'en vouloir.

— Vous en vouloir de quoi ?

— Notre sœur est morte quand nous étions gamins. C'était ma faute. Sean le savait. Il était le seul à savoir la vérité. Avec elle. Mais il ne m'en a jamais voulu, et il n'a jamais rien dit à personne. En fait, il a même assumé la moitié de la responsabilité. Voilà quel a été son plus beau geste.

Rachel se pencha par-dessus la table, une expression de douleur sur le visage. Nul doute qu'elle aurait fait une bonne psychologue, compatissante, songeai-je, si elle avait poursuivi dans cette voie.

— Que s'est-il passé, Jack ?

— Elle est passée à travers la glace du lac. À l'endroit même où on a retrouvé le corps de Sean. Elle était plus grande que moi, plus âgée. Nous étions montés là-haut en famille. On possédait un camping-car ; mes parents préparaient le déjeuner ou je ne sais quoi. Sean et moi jouions dehors, et Sarah nous surveillait. Je me suis mis à courir sur le lac gelé. Sarah m'a couru après pour m'empêcher d'aller trop loin, là où la glace est plus fine. Malheureusement, elle était plus grande, plus lourde que moi, et elle est passée à travers. J'ai hurlé. Sean a hurlé lui aussi. Mon père et d'autres personnes qui se trouvaient là se sont précipités, mais ils sont arrivés trop tard…

Je portai ma tasse de café à mes lèvres, mais elle était vide. Je levai les yeux vers Rachel et poursuivis.

— Évidemment, tout le monde nous demandait ce qui s'était passé et moi, je ne pouvais pas… je ne pouvais pas parler. Et alors, il… Sean… il a dit qu'on était tous les deux sur la glace et que lorsque Sarah est venue nous chercher, la glace a cédé, et elle est tombée. C'était un mensonge, et je ne sais pas si mes parents y ont cru. Je ne pense pas. En tout cas, il a fait ça pour moi. C'était comme s'il voulait partager la culpabilité avec moi, me soulager de la moitié du poids.

Je plongeai les yeux au fond de ma tasse vide. Rachel ne disait rien.

— Vous auriez sans doute fait une excellente psy. Je n'ai jamais raconté cette histoire à personne.

— Peut-être sentiez-vous qu'il fallait la raconter, par égard pour votre frère. C'est peut-être une façon de le remercier.

La serveuse déposa l'addition sur notre table et nous remercia. J'ouvris mon portefeuille et déposai ma carte de crédit sur la note. Je connais une meilleure façon de remercier mon frère, songeai-je.

En sortant de l'ascenseur, je me sentis presque paralysé par la peur. J'étais incapable de donner suite à mon désir. Nous nous arrêtâmes devant sa porte de chambre. Rachel sortit sa carte magnétique de sa poche et leva les yeux vers moi. J'hésitai, je ne dis rien.

— Bon, dit-elle après un long silence. Nous devons nous lever de bonne heure demain. Vous prenez un petit déjeuner habituellement ?

— Juste du café.

— OK. Je vous appellerai et peut-être auronsnous le temps d'en boire une tasse vite fait.

Je me contentai de hocher la tête, trop accablé par la honte de mon échec et le manque de courage pour dire quoi que ce soit.

— Bonne nuit, Jack.

— Bonne nuit, parvins-je à articuler avant de m'éloigner dans le couloir.

Assis au bord du lit, je regardai CNN pendant une demi-heure, dans l'espoir de voir le reportage dont m'avait parlé Rachel, ou n'importe quoi d'autre capable de me faire oublier cette désastreuse fin de soirée. Pourquoi, me demandai-je, les personnes auxquelles on tient le plus sont-elles toujours les plus inaccessibles ? Un instinct profond me disait que cet instant dans le couloir était le bon, le moment parfait. Et je l'avais laissé passer. Je l'avais fui. Et maintenant, je craignais d'être hanté à tout jamais par cet échec. Car cet instinct ne reviendrait peutêtre jamais.

Je pense ne pas avoir entendu les premiers coups frappés à la porte. Ceux qui m'arrachèrent à mes sombres pensées étaient violents, et j'en déduisis que ce n'était pas la première tentative. Au moins la troisième ou quatrième. Ébranlé par cette intrusion, je m'empressai d'éteindre la télé et me levai pour aller ouvrir, sans même regarder à travers le judas. C'était elle.

— Rachel.

— Salut.

— Salut.

— Je… euh, j'avais envie de vous donner une chance de vous racheter. Si vous en avez envie, évidemment.

Je la regardai, une dizaine de réponses me traversant l'esprit, toutes conçues pour renvoyer la balle dans son camp et l'obliger à faire le premier pas. Mais l'instinct réapparut, et je compris ce qu'elle attendait, ce que je devais faire.

M'avançant vers elle, je glissai une main dans son dos et l'embrassai. Puis je l'attirai à l'intérieur de la chambre et refermai la porte.

— Merci, murmurai-je.

Ensuite, il n'y eut presque plus aucune parole échangée. Elle éteignit la lumière et me conduisit vers le lit. Nouant ses bras autour de mon cou, elle m'entraîna dans un long baiser profond. Après nous être débattus un instant avec nos vêtements, nous décidâmes, sans un mot, de nous déshabiller nous-mêmes. C'était plus rapide.

— Tu as ce qu'il faut? chuchota-t-elle. Tu vois… pour…

Effondré par les conséquences de mon inaction, je

427

fis non de la tête et m'apprêtai à lui proposer de courir au drugstore du coin en sachant que cette interruption briserait le charme.

— Je crois avoir ce qu'il faut, dit-elle.

Elle posa son sac à main sur le lit et j'entendis s'ouvrir la fermeture Éclair d'une poche intérieure. Elle déposa l'emballage du préservatif dans la paume de ma main.

— J'en garde toujours un en cas d'urgence, dit-elle d'un ton malicieux.

Et nous fîmes l'amour. Lentement, en souriant dans la pénombre de la chambre. J'y repense maintenant comme à un moment merveilleux, peut-être l'instant le plus érotique, le plus passionné de toute ma vie. En réalité, si j'ôte le voile du souvenir, je sais que ce fut un moment chargé de nervosité, où l'un et l'autre nous semblions trop impatients et désireux de satisfaire notre partenaire, nous privant ainsi du véritable plaisir de cet instant. Je sentais que Rachel réclamait avant tout l'intimité de cette union, moins le plaisir sensuel que le rapprochement avec un autre être humain. J'éprouvais la même envie, malgré le puissant désir charnel que m'inspirait son corps. Ses petits seins s'ornaient de larges aréoles brunes ; elle avait un ventre délicieusement arrondi, et des poils doux. Lorsque nos deux corps s'accordèrent sur le même rythme, son visage s'enflamma et devint brûlant. Je la trouvais belle et le lui dis. Mais ce compliment semblant la gêner, elle m'attira dans ses bras pour que je ne voie plus son visage. Le nez enfoui dans ses cheveux, je sentis un parfum de pomme.

Après l'amour, elle roula sur le ventre et je lui massai délicatement le dos.

— J'ai envie de rester près de toi, lui dis-je.

Elle ne répondit pas, mais ça n'avait pas d'importance. Je savais que nous venions de partager quelque chose d'authentique. Lentement, elle se remit sur son séant.

— Que se passe-t-il? demandai-je.

— Je ne peux pas rester. Je voudrais bien, mais je ne peux pas. Il faut que je sois dans ma chambre demain matin, si jamais Bob appelle. Il voudra certainement me parler avant la réunion avec la police et il a dit qu'il appellerait.

Déçu, je la regardai se rhabiller, sans rien dire. Elle se déplaçait avec aisance dans l'obscurité, sachant se repérer. Une fois prête, elle se pencha pour déposer un baiser fugace sur mes lèvres.

— Dors bien.

— Oui. Toi aussi.

Mais après son départ, il me fut impossible de trouver le sommeil. Je me sentais trop bien. J'étais comme rassuré et envahi d'une joie inexplicable. Chaque jour on combat la mort avec la vie et qu'y a-t-il de plus revitalisant dans l'existence que l'acte d'amour physique? Mon frère et tout ce qui s'était passé me semblaient loin.

Je roulai jusqu'au bord du lit et décrochai le téléphone. Imbu de moi-même, je voulais faire partager ces pensées à Rachel. Mais après huit sonneries, comme elle n'avait toujours pas décroché, ce fut la standardiste de l'hôtel qui répondit.

— Vous êtes sûre que c'était bien la chambre de Rachel Walling ?

— Oui, monsieur. Chambre 321. Souhaitez-vous laisser un message ?

— Non, merci.

Je me redressai dans le lit et allumai la lumière. J'allumai la télévision avec la télécommande et passai d'une chaîne à l'autre pendant quelques minutes, sans vraiment regarder l'écran. J'essayai encore une fois de l'appeler, toujours pas de réponse.

Finalement, je m'habillai, en me disant que j'avais envie d'un Coca. Je récupérai ma petite monnaie et ma clé magnétique sur la commode et gagnai l'extrémité du couloir, à l'endroit où se trouvaient les distributeurs. Sur le chemin du retour, je m'arrêtai devant la chambre 321 et collai mon oreille à la porte. Je n'entendais rien. Je frappai discrètement, attendis et frappai de nouveau. Rachel ne répondit pas.

Debout devant ma porte, je m'énervai avec la carte magnétique, essayant de tourner la poignée sans lâcher ma boîte de Coca. Finalement, je posai celle-ci par terre sur la moquette et, au moment où j'ouvrais la porte, j'entendis des bruits de pas. Je me retournai et vis un homme marcher vers moi dans le couloir. À cause de l'heure tardive, les lumières étaient tamisées et l'éclairage plus violent de l'ascenseur découpait sa silhouette. Il était large d'épaules et je remarquai qu'il tenait quelque chose dans sa main. Un sac en papier peut-être. Il n'était plus qu'à trois ou quatre mètres de moi.

— Salut, mon vieux.

Thorson. Sa voix, bien que familière, m'effraya, et sans doute s'en aperçut-il. Je l'entendis ricaner en passant à ma hauteur.

— Faites de beaux rêves.

Je ne répondis pas. Je ramassai ma boîte de Coca et entrai lentement dans ma chambre, sans quitter des yeux Thorson qui s'éloignait dans le couloir. Il passa devant la chambre 321 sans marquer la moindre hésitation et s'arrêta enfin devant une autre porte, un peu plus loin dans le couloir. Tandis qu'il l'ouvrait avec sa carte, il se retourna vers moi. Nos regards se croisèrent un instant, puis je me faufilai dans ma chambre, sans un mot.

28

Gladden regrettait de ne pas avoir demandé à Darlene où se trouvait la télécommande avant de la tuer. Être obligé de se lever chaque fois qu'il voulait changer de chaîne l'agaçait. Toutes les chaînes de télé de Los Angeles ayant repris l'article du *Times*, il avait été obligé de rester devant le poste et de changer manuellement de programme pour essayer de capter tous les reportages sur le sujet. Il avait vu à quoi ressemblait l'inspecteur Thomas. Celui-ci avait été interviewé par l'ensemble des chaînes.

Allongé maintenant sur le canapé, Gladden était trop excité pour dormir. Il aurait voulu repasser sur CNN, mais il n'avait pas envie de se relever. Il était branché sur une obscure chaîne câblée. Une femme avec un accent français préparait des crêpes au yaourt. Gladden n'aurait su dire si c'était un dessert ou une préparation pour le petit déjeuner ; en tout cas, ça lui donnait faim, et il envisagea d'ouvrir une boîte de raviolis. Mais il se ravisa. Il savait qu'il devait se rationner. Il lui restait encore quatre jours à tenir.

— Où est cette putain de télécommande, Darlene ? s'écria-t-il.

Finalement, il se leva, changea de chaîne, éteignit les lumières et retourna sur le canapé. Avec le monologue des présentateurs de CNN en guise de fond sonore, il pensa au travail qui l'attendait, à ses plans. Ils connaissaient son existence désormais, et il devait redoubler de prudence.

Il finit par s'assoupir. Ses paupières se fermaient, le ronronnement de la télé le berçait. Mais juste au moment où il allait s'endormir, ses oreilles captèrent un reportage en provenance de Phoenix concernant le meurtre d'un inspecteur de police. Gladden rouvrit les yeux.

29

Le lendemain matin, Rachel m'appela dans ma chambre avant que je sois levé. Jetant un coup d'œil au réveil, je constatai qu'il était 7 heures 30. Je ne lui demandai pas pourquoi elle n'avait pas répondu au téléphone, ni aux coups frappés à sa porte la veille au soir. J'avais passé une bonne partie de la nuit à me poser la question, et pour finir, j'en avais conclu qu'elle prenait certainement une douche à ce moment-là.

— Tu es levé ?

— Je le suis maintenant.

— Parfait. Appelle ta belle-sœur.

— Je vais le faire.

— Tu veux boire un café ? Tu seras prêt dans combien de temps ?

— Le temps de téléphoner et de prendre une douche. Dans une heure ?

— Dans ce cas, tu te débrouilleras tout seul, Jack.

— OK. Une demi-heure. Tu es déjà levée, toi ?

— Non.

— Et alors, tu ne prends pas de douche ?

— Il ne me faut pas une heure pour me préparer, même un dimanche.

— OK. OK. Une demi-heure.

En me levant, je découvris par terre l'emballage déchiré du préservatif. Je le ramassai, en prenant soin d'en noter la marque – c'était sans doute ceux qu'elle préférait –, et le jetai dans la poubelle de la salle de bains.

J'en venais presque à souhaiter que Riley ne soit pas chez elle : je ne savais pas comment m'y prendre pour lui demander d'autoriser des gens à déterrer le corps de son mari et j'ignorais quelle serait sa réaction. Mais je savais qu'à cette heure matinale, un dimanche, il n'y avait guère de chances qu'elle soit sortie. À ma connaissance, les seules fois où elle avait mis les pieds à l'église ces dernières années, c'était pour l'enterrement de Sean, et avant cela, le jour de son mariage.

Elle décrocha après la deuxième sonnerie. Sa voix paraissait plus enjouée que les dernières fois où je l'avais entendue. À tel point que je ne fus pas certain, tout d'abord, de la reconnaître.

— Riles ?

— Jack, où es-tu ? J'étais inquiète.

— Je suis à Phoenix. Pourquoi tu t'inquiétais ?

— Bah, je ne savais pas ce qui se passait.

— Désolé de ne pas t'avoir appelée avant. Tout va bien. Je suis avec le FBI. Je ne peux pas te dire grand-chose, mais ils enquêtent sur la mort de Sean. La sienne et d'autres.

À travers la fenêtre, je contemplais les sommets d'une montagne à l'horizon. D'après la brochure touristique fournie par l'hôtel, elle s'appelait la montagne du Dos de Chameau, et on comprenait pourquoi. Peut-être en avais-je trop dit, mais Riley n'était pas du genre à aller raconter toute l'histoire au *National Enquirer*.

— Euh… il y a du nouveau dans l'affaire. Ils pensent que la police est peut-être passée à côté de certains indices concernant Sean. Et… euh, ils voudraient… Écoute, Riley, ils ont besoin de le déterrer pour l'examiner encore une fois.

Aucune réaction au bout du fil. J'attendis un long moment.

— Riley ?

— Pourquoi, Jack ?

— Pour les besoins de l'enquête.

— Mais qu'est-ce qu'ils veulent ? Ils… ils vont encore lui ouvrir le ventre ?

Elle avait prononcé ces mots dans un murmure de désespoir et je compris à quel point j'avais été nul pour lui annoncer la nouvelle.

— Oh, non. Pas du tout. Je ne suis pas censé te donner des détails, mais… Ils pensent que le type… celui qui a fait ça, a essayé d'hypnotiser Sean. Ils veulent examiner ses mains pour rechercher des piqûres d'épingle. C'est le test qu'aurait utilisé le meurtrier pour vérifier que Sean était réellement en état d'hypnose.

Il y eut un nouveau silence.

— Encore une chose, dis-je. À ta connaissance,

Sean avait-il un rhume? Est-ce qu'il toussait? Le jour où... ça s'est passé.

— Oui, répondit-elle après un moment de réflexion. Je me souviens qu'il était malade : je lui ai dit de ne pas aller travailler ce jour-là. J'étais malade moi aussi ; je voulais qu'il reste à la maison avec moi. Hé, tu sais quoi, Jack?

— Quoi?

— Je me sentais patraque parce que... j'étais enceinte. Je l'ai appris mercredi.

Pris au dépourvu, j'eus un instant d'hésitation.

— Oh, Riley! C'est merveilleux, m'écriai-je. Tu l'as dit aux parents?

— Oui, ils sont au courant. Ils sont très heureux. Cet enfant est un peu un miracle, car je ne savais pas et on n'essayait pas vraiment d'en avoir un.

— C'est une nouvelle formidable.

Je ne savais pas comment revenir à la raison de cet appel. Finalement, je choisis la méthode brutale.

— Il faut que je raccroche, Riley. Alors, qu'est-ce que je leur dis?

Rachel était déjà dans le hall de l'hôtel quand je sortis de l'ascenseur. Elle avait son portable et son sac de voyage avec elle.

— Tu as déjà rendu ta chambre? lui demandai-je, surpris.

— Règle numéro un des agents du FBI en voyage : ne jamais rien laisser dans sa chambre, car on est susceptible de repartir à tout moment. Il y a

437

du nouveau, je n'aurai pas le temps de remonter faire mes bagages.

J'acquiesçai. Trop tard pour que je retourne préparer mes affaires et, de toute façon, je n'avais presque rien à emporter.

— Alors, tu l'as appelée ?

— Oui. Elle a dit OK. Elle a dit : « Allez-y. » Si ça peut servir, elle a également confirmé que Sean était malade ce jour-là. Donc, le sirop contre la toux lui appartenait bien. Et j'ai compris pourquoi il a été tué dans sa voiture, et non pas chez lui comme les autres.

— Pourquoi ?

— Son épouse, Riley, était chez eux car elle était malade elle aussi. Mon frère aurait fait tout son possible pour ne pas ramener ce type à la maison alors que sa femme s'y trouvait.

Je pensai avec tristesse au dernier geste de mon frère, peut-être le plus courageux.

— Oui, tu as certainement raison, Jack. Ça colle. Mais il y a du nouveau. Bob vient d'être prévenu, il m'a appelée de notre bureau local. Il a reporté la réunion avec la police. On a reçu un fax du Poète.

L'humeur qui régnait dans la salle de réunion était assurément plus sombre. Seuls les agents de Quantico s'y trouvaient. Backus, Thompson, Thorson et un dénommé Carter, présent lors de la première réunion à laquelle j'avais assisté, à Quantico. Je vis Rachel et Thorson échanger des regards méprisants lorsque nous entrâmes. Je reportai toute mon attention sur Backus. Ce dernier semblait perdu dans ses pensées. Son portable était ouvert devant lui sur la table, mais il regardait ailleurs. Vêtu d'un costume gris différent, il paraissait frais et dispos. Un sourire rêveur se dessinant sur son visage, il se tourna vers moi.

— Jack, vous allez comprendre pour quelle raison nous tenions tant à étouffer cette affaire. Il a suffi d'un enregistrement vidéo de cinq secondes pour que le meurtrier découvre que nous étions à ses trousses.

Je me contentai de hocher la tête.

Thorson intervint :

— J'estime que sa place n'est pas ici.

— Un marché est un marché, Gordon. Jack n'a absolument rien à voir avec le reportage de CNN.

— Peu importe. Je continue de penser…

— Ferme-la, Gordon, le coupa Rachel. On se fiche de ce que tu penses.

— Bon, mettons fin aux hostilités et concentrons-nous sur le problème, dit Backus. J'ai ici des doubles du fax.

Il ouvrit une chemise et fit circuler les feuilles autour de la table. J'eus droit à la mienne. Le silence s'installa dans la salle, tandis que tout le monde lisait.

Cher Bob Backus, agent du FBI,

Bonjour à vous, monsieur. En regardant les infos, je vous ai vu à Phoenix, espèce de cachottier. Les «pas de commentaire» destinés à égarer les journalistes ne me trompent pas. Je connais votre visage, Bob. Vous vous rapprochez de moi et j'attends votre arrivée avec impatience. Mais faites bien attention, Bob, mon ami. Pas trop près ! Regardez ce qui est arrivé à ce pauvre Orsulak et à tous les autres. Aujourd'hui, on enterre Orsulak, la fin d'un bon pro. Mais un agent du FBI de votre stature, ah ! Voilà qui serait une noble chasse. Hé, hé.

Ne soyez pas inquiet, Bob. Vous ne craignez rien. Mon prochain élu a été consacré. J'ai choisi ma cible et je l'ai bien en vue, au moment même où vous lisez ces mots.

Avez-vous rassemblé vos troupes autour de vous ? Vous vous demandez ce qui motive votre adversaire ? Terrible mystère, hein ? Des détails troublants comme une piqûre d'épingle dans la paume, je suppose. Je vous offre un indice. (À quoi servent les amis ?) Je suis l'ignoble trésor de mon Pote, qui suis-je ? Quand vous connaîtrez la réponse, Bob, répétez-la sans cesse. Et vous comprendrez. Vous saurez. Vous êtes un pro et je suis sûr que vous êtes à la hauteur du défi. Je compte sur vous, Bob !

Je vis seul dans ce monde qui gémit, Bob, et mon travail vient juste de commencer. Une dernière chose, Bob : que le meilleur gagne.

Je ne peux pas signer ma lettre, car vous n'avez pas encore divulgué mon nom. Que se passe-t-il, Bob ? Je vous regarderai à la télé, et j'espère entendre mon nom. En attendant, je termine sur ceci : Grands et petits, je les ai tous occis !

Prudence sur la route !

Je relus le fax et fus à nouveau parcouru du même frisson glacé. Je comprenais maintenant ce qu'ils voulaient dire. Cette lettre était la voix d'un homme venu d'ailleurs. Il n'était pas d'ici. Pas de cette planète.

— Tout le monde confirme l'authenticité ? demanda Backus.

— Il y a plusieurs indices irréfutables, dit Rachel. La piqûre d'épingle. La citation de Poe. Et la référence au « Pote ». La Floride a été informée ?

— Oui. De toute évidence, la piste du « Pote » devient la priorité numéro un. Ils laissent tomber tout le reste pour le moment.

— Qu'en pense Brass ?

— Que ça confirme la théorie du lien. Ce fax contient des références aux deux séries de meurtres, les inspecteurs et les autres. Brad et elle avaient donc raison. Un seul meurtrier. Elle considère désormais les meurtres de Floride comme notre point de référence. Tout ce qui a suivi n'est qu'une répétition du schéma initial. Notre homme reproduit un rituel.

— Autrement dit, découvrons pourquoi il a tué Beltran et nous saurons pourquoi il a tué les autres.

— Exact. Brass et Brad ont été en communication avec la Floride toute la matinée. Avec un peu de chance, nous aurons rapidement les réponses à quelques questions et nous pourrons reconstituer le modèle.

Pendant quelques instants, tout le monde sembla réfléchir.

— On reste ici ? demanda Rachel.

— Oui, c'est la meilleure solution, dit Backus. Les réponses se trouvent peut-être en Floride, mais la piste est froide. C'est du passé. Nous sommes plus près de lui ici.

— Le fax mentionne qu'il a déjà choisi sa prochaine cible, dis-je. Ça signifie le prochain flic, à votre avis ?

— Oui, c'est exactement ce que je pense, répondit Backus d'un air sombre. Et le temps nous manque. Pendant que nous sommes assis ici à discuter, le meurtrier observe un autre homme, un autre flic, quelque part. Et si nous ne trouvons pas rapidement à quel endroit, nous allons avoir un nouveau cadavre sur les bras.

Il frappa du poing sur la table.

— Il faut faire progresser l'enquête, madame et messieurs, il faut agir. Nous devons retrouver cet homme avant qu'il ne soit trop tard !

Backus avait dit cela avec force et conviction. Il galvanisait ses troupes, comme il l'avait déjà fait. Il leur demandait de redoubler d'efforts.

— Bob, dit Rachel. Il est dit dans le fax que l'enterrement d'Orsulak a lieu aujourd'hui. Quand le fax est-il arrivé, et où ?

— Gordon va répondre.

Thorson se racla la gorge et fournit l'explication, sans nous regarder Rachel et moi.

— Le fax est arrivé sur un télécopieur de Quantico destiné aux affaires internes de l'Académie. Inutile de préciser que son expéditeur a gardé l'anonymat. Rien à ce niveau. Il nous est parvenu à 3 heures 38 ce matin. Heure de New York. J'ai chargé Hazelton de retracer son parcours. Un appel est parvenu au standard de Quantico, la standardiste a reconnu le bip du fax et balancé l'envoi au service des communications. Elle ne pouvait pas dire à qui il était destiné car elle n'avait que le bip. Alors, un peu au hasard, elle l'a envoyé sur un télécopieur de l'Académie, où il est resté dans la corbeille « arrivée » jusqu'à ce matin, quand quelqu'un l'a enfin repéré et apporté au centre.

— C'est une chance qu'il ne soit pas resté oublié dans un coin, ajouta Backus.

— Exact, reprit Thorson. Quoi qu'il en soit, Hazelton a apporté l'original au labo et il n'est pas revenu bredouille. Selon eux, il ne s'agit pas d'une transmission de télécopieur à télécopieur. Ça vient d'un fax intégré.

— Un ordinateur, dis-je.

— Avec un modem fax. Or, nous savons que notre homme est un grand voyageur et ça m'étonnerait qu'il se trimbale avec un Mac sur son dos. On peut donc supposer qu'il possède un portable avec un modem fax. Très certainement un modem cellulaire. Ce qui lui offre un maximum de liberté.

Tout le monde prit le temps d'assimiler ces informations. Je m'interrogeai sur leur signification réelle. Il me semblait qu'un tas de renseignements qu'ils avaient accumulés depuis le début de l'enquête étaient sans intérêt, tant qu'ils n'auraient pas un suspect sous les verrous. Alors seulement, ces éléments pourraient servir à bâtir un dossier d'inculpation. Mais en attendant, tout cela n'était guère utile pour l'attraper.

— D'accord, il possède un matériel informatique haut de gamme, dit enfin Rachel. Qu'avons-nous prévu pour le prochain fax?

— Nous sommes prêts à localiser n'importe quel fax envoyé au standard, expliqua Thorson. Dans le meilleur des cas, nous aurons la zone d'appel. Pas plus.

— Qu'est-ce que ça signifie? demandai-je.

Thorson semblait répugner à répondre à une question venant de moi. Comme il ne disait rien, Rachel le fit à sa place:

— Ça veut dire que s'il utilise un téléphone cellulaire, il nous est impossible de localiser un numéro direct ou même un endroit précis. Au mieux, cela réduira les recherches à une zone comprenant cent mille personnes.

— Mais au moins nous aurons la ville, dit Backus. Nous pourrons contacter la police locale et rechercher les affaires d'homicide susceptibles de servir d'appât. Il s'agit forcément d'un meurtre commis au cours de la semaine écoulée. Depuis la mort d'Orsulak.

Il se tourna vers Thorson.

— Gordon, je veux qu'on expédie un autre avis à nos agences. Demandez-leur d'interroger la police locale sur tous les homicides récents. Tous les meurtres non élucidés en général, mais plus particulièrement les meurtres d'enfants et les méthodes inhabituelles, avec actes de violence sur les victimes, avant ou après la mort. Je veux que ça parte cet après-midi. Demandez qu'ils accusent réception avant dix-huit heures précises demain. Pas question que ça passe à travers les mailles du filet.

— Entendu.

— Sachez encore que Brass a émis une autre hypothèse, ajouta Backus. Selon elle, il est possible que le passage du fax concernant la prochaine victime déjà choisie soit du bidon. Une ruse destinée à nous faire réagir et paniquer, pendant que le meurtrier s'éclipse et disparaît dans son trou. Souvenez-vous : c'était ce que nous redoutions le plus dans la publicité.

— Je ne suis pas d'accord, dit Rachel. Quand je lis ça, je vois un vantard, quelqu'un qui se croit supérieur à nous et qui veut s'amuser à nos dépens. Je crois ce qu'il dit. Il y a quelque part un flic qui est dans son collimateur.

— J'ai tendance à penser la même chose, reprit Backus. D'ailleurs, je crois que Brass le pense également, mais elle s'est sentie obligée de nous soumettre cette hypothèse.

— Bon, quelle est notre stratégie maintenant ?

— C'est très simple, répondit Backus. On trouve ce type et on l'arrête avant qu'il fasse une nouvelle victime.

Backus sourit et tout le monde, à l'exception de Thorson, l'imita.

— En fait, je pense qu'en attendant de nouveaux éléments nous devons rester ici et mettre les bouchées doubles. Et ne parlons à personne de ce fax. Pendant ce temps, restons prêts à agir en cas de nécessité. Espérons que nous recevrons un autre fax de notre homme et Brass, de son côté, prépare un nouveau communiqué pour nos bureaux locaux. Je vais lui demander d'insister particulièrement auprès de nos bureaux situés dans la zone pacifique.

Il balaya du regard toutes les personnes présentes, puis hocha la tête. Il avait terminé.

— Ai-je besoin de le répéter ? Je compte sur vous. Maintenant plus que jamais.

30

La réunion avec les forces de police locales ne débuta pas avant 11 heures. Ce fut bref et hypocrite. Le genre de situation où le prétendant demande au père de la future mariée son autorisation. La plupart du temps, peu importe la réponse du père : le mariage aura lieu. En termes soigneusement choisis, chaleureux, Backus expliqua aux policiers que le Big G venait de débarquer en ville, et qu'ils prenaient les commandes. Il y eut bien quelques grincements de dents, quelques protestations sur certains points précis, mais finalement, la police se laissa amadouer par les promesses vides de Backus.

Durant toute la réunion, j'évitai de croiser le regard de Thorson. Dans la voiture qui nous amenait, Rachel m'avait avoué la cause de la tension qui régnait ce matin entre elle et son ex-mari. En fait, la nuit précédente, elle avait croisé Thorson dans le couloir de l'hôtel au moment où elle ressortait de ma chambre. Nul doute que son aspect négligé en disait long. Je ne pus réprimer un grognement en l'apprenant, car cela ne faisait que compliquer les choses.

Rachel, elle, paraissait indifférente, et même amusée par cette situation.

Après la réunion avec la police, Backus répartit les tâches. Rachel et Thompson s'occuperaient du domicile d'Orsulak où avait eu lieu le meurtre. Je les accompagnerais. Mize et Matuzak retourneraient interroger, comme l'avait fait la police, tous les amis d'Orsulak et tenteraient ainsi d'établir les faits et gestes de l'inspecteur au cours de sa dernière journée. Thorson et Carter héritèrent de l'affaire du petit Joaquin, avec pour mission de remonter toute la piste suivie par les policiers. Grayson servirait de lien avec les flics de Phoenix ! Quant à Backus, il dirigerait les opérations, évidemment, depuis le bureau local, tout en centralisant les éléments nouveaux en provenance de Quantico et des autres villes concernées par l'affaire.

Orsulak avait vécu dans une petite maison basse, avec des murs en stuc jaune, au sud de Phoenix. Dans un quartier défavorisé. Je remarquai, le long d'un seul pâté de maisons, trois épaves de voiture abandonnées sur des pelouses de gravier et deux déballages de grenier sur le trottoir.

Rachel se servit de la clé que lui avait remise Grayson pour briser un scellé autocollant apposé en travers de la porte d'entrée, puis elle l'introduisit dans la serrure. Avant de pousser la porte, elle se tourna vers moi.

— N'oubliez pas, Jack, qu'ils ont retrouvé le corps plus de trois jours après. Vous êtes prêt à supporter ?

— Évidemment.

Sans trop savoir pourquoi, j'étais gêné qu'elle m'ait demandé cela devant Thompson, qui esquissa un sourire comme si j'étais un bleu. Et cela aussi m'agaçait : en réalité, j'étais encore moins qu'un bleu.

Nous eûmes le temps de faire trois pas à l'intérieur de la maison avant que l'odeur me submerge. Le journaliste que j'étais avait vu des tas de cadavres, mais jamais il n'avait eu l'occasion de pénétrer dans un espace clos où un corps s'était décomposé trois jours durant avant qu'on le découvre enfin. L'odeur putride était presque palpable. C'était comme si le fantôme de William Orsulak hantait ces lieux et se vengeait de tous ceux qui osaient y pénétrer. Rachel laissa la porte d'entrée ouverte afin d'aérer un peu la maison.

— Qu'est-ce que vous cherchez au juste ? lui demandai-je après m'être assuré que je ne risquais pas de vomir.

— À l'intérieur, je ne sais pas, répondit-elle. L'endroit a déjà été fouillé par la police, ses amis…

Se dirigeant vers la table de la salle à manger, dans la pièce située à droite de la porte, elle y posa la chemise qu'elle tenait sous le bras, l'ouvrit et entreprit d'en feuilleter les documents. C'était une partie des dossiers que les flics avaient remis aux agents fédéraux.

— Allez jeter un coup d'œil, me dit-elle. Apparemment, ils ont bien fait leur boulot, mais on ne sait jamais, vous pourriez découvrir quelque chose. Surtout, ne touchez à rien.

— OK.

Abandonnant Rachel dans la salle à manger, je fis lentement quelques pas dans la maison en regardant autour de moi. Mes yeux se posèrent immédiatement sur le fauteuil du living-room. Il était recouvert d'un tissu vert bouteille, mais une tâche plus sombre avait noirci le repose-tête. Et coulé ensuite le long du dossier. Le sang d'Orsulak.

Sur le plancher, au pied du fauteuil, et près du mur juste derrière, des cercles tracés à la craie indiquaient les endroits où avaient été retrouvées les deux balles. Thompson s'agenouilla et ouvrit sa boîte à outils. Pendant qu'il sondait les trous des projectiles avec un fin crochet métallique, je m'enfonçai plus profondément dans la maison.

Il y avait deux chambres. Celle d'Orsulak et une seconde qui était poussiéreuse et semblait inutilisée. Sur la commode de la chambre où dormait l'inspecteur trônaient les photos de deux adolescents, mais je supposai que ses fils n'utilisaient jamais la seconde chambre, jamais ils ne venaient le voir. Lentement, je parcourus ces deux pièces, puis la salle de bains, sans relever le moindre détail susceptible de faire progresser l'enquête. Secrètement, j'avais espéré découvrir un indice important, un truc qui impressionnerait Rachel, mais je fis chou blanc.

Quand je retournai dans le living-room, Rachel et Thompson avaient disparu.

— Rachel ? Aucune réponse.

Je traversai la salle à manger pour me rendre dans la cuisine. Déserte. J'entrai dans la buanderie, ouvris une autre porte et scrutai le garage obscur : personne là non plus. Retournant dans la cuisine, je remarquai que la porte de derrière était entrouverte et jetai un coup d'œil par la fenêtre au-dessus de l'évier. Je distinguai alors des mouvements parmi les broussailles hautes au fond du jardin, derrière la maison. Rachel marchait la tête baissée au milieu des fourrés. Thompson la suivait.

Le jardin était dégagé sur six ou sept mètres derrière la maison. Une palissade de deux mètres de haut se dressait de chaque côté. Mais il n'y avait aucune clôture au fond, et l'espèce de terrain vague plongeait dans le lit d'un ruisseau asséché envahi de broussailles. Rachel et Thompson suivaient un petit chemin qui traversait les ronces en s'éloignant de la maison.

— Merci de m'avoir attendu, dis-je en les rejoignant. Que faites-vous ?

— À votre avis, Jack ? me répondit Rachel. Est-ce que le Poète s'est garé juste devant la maison, a frappé à la porte et a tué Orsulak après qu'on l'eut prié de bien vouloir entrer ?

— Je ne sais pas. Ça m'étonnerait.

— Oui, moi aussi. Non, Jack. Il l'a observé. Pendant plusieurs jours peut-être. Mais les flics ont passé le quartier au crible et aucun voisin n'a remarqué une voiture inhabituelle. Personne n'a rien remarqué d'insolite.

— Et vous pensez qu'il est passé par ici ?

— C'est une possibilité.

Tout en marchant, elle examinait le sol. Elle cherchait quelque chose, n'importe quoi. Une empreinte de pas dans la terre, une branche brisée. Plusieurs fois, elle s'arrêta pour se pencher et étudier des bouts de débris sur le chemin. Un paquet de cigarettes, une boîte de soda vide. Sans jamais toucher à rien. En cas de besoin, ces détritus pourraient être collectés plus tard.

Le chemin nous conduisit au pied d'un étai soutenant des câbles à haute tension, puis au cœur d'un épais bosquet, à l'extrémité d'un camp de caravanes. Gagnant le sommet d'un talus, nous observâmes le campement en contrebas. C'était un endroit mal entretenu, et la plupart des caravanes se prolongeaient par des ajouts rudimentaires, formant des sortes de vérandas ou des appentis. Certaines de ces vérandas avaient été enveloppées de bâches en plastique servant de chambres supplémentaires ou de salon. Une impression de pauvreté et d'étouffement émanait de la trentaine d'habitations coincées là sur ce terrain comme des cure-dents dans un pot.

— Eh bien, allons, dit Rachel d'un ton précieux, comme si nous étions invités à prendre le thé.

— Les femmes d'abord, répondit Thompson.

Plusieurs habitants du campement étaient assis sur les marches des portes ou de vieux canapés installés devant leur caravane. Des Latinos pour la plupart, et quelques Noirs. Peut-être quelques Indiens. Ils nous regardèrent émerger des broussailles d'un air quasi indifférent et j'en conclus qu'ils avaient deviné que nous étions flics. Faisant preuve du même désintérêt à leur égard, nous nous engageâmes dans l'étroite allée entre les rangées de caravanes.

— Que fait-on ? demandai-je.

— On regarde, c'est tout, répondit Rachel. On pourra toujours poser des questions plus tard. Si on reste calmes, ils comprendront que nous ne venons pas les emmerder. Ça peut être utile.

Tandis qu'elle parlait, ses yeux ne cessaient de balayer le campement et toutes les caravanes devant lesquelles nous passions. C'était la première fois, songeai-je, que je la voyais à l'œuvre, en plein travail. Il ne s'agissait plus d'interpréter des faits en restant assis autour d'une table. C'était l'heure de la récolte. Je me surpris à l'observer plus que le reste.

— Il a espionné Orsulak, dit-elle, cette remarque s'adressant à elle plus qu'à Thompson ou à moi. Quand il a découvert où il vivait, il a élaboré son plan. Comment entrer dans la maison et comment en ressortir. Il lui fallait un chemin pour s'enfuir, et une voiture ; mais bien sûr, il ne pouvait pas se garer dans la rue d'Orsulak, ça n'aurait pas été très malin.

Nous avions suivi l'allée principale, si l'on pouvait l'appeler ainsi, jusqu'à l'entrée du camp, située dans une rue.

— Conclusion, dit-elle, il s'est garé quelque part par ici et il a traversé le campement.

Un panneau fixé sur la porte de la première caravane installée à l'entrée indiquait BUREAU. Une pancarte plus grande, suspendue à un cadre métallique sur le toit, proclamait : « Les hectares du soleil. Parc pour caravanes ».

— Où sont les hectares ? ironisa Thompson.

— Où est le parc ? ajoutai-je.

Rachel avait poursuivi son chemin, seule, sans prêter attention à nos commentaires. Elle dépassa les marches conduisant à la porte du bureau et déboucha dans la rue. Une chaussée à quatre voies, dans une zone industrielle. Juste en face du camp se trouvait un U-Store-It[1], flanqué d'entrepôts. J'observai Rachel pendant qu'elle examinait les environs et enregistrait la configuration des lieux. Son regard se fixa sur l'unique lampadaire, situé un demi-bloc plus loin. Je savais ce qu'elle pensait. La nuit, il faisait noir ici.

Elle longea le trottoir, balayant des yeux l'asphalte, en quête d'un indice, n'importe lequel, un mégot de cigarette peut-être, quelque chose qui lui porterait chance. Debout à mes côtés, Thompson donnait de petits coups de pied dans la terre. J'étais incapable de détacher mon regard de Rachel. Je la vis s'arrêter tout à coup et se mordiller la lèvre. Je la rejoignis.

Le long du trottoir scintillait un petit amas d'éclats de verre, semblables à des diamants. Du bout de sa chaussure, elle les éparpilla.

Le gérant du camp avait sans doute déjà bu pas mal de verres quand nous ouvrîmes la porte et pénétrâmes dans l'espace exigu que la pancarte au-dehors désignait comme bureau. De toute évidence, cet endroit lui servait également de logement. Le type

---

1. Soit «À vous de ranger», nom d'une société de garde-meubles *(NdT)*.

était assis dans un fauteuil en velours côtelé vert, avec un reposoir pour les pieds. Les flancs étaient lacérés par des griffes de chat, mais c'était malgré tout le plus beau meuble qu'il possédait. Exception faite du téléviseur. Un Panasonic dernier modèle avec magnétoscope intégré. Il regardait une émission de télé-achat, et il lui fallut un long moment pour détacher son regard de l'écran et se tourner vers nous. L'objet proposé par l'animateur permettait de trancher et de hacher les légumes sans être obligé d'installer et de nettoyer un robot.

— C'est vous le gérant ? lui demanda Rachel.

— Ça m'paraît évident, pas vrai, inspecteur ?

Un malin, pensai-je. La soixantaine, il portait un pantalon de treillis et un débardeur blanc avec des trous de cigarettes sur la poitrine à travers lesquels jaillissaient des touffes de poils blancs. Son crâne était dégarni, et il avait le visage rougeaud d'un alcoolique. C'était un Blanc, le premier que je voyais dans ce camp.

— Pas inspecteur, agent fédéral, rectifia Rachel en lui montrant son insigne dans son étui.

— Le FBI ? V'là qu'les G s'intéressent à une bagnole fracturée ? Vous voyez, j'me tiens informé. J'sais qu'vous vous surnommez les G. J'trouve ça chouette.

Rachel se tourna vers Thompson et moi avant de reporter son attention sur le gérant. Je sentis les petits picotements de l'anxiété.

— Comment êtes-vous au courant pour l'effraction ? lui demanda Rachel.

— J'vous ai bien vus dehors. J'ai des yeux ! Vous regardiez les bouts d'verre. C'est moi qui les ai balayés pour les foutre en tas. Par ici, ils passent pas souvent pour nettoyer les rues, une fois par mois environ. Plus souvent en été, à cause de la poussière.

— Ce n'est pas ce que je voulais dire. Comment savez-vous qu'il y a eu une effraction ?

— J'dors ici, dans la pièce du fond. J'les ai entendus péter la vitre. Et j'les ai vus farfouiller à l'intérieur d'la bagnole.

— Quand était-ce ?

— Attendez qu'je réfléchisse... ça devait être jeudi dernier. J'me demandais si l'gars porterait plainte. Mais franchement, j'm'attendais pas à voir débarquer le FBI. Z'êtes des G vous deux aussi ?

— Aucune importance, monsieur... comment vous appelez-vous ?

— Adkins.

— Bien, monsieur Adkins. Savez-vous à qui appartenait cette voiture qui...

— Non, j'l'ai jamais vue. J'ai juste entendu la vitre, et j'ai vu les gamins.

— Et le numéro d'immatriculation ?

— Que dalle.

— Vous n'avez pas prévenu la police ?

— J'ai pas le téléphone. J'pourrais utiliser celui de Thibedoux là-bas au numéro 3, mais c'était en pleine nuit, et j'savais bien que les flics allaient pas rappliquer en courant pour une histoire de bagnole. Ils ont trop de boulot.

— Donc, à aucun moment vous n'avez vu le propriétaire de la voiture et il n'est pas venu frapper à votre porte pour savoir si par hasard vous n'aviez pas entendu quelque chose ou vu quelqu'un ?

— Non.

— Et ces jeunes qui ont cassé la vitre ? demanda Thompson en volant à Rachel la question du jackpot. Vous les connaissez, monsieur Atkins ?

— Adkins. Avec un D, pas un T, Mister G.

Adkins s'esclaffa, fier de sa maîtrise de l'alphabet.

— Monsieur Adkins, rectifia Thompson. Alors ?

— Alors quoi ?

— Connaissez-vous ces jeunes ?

— Non, j'les connais pas.

Son regard dériva vers la télé, derrière nous. L'animateur du télé-achat proposait maintenant un gant doté de petits picots en caoutchouc dans la paume pour brosser les animaux domestiques.

— J'sais c'qu'on pourrait faire d'autre avec ce machin, déclara Adkins. (Il mima un mouvement de masturbation avec sa main, en adressant à Thompson un clin d'œil accompagné d'un sourire.) En fait, c'est pour ça qu'les gens l'achètent.

Rachel se dirigea vers le téléviseur et l'éteignit. Adkins ne protesta pas. Elle se redressa et le regarda droit dans les yeux.

— Nous enquêtons sur le meurtre d'un officier de police. Veuillez nous accorder toute votre attention. Nous avons des raisons de penser que cette voiture appartenait à un suspect. Notre but n'est pas de poursuivre les jeunes qui ont commis ce vol, mais nous devons les interroger. Vous nous avez menti, monsieur Adkins. Je l'ai vu dans vos yeux. Les jeunes venaient de ce camp.

— Non, je…

— Laissez-moi terminer. Je sais que vous nous avez menti. Mais je veux bien vous accorder une seconde chance. Vous nous dites la vérité, ou bien nous revenons en nombre, avec d'autres agents et des policiers, et nous fouillons ce dépotoir que vous appelez un parc, comme une armée qui installe un siège. Vous pensez que nous découvrirons de la marchandise volée dans ces boîtes de tôle? Vous pensez que nous risquons de tomber sur des personnes recherchées? Ou des clandestins? Et les infractions aux normes de sécurité? En passant devant un des taudis, j'ai vu la rallonge sous la porte, jusqu'à l'appentis. Ils ont installé un locataire là-dedans, hein? Et je parie que votre employeur et vous, vous exigez même un supplément. Ou peut-être que c'est vous seulement. Que dira votre patron en l'apprenant? Et qu'est-ce qu'il dira quand il n'y aura plus personne pour payer les loyers parce que tout le monde aura été expulsé ou envoyé derrière les barreaux pour non-paiement des pensions alimentaires? Et vous, monsieur A-d-kins? Voulez-vous que j'interroge l'ordinateur au sujet du numéro de série de ce téléviseur?

— Cette télé est à moi! J'lai achetée! Vous savez c'que vous êtes, madame du FBI? Une Foutue Branleuse d'Inspectrice!

Rachel ignora cette dernière remarque, mais je crus voir Thompson tourner la tête pour dissimuler un sourire.

458

— Achetée à qui ?

— Laissez tomber. C'était les frères Tyrell. Ça vous va ? C'est eux qu'ont piqué cette putain de bagnole. J'vous préviens, s'ils viennent me tabasser, j'vous colle un procès. Pigé ?

Grâce aux indications fournies par Adkins, nous nous dirigeâmes vers une caravane située à proximité de l'entrée principale. La nouvelle de la présence de la police dans le camp s'était propagée. Il y avait plus de monde sur les marches, ou assis dans des canapés à l'extérieur. Et quand nous arrivâmes au numéro 4, les frères Tyrell nous attendaient.

Ils étaient assis sur une vieille balançoire, sous un auvent en toile bleue fixé sur le côté d'une caravane double largeur. À côté de la porte de la caravane étaient installés une machine à laver et un sèche-linge, sous une bâche, également en toile bleue, pour les protéger de la pluie. Les deux frères étaient des adolescents, avec un an d'écart environ, des métis blanc et noir. Rachel s'avança jusqu'à la limite de l'ombre fournie par l'auvent. Thompson prit position légèrement en retrait, à un peu plus d'un mètre d'elle, sur sa gauche.

— Salut, les gars, dit-elle, sans obtenir de réponse. Votre mère est là ?

— Non, elle est pas là, inspecteur, répondit l'aîné.

Il posa sur son frère un regard morne. Le frère imprima un mouvement à la balançoire avec sa jambe.

— On sait que vous êtes des malins, dit Rachel.

On ne veut pas d'ennuis avec vous et on ne veut pas vous en faire. Nous l'avons promis à monsieur Adkins quand nous lui avons demandé où se trouvait votre caravane.

— Adkins, l'enfoiré, dit le plus jeune.

— Nous venons au sujet de la voiture qui était garée devant l'entrée la semaine dernière.

— J'ai rien vu.

— Non, on n'a rien vu.

Rachel s'approcha de l'aîné et se pencha pour lui parler directement dans l'oreille.

— Allez, ça suffit, dit-elle à voix basse. Je suis sûre que votre mère vous a expliqué ce qu'il faut faire dans ces cas-là. Réfléchissez bien. Servez-vous de votre tête. Souvenez-vous de ce qu'elle vous a dit. Évitez les ennuis, pour elle et pour vous. Ce que vous voulez, c'est qu'on s'en aille et qu'on vous laisse tranquilles. Mais pour ça, il n'y a qu'une seule solution.

Rachel pénétra dans la salle des inspecteurs du bureau local du FBI en brandissant le sac en plastique tel un trophée. Elle le posa sur le bureau de Matuzak et une poignée d'agents se regroupèrent pour regarder. Backus s'approcha à son tour et contempla le sac comme s'il avait le Saint-Graal devant les yeux. Il se tourna vers Rachel avec une lueur d'excitation dans le regard.

— Grayson s'est renseigné auprès de la police, dit-il. Aucune plainte pour vol avec effraction n'a été enregistrée à cet endroit. Ni ce jour-là ni aucun autre jour de la semaine. Logiquement, un citoyen qui n'a rien à se reprocher et se fait voler quelque chose dans sa voiture va porter plainte.

Rachel acquiesça.

— Oui, logiquement.

Backus adressa un signe de tête à Matuzak, qui récupéra sur son bureau le sac contenant la pièce à conviction.

— Vous savez ce que vous devez faire?

— Oui.

— Rapportez-nous de la chance. On en a bien besoin.

Le sac en plastique contenait un autoradio stéréo volé à bord d'une vieille Ford Mustang, jaune ou blanc, il suffisait de déterminer lequel des deux frères Tyrell avait la meilleure vue la nuit.

C'est tout ce que nous avions réussi à tirer d'eux, mais nous avions le sentiment, et l'espoir, que c'était suffisant. Rachel et Thompson les avaient interrogés séparément, puis ils avaient interverti les rôles pour les interroger une deuxième fois, mais tout ce qu'avaient pu fournir les frères Tyrell, c'était l'autoradio. Ils affirmaient ne pas avoir vu le conducteur qui avait abandonné la Mustang devant le camp, et ils n'avaient volé que l'autoradio en cassant la vitre et en foutant le camp aussitôt. Ils n'avaient même pas essayé de forcer le coffre. Ils n'avaient pas regardé la plaque pour savoir si la voiture était enregistrée dans l'Arizona.

Tandis que Rachel passait le restant de l'après-midi à remplir des paperasses et à préparer un additif concernant la voiture pour le transmettre à tous les bureaux du FBI, Matuzak donna le numéro de série de l'autoradio au service des mines du quartier général de Washington, avant de remettre l'autoradio lui-même à un gars du labo pour analyse. Thompson avait pris soin de relever les empreintes des frères Tyrell pour éviter toute confusion.

Le laboratoire ne mit en évidence aucune empreinte utilisable, autre que celles laissées par les frères Tyrell. Par contre, le numéro de série ne déboucha pas sur une impasse. Il conduisait à une Mustang de 1994 jaune pâle enregistrée au nom de la Hertz Corporation. Matuzak et Mize se rendirent alors à l'aéroport Sky Harbor International pour remonter la piste de la voiture.

Au sein du bureau fédéral, le moral des agents était à l'optimisme. Rachel avait fourni à la demande. Certes, rien ne prouvait que la Mustang était conduite par le Poète. Mais l'heure à laquelle elle était restée en stationnement devant le camping de caravanes correspondait au moment où Orsulak avait été tué. Sans oublier que le vol commis par les deux frères n'avait pas été déclaré à la police. L'addition de ces éléments constituait une piste crédible et, surtout, elle permettait de comprendre un peu mieux comment opérait le Poète. C'était un gain considérable. Car ils éprouvaient le même sentiment que moi : le Poète représentait une énigme, c'était un fantôme quelque part dans les ténèbres. L'apparition d'une piste comme celle de l'autoradio semblait rendre plus plausible une capture éventuelle. Nous nous rapprochions et nous continuions d'avancer.

Pendant presque tout l'après-midi, je demeurai en retrait, me contentant de regarder Rachel au travail. J'étais fasciné par son savoir-faire, stupéfait par la manière dont elle avait mis la main sur l'autoradio et dont elle avait interrogé Adkins et les frères Tyrell. À un moment donné, dans le bureau, elle capta mon regard appuyé et me demanda ce que je faisais.

— Rien, je regarde.

— Tu aimes me regarder?

— Tu connais ton métier. C'est toujours intéressant de regarder quelqu'un qui sait s'y prendre.

— Merci. Mais j'ai eu de la chance, voilà tout.

— J'ai l'impression que tu en as souvent.

— Dans ce métier, il faut savoir la provoquer.

À la fin de la journée, après que Backus eut pris connaissance du double du communiqué transmis par Rachel, je vis ses yeux devenir comme deux petites billes noires.

— Je me demande s'il a choisi cette voiture exprès, dit-il. Une Mustang jaune pâle.

— Pourquoi? demandai-je.

Je vis Rachel hocher la tête. Elle connaissait la réponse.

— La Bible, dit Backus. « Voici venir un cheval pâle : et le nom qu'il portait était Mort. »

— « Et l'Enfer suivait ses pas », conclut Rachel.

Le dimanche soir, nous refîmes l'amour et Rachel me parut encore plus désireuse d'offrir et de recevoir cette intimité. En définitive, si l'un de nous deux se retint, ce fut plutôt moi. Même si à cet instant je ne désirais rien tant que m'abandonner aux sentiments que j'éprouvais pour elle, un léger murmure au fond de mon esprit trouvait assez de force pour mettre en doute ses motivations. Peut-être était-ce l'indice de mon manque de confiance en moi, mais je ne pouvais m'empêcher d'écouter cette voix quand elle laissait entendre que Rachel cherchait peut-être à faire souffrir son mari autant qu'à nous rendre heureux, elle et moi. Cette pensée me donnait le sentiment d'être coupable et hypocrite.

Alors que nous étions enlacés, après l'amour, elle me murmura à l'oreille que, cette fois, elle resterait jusqu'à l'aube.

31

La sonnerie du téléphone m'arracha à un sommeil profond. Je regardai autour de moi les murs étranges de la chambre, essayant de m'orienter, et mes yeux rencontrèrent ceux de Rachel.

— Tu ferais mieux de répondre, me dit-elle calmement. C'est ta chambre.

Apparemment, elle avait beaucoup moins de mal que moi à se réveiller. À vrai dire, pendant un instant, j'eus même le sentiment qu'elle était déjà réveillée et qu'elle m'observait quand le téléphone avait sonné. Je décrochai enfin, après la neuvième ou dixième sonnerie, sans doute. Simultanément, je vis que le réveil posé sur la table de chevet indiquait 7 heures 15.

— Allô ?

— Passez-moi Rachel Walling.

Je me pétrifiai. Cette voix ne m'était pas inconnue, mais mon esprit embrumé ne parvenait pas à l'identifier. Et soudain, je songeai que Rachel n'aurait pas dû se trouver dans ma chambre.

— Vous vous trompez de chambre. Elle…

— Épargnez-moi votre baratin, le pisse-copie. Passez-la-moi.

La main plaquée sur le combiné, je me tournai vers Rachel.

— C'est Thorson. Il dit savoir que tu es là.

— Passe-le-moi, dit-elle d'un ton furieux en m'arrachant le téléphone des mains. Allô? Qu'est-ce que tu veux?

Il y eut un moment de silence. Le temps qu'il lui dise deux ou trois phrases sans doute.

— Ça venait d'où?

Nouveau silence.

— Pourquoi est-ce que tu m'appelles? demanda-t-elle, et la colère était revenue dans sa voix. Vas-y. Va tout lui dire si c'est ce que tu veux. Si tu veux qu'il sache. C'est aussi révélateur sur toi que sur moi. Je suis sûre qu'il sera ravi d'apprendre que tu joues les voyeurs.

Elle me rendit le téléphone; je raccrochai. Elle plaqua un oreiller sur son visage et laissa échapper un gémissement. Je l'ôtai de son visage.

— Que se passe-t-il?

— J'ai une mauvaise nouvelle pour toi, Jack.

— Quoi?

— Dans l'édition de ce matin du *Los Angeles Times*, il y avait un article sur le Poète. Je suis désolée. Je dois te conduire au bureau pour un entretien avec Bob.

Je restai muet un instant, hébété.

— Comment est-ce qu'ils…

— On n'en sait rien. Nous allons justement évoquer la question.

— Et qu'est-ce qu'ils savent ? Il te l'a dit ?

— Non. Mais apparemment, ils en savent assez.

— Ah ! Je savais que j'aurais dû l'écrire hier, cet article. Bordel de merde ! Une fois qu'il était évident que ce type vous avait repérés, je n'avais plus de raison de ne pas l'écrire !

— Tu as conclu un marché et tu l'as respecté. Il le fallait, Jack. Pas de panique. Attendons d'arriver au bureau et de savoir exactement ce qui est écrit dans le journal.

— Je dois appeler mon rédac' chef.

— Plus tard, Jack. Apparemment, Bob est déjà là-bas, il nous attend. À croire qu'il ne dort jamais.

Le téléphone sonna de nouveau. Rachel décrocha d'un geste brusque.

— Allô ? dit-elle d'une voix teintée d'agacement. Et d'un ton moins agressif, elle ajouta : Ne quittez pas.

Avec un petit sourire penaud, elle me tendit le combiné. Elle me déposa ensuite un baiser sur la joue, murmura qu'elle retournait dans sa chambre pour se préparer et commença à se rhabiller. Je portai le téléphone à mon oreille.

— Allô ?

— Greg Glenn à l'appareil. C'était qui cette femme ?

— Euh… un agent du FBI. Nous avons une réunion. Je suppose que vous êtes au courant pour le *L. A. Times*.

— Évidemment que je suis au courant !

L'étau qui me comprimait la poitrine se resserra. Glenn enchaîna :

— Ils ont publié un article sur le meurtrier. Notre meurtrier, Jack ! Ils le surnomment le Poète. Vous m'avez dit qu'on avait l'exclusivité dans cette affaire et qu'on était à l'abri de la concurrence.

— On l'était.

Je ne trouvais rien d'autre à dire. Tout en achevant de s'habiller à la hâte, Rachel posa sur moi un regard compatissant.

— Eh bien, plus maintenant. Il faut que vous rentriez immédiatement pour que notre article paraisse dès demain. Avec tout ce que vous savez. Et j'espère que vous en savez plus qu'eux. Bon Dieu, on aurait pu être les premiers à sortir cet article, Jack, mais vous avez réussi à me convaincre. Résultat, on se retrouve à la traîne sur notre propre scoop, bordel !

— Ça va, j'ai compris ! dis-je d'un ton sec, juste pour le faire taire.

— Et j'espère ne pas apprendre que vous avez prolongé votre séjour à Phoenix parce que vous y avez trouvé une nana à sauter.

— Allez-vous faire foutre, Greg. Vous avez l'article sous les yeux ou pas ?

— Bien sûr que je l'ai ! Un article du tonnerre. Un régal. Hélas… pas dans le bon journal !

— Lisez-le-moi. Non, attendez une minute. Il faut que j'aille à cette réunion. Demandez plutôt à quelqu'un de la bibliothèque de…

— Vous ne m'avez pas écouté, Jack ? Pas question d'assister à une réunion. Vous allez sauter dans le premier avion et rentrer au bercail pour m'écrire cet article pour demain !

Rachel m'envoya un baiser et quitta la chambre.

— J'ai compris. Vous l'aurez pour demain. Mais je peux très bien l'écrire d'ici et vous l'envoyer.

— Non. Je tiens à mettre la main à la pâte. Je veux travailler avec vous sur cet article.

— Laissez-moi assister à cette réunion et je vous rappelle ensuite.

— Pourquoi ?

— Il y a du nouveau, apparemment, mentis-je. J'ignore de quoi il s'agit, il faut que je me renseigne. J'y vais et je vous rappelle. Entre-temps, demandez à la bibliothèque de copier l'article du *Times* et de l'expédier sur ma messagerie. Je le récupérerai ensuite sur mon portable. Bon, je dois vous laisser.

Je raccrochai sans lui donner le temps de protester. Après m'être habillé rapidement, je quittai ma chambre en emportant mon ordinateur. J'évoluais dans une sorte de brouillard. Je ne comprenais pas comment cela avait pu se produire. Mais une pensée s'insinuait peu à peu en moi.

Thorson.

Au passage Rachel et moi prîmes chacun deux gobelets de café sur une table installée dans le hall de l'hôtel, avant de nous rendre au bâtiment fédéral. Elle avait refait sa valise. Moi, j'avais oublié.

Dans la voiture, nous ne parlâmes qu'après notre premier gobelet de café. Sans doute, songeai-je, nos esprits étaient-ils occupés par des pensées, des dilemmes différents.

— Tu rentres à Denver ? me demanda-t-elle.

— Je ne sais pas encore.

— Ça s'est mal passé avec ton chef ?

— Oui. C'est la dernière fois qu'il me fait confiance.

— Je ne comprends pas ce qui a pu se passer. Normalement, le journal aurait dû appeler Bob Backus pour avoir ses commentaires.

— Ils l'ont peut-être fait.

— Non, il te l'aurait dit. Il aurait tenu parole. C'est un agent fédéral de la seconde génération. Je n'ai jamais vu quelqu'un d'aussi intègre que lui.

— En tout cas, j'espère qu'il tiendra parole maintenant. Parce que je vais me mettre au boulot dès aujourd'hui.

— Que dit l'article du *Times* ?

— Aucune idée. Je le saurai dès que je pourrai téléphoner.

Nous étions arrivés au palais de justice. Rachel s'engagea dans le parking réservé aux employés fédéraux.

Seuls Backus et Thorson étaient présents dans la salle de réunion.

En guise de préambule, Backus déclara regretter qu'il y ait eu des fuites avant que je puisse écrire mon article. Ces paroles me parurent sincères et je regrettai d'avoir mis en cause son intégrité lors de ma discussion avec Rachel.

— Vous avez l'article ? lui demandai-je. J'ai la

possibilité de le récupérer sur mon portable si je peux utiliser le téléphone.

— Faites ! J'attends depuis des heures que quelqu'un du bureau de Los Angeles me le faxe. Si je suis au courant de son existence, c'est uniquement parce que Brass m'a dit que nous recevions déjà des appels d'autres journalistes à Quantico.

Je branchai et allumai mon ordinateur, puis me connectai sur le serveur du *Rocky*. Sans prendre la peine de lire mon courrier, je consultai directement ma messagerie et la liste des fichiers. Il y en avait deux nouveaux : POETE et HYPNO. Je me souvins alors que j'avais demandé à Laurie Prine de rassembler les articles sur l'hypnose et Horace l'Hypnotiseur, mais ce serait pour plus tard. J'ouvris le fichier POETE, et je reçus un choc auquel j'aurais dû m'attendre avant même de lire la première ligne de l'article.

— Nom de Dieu !

— Quoi ? demanda Rachel.

— L'article a été écrit par Warren. Il démissionne de la fondation, il retourne sa veste et se sert de mon histoire pour retrouver sa place au *Times*.

— Ah, les journalistes, commenta Thorson avec une joie non dissimulée. On ne peut jamais leur faire confiance.

J'ignorai cette remarque, mais non sans mal. J'étais furieux de ce qui était arrivé. Furieux contre Warren, et contre moi. J'aurais dû m'en douter.

— Lisez-nous l'article, Jack, demanda Backus.

Je m'exécutai.

par Michael Warren,
envoyé spécial du Times

Le FBI s'est lancé dans une chasse à l'homme afin de retrouver un *serial killer* qui a déjà tué pas moins de sept inspecteurs de la police criminelle au cours d'une expédition meurtrière qui a débuté il y a trois ans et l'a conduit à travers tout le pays.

Surnommé « le Poète », car il laisse sur les lieux de ses crimes des messages contenant des vers extraits des poèmes d'Edgar Allan Poe, le meurtrier tentait de transformer les morts de ses victimes en suicides.

Pendant trois ans, ses mises en scène ont dupé la police, jusqu'à ce que les similitudes entre ces crimes, dont les poèmes de Poe, soient mises en évidence la semaine dernière, d'après une source proche des milieux de l'enquête.

Cette découverte a incité le FBI à agir rapidement afin d'identifier et capturer le Poète. Des dizaines d'agents fédéraux et d'officiers de police, dans sept villes différentes, mènent actuellement l'enquête sous la direction de la BSS, le Département des sciences du comportement du FBI. En ce moment même, les efforts des enquêteurs se concentrent principalement sur la ville de Phoenix, là où a été commis, toujours selon notre source, le dernier crime attribué au Poète.

Cet informateur, qui a accepté de répondre aux questions du *Times* à condition de conserver l'anonymat, a néanmoins refusé de révéler comment les agissements du Poète avaient été découverts, mais nous a avoué qu'une étude menée conjointement par le FBI et la Law Enforcement Foundation sur les suicides de policiers au cours des six dernières années avait fourni l'information principale.

Le journaliste énumérait ensuite la liste des victimes, en fournissant quelques détails sur chaque affaire. Suivaient plusieurs paragraphes concernant la BSS, en guise de bouche-trou, l'article s'achevait par une déclaration de l'informateur anonyme affirmant que le FBI disposait de fort peu d'éléments permettant de savoir qui et où était le Poète.

Arrivé à la fin de l'article, j'avais les joues enflammées par la colère. Il n'y a rien de plus terrible que d'être tenu par les termes d'un engagement quand une des personnes avec qui on a conclu ce marché ne respecte pas sa parole. Cet article était médiocre, selon moi ; beaucoup de mots pour envelopper peu de faits concrets, et tous attribués à une source anonyme. Warren ne mentionnait même pas le fax ni, plus important encore, les meurtres servant d'appâts. Je savais que mon article du lendemain ferait autorité dans cette affaire. Mais cela ne m'aidait pas pour autant à ravaler ma colère : quelles que fussent les faiblesses de cet article, il était clair que Warren avait eu une discussion avec un membre du Bureau. Et je ne pouvais m'empêcher de penser que cette personne était assise devant moi, à cette table.

— Nous avions conclu un marché, dis-je en détachant les yeux de l'écran de mon portable. Quelqu'un a renseigné ce type. Je lui ai confié ce que je savais en allant le trouver jeudi dernier, mais pour connaître le reste, il s'est adressé à quelqu'un du Bureau. Probablement un membre de votre équipe. Probablement quelqu'un…

— C'est possible, Jack, mais…

— Il savait déjà tout grâce à vous, déclara Thorson. Vous ne pouvez vous en prendre qu'à vous-même.

— Faux ! rétorquai-je en le foudroyant du regard. Je n'ai fait aucune allusion au Poète. Ce surnom n'existait même pas quand j'ai eu affaire à Warren. Le tuyau vient forcément de votre équipe. Et notre accord est rompu. Quelqu'un a parlé sans y être autorisé. L'affaire est ébruitée. Il faut que j'aille écrire mon article pour demain.

Un bref silence traversa la salle.

— Jack, dit Backus. J'imagine que c'est une maigre consolation, mais sachez quand même que dès que cette affaire me laissera plus de temps et de liberté de manœuvre, je trouverai l'origine de la fuite, et le coupable ne travaillera plus jamais pour moi, ni peut-être même pour le Bureau.

— Vous avez raison, c'est une maigre consolation.

— Néanmoins, il faut que je vous demande une faveur.

J'observai Backus, en me demandant s'il était vraiment assez fou pour essayer une fois de plus de me persuader de ne pas écrire un papier sur une affaire dont tous les journaux et toutes les chaînes de télévision du pays allaient s'emparer dès le soir même et le lendemain matin.

— Laquelle ?

— Quand vous écrirez votre article… Je vous demande, s'il vous plaît, de ne pas oublier que nous devons encore capturer cet homme. Or, vous possédez des informations qui risqueraient d'annihiler toutes nos chances dans ce domaine. Je parle de certains éléments spécifiques. Des détails concernant le recours éventuel à l'hypnose, ou l'utilisation des préservatifs. Si vous publiez ces informations, Jack, et si elles sont reprises par la télévision ou les autres journaux auxquels le meurtrier a accès, il changera de méthode. Vous comprenez ? Ça ne fera que nous compliquer la tâche.

J'acquiesçai, tout en le foudroyant du regard.

— Ce n'est pas vous qui allez me dire ce que je dois écrire.

— Non, évidemment. Je vous demande simplement de penser à votre frère, à nous aussi, et de faire attention à ce que vous écrirez. J'ai confiance en vous, Jack. Une confiance absolue.

Je réfléchis un long moment, pour finalement acquiescer, encore une fois.

— Bon, j'ai conclu un marché avec vous et vous n'avez pas tenu vos engagements. Si maintenant vous voulez que je vous protège, nous devons conclure un autre marché. Vous allez voir les journalistes rappliquer de partout dès aujourd'hui. Je vous demande de les expédier à votre service de presse, à Quantico. Je veux l'exclusivité de vos déclarations. De plus, je veux l'exclusivité du fax envoyé par le Poète. Si vous m'accordez tout ça, je ne mentionnerai pas les détails du profil psychologique ni le recours à l'hypnose dans mon article.

— Marché conclu, répondit Backus.

Il répondit si rapidement que j'en vins à penser qu'il savait par avance ce que j'allais dire, qu'il savait depuis le début que je lui proposerais un nouveau marché.

— Une chose simplement, Jack, reprit-il. Choisissons une phrase du fax que nous garderons sous le coude. De cette façon, si on commence à recevoir des confessions, nous nous servirons de ce passage manquant pour éliminer tous les affabulateurs.

— Pas de problème.

— Je reste ici. Je préviendrai le standard de me passer vos appels. Et uniquement les vôtres.

— Il risque d'y avoir beaucoup d'appels.

— De toute manière j'avais l'intention de refiler le bébé à nos services de presse.

— Si leur communiqué mentionne l'origine de l'enquête, demandez-leur de ne pas citer mon nom.

Dites simplement que des recherches menées par le *Rocky Mountain News* ont tout déclenché.

Backus opina du chef.

— Dernier point, ajoutai-je, puis je marquai une pause. Je continue à m'interroger sur cette fuite. Si jamais je découvre que le *L. A. Times*, ou tout autre organe de presse, a également eu accès au fax du Poète, alors, je balance tout ce que je sais. Le profil psychologique du meurtrier et tout le reste. OK ?

— Compris.

— Espèce de sale fouille-merde ! s'exclama Thorson avec colère. Vous croyez que vous pouvez débarquer comme ça et dicter vos...

— Allez vous faire foutre, Thorson, m'écriai-je. J'avais envie de vous le dire depuis Quantico. Allez vous faire foutre, OK ? Si je devais parier, je dirais que les fuites viennent de vous, alors ne venez pas me traiter de...

— ALLEZ VOUS FAIRE FOUTRE ! rugit Thorson en se levant pour me défier.

Mais Backus se leva rapidement lui aussi, en posant sa main sur l'épaule de son subordonné. Gentiment, il l'obligea à se rasseoir. Rachel observait cette scène avec un petit sourire discret.

— Du calme, Gordon, dit Backus d'un ton apaisant. Du calme. Personne ne vous accuse de quoi que ce soit. Inutile de vous énerver. Tout le monde est un peu survolté et contrarié aujourd'hui, mais ce n'est pas une raison pour perdre notre calme. Jack, c'est une accusation grave. Si vous avez des preuves pour l'étayer, nous vous écoutons. Dans le cas contraire, mieux vaut ne pas dire ce genre de choses.

Je ne répondis pas. Seul mon instinct me permettait d'affirmer que Thorson était à l'origine des fuites ; il voulait m'emmerder, il était paranoïaque, envers les journalistes de manière générale et au sujet de mes rapports avec Rachel en particulier. Mais ce n'était pas le genre d'argument que l'on pouvait évoquer. Finalement, tout le monde reprit sa place, en se regardant en chiens de faïence.

— Bon, tout cela était extrêmement divertissant, les gars, déclara Rachel, mais j'aimerais bien me mettre au boulot.

— Et moi, il faut que je parte, dis-je. Quelle phrase du fax voulez-vous que je coupe ?

— La devinette, répondit Backus. Ne parlez pas des « Potes ».

Je réfléchis. C'était un des passages les plus forts.

— Très bien. Pas de problème.

Je me levai, imité par Rachel.

— Je vous raccompagne à l'hôtel.

— C'est si grave que ça de se faire damer le pion de cette façon ? me demanda-t-elle tandis que nous retournions vers l'hôtel.

— C'est grave. C'est un peu comme vous, je suppose, quand quelqu'un vous échappe. J'espère que Backus va se payer Thorson après cette histoire. L'enfoiré.

— Il aura du mal à prouver quoi que ce soit. Ce ne sont que des soupçons.

— Si tu parlais de nous à Backus en lui disant que Thorson est au courant, il y croirait.

— Impossible. Si je parlais de nous à Backus, ça me retomberait dessus.

Après un instant de silence, elle changea de sujet, pour en revenir à l'article.

— Tu sais beaucoup plus de trucs que lui.

— Qui ? Quels trucs ?

— Je parle de Warren. Ton article sera bien meilleur.

— La gloire au premier. C'est un vieux dicton de journaliste. Et c'est vrai. Presque toujours, le premier article publié est celui qu'on cite, même s'il est plein de trous et de conneries. Même si c'est un article volé.

— C'est donc ça le but ? La gloire ? Être le premier, quitte à se tromper ?

Je la regardai, en essayant de sourire.

— Oui, parfois. Souvent même. Noble métier, hein ?

Elle ne répondit pas. Nous roulâmes en silence. J'aurais aimé qu'elle me parle de nous, de ce qu'on pouvait espérer ou pas, mais elle ne dit rien. Nous approchions de l'hôtel.

— Et si je n'arrive pas à le convaincre de me laisser rester ici, si je suis obligé de rentrer à Denver ? Qu'est-ce qu'on devient ?

Elle ne répondit pas immédiatement.

— Je ne sais pas, Jack. Que voudrais-tu qu'on devienne ?

— Je n'en sais rien, mais je ne veux pas que ça se termine de cette façon. Je pensais que…

Je ne savais pas comment lui dire ce que j'avais envie de lui dire.

— Moi non plus, je ne veux pas que ça se termine comme ça, dit-elle.

Elle s'arrêta juste devant l'hôtel pour me déposer. Il fallait qu'elle retourne au centre, m'expliqua-t-elle. Un type en veste rouge avec des épaulettes dorées m'ouvrit la portière, nous privant de toute intimité. J'aurais voulu l'embrasser, mais le contexte, et le fait d'être assis dans une voiture du FBI, semblaient rendre les choses délicates et difficiles.

— On se revoit dès que je peux, lui lançai-je. Le plus vite possible.

— OK, dit-elle avec un sourire. Au revoir, Jack. Et bonne chance pour ton article. Appelle-moi au bureau et dis-moi si tu restes ici pour l'écrire. Peut-être qu'on pourra se retrouver ce soir.

C'était une raison bien meilleure que toutes celles que j'avais évoquées pour prolonger mon séjour à Phoenix. Penchée vers moi, elle caressa ma barbe comme elle l'avait déjà fait une fois. Et juste avant que je descende de voiture, elle me dit d'attendre. Elle sortit une carte de son sac à main, inscrivit un numéro au dos et me la tendit.

— C'est mon numéro de biper en cas de besoin. Il est relié par satellite, tu peux donc me joindre partout.

— Dans le monde entier ?

— Oui, le monde entier. Tant que le satellite ne tombe pas…

32

Gladden contemplait les mots affichés sur l'écran.
Ils étaient magnifiques, comme s'ils avaient été tracés par la main invisible de Dieu. Justes. Inspirés. Il
les relut.

****

Ils savent que j'existe maintenant,
et je suis prêt. Je les attends. Je me
suis préparé à prendre ma place dans
le panthéon des visages. Comme lorsque
j'étais enfant et que j'attendais que
la porte de la penderie s'ouvre, afin de
l'accueillir. Le rai de lumière tout en
bas. Mon phare. J'observais la lumière
et les ombres produites par chacun de
ses pas. Alors, je savais qu'il était là
et qu'il me donnerait son amour. J'étais
son trésor.

Nous sommes ce qu'ils font de nous,
et pourtant, ils nous abandonnent.
Nous sommes rejetés. Nous devenons
des nomades dans le monde qui gémit.
Le rejet est ma souffrance et ma

motivation. Je porte en moi la vengeance de tous les enfants. Je suis
l'Eidolon. On m'appelle le prédateur,
celui qu'il faut surveiller en votre
sein. Je suis le diffracteur de la
lumière et de l'obscur qui se mêlent.
Mon histoire n'est pas une histoire
de privations et de sévices. J'aimais
ces caresses. Je l'avoue. Et vous ?
J'attendais, j'espérais, j'accueil-
lais avec bonheur ces caresses. Ce
fut uniquement le rejet - quand mes
os furent devenus trop grands - qui
me blessa profondément et me contrai-
gnit à une vie d'errance. Je suis un
banni. Et les enfants ne devraient
jamais vieillir.
****

Il leva la tête lorsque le téléphone sonna. L'appareil était posé sur le comptoir de la cuisine ; Gladden le regarda pendant qu'il continuait de sonner.
C'était le premier appel qu'elle recevait. Le répondeur se mit en marche au bout de la troisième sonnerie, et le message enregistré se déroula. Gladden
l'avait écrit sur un bout de papier et le lui avait fait
lire trois fois avant de l'enregistrer, la quatrième fois.
Quelle idiote, pensa-t-il en écoutant le message. Elle
n'avait aucun talent d'actrice, du moins quand elle
était habillée.

— « Bonjour, vous êtes bien chez Darlene, je...
je peux pas vous répondre. J'ai été obligée de... euh,
m'absenter pour un motif urgent. Mais j'interrogerai

ma messagerie et… euh, ma messagerie et je vous rappellerai dès que possible. »

On sentait sa nervosité, et Gladden craignait qu'à cause de la répétition de ce mot quelqu'un ne devine qu'elle lisait un texte. Après le bip sonore, une voix d'homme, visiblement furieux, laissa un message :

— Darlene, nom de Dieu ! T'as intérêt à m'appeler dès que t'entendras ce message. On peut dire que tu m'as foutu dans une sacrée merde ! T'as intérêt à m'appeler vite fait, et c'est pas sûr que tu retrouves ton boulot à ton retour, ma vieille !

Ça a marché, se dit Gladden. Il se leva pour effacer le message. Sans doute le patron de Darlene, se dit-il. Elle ne risquait pas de le rappeler.

Arrêté sur le seuil de la cuisine, il perçut l'odeur. D'un geste brusque, il récupéra ses allumettes sur son paquet de cigarettes posé sur la table basse du living-room et entra dans la chambre. Pendant quelques instants, il observa le cadavre. Le visage avait viré au vert pâle, mais était déjà un peu plus sombre que lors de sa dernière visite. Les sécrétions corporelles s'échappaient par la bouche et le nez, le corps se purgeait de ses substances décomposées. Il avait appris l'existence de ce phénomène dans un des livres qu'il avait réclamés et réussi à obtenir auprès du directeur de Raiford. *Médecine légale*. Gladden regrettait de ne pas avoir son appareil photo afin d'enregistrer les modifications subies par Darlene.

Il alluma quatre autres bâtons d'encens au jasmin

et les déposa dans les cendriers aux quatre coins du lit.

Cette fois, après avoir quitté la chambre et refermé la porte, il appliqua une serviette de toilette mouillée contre le seuil afin d'empêcher l'odeur de se répandre dans la zone de l'appartement où il vivait. Il lui restait encore deux jours à tenir.

33

Je réussis à convaincre Greg Glenn de me laisser écrire mon article sans quitter Phoenix. Tout le restant de la matinée, je demeurai enfermé dans ma chambre d'hôtel à passer des coups de téléphone, afin de réunir les commentaires des différents protagonistes de l'affaire, comme Wexler à Denver et Bledsoe à Baltimore. Après quoi, j'écrivis pendant cinq heures d'affilée, dérangé uniquement par les appels de Glenn en personne, me demandant avec nervosité où j'en étais. Finalement, une heure avant le bouclage de 17 heures à Denver, je transmis deux articles à la rédaction du service « Société ».

J'avais les nerfs en pelote lorsque enfin je pus envoyer mon travail, et une migraine carabinée. J'avais englouti un pot et demi de café apporté par le garçon d'étage et fumé un paquet entier de Marlboro, mon record en une seule séance de travail, depuis des années. Maintenant, je faisais les cent pas dans la chambre en attendant le verdict de Greg Glenn. Je rappelai la réception, expliquant que je ne pouvais quitter ma chambre, car j'attendais un coup de téléphone important, et demandant qu'on me monte un tube d'aspirine.

Dès qu'on me l'apporta, j'en avalai trois comprimés avec de l'eau minérale prise dans le minibar, et presque aussitôt je commençai à me sentir mieux. J'appelai ensuite ma mère et Riley pour les prévenir que mon article serait publié dans le journal du lendemain. Il était probable, ajoutai-je, que des journalistes d'autres organes de presse essayent de les contacter maintenant que cette histoire faisait la une, et elles devaient s'y préparer. L'une et l'autre me répliquèrent qu'elles n'avaient aucune envie de répondre aux journalistes. C'était très bien ainsi, leur dis-je, conscient de l'ironie de la chose : j'étais moi-même journaliste.

Pour finir, je m'aperçus que j'avais oublié de contacter Rachel pour lui annoncer que je restais en ville. J'appelai le bureau local du FBI à Phoenix, mais l'agent qui me répondit m'apprit qu'elle était partie.

— Comment ça « partie » ? Elle a quitté Phoenix ?

— Je ne suis pas autorisé à vous répondre.

— Pourrais-je parler à l'agent Backus dans ce cas ?

— Il est parti lui aussi. Puis-je vous demander qui vous êtes ?

Je raccrochai, appelai la réception de l'hôtel et demandai la chambre de Rachel. On me répondit qu'elle avait quitté l'hôtel. Et Backus aussi. Tout comme Thorson, Carter et Thompson.

— Bordel de merde ! dis-je après avoir raccroché.

Il y avait eu du nouveau. Forcément. S'ils avaient tous quitté l'hôtel, c'est qu'il s'était produit un événement capital dans le déroulement de l'enquête. Et je m'aperçus qu'on m'avait laissé sur la touche. Assurément, j'avais perdu mon statut de témoin privilégié. Je me remis à arpenter la chambre de long en large en me demandant où ils étaient allés et ce qui avait pu motiver un départ aussi précipité. Et soudain, je repensai à la carte que m'avait donnée Rachel. Je la sortis de ma poche et pianotai le numéro de son biper sur le cadran du téléphone.

Dix minutes suffiraient, estimai-je, à expédier mon message vers le satellite et à le renvoyer jusqu'à elle, où qu'elle soit. Mais dix minutes s'écoulèrent sans que mon téléphone sonne. Dix autres minutes passèrent, puis une demi-heure. Pas même un appel de Greg Glenn. J'allai jusqu'à décrocher le téléphone pour vérifier que je ne l'avais pas cassé.

Énervé, mais fatigué de tourner en rond et d'attendre, j'allumai mon portable et me connectai de nouveau sur le serveur du *Rocky*. Je consultai la messagerie, rien d'important. Je basculai sur ma boîte aux lettres personnelle, fis défiler les dossiers et ouvris celui baptisé HYPNO. Le fichier contenait plusieurs articles sur Horace Gomble, dans l'ordre chronologique. Je commençai par le plus ancien, mes souvenirs se ranimant au fur et à mesure que je lisais.

C'était une histoire haute en couleur. Médecin et chercheur travaillant pour la CIA dans les années 60, Gomble était devenu par la suite psychiatre, puis il s'était installé à Beverly Hills et spécialisé dans l'hypnothérapie. Il avait mis à profit son savoir-faire et sa connaissance des «arts hypnotiques», telle était son expression, pour monter un numéro de cabaret, sous le nom de Horace l'Hypnotiseur. Dans les premiers temps, il se produisait uniquement dans de petits clubs de Los Angeles, au cours de soirées amateur, mais, son numéro devenant extrêmement populaire, il décrocha bientôt des contrats d'une semaine pour se produire dans les casinos de Las Vegas. Gomble abandonna alors le métier de psychiatre. Devenu artiste de music-hall à temps plein, il se produisait désormais sur les scènes des plus grands palaces de Vegas. Au milieu des années 70, son nom figurait au côté de celui de Sinatra sur les affiches du Caesar Palace, en plus petit néanmoins. Il fut invité à quatre reprises au Carson's show et, lors de sa dernière apparition sur le plateau, après avoir plongé l'animateur vedette dans un état de transe hypnotique, il lui fit avouer ses véritables sentiments sur les autres invités de l'émission ce soir-là. Surpris par les commentaires acerbes de Johnny Carson, le public crut qu'il s'agissait d'une farce. Ce n'en était pas une. Après avoir visionné l'enregistrement, Carson annula la diffusion de l'émission et inscrivit Horace l'Hypnotiseur sur sa liste noire. La nouvelle de l'annulation de l'émission fit grand bruit dans les revues destinées aux professionnels du divertissement, et ce fut un coup sévère porté à la carrière de Gomble. Il ne fit plus aucune apparition à la télévision, jusqu'au jour de son arrestation.

Gomble banni des écrans, son numéro prit un coup de vieux, même à Las Vegas, et les scènes sur lesquelles il se produisait désormais étaient de plus en plus éloignées du Strip. Bientôt, il se retrouva sur la route, allant de club en cabaret, et pour finir ce fut le circuit des boîtes de strip-tease, des foires de province. La disgrâce était complète. Son arrestation à la foire d'Orlando fut le point final de cette longue dégringolade.

Les articles consacrés au procès indiquaient que Gomble fut inculpé pour avoir abusé de jeunes filles qu'il choisissait comme volontaires au cours de ses représentations en matinée à la foire. D'après l'accusation, il suivait toujours la même tactique : ayant repéré une fillette entre dix et douze ans dans le public, il l'emmenait en coulisse, soi-disant pour se préparer. Une fois dans sa loge, il offrait à la future victime un Coca additionné de codéine et de penthotal – deux produits dont on avait saisi une certaine quantité lors de son arrestation – en lui expliquant qu'il devait vérifier s'il pouvait l'hypnotiser avant que débute le numéro. Les drogues agissant comme un amplificateur, la fillette plongée en état de transe subissait alors les agressions sexuelles de Gomble. Toujours d'après l'accusation, les sévices se composaient essentiellement de fellations et de masturbations, actes dont il est difficile de relever des preuves physiques. Ensuite, Gomble effaçait de l'esprit de sa victime le souvenir de ce qui s'était passé, grâce à la suggestion sous hypnose.

On ignorait combien de fillettes avaient été vic-

times de Gomble. Ses agissements ne furent découverts que lorsqu'un psychiatre qui soignait une jeune
fille de treize ans souffrant de troubles du comportement avait fait resurgir, au cours d'une séance d'hypnose, l'agression dont elle avait été victime de la part
de Gomble. À la suite d'une enquête menée par la
police, Gomble fut finalement accusé d'avoir abusé
de quatre fillettes.

Lors du procès, la défense se contenta d'affirmer que les événements décrits par les victimes et
la police n'avaient jamais eu lieu. Gomble fit citer
pas moins de six éminents spécialistes de l'hypnose,
qui tous déclarèrent qu'il était absolument impossible d'obliger quiconque, et dans n'importe quelle
circonstance, même en état de transe, à faire ou à
dire quoi que ce soit de dangereux ou de morale-
ment répugnant pour le sujet hypnotisé. Et l'avocat
de Gomble ne manqua jamais une occasion de rappeler au jury qu'il n'existait aucune trace de sévices
quelconques.

L'accusation remporta la partie malgré tout,
grâce principalement à un témoin. L'ancien supérieur de Gomble à la CIA, qui vint déclarer que
les recherches menées par l'accusé au début des
années 60 comportaient des expériences basées sur
l'hypnose et l'utilisation d'un mélange de drogues
destiné à «déconnecter» les inhibitions morales
et les réflexes de survie du sujet. Il s'agissait d'une
forme de contrôle de la pensée, et l'ancien cadre de
la CIA précisa que la codéine et le penthotal figuraient l'un et l'autre parmi les drogues utilisées par

Gomble pour parvenir à des résultats positifs dans ses travaux.

Il fallut deux jours au jury pour déclarer Gomble coupable de quatre agressions sexuelles sur la personne d'un mineur. Il fut condamné à une peine de 85 ans d'emprisonnement au centre pénitentiaire de Raiford. Un des articles du dossier précisait qu'il avait fait appel de ce jugement en prétextant l'incompétence de son avocat, mais sa demande fut rejetée à tous les niveaux, jusqu'à la Cour suprême de Floride.

Arrivé à la fin du fichier, je remarquai que le dernier article datait de quelques jours seulement. Je trouvai cela curieux, Gomble ayant été condamné sept ans plus tôt. En outre, l'article provenait du *L. A. Times*, et non pas du *Orlando Sentinel*, comme tous les autres.

Intrigué, je commençai à le lire et crus tout d'abord que Laurie Prine avait simplement commis une erreur. Ça arrive parfois. Je pensais qu'elle m'avait envoyé un article sans aucun rapport avec ma demande, un article que quelqu'un d'autre au *Rocky* lui avait peut-être réclamé.

Il y était question d'un suspect dans le meurtre d'une femme de chambre d'un motel de Hollywood. Au moment où j'allais abandonner ma lecture, je tombai sur le nom de Horace Gomble. D'après l'article, l'individu suspecté du meurtre de la femme de chambre avait purgé une peine de prison à Raiford, en même temps que Gomble, et avait même aidé celui-ci à accomplir quelques démarches juridiques. Alors que je relisais ce passage, une idée jaillit soudain dans mon esprit. Il me devint bientôt impossible de m'en défaire.

De nouveau, j'appelai le biper de Rachel après avoir éteint mon portable. Cette fois, mes doigts tremblaient en composant le numéro, et j'eus ensuite le plus grand mal à rester en place. Je recommençai à faire les cent pas dans la chambre, les yeux fixés sur le téléphone. Et finalement, comme s'il obéissait au pouvoir de mon regard, le téléphone sonna, et je décrochai aussitôt, avant même la fin de la première sonnerie.

— Écoute, Rachel, je crois que j'ai quelque chose.

— Espérons que ce n'est pas la syphilis, Jack.

C'était Greg Glenn.

— Oh, je croyais que c'était quelqu'un d'autre. En fait, j'attends un coup de fil. C'est très important et si on m'appelle je suis obligé de répondre immédiatement.

— Laissez tomber, Jack. On est à la bourre. Vous êtes prêt ?

Je consultai ma montre. L'heure du premier bouclage était dépassée depuis dix minutes.

— OK, je suis prêt. Réglons ça le plus vite possible.

— Bien. Avant toute chose : bon boulot, Jack. C'est... évidemment, j'aurais préféré qu'on soit les premiers, mais votre article est beaucoup mieux écrit, avec beaucoup plus d'informations.

— OK. Qu'est-ce qu'il faut changer ? lui demandai-je.

Je n'avais pas envie d'écouter son numéro, le subtil mélange de compliments et de critiques. Je voulais juste en avoir terminé au moment où Rachel répondrait à mon appel. Il n'y avait qu'une seule ligne de téléphone dans la chambre, je ne pouvais donc pas connecter directement mon portable sur le *Rocky* afin de lire la version remaniée de mon article. Faute de mieux, je fis apparaître la version originale sur mon écran, pendant que Glenn me lisait les changements qu'il avait apportés.

— Je voulais que l'intro soit plus resserrée, qu'elle ait plus de punch, en attaquant directement avec l'histoire du fax. J'ai un peu tripatouillé tout ça, et voici ce que ça donne. « Un message énigmatique envoyé par un *serial killer* qui semble choisir ses proies au hasard parmi les enfants, les femmes et les inspecteurs de la police criminelle, analysé lundi par des agents du FBI, constitue le nouveau coup de théâtre dans l'enquête sur le meurtrier que l'on a baptisé "Le Poète". » Voilà. Qu'en pensez-vous, Jack ?

— C'est très bien.

Il avait remplacé le mot « étudié » par « analysé ». Pas de quoi protester. Nous passâmes les dix minutes suivantes à peaufiner l'article principal, en pinaillant sur des détails. Greg n'apporta pas énormément de modifications et, de toute façon, il était pressé par les impératifs de bouclage et le temps lui manquait. Au bout du compte, je me dis que certains de ces changements étaient les bienvenus, d'autres étaient de pure forme, une manie que semblent partager tous

493

les rédacteurs en chef avec lesquels j'ai travaillé. Mon deuxième article était un court récit, à la première personne, racontant comment, en cherchant à comprendre le suicide de mon frère, j'avais découvert la piste du Poète. Glenn n'y avait pas touché. Quand nous eûmes enfin terminé, il me demanda de rester en ligne le temps qu'il expédie les articles à la rédaction.

— Il me semble qu'on devrait peut-être garder la ligne au cas où il y aurait un problème à la compo, dit Glenn.

— Qui s'en occupe ?

— Brown pour l'article principal, et Bayer pour le deuxième. Je me chargerai moi-même de la relecture.

J'étais entre de bonnes mains. Brown et Bayer étaient deux des meilleurs.

— Alors, qu'est-ce que vous avez prévu pour demain ? me demanda Glenn pendant que nous attendions. Je sais que c'est un peu précipité, mais il faut également parler du week-end.

— Je n'ai pas encore réfléchi.

— Il faut absolument une suite, Jack. Un truc. On ne peut pas faire tout ce raffut et disparaître dès le lendemain la queue entre les jambes. Il faut une suite. Et, pour ce week-end, j'aimerais bien un truc d'ambiance. Vous voyez le genre : la chasse au *serial killer* vue de l'intérieur du FBI. Peut-être même parler de la personnalité de ces gens que vous avez côtoyés. Il nous faudra des photos aussi.

— Oui, je sais, je sais, dis-je. Mais je n'ai pas encore réfléchi à tout ça.

494

Je ne voulais pas lui parler de ma dernière découverte et de la nouvelle théorie qui mûrissait en moi. Ce genre d'information devenait dangereux entre les mains d'un rédacteur en chef. À peine le temps de dire ouf et il serait annoncé partout que j'allais écrire un autre article pour établir un lien entre le Poète et Horace l'Hypnotiseur. Je décidai d'attendre et d'en parler avec Rachel avant de me confier à Glenn.

— Et le FBI ? me demanda-t-il. Ils vont vous laisser revenir parmi eux ?

— Bonne question, dis-je. J'en doute. J'ai eu droit à une sorte de *sayonara* en partant aujourd'hui. D'ailleurs, je ne sais même pas où ils sont. Je crois qu'ils ont foutu le camp. Il se passe quelque chose.

— Merde, Jack. Je croyais que…

— Ne vous en faites pas, Greg, je saurai où ils sont allés. Et quand je le saurai, il me restera encore quelques moyens de pression. Je n'avais pas assez de place dans l'article d'aujourd'hui pour tout mettre. D'une manière ou d'une autre, j'aurai du nouveau demain. Mais je ne sais pas quoi pour l'instant. Ensuite, je ferai le reportage de l'intérieur. Mais vous pouvez dire adieu à vos photos. Ces gens n'aiment pas qu'on leur tire le portrait.

Après quelques minutes, Glenn reçut enfin le feu vert de la rédaction et l'article fut envoyé à la composition. Glenn annonça qu'il allait assister à l'accouchement pour être sûr que tout allait bien. Quant à moi, j'avais fini pour aujourd'hui. Il me conseilla de faire un bon repas aux frais de la maison et me demanda de le rappeler le lendemain matin. Je promis de le faire.

Alors que j'envisageais d'appeler Rachel une troisième fois, le téléphone sonna.

— Salut, mon vieux.

Je reconnus aussitôt sa voix dégoulinante de sarcasme.

— Thorson.

— Gagné.

— Qu'est-ce que vous voulez ?

— Je veux juste vous dire que l'agent Rachel Walling est très occupée et qu'elle ne pourra pas vous rappeler avant longtemps. Alors, rendez-nous un service, et à vous aussi par la même occasion : cessez d'appeler son biper. Ça devient agaçant.

— Où est-elle ?

— Ça ne vous regarde plus, il me semble. Vous avez tiré tout ce que vous pouviez, si je puis dire. Vous avez eu votre article. Débrouillez-vous tout seul maintenant.

— Vous êtes à L. A.

— Message transmis, fin d'émission.

— Attendez Thorson ! Je crois avoir du nouveau. Laissez-moi parler à Backus.

— Non, cher monsieur, vous ne parlerez plus à personne. Vous êtes *out*, McEvoy. Ne l'oubliez pas. Toutes les questions des journalistes concernant cette enquête doivent désormais être adressées au bureau du service de presse, au quartier général de Washington.

La colère formait en moi comme un poing qui se serre. Malgré mes mâchoires crispées, je parvins à lui décocher une attaque.

— La règle s'applique également aux questions de Michael Warren, Thorson ? Ou possède-t-il le numéro de votre ligne directe ?

— Vous êtes à côté de la plaque, ducon. Les fuites ne viennent pas de moi. Les gens de votre espèce me dégoûtent. J'ai plus de respect pour certaines ordures que j'ai envoyées en tôle.

— Allez vous faire voir.

— C'est bien ce que je disais. Les types comme vous n'ont aucun respect pour…

— Je vous emmerde, Thorson. Passez-moi Rachel ou Backus. J'ai peut-être une piste pour eux.

— Si vous détenez un élément nouveau, donnez-le-moi. Ils sont occupés.

Ça me faisait mal de me confier à lui. Malgré tout, je ravalai ma colère et fis ce que je pensais être le mieux.

— J'ai un nom. Ça pourrait être notre homme. William Gladden. C'est un pédophile de Floride, mais il est à L. A. Du moins, il y était. Il…

— Je le connais, je sais qui c'est.

— Ah, bon ?

— J'ai eu affaire à lui.

Ça me revint tout à coup. Les interviews dans les prisons.

— L'étude sur les violeurs ? Rachel m'en a parlé. Il faisait partie des sujets ?

— Oui. Laissez tomber, ce n'est pas notre

homme. Vous espériez jouer les héros en résolvant l'affaire, hein ?

— Comment savez-vous que ce n'est pas lui ? Il correspond au portrait, et il se peut qu'il ait appris l'hypnose avec Horace Gomble. Si vous connaissez Gladden, vous connaissez forcément Gomble. Tout concorde. La police de L. A. recherche Gladden. Il a, paraît-il, découpé en morceaux une femme de chambre dans un motel. Vous ne comprenez pas ? Cette femme pourrait servir d'appât. Et l'inspecteur chargé de l'enquête, un nommé Ed Thomas, pourrait être la future victime dont il parle dans le fax. Passez-moi donc…

— Vous faites fausse route, déclara Thorson d'une voix forte. On s'est déjà renseignés sur ce type. Vous n'êtes pas le premier à mentionner son nom, McEvoy. Vous n'êtes pas plus fort que les autres. On s'est renseignés. Gladden n'est pas notre homme, OK ? Nous ne sommes pas idiots à ce point. Alors, laissez tomber et rentrez chez vous à Denver. Quand nous aurons arrêté le vrai meurtrier, vous serez mis au courant.

— Qu'entendez-vous par « on s'est renseignés » ?

— Je refuse de vous en dire plus. Nous avons du travail et vous n'êtes plus dans le coup. N'appelez plus le biper de Rachel. Je vous le répète, à force ça devient agaçant.

Il raccrocha avant que j'aie le temps de répliquer. Je raccrochai si violemment que le combiné du téléphone rebondit et tomba par terre. Je fus tenté de rappeler immédiatement Rachel, mais me ravisai. Pour quelle raison, me demandais-je, avait-elle chargé Thorson de m'appeler au lieu de le faire elle-même ? Une sensation oppressante se forma dans ma poitrine et un tas de pensées me traversèrent l'esprit. M'avait-elle simplement servi de baby-sitter pendant tout le temps que j'avais participé à l'enquête avec eux ? Afin de m'observer pendant que je les observais ? M'avait-elle joué la comédie ?

Je m'arrachai à ces pensées. Je n'avais aucun moyen de le savoir tant que je n'aurais pas discuté avec elle. Je ne devais pas laisser les impressions produites par les commentaires de Thorson parler à sa place. J'entrepris alors d'analyser ses propos. Rachel ne pouvait pas m'appeler, avait-il dit. Elle était occupée. Qu'est-ce que ça pouvait signifier ? Avaient-ils arrêté un suspect et menait-elle l'interrogatoire en tant que responsable de l'enquête ? Le suspect était-il sous surveillance ? Dans ce cas, elle était peut-être dans une voiture, loin d'un téléphone.

Ou bien, en demandant à Thorson de me rappeler, elle m'envoyait un message et me faisait dire ce qu'elle n'avait pas le courage de me dire elle-même ?

Les subtilités de la situation demeuraient indéchiffrables. Renonçant à découvrir leur sens caché, je me concentrai sur la surface des choses. Je repensai à la réaction de Thorson en entendant mentionner le nom de William Gladden. Il n'avait exprimé aucun étonnement et avait apparemment rejeté cette idée sans la moindre hésitation. Mais en refaisant défiler mentalement cette conversation, je compris une chose : que j'aie tort ou raison au sujet de Gladden, Thorson aurait réagi de la même manière. Si j'avais raison, il aurait cherché à me dissuader. Si j'avais tort, il n'aurait pas laissé passer l'occasion de me moucher.

Je m'intéressai ensuite à une autre hypothèse : j'avais raison et le FBI avait commis une erreur quelque part en le rayant de la liste des suspects. Si tel était le cas, cet inspecteur de la police de Los Angeles était peut-être en danger, sans le savoir.

Deux coups de téléphone au siège de la police de L. A. me permirent d'obtenir le numéro de l'inspecteur Thomas à la brigade de Hollywood. Mais quand j'appelai, personne ne décrocha, et mon appel fut transféré au standard du commissariat. L'officier qui répondit m'informa que Thomas n'était pas joignable et refusa de me dire pour quelle raison, et même quand on pourrait le joindre. Je choisis de ne pas laisser de message.

Après avoir raccroché, j'arpentai la chambre pendant quelques minutes, luttant avec mes pensées pour prendre une décision. Quel que fût l'angle sous lequel j'analysais les choses, je parvenais à la même conclusion. Il n'existait qu'une seule façon d'obtenir les réponses aux questions que je me posais au sujet de Gladden : me rendre à Los Angeles. Et rencontrer l'inspecteur Thomas. Je n'avais rien à perdre. Mes articles étaient bouclés et on m'avait débarqué de l'enquête. Je passai quelques coups de téléphone et réservai une place sur le premier vol Phoenix-Burbank. L'employé de la compagnie aérienne m'informa que Burbank était aussi près de Hollywood que l'aéroport international de L. A.

L'employé de la réception était le même qui nous avait donné nos chambres le samedi précédent.

— Ah, dit-il, je vois que vous nous quittez précipitamment vous aussi.

J'acquiesçai, comprenant qu'il faisait allusion aux agents fédéraux.

— Oui, les autres ont pris de l'avance.

Il sourit.

— Je vous ai vu à la télé l'autre soir.

Surpris tout d'abord, je compris soudain de quoi il parlait. La scène devant le salon funéraire. Avec ma chemise du FBI. Il me prenait moi aussi pour un agent fédéral. Je ne me donnai pas la peine de le détromper.

— Le big boss n'était pas très content, dis-je.

— J'imagine que ça doit vous arriver souvent à vous autres quand vous débarquez en ville comme ça. En tout cas, j'espère que vous l'aurez, ce salaud.

— Ouais, nous aussi on l'espère.

Il entreprit de faire ma note, sans oublier les frais de « room-service » et les consommations du mini-bar.

— Et je crois, ajoutai-je, que vous allez devoir me facturer également une taie d'oreiller. J'ai été obligé d'acheter des vêtements ici, et je n'avais pas de bagage...

En disant cela, je brandis la taie dans laquelle j'avais fourré mes quelques affaires, et le réceptionniste s'amusa de cette situation fâcheuse. Mais l'opération de facturation de la taie d'oreiller semblait le rendre perplexe ; finalement, il décida de m'en faire cadeau.

— Je me doute que vous êtes parfois obligés de partir à toute vitesse. Vos collègues n'ont même pas eu le temps de demander leur note. Ils ont fichu le camp aussi vite qu'une tornade.

— J'espère, dis-je avec un sourire, qu'ils ont quand même payé.

— Oh, oui, l'agent Backus a appelé de l'aéroport pour dire de débiter la carte de crédit et de lui expédier les reçus. Ça ne pose aucun problème. Notre but est de satisfaire la clientèle.

Je le regardai, en réfléchissant. Puis me jetai à l'eau.

— Je dois les rejoindre ce soir, dis-je. Voulez-vous que je prenne les reçus ?

Il leva les yeux derrière son comptoir. Je sentais son hésitation. D'un geste nonchalant, je lui fis comprendre que ça n'avait pas d'importance.

— Peu importe… C'était juste une idée en passant. Comme je les vois ce soir, je me disais que ça irait plus vite. Et ça fait économiser un timbre.

Je ne savais plus ce que je disais ; je regrettais déjà ma décision et souhaitais faire marche arrière.

— Après tout, dit-il, je ne vois pas où est le problème. J'ai déjà tout préparé dans une enveloppe. On devrait pouvoir vous faire confiance autant qu'à la poste.

Il sourit, et cette fois, je lui rendis son sourire.

— C'est le même patron qui signe nos chèques, pas vrai ?

— Oui, l'Oncle Sam ! dit-il joyeusement. Je reviens tout de suite.

Il disparut dans un bureau derrière la réception. Je regardai partout autour de moi dans le hall, m'attendant à voir Thorson, Backus et Rachel Walling jaillir de derrière les colonnes en s'écriant : « Ah, vous voyez ? On ne peut pas faire confiance aux gens comme vous ! »

Mais personne ne jaillit de nulle part et le réceptionniste revint avec une enveloppe kraft qu'il me tendit par-dessus le comptoir, avec ma propre note.

— Merci, lui dis-je. Ils seront ravis.

— Pas de problème. Merci de nous avoir choisis, agent McEvoy.

Je lui adressai un signe de tête, fourrai l'enveloppe dans la sacoche de mon ordinateur comme un voleur et me dirigeai vers la sortie.

34

L'avion grimpait déjà vers les 30 000 pieds lorsque j'eus enfin le temps de décacheter l'enveloppe. À l'intérieur, il y avait plusieurs notes d'hôtel. Une facture détaillée pour chaque agent. C'était ce que j'espérais, et immédiatement, ma curiosité fut attirée par la note de Thorson. J'épluchai la liste des communications téléphoniques.

Il n'y figurait aucun appel comportant l'indicatif du Maryland, le 301, où vivait Warren. En revanche, il y avait un appel à destination du 213. L'indicatif de Los Angeles. On pouvait imaginer, songeai-je, que Warren s'était rendu à L. A. pour aller raconter son histoire à ses anciens patrons du journal. Et il pouvait avoir rédigé son article de là-bas. L'appel avait été effectué à 0 heure 41. Le dimanche, une heure environ après l'arrivée de Thorson à l'hôtel de Phoenix.

Après l'avoir utilisée pour accéder au téléphone fixé au dossier du siège devant moi, j'introduisis ma carte Visa dans l'appareil et composai le numéro figurant sur la note de l'hôtel. Aussitôt, on décrocha, et une voix de femme me dit :

— Hôtel New Otani, bonjour.

Un instant désorienté, je me ressaisis avant qu'elle ne raccroche et demandai la chambre de Michael Warren. La sonnerie retentit plusieurs fois, mais personne ne répondit. Je songeai qu'il était encore trop tôt ; il n'était pas dans sa chambre. J'interrompis la communication et appelai ensuite le service des renseignements pour obtenir le numéro du *Los Angeles Times*. J'appelai le journal, demandai la salle de rédaction, puis demandai à parler à Warren. On me passa son poste.

— Warren, dis-je.

C'était une affirmation, une vérité. Un verdict. Pour Thorson autant que pour Warren.

— Oui. Vous désirez ?

Il ne m'avait pas reconnu.

— Je voulais juste vous dire d'aller vous faire foutre, Warren. Et vous promettre qu'un de ces jours, je raconterai tout et ce que vous avez fait figurera dans le bouquin.

Je ne savais pas vraiment ce que je disais. J'éprouvais l'envie de le menacer, mais n'avais aucune arme pour le faire. Uniquement des mots.

— McEvoy ? C'est vous, McEvoy ? (Il laissa échapper un ricanement sarcastique.) Quel bouquin ? J'ai déjà mis mon agent sur le coup, avec une offre. Et vous, vous avez quoi à proposer, hein ? Qu'est-ce que vous avez, Jack ? Avez-vous seulement un agent ?

Il attendait une réponse ; je n'avais que ma rage. Je ne dis rien.

— Ouais, c'est bien ce que je pensais, reprit Warren. Écoutez, Jack. Vous êtes un chouette type et tout et tout, et je regrette ce qui s'est passé. Sincèrement. Mais j'étais dans le pétrin et je ne supportais plus ce boulot ! Vous m'avez offert une porte de sortie. Je l'ai prise.

— Espèce de sale enfoiré ! C'était mon histoire.

J'avais parlé trop fort. J'étais seul dans ma rangée de trois fauteuils, mais un homme assis de l'autre côté de l'allée me foudroya du regard. Il voyageait en compagnie d'une femme âgée que je devinais être sa mère et qui n'avait sans doute jamais entendu pareil langage. Je tournai la tête vers le hublot. Au dehors, il n'y avait que l'obscurité. Je plaquai ma main sur mon oreille afin de pouvoir entendre la réponse de Warren par-dessus le vrombissement régulier de l'avion. Il parlait d'un ton calme, sans élever la voix.

— L'histoire appartient à celui qui écrit l'article, Jack. Ne l'oubliez pas. Vous voulez vous en prendre à moi ? Très bien. Allez donc écrire votre putain d'article au lieu de m'appeler pour vous lamenter. Allez-y, remontez-moi les bretelles. Essayez. Je suis là, je vous verrai en première page…

Tout ce qu'il disait était parfaitement juste, et je le savais déjà, à l'instant même où il prononçait ces paroles. Je me sentais honteux d'avoir appelé, et aussi furieux contre moi-même que je l'étais contre Warren et Thorson. Malgré tout, je ne pouvais pas laisser tomber.

— En tout cas, lui dis-je, n'espérez pas obtenir d'autres tuyaux de votre informateur. Je vais me payer le scalp de Thorson. Je le tiens. Je sais qu'il vous a appelé dans la nuit de samedi à dimanche, à votre hôtel. Il est cuit.

— J'ignore de quoi vous parlez et je refuse d'évoquer mes sources. Avec n'importe qui.

— Ce ne sera pas nécessaire. Je le tiens. Il est foutu. Si vous voulez le joindre maintenant, essayez directement à la brigade fluviale de Salt Lake City. C'est là-bas que vous le trouverez.

Empruntée à Rachel, cette allusion à une manière d'exil en Sibérie ne parvint pas à apaiser ma colère. C'est la mâchoire crispée que j'attendis sa réponse.

— Bonne nuit, Jack, reprit-il enfin. Je n'ai qu'une chose à vous dire : oubliez tout ça et continuez à vivre.

— Une minute, Warren. Je veux que vous répondiez à une question.

Il y avait dans ma voix un ton suppliant que je détestais. Comme il restait muet, je continuai.

— La feuille de mon carnet qu'ils ont retrouvée dans les archives de la fondation, vous l'aviez laissée là exprès ? Était-ce un coup monté dès le départ ?

— Ça fait deux questions, me renvoya-t-il, et j'entendis son sourire dans sa voix. Allez, il faut que je vous quitte.

Et il raccrocha.

Dix minutes plus tard, alors que l'avion entamait sa descente, je sentis enfin ma colère retomber elle aussi. En grande partie grâce à un Bloody Mary bien tassé. Savoir que je pouvais désormais étayer de preuves mes accusations contre Thorson contribua également à cet apaisement. En vérité, je ne pouvais pas en vouloir à Warren. Il s'était servi de moi, comme le font tous les journalistes. J'étais bien placé pour le savoir.

En revanche, je pouvais en vouloir à Thorson, et je ne m'en privai pas. Je ne savais pas encore comment, ni quand, mais je ferais en sorte que sa note d'hôtel et la signification de ce coup de téléphone parviennent jusqu'à Bob Backus. Je voulais le voir mordre la poussière.

Ayant fini mon verre, je ressortis les factures, que j'avais glissées dans la pochette du siège de devant. Par pure curiosité, je repris la note de Thorson et m'intéressai aux appels qu'il avait passés avant et après avoir contacté Warren.

Pendant ses deux jours à Phoenix, il n'avait effectué que trois appels interurbains, tous les trois en l'espace d'une demi-heure. Il y avait le coup de téléphone à Warren à 0 heure 41 le dimanche, un autre appel quatre minutes plus tôt pour un numéro commençant par l'indicatif 703, et un troisième appel avec l'indicatif 904 à 0 heure 56. L'indicatif 703 correspondait sans doute au siège du FBI en Virginie, mais, n'ayant rien d'autre à faire, je repris le téléphone. Je composai le numéro ; on décrocha immédiatement.

— FBI, Quantico.

Je raccrochai. J'avais vu juste. J'appelai ensuite le troisième numéro, sans même savoir à quoi correspondait l'indicatif 904. Après trois sonneries, il se produisit un sifflement strident ; le langage que seuls les ordinateurs comprennent. J'attendis la fin de ce gémissement électronique. Comme l'appel de l'animal en rut demeurait sans réponse, l'ordinateur me déconnecta.

Intrigué, j'appelai les Renseignements de l'indicatif 904 et demandai à l'opératrice quelle était la ville la plus importante de ce secteur. Jacksonville, me répondit-elle. Je demandai ensuite si la ville de Raiford était comprise dans cette zone ; elle me dit que oui. Je la remerciai et raccrochai.

Je savais grâce aux articles consacrés à Horace Gomble que c'était au centre pénitentiaire de Raiford que Horace Gomble purgeait sa peine ; c'était également là que William Gladden avait été incarcéré. Je me demandai si l'appel de Thorson, destiné à un ordinateur dans la zone de l'indicatif 904, avait un lien quelconque avec la prison, ou avec Gladden ou avec Gomble.

Je rappelai les Renseignements. Cette fois, je demandai le numéro de l'établissement pénitentiaire de Raiford. L'indicatif était le 431, comme le numéro que Thorson avait appelé de sa chambre. Je me renversai contre mon dossier et tentai de réfléchir. Pourquoi Thorson avait-il appelé la prison ? Se pouvait-il qu'il se soit branché directement sur un ordinateur de la prison pour se renseigner sur le statut de Gomble, ou pour consulter le dossier de Gladden ? Je me rappelai Backus disant qu'il se renseignerait pour connaître le régime dont bénéficiait Gomble. Avait-il

confié cette tâche à Thorson après être allé le chercher à l'aéroport le samedi soir ?

Une autre hypothèse me vint. Thorson m'avait
affirmé, il y avait moins d'une heure, que Gladden
avait été rayé de la liste des suspects. Peut-être cet
appel faisait-il partie de la vérification. Mais dans
quelle mesure, je ne pouvais le deviner. Une seule
chose me paraissait claire : les agents ne m'avaient
pas tenu au courant de toutes leurs démarches. Je faisais partie du groupe, mais pour certaines choses on
m'avait tenu dans l'ignorance.

Les autres factures de l'hôtel ne contenaient
aucune surprise. Les notes concernant les chambres
de Carter et de Thompson étaient vierges. Aucun
appel. Backus, d'après sa note, avait appelé deux fois
le même numéro à Quantico aux alentours de minuit,
samedi et dimanche. Curieux, j'appelai le numéro en
question, de l'avion. On décrocha aussitôt.

— Quantico, bureau des opérations.

Je raccrochai sans répondre. Je me dis que Backus
avait appelé Quantico, comme l'avait fait Thorson,
pour prendre ou laisser des messages, ou régler
quelque autre affaire.

Pour finir, je consultai la note de Rachel, et soudain une étrange agitation s'empara de moi. C'était
une sensation que je n'avais pas éprouvée en étudiant les autres factures. Je me faisais l'effet d'un
mari soupçonneux qui fouille dans les affaires de sa
femme. Le frisson du voyeur s'accompagnait d'un
sentiment de culpabilité.

Elle avait passé quatre appels de sa chambre.

Tous à destination de Quantico et deux fois elle avait appelé le même numéro que Backus. Le bureau des opérations. J'appelai un des numéros, un répondeur me fit entendre la voix de Rachel.

« Bureau de l'agent fédéral Rachel Walling. Je ne peux vous répondre pour le moment, mais si vous laissez votre nom et un bref message, je vous rappellerai dès que possible. Merci. »

Elle avait interrogé le répondeur de son bureau. Je composai le dernier numéro, celui qu'elle avait appelé le dimanche matin à 6 heures 10. Une voix de femme me répondit :

— Agent Doran, j'écoute.

Je coupai la communication sans dire un mot, avec un sentiment de gêne. J'appréciais l'agent Brass, mais pas au point de prendre le risque de lui laisser deviner que je vérifiais tous les appels effectués par ses collègues.

Ayant fini d'éplucher les notes d'hôtel, je les repliai et les rangeai dans la sacoche de mon ordinateur et raccrochai le combiné.

35

Il n'était pas loin de 20 heures 30 quand je me garai devant l'entrée du poste de police de Hollywood. Je ne savais pas vraiment ce que j'attendais ou espérais tandis que je contemplais cette forteresse de brique située dans Wilcox Street. J'ignorais si Thomas serait encore à son bureau à cette heure, mais j'osais croire qu'en tant qu'inspecteur en chef enquêtant sur une affaire récente (le meurtre de la femme de chambre du motel) il serait encore sur la brèche, et de préférence derrière ces murs de brique, armé de ses téléphones, plutôt que d'être allé courir après Gladden dans les rues.

La porte du commissariat s'ouvrait sur un hall au sol recouvert de linoléum gris, avec deux canapés en vinyle vert et le guichet d'accueil, derrière lequel étaient assis trois policiers en uniforme. Sur la gauche, une porte donnait sur un couloir et, sur le mur au-dessus, un panneau indiquait «BUREAU DES INSPECTEURS», accompagné d'une flèche indiquant le couloir. Je jetai un regard au seul des trois agents qui n'était pas occupé au téléphone et lui adressai un petit signe de tête, comme si j'étais un habitué des lieux. J'eus le temps de faire environ trois mètres dans le couloir avant qu'il ne m'interpelle.

— Hé, vous ! Je peux vous aider ?

Je me retournai vers lui et lui montrai la pancarte au-dessus de la porte.

— Il faut que j'aille au bureau des inspecteurs.

— Pourquoi faire ?

Je m'approchai du comptoir pour éviter que tout le monde entende notre conversation.

— Je viens voir l'inspecteur Thomas.

Je sortis ma carte de presse.

— Ah, Denver, dit-il, au cas où j'aurais oublié d'où je venais. On va voir s'il est là. Il vous attend ?

— Pas que je sache.

— Pourquoi est-ce que Denver… Allô, ouais, Ed Thomas est là ? J'ai un gars de Denver qui veut le voir.

Il écouta ce qu'on lui disait, et la réponse lui fit plisser le front. Enfin il raccrocha.

— OK, dit-il. Prenez le couloir. Deuxième porte sur la gauche.

Après l'avoir remercié, je m'éloignai dans le couloir. Sur les murs, des deux côtés, étaient accrochées des dizaines de photos publicitaires de vedettes du spectacle, en noir et blanc, encadrées, au milieu des photos des équipes de « softball » de la police et d'agents tués dans l'exercice de leur devoir. La porte que l'on m'avait indiquée portait la mention CRIMI-NELLE. Je frappai, attendis une réponse et, comme rien ne se passait, je tournai la poignée et poussai la porte. Rachel était assise derrière un des six bureaux que contenait la pièce. Tous les autres étaient vides.

— Salut, Jack.

Je hochai la tête. Finalement, je n'étais pas terriblement surpris de la voir.

— Que viens-tu faire ici ? me demanda-t-elle.

— C'est évident, non ? Puisque, apparemment, tu m'attendais. Où est Thomas ?

— À l'abri.

— Pourquoi tous ces mensonges ?

— Quels mensonges ?

— Thorson m'a affirmé que Gladden n'était pas un suspect. Il paraît que vous l'avez rayé de la liste, après vérification. C'est pour ça que je suis venu. Je me suis dit qu'il mentait, ou qu'il se trompait. Pourquoi ne m'as-tu pas rappelé, Rachel ? Tout ce…

— J'étais très occupée avec Thomas, Jack, et je savais que si je t'appelais, je serais obligée de te mentir. Et je ne le voulais pas.

— Alors, tu as demandé à Thorson de s'en charger. Super. Merci. Je me sens beaucoup mieux.

— Cesse de faire l'enfant. J'avais d'autres préoccupations que tes sentiments. Je suis désolée. Tu vois, je suis là, non ? Pourquoi, à ton avis ?

Je haussai les épaules.

— Je savais que tu viendrais, malgré ce qu'a pu te raconter Gordon. Je te connais, Jack. Je n'ai eu qu'à appeler les compagnies aériennes. Et quand j'ai su quel avion tu prenais, il m'a suffi d'attendre. J'espère simplement que Gladden n'est pas dehors en train d'observer ce bâtiment. Tu es passé à la télé avec nous. Autrement dit, il croit certainement que tu es un agent fédéral. S'il t'a vu entrer, il va se douter qu'on prépare quelque chose.

— S'il était dehors, et suffisamment près pour me voir, vous l'auriez déjà arrêté, pas vrai ? Vous faites quand même surveiller les abords de ce commissariat vingt-quatre heures sur vingt-quatre, non ?

Elle esquissa un sourire. J'avais deviné juste.

Elle prit un émetteur-récepteur posé sur le bureau et contacta son poste de commandement. Je reconnus la voix qui sortait de l'appareil. C'était Backus. Rachel lui annonça qu'elle arrivait avec un visiteur. Puis elle mit fin à la communication et se leva.

— Allons-y.

— Où ?

— Au poste de commandement. Près d'ici.

Elle parlait d'une voix sèche, tranchante. Son attitude envers moi était glaciale et j'avais du mal à croire que j'avais fait l'amour avec elle moins de vingt-quatre heures plus tôt. J'étais devenu un étranger à ses yeux. Je ne dis pas un mot tandis que nous empruntions un petit couloir à l'arrière du poste de police pour accéder à un parking réservé au personnel et où l'attendait sa voiture.

— Je suis garé de l'autre côté, devant, dis-je.

— Tant pis, tu récupéreras ta voiture plus tard. À moins que tu ne préfères continuer à jouer les justiciers solitaires.

— Écoute, Rachel, si on ne m'avait pas menti, tout ça ne serait peut-être pas arrivé. Peut-être que je ne serais pas venu.

— Tu parles !

Elle monta dans sa voiture, fit démarrer le moteur, puis déverrouilla ma portière. Je détestais ça, mais je montai sans faire de remarque. Une fois sortie du parking, elle se dirigea vers Sunset Boulevard, pied au plancher. Elle n'ouvrit la bouche que lorsqu'un feu rouge l'obligea à s'arrêter.

— Comment as-tu découvert ce nom, Jack ?

— Quel nom ? lui renvoyai-je, feignant de ne pas comprendre.

— Gladden. William Gladden.

— J'ai bien travaillé. Et vous, comment vous l'avez trouvé ?

— Top secret.

— Hé, Rachel… Regarde, c'est moi ! OK ? Je te rappelle qu'on a fait… (Je n'osais pas le dire à voix haute, de peur que cela ressemble à un mensonge.) Je croyais qu'il y avait quelque chose entre nous, Rachel. Et maintenant, tu me traites comme un pestiféré ou je ne sais quoi. Je ne… D'accord. C'est des renseignements que tu veux ? Je vais te dire tout ce que je sais. J'ai compris en lisant les journaux. L'article sur le dénommé Gladden dans le *L. A. Times* de samedi. Tu vois ? On y disait qu'il avait connu Horace l'Hypnotiseur à la prison de Raiford. J'ai simplement fait le rapprochement. Rien de bien sorcier.

— OK, Jack.

— À toi maintenant.

Silence.

— Rachel ?

— Ça reste entre nous ?

— Inutile de me poser la question, tu le sais.

Après un instant d'hésitation, elle sembla se laisser fléchir. Et elle commença son récit :

— Nous sommes remontés jusqu'à Gladden grâce à deux pistes séparées, qui en fait sont apparues au même moment. Ce qui nous permet d'affirmer sans trop de risques que c'est bien notre homme. La voiture, tout d'abord. Avec le numéro de série de l'autoradio, les services concernés ont identifié un véhicule de location qui appartenait à Hertz. Tu t'en souviens ?

— Oui.

— Matuzak et Mize sont allés à l'aéroport pour retrouver la voiture en question. Des junkies de Chicago l'avaient déjà louée. Il a fallu qu'ils montent jusqu'à Sedona pour la récupérer. On l'a examinée. Aucun indice intéressant. L'autoradio et la vitre avaient été remplacés, évidemment. Mais pas par Hertz. En fait, la compagnie de location n'a jamais été au courant du vol. Celui qui possédait la voiture au moment de l'effraction a remplacé lui-même la vitre brisée et l'autoradio. Enfin, bref... d'après les registres de Hertz, la voiture était restée entre les mains d'un certain N. H. Breedlove pendant cinq jours ce mois-ci, dont le jour où Orsulak a été assassiné. Ce dénommé Breedlove l'a restituée le lendemain. Matuzak a rentré ce nom dans l'ordinateur et a décroché le jackpot. Nathan H. Breedlove est un pseudonyme apparu au cours de l'enquête sur William Gladden il y a sept ans de ça, en Floride. C'était le nom utilisé par un type qui avait fait publier des petites annonces dans les journaux de Tampa pour proposer ses services de photographe d'enfants. Quand il se retrouvait seul avec eux, il leur infligeait des violences sexuelles et prenait des photos obscènes. Il se déguisait. La police de Tampa recherchait ce Breedlove au moment même où l'affaire Gladden a éclaté. Celle des attentats à la pudeur à la garderie. Les enquêteurs ont toujours pensé que Gladden et Breedlove ne faisaient qu'un, mais ils n'avaient jamais rien pu prouver à cause des déguisements. De plus, ils n'ont pas insisté, persuadés que l'autre affaire l'expédierait en prison pour un long moment.

« Quand la banque de données des pseudonymes du fichier central nous a fourni le nom de Gladden, nous avons repris l'avis de recherche que la police de L. A. a lancé sur le NCIC la semaine dernière. Et voilà.

— Ça me paraît...

— Trop simple ? Parfois, il faut savoir forcer la chance.

— Oui, tu l'as déjà dit.

— C'est la vérité.

— Pourquoi utiliserait-il ce pseudonyme en sachant qu'il figure certainement quelque part dans un dossier ?

— La plupart de ces individus aiment le réconfort de l'habitude. Et n'oublie pas que ce salopard adore provoquer. Le fax en est la preuve.

— Pourtant, il a utilisé un pseudonyme différent quand la police de Santa Monica l'a arrêté la semaine dernière. Pourquoi est-ce qu'il...

— Je te dis simplement ce qu'on sait, Jack. S'il

est aussi intelligent que nous le croyons, il possède certainement plusieurs jeux d'identité. Ce n'est pas difficile à obtenir. Notre bureau de Phoenix s'occupe de rédiger une commission rogatoire destinée à Hertz. Nous voulons connaître la liste de toutes les locations effectuées par Breedlove au cours des trois dernières années. Figure-toi qu'il possède une carte de «Client privilégié», rien que ça! Ça prouve encore une fois son intelligence. Dans la plupart des aéroports, tu descends de l'avion, tu gagnes le parking Hertz et ton nom figure sur le tableau. Tu prends ta voiture, les clés sont déjà dessus. Généralement, tu n'es même pas obligé de passer par le bureau. Tu montes dans la voiture, tu montres ton permis à la sortie du parking et hop, tu files.

— Bon, d'accord. Et le deuxième truc? Tu m'as dit que deux pistes conduisaient à Gladden.

— Les «Potes». Les agents Ted Vincent et Steve Raffa, en Floride, ont enfin obtenu le dossier de Beltran ce matin. Il a été le «Pote» de neuf gamins, sur plusieurs années. Le deuxième qu'il a parrainé, ça remonte à une quinzaine d'années, était Gladden.

— Nom de Dieu!

— Oui. Ça commence à se mettre en place.

Je restai muet un instant, réfléchissant à toutes les informations qu'elle venait de me révéler. L'enquête progressait à une vitesse exponentielle. C'était le moment d'attacher sa ceinture.

— Comment se fait-il que le bureau local du FBI, ici à L. A., n'ait pas repéré ce type? Son nom a été cité dans le journal.

— Bonne question. Bob a décidé d'en discuter à cœur ouvert avec les responsables. Le communiqué de Gordon est arrivé hier soir. Quelqu'un aurait dû le voir et faire le rapprochement. Mais nous les avons devancés.

La pagaille bureaucratique typique. Depuis combien de temps déjà auraient-ils pu se lancer à la recherche de Gladden si quelqu'un au bureau de L. A. avait fait preuve de plus de vigilance ?

— Tu connais Gladden, n'est-ce pas ? lui demandai-je.

— Oui. Il faisait partie des violeurs que nous avons interviewés. Je t'en ai parlé. Il y a sept ans. Lui et Gomble, et un tas d'autres, dans ce trou à rats, là-bas en Floride. Si je me souviens bien, notre équipe – Gordon, Bob et moi – a passé toute une semaine sur place tellement il y avait de sujets à interroger.

Je fus tenté d'évoquer l'appel de Thorson pour se connecter sur l'ordinateur de la prison, mais je m'abstins. J'étais déjà heureux qu'elle me parle de nouveau comme à un être humain. Et si je voulais qu'elle continue, je n'avais peut-être pas intérêt à lui avouer que j'avais fourré mon nez dans leurs notes d'hôtel. En outre, ce dilemme ne me faciliterait pas la tâche pour coincer Thorson. Pour l'instant, je devais garder cette histoire de coups de téléphone sous le coude.

— Vous pensez donc qu'il y a un lien entre l'utilisation supposée de l'hypnose par Gomble et ce qu'on découvre dans l'affaire du Poète ? Vous pensez que Gomble lui aurait enseigné son secret ?

— Possible.

Voilà qu'elle recommençait à me répondre de manière évasive.

— Possible, répétai-je avec une pointe de sarcasme dans la voix.

— Je vais certainement retourner en Floride pour réinterroger Gomble. Et je lui poserai la question. Tant que je n'aurai pas obtenu de réponse, dans un sens ou dans l'autre, ce ne sera qu'une éventualité. D'accord, Jack?

Nous nous engageâmes dans une ruelle derrière une rangée de vieux motels et de vieilles boutiques. Enfin, elle ralentit et je pus lâcher la poignée de la portière.

— Mais tu ne peux pas aller en Floride maintenant, si?

— C'est à Bob de décider. Ici, nous sommes près de Gladden. Pour l'instant, je pense que Bob souhaite concentrer toutes nos forces sur L. A. Le Poète est ici. Ou pas loin. Nous le sentons tous. Il faut l'arrêter. Une fois que nous aurons mis la main dessus, je pourrai m'occuper du reste, les motivations psychologiques et ainsi de suite. À ce moment-là, il sera temps d'aller en Floride.

— Pour quoi faire? Pour ajouter des données aux études sur les *serial killers*?

— Non. Enfin oui, il y a cela, mais le plus important, ce sont les chefs d'inculpation. Un type comme lui, vois-tu, est obligé de jouer la folie. C'est sa seule chance. Ça veut dire qu'on doit bâtir le dossier d'accusation en se fondant sur sa psychologie. Pour prouver qu'il savait ce qu'il faisait, et qu'il sait faire la différence entre le bien et le mal. C'est toujours la même chose.

L'idée de voir le Poète devant un tribunal ne m'avait jamais effleuré l'esprit. Je m'aperçus alors que, depuis le début, j'étais persuadé qu'on ne le capturerait pas vivant. Et cette conviction, je le savais, provenait de mon propre désir de l'empêcher de vivre après ce qu'il avait fait.

— Que se passe-t-il, Jack? Tu ne veux pas de procès? Tu voudrais qu'on le tue sur-le-champ?

Je me tournai vers elle. La lumière d'une fenêtre devant laquelle nous passions balaya son visage et je vis ses yeux.

— Je n'y ai pas pensé.

— Bien sûr que si. Est-ce que tu aimerais le tuer, Jack? Si tu te retrouvais face à lui, sans avoir à redouter les conséquences, serais-tu capable de le faire? Crois-tu que ça pourrait changer les choses?

Je n'avais pas envie d'aborder ce sujet avec elle. Je devinais en Rachel un intérêt profond pour cette question.

— Je ne sais pas, lui répondis-je enfin. Et toi, tu serais capable de le tuer? Tu as déjà tué quelqu'un, Rachel?

— Si j'en avais l'occasion, je le tuerais sans hésiter.

— Pourquoi?

— Parce que j'ai rencontré les autres. J'ai vu leurs yeux et je sais ce qu'il y a tout au fond, dans les ténèbres. Si je pouvais tous les tuer, je crois que je le ferais.

J'attendis qu'elle continue, mais en vain. Elle arrêta la voiture à côté de deux autres Caprice identiques, derrière un des vieux motels.

— Tu n'as pas répondu à la deuxième question.

— Non, je n'ai jamais tué personne.

Nous franchîmes la porte de derrière et pénétrâmes dans un couloir peint de deux couleurs : vert citron douteux jusqu'à mi-hauteur, blanc douteux jusqu'au plafond. Rachel s'arrêta devant la première porte sur la gauche et frappa ; on nous dit d'entrer. C'était une chambre de motel qui aurait passé pour une kitchenette dans les années 60, époque à laquelle elle avait été aménagée. Backus et Thorson nous y attendaient, installés devant une vieille table en Formica disposée contre le mur. Dessus trônaient deux téléphones qui semblaient avoir été ajoutés. Il y avait également, posée à un bout de la table, une valise en aluminium d'environ un mètre de haut, ouverte, et à l'intérieur de laquelle étaient superposés trois moniteurs vidéo. Des fils dépassaient de l'arrière de la valise, serpentaient sur le plancher et sortaient par la fenêtre juste assez entrouverte pour les laisser passer.

— Jack, je ne peux pas dire que je sois heureux de vous revoir, déclara Backus.

Mais il avait dit cela avec un petit sourire en coin et se leva pour me serrer la main.

— Désolé, lui répondis-je, sans trop savoir pourquoi.

Et me tournant vers Thorson, j'ajoutai :

— Je n'avais pas l'intention de venir déranger vos plans, mais on m'a donné de faux renseignements.

La vision des relevés téléphoniques de l'hôtel me traversa l'esprit, mais je chassai cette idée. Le moment était mal choisi.

— Je dois avouer, dit Backus, que nous avons essayé de vous égarer. Nous pensions qu'il serait préférable de mener cette opération sans distraction extérieure.

— J'essaierai de ne pas vous importuner.

— C'est déjà fait, répliqua Thorson.

Je l'ignorai et gardai les yeux fixés sur Backus.

— Asseyez-vous, me dit-il.

Rachel et moi prîmes les deux chaises inoccupées devant la table.

— Je suppose que vous êtes au courant de ce qui se passe, dit Backus.

— Je suppose que vous surveillez Thomas.

Je me retournai vers les moniteurs et observai les trois vues différentes qu'ils offraient. Celui du haut montrait un couloir assez semblable à celui dans lequel donnait la chambre. Plusieurs portes s'y découpaient de chaque côté. Toutes étaient fermées, avec des numéros dessus. Sur l'écran suivant, on voyait la façade extérieure d'un motel. Dans la brume bleutée de l'image vidéo, je distinguai avec peine l'enseigne au-dessus de l'entrée. HOTEL MARK TWAIN. Le moniteur du bas offrait une vue de derrière de ce même hôtel, me semblait-il.

— C'est ici que nous sommes ? demandai-je en montrant les écrans.

— Non, dit Backus. C'est là que se trouve l'inspecteur Thomas. Nous, nous sommes dans un autre motel, une rue plus loin.

— Ça n'a pas l'air reluisant. Combien gagne un flic de nos jours dans cette ville ?

— Ce n'est pas chez lui. Les inspecteurs de la brigade de Hollywood utilisent souvent cet hôtel pour planquer des témoins ou dormir un peu quand ils travaillent nuit et jour sur une affaire. L'inspecteur Thomas a décidé de s'y installer plutôt que de rentrer chez lui. Il a une femme et trois enfants.

— Voilà qui répond à ma question. Je suis heureux de savoir que vous lui avez dit qu'il servait d'appât.

— Vous paraissez beaucoup plus cynique que ce matin, lorsque nous nous sommes vus pour la dernière fois, Jack.

— C'est ma vraie nature, sans doute.

De nouveau, je tournai la tête vers les écrans vidéo. Backus s'adressa à mon dos.

— Nous avons installé trois caméras de surveillance reliées à une parabole mobile sur le toit de cet hôtel. Par ailleurs, l'unité d'intervention spécialisée de notre bureau local et la meilleure brigade de surveillance de la police de Los Angeles veillent sur Thomas vingt-quatre heures sur vingt-quatre. Personne ne peut l'approcher. Même au commissariat. Il est parfaitement en sécurité.

— Attendez que ce soit fini et on en reparlera.

— Entendu. Mais pour l'instant, je vous demande de rester à l'écart, Jack.

Je me retournai vers lui en prenant mon air le plus hébété.

— Vous m'avez bien compris, Jack, dit Backus, pas dupe. Nous sommes à l'instant critique. Le Poète est dans notre collimateur et sincèrement, Jack, je vous demande de dégager.

— Je suis sur la touche et j'y resterai. Notre marché tient toujours, je ne raconte rien de ce que je vois sans votre feu vert. Mais pas question de rentrer à Denver et d'attendre. Je suis trop près, trop... C'est trop important pour moi. Il faut que vous m'autorisiez à revenir parmi vous.

— Ça pourrait durer des semaines. Souvenez-vous du fax. Il disait simplement qu'il avait choisi sa prochaine victime. Il ne disait pas quand il agirait. Aucun délai n'était indiqué. Nous ignorons à quel moment il essaiera d'atteindre Thomas.

Je secouai la tête.

— Peu importe le temps que ça prendra. Je veux participer à l'enquête. J'ai rempli ma part du marché jusqu'à présent.

Un silence gêné s'abattit sur la chambre, pendant lequel Backus se leva et se mit à faire les cent pas sur la moquette derrière ma chaise. Je tournai la tête vers Rachel. Les yeux baissés, elle semblait plongée dans la contemplation de la table. Je misai mon dernier jeton.

— Je dois écrire un article pour demain. Mon rédacteur en chef l'attend. Si vous ne voulez pas que je l'écrive, reprenez-moi avec vous. C'est la seule façon que j'aie de le convaincre de patienter. Voilà.

Thorson émit une sorte de ricanement sardonique et secoua la tête.

— Des problèmes en perspective, commenta-t-il. Bob, si vous cédez encore une fois à ce type, où est-ce que ça s'arrêtera ?

— Il n'y aurait pas eu de problèmes, lui rétorquai-je, si on ne m'avait pas menti, et si on ne m'avait pas écarté de l'enquête, dont, soit dit en passant, je suis à l'origine.

Backus se tourna vers Rachel.

— Qu'en pensez-vous ?

— Pas besoin de lui poser la question, lança Thorson. Je peux déjà vous dire ce qu'elle en pense.

— Si tu as quelque chose à dire me concernant, Gordon, dis-le, ordonna Rachel.

— Ça suffit ! s'écria Backus en levant les bras, à la manière d'un arbitre. Vous n'arrêtez donc jamais, tous les deux ? Jack, on vous reprend. Pour l'instant. Le marché reste le même. Ça veut dire, pas d'article demain. Compris ?

J'acquiesçai. Je me tournai ensuite vers Thorson qui s'était déjà levé et se dirigeait vers la porte, vaincu.

36

Le Wilcox Hotel, car tel était son nom, avait encore une chambre disponible – surtout quand j'expliquai au veilleur de nuit que, travaillant avec les agents gouvernementaux qui y logeaient déjà, j'étais disposé à payer le prix fort : 35 dollars la nuit. De tous les hôtels où j'étais descendu, ce fut le seul où j'éprouvai une vague d'inquiétude en donnant mon numéro de carte de crédit à l'homme assis derrière le comptoir. Apparemment, celui-ci avait déjà vidé la moitié d'une bouteille pour tromper sa veille solitaire. En outre, cela faisait au moins quatre matins de suite qu'il ne se sentait pas de se raser. Pas une fois il ne croisa mon regard durant toute l'opération, qui ne dura pas moins de cinq minutes, le temps qu'il cherche un stylo et accepte finalement celui que je lui prêtai.

— Qu'est-ce que vous venez tous faire ici, au fait ? me demanda-t-il en faisant glisser vers moi une clé au numéro presque entièrement effacé sur le comptoir en Formica tout aussi éraflé.

— Ils ne vous l'ont pas dit ? lui répondis-je en feignant la surprise.

— Non. Moi, je distribue juste les chambres.

— Nous enquêtons sur un trafic de cartes bancaires. C'est par ici que ça se passe.

— Oh.

— Au fait, quelle est la chambre de l'agent Walling ?

Il lui fallut au moins trente secondes pour déchiffrer son registre.

— La 17.

Ma chambre était exiguë et, quand je m'assis au bord du lit, le sommier s'enfonça d'au moins quinze centimètres, tandis que l'autre côté se soulevait d'autant, le tout dans un grand concert de protestations des ressorts rouillés. C'était une chambre au rez-de-chaussée, avec quelques meubles sobres et utilitaires, et une forte odeur de tabac froid. Le store jaune étant levé, j'aperçus un grillage métallique derrière l'unique fenêtre. En cas d'incendie, je me retrouverais pris au piège comme un homard en cage si je n'avais pas le temps de fuir par la porte.

Je sortis de la taie d'oreiller qui me servait de sac le mini-tube de dentifrice et la brosse à dents de voyage que j'avais achetés, et me rendis dans la salle de bains. J'avais encore dans la bouche le goût du Bloody Mary que j'avais bu dans l'avion et je souhaitais m'en débarrasser. Je voulais surtout être prêt à toutes les éventualités avec Rachel.

Dans les vieilles chambres d'hôtel, les salles de bains sont toujours ce qu'il y a de plus déprimant. Celle-ci était à peine plus grande que les cabines téléphoniques qu'enfant je voyais dans toutes les stations-service. Le lavabo, les toilettes et le bac à douche portable, avec taches de rouille assorties, occupaient la totalité des lieux. Si jamais vous étiez assis sur les toilettes au moment où quelqu'un ouvrait la porte, vous pouviez dire adieu à vos rotules. M'étant brossé les dents, je retournai dans la chambre qui était spacieuse, par comparaison, et contemplai le lit, en me disant que je n'avais aucune envie de m'y rasseoir. Et encore moins d'y dormir. Je décidai finalement de prendre le risque de laisser mon ordinateur et ma taie d'oreiller remplie de vêtements et quittai la chambre.

La réponse à mes petits coups discrets à la porte de la chambre 17 fut si rapide que je me demandai si Rachel ne m'attendait pas juste derrière. Tout aussi rapidement, elle me fit entrer.

— La chambre de Bob est juste en face, chuchota-t-elle en guise d'explication. Que se passe-t-il ?

Je ne répondis pas. Nous nous regardâmes un long moment, chacun attendant une réaction de l'autre. Pour finir, ce fut moi qui fis un pas en avant et l'attirai dans un long baiser. Elle semblait y mettre autant de cœur que moi, et cela apaisa bon nombre d'inquiétudes qui me travaillaient. Elle mit fin au baiser pour m'étreindre avec force. Par-dessus son épaule, j'observai sa chambre. Plus grande que la mienne, elle s'ornait de meubles qui avaient peut-être dix ans de moins, mais l'ensemble n'était pas moins déprimant. Son ordinateur était posé sur le lit et divers documents étalés sur le couvre-lit jaune élimé, là où des milliers de gens avaient couché, baisé, pété ou s'étaient battus.

— C'est curieux, dit-elle à voix basse. Je t'ai quitté ce matin et je sens déjà que tu me manques.

— Je peux en dire autant.

— Je suis désolée, Jack, mais je ne veux pas faire l'amour sur ce lit, dans cette chambre.

— Oui, je comprends, répondis-je avec grandeur d'âme et en regrettant immédiatement ces paroles. Pas de problème. Et pourtant, ils t'ont donné une suite royale comparée à ma chambre.

— Nous nous rattraperons, je te le promets.

— C'est noté. Au fait, qu'est-ce qu'on fout ici ?

— Bob tient à être sur place. Pour intervenir plus vite si jamais on le repère.

J'acquiesçai.

— On peut s'absenter un petit instant. Tu veux aller boire un verre ? Il y a forcément un truc ouvert quelque part.

— Ce sera sans doute comme ici. Autant bavarder dans la chambre.

Elle débarrassa le lit des documents et de l'ordinateur et s'y assit en s'adossant contre la tête de lit, un oreiller sous la nuque. Je pris place dans l'unique fauteuil, dont le dossier lacéré par un très vieux coup de couteau avait été réparé avec du ruban adhésif.

— De quoi veux-tu qu'on parle, Rachel ?

— Je ne sais pas. C'est toi le journaliste. Je pensais que tu me poserais des questions.

Elle me sourit.

— Sur l'enquête ?

— Sur n'importe quoi.

Je l'observai un long moment. Finalement, je décidai de commencer par quelque chose de simple, pour voir ensuite jusqu'où je pouvais aller.

— Parle-moi un peu de cet inspecteur Thomas. Comment est-il ?

— Bien. Pour un flic du cru. Pas extrêmement coopératif, mais pas con.

— Comment ça « pas extrêmement coopératif » ? Il a accepté de servir d'appât humain, ça ne vous suffit pas ?

— Si, sans doute. Ça vient peut-être de moi. On dirait que j'ai du mal à m'entendre avec la police.

J'abandonnai le fauteuil pour la rejoindre sur le lit.

— Et après ? Tu n'es pas payée pour t'entendre avec tout le monde.

— C'est juste, dit-elle avec un autre sourire. Tu sais, il y a un distributeur de sodas dans le hall.

— Tu veux quelque chose ?

— Non, mais tu parlais d'aller boire un verre.

— Je pensais à quelque chose de plus fort. Mais tout va très bien. Je n'ai besoin de rien.

Elle approcha la main de mon visage et enfouit ses doigts dans ma barbe comme elle aimait le faire. Je retins sa main au moment où elle la retirait et la gardai un instant dans la mienne.

— Crois-tu que c'est l'intensité de cette enquête et de cette affaire qui a provoqué ça ?

— Plutôt que quoi ?

— Je ne sais pas. Je pose la question.

— Je comprends ce que tu veux dire, répondit-elle après un instant de réflexion. J'avoue que je n'ai jamais fait l'amour avec quelqu'un trente-six heures seulement après l'avoir rencontré.

Son sourire provoqua en moi un magnifique frisson.

— Moi non plus.

Elle se pencha en avant et nous nous embrassâmes de nouveau. Je me retournai et nous roulâmes dans une étreinte digne de *Tant qu'il y aura des hommes*. Mais notre plage était le vieux couvre-lit d'une chambre d'hôtel miteuse qui avait connu des jours meilleurs, trente ans plus tôt. Tout cela n'avait plus aucune importance. Rapidement, mes baisers descendirent dans son cou, et nous fîmes l'amour.

Comme nous ne pouvions pas entrer tous les deux dans la salle de bains ou sous la douche, Rachel me précéda. Pendant qu'elle prenait sa douche, je restai allongé sur le lit, à penser à elle, en rêvant d'une cigarette.

C'était difficile à dire à cause du bruit de l'eau qui coulait, mais soudain, il me sembla entendre quelques petits coups frappés à la porte. Aussitôt en alerte, je me redressai au bord du lit et enfilai mon pantalon, les yeux fixés sur la porte. C'est alors que je vis nettement, ou crus voir, la poignée tourner. Je me levai, me dirigeai vers la porte en remontant mon pantalon, approchai ma tête du battant et tendis l'oreille. Je n'entendis rien. J'hésitais à regarder par le trou de la serrure. La lumière était allumée dans la chambre et si je collais mon œil à la serrure, je ferais écran à la lumière, et la personne qui se trouvait éventuellement de l'autre côté saurait qu'on l'observait.

À ce moment-là, Rachel arrêta l'eau de la douche. Comme je n'entendais toujours aucun bruit notable dans le couloir, j'approchai mon œil de la serrure. Il n'y avait personne.

— Qu'est-ce que tu fais ?

Je me retournai. Debout près du lit, Rachel s'efforçait de cacher sa nudité avec la minuscule serviette de l'hôtel.

— J'ai cru entendre quelqu'un frapper à la porte.

— Qui était-ce ?

— Je n'en sais rien. Il n'y avait personne dans le couloir. J'ai peut-être rêvé. Ça t'ennuie si je prends une douche ?

— Non, bien sûr.

J'ôtai mon pantalon et, en passant devant elle, je m'arrêtai. Elle laissa tomber sa serviette, dévoilant son corps nu. Je la trouvais très belle. Je fis un pas et nous nous enlaçâmes longuement.

— Je reviens tout de suite, dis-je enfin avant de disparaître sous la douche.

Rachel m'attendait, déjà habillée, quand je ressortis de la salle de bains. Je consultai ma montre, que j'avais laissée sur la table de chevet ; il était 23 heures. Il y avait dans la chambre un vieux téléviseur cabossé, mais je m'abstins de proposer de regarder les infos. Je m'aperçus que je n'avais pas dîné, pourtant je n'avais toujours pas faim.

— Je ne suis pas fatiguée, dit-elle.

— Moi non plus.

— Peut-être qu'on pourrait chercher un endroit pour boire un verre, finalement?

Quand je fus habillé, nous quittâmes la chambre sans faire de bruit. Rachel jeta d'abord un coup d'œil dehors pour s'assurer que Backus, Thorson ou quelqu'un d'autre ne traînait pas dans les parages. En fait, nous ne croisâmes personne dans le couloir, ni dans le hall de l'hôtel, et dehors les rues obscures semblaient désertes. Nous prîmes la direction de Sunset.

— Tu as ton arme sur toi? lui demandai-je, mi-ironique, mi-sérieux.

— Toujours. De plus, on a des hommes dans les parages. Ils nous ont certainement vus quitter l'hôtel.

— Ah bon? Je croyais qu'ils surveillaient uniquement Thomas.

— Exact. Mais ils doivent aussi s'intéresser à toutes les personnes qui traînent par ici, à n'importe quelle heure. S'ils font correctement leur travail.

Je pivotai sur mes talons et revins sur mes pas pour observer le néon vert du Mark Twain Hotel au bout de la rue. Je scrutai les environs et les voitures garées le long du trottoir. Je ne voyais toujours aucune ombre, aucune silhouette.

— Il y a combien d'hommes là dehors?

— Cinq, normalement. Deux à pied, à des endroits fixes. Deux dans des voitures, immobiles. Et une voiture qui patrouille. En permanence.

Je me retournai et relevai le col de ma veste. Il faisait plus froid que je ne l'avais cru. Nos souffles formaient de petits nuages fins qui se mélangeaient, avant de disparaître.

Quand nous débouchâmes dans Sunset, je regardai à droite et à gauche et avisai, à une rue de là, une enseigne au néon qui proclamait : « Cat & Fiddle Bar ». J'indiquai la direction et Rachel se remit en route. Nous restâmes muets jusqu'au bar.

Franchissant le porche, nous pénétrâmes dans un petit patio où étaient disposées quelques tables sous des parasols en toile verte, toutes inoccupées. Juste derrière, à travers les vitres, on apercevait un bar qui paraissait animé et chaleureux. Nous y entrâmes, repérâmes un box vide, à l'opposé du jeu de fléchettes et nous installâmes. C'était un pub de style anglais. Quand la serveuse vint prendre notre commande, Rachel me demanda de choisir en premier et je demandai une *black and tan*[1]. Rachel m'imita.

Nous observâmes les lieux en échangeant quelques banalités jusqu'à ce qu'on nous apporte nos verres. Nous trinquâmes avant de boire. J'observai Rachel. À mon avis, elle n'avait jamais bu de *black and tan*.

— La Har est plus lourde ; elle reste au fond du verre, et la Guinness flotte au-dessus.

Elle sourit.

— Quand tu as commandé une *black and tan*, j'ai cru que c'était une marque que tu connaissais. Mais c'est bon. J'aime bien, mais c'est fort.

---

1. Soit « noir et brun », nom d'un régiment anglais qui réprima violemment le soulèvement irlandais en 1920 *(NdT)*.

— Si les Irlandais savent faire une chose, c'est la bière. Les Anglais doivent leur reconnaître au moins ça.

— Deux verres et tu seras obligé d'appeler des renforts pour me ramener à l'hôtel.

— Ça m'étonnerait.

Nous replongeâmes dans un silence détendu. Il y avait une cheminée creusée dans le mur du fond et la chaleur de son feu ardent se répandait à travers la salle.

— Ton vrai prénom, c'est John ?

J'acquiesçai.

— Je ne suis pas irlandaise, mais j'ai toujours cru que Sean, c'était John en irlandais.

— Oui, c'est la traduction gaélique. Comme nous étions jumeaux, mes parents ont décidé que… enfin, ma mère a décidé, en vérité.

— Je trouve ça chouette.

Après quelques gorgées de *black and tan*, je commençai à poser des questions sur l'enquête.

— Parle-moi de Gladden.

— Oh, il n'y a pas grand-chose à en dire.

— Tu l'as rencontré, non ? Tu l'as interviewé. Tu as forcément une impression.

— En fait, il n'était pas très coopératif. Son appel était toujours en attente, et il avait peur qu'on utilise ce qu'il dirait pour contrarier ses plans. L'un après l'autre nous avons essayé de gagner sa confiance. Finalement, je crois que l'idée venait de Bob : Gladden a accepté de nous parler de lui à la troisième personne. Comme si les crimes pour lesquels on l'avait condamné avaient été commis par quelqu'un d'autre.

— Bundy faisait la même chose, non ?

Je me souvenais d'avoir lu ça dans un livre.

— Exact. D'autres meurtriers également. C'était juste une astuce pour les convaincre que nous ne venions pas dans le but d'instruire leur procès. La plupart de ces types, vois-tu, possèdent un ego démesuré. Ils avaient envie de nous parler, mais il fallait d'abord les convaincre qu'ils ne risquaient pas de représailles judiciaires. Gladden faisait partie du lot. Surtout qu'il savait que la question de son appel n'était pas tranchée.

— Ce n'est pas souvent, j'imagine, que vous avez l'occasion d'établir des rapports, même superficiels, avec un *serial killer*… avant.

— C'est vrai. Mais j'ai le sentiment que si n'importe lequel de ces individus que nous avons interrogés se retrouvait dans la nature comme William Gladden, on les traquerait eux aussi. Ces gens-là ne changent pas, Jack ; ils ne s'amendent jamais. Ils restent ce qu'ils sont.

Avait-elle dit cela sur le ton de la mise en garde ? C'était la deuxième fois qu'elle faisait ce genre de sous-entendu, et je m'interrogeai : essayait-elle de me dire autre chose ? Ou bien, pensai-je, était-ce un avertissement qu'elle s'adressait à elle-même ?

— Alors, que vous a-t-il dit ? Vous a-t-il parlé de Beltran ou des « Potes » ?

— Non, bien sûr que non. Autrement, je m'en serais souvenu en voyant le nom de Beltran sur la liste des victimes. Gladden n'a cité aucun nom. Mais il a donné l'excuse habituelle. Il a raconté qu'il avait subi des violences quand il était enfant. À répétition. Il avait le même âge que l'enfant qu'il a par la suite assassiné à Tampa. Tu vois, c'est un cercle. On retrouve souvent ce schéma. Ils restent comme bloqués à l'instant de leur vie où on les a… détruits.

Je hochai la tête sans rien dire, espérant qu'elle continue.

— Pendant trois ans, reprit-elle. De neuf à douze ans. Les scènes étaient fréquentes et comportaient des pénétrations orales et anales. Il ne nous a pas dit qui était le violeur, précisant simplement que celui-ci ne faisait pas partie de la famille. À l'entendre, il n'avait jamais osé en parler à sa mère, car il avait peur de cet homme qui le menaçait. Il incarnait une figure de pouvoir dans sa vie. Bob a essayé de pousser l'enquête un peu plus loin par la suite, mais ça n'a jamais rien donné. Le témoignage de Gladden n'était pas assez précis pour qu'on puisse remonter la piste. Gladden avait déjà une vingtaine d'années et les viols avaient eu lieu dix ans plus tôt. Même si nous étions allés jusqu'au bout, il y aurait eu des problèmes de prescription. Nous n'avons même pas réussi à retrouver sa mère pour l'interroger. Elle a quitté Tampa après l'arrestation de son fils et toute la publicité qui s'en est suivie. Évidemment, maintenant on peut supposer que le violeur en question était Beltran.

J'acquiesçai une fois de plus. J'avais fini ma bière, mais Rachel avait à peine touché à la sienne. Elle n'aimait pas ça. J'appelai la serveuse, lui commandai une Amstel Light et dis à Rachel que je boirais sa *black and tan*.

— Alors, comment ça s'est terminé ? Je parle des viols.

— De manière ironique, comme très souvent. Tout a pris fin quand Gladden est devenu trop âgé pour Beltran. Celui-ci l'a rejeté, et il est passé à la victime suivante. Tous les jeunes garçons qu'il a parrainés par l'intermédiaire des « Potes » sont actuellement recherchés pour être interrogés. Je suis prête à parier qu'ils ont tous été violés. Beltran est le mauvais génie de toute cette histoire, Jack. Prends soin de bien expliquer ça dans l'article que tu écriras. Beltran a eu ce qu'il méritait.

— À t'entendre, on dirait que tu comprends Gladden.

J'aurais mieux fait de me taire. Je vis la colère enflammer son regard.

— Oui, tu as parfaitement raison, je le comprends. Ça ne veut pas dire que j'approuve un seul de ses actes, ou que j'hésiterais à le descendre si j'en avais l'occasion. Mais il n'a pas inventé le monstre qui est en lui. Celui-ci a été créé par quelqu'un d'autre.

— OK, je ne voulais pas dire que…

La serveuse apporta la bière de Rachel, m'évitant ainsi de m'enfoncer plus avant sur une route dangereuse. Je fis glisser vers moi le verre de *black and tan* et bus une longue gorgée, espérant changer rapidement de sujet.

540

— Et à part ce qu'il vous a raconté, repris-je, quelle impression t'a laissée Gladden ? Possède-t-il, selon toi, l'intelligence que tout le monde par ici lui attribue ?

Elle sembla remettre de l'ordre dans ses pensées avant de répondre.

— William Gladden savait que son appétit sexuel était légalement, socialement et culturellement inacceptable. Et visiblement, il en souffrait, je pense. Je crois qu'il livrait un combat permanent contre lui-même, essayant de comprendre ses pulsions et ses désirs. Il avait envie de nous raconter son histoire, que ce soit à la troisième personne ou pas, et sans doute était-il convaincu qu'en nous parlant de lui il pourrait, d'une certaine façon, se venir en aide, et peut-être aussi venir en aide à quelqu'un d'autre par la même occasion. Quand on les analyse, les dilemmes qui le hantaient révèlent un individu très intelligent. La plupart des types que j'ai interviewés ressemblaient à des bêtes. Ou à des machines. Ils faisaient ce qu'ils devaient faire… quasiment par instinct, ou une sorte de programmation, comme s'ils étaient obligés. Et ils le faisaient sans réfléchir. Gladden était différent. Alors oui, je pense qu'il est aussi intelligent qu'on le dit, peut-être même plus.

— C'est étrange, ce que tu viens de dire. Au sujet de sa souffrance. Ça ne ressemble pas au type que nous pourchassons. Celui-ci semble avoir autant de conscience et de remords qu'Adolf Hitler.

— Tu as raison. Mais nous possédons d'innombrables preuves du changement, de l'évolution, de ce type de prédateurs. En l'absence de traitement, qu'il s'agisse d'une thérapie médicamenteuse ou autre, ce n'est pas la première fois qu'on voit un individu comme William Gladden, avec ses antécédents, se transformer en un monstre comme le Poète. Après les interviews, il est resté en prison encore un an avant de gagner en appel et de saisir l'occasion qui lui était offerte de retrouver la liberté. Les pédophiles sont traités avec la plus grande cruauté dans l'univers carcéral. C'est pour cette raison qu'ils ont tendance à créer de petits groupes soudés, comme au-dehors. Et voilà comment Gladden a fait la connaissance de Gomble et d'autres pédophiles à la prison de Raiford. Ce que je veux t'expliquer, c'est que je ne suis pas surprise de savoir que cet homme que j'ai interviewé il y a plusieurs années est devenu celui qu'on surnomme le Poète aujourd'hui. J'aurais pu le deviner.

Des éclats de rire et des applaudissements fusèrent autour du jeu de fléchettes, m'arrachant à mes pensées. Apparemment, le champion de la soirée venait d'être couronné.

— Assez parlé de Gladden, dit Rachel quand je reportai mon attention sur elle. C'est trop déprimant.

— OK.

— Et toi ?

— Moi aussi, ça me déprime.

— Non, je veux dire, parlons un peu de toi. Tu as prévenu ton rédacteur en chef. Tu lui as dit que tu avais retrouvé ta place ?

— Non, pas encore. Il faut que je l'appelle

demain matin pour lui annoncer qu'il n'y aura pas de suite à l'article, mais que je continue l'enquête.

— Comment va-t-il réagir, à ton avis ?

— Mal. Il voudra une suite, absolument. L'histoire est lancée sur des rails maintenant, comme une locomotive. Les médias nationaux ont pris le train en marche et il faut continuer à balancer des articles dans la chaudière pour faire avancer les wagons. Mais il a d'autres journalistes sous la main, nom d'un chien ! Il n'a qu'à mettre l'un d'eux sur le coup et on verra ce que ça donne. Pas grand-chose à mon avis. Michael Warren va certainement balancer d'autres révélations dans le *L. A. Times* et je vais me retrouver en pleine disgrâce.

— Tu es un cynique.

— Je suis réaliste.

— Ne t'inquiète pas pour Warren. Gor… celui qui l'a renseigné la première fois ne recommencera pas. Ce serait trop risqué, à cause de Bob.

— Lapsus révélateur, hein ? On verra bien.

— Pourquoi es-tu devenu si cynique, Jack ? Je croyais que c'était réservé aux vieux flics fatigués ?

— Je suis né comme ça, je suppose.

— Je veux bien le croire.

Il me sembla qu'il faisait encore plus froid au retour. J'avais envie de passer mon bras autour des épaules de Rachel, mais je savais qu'elle ne le permettrait pas. Les murs avaient des yeux et je m'abstins. Alors que nous approchions de l'hôtel, une histoire me revint en mémoire et je la lui racontai.

— Tu sais comment ça se passe quand tu es au lycée, il y a toujours des rumeurs qui circulent… Machin est amoureux de machine, ou l'inverse ? Tu te souviens ?

— Oui, je me souviens.

— Eh bien, il y avait une fille dans mon lycée… j'en pinçais pour elle. Et je… oh, je ne sais plus comment c'est arrivé, mais la nouvelle a fini par se répandre, tu vois ? Dans ces cas-là, quand ça arrivait, on attendait généralement pour voir la réaction de l'autre personne. C'était la situation typique où moi je savais qu'elle savait que j'étais amoureux d'elle et elle, elle savait que je savais qu'elle savait. Tu me suis ?

— Oui.

— Le problème, c'est que je manquais de confiance en moi ; j'étais… je ne sais pas comment dire. Bref, un jour, j'étais au gymnase, assis sur les gradins. Je crois que j'étais venu en avance pour voir un match de basket ou un truc comme ça, et les gens arrivaient petit à petit. Et la fille est arrivée à son tour, avec une amie ; elles cherchaient une place dans les gradins. Tu vois la scène. Le genre « maintenant ou jamais ». La fille me regarde et me fait un signe de la main… Et moi, je me pétrifie. Et ensuite… tu sais quoi ?… Je me retourne et je regarde derrière moi pour voir si elle faisait signe à quelqu'un d'autre.

— Espèce d'idiot ! s'exclama Rachel avec un grand sourire, car évidemment elle ne pouvait pas être ébranlée par cette histoire comme je l'avais été pendant longtemps. Qu'a-t-elle fait ?

— Quand je me suis retourné, elle regardait ailleurs, gênée. Tu comprends, je l'avais mise dans l'embarras en déclenchant tout ça et en me dérobant ensuite… comme si je la rabrouais. Après ça, elle est sortie avec un autre gars. Et elle a fini par l'épouser. Il m'a fallu longtemps pour m'en remettre.

Nous parcourûmes en silence les derniers mètres jusqu'à l'hôtel. J'ouvris la porte à Rachel et la regardai avec un sourire douloureux, gêné. Cette histoire me faisait toujours le même effet, après toutes ces années.

— Et voilà l'histoire, lui dis-je. C'est la preuve que j'ai toujours été cynique.

— Tout le monde possède des souvenirs d'adolescence semblables, dit-elle d'un ton qui me parut moqueur.

Quand nous traversâmes le hall, le veilleur de nuit leva les yeux et nous adressa un signe de tête. On aurait dit que sa barbe avait encore poussé depuis que je l'avais vu pour la première fois quelques heures plus tôt. Arrivée au pied de l'escalier, Rachel s'arrêta et, en chuchotant pour ne pas être entendue du veilleur de nuit, elle me demanda de ne pas la suivre.

— Il vaut mieux aller chacun dans sa chambre.

— Je peux quand même te raccompagner.

— Non, ça ira.

Elle se tourna vers le bureau de la réception. Le veilleur de nuit était plongé dans la lecture d'un journal à sensation. Rachel se retourna vers moi, déposa un baiser silencieux sur ma joue et me souhaita bonne nuit à voix basse. Je la regardai monter l'escalier.

Je savais que je ne parviendrais pas à dormir. Trop de pensées dans ma tête. J'avais fait l'amour avec une jolie femme et passé la soirée à tomber amoureux d'elle. Je ne savais pas exactement ce qu'était l'amour, mais je savais que la compréhension de l'autre en faisait partie et la sentais chez Rachel. C'était une qualité que je n'avais pas souvent rencontrée dans ma vie, et cette présence provoquait en moi un sentiment d'exaltation et d'inquiétude mêlées.

Alors que je ressortais de l'hôtel pour fumer une cigarette, mon sentiment d'inquiétude s'accrut et infecta mon esprit avec d'autres pensées. Cette histoire de fantôme m'avait repris, et mon impression de gêne, la pensée de ce qui aurait pu être continuaient de me serrer le cœur : que cette scène dans les gradins du gymnase était lointaine pourtant ! J'étais stupéfait par l'emprise de certains souvenirs, la précision et la force avec lesquelles ils pouvaient revivre. Je n'avais pas tout dit à Rachel au sujet de la fille du lycée : je ne lui avais pas raconté la fin. Elle ne savait pas que la fille se nommait Riley, et que le type avec lequel elle était sortie, qu'elle avait épousé ensuite, était mon frère. J'ignorais ce qui m'avait poussé à cacher cette partie de l'histoire.

Je n'avais plus de cigarettes. Je retournai dans le hall et demandai au veilleur de nuit où je pouvais en trouver. Il me conseilla de retourner au Cat & Fiddle. Je remarquai un paquet de Camel entamé sur le guichet, à côté de sa pile de journaux à sensation, mais il ne m'en offrit pas, et je ne lui demandai rien.

En marchant dans Sunset Boulevard, je repensai à Rachel, préoccupé par un détail que j'avais remarqué pendant que nous faisions l'amour. Les trois fois où nous avions couché ensemble, elle s'était entièrement abandonnée, sans aucun doute, mais je l'avais trouvée résolument passive. Elle s'en remettait entièrement à moi. La deuxième et la troisième fois, j'avais guetté des changements subtils, allant jusqu'à hésiter dans mes mouvements, dans mes choix, pour lui permettre de prendre la direction des opérations. En vain. Même au moment magique où j'étais entré en elle, c'était ma main qui avait tâtonné à la porte. Trois fois. Aucune femme avec laquelle j'avais fait l'amour plus de deux fois ne s'était comportée ainsi.

Ce n'était pas un défaut, évidemment, et ça ne me posait aucun problème ; malgré tout, je ne pouvais m'empêcher de trouver cela étrange. Sa passivité dans ces moments horizontaux était diamétralement opposée à son comportement dans nos moments de verticalité. Loin du lit, nul doute qu'elle exerçait, ou cherchait à exercer, sa domination. C'était le genre de contradiction subtile qui, pensai-je, la rendait si séduisante à mes yeux.

Au moment où je m'arrêtais pour traverser Sunset, en face du bar, ma vision périphérique capta un mouvement à l'extrême gauche tandis que je tournai la tête pour vérifier qu'il n'y avait pas de voiture. Mes yeux suivirent le mouvement, et je vis une silhouette s'engouffrer dans l'embrasure sombre d'une entrée de magasin fermé. Un frisson glacé me traversa, mais je ne bougeai pas. Pendant plusieurs secondes je scrutai l'endroit où j'avais aperçu le mouvement. La porte se trouvait à une vingtaine de mètres. J'étais certain d'avoir vu un homme, et sans doute était-il toujours là, caché dans le noir, à m'observer pendant que je l'observais.

Je fis quatre pas en direction de l'embrasure, d'un air décidé, puis me figeai. C'était un coup de bluff, mais comme personne ne jaillissait de l'obscurité pour s'enfuir, je me retrouvais pris à mon propre piège. Je sentis les battements de mon cœur s'accélérer. Peut-être s'agissait-il simplement d'un sans-abri en quête d'un endroit pour dormir. Il pouvait y avoir mille explications. Cela ne m'empêchait pas d'être terrorisé. Peut-être était-ce un clochard. Le Poète ? En une fraction de seconde, une myriade de possibilités envahit mon esprit. J'étais passé à la télé et le Poète avait regardé la télé. Il avait fait son choix et cette embrasure sombre se trouvait sur le chemin entre moi et le Wilcox Hotel. Je ne pouvais pas faire demi-tour. Rapidement, je pivotai sur mes talons et posai le pied sur la chaussée pour me diriger vers le bar.

Je fus accueilli par un coup de klaxon qui me fit faire un bond en arrière. Pourtant, je ne craignais rien. La voiture qui passa à toute allure en laissant dans son sillage des rires d'adolescents roulait deux voies plus loin, mais peut-être avaient-ils vu mon visage, mon expression, et compris que j'étais une proie facile à effrayer.

Au bar, je commandai une autre *black and tan*, avec une assiette de *chicken wings*, et demandai qu'on m'indique le distributeur de cigarettes. Je remarquai le tremblement de mes mains lorsque je grattai une allumette après avoir enfin coincé une cigarette entre mes lèvres. Et maintenant ? me dis-je en recrachant le nuage de fumée bleue vers mon reflet dans le miroir derrière le bar.

Je restai jusqu'à la fermeture, à 2 heures, et quittai le Cat & Fiddle avec l'exode des purs et durs. Plus on est nombreux, plus on est en sécurité, m'étais-je dit. En traînassant derrière la foule des buveurs, je repérai un groupe de trois ivrognes qui se dirigeaient vers Wilcox et leur emboîtai le pas à distance. Nous passâmes devant l'embrasure de la boutique, sur le trottoir opposé, séparé par les quatre voies du boulevard, et je n'aurais su dire si l'alcôve obscure était déserte ou pas. Je ne m'attardai pas. Arrivé dans Wilcox, je faussai compagnie à mon escorte et traversai Sunset au petit trot, jusqu'à l'hôtel. Je ne respirai normalement qu'en pénétrant dans le hall et en voyant le visage familier et rassurant du veilleur de nuit.

Malgré l'heure tardive, et toute la bière que j'avais ingurgitée, la peur que je m'étais faite avait chassé ma fatigue. Impossible de dormir. De retour dans ma chambre, je me déshabillai, me couchai et éteignis la lumière en sachant que c'était peine perdue. Au bout de dix minutes, je décidai de prendre le taureau par les cornes et rallumai la lumière.

J'avais besoin d'un truc pour me changer les idées. Une occupation qui me détendrait et m'aiderait à trouver le sommeil. Alors, je fis ce que j'avais fait en maintes occasions dans un cas semblable. J'installai mon ordinateur sur mes genoux. Je l'allumai, branchai la ligne téléphonique de la chambre sur la sortie modem et composai le numéro du serveur du *Rocky*. Je n'avais aucun message, et d'ailleurs je n'en espérais pas, mais ces simples gestes commençaient déjà à me détendre. Je fis défiler les dépêches sur l'écran et tombai sur mon propre article, sous forme condensée, sur le réseau national d'Associated Press. Demain, la bombe allait exploser. Tous les rédacteurs en chef de tous les quotidiens, de New York à L. A., connaîtraient mon nom. Enfin, je l'espérais.

Après avoir interrompu la connexion, je fis quelques parties de solitaire contre l'ordinateur, mais finis par me lasser de perdre. En quête d'une autre distraction, je cherchai dans la sacoche du portable les factures de l'hôtel de Phoenix, mais pas moyen de mettre la main dessus. J'inspectai toutes les poches du sac, en vain. La liasse de feuilles pliées en deux avait disparu. D'un geste brusque, je m'emparai de la taie d'oreiller et la palpai comme on fouille un suspect ; elle ne contenait que des vêtements.

— Merde !

Fermant les yeux, j'essayai de me représenter ce que j'avais fait de ces reçus dans l'avion. Un sentiment d'effroi m'envahit lorsque je me rappelai les avoir glissés dans la poche du siège de devant. Mais je me souvins aussi qu'après avoir téléphoné à

Warren je les avais récupérés pour passer les autres coups de fil. Je me revis en train de les ranger dans la sacoche du portable, au moment où l'avion effectuait son approche finale. C'était une certitude, je ne les avais pas oubliés dans l'avion.

L'autre explication, évidemment, c'était que quelqu'un s'était introduit dans ma chambre pour s'en emparer. J'arpentai la pièce de long en large, ne sachant que faire. Je m'étais fait voler ce qu'on pouvait considérer comme des documents volés. À qui me plaindre ?

Furieux, j'ouvris la porte et suivis le couloir jusqu'à la réception. Le veilleur de nuit feuilletait un magazine intitulé *High Society* et sur la couverture duquel une femme entièrement nue utilisait habilement ses bras et ses mains pour masquer stratégiquement certaines parties de son corps et permettre au magazine d'être exposé à la vente.

— Dites, vous avez vu quelqu'un entrer dans ma chambre ?

Il répondit par un haussement d'épaules et un mouvement de tête.

— Personne ?

— Les seules personnes que j'ai vues, c'est cette dame qu'était avec vous, et vous. C'est tout.

Je le regardai, attendant la suite, mais il avait dit ce qu'il avait à dire.

— OK.

Je regagnai ma chambre, examinant le trou de la serrure pour déceler d'éventuelles traces d'effraction. Difficile à dire. La serrure était usée et éraflée, mais les marques que j'y repérai pouvaient dater de plusieurs années. D'ailleurs, j'aurais été incapable de remarquer une serrure forcée, même si ma vie en dépendait, mais je regardai quand même. J'étais furieux.

Je fus tenté d'appeler Rachel pour l'avertir de ce cambriolage, mais compris que je ne pouvais pas lui parler de ce qu'on m'avait volé. Le souvenir de cet épisode dans les gradins du gymnase, et d'autres leçons apprises depuis, me traversèrent l'esprit. Je me déshabillai de nouveau et me recouchai.

Le sommeil finit par venir, mais pas avant que j'aie eu la vision de Thorson entrant dans ma chambre et fouillant dans mes affaires. Quand je m'endormis enfin, la colère ne m'avait pas quitté.

37

Je fus réveillé par des coups violents frappés à ma porte. Ouvrant les yeux, je vis la lumière vive s'infiltrer autour des rideaux de la chambre. Le soleil était déjà levé, et je compris que j'aurais dû l'être aussi. J'enfilai mon pantalon et continuais de boutonner ma chemise au moment où j'ouvris la porte, sans même regarder par le judas. Ce n'était pas Rachel.

— Bonjour, mon vieux. Debout ! Aujourd'hui, on est tous les deux, et il est temps de lever le camp.

Je le regardai d'un air ahuri. Thorson se pencha pour frapper à la porte ouverte.

— Hé oh ! Y a quelqu'un ?

— Qu'est-ce que ça veut dire « on est tous les deux » ?

— C'est clair, non ? Votre petite amie a des choses à faire, toute seule. L'agent Backus vous a collé avec moi aujourd'hui.

La joie que m'inspirait la perspective de passer toute la journée avec Thorson dut se voir sur mon visage.

— Ça ne me ravit pas moi non plus, dit-il. Mais

j'obéis aux ordres. Cela étant, si vous préférez rester au lit, je ne vais pas pleurer. Je dirai simplement à…

— OK, je m'habille. Accordez-moi cinq minutes.

— Je vous attends dans la voiture derrière l'hôtel. Si vous n'êtes pas là dans cinq minutes, vous vous débrouillerez tout seul.

Thorson parti, je jetai un coup d'œil à ma montre sur la table de chevet. Il n'était que 8 heures 30, soit beaucoup moins tard que je ne l'aurais cru. Il me fallut dix minutes au lieu de cinq pour me préparer. La tête sous la douche, je songeai à la journée qui s'annonçait, redoutant chaque instant qu'il me faudrait passer avec Thorson. Mais surtout, je pensai à Rachel et me demandai quelle mission avait pu lui confier Backus, et pourquoi je n'étais pas dans le coup.

En sortant de ma chambre, j'allai frapper à la porte de Rachel, mais n'obtins aucune réponse. Je tendis l'oreille un instant, sans capter le moindre bruit. Elle était partie, effectivement.

Thorson était adossé contre une des voitures quand je le rejoignis dans la ruelle derrière l'hôtel.

— Vous êtes en retard.

— Ouais. Désolé. Où est Rachel ?

— Désolé, mon vieux, faut poser la question à Backus. Apparemment, c'est votre mentor.

— Écoutez, Thorson, je ne m'appelle pas « mon vieux », d'accord ? Si vous ne voulez pas m'appeler par mon nom, ne dites rien. Et si je suis en retard, c'est que j'ai dû téléphoner à mon rédacteur en chef pour lui annoncer qu'il n'y aurait pas de suite à l'article. Il n'était pas jouasse.

Je m'avançai vers la portière du passager, il contourna la voiture pour se mettre au volant. Je devais attendre qu'il m'ouvre la portière et il lui fallait une éternité, apparemment, pour s'apercevoir que j'attendais.

— Je me contrefous des états d'âme de votre rédacteur en chef, lança-t-il par-dessus le toit de la voiture avant de se glisser à l'intérieur.

En montant à bord, je découvris deux gobelets de café posés sur le tableau de bord ; la vapeur qui s'en échappait embuait le pare-brise. Je les regardai comme un junkie regarde la cuillère au-dessus de la flamme, mais ne dis rien. Sans doute cela faisait-il partie du petit jeu auquel Thorson essayait de jouer.

— Il y en a un pour vous, mon... euh, Jack. Si vous voulez du lait ou du sucre, regardez dans la boîte à gants.

Il mit le moteur en marche. Je me tournai vers lui, puis à nouveau vers le café. Thorson s'empara d'un des deux gobelets et en ôta le couvercle. Il but une petite gorgée, comme un baigneur qui enfonce un orteil dans l'eau pour tester la température.

— Aaah, dit-il. Moi, je l'aime noir et très chaud. Comme les femmes.

Il m'adressa un clin d'œil de connivence, d'homme à homme.

— Allez-y, Jack, prenez votre café. Je ne voudrais pas qu'il se renverse quand je vais démarrer.

À mon tour, je pris le gobelet et l'ouvris. Thorson démarra. Je bus une petite gorgée moi aussi, mais plutôt à la manière du goûteur officiel du tsar. C'était bon et la caféine fit effet presque instantanément.

— Merci, dis-je.

— De rien. Je suis incapable de démarrer si je n'ai pas ma dose. Vous avez passé une mauvaise nuit ?

— On peut dire ça.

— Pas moi. Je peux dormir n'importe où, même dans un taudis comme celui-ci. J'ai très bien dormi.

— Vous n'êtes pas somnambule, par hasard ?

— Somnambule ? Que voulez-vous dire ?

— Écoutez, Thorson. Merci pour le café et tout le reste, mais je sais que c'est vous qui avez contacté Warren ; et c'est encore vous qui êtes entré dans ma chambre hier soir.

Thorson s'arrêta le long du trottoir, à un emplacement réservé aux livraisons. Il se mit au point mort et se tourna vers moi.

— Qu'avez-vous dit ? Qu'est-ce que vous racontez ?

— Vous avez très bien entendu. Vous êtes entré dans ma chambre. Je n'en ai peut-être pas la preuve pour l'instant, mais si jamais Warren me coupe l'herbe sous le pied encore une fois, je vais voir Backus et je lui dis ce que j'ai vu.

— Vous voyez ce café, mon vieux ? C'était mon calumet de la paix. Si vous voulez me le jeter à la gueule, libre à vous. Mais j'ignore à quoi vous faites allusion, et pour la dernière fois, je vous répète que je ne parle jamais aux journalistes. Point final. Si je vous adresse la parole, c'est uniquement parce que vous avez une dispense. Voilà.

Il redémarra sur les chapeaux de roue, s'attirant les protestations et les coups de klaxon furieux d'un autre automobiliste. Un peu de café chaud se renversa sur ma main, mais je ne dis rien. Nous roulâmes ainsi en silence pendant plusieurs minutes, pénétrant dans un canyon de béton, de verre et d'acier. Wilshire Boulevard. Nous nous dirigions vers les tours du centre. Soudain le café ne me paraissait plus aussi bon et je remis le couvercle sur le gobelet.

— Où va-t-on ? demandai-je.

— On va voir l'avocat de Gladden. Après, on fonce à Santa Monica pour interroger le duo de choc qui a eu cette ordure entre les mains et l'a laissée filer.

— J'ai lu l'article du *Times*. Les deux policiers ne savaient pas à qui ils avaient affaire… On ne peut pas vraiment leur en vouloir.

— Ouais, c'est ça : personne n'est jamais responsable.

J'avais parfaitement réussi à foutre en l'air les gages de bonne volonté de Thorson. Il était devenu sombre et amer. Ce qui, autant que je puisse en juger, correspondait à son caractère, mais cette fois, c'était ma faute.

— Écoutez, lui dis-je en déposant mon gobelet par terre, et en levant les mains dans un geste de reddition. Je suis désolé, d'accord ? Si j'ai tort au sujet de vos rapports avec Warren et le reste, je suis désolé. Je me suis simplement fié aux apparences. Si j'ai tort, j'ai tort.

Thorson se tut, et le silence devint oppressant. Je sentais que la balle était toujours dans mon camp. Il fallait que j'ajoute quelque chose.

— Je tire un trait, d'accord? mentis-je. Et je suis désolé si… si vous êtes furieux à cause de Rachel et moi. Ce sont des choses qui arrivent.

— Vous savez quoi, Jack? Vous pouvez garder vos excuses. Je me fous de vous, et je me fous de Rachel. Elle est convaincue du contraire et je suis sûr qu'elle vous l'a dit. Mais elle a tort. Et si j'étais vous, je ferais gaffe. Ce n'est jamais aussi simple qu'il y paraît avec elle. Souvenez-vous de ce que je vous dis.

— Je m'en souviendrai.

Mais je m'empressai d'oublier ses paroles. Pas question de laisser son amertume empoisonner mes sentiments pour Rachel.

— Vous avez déjà entendu parler du Désert peint, Jack?

Je le regardai, en plissant les paupières d'un air perplexe.

— Oui, j'en ai entendu parler.

— Vous y êtes allé?

— Non.

— Eh bien, avec Rachel, c'est comme si vous y étiez. C'est le Désert peint, cette femme. Très beau à regarder, c'est sûr. Mais quand on y est, c'est la désolation. Il n'y a plus rien derrière la beauté, et la nuit, Jack, il fait très froid dans le désert.

J'aurais voulu lui décocher une repartie aussi violente qu'un uppercut. Mais l'intensité de sa colère et de son amertume me coupait la chique.

— Cette femme sait manipuler les gens, ajouta-t-il. Ou alors elle s'amuse avec vous. Comme avec un jouet. Parfois elle a envie de partager, et l'instant d'après elle n'en a plus envie. Et elle disparaît.

Je ne disais rien. Je tournai la tête vers la vitre pour ne plus avoir ce type dans mon champ de vision. Quelques minutes plus tard, il m'annonça que nous étions arrivés, et pénétra dans le parking d'un des immeubles de bureaux du centre.

Après avoir consulté le tableau dans le hall du Fuentes Law Center, nous empruntâmes l'ascenseur pour monter au septième étage, toujours en silence. Sur la droite, nous trouvâmes une porte avec une plaque en acajou vissée juste à côté annonçant le cabinet Krasner & Peacock. À l'intérieur, Thorson ouvrit l'étui renfermant son insigne, le déposa sur le bureau devant la secrétaire et demanda à voir Krasner.

— Désolée, répondit-elle. M. Krasner est au tribunal ce matin.

— Vous êtes sûre ?

— Certaine. Il assiste à la lecture des actes d'accusation. Il ne reviendra qu'après le déjeuner.

— Quel tribunal ?

— Ici, en ville. À la cour d'assises.

Nous laissâmes la voiture dans le parking pour nous rendre à pied au Criminal Court Building abritant la cour d'assises. La lecture des actes d'accusation se déroulait au cinquième étage, dans une immense salle d'audience aux murs de marbre et envahie d'avocats, d'accusés et de parents d'accusés. Thorson s'avança vers une fonctionnaire de justice assise derrière un bureau au premier rang pour lui demander lequel, au milieu de ce grouillement d'avocats, était Arthur Krasner. Elle lui désigna un homme de petite taille avec des cheveux roux clairsemés et un visage rougeaud, debout près de la barrière du tribunal, occupé à bavarder avec un autre type en costume, un avocat assurément. Thorson se dirigea vers lui.

— Maître Krasner ? demanda Thorson, sans attendre un temps mort dans la conversation entre les deux hommes.

— Oui ?

— Pourrais-je vous dire un mot dans le couloir ?

— Qui êtes-vous ?

— Je vous le dirai dans le couloir.

— Non, dites-le-moi maintenant, ou bien vous pouvez y aller tout seul, dans votre couloir.

Thorson ouvrit son portefeuille ; Krasner vit l'insigne et lut ce qui était écrit sur la carte, et je regardai ses petits yeux courir dans tous les sens pendant qu'il cogitait.

— Je pense que vous savez de quoi il s'agit, reprit Thorson. (Se tournant vers l'autre avocat, il ajouta :) Vous voulez bien nous excuser ?

Dans le couloir, Krasner retrouva un peu de son bagout professionnel.

— Allons-y. Je dois assister à une mise en accusation dans cinq minutes. De quoi s'agit-il ?

— Je croyais que nous avions dépassé ce stade, dit Thorson. Il s'agit d'un de vos clients, William Gladden.

— Jamais entendu ce nom-là.

Il esquissa un pas pour contourner Thorson et se diriger vers la porte du tribunal. Nonchalamment, l'agent du FBI plaqua sa main sur sa poitrine, l'arrêtant net dans son élan.

— Je vous en prie, dit Krasner. Vous n'avez pas le droit de poser la main sur moi. Ne me touchez pas.

— Vous savez très bien de qui nous parlons, maître Krasner. Vous vous mettez dans de sales draps en cachant la véritable identité de cet homme à la justice et à la police.

— Vous faites erreur. J'ignorais qui il était. Je me suis occupé de cette affaire sans chercher à découvrir ce qu'il y avait derrière. Quant à savoir qui est réellement cet homme, ça ne me regarde pas. Et il n'existe pas l'ombre d'une preuve pour même simplement laisser croire que j'en savais davantage.

— Arrêtez votre baratin, maître. Gardez ça pour le juge derrière cette porte. Où est Gladden ?

— Je n'en ai aucune idée, et même si je le savais…

— Vous ne le diriez pas ? Ce n'est pas la bonne attitude, maître Krasner. Laissez-moi vous dire une chose : j'ai épluché le dossier de la défense de M. Gladden, et ça ne sent pas très bon, si vous voyez ce que je veux dire. C'est pas net. Ça pourrait vous valoir des ennuis.

— J'ignore de quoi vous voulez parler.

— Comment se fait-il qu'il vous ait contacté après son arrestation ?

— Je l'ignore. Je ne lui ai pas posé la question.

— Quelqu'un vous a recommandé ?

— Oui, sans doute.

— Qui ?

— Je ne le sais pas plus. Je vous ai dit que je n'avais pas posé la question.

— Êtes-vous pédophile, maître Krasner ? Qu'est-ce qui vous excite, les petits garçons ou les petites filles ? Ou bien les deux ?

— Quoi ?

Peu à peu, Thorson avait réussi à l'acculer contre le mur en marbre du couloir avec ses attaques verbales. Krasner commençait à se décomposer. Il tenait son attaché-case devant lui, comme une sorte de bouclier. Mais ce n'était pas assez épais.

— Vous savez très bien de quoi je parle, reprit Thorson en se penchant vers lui, menaçant. Parmi tous les avocats de cette ville, pourquoi Gladden vous a-t-il choisi, vous ?

— Je vous l'ai déjà dit ! s'écria Krasner, s'attirant les regards de toutes les personnes qui passaient dans le couloir. (Il baissa la voix.) J'ignore pourquoi il m'a choisi. C'est comme ça. Mon nom figure dans l'annuaire. Nous sommes dans un pays libre.

Thorson sembla hésiter, comme pour permettre

à Krasner d'ajouter quelque chose, mais l'avocat ne mordit pas à l'hameçon.

— J'ai consulté les dossiers hier, reprit l'agent. Vous l'avez fait libérer deux heures et quinze minutes après la fixation du montant de la caution. Question : comment avez-vous fait pour payer ? Réponse : il vous avait déjà versé l'argent. N'est-ce pas ? Mais la vraie question est celle-ci : comment vous a-t-il remis l'argent puisqu'il a passé la nuit en prison ?

— Par virement. Ça n'a rien d'illégal. La veille, nous avons parlé de mes honoraires et du montant de la caution et il m'a envoyé l'argent le lendemain matin. Je ne me suis occupé de rien. Je... Vous n'avez pas le droit de venir me calomnier comme vous le faites.

— Je fais ce que je veux. Vous me donnez envie de gerber. Je me suis renseigné sur vous auprès des flics d'ici. Je sais un tas de choses sur vous.

— De quoi parlez-vous ?

— Si vous ne le savez pas encore, ça ne va pas tarder. Ils sont à vos trousses, mon petit bonhomme. Vous avez remis ce type en liberté, et regardez ce qu'il a fait. Regardez ce qu'il a fait, nom de Dieu !

— Je ne pouvais pas le savoir ! répondit Krasner d'un ton plaintif.

— Oui, évidemment, personne ne sait jamais rien. Vous avez un téléphone ?

— Hein ?

— Un téléphone !

Du plat de la main, Thorson frappa sur l'attaché-case de Krasner qui sursauta comme s'il avait reçu une décharge électrique.

— Oui, oui, j'ai un téléphone. Vous n'êtes pas obligé de…

— Parfait. Sortez-le et appelez votre secrétaire pour lui demander de sortir le double de l'avis de virement. Dites-lui que je passerai le prendre dans un quart d'heure.

— Vous n'avez pas le droit de… La loi m'oblige à protéger la relation avocat/client qui m'unit à cet individu, quoi qu'il ait pu faire. Je…

Thorson frappa de nouveau sur la mallette, du revers de la main cette fois, et Krasner n'acheva pas sa phrase. Je vis que Thorson éprouvait un véritable plaisir à bousculer ainsi le petit avocat.

— Appelez votre secrétaire, Krasner, et je dirai aux policiers que vous vous êtes montré coopératif. Appelez-la. Sinon, on vous colle la prochaine victime sur le dos, parce que maintenant, vous savez de qui et de quoi on parle.

Krasner hocha lentement la tête et ouvrit son atta-ché-case.

— Très bien, maître, dit Thorson. Vous commencez à voir la lumière.

Pendant que Krasner appelait sa secrétaire et lui transmettait l'ordre d'une voix tremblante, Thorson resta planté devant lui, sans rien dire. Je n'avais encore jamais vu quelqu'un utiliser la vieille technique du méchant flic sans enchaîner sur le numéro du gentil flic, et réussir malgré tout à soutirer au témoin les renseignements souhaités. Je n'aurais su dire si j'étais admiratif ou effrayé devant le savoir-faire de Thorson. Toujours est-il qu'il avait transformé ce beau parleur prétentieux en une épave tremblante. Alors que Krasner refermait son téléphone portable, Thorson lui demanda à combien se montait le transfert.

— Six mille dollars.

— Cinq mille pour payer la caution et le reste pour vous. Comment se fait-il que vous ne lui ayez pas fait cracher davantage ?

— Il m'a dit qu'il ne pouvait pas aller au-delà. Et je l'ai cru. Je peux m'en aller maintenant ?

Une expression de résignation et d'abattement se lisait sur le visage de l'avocat. Avant que Thorson ait répondu à sa question, la porte de la salle d'audience s'ouvrit et un huissier sortit la tête dans le couloir.

— Artie, c'est à toi.

— J'arrive, Jerry.

Sans attendre l'autorisation de Thorson, Krasner se dirigea une fois de plus vers la porte. Et une fois de plus, Thorson l'arrêta en plaquant sa main sur sa poitrine. Cette fois, Krasner ne s'offusqua pas qu'on le touche. Il s'immobilisa simplement, le regard perdu dans le vague.

— Artie... vous permettez que je vous appelle Artie ?... je vous conseille de sonder votre conscience. Si vous en avez une évidemment. Vous ne m'avez pas tout dit. Vous en savez beaucoup plus. Et plus on perd de temps à cause de vous, plus il y a de risques qu'on découvre une nouvelle victime. Réfléchissez-y et appelez-moi.

Il glissa une carte de visite dans la poche de poitrine de la veste de Krasner et tapota dessus gentiment.

— Mon numéro est inscrit au dos. Appelez-moi. Si je trouve ailleurs ce que je cherche, et si j'apprends que vous déteniez cette information, je serai impitoyable, maître. Impitoyable !

Et Thorson recula d'un pas afin que l'avocat puisse regagner lentement la salle de tribunal.

Thorson attendit que nous soyons sur le trottoir pour m'adresser la parole :

— Vous croyez qu'il a reçu le message ?

— Oh oui, c'est sûr. À votre place, je resterais près du téléphone. Il va appeler.

— On verra.

— Je peux vous poser une question ?

— Quoi ?

— Vous avez vraiment interrogé la police à son sujet ?

Thorson répondit par un sourire.

— Cette histoire de pédophile, dis-je. Comment saviez-vous ?

— J'ai visé au hasard. Les pédophiles ont l'instinct grégaire. Ils aiment s'entourer de leurs semblables. Ils ont des réseaux téléphoniques et informatiques, et tout un système d'entraide. Dans leur optique, c'est eux contre la société. La minorité incomprise, ce genre de conneries. Alors, je me suis dit que Gladden avait peut-être trouvé le nom de Krasner quelque part sur une liste quelconque. Ça valait le coup d'essayer. Et à voir la tête de Krasner, je crois avoir fait mouche. Autrement, il ne m'aurait pas refilé l'avis de virement.

— Peut-être. Mais peut-être disait-il la vérité en affirmant ne pas savoir qui était Gladden. Peut-être possède-t-il une conscience finalement, et il ne veut pas voir quelqu'un d'autre souffrir.

— J'ai l'impression que vous ne fréquentez pas assez les avocats.

Dix minutes plus tard, nous attendions l'ascenseur devant la porte du cabinet Krasner & Peacock. Thorson examinait l'avis de virement pour la somme de 6 000 dollars.

— Ça vient d'une banque de Jacksonville, dit-il sans lever la tête. On va mettre Rach sur le coup.

Je remarquai l'emploi du diminutif pour parler de Rachel. Ce petit nom avait un parfum d'intimité.

— Pourquoi elle ? demandai-je.

— Parce qu'elle est en Floride.

Cette fois, il leva la tête. Il souriait.

— Je ne vous l'ai pas dit ?

— Non, vous ne me l'avez pas dit.

— Backus l'a expédiée là-bas ce matin. Elle est partie voir Horace l'Hypnotiseur et travailler avec l'équipe de Floride. Voici ce qu'on va faire : on va s'arrêter dans le hall pour téléphoner et essayer de trouver quelqu'un qui lui transmettra ce numéro de compte.

38

Nous échangeâmes très peu de mots sur la route qui nous conduisait du centre de Los Angeles à Santa Monica. Je pensais à Rachel, là-bas en Floride. Et je ne comprenais pas pourquoi Backus l'expédiait si loin alors que, de toute évidence, l'action se situait ici-même. Il y avait deux explications possibles, conclus-je. La première : Rachel était punie, pour une raison quelconque, peut-être moi, et mise sur la touche. Deuxième possibilité : il y avait du nouveau dans l'enquête et on ne voulait pas me tenir au courant. Aucune de ces deux explications n'était mauvaise, mais au fond de moi-même je me surpris à préférer la première.

Thorson semblait lui aussi perdu dans ses pensées durant presque tout le trajet, ou peut-être était-il simplement fatigué de ma présence. Mais quand nous nous arrêtâmes devant le siège de la police de Santa Monica, il répondit à la question que je me posais avant même que je l'interroge.

— On vient juste récupérer les objets confisqués à Gladden lors de son arrestation. On cherche à consolider le dossier.

— Et vous croyez qu'ils vont vous laisser faire?

Je savais à quel point les polices, petites ou grandes, détestaient voir le géant du FBI faire irruption sur leurs territoires avec ses gros souliers.

— On verra bien.

Au guichet d'accueil du bureau des détectives, on nous informa que Constance Delpy était au tribunal, mais que son associé, Ron Sweetzer, nous recevrait incessamment. Pour Sweetzer, incessamment voulait dire dix minutes. Et pareil délai ne convenait pas du tout à Thorson. J'eus alors le sentiment que le FBI, tel que l'incarnait Gordon Thorson du moins, n'aimait pas être obligé d'attendre, et surtout pas un petit flic de province.

Quand il arriva enfin, Sweetzer demeura derrière le guichet et demanda ce qu'il pouvait faire pour nous. Il me jeta un deuxième regard, plus appuyé, en se disant certainement que ma barbe et la façon dont j'étais habillé ne collaient pas avec l'image qu'il avait du FBI. Mais il ne fit aucune remarque, ni aucun geste qui aurait pu être interprété comme une invitation à passer dans son bureau. Thorson lui répondit sur le même ton, avec des phrases courtes, et un échantillon de sa propre brutalité. Il sortit de sa poche intérieure une feuille blanche pliée en quatre et l'étala sur le comptoir.

— Voici l'inventaire des biens confisqués lors de l'arrestation de William Gladden, alias Harold Brisbane. Je suis ici pour prendre tous ces objets.

— Hein? Vous dites?

— Vous avez très bien compris. Le FBI s'est saisi de l'affaire et mène actuellement une enquête au niveau national sur William Gladden. Nous voulons que des spécialistes examinent ces objets que vous conservez.

— Hé, une minute, monsieur l'agent fédéral! Nous avons nos spécialistes nous aussi, et nous recherchons également ce type. Pas question de remettre nos pièces à conviction à qui que ce soit. En tout cas, pas sans une ordonnance du tribunal ou l'accord du procureur.

Thorson prit une profonde inspiration. Malgré tout, j'eus le sentiment qu'il exécutait un numéro qu'il avait déjà joué un nombre incalculable de fois: celui de la grosse brute qui débarque en ville pour s'en prendre au plus petit.

— Premièrement, lui dit-il, vous savez bien, et je le sais également, que votre enquête, c'est de la merde. Et deuxièmement, il ne s'agit pas de pièces à conviction de toute façon. Vous détenez un appareil photo et un sac de bonbons. Ces deux objets ne prouvent rien du tout. Gladden est poursuivi pour tentative de fuite, acte de vandalisme et pollution. Que vient faire l'appareil photo là-dedans?

Sweetzer voulut dire quelque chose, puis se ravisa, visiblement à court d'arguments.

— Attendez-moi ici.

Sweetzer s'éloigna.

— Je n'ai pas toute la journée devant moi, inspecteur ! lui lança Thorson. J'essaye de rattraper ce type. Qui ne devrait pas se balader en liberté.

Sweetzer se retourna brusquement.

— Qu'est-ce que ça signifie ? Qu'est-ce que vous insinuez, hein ?

Thorson leva les mains, en signe d'apaisement.

— Ça signifie exactement ce que vous pensez. Dépêchez-vous d'aller chercher votre supérieur. Je vais régler ça avec lui.

Sweetzer s'absenta et revint au bout de deux minutes, accompagné d'un homme plus vieux de dix ans, plus lourd de quinze kilos, et deux fois plus en colère.

— C'est quoi, le problème ? demanda-t-il d'un ton sec, saccadé.

— Il n'y a aucun problème, capitaine.

— Lieutenant.

— Oh. Eh bien, lieutenant, votre homme semble un peu désorienté. Je viens de lui expliquer que le FBI s'était saisi de l'enquête sur William Gladden et travaillait main dans la main avec la police de Los Angeles et d'autres forces de police à travers le pays. Or, cette main s'étend jusqu'à Santa Monica. Mais l'inspecteur Sweetzer semble croire qu'en conservant les objets confisqués à M. Gladden il fait avancer l'enquête et la capture de M. Gladden. En réalité, il entrave nos efforts. Je suis surpris, sincèrement, d'être traité ainsi. J'ai avec moi un représentant de la presse nationale, et je ne pensais pas lui offrir ce genre de spectacle.

Thorson me désigna d'un geste de la main ;

Sweetzer et son supérieur m'observèrent. À mon tour, je sentis la colère monter, furieux d'être ainsi utilisé. Le lieutenant reporta son attention sur Thorson.

— Ce que nous ne comprenons pas, c'est pourquoi vous voulez récupérer ces objets. J'ai consulté l'inventaire. Il y a un appareil photo, une paire de lunettes de soleil, un sac de marin et un sachet de bonbons, c'est tout. Pas de film, pas de photo. Pourquoi le FBI tient-il tant à s'approprier ces objets ?

— Avez-vous soumis un échantillon des bonbons à un examen de laboratoire ?

Le lieutenant se tourna vers Sweetzer, qui secoua discrètement la tête, comme une sorte de signal secret.

— Nous nous en chargerons, lieutenant, reprit Thorson. Afin de déterminer si ces bonbons contiennent une drogue quelconque. N'oublions pas l'appareil photo. Vous l'ignorez, mais des photos ont été découvertes dans le cadre de cette enquête. Je ne peux vous dévoiler leur nature, mais sachez qu'elles tombent sous le coup de la loi. Mais le plus important, c'est que l'analyse de ces photos fait apparaître un défaut au niveau de l'objectif de l'appareil qui a servi à prendre ces clichés. Comme une empreinte digitale sur chaque photo. Il est donc possible d'établir un lien entre ces photos et un appareil bien précis. Mais pour ce faire, nous avons besoin de l'appareil. Si vous nous autorisez à l'emporter, et si les deux éléments concordent, nous serons alors en mesure de prouver que ces photos ont bien été prises par cet homme. Autant de charges supplémentaires retenues contre lui le jour où nous l'arrêterons. En outre, cela nous permettra de déterminer exactement les agissements de cet individu. Voilà pourquoi nous vous demandons de nous remettre ces objets. Sincèrement, messieurs, nous poursuivons tous le même but.

Le lieutenant resta muet un long moment. Finalement, il pivota sur ses talons, s'éloigna et lança à Sweetzer :

— N'oublie pas de leur demander une décharge !

Le visage défait, Sweetzer emboîta le pas à son supérieur, sans protester, mais en expliquant à voix basse qu'il ignorait tout ce que venait de dire Thorson quand il était allé chercher le lieutenant. Lorsqu'ils eurent disparu dans le couloir, je m'approchai de Thorson devant le guichet et murmurai :

— La prochaine fois que vous avez l'intention de vous servir de moi, prévenez-moi avant. Je n'ai pas apprécié.

Il sourit.

— Un bon enquêteur se sert de tous les outils à sa disposition. Vous étiez à portée de main.

— C'est vrai, cette histoire de photos qu'on aurait soi-disant retrouvées et qui auraient été prises avec un objectif défectueux ?

— C'était une bonne idée, non ?

Le seul moyen pour Sweetzer de sauver une parcelle d'amour-propre dans cette transaction consistait à nous faire poireauter au guichet encore dix minutes. Finalement, il revint avec un carton qu'il fit glisser sur le comptoir. Il demanda ensuite à Thorson de lui signer un reçu. Thorson voulut d'abord ouvrir la boîte. Sweetzer posa la main sur le couvercle pour l'en empêcher.

— Tout y est. Signez simplement le reçu que je puisse retourner travailler. J'ai du boulot.

Ayant gagné la guerre, Thorson lui accorda la dernière bataille et signa le reçu.

— Je vous fais confiance. Tout y est.

— Vous savez, je voulais devenir agent du FBI dans le temps.

— Bah, ne soyez pas triste. Un tas de gens échouent à l'examen d'entrée.

Le visage de Sweetzer s'empourpra.

— Non, ce n'est pas à cause de ça, répondit-il. J'ai compris que j'étais trop humain.

Thorson mima un pistolet avec sa main.

— Touché, dit-il. Bonne journée, inspecteur Sweetzer.

— Hé! s'écria ce dernier, si jamais vous et vos collègues du Bureau avez besoin d'autre chose, n'importe quoi, surtout n'hésitez pas... allez vous faire voir.

En retournant vers la voiture, je ne pus résister.

— Vous n'avez jamais entendu dire qu'on attrapait plus de mouches avec du sucre qu'avec du vinaigre? lui demandai-je.

— Pourquoi gaspiller du sucre pour des mouches? me renvoya-t-il.

Il attendit que nous soyons installés dans la voiture pour ouvrir la boîte. Il souleva le couvercle et je découvris tous les objets déjà mentionnés, enveloppés dans des sachets en plastique, ainsi qu'une enveloppe scellée portant la mention : CONFIDENTIEL : RÉSERVÉ AU FBI. Thorson l'ouvrit en la déchirant et en sortit une photo. Un Polaroid, sans doute pris avec un appareil servant à photographier les détenus. On y voyait le postérieur d'un homme en gros plan, et deux mains écartant les fesses pour offrir une vision bien nette de l'anus. Après l'avoir observée un instant, Thorson la jeta par-dessus son épaule sur la banquette arrière.

— Bizarre, dit-il. Je me demande pourquoi Sweetzer a ajouté une photo de sa mère ?

Je laissai échapper un petit rire et dis :

— C'est assurément le plus bel exemple de coopération policière que j'aie jamais vu.

Mais Thorson ignora ma remarque, ou peut-être ne l'avait-il pas entendue. Son visage redevint grave tandis qu'il sortait de la boîte le sachet en plastique contenant l'appareil photo. Il le contempla longuement. En le tournant entre ses mains, pour l'examiner. Je vis son visage s'assombrir davantage.

— Quelle bande de connards, dit-il. Dire qu'ils avaient ce truc-là depuis le début !

J'observai l'appareil photo à mon tour. Sa forme massive avait quelque chose de curieux. On aurait dit un Polaroid, muni d'un objectif normal d'appareil 35 mm.

— Qu'y a-t-il ?

— Vous connaissez cet appareil ?

— Non. C'est quoi ?

Thorson ne répondit pas. Il pressa un bouton pour mettre l'appareil en marche. Puis il étudia les données informatisées qui s'affichaient au dos du boîtier…

— Aucune photo, dit-il.

— Qu'est-ce que c'est ?

Il ne me répondit pas. Il rangea l'appareil dans la boîte, la referma et démarra.

Thorson repartit comme s'il conduisait un camion de pompiers fonçant vers un incendie. Soudain il donna un coup de volant, entra dans une station-service de Pico Boulevard et jaillit de son siège alors que le véhicule tremblait encore après cet arrêt brutal. Il se précipita vers la cabine téléphonique et composa un numéro sans mettre d'argent dans l'appareil. Pendant qu'il attendait qu'on lui réponde, il sortit un stylo et un petit carnet de sa poche. Je le vis prendre des notes, après avoir prononcé quelques mots dans le combiné. En le voyant composer un autre numéro, toujours sans mettre de l'argent, je conclus qu'il avait demandé un numéro vert aux renseignements.

J'étais tenté de descendre de voiture et de le rejoindre pour entendre ce qu'il disait, mais je décidai finalement d'attendre. Au bout d'une minute environ, je le vis noter autre chose dans son carnet. J'en profitai pour regarder la boîte de pièces à conviction que lui avait remise Sweetzer. J'avais envie de la rouvrir pour examiner de nouveau l'appareil photo, mais craignais de provoquer la colère de Thorson.

— Ça vous ennuie de m'expliquer ce qui se passe ? lui demandai-je dès qu'il se rassit derrière le volant.

— Évidemment que ça m'ennuie, mais vous l'apprendrez de toute façon. (Il rouvrit la boîte et sortit l'appareil photo.) Vous savez ce que c'est ?

— Vous m'avez déjà posé la question. Un appareil photo.

— Exact. Mais quel genre d'appareil ? C'est ça qui est important.

Tandis qu'il le retournait entre ses mains, je remarquai le logo du fabricant, sur le devant de l'appareil. Un gros «d» minuscule bleu ciel. J'avais reconnu le symbole d'une marque de matériel informatique : digiTime. Juste en dessous du logo, on pouvait lire DIGI-SHOT 200.

— Il s'agit d'un appareil photo numérique, Jack. Ce plouc de Sweetzer ne savait même pas ce qu'il avait entre les mains, bordel ! Espérons simplement qu'il n'est pas trop tard.

— Là, je suis largué, avouai-je. Je dois être un plouc moi aussi, mais pouvez-vous…

— Vous savez ce qu'est un appareil photo numérique ?

— Oui. C'est un appareil sans pellicule. Ils les ont essayés au journal.

— Exact. Pas de pellicule. L'image prise par l'appareil est enregistrée sur une puce et elle peut ensuite être visionnée sur un ordinateur, agrandie, retouchée, etc., et imprimée. En fonction du matériel dont on dispose – en l'occurrence, on a ce qui se fait de mieux, avec un objectif Nikon – on peut obtenir des photos d'une grande perfection. Plus vraies que nature.

J'avais vu des clichés digitalisés au *Rocky*. Je savais que Thorson avait raison.

— Et alors ? lui demandai-je. Qu'est-ce que ça signifie ?

— Deux choses. Vous vous souvenez de ce que je vous ai dit sur les pédophiles ? Leur besoin de créer des réseaux ?

— Oui.

— Bon. D'autre part, nous sommes quasiment certains que Gladden possède un ordinateur, à cause du fax. OK ?

— OK.

— Et voilà qu'on met la main sur un appareil photo numérique. Avec cet appareil, son ordinateur et le modem dont il s'est servi pour expédier le fax, il peut envoyer une photo n'importe où dans le monde, à n'importe quelle personne équipée d'un téléphone, d'un ordinateur et du logiciel adapté.

En une fraction de seconde, tout devint clair.

— Il envoie des photos d'enfants ?

— Non, il les vend. C'est du moins ce que je pense. Souvenez-vous, on se demandait comment il vivait, comment il gagnait sa vie ? Ce compte en banque à Jacksonville, sur lequel il a prélevé de l'argent ? Voilà la réponse. Le Poète gagne de l'argent en vendant des photos d'enfants, peut-être même des enfants qu'il a tués. Qui sait ? Peut-être aussi celles des flics qu'il a assassinés ?

— Il y a des gens qui...

Je n'achevai pas ma phrase. Ma question était stupide.

— Si j'ai appris une chose dans ce métier, déclara Thorson, c'est qu'il existe une demande, et donc un marché, pour tout et n'importe quoi. Vos pensées les plus sombres ne sont pas uniques. Imaginez le pire, dans n'importe quel domaine, le truc le plus abominable, et il existe un marché pour ça… Bon, il faut que je passe un autre coup de téléphone pour répartir cette liste de revendeurs.

— Et la deuxième chose ?

— Hein ?

— Vous avez dit qu'on pouvait en tirer deux conclusions.

— Oui. C'est une occasion inespérée. Une occasion en or. Si on n'arrive pas trop tard, évidemment, à cause de ces connards de Santa Monica qui gardaient ce putain d'appareil photo sous le coude ! Si Gladden gagne l'argent qui lui permet de voyager en vendant des photos à d'autres pédophiles par l'intermédiaire d'Internet ou d'une quelconque messagerie, il a perdu son outil de travail principal quand les flics lui ont confisqué son jouet la semaine dernière.

Il tapota le couvercle de la boîte posée sur le siège entre nous.

— Et il est obligé de le remplacer, dis-je.

— Vous avez tout compris.

— Et vous allez rendre visite à tous les revendeurs digiTime.

— Vous êtes très intelligent, mon vieux. Comment se fait-il que vous soyez devenu journaliste ?

Cette fois, je ne protestai pas contre cette dénomination. Ce mot ne contenait plus la même ironie qu'auparavant.

— J'ai appelé le numéro vert de digiTime, et j'ai obtenu la liste de huit revendeurs du digiShot 200, ici à L.A... Je crois qu'il va opter pour le même modèle : il possède déjà le reste du matériel. Bon, il faut absolument que je téléphone, pour répartir le boulot. Vous n'avez pas un quarter, Jack ? J'ai rien sur moi.

Je lui donnai une pièce et il se précipita de nouveau vers le téléphone. Sans doute appelait-il Backus, heureux de lui annoncer la bonne nouvelle. Je pensai à Rachel, car c'était elle qui aurait dû passer ce coup de téléphone. Quelques minutes plus tard, Thorson était de retour.

— Nous en avons trois à visiter. Tous les trois par ici, dans le West Side. Bob a refilé les cinq autres à Carter et à des types du bureau local.

— Pour ces appareils ? On est obligé de les commander ou bien ils en ont en stock ?

Thorson avait quitté l'aire de la station-service et nous roulions de nouveau dans Pico Boulevard, en direction de l'est. Il se rendait à une des adresses qu'il avait notées dans son carnet.

— Certains magasins en ont en stock, me répondit-il. Sinon, ils peuvent s'en procurer très rapidement. C'est du moins ce que m'a expliqué le gars de chez digiTime.

— À quoi bon, dans ce cas ? Ça remonte à une semaine. Il a eu tout le temps d'en racheter un autre.

— Peut-être. Mais pas forcément. Il faut tenter le coup. C'est un matériel coûteux. Si on achète tout le kit, c'est-à-dire avec le programme de téléchargement et d'édition, le câble de raccordement pour le brancher sur l'ordinateur, la sacoche en cuir, le flash et tous les accessoires, on dépasse largement les mille dollars. Il faut même en compter presque mille cinq cents. Mais...

Il leva le doigt pour bien marquer la nuance.

— ... quand on possède déjà tout l'équipement annexe et qu'on veut acheter uniquement l'appareil photo? Pas de cordon. Pas de logiciel. Rien de tout ça. Et si en plus on vient de débourser six mille dollars pour payer sa caution et son avocat... si on est à sec... Non seulement on n'a pas besoin de tous les accessoires, mais en plus on n'a pas les moyens de les racheter?

— Dans ce cas, on passe commande pour l'appareil uniquement, et on fait de grosses économies.

— Exact. C'est ce que je pense. Je me dis que si le montant de la caution a mis notre ami Gladden sur la paille, comme semblait le laisser entendre cet enfoiré d'avocat marron, il fera tout pour économiser le moindre dollar. Et s'il a décidé de remplacer son appareil photo, je parie qu'il l'a commandé spécialement.

Thorson était survolté, et c'était contagieux. Il m'avait transmis son excitation et je commençais à le voir sous un autre jour, peut-être plus proche de la réalité. Je compris qu'il vivait pour ces instants. Ceux où tout devenait clair, évident. Où il se sentait proche du but.

— McEvoy, on tient le bon bout, déclara-t-il tout à coup. Je me dis que vous me portez peut-être chance, finalement. Continuez, et faites en sorte qu'on n'arrive pas trop tard.

J'acquiesçai.

Nous roulâmes en silence pendant quelques minutes, jusqu'à ce que je l'interroge de nouveau :

— Comment se fait-il que les appareils photo numériques n'aient aucun secret pour vous ?

— Ce n'est pas la première fois qu'on est confrontés à ce genre de choses, c'est même de plus en plus fréquent. À Quantico, nous avons maintenant une équipe qui s'occupe uniquement des crimes liés à l'informatique. Sur Internet, par exemple. Très souvent, leur boulot touche à la pornographie, aux activités pédophiles. Ils publient régulièrement des topos destinés à tous les agents. J'essaye de me tenir au courant.

J'acquiesçai encore une fois.

— Je vais vous raconter ce qui est arrivé à une vieille dame – une institutrice – près de Cornel, dans l'État de New York. Un jour, en branchant son ordinateur personnel, elle tombe sur un fichier qu'elle n'a jamais vu. Elle l'imprime. Et qu'est-ce qu'elle obtient ? Une photo en noir en blanc, très sombre, mais assez nette malgré tout pour qu'elle y reconnaisse un gamin d'une dizaine d'années en train de tripoter un vieux bonhomme. Elle appelle les flics du coin, et ils comprennent que ce truc a atterri sur son ordinateur par erreur. Son adresse sur Internet est un simple numéro, et ils se disent que l'expéditeur a interverti un ou deux chiffres. Bref, ils interrogent l'historique du fichier en question et ils n'ont aucun mal à remonter jusqu'à une espèce de taré de pédophile avec un casier long comme le bras. Un type d'ici, d'ailleurs. Ils perquisitionnent et ils coffrent le type, vite fait bien fait. La première arrestation informatique. Le type avait environ cinq cents photos dans son ordinateur. Il avait besoin d'un double disque dur pour les stocker, nom d'un chien ! Des gamins de tous les âges, de toutes les races, en train de faire des trucs que même des adultes normaux ne feraient pas… Une affaire en or. Prison à perpétuité, sans conditionnelle. Il utilisait un digiShot lui aussi, mais c'était peut-être un modèle 100. Ils ont publié toute l'histoire dans le *Bulletin du FBI* l'année dernière.

— Pourquoi est-ce que la photo était si sombre ?

— L'institutrice n'avait pas l'imprimante adéquate. Il faut une belle imprimante laser couleur et du beau papier glacé. Elle n'avait ni l'un ni l'autre.

Les deux premières tentatives ne donnèrent rien. Une des deux boutiques n'avait pas vendu un seul digiShot depuis quinze jours ; la seconde en avait vendu deux la semaine précédente. Mais les deux appareils avaient été achetés par un célèbre artiste californien dont les portraits, faits d'assemblages de Polaroïd, étaient exposés dans les musées du monde entier. Il souhaitait désormais s'attaquer à un support photographique plus moderne et avait décidé de passer au numérique. Thorson ne se donna même pas la peine de noter son nom en vue d'une enquête plus approfondie.

La troisième et dernière adresse figurant sur notre liste correspondait à un magasin, le Data Imaging Answers, situé dans Pico Boulevard, à deux rues seulement du centre commercial de Westwood Pavilion. Thorson arrêta juste devant, sur un emplacement interdit, sourit et déclara :

— C'est ici. C'est le bon.

— Comment le savez-vous ?

— C'est un magasin avec une vitrine et il se trouve dans une rue passante. Les deux autres boutiques ressemblaient davantage à des dépôts de vente par correspondance. Gladden préférait sans aucun doute une vitrine. Question de stimulation visuelle. Avec des gens qui passent devant, des clients qui entrent et qui sortent, davantage d'animation. Pour lui, c'était mieux. Il ne voulait surtout pas qu'on se souvienne de lui.

C'était un petit magasin, avec deux comptoirs et des cartons non ouverts empilés dans les coins. Des micro-ordinateurs et du matériel vidéo étaient exposés sur deux présentoirs circulaires, entre des piles de catalogues d'équipement informatique. Un homme au crâne dégarni, avec d'épaisses lunettes à monture noire, était assis derrière un des deux comptoirs et leva la tête lorsque nous entrâmes. Le deuxième comptoir était inoccupé et semblait inutilisé.

— Vous êtes le gérant ? demanda Thorson.

— Oui, et aussi le propriétaire. (L'homme se leva, drapé dans sa fierté, et nous sourit, tandis que nous nous approchions de son comptoir.) Et c'est pas tout, je suis aussi le meilleur employé de la maison !

Voyant que nous ne partagions pas son éclat de rire, il demanda ce qu'il pouvait faire pour nous.

Thorson lui montra son insigne.

— Le FBI ?

Il semblait hébété.

— Vous vendez le digiShot 200, n'est-ce pas ?

— Exact. Le *nec plus ultra* des appareils photo numériques. Hélas, je n'en ai plus en stock pour le moment. J'ai vendu le dernier la semaine dernière.

Je sentis mon estomac se nouer. Nous arrivions trop tard.

— Mais je peux vous en avoir un dans trois ou quatre jours. En fait, si c'est pour le FBI, je peux essayer de l'avoir en deux jours. Sans supplément, évidemment.

Il nous sourit, mais une lueur de perplexité brillait dans ses yeux, derrière les verres épais de ses lunettes. Avoir affaire au FBI le rendait nerveux, d'autant qu'il ignorait la raison de notre visite.

— Comment vous appelez-vous ?

— Olin Coombs. Je suis le propriétaire de ce magasin.

— Oui, vous l'avez déjà dit. Je ne viens pas pour acheter du matériel, monsieur Coombs. Avez-vous le nom de la personne qui vous a acheté le dernier digiShot ?

— Euh... (Il fronça les sourcils ; sans doute hésitait-il à lui demander si le FBI avait le droit d'exiger ce genre de renseignements.) J'ai des registres, évidemment. Je peux vous montrer si vous voulez.

Coombs se rassit et ouvrit un tiroir sous le comptoir. Il fouilla dans un classeur suspendu, jusqu'à ce qu'il trouve ce qu'il cherchait : une simple feuille qu'il déposa à plat devant lui. Avant de la retourner pour permettre à Thorson de la lire à l'endroit. Celui-ci se pencha en avant, examina le document, et je vis sa tête esquisser un petit mouvement de droite à gauche. En jetant un coup d'œil à la facture, j'eus l'impression qu'un tas d'accessoires avaient été achetés en même temps que l'appareil photo.

— Non, ce n'est pas ce que je cherche, déclara Thorson. Je m'intéresse à un individu qui, pensons-nous, voulait acheter seulement l'appareil. C'est le seul que vous ayez vendu la semaine dernière ?

— Oui... euh, non. Enfin... c'est le seul du stock. On en a vendu deux autres, mais sur commande.

— Et ils n'ont pas encore été livrés ?

— Non. Ils le seront demain. J'attends un camion demain matin.

— L'une de ces deux commandes concerne uniquement l'appareil ?

— L'appareil ?

— Oui, sans les accessoires. Le logiciel, le cordon... le kit complet.

— Oh, je vois. Euh... justement, je crois que...

Laissant sa phrase en suspens, il rouvrit le tiroir et en sortit cette fois une planchette sur laquelle étaient fixés plusieurs bordereaux de couleur rose. Il les feuilleta l'un après l'autre.

— J'ai une commande d'un certain M. Childs. Il voulait juste l'appareil photo, rien d'autre. Il a payé en liquide, d'avance. 995 dollars plus les taxes. Ce qui fait…

— A-t-il laissé un numéro de téléphone ou une adresse?

Je cessai de respirer. On le tenait. Ça ne pouvait être que Gladden. L'ironie du pseudonyme ne m'avait pas échappé[1]. Un frisson glacé me parcourut le dos.

— Non. Ni numéro de téléphone ni adresse, répondit Coombs. Je me suis noté un pense-bête. «M. Wilton Childs. Téléphonera pour savoir si matériel arrivé.» Je lui ai dit d'appeler demain.

— Pour qu'il vienne le chercher?

— Oui, s'il est arrivé, il viendra le chercher. Je vous l'ai dit, il n'a pas laissé d'adresse où le livrer.

— Sauriez-vous dire à quoi il ressemblait, monsieur Coombs?

— À quoi il ressemblait? Euh… oui, je crois.

— Pouvez-vous le décrire?

— C'était un Blanc, ça j'en suis sûr. Et…

— Blond?

— Euh… non. Brun. Avec une barbe de quelques jours, je me souviens de ça aussi.

— Quel âge?

— Vingt-cinq ans environ, peut-être trente.

C'était suffisant pour Thorson. Le signalement

---

1. *Child* signifie enfant *(NdT)*.

correspondait plus ou moins, et les autres informations concordaient. Il désigna le comptoir inoccupé.

— Quelqu'un se sert de ce bureau ?

— Non, pas pour l'instant. Les affaires ne marchent pas fort.

— Dans ce cas, vous permettez qu'on s'installe ?

39

Une manière de bourdonnement électrique était perceptible dans l'air lorsque tout le monde prit place autour de la grande table dans la salle de conférences, avec la vue à un million de dollars. Mis au courant de la situation par un coup de téléphone de Thorson, Backus avait décidé de transférer son poste de commandement du Wilcox Hotel aux bureaux du FBI de Westwood. Et nous étions maintenant tous réunis au septième étage de l'immeuble fédéral, dans une salle offrant une vision panoramique de toute la ville. Au loin, je vis Catalina Island flotter au milieu d'un océan d'or reflétant les prémices spectaculaires, en orange, ocre et rouge, d'un nouveau coucher de soleil.

Il était 16 heures 30, heure du Pacifique, et la réunion avait été volontairement retardée afin de donner le maximum de temps à Rachel pour obtenir et faire exécuter un mandat de perquisition concernant le compte en banque de Gladden à Jacksonville.

Backus fut rejoint par Thorson, Carter, Thompson, six autres agents qu'on ne m'avait pas présentés, mais qui, je le supposais, appartenaient au bureau local, et moi. Quantico et toutes les agences fédérales participant à l'enquête étaient en liaison téléphonique. Et même ces participants invisibles semblaient surexcités. Brass Doran ne cessait de répéter dans l'amplificateur : « Alors, on est prêts ? On commence ? »

Finalement, Backus prit la place d'honneur, le plus près possible du haut-parleur, et réclama le silence. Derrière lui, sur un chevalet, un schéma grossier représentait une vue aérienne de la boutique Data Imaging Answers et des immeubles environnants de Pico Boulevard.

— OK, mesdames et messieurs, déclara-t-il. Les choses se précipitent, on dirait. C'est l'instant que nous attendions tous. Analysons la situation, puis agissons, et agissons bien.

Il se leva. Peut-être se laissait-il gagner par l'excitation lui aussi.

— Nous suivons en priorité une piste, et j'aimerais que Rachel et Brass nous en parlent. Mais avant cela, je vais demander à Gordon de nous détailler le plan de demain.

Tandis que Thorson résumait devant un auditoire fasciné le déroulement de notre enquête et nos découvertes du jour, je laissai mon esprit vagabonder. Je pensai surtout à Rachel, quelque part à Jacksonville, à quatre mille kilomètres de son enquête, obligée d'écouter un homme qu'elle n'aimait pas, qu'elle méprisait certainement, évoquer son succès. J'avais envie de lui parler, d'essayer, d'une manière ou d'une autre, de la consoler, mais pas devant vingt-cinq personnes. Je voulais demander à Backus où elle se trouvait pour pouvoir la rappeler ensuite, mais ça aussi, c'était impossible, et je le savais. Je repensai au biper et me promis d'essayer de la contacter plus tard.

— Nous retirons notre brigade d'intervention spéciale autour de l'inspecteur Thomas, annonça Thorson. L'équipe de surveillance de la police de Los Angeles qui nous seconde restera avec lui. Nous avons besoin de nos hommes pour un plan à deux niveaux devant permettre l'arrestation du meurtrier. Premièrement, nous avons d'ores et déjà installé un détecteur d'appel sur les téléphones de Data Imaging. Nous disposerons d'un récepteur mobile et d'un affichage LED pour contrôler toutes les communications parvenant sur les deux lignes ; le bureau local met à notre disposition toute sa main-d'œuvre disponible pour intervenir immédiatement. Notre but est de localiser l'origine de l'appel quand notre homme téléphonera au magasin pour savoir si son matériel est arrivé, et d'essayer de le garder au bout du fil jusqu'à ce que nos hommes le coincent. Dans ce cas, les procédures habituelles d'arrestation seront appliquées. Des questions ?

— Renforts aériens ? demanda un des agents.

— On s'en occupe. On m'assure que nous pouvons compter sur un hélico, mais nous espérons en avoir un deuxième. Bien. Passons maintenant à la deuxième éventualité, celle où nous ne parviendrions pas à capturer le sujet en localisant la provenance de son appel. Je serai à l'intérieur de Digital Imaging Answers – nous dirons DIA, c'est plus court – avec Coombs, le propriétaire de la boutique. Si le type appelle, on lui dit que l'appareil photo qu'il a commandé est à sa disposition. Nous essayons de lui indiquer une heure pour venir le chercher, mais sans trop insister. Ça doit rester naturel.

« Si le sujet passe à travers les mailles du premier filet, le plan consiste à le coincer quand il se présentera à la boutique. Celle-ci a été placée sous surveillance, audio et vidéo. S'il vient, je lui remets son appareil et je le laisse repartir, comme un client heureux. L'arrestation aura lieu au moment jugé opportun par Don Sample, le chef de notre commando ; c'est lui qui donnera l'ordre. Vraisemblablement dès l'instant où notre homme nous aura conduits dans un environnement contrôlable. Nous espérons que ce sera à l'intérieur de sa voiture. Mais vous connaissez tous les procédures en cas d'imprévu. Des questions ?

— Pourquoi ne pas se le faire dans la boutique ?

— Nous estimons que la présence de Coombs est nécessaire : il ne faut pas effrayer notre client. Il a acheté l'appareil photo à Coombs, celui-ci doit être présent et je ne veux pas prendre le risque d'épingler ce type à proximité d'un civil. En outre, c'est une petite boutique, et en plaçant un agent à l'intérieur, nous prenons déjà des risques. Un deuxième, et notre homme pourrait se méfier. Mieux vaut donc lui refiler son appareil et l'épingler dehors, dans la rue, où nous pouvons mieux contrôler la situation.

Thorson, Backus et Sample s'exprimant tour à tour, on détailla le plan. Coombs, le patron, serait dans la boutique avec Thorson pour vaquer à ses affaires et s'occuper des véritables clients. Mais dès que les équipes de surveillance placées à l'extérieur signaleraient l'arrivée d'un type ressemblant à Gladden, Thorson resterait seul dans la boutique pour remettre l'appareil, pendant que Coombs irait s'enfermer dans une petite remise au fond du magasin. Un autre agent se faisant passer pour un acheteur entrerait alors dans la boutique, juste après Gladden, en renfort. L'intérieur du magasin serait surveillé par des caméras vidéo. L'extérieur serait surveillé par des agents mobiles circulant en voiture et d'autres installés à des postes fixes, tous étant prêts à intervenir et à réagir aux imprévus dès que Gladden serait identifié. De plus, un agent féminin vêtue d'un uniforme de contractuelle arpenterait le pâté de maisons où se situe le magasin.

— Je n'ai pas besoin de vous rappeler combien cet individu est dangereux, déclara Backus à la fin de l'exposé de Thorson. N'oubliez pas de faire provision de prudence demain. Soyez doublement vigilants, pour vous-même et votre partenaire. Des questions ?

J'attendis un instant pour voir si on avait des questions à poser. Comme personne n'ouvrait la bouche, je pris la parole :

— Et si le digiShot n'est pas livré demain matin, contrairement à ce qu'espère M. Coombs ?

— Très bonne remarque, dit Backus. Nous ne prendrons aucun risque. Le groupe Internet de

Quantico possède un appareil de ce type ; il arrive ce soir par avion. C'est d'ailleurs celui que nous utiliserons, même si l'appareil commandé par Gladden est livré demain. Le nôtre sera doté d'un mouchard, au cas où, Dieu nous garde, notre homme parviendrait à nous échapper. Ainsi, nous pourrons le suivre à la trace. Rien d'autre ?

— A-t-on envisagé un instant de ne pas l'arrêter ?

C'était la voix de Rachel, dans le haut-parleur.

— Que voulez-vous dire ?

— Je me fais l'avocat du diable, rien de plus, mais il me semble que nous avons la situation bien en main. Ce serait l'occasion unique d'observer un *serial killer*, de savoir comment il choisit et traque ses victimes. Un apport inestimable pour toutes nos études.

Sa question déclencha un grand débat parmi tous les agents.

— Et prendre le risque de le perdre ? De le voir tuer un autre gamin ou un flic ? répliqua Thorson. Non merci... D'autant que le Quatrième Pouvoir nous observe.

Quasiment tout le monde se rangea à l'avis de Thorson. On avait le sentiment qu'un monstre comme Gladden, s'il représentait un sujet de recherches digne d'intérêt, devait être étudié uniquement dans l'espace clos d'une cellule. Les risques encourus s'il parvenait à s'échapper dépassaient de loin les avantages que pouvait apporter l'observation de son mode de fonctionnement en liberté.

— Écoutez-moi tous. Le plan a été arrêté et mis

en place, déclara finalement Backus pour clore le débat. Nous avons déjà envisagé toutes les hypothèses qui ont été évoquées, et il me semble que l'opération telle que nous venons de la décrire offre le maximum de sécurité et de chances de réussite. Continuons, je vous prie. Rachel, qu'avez-vous à nous dire ?

Je vis les agents changer de position sur leur siège, tandis que leur attention glissait de Backus et Thorson vers le téléphone blanc disposé au centre de la table. Comme s'ils se penchaient en direction de l'appareil. Resté debout, Backus se pencha lui aussi, les mains posées à plat sur le dessus de la table.

— Je vais commencer par la banque, si vous le voulez bien, dit Rachel. J'ai obtenu les documents il y a un peu plus d'une heure seulement. Mais à première vue, il semblerait que nous ayons des virements effectués sur trois villes : Chicago, Denver et Los Angeles. Les dates semblent correspondre. Gladden s'est fait expédier de l'argent dans ces endroits quelques jours avant ou quelques jours après les meurtres-appâts. Deux virements ont été envoyés à L. A. Le premier coïncide avec le versement de la caution la semaine dernière, le second ayant été effectué samedi, pour un montant de mille deux cents dollars. Gladden est allé retirer l'argent dans la même banque. Une agence de la Wells Fargo dans Ventura Boulevard, à Sherman Oaks. Je pensais d'ailleurs que c'était peut-être un autre moyen de le coincer s'il ne venait pas chercher son appareil photo. Il suffirait de surveiller les mouvements de son compte bancaire et de l'intercepter la prochaine fois qu'il irait retirer de l'argent. Le seul problème, c'est qu'il est à sec. Après son retrait de mille deux cents dollars, il est débiteur d'environ deux cents dollars.

— Mais il va essayer de se renflouer avec son nouvel appareil, souligna Thorson.

— Justement, parlons un peu des dépôts, enchaîna-t-elle. C'est très intéressant. Malheureusement, je n'ai pas eu le temps de véritablement… Disons qu'au cours des deux dernières années quarante mille dollars environ ont été virés sur ce compte. D'un peu partout. Du Maine, du Texas, de Californie… plusieurs de Californie et de New York. Apparemment, il n'existe pas de corrélation avec nos meurtres. J'ai également découvert qu'en novembre dernier deux versements, l'un au Texas, l'autre à New York, ont été effectués le même jour.

— Autrement dit, ce n'est pas lui qui effectue les versements, commenta Backus. Pas tous du moins.

— Ce sont des paiements, déclara la voix de Brass dans le haut-parleur. En échange des photos. Des virements effectués directement par les clients.

— Exact, confirma Rachel.

— Est-ce que… est-il possible d'utiliser ces virements pour remonter jusqu'aux clients ? demanda Thompson.

Comme personne ne répondait à la question, ce fut Rachel qui s'en chargea :

— Euh… On peut essayer. Je veux dire… on peut toujours retrouver leur trace, mais ça ne donnera rien. Quand on a du liquide, on peut entrer dans quasiment n'importe quelle banque et effectuer un virement, du moment qu'on connaît les coordonnées du compte à créditer et qu'on paie les frais. On n'est pas obligé de montrer une pièce d'identité. Les gens qui achètent de la pornographie enfantine et peut-être – certainement même – des choses encore plus effroyables, utilisent généralement des faux noms.

— C'est vrai.

— Quoi d'autre, Rachel ? demanda Backus. Au sujet de l'assignation ?

— Tout le courrier concernant le compte est adressé à une poste restante locale. Certainement une simple boîte aux lettres. Je vérifierai demain.

— OK. Voulez-vous nous faire votre rapport sur Horace Gomble ou attendre un peu, le temps de mettre de l'ordre dans vos pensées ?

— Non, je vais vous livrer les points importants ; ils ne sont pas nombreux. En fait, mon vieil ami Horace n'était pas très heureux de me revoir. Mais une fois passé l'affrontement initial, son ego a repris le dessus. Il a reconnu avoir parlé des techniques de l'hypnose avec Gladden à l'époque où ils étaient compagnons de cellule. Et, pour finir, il a avoué avoir échangé des leçons contre l'aide juridique de Gladden pour son dossier d'appel. Mais il n'a pas voulu en dire plus. Pourtant, j'ai senti que... Oh, je ne sais pas.

— Quoi, Rachel ?

— J'ai eu l'impression qu'il approuvait ce que faisait Gladden.

— Vous lui avez parlé de Gladden ?

— Non, je ne lui ai rien dit, mais il a bien compris que je venais le voir dans un but précis. D'ailleurs, il m'a semblé qu'il savait quelque chose. Peut-être Gladden lui a-t-il fait part de ses projets avant de quitter Raiford. Peut-être lui a-t-il parlé de Beltran. Je ne sais pas. Ou peut-être qu'il a regardé CNN aujourd'hui ? Si le câble est installé dans les cellules... Ils ont fait leurs choux gras de l'article de Jack McEvoy. J'ai vu le reportage à l'aéroport. Évidemment, rien ne permet de faire un rapprochement entre le Poète et Gladden, mais Gomble a pu tirer ses propres conclusions. CNN a rediffusé l'enregistrement de Phoenix. S'il a vu ça avant mon arrivée, il a pu comprendre tout seul, sans que je lui dise quoi que ce soit.

C'était le premier écho que je recevais après la publication de mon article. À vrai dire, il m'était totalement sorti de la tête après les événements de la journée.

— Est-il possible que Gladden et Gomble aient communiqué ? demanda Backus.

— Non, je ne pense pas, dit Rachel. J'ai interrogé les gardiens. Le courrier de Gomble est filtré. Dans les deux sens. Il a réussi à bénéficier d'un régime de faveur ; il travaille maintenant à l'intendance de la prison. Évidemment, il est toujours possible qu'un colis contienne un message, mais ça me paraît peu probable. Et je doute que Gomble ait envie de risquer sa position. Il a fait son trou en sept ans. Il a un boulot sympa, un petit bureau. Et surtout, il est censé approvisionner la cantine. Dans l'univers carcéral, ça lui confère un pouvoir énorme. Il a une cellule individuelle et un poste de télé. Je ne vois pas l'intérêt qu'il aurait à communiquer avec un individu aussi recherché que Gladden. Il risquerait de tout y perdre.

— OK, Rachel, dit Backus. Rien d'autre ?

— Rien d'autre, Bob.

Il y eut un moment de silence. Tout le monde dans la salle digérait ce qui venait d'être dit.

— Ce qui nous conduit au modèle, reprit Backus. Brass ?

De nouveau, tous les regards se braquèrent sur l'amplificateur au centre de la table.

— Je suis là, Bob. Le profil est bientôt terminé ; Brad est en train d'ajouter de nouveaux détails en ce moment même. Voici ce que nous pensons pouvoir dire. Nous sommes peut-être en présence d'un cas où le meurtrier cherche à se venger de l'homme qui l'a entraîné sur ce chemin, celui qui a abusé de lui et fait ainsi naître les pulsions aberrantes qu'il s'est senti obligé d'assouvir, une fois devenu adulte.

« Il s'agit en fait d'une variation sur le thème du parricide que nous connaissons tous. Nous nous sommes intéressés presque exclusivement aux affaires de Floride. Que voyons-nous dans ces deux cas ? Le meurtrier à la recherche de son remplaçant. C'est-à-dire en réalité le jeune garçon, Gabriel Ortiz, celui qui à l'époque avait les faveurs de Clifford Beltran, la figure paternelle qui a abusé de lui avant de le rejeter. C'est justement ce sentiment de rejet éprouvé par le meurtrier qui constitue peut-être le moteur essentiel.

« Gladden a d'abord assassiné l'objet sur lequel

portait l'affection de son violeur, puis il est revenu tuer le violeur lui-même. Pour moi, ça ressemble à un exorcisme ; le besoin cathartique, si vous préférez, d'éliminer la cause de tous ses déboires dans l'existence.

Il s'ensuivit un long silence, Backus et les autres attendant sans doute de voir si Brass allait continuer. Finalement, ce fut Backus qui reprit la parole.

— Et donc, vous pensez qu'il reproduit sans cesse le même crime ?

— Exactement, dit Brass. Il tue Beltran, son violeur, encore et encore. C'est comme ça qu'il trouve la paix. Mais, évidemment, cette paix ne dure jamais longtemps. Il est obligé de recommencer à tuer. Toutes les autres victimes – les inspecteurs – sont des innocents. Il les a choisis uniquement parce qu'ils accomplissaient leur travail.

— Et les meurtres-appâts commis dans les autres villes ? demanda Thorson. Les victimes ne coïncident pas toutes avec l'archétype du premier garçon.

— Je pense que ces meurtres ne sont plus aussi importants à ses yeux, expliqua Brass. Ce qui compte, c'est d'attirer dans le piège un inspecteur de police, un inspecteur chevronné, une proie difficile. De cette façon, l'enjeu est plus élevé et il trouve la délivrance qu'il recherche. En ce qui concerne les meurtres-appâts, il est possible que ce ne soit plus qu'un moyen d'atteindre son but. Autrement dit, il utilise les enfants pour gagner de l'argent. Avec les photos.

Si la perspective de voir l'enquête progresser d'un bond, ou même se conclure dès le lendemain, avait dopé le moral du groupe, le désespoir s'abattit soudain sur chacun d'entre nous. On songeait aux horreurs de ce monde. Il ne s'agissait que d'un cas particulier. Parmi d'autres. Beaucoup d'autres.

— Continuez vos investigations, Brass, déclara finalement Backus. J'aimerais que vous nous envoyiez un compte rendu psychopathologique le plus vite possible.

— Entendu. Oh, une dernière chose. Une bonne nouvelle.

— On vous écoute, dans ce cas.

— Je viens de consulter le dossier de Gladden, constitué à l'époque où quelques-uns d'entre vous sont allés l'interroger, il y a six ans, dans le cadre de l'étude sur les violeurs récidivistes. Tous les éléments, ou presque, se trouvaient déjà dans l'ordinateur, mais j'ai découvert une photo.

— Exact, dit Rachel. Je m'en souviens. Les gardiens nous ont laissés pénétrer dans le quartier des prisonniers après le verrouillage des portes. Pour les prendre en photo. Gladden et Gomble ensemble dans leur cellule.

— Oui, c'est bien cela. Et sur la photo, on aperçoit trois étagères remplies de livres, au-dessus des toilettes. Des étagères communes, je suppose, avec les livres des deux hommes. Enfin bref, on distingue nettement les titres des bouquins. Des ouvrages juridiques pour la plupart, sans doute utilisés par Gladden pour préparer sa demande de révision ou celle d'autres détenus. Mais on y trouve également la *Pathologie légale*, de DiMaio et DiMaio, les *Tech-*

niques d'investigations criminelles de Fisher, et *Étude du profil psychopathologique*, écrit par Robert Backus Sr. Je connais bien tous ces ouvrages, et je pense que Gladden y a appris un certain nombre de choses, particulièrement dans le livre du père de Bob, qui lui ont permis de varier suffisamment ses méthodes d'assassinat et le décor pour éviter d'être repéré par l'ordinateur de la BSS.

— Bon Dieu ! s'écria Thorson. Qu'est-ce qu'il foutait avec ces bouquins en tôle ?

— Légalement, la direction de la prison ne pouvait pas lui interdire l'accès à ces livres afin qu'il puisse préparer convenablement son appel, répondit Brass Doran. N'oubliez pas que le tribunal lui a permis d'être son propre avocat.

— OK. Joli travail, Brass, dit Backus. Tout cela est très utile.

— Attendez, ce n'est pas tout. Il y avait deux autres livres intéressants sur les étagères. *Les Poèmes d'Edgar Allan Poe* et *Les Œuvres complètes d'Edgar Allan Poe*.

Backus exprima sa joie par un sifflement.

— Ah, ça commence à prendre tournure, on dirait, commenta-t-il. On devrait donc retrouver toutes les citations dans ces deux bouquins.

— Oui. Jack McEvoy s'est d'ailleurs servi d'un des deux pour vérifier les citations.

— Parfait. Pouvez-vous nous expédier un double de cette photo ?

— Comptez sur moi, patron.

L'excitation qui émanait du haut-parleur et régnait

dans la salle de réunion était presque palpable. Toutes les pièces du puzzle s'assemblaient les unes après les autres. Et demain, ces agents allaient enfin mettre le grappin sur ce salopard.

— Ah, j'adore l'odeur du napalm au petit matin, déclara Thorson. Ça sent…

— … la victoire ! s'exclamèrent en chœur toutes les personnes présentes dans la pièce et au téléphone.

— Parfait, mesdames et messieurs, dit Backus en frappant deux fois dans ses mains. Il me semble que nous avons tout passé en revue. Restons vigilants. Restons motivés. Demain, c'est peut-être le grand jour. Non, ne disons pas « peut-être ». Et vous tous qui êtes au bout du fil, dans les autres villes, ne levez pas le pied. Continuez dans la même voie. Si on met la main sur ce type, on aura besoin du maximum de preuves pour établir le lien avec les autres crimes. Il faut retrouver les traces de son passage dans chaque ville, en vue du procès.

— Si procès il y a, dit Thorson.

Je me tournai vers lui. L'enthousiasme dont il avait fait preuve quelques instants plus tôt s'était évanoui. Il avait la mâchoire crispée. Il se leva et fut le premier à quitter la salle de réunion.

Je passai toute la soirée seul dans ma chambre d'hôtel à entrer les notes prises lors de la réunion dans mon ordinateur, attendant que Rachel me téléphone. Je l'avais déjà appelée deux fois sur son biper.

À 21 heures, enfin – minuit en Floride – elle appela.

— J'arrive pas à dormir, et je voulais être sûre que tu n'avais pas une autre femme à côté de toi.

Je souris.

— Ça ne risque pas. J'attendais ton coup de fil avec impatience. Tu n'as pas reçu mes appels, ou bien tu es trop occupée… avec un autre homme ?

— Attends. Je vérifie.

Elle posa le téléphone un instant.

— Merde, la batterie est à plat. Faut que j'en change. Désolée.

— Tu parles de la batterie ou du type ?

— Quel humour !

— Pourquoi n'arrives-tu pas à dormir ?

— Je n'arrête pas de penser à Thorson, demain dans cette boutique.

— Et alors ?

— J'avoue que je crève de jalousie. Si jamais il arrête ce… Merde, c'est mon enquête, et je suis à plus de trois mille bornes du lieu de l'action.

— Peut-être que ça ne se passera pas demain. Peut-être que tu seras de retour à temps. Et même si tu n'es pas là, ce ne sera pas lui qui l'arrêtera. Ce sera le commando.

— Non, je ne crois pas. Gordon a su se débrouiller pour se retrouver aux premières loges. Et j'ai un mauvais pressentiment. C'est pour demain, j'en suis sûre.

— On pourrait plutôt parler d'un bon pressentiment, si ce type disparaît enfin de la circulation.

— Oui, je sais, je sais. Mais pourquoi Gordon ? Je crois que Bob et lui… Je n'ai toujours pas compris pourquoi Bob m'a envoyée en Floride, moi plutôt qu'un autre. Gordon, par exemple. Il m'a volé mon enquête et je l'ai laissé faire…

— Peut-être Thorson lui a-t-il parlé de nous deux.

— J'y ai pensé. Lui aussi certainement. Mais je ne vois pas Bob faire ce qu'il a fait sans m'en parler d'abord, sans m'expliquer la raison. Ce n'est pas son genre. Il ne prend jamais position avant d'avoir entendu toutes les parties.

— Je suis sincèrement désolé, Rachel. Mais tout le monde sait bien que c'est ton enquête. C'est le coup de la voiture de chez Hertz qui a fait rappliquer tout le monde à L. A.

— Merci, Jack. Mais ce n'était qu'un élément parmi d'autres. Et ça ne compte pas. Arrêter le coupable, c'est comme ce que tu disais sur le premier journaliste qui écrit l'article. En fait, tout ce qui s'est passé avant importe peu.

Je savais que je ne parviendrais pas à lui remonter le moral. Elle avait ressassé sa déception toute la nuit, et les mots me manquaient pour la faire changer d'avis. Je préférai changer de sujet.

— En tout cas, c'est du solide, ce que tu as apporté aujourd'hui. On dirait que tout s'imbrique. On n'a même pas arrêté le type qu'on sait déjà un tas de choses sur lui.

— Oui, sans doute. Après avoir entendu l'exposé de Brass, éprouves-tu de la compassion pour lui, Jack ? Pour Gladden ?

— L'homme qui a assassiné mon frère ? Non. Aucune compassion.

— Je m'en doutais.

— Toi, oui.

Elle ne répondit pas immédiatement.

— Je pense au jeune enfant qui aurait pu devenir bien d'autres choses avant que cet homme lui fasse ce qu'il lui a fait. C'est Beltran qui l'a entraîné sur cette voie. C'est Beltran le véritable monstre dans cette affaire. Comme je te l'ai déjà dit, si quelqu'un a eu le châtiment qu'il méritait, c'est lui.

— OK, Rachel. Message reçu.

Je l'entendis rire au bout du fil.

— Excuse-moi. Je crois que c'est la fatigue. Je ne voulais pas être aussi sinistre tout à coup.

— Ce n'est rien. Je comprends ce que tu veux dire. Tout a une cause. Parfois, la cause est plus haïssable que la conséquence, pourtant, c'est souvent la conséquence qu'on abomine.

— Tu sais manier les mots, Jack.

— Je préférerais savoir m'y prendre avec toi.

— Ça aussi, tu sais le faire.

Je ris à mon tour et la remerciai. Nous restâmes silencieux quelques instants, reliés par la ligne téléphonique à 3 000 kilomètres. Je me sentais bien, détendu. Pas besoin de parler.

— Je ne sais pas s'ils te laisseront approcher demain, me dit-elle. Mais fais attention.

— Promis. Toi aussi. Quand reviens-tu ?

— Demain après-midi, j'espère. Je leur ai demandé d'être prêts à décoller à midi. Le temps d'aller jeter un œil à la boîte aux lettres de Gladden et je reprends l'avion.

— OK. Si tu essayais de dormir, maintenant ?

— J'aimerais être auprès de toi.

— Moi aussi.

Je crus qu'elle allait raccrocher, mais elle demanda :

— Tu as parlé de moi avec Gordon aujourd'hui ?

Je repensai au moment où il l'avait comparée au Désert peint.

— Non. Nous avons eu une journée chargée.

J'eus le sentiment qu'elle ne me croyait pas, et m'en voulus de lui mentir.

— À plus tard, Jack.

— Bonne nuit, Rachel.

Après avoir raccroché, je repensai longuement à cette conversation téléphonique. Elle m'avait rendu triste, sans que je puisse définir la véritable raison de cette mélancolie. Finalement, je me levai et quittai ma chambre. Dehors, il pleuvait. Arrêté sur le seuil de l'hôtel, je scrutai la rue ; personne n'était caché, personne ne me guettait. Chassant d'un haussement d'épaules mes frayeurs de la nuit précédente, je m'avançai sur le trottoir.

En longeant les immeubles pour me protéger au maximum de la pluie, je me rendis au Cat & Fiddle et commandai une bière au bar. Le pub était bondé, malgré le mauvais temps. J'avais les cheveux trempés, et dans le miroir derrière le bar, je distinguais les cernes qui soulignaient mes yeux. Je caressai ma barbe comme aimait le faire Rachel. Je vidai mon verre de *black and tan* et en commandai un deuxième.

40

L'encens s'était consumé depuis longtemps quand arriva le mercredi matin. Gladden se déplaçait dans l'appartement avec un T-shirt noué autour de la tête, qui lui masquait la bouche et le nez, et lui donnait l'aspect d'un voleur de banques à l'époque du Far West. Il avait aspergé le parfum déniché dans la salle de bains sur son T-shirt et dans tout l'appartement, à la manière d'un prêtre qui répand de l'eau bénite et, comme l'eau bénite, ça n'avait servi à rien. L'odeur continuait de flotter partout, de l'assaillir. Mais maintenant il s'en fichait. Il avait tenu jusqu'au bout. Le moment était venu de partir. L'heure du changement avait sonné.

Dans la salle de bains, il se rasa encore une fois avec le rasoir en plastique rose qu'il avait trouvé sur le bord de la baignoire. Il prit ensuite une longue douche, brûlante, puis glacée, puis il se promena totalement nu dans l'appartement, laissant à l'air le soin de le sécher. Il avait décroché un miroir fixé au mur de la chambre et l'avait disposé contre le mur du living-room, il s'entraînait maintenant à marcher devant la glace, dans un sens puis dans l'autre, en regardant bouger ses hanches.

Satisfait du résultat, il retourna dans la chambre. L'air climatisé glaça son corps nu et l'odeur faillit lui arracher un haut-le-cœur. Mais il tint bon et contempla sa victime. Elle n'existait plus. Le corps allongé sur le lit était tout boursouflé et n'avait plus rien de reconnaissable. Les yeux étaient recouverts d'un voile laiteux. Les sécrétions sanglantes dues à la décomposition s'étaient écoulées de tous côtés, y compris de la boîte crânienne. Et les bestioles s'étaient emparées d'elle. Il ne les voyait pas, mais il les entendait. Elles étaient là. Il le savait. C'était marqué dans les livres.

En refermant la porte de la chambre, il crut entendre un murmure et jeta un coup d'œil autour de lui. Non. C'étaient simplement les bestioles. Il referma la porte et remit la serviette en place.

41

L'homme que nous pensions être William Gladden appela Data Imaging Answers à 11 heures 05 le
mercredi matin, se présentant sous le nom de Wilton Childs, et demandant si l'appareil photo digi-
Shot qu'il avait commandé était arrivé. Thorson prit
l'appel et, conformément au plan, pria Childs de
bien vouloir rappeler cinq ou dix minutes plus tard.
Du matériel venait justement de lui être livré, lui
expliqua-t-il, et il n'avait pas encore eu le temps de
vider les cartons. Childs dit qu'il rappellerait.

Backus consulta l'identificateur d'appel et transmit immédiatement le numéro d'où Childs/Gladden
avait appelé à une opératrice des Télécoms qui se
tenait en alerte. Cette dernière entra le numéro en
question dans l'ordinateur et transmit l'information,
avant même que Thorson eut raccroché : c'était le
numéro d'une cabine située dans Ventura Boulevard,
à Studio City.

Une des équipes de deux voitures qui patrouil-
laient dans le secteur se trouvait alors sur l'autoroute 101 à Sherman Oaks, à cinq minutes environ

de la cabine, si ça roulait bien. Pied au plancher, les agents du FBI foncèrent vers la sortie de Vineland Boulevard sans brancher leurs sirènes, débouchèrent dans Ventura Boulevard et prirent position en vue du téléphone public fixé au mur du bureau d'un motel à 40 dollars la nuit, films porno inclus. Il n'y avait personne aux abords du téléphone, mais ils attendirent. Pendant ce temps, une autre équipe venant de Hollywood était mise en route pour servir de renforts, un hélicoptère volant en *stand-by* au-dessus de Van Nuys, prêt à foncer au moment où interviendraient les hommes de terrain.

Les agents fixes attendaient à leur poste. J'en faisais autant dans une voiture où se trouvaient Backus et Carter, à une rue du magasin. Carter mit le moteur en marche, prêt à démarrer si la radio annonçait qu'on avait repéré Gladden.

Cinq minutes s'écoulèrent, puis dix. La tension était extrême, même dans notre voiture, où nous ne voyions rien de la scène. Les renforts avaient eu le temps de prendre position à quelques centaines de mètres derrière les voitures de la première équipe, dans Ventura. Il y avait maintenant huit agents à moins d'une rue du téléphone.

Mais à 11 heures 33, quand le téléphone posé sur le comptoir de Thorson sonna dans la boutique, les agents à l'affût surveillaient toujours une cabine téléphonique abandonnée. Backus décrocha son émetteur-récepteur.

— On a un appel ici. Rien de votre côté ?

— Nada. Personne n'a approché du téléphone.

— Tenez-vous prêt à bouger.

Backus reposa la radio, l'échangea contre son téléphone portable et enfonça la touche mémorisée qui lui permettait de joindre directement l'opératrice des Télécoms. Penché en avant, je l'observais de ma place à l'arrière, sans quitter des yeux l'écran de contrôle vidéo installé sous le tableau de bord. Nous avions une image grand angle en noir et blanc de tout l'intérieur de la boutique. Je vis Thorson décrocher le téléphone après la septième sonnerie. Les deux lignes de la Digital Imaging étaient sur écoute mais nous n'entendions que les paroles de Thorson. Ce dernier exécuta le signal convenu devant la caméra. Main levée au-dessus de sa tête, il traça un cercle avec son doigt : Childs/Gladden appelait de nouveau. Backus répéta les mêmes opérations de localisation que lors du premier appel.

Ne voulant pas effrayer la proie, Thorson ne chercha pas à gagner du temps, cette fois. En outre, il n'avait aucun moyen de savoir que l'appel provenait en réalité d'un endroit différent. Dans son esprit, ses collègues du FBI étaient en train d'encercler Gladden au moment où celui-ci lui parlait au téléphone.

Il se trompait. Alors que Thorson informait son correspondant que son digiShot 200 était arrivé et qu'il pouvait venir le chercher, Backus apprenait par l'opératrice des Télécoms que ce deuxième appel provenait d'un autre téléphone public, au coin de Hollywood Boulevard et Las Palmas Street.

— Merde ! s'écria Backus en raccrochant. Il est à

Hollywood et je viens d'envoyer tout le monde dans la direction opposée.

Était-ce la ruse ou simplement la chance qui avait permis à Gladden de passer entre les mailles du filet ? Personne ne pouvait le dire, évidemment, mais rester dans cette voiture avec Backus et Carter avait quelque chose d'inquiétant. Le Poète n'avait cessé de se déplacer et avait réussi à éviter le piège. Backus reprit la radio pour expédier toutes les équipes de patrouille sur Hollywood Boulevard, mais, au ton de sa voix, je devinai qu'il n'y croyait plus. Le temps qu'elles arrivent, Gladden aurait disparu. Le seul espoir désormais, c'était de le capturer après qu'il serait venu chercher son appareil photo. S'il venait jamais.

Pendant ce temps, dans la boutique, Thorson, qui était toujours au téléphone avec Gladden, cherchait discrètement à savoir à quelle heure celui-ci pensait venir chercher son matériel, tout en essayant de paraître désintéressé. Thorson était un excellent acteur, me sembla-t-il. Finalement, il raccrocha.

Immédiatement, il leva la tête vers l'objectif de la caméra, et dit, calmement :

— Racontez-moi, les gars. Qu'est-ce qui se passe ?

Backus utilisa le portable pour appeler la boutique et mettre Thorson au courant du rendez-vous manqué. Sur l'écran vidéo, je vis l'agent fédéral serrer le poing et frapper sur le comptoir, sans violence. Je n'aurais su dire s'il était déçu d'apprendre que l'arrestation n'avait pas eu lieu, ou si au contraire il jubilait de pouvoir se retrouver seul face au Poète.

Je passai la majeure partie des quatre heures suivantes dans la voiture en compagnie de Backus et Carter. Au moins, je pouvais m'étendre sur la banquette à l'arrière. La seule interruption se produisit lorsqu'ils m'envoyèrent à l'épicerie du coin de la rue, dans Pico Boulevard, pour chercher des sandwichs et du café. Je m'empressai de revenir pour ne rien louper.

La journée fut longue, même si Carter passait devant la boutique toutes les heures, et si la tension montait brusquement chaque fois qu'un client rentrait dans la boutique, pour retomber lorsqu'on s'apercevait qu'il ne s'agissait pas de Gladden, mais d'un acheteur ordinaire.

À 16 heures, Backus commençait déjà à élaborer des plans pour le lendemain avec Carter, refusant d'admettre que peut-être Gladden ne viendrait pas, qu'ayant peut-être flairé quelque chose de louche il s'était montré plus intelligent que le FBI. Backus avait décidé, et l'expliqua à Carter, d'installer un émetteur-récepteur afin de ne pas être obligé d'utiliser les lignes de téléphone pour communiquer avec Thorson dans la boutique.

— Je veux que ça soit en place avant demain.

— Pas de problème, patron, lui répondit Carter. Après la fermeture, j'irai faire un tour à la boutique avec un technicien et on vous installera ça.

Le silence retomba dans la voiture. On sentait qu'ayant assuré un nombre incalculable de planques les deux hommes étaient habitués à ces longues plages de silence. J'avais, moi, l'impression que le temps passait encore moins vite. À plusieurs reprises, je tentai d'engager la conversation, mais, après quelques mots, Backus et Carter replongeaient dans leur mutisme.

Peu après 16 heures, une voiture s'arrêta le long du trottoir, juste derrière nous. Je tournai la tête et aperçus Rachel. Elle descendit de son véhicule, monta dans le nôtre et s'assit à côté de moi.

— Tiens, tiens, lui dit Backus. J'avais deviné que vous ne resteriez pas absente longtemps. Êtes-vous certaine de n'avoir oublié aucun détail en Floride ?

Il s'exprimait d'un ton calme, mais je sentis qu'il était mécontent de la voir revenir si rapidement. Il aurait sans doute préféré qu'elle reste là-bas.

— Tout est en ordre, Bob. Et ici ? Quoi de neuf ?

— Rien. C'est le calme plat.

Lorsque Backus se détourna, elle prit ma main sur la banquette et la serra dans la sienne en m'adressant une étrange grimace. Il me fallut quelques instants pour en comprendre le sens.

— Avez-vous inspecté la boîte aux lettres ? reprit Backus.

Elle regarda la nuque de son patron. Celui-ci ne s'était même pas retourné pour poser sa question, et Rachel était assise juste derrière lui.

— Oui, Bob, lui répondit-elle d'une voix où perçait une pointe d'exaspération. C'était une impasse. La boîte était vide. Le propriétaire croit savoir qu'une femme, une femme âgée, vient relever le courrier une fois par mois environ. D'après lui, les seules lettres qui arrivent à cette adresse ressemblent à des relevés de banque. Je pense qu'il s'agit de la mère de Gladden. Sans doute vit-elle quelque part dans le coin, mais je n'ai pas réussi à mettre la main sur un annuaire, et il n'y a rien au fichier des cartes grises de Floride.

— Peut-être auriez-vous dû rester un peu plus longtemps, et approfondir vos recherches.

Elle ne répondit pas immédiatement. Je la sentais troublée par la façon dont Backus la traitait désormais.

— Peut-être, dit-elle. Mais il me semble que les agents de notre bureau local peuvent très bien s'en charger. Je suis l'agent principal dans cette affaire. Vous l'avez oublié, Bob ?

— Non, je ne l'ai pas oublié.

Après cet échange, le silence régna pendant plusieurs minutes. Je regardai par la vitre. Quand je sentis que la tension était un peu retombée, je me tournai vers Rachel et haussai les sourcils. Elle leva la main, comme pour me caresser le visage, puis se ravisa et la laissa retomber.

— Vous vous êtes rasé.

— Oui.

Backus se retourna pour me regarder, avant de reprendre sa position.

— Je savais bien qu'il y avait quelque chose de différent, dit-il.

— Pourquoi ? me demanda Rachel.

Je répondis par un haussement d'épaules.

— Je ne sais pas.

Soudain, une voix grésilla dans le haut-parleur de la radio.

— Un client!

Carter s'empara du micro.

— Signalement!

— Homme de race blanche, une vingtaine d'années, cheveux blonds. Il tient un carton. À priori, il est à pied. Il se dirige vers la boutique, ou chez le coiffeur d'à côté. Il en aurait bien besoin.

Il y avait en effet un salon de coiffure juste à côté de Data Imaging Answers. De l'autre côté, une quincaillerie avait fermé ses portes. Toute la journée, les agents chargés d'observer les environs avaient signalé la venue de clients potentiels, mais la plupart finissaient par pousser la porte du salon de coiffure au lieu d'entrer dans la boutique.

— Il entre!

Je me penchai en avant pour observer l'écran de contrôle et vis l'homme pénétrer dans la boutique avec son carton sous le bras. L'image en noir et blanc englobait toute la scène. Mais elle était trop petite et de trop mauvaise qualité pour permettre d'identifier Gladden. Je retins mon souffle, comme chaque fois qu'un nouveau client franchissait le seuil de la boutique. Celui-ci se dirigea directement vers le comptoir derrière lequel était assis Thorson. Je vis la main droite de l'agent glisser vers son ventre. Il était prêt à dégainer l'arme cachée sous sa veste en cas de nécessité.

— Vous désirez? demanda-t-il.

— J'ai des super agendas à vous proposer, répondit l'homme en plongeant la main dans son carton. (Thorson s'était levé.) J'en ai vendu un tas aux autres commerçants du coin.

La main de Thorson se referma sur le bras de l'homme pour arrêter son geste, puis il inclina le carton pour en examiner le contenu.

— Ça ne m'intéresse pas, déclara-t-il après avoir jeté un coup d'œil à l'intérieur.

Le représentant, quelque peu déconcerté par l'attitude de Thorson, se ressaisit et reprit son baratin.

— Vous êtes sûr ? Dix dollars seulement ! Un truc pareil, ça vaut au moins trente ou trente-cinq dans un magasin. C'est du vrai…

— Ça ne m'intéresse pas. Merci.

Le représentant se tourna vers Coombs qui était assis derrière l'autre comptoir.

— Et vous, monsieur ? Laissez-moi vous montrer le modèle haut de…

— Ça nous intéresse pas ! aboya Thorson. Soyez gentil de foutre le camp, on a du travail.

— Je vois. Bon. Eh ben, bonne journée à vous aussi.

Sur ce, l'homme ressortit.

— Ah, les gens ! soupira Thorson.

Il se rassit en secouant la tête, sans rien ajouter. Puis il bâilla. Le voir me donna envie de bâiller moi aussi, et Rachel m'imita.

— On dirait que Gordo ne supporte plus l'excitation ! commenta Thorson.

J'étais dans le même cas. J'avais besoin d'une

dose de caféine. Si j'avais été au journal, j'aurais déjà bu au moins six tasses de café à l'heure qu'il était. Mais à cause de la planque, il n'y avait eu qu'une seule pause déjeuner et café. Trois heures plus tôt.

J'ouvris la portière.

— Je vais chercher un café. Quelqu'un en veut ?

— Vous allez tout manquer, Jack, plaisanta Backus.

— Ouais, c'est sûr. Je comprends enfin pourquoi tant de flics ont des hémorroïdes. À force de rester assis et d'attendre pour rien…

Je m'extirpai de la voiture, mes genoux craquant lorsque je me redressai. Carter et Backus ne voulaient pas de café. Rachel me répondit qu'elle en boirait un avec plaisir. J'espérais qu'elle ne proposerait pas de m'accompagner, et elle ne le fit pas.

— Comment vous l'aimez ? lui demandai-je bien que je connaisse la réponse.

— Noir, dit-elle, amusée par mon petit numéro.

— Je reviens tout de suite.

42

Transportant quatre gobelets de café noir dans une petite boîte en carton, je franchis la porte de la boutique et découvris le visage hébété de Thorson. Avant même qu'il puisse dire quoi que ce soit, le téléphone posé devant lui sonna. Il décrocha et dit :

— Oui, je sais.

Et il me tendit l'appareil.

— Pour vous, mon vieux.

C'était Backus.

— Jack, barrez-vous immédiatement !

— Je m'en vais. Je voulais juste apporter un petit café à ces pauvres gars. Vous avez vu Gordo ? Il dort debout. On s'ennuie à mourir ici.

— Très drôle, Jack. Dépêchez-vous de foutre le camp. Souvenez-vous de notre accord : vous obéissez, et en échange vous avez l'exclusivité. Alors, je vous en prie, faites ce… Voilà un client ! Prévenez Thorson. C'est une femme.

J'appuyai le combiné contre ma poitrine et me tournai vers Thorson.

— Voilà un client qui rapplique. Mais c'est une femme.

Je raccrochai le téléphone, pris un des gobelets de café dans la boîte et le déposai sur le comptoir devant Thorson. J'entendis la porte s'ouvrir dans mon dos ; le bruit de la circulation s'amplifia un instant, avant d'être étouffé de nouveau par la porte vitrée. Sans me retourner vers la cliente, je m'approchai du second comptoir derrière lequel était assis Coombs.

— Café ?

— Merci beaucoup.

Je déposai un deuxième gobelet et plongeai la main dans le carton pour y piocher des sachets de sucre et de lait en poudre, et un agitateur. Me retournant enfin, je découvris la femme qui se tenait devant le comptoir de Thorson et fouillait dans un grand sac noir. Elle avait de longs cheveux blonds crêpés, qui lui faisaient une manière de casque à la Dolly Parton. Une perruque de toute évidence. Elle portait un chemisier blanc, une mini-jupe et des bas noirs. Elle était grande, même sans ses hauts talons. Quand elle avait poussé la porte de la boutique, une forte odeur de parfum était entrée avec elle.

— Ah ! dit-elle, ayant enfin trouvé ce qu'elle cherchait. Je viens récupérer ça. C'est pour mon patron.

Elle déposa une feuille jaune pliée en deux sur le comptoir de Thorson. Ce dernier tourna la tête vers Coombs pour tenter de lui faire comprendre qu'il devait s'occuper de la cliente.

— Du calme, Gordo, lui dis-je.

Je me dirigeai vers la porte et me retournai vers Thorson, m'attendant à le voir réagir à l'utilisation répétée du surnom qu'avait employé Backus. Je le vis regarder le papier jaune que la femme lui avait remis, puis ses yeux se fixèrent sur quelque chose. Je vis ensuite son regard glisser vers le mur du fond. Je compris qu'il regardait la caméra. Il regardait Backus. Enfin il se retourna vers la femme. Je me trouvais derrière elle à ce moment-là, et je ne voyais que les yeux de Thorson, par-dessus son épaule. Celui-ci se leva, sa bouche dessinant un O muet tandis que son bras droit glissait sous sa veste. Soudain, je vis le bras droit de la femme jaillir du grand sac et passer devant sa poitrine. Elle serrait un couteau dans son poing.

Elle frappa bien avant que Thorson ait le temps de dégainer. J'entendis son cri s'étouffer lorsque la lame s'enfonça dans sa gorge. Il retomba sur son siège, son sang giclant de l'artère et aspergeant l'épaule de la femme qui se penchait par-dessus le comptoir pour s'emparer de quelque chose.

Elle se redressa et se retourna d'un seul mouvement, en tenant l'arme de Thorson.

— Que personne ne bouge !

La voix féminine avait disparu, remplacée par le glapissement quasiment hystérique de l'animal pris au piège. Il pointa son arme sur Coombs, puis pivota vers moi.

— Éloignez-vous de cette porte ! Venez par ici !

Je lâchai le carton contenant les deux derniers

gobelets de café, levai les mains en l'air et m'écartai de la porte pour avancer vers le centre du magasin. L'homme se retourna brusquement vers Coombs, qui poussa un cri strident.

— Non ! Je vous en supplie, non ! Ils nous observent !

— Qui nous observe ? Qui ?

— Avec la caméra !

— Qui ça, nom de Dieu !

— Le FBI, Gladden ! répondis-je le plus calmement possible, mais d'une voix qui n'était sans doute pas très éloignée des cris aigus que Coombs venait de pousser.

— Ils nous entendent aussi ?

— Oui, ils nous entendent !

— Hé, le FBI ! beugla Gladden. Y a déjà un mort. Si vous essayez de rappliquer, vous en aurez deux autres !

Il se tourna alors vers le présentoir et pointa l'arme de Thorson sur la caméra vidéo où brillait une petite lumière rouge. Il fit feu à trois reprises, jusqu'à ce qu'il atteigne sa cible, qui vola en éclats.

— Foutez-vous dans le coin ! me cria-t-il. Où sont les clés ?

— Quelles clés ?

— De cette putain de porte.

— Eh, calmez-vous. Je ne travaille pas ici.

— Qui bosse ici alors ?

Il pointa son arme sur Coombs.

— Dans ma poche… Elles sont dans ma poche.

— Allez verrouiller la porte ! Si jamais vous

essayez de foutre le camp, je vous descends, comme cette putain de caméra.

— Oui, monsieur.

Coombs s'exécuta, Gladden nous ordonnant alors de reculer jusqu'au fond de la boutique et de nous asseoir par terre contre la porte de la réserve, interdisant ainsi toute irruption de ce côté. Il renversa ensuite les deux comptoirs face à la vitrine, pour obstruer la vue et, peut-être, se protéger des coups de feu tirés du dehors. Puis il s'accroupit derrière le comptoir qu'avait occupé Thorson.

De l'endroit où je me trouvais, j'apercevais le corps de l'agent fédéral. Sa chemise blanche était presque entièrement imbibée de sang. Il ne bougeait plus et ses yeux à demi-clos étaient fixes. Le manche du couteau dépassait de sa gorge. Cette vision m'arracha un frisson : quelques secondes plus tôt, cet homme était encore en vie et même si je ne l'aimais pas, je le connaissais. Et maintenant, il était mort.

Je songeai alors que Backus devait paniquer. Privé de caméra de surveillance, il ne savait peut-être pas ce qui était arrivé à Thorson. S'il pensait que celui-ci était encore en vie et qu'il y avait une chance de le sauver, je pouvais m'attendre à voir débarquer le commando d'un instant à l'autre, avec des grenades fumigènes et tout le tintouin. En revanche, s'ils pensaient que Thorson était mort, je pouvais d'ores et déjà me préparer à une longue nuit d'attente.

— Si vous ne travaillez pas ici, me dit Gladden, qui êtes-vous ? On se connaît ?

J'hésitai. Qui étais-je ? Fallait-il lui dire la vérité ?

— Vous êtes du FBI vous aussi ?

— Non, je ne suis pas du FBI. Je suis journaliste.

— Journaliste ? Vous êtes venu pour écrire un papier sur moi, hein ?

— Si vous avez envie de me raconter votre histoire. Si vous voulez parler au FBI, raccrochez le téléphone qui traîne par terre là-bas. Ils vous appelleront sur cette ligne.

Il tourna la tête vers le téléphone qui était tombé quand il avait renversé le comptoir. Au même moment, l'appareil émit un bip aigu indiquant qu'il était décroché. Gladden pouvait atteindre le fil sans s'avancer à découvert. Il tira le téléphone jusqu'à lui. Puis il me regarda.

— Je vous reconnais, dit-il. Vous…

La sonnerie du téléphone retentit ; il décrocha.

— J'écoute.

Il y eut un long silence, jusqu'à ce qu'il réponde.

— Tiens, tiens, l'agent Backus ! Quel plaisir de vous retrouver. J'ai appris un tas de choses sur vous depuis la dernière fois où nous nous sommes vus, en Floride. Sans oublier papa, évidemment. J'ai lu son livre. J'espérais qu'on aurait l'occasion de se reparler… vous et moi… Non, c'est impossible, voyez-vous, car j'ai deux otages avec moi. Si jamais vous essayez de jouer au plus malin avec moi, Bob, je vous promets de m'amuser avec eux, et vous n'en croirez pas vos yeux en entrant. Vous vous souvenez d'Attica ? Pensez-y, agent Backus. Pensez à la façon dont papa aurait géré cette situation. Bon, il faut que je vous laisse.

Il raccrocha et se tourna vers moi. Il arracha sa perruque et, d'un geste rageur, la lança à travers la pièce.

— Qu'est-ce que vous foutez ici, monsieur le journaliste ? Généralement, le FBI ne laisse pas...

— Vous avez tué mon frère. Voilà pourquoi je suis ici.

Gladden m'observa longuement.

— J'ai tué personne.

— Ils vous ont retrouvé. Peu importe ce que vous nous faites, vous êtes foutu, Gladden. Ils ne vous laisseront pas sortir d'ici. Ils...

— Fermez-la ! J'ai pas envie d'entendre ça !

Gladden reprit le téléphone et composa un numéro.

— Passez-moi Krasner, c'est urgent... William Gladden... Oui, lui-même.

Nous nous dévisageâmes tandis qu'il attendait que son avocat prenne la communication. Je m'efforçais d'avoir l'air calme, mais, à l'intérieur, mon cerveau bouillonnait. Je ne voyais aucune issue à la situation, sans la mort de quelqu'un d'autre. Gladden n'était pas du genre à se laisser convaincre de lever les bras en l'air et de se rendre pour se retrouver quelques années plus tard ligoté sur la chaise électrique, ou enfermé dans la chambre à gaz, en fonction de l'État qui l'aurait condamné le premier.

Krasner répondit enfin, et au cours des dix minutes suivantes Gladden le mit au courant de la situation d'un ton exalté, accueillant avec colère les solutions que lui suggérait son avocat. Pour finir, il raccrocha brutalement.

— Qu'il crève !

Je gardai le silence. Chaque minute qui s'écoulait, pensais-je, jouait en ma faveur. Dehors, le FBI devait être en train de mijoter quelque chose. Tireurs d'élite, équipe d'intervention spécialisée.

Le jour déclinait derrière la vitrine. J'observai l'esplanade du centre commercial, de l'autre côté de la rue. Mes yeux suivirent la ligne des toits des voitures, mais je n'aperçus aucune silhouette, pas même le canon du fusil d'un tireur d'élite. Pas encore.

Mes yeux quittèrent la rue, pour y revenir aussitôt. Je venais de constater qu'aucune voiture ne passait dans le boulevard. Ils avaient bloqué la circulation. Quel que soit le plan prévu, c'était imminent. Je me tournai vers Coombs. Y avait-il un moyen de lui faire comprendre qu'il devait se tenir prêt ?

Il transpirait à grosses gouttes. Sa chemise et sa cravate, qui recueillaient toute la sueur qui coulait dans son cou et sa nuque, étaient trempées. Il avait la tête de quelqu'un qui vient de passer une heure à vomir. Il était mal en point.

— Faites un geste de bonne volonté, Gladden. Libérez M. Coombs. Il n'a rien à voir dans cette histoire.

— Je n'en suis pas sûr.

Le téléphone sonna. Il décrocha et écouta, sans dire un mot. Puis il raccrocha, délicatement cette fois. La sonnerie retentit de nouveau quelques secondes plus tard. Gladden décrocha, enfonça le bouton de mise en attente, puis appuya sur la touche pour basculer sur l'autre ligne qu'il mit elle aussi en attente. Plus personne ne pouvait appeler.

— Ne déconnez pas, lui dis-je. Laissez-leur vous parler. Ils trouveront une solution.

— Écoutez-moi. Si je veux avoir votre avis, je saurai vous l'arracher de force. En attendant fermez-la, nom de Dieu !

— Bon, d'accord.

— Fermez-la, j'ai dit !

Je levai les mains en signe de reddition.

— Vous tous, les enfoirés de journalistes, vous parlez toujours sans savoir, de toute façon. Vous… C'est comment votre nom, au fait ?

— Jack McEvoy.

— Vous avez une pièce d'identité ?

— Dans ma poche.

— Lancez-la par ici.

Lentement, je sortis mon portefeuille et le fis glisser sur la moquette. Il s'en saisit et passa en revue mes différentes accréditations.

— Je croyais que… Denver ? Qu'est-ce que vous foutez ici ?

— Je vous l'ai dit. Mon frère.

— Ouais. Et moi, je vous ai dit que j'ai tué personne.

— Et lui ?

D'un mouvement de tête, je lui montrai le corps inerte de Thorson. Il se tourna vers le cadavre, puis revint sur moi.

— Il a voulu jouer. J'ai gagné. C'est la règle du jeu.

— Cet homme est mort ! Ce n'est pas un jeu !

Gladden leva son arme et en pointa le canon sur mon visage.

— Si je dis que c'est un jeu, c'est un jeu.

Je ne répondis pas.

— Je vous en prie, gémit Coombs. S'il vous plaît...

— Quoi « s'il vous plaît » ? Fermez-la. Vous... le pisse-copie, qu'est-ce que vous allez écrire quand tout sera terminé ? À supposer que vous puissiez encore écrire.

Je réfléchis pendant au moins une minute ; il attendit.

— Si vous le souhaitez, j'expliquerai pourquoi, lui dis-je enfin. C'est toujours la question la plus intéressante. Pourquoi avez-vous fait ça ? Voilà ce que je dirai. C'est à cause de ce type en Floride, hein ? Beltran ?

Il laissa échapper un ricanement de mépris, visiblement mécontent, non pas que je connaisse ce nom, mais de m'entendre le prononcer.

— Vous n'êtes pas là pour m'interviewer. Et si c'est une interview, « pas de commentaire ».

Il contempla l'arme qu'il tenait dans ses mains pendant un moment qui me parut interminable. Sans doute sentait-il peser sur ses épaules toute la futilité de la situation. Il savait qu'il ne sortirait pas de cette boutique et j'eus le sentiment qu'il savait aussi, et depuis le début, que son chemin s'achèverait de cette façon. Je décidai de profiter de cet instant de faiblesse.

— Vous devriez décrocher ce téléphone pour leur dire que vous voulez parler à Rachel Walling. Dites-leur que vous voulez traiter avec elle. C'est un agent du FBI. Vous vous souvenez ? Elle est venue vous interviewer à Raiford. Elle sait tout de vous, Gladden, elle pourra vous aider.

Il fit non de la tête.

— J'ai été obligé de tuer votre frère, reprit-il à voix basse et sans me regarder. Il le fallait.

J'attendis, mais il n'ajouta rien.

— Pourquoi ?

— C'était la seule façon de le sauver.

— Le sauver de quoi ?

— Vous ne comprenez donc pas ? (Cette fois, il leva les yeux vers moi ; ils étaient remplis d'une rage et d'une douleur incommensurables.) Pour l'empêcher de devenir comme moi. Regardez-moi ! Pour qu'il ne devienne pas comme moi !

J'étais sur le point de lui poser une autre question quand il y eut un bruit de verre brisé. Tournant la tête vers la vitrine, je vis un objet sombre, de la taille d'une balle de base-ball environ, rebondir à travers la pièce, en direction du comptoir renversé, près de Gladden. Comprenant aussitôt de quoi il s'agissait, je roulai sur moi-même et m'enfouis la tête dans les bras pour me protéger les yeux. Une formidable détonation secoua l'intérieur de la boutique, accompagnée d'un éclair qui traversa mes paupières closes et suivie d'une secousse si violente que tout mon corps fut traversé par une onde de choc, comme si j'avais reçu un coup puissant.

Toutes les vitres volèrent en éclats. Au moment où j'achevais de rouler sur moi-même, j'entrouvris les yeux, juste le temps d'entr'apercevoir Gladden. Celui-ci se tortillait par terre, les yeux écarquillés mais le regard vague, les mains plaquées sur les oreilles. Il n'avait pas réagi assez vite alors que j'avais pu bloquer au moins une partie de l'impact de la grenade. Il semblait avoir été frappé de plein fouet. Je vis l'arme abandonnée sur la moquette, à côté de ses jambes. Sans même peser mes chances, je me précipitai en rampant.

Gladden se redressa lorsque j'arrivai à sa hauteur, et tous les deux nous plongeâmes vers le pistolet, sur lequel nos mains se refermèrent en même temps. Accrochés l'un et l'autre à cette arme, nous roulâmes sur le sol. Mon but était d'atteindre la détente et de tirer, simplement. Peu importait que j'atteigne ou pas Gladden, du moment que je ne me tirais pas dessus. Je savais que l'explosion serait suivie de l'intervention du commando. Si je parvenais à vider le chargeur, l'arme serait inutilisable et tout serait terminé.

Je parvins à introduire mon pouce gauche derrière le pontet, mais ma main droite ne pouvait saisir que l'extrémité du canon. L'arme était coincée entre nos deux poitrines, pointée vers nos mentons. Au moment où j'estimais – ou espérais – me trouver hors de la ligne de tir, je pressai la détente de la main gauche, et retirai ma main droite. Le coup partit. J'éprouvai une violente douleur lorsque la balle arracha le morceau de peau entre mon pouce et mon index et que les gaz me brûlèrent la paume. Simultanément, j'entendis Gladden pousser un hurlement. Levant la tête, je vis le sang jaillir de son nez ou de ce qu'il en restait. La balle lui avait arraché le bord de la narine gauche et creusé une profonde entaille au front.

Je sentis l'étau de ses mains se desserrer un instant et, dans un sursaut d'énergie, le dernier sans doute, je lui arrachai l'arme. Je reculais et percevais des cris inintelligibles et des bruits de pas sur du verre brisé derrière moi lorsque Gladden se jeta de nouveau sur l'arme que je tenais dans la main. Toujours coincé à l'intérieur du pontet, mon pouce appuyait contre la détente, et tout mouvement était impossible. Gladden tenta de me reprendre l'arme en tirant sauvagement dessus, et le coup partit. Nos regards se croisèrent à cet instant, ses yeux semblant me dire qu'il avait réclamé cette balle.

Aussitôt, ses mains lâchèrent l'arme, et il tomba à la renverse. Je vis le trou béant dans sa poitrine. Ses yeux me regardaient fixement, avec la même détermination que j'y avais vue quelques instants plus tôt. Comme s'il savait ce qui allait se passer. Portant sa main à sa poitrine, il regarda le sang qui jaillissait dans sa paume.

Soudain, je sentis qu'on me tirait en arrière pour m'éloigner de lui. Une main ferme me saisit le bras, tandis qu'une autre récupérait délicatement l'arme. Tournant la tête, je découvris un homme coiffé d'un casque noir et vêtu d'une combinaison assortie, avec un large gilet pare-balles. Il tenait une sorte d'arme d'assaut et portait un petit casque radio muni d'un micro, fine barre noire formant un coude devant sa bouche. Il baissa les yeux sur moi et toucha le bouton d'émission à son oreille.

— Opération terminée. On en a deux au tapis et deux autres debout. Vous pouvez venir.

43

Il ne ressentait aucune douleur et cela l'étonnait. Le sang qui coulait à flots entre ses doigts et sur ses mains était chaud, réconfortant. Il avait le sentiment grisant d'avoir réussi une sorte de test. Oui, il avait réussi. Autour de lui, les bruits et les mouvements étaient étouffés, ralentis. Tournant la tête, il aperçut celui qui lui avait tiré dessus. Denver. L'espace d'un instant, leurs regards se croisèrent, mais quelqu'un s'interposa entre eux. L'homme en noir se pencha au-dessus de lui et fit quelque chose. Gladden baissa les yeux et découvrit les menottes à ses poignets. Il sourit de cette bêtise. Aucune paire de menottes ne pourrait le retenir là où il allait.

Et soudain, il la vit. Une femme penchée sur le type de Denver. Elle prit sa main et la serra dans la sienne. Il la reconnut. Elle faisait partie de ceux qui étaient venus le voir à la prison, il y avait bien des années. Il s'en souvenait enfin.

Il avait froid. Dans les épaules et dans le cou. Ses jambes étaient engourdies. Il aurait voulu une couverture, mais personne ne faisait attention à lui. Tout le monde s'en fichait. Des lumières violentes éclairaient la boutique, comme des caméras de télévision. Il était en train de partir lentement, et il le savait.

— C'est donc ça, murmura-t-il, mais personne ne parut l'entendre.

Sauf la femme. Elle se retourna lorsqu'il prononça ces paroles à voix basse. Leurs yeux se croisèrent et soudain il crut remarquer un petit hochement de tête, un signe de reconnaissance, de certitude.

Certitude de quoi? se demanda-t-il. Que je suis en train de mourir? Que ma présence ici n'était pas un hasard? La tête tournée vers la femme, il attendit que la vie ait totalement abandonné son corps. Il pouvait se reposer. Enfin.

Il la regarda encore une fois, mais elle s'était de nouveau penchée sur l'homme de Denver. Il observa l'homme qui l'avait tué, une étrange pensée se frayant un chemin à travers son sang. Il lui semblait trop vieux pour avoir un frère aussi jeune. Il y avait certainement une erreur quelque part.

Gladden mourut les yeux grands ouverts, en regardant fixement l'homme qui l'avait tué.

44

C'était une scène surréaliste. Des gens couraient dans toute la boutique en criant, regroupés autour du mort et du mourant. Mes oreilles bourdonnaient, ma main m'élançait. Tout semblait se dérouler au ralenti. Du moins est-ce ainsi que c'est resté dans ma mémoire. Et là, au milieu de cette folie, Rachel apparut, marchant parmi les éclats de verre comme un ange gardien envoyé pour me conduire loin de cet enfer. Elle se pencha vers moi, prit ma main valide dans la sienne et la serra. Son contact me fit l'effet d'un électrochoc m'arrachant au coma. Je pris soudain conscience de ce qui s'était passé, de ce que j'avais fait, et fus submergé par la joie d'avoir tout simplement survécu. Les notions de justice et de vengeance étaient loin.

Je tournai la tête vers Thorson. Les médecins du SAMU s'occupaient de lui ; l'un d'eux, une jeune femme, s'était assise à cheval sur lui et mettait toutes ses forces dans son massage cardiaque pendant qu'un collègue maintenait le masque à oxygène. Un troisième enveloppait le corps couché à plat ventre dans une combinaison pressurisée. Backus vint s'agenouiller auprès de son agent tombé au champ d'honneur, lui tenant la main et lui massant le poignet.

— Respire, nom de Dieu ! Respire. Gordo, merde !

Mais rien n'y fit. On ne pouvait plus ramener Thorson parmi les vivants. Tous le savaient, mais personne ne renonça. Ils continuèrent à s'acharner et quand on amena la civière et le chariot à travers la vitrine explosée et qu'on l'eut allongé dessus, la fille du SAMU qui s'était accroupie sur lui reprit sa position. Bras tendus, mains jointes, elle appuya, relâcha, appuya, relâcha, sur la poitrine de Thorson. On les emmena tous les deux dans cette posture.

J'observai Rachel qui suivait des yeux l'étrange procession, d'un air lointain, mais pas triste, puis, abandonnant son ex-mari, son regard glissa vers le meurtrier qui gisait sur le sol, près de moi.

Je me tournai vers Gladden. On lui avait passé les menottes mais pour l'instant personne ne s'occupait de lui. Ils allaient le laisser mourir. Tout ce qu'ils espéraient apprendre de lui avait été oublié au moment même où il avait planté son couteau dans la gorge de Thorson.

Je l'observai et pensai qu'il était déjà mort : ses yeux contemplaient le plafond sans le voir. Mais soudain ses lèvres remuèrent et il dit quelque chose que je n'entendis pas. Puis il tourna lentement la tête vers moi. Ses yeux s'arrêtèrent d'abord sur Rachel. Ça ne dura qu'un court instant, mais je vis leurs regards se croiser, et une sorte d'échange passer entre eux. L'avait-il reconnue ? Peut-être se souvenait-il d'elle. Lentement, son regard glissa vers moi, pour m'observer fixement, encore une fois. Je regardais ses yeux quand la vie les abandonna.

Après que Rachel m'eut soutenu jusque sur le trottoir, une ambulance me conduisit à un hôpital baptisé Cedars-Sinaï. Quand j'y arrivai, Thorson et Gladden qui m'avaient précédé avaient été déclarés morts. Dans une salle du service des urgences, un médecin examina ma main et irrigua la plaie avec un instrument qui ressemblait à une paille en plastique noire avant de recoudre. Puis il appliqua une sorte de baume sur mes brûlures et banda le tout.

— Les brûlures ne sont pas graves, me dit-il en posant la bande. Ne vous inquiétez pas. En revanche, la blessure est plus sérieuse. Point positif : la balle a traversé la chair de part en part et aucun os n'est touché. Point négatif : elle a endommagé le tendon à cet endroit et si vous ne faites rien, vous risquez d'avoir des problèmes pour bouger votre pouce. Je peux vous envoyer chez un spécialiste qui pourra certainement réparer le tendon, ou bien vous en fabriquer un neuf. Avec la chirurgie et quelques exercices, ça devrait aller.

— Et pour taper sur un clavier ?

— Pas dans l'immédiat.

— En guise de rééducation ?

— Oui, peut-être. Il faudra poser la question à votre médecin.

Il me donna une tape sur l'épaule et quitta la pièce. Je restai seul une dizaine de minutes, assis sur la table d'examen, avant que Backus et Rachel ne fassent leur entrée. Backus avait le visage défait d'un homme qui a vu tous ses plans s'effondrer.

— Comment ça va, Jack? me demanda-t-il.

— Ça peut aller. Je suis désolé pour l'agent Thorson. C'était…

— Je sais. Ce genre de choses…

Tout le monde resta muet un long moment. Je me tournai vers Rachel, nos regards se croisèrent.

— Tu es sûr que ça va?

— Oui, oui. Je ne pourrai pas taper sur un clavier pendant quelque temps, mais… je suppose que je peux m'estimer heureux. Et Coombs?

— Il est encore sous le choc, mais il s'en remettra.

Je me tournai vers Backus.

— Je ne pouvais rien faire, Bob. Il s'est passé un truc. C'était comme si, brusquement, chacun avait deviné qui était qui. Je ne comprends pas… Pourquoi Thorson n'a-t-il pas suivi le plan? Pourquoi ne lui a-t-il pas remis l'appareil photo comme prévu au lieu de vouloir dégainer?

— Parce qu'il voulait jouer les héros, répondit Rachel. Il voulait arrêter le Poète. Ou le tuer.

— Nous n'en savons rien, Rachel, dit Backus. Et nous ne le saurons jamais. La seule question à laquelle on puisse répondre est celle-ci: pourquoi êtes-vous entré dans la boutique, Jack? Pourquoi, nom de Dieu?

Je regardai ma main bandée. Avec l'autre, je caressai ma joue.

— Je ne sais pas, lui répondis-je. En voyant Thorson bâiller sur l'écran vidéo, j'ai pensé... je ne sais pas pourquoi j'ai fait ça. Il m'avait apporté un café une fois... Je voulais lui rendre la pareille, je suppose. Je ne pensais pas que Gladden viendrait.

Je mentais. Mais je ne pouvais pas exprimer mes véritables motivations, mes sensations. Je savais seulement que si j'entrais dans cette boutique, Gladden viendrait peut-être. Et je voulais qu'il me voie. Sans déguisement. Je voulais qu'il voie mon frère.

— Bon, dit Backus après un moment de silence. Pensez-vous être d'attaque demain pour passer un petit moment avec une sténographe ? Je sais que vous êtes blessé, mais nous aimerions recueillir votre témoignage au plus vite, afin de boucler toute cette affaire. Il faut donner du grain à moudre au procureur.

J'acquiesçai.

— Comptez sur moi.

— Encore une question, Jack. Quand Gladden a détruit la caméra, il nous a aussi privés de son et on ne sait pas ce qui s'est passé à l'intérieur de la boutique. Gladden a-t-il dit quelque chose ?

Je dus réfléchir. Les souvenirs me revenaient par bribes.

— D'abord, il a prétendu n'avoir tué personne. Après, il a reconnu avoir tué Sean. Il a dit qu'il avait tué mon frère.

Backus haussa les sourcils, comme s'il était étonné, puis il hocha la tête.

— OK, Jack, à plus tard. (Il se tourna vers Rachel.) Vous aviez proposé de le raccompagner dans sa chambre ?

— Oui, Bob.

Backus quitta la pièce, la tête basse, et je me sentis coupable. Je savais qu'il n'avait pas gobé mon explication et me demandai s'il pourrait jamais me pardonner ce désastre.

— Que va-t-il devenir ?

— Avant tout, il y a dans le hall une horde de journalistes auxquels il va devoir expliquer pourquoi le plan a complètement foiré. Ensuite, je parie que le directeur demandera au Service d'évaluation professionnelle de venir enquêter sur la préparation de cette opération. Et là, les choses ne vont pas s'arranger pour lui.

— C'était le plan de Thorson ! Ils ne peuvent pas...

— Bob l'a approuvé. Et si quelqu'un doit payer les pots cassés, c'est lui : Thorson n'est plus là.

En regardant par la porte restée ouverte, celle que venait de franchir Backus, je vis un médecin s'arrêter et jeter un coup d'œil à l'intérieur. Il avait un stéthoscope à la main et plusieurs stylos dans la poche de sa blouse blanche.

— Tout va bien ? demanda-t-il.

— Oui, très bien.

— Tout va bien, renchérit Rachel. (Elle se tourna vers moi.) Tu es sûr que ça va ?

Je hochai la tête.

— Tant mieux, dit-elle. C'était de la folie, ce que tu as fait.

— Je pensais simplement qu'un petit café lui ferait du bien. Je ne…

— Non, je parle du flingue. Vouloir l'arracher des mains de Gladden.

Je haussai les épaules. Peut-être était-ce de la folie, pensai-je, mais peut-être que cela m'avait sauvé la vie.

— Comment savais-tu, Rachel ?

— Quoi ?

— Tu m'as demandé un jour ce qui se passerait si je me retrouvais en face de lui. Comme si tu savais déjà.

— Je n'en savais rien, Jack. C'était juste une question.

Elle me caressa le menton ainsi qu'elle aimait le faire quand je portais la barbe. Puis, avec son index, elle m'obligea à relever la tête jusqu'à ce que je la regarde au fond des yeux. Elle se glissa entre mes cuisses et m'attira dans un long baiser. C'était à la fois réconfortant et sensuel. Je fermai les yeux. Ma main valide s'insinua sous sa veste et se posa délicatement sur sa poitrine.

Quand elle recula, je rouvris les yeux et, par-dessus son épaule, je vis le médecin qui avait passé la tête à l'intérieur de la pièce pivoter sur ses talons et s'éloigner.

— On nous espionne.

— Hein ?

— Le médecin de tout à l'heure. Je crois qu'il nous observait.

— Laisse tomber. Tu te sens d'attaque pour partir d'ici ?

— Oui, je suis prêt.

— On t'a prescrit quelque chose pour la douleur ?

— Je dois prendre des médicaments au bureau des sorties avant de m'en aller.

— Impossible. Tous les journalistes sont dans le hall ; ils vont te sauter dessus.

— Merde, j'ai oublié de téléphoner.

Je consultai ma montre. À Denver, il était presque 20 heures. Greg Glenn attendait certainement de mes nouvelles, refusant d'envoyer la première page à l'imprimerie tant que je ne l'aurais pas contacté. Sans doute pouvait-il tenir jusqu'à 21 heures, dernier délai. Je regardai autour de moi. Un téléphone était fixé au mur, au-dessus d'un plan de travail encombré de matériel et de fournitures, au fond de la pièce.

— Tu veux bien aller leur expliquer que je ne peux pas monter au bureau ? Pendant ce temps, j'appelle le *Rocky* pour leur annoncer que je ne suis pas mort.

Glenn était proche du délire lorsque je l'eus au bout du fil.

— Jack, où vous étiez passé, nom d'un chien ?

— Disons que j'ai été retenu. Je…

— Vous allez bien ? Les dépêches disaient que vous étiez mort.

642

— Rassurez-vous. Je serai simplement obligé de taper avec une seule main pendant quelque temps.

— D'après les dépêches, le Poète est mort. Associated Press cite une source qui affirme que… euh… c'est vous qui l'avez tué.

— AP possède une source sûre.

— Bon Dieu, Jack.

Je gardai le silence.

— CNN émet en direct du lieu du drame toutes les dix minutes, mais ils savent que dalle. Une conférence de presse doit avoir lieu à l'hôpital.

— Exact. Trouvez-moi quelqu'un qui mette tout ça en forme et je peux vous fournir de quoi remplir toute la une. Personne d'autre n'en saura autant ce soir.

Il resta muet à son tour.

— Greg ?

— Une minute, Jack. Il faut que je réfléchisse. Vous…

Il n'acheva pas sa phrase. J'attendis la suite.

— Jack, je vais vous mettre en communication avec Jackson. Dites-lui tout ce que vous savez. Il prendra aussi des notes lors de la conférence de presse, si CNN la retransmet.

— Hé, attendez un peu ! Pas question de refiler quoi que ce soit à Jackson ! Passez-moi simplement un correcteur ou une secrétaire et je lui dicterai l'article. Ce sera beaucoup plus intéressant que tout ce qu'ils diront à la conférence de presse.

— Non, Jack, vous ne pouvez pas. Ce n'est plus pareil maintenant.

— De quoi parlez-vous ?

— Vous ne couvrez plus cette affaire. Vous y êtes impliqué ! Vous avez tué le type qui a tué votre frère. Vous avez tué le Poète. Maintenant c'est vous le héros de l'histoire. Vous ne pouvez pas l'écrire. Je vais vous passer Jackson. Mais accordez-moi une faveur. Évitez tous les journalistes qui sont à l'hôpital. Offrez-nous une journée d'exclusivité, au moins.

— Écoutez, Greg, j'ai toujours été impliqué dans cette histoire, depuis le début.

— Oui, mais vous n'aviez encore tué personne. Les journalistes ne tuent pas les gens, Jack. C'est le boulot des flics, et vous avez franchi la frontière. Vous ne pouvez pas être dans les deux camps. Désolé.

— C'était lui ou moi, Greg.

— Je n'en doute pas et, Dieu soit loué, ça n'a pas été vous. Mais ça ne change rien, Jack.

Je me tus. Au fond de moi, je savais qu'il avait raison, je ne pouvais pas écrire cet article. Pourtant, je n'arrivais pas à y croire. C'était mon histoire, et elle m'échappait. J'étais tout à la fois au cœur de l'affaire et sur la touche.

Au moment même où Rachel revenait dans la pièce avec une liasse de formulaires à signer, j'entendis la voix de Jackson au bout du fil. Ce serait un article du tonnerre, me dit-il, avant de commencer à me poser des questions. J'y répondis de mon mieux, ajoutant même des choses qu'il ne me demandait pas. Tout en signant les formulaires aux endroits que m'indiquait Rachel.

L'interview fut brève. Jackson m'expliqua qu'il voulait regarder la conférence de presse sur CNN afin d'y ajouter un commentaire officiel et obtenir confirmation de ma version des faits. Il me demanda de bien vouloir le rappeler une heure plus tard, au cas où il aurait besoin de quelques précisions ; je promis de le faire. Enfin nous raccrochâmes, à mon grand soulagement.

— Maintenant que tu viens de renoncer à la vie et à ton premier fils en signant ces papiers, tu es libre, me dit Rachel. Tu es sûr de ne pas vouloir lire ces paperasses ?

— Non, allons-nous-en. Tu as les analgésiques ? Ma main recommence à me faire mal.

— Oui, les voici.

Elle sortit de sa poche un petit flacon qu'elle me tendit, en même temps que des fiches roses de messages téléphoniques récupérées au standard de l'hôpital.

— Qu'est-ce que…

Des responsables de l'information des trois grandes chaînes nationales m'avaient appelé : Ted Koppel pour « Nightline » et deux émissions du matin, et plusieurs journalistes du *New York Times* et du *Washington Post*.

— Tu es une vedette, Jack. Tu as affronté le diable, et tu en as réchappé. Les gens veulent savoir ce que tu as ressenti. Les gens sont fascinés par le diable.

Je fourrai les messages dans ma poche revolver.

— Tu as l'intention de les appeler ? me demanda-t-elle.

— Pas question. Allons-nous-en.

Sur le chemin qui nous ramenait à Hollywood, je lui confiai que je ne voulais pas passer la nuit au Wilcox Hotel. J'avais envie de me faire livrer un dîner dans ma chambre, puis de m'allonger dans un lit confortable et de regarder la télé avec une télécommande dans la main, tous agréments que n'offrait pas le Wilcox. Elle me comprenait.

Après un arrêt au Wilcox pour récupérer mes affaires et régler ma note, Rachel descendit Sunset Boulevard en direction du Strip. Au Château Marmont, elle resta dans la voiture pendant que je me rendais à la réception. Je réclamai une chambre avec vue, et peu importait le prix. On me donna une chambre avec terrasse, dont le prix dépassait largement tout ce que j'avais payé pour une chambre d'hôtel dans ma vie. La terrasse dominait l'effigie du Marlboro Man et tous les immenses panneaux publicitaires du Strip. J'aimais bien regarder le Marlboro Man. Rachel ne prit pas la peine de demander une autre chambre.

Nous échangeâmes à peine quelques mots en partageant le dîner que j'avais commandé. Nous gardâmes l'espèce de silence confortable auquel parviennent les vieux couples. Je pris ensuite un long bain, en écoutant sur CNN les comptes rendus de la fusillade chez Digital Imaging. Rien de nouveau. Plus de questions que de réponses. Une grande partie de la conférence de presse fut consacrée à Thorson et à son ultime sacrifice. Pour la première fois, je pensai à la réaction de Rachel face à ce drame. Elle venait de perdre son ex-mari. Un homme qu'elle avait fini par haïr, certes, mais avec qui elle avait partagé des moments intimes.

Je sortis de la salle de bains enveloppé dans le peignoir en tissu éponge de l'hôtel. Rachel était couchée sur le lit et regardait la télévision la tête appuyée contre les oreillers.

— Les infos locales vont bientôt commencer, dit-elle.

Je rampai sur le lit et l'embrassai.

— Ça va ? lui demandai-je.

— Oui. Pourquoi ?

— Je ne sais pas… En tout cas… quelles qu'aient été tes relations avec Thorson, je suis désolé. OK ?

— Moi aussi.

— Je me disais… tu as envie de faire l'amour ?

— Oui.

J'éteignis la télé et la lumière. À un moment donné, dans l'obscurité, je sentis le goût salé des larmes sur ses joues et elle me serra plus fort qu'elle ne l'avait jamais fait. Notre étreinte était empreinte d'un sentiment doux-amer. Comme si deux personnes tristes et solitaires s'étaient croisées et avaient décidé de se soulager mutuellement de leurs souffrances. Après l'amour, elle se blottit dans mon dos. J'essayai de m'endormir mais en vain. Les démons de la journée étaient encore parfaitement réveillés en moi.

— Jack ? murmura-t-elle. Pourquoi as-tu pleuré ?

Je ne répondis pas tout de suite, cherchant les mots pour m'expliquer.

— Je n'en sais rien, dis-je enfin. C'est dur. Depuis le début, j'espérais, de manière plus ou moins consciente, que j'aurais la possibilité de… Réjouis-toi de n'avoir jamais fait ce que j'ai fait aujourd'hui. Tu as de la chance.

Le sommeil continuait de se dérober. Même après que j'eus pris un des cachets donnés par l'hôpital. Rachel me demanda à quoi je pensais.

— Je pense à ce qu'il m'a dit à la fin. Je n'ai pas compris ce qu'il voulait dire.

— Que t'a-t-il dit?

— Qu'il avait tué Sean pour le sauver.

— Le sauver de quoi?

— Il voulait l'empêcher de devenir comme lui. Voilà ce que je n'ai pas compris.

— On ne saura sans doute jamais. Tu ferais mieux d'oublier, Jack. C'est terminé.

— Il a dit autre chose. Juste à la fin. Quand tout le monde avait envahi la boutique. Tu as entendu?

— Oui, je crois.

— C'était quoi?

— Il a dit un truc du genre : «Alors, c'est donc ça.» C'est tout.

— Qu'est-ce que ça signifie?

— Je pense qu'il avait résolu le mystère.

— La mort.

— Il l'a vue venir. Il a vu les réponses. Il a dit «Alors, c'est donc ça.» Et il est mort.

45

Le lendemain matin, Backus nous attendait déjà dans la salle de réunion au septième étage du bâtiment fédéral. C'était encore une belle journée, et je voyais le sommet de l'île de Catalina pointer derrière la nappe de brume matinale qui flottait au-dessus de la baie de Santa Monica. Il n'était que 8 heures 30, mais Backus avait ôté sa veste et, apparemment, travaillait depuis plusieurs heures déjà. La table de conférences, devant lui, était encombrée de documents étalés autour de deux portables ouverts et d'une pile de petites feuilles roses représentant autant de messages téléphoniques. Il avait le visage creusé, triste. C'était comme si la perte de Thorson devait le marquer à jamais.

— Rachel, Jack, dit-il simplement en guise de salutation. (Il ne nous souhaita pas le « bonjour » : ça n'en était pas un.) Comment va la main ?

— Pas mal, lui répondis-je.

Nous avions apporté des gobelets de café, mais je constatai que Backus n'en avait pas. Je lui proposai le mien ; il me répondit qu'il en avait déjà trop bu.

— Alors, quoi de neuf ? demanda Rachel.

— Vous avez quitté l'hôtel tous les deux ? J'ai essayé de vous joindre ce matin, Rachel.

— Oui. Jack souhaitait un endroit un peu plus confortable. Nous avons déménagé au Château Marmont.

— Beaucoup plus confortable, en effet.

— Ne vous inquiétez pas. Je ne ferai pas de note de frais.

Backus hocha la tête, et à voir la façon dont il la regardait, je devinai qu'il savait que Rachel n'avait pas pris de chambre de toute façon, et n'avait donc rien à se faire rembourser. Mais c'était le dernier de ses soucis.

— Tout s'assemble peu à peu, dit-il. Un cas de plus à étudier, j'imagine. Ces individus – si on peut leur donner ce nom – ne cessent de me stupéfier. Tous autant qu'ils sont, avec leurs histoires… Chacun d'eux est comme un trou noir. Et il n'y a jamais assez de sang pour le remplir.

Rachel prit une chaise et s'assit en face de lui. Je m'installai à ses côtés. Nous demeurâmes muets l'un et l'autre. Nous savions que Backus avait envie de poursuivre. Avec un stylo, il tapota sur un des portables.

— Cet ordinateur lui appartenait. On l'a retrouvé dans le coffre de sa voiture hier soir.

— Une voiture de chez Hertz ? lui demandai-je.

— Non. Il s'est rendu chez Data Imaging à bord d'une Plymouth de 84, enregistrée au nom de Darlene Kugel, trente-six ans, habitant North Hollywood. Nous nous sommes rendus au domicile de cette femme hier soir ; comme elle ne répondait pas, nous avons forcé la porte. Elle était dans son lit. La gorge tranchée, sans doute avec le couteau qu'il a utilisé pour Gordon. Elle était morte depuis plusieurs jours. Apparemment, il a fait brûler de l'encens et a répandu du parfum dans l'appartement pour masquer l'odeur.

— Vous voulez dire qu'il est resté enfermé avec son cadavre ? dit Rachel.

— Il semblerait.

— C'étaient les vêtements de cette femme qu'il portait ? demandai-je.

— Oui, et la perruque aussi.

— Mais pourquoi s'était-il habillé en femme, au fait ? voulut savoir Rachel.

— On ne sait pas, et on ne le saura jamais. Selon moi, il savait que tout le monde le recherchait. La police, le FBI… Il a pensé que c'était la meilleure façon de sortir de l'appartement, d'aller récupérer l'appareil photo et, peut-être, de quitter la ville.

— Oui, sans doute. Qu'a-t-on retrouvé chez la femme ?

— Rien de très intéressant dans l'appartement, mais elle disposait de deux emplacements de parking réservés dans le garage, et sur l'un d'eux nous avons découvert une Pontiac Firebird modèle 86. Immatriculée en Floride. Enregistrée au nom de Gladys Oliveros, habitant Gainesville.

— Sa mère ? demandai-je.

— Elle est partie vivre là-bas quand son fils a été

envoyé en prison, pour lui rendre visite plus facilement, je suppose. Puis elle s'est remariée et a changé de nom. Enfin bref, nous avons ouvert le coffre de la Pontiac et découvert l'ordinateur, plus diverses choses, dont les livres que Brass a aperçus sur la photo prise dans la cellule. Il y avait également un vieux sac de couchage. Avec des traces de sang. On l'a envoyé au labo. D'après le rapport préliminaire, il était rembourré avec du kapok.

— Il enfermait donc certaines de ses victimes dans le coffre, dis-je.

— Ce qui expliquerait leur disparition pendant plusieurs heures, ajouta Rachel.

— Hé, attendez une minute, m'écriai-je. S'il avait la voiture de sa mère, pourquoi louer une bagnole chez Hertz à Phoenix ? Alors qu'il en avait déjà une ?

— C'était une façon de plus de brouiller les pistes, Jack. Il utilisait la voiture de sa mère pour aller de ville en ville, mais il en louait une autre pour traquer ses futures victimes.

Ma perplexité face à la logique de cette théorie dut se lire sur mon visage. Mais Backus refusa de s'attarder sur ce point.

— Nous n'avons pas encore les registres de chez Hertz, de toute façon. Inutile de nous égarer. Pour l'instant, le plus important, c'est l'ordinateur.

— Que contient-il ? demanda Rachel.

— Notre bureau de L. A. a une brigade informatique qui travaille avec notre groupe à Quantico. Un des agents, un nommé Don Clearmountain, s'est attaqué à cet appareil hier soir et, vers trois heures ce matin, il a enfin réussi à forcer le code d'accès. Il a copié la totalité du disque dur sur l'ordinateur central. Il est bourré de photos. Cinquante-sept en tout.

Avec son pouce et son index, Backus se massa l'arête du nez. Il avait vieilli depuis que je l'avais vu à l'hôpital. Terriblement vieilli.

— Des photos d'enfants ? demanda Rachel.

Backus acquiesça.

— Bon Dieu. Les victimes ?

— Oui… avant et après. C'est affreux. Véritablement affreux.

— Et il expédiait ces photos ? Comme nous le supposions ?

— Oui. L'ordinateur est équipé d'un modem cellulaire, exactement comme Gordon… l'avait deviné. Et l'appareil était lui aussi enregistré au nom de Oliveros, à Gainsville. Nous venons juste de recevoir les factures.

Il désigna quelques-uns des documents étalés devant lui.

— Il y a énormément d'appels, dit-il. D'un peu partout. Gladden appartenait à un réseau. Un réseau dont les utilisateurs s'intéressent à ce genre de photos.

Il leva le nez de ses feuilles, l'air abattu, mais déterminé.

— Nous cherchons actuellement à les localiser. Les arrestations vont pleuvoir, croyez-moi. Un tas de gens vont payer. Gordon ne sera pas mort pour rien.

Et il confirma ses dires d'un hochement de tête.

— Nous pouvons comparer les transmissions et

les noms des utilisateurs avec les versements bancaires que j'ai découverts à Jacksonville, dit Rachel. Je parie que nous y découvrirons combien ils ont payé ces photos, et quand.

— Clearmountain et ses collègues sont déjà sur le coup. Si vous voulez leur rendre une petite visite, ils travaillent au bout du couloir, dans les bureaux du Groupe Trois.

— Bob ? demandai-je. Est-ce qu'ils ont passé en revue les cinquante-sept photos ?

Il m'observa un instant, avant de répondre.

— Je les ai toutes regardées, Jack.

Je sentis ma poitrine se comprimer. Tout ce que je m'étais raconté sur la froideur de mes sentiments à l'égard de la mort de mon frère et de tout ce qui s'était passé relevait du mensonge.

— Non, Jack, dit Backus. Il n'y a aucune photo des autres victimes. Aucun inspecteur de police, aucune victime adulte. J'imagine que…

Il laissa sa phrase en suspens.

— Quoi ? demandai-je.

— J'imagine que ces photos ne lui auraient rapporté aucun bénéfice.

Je regardai mes mains posées à plat sur la table. La droite commençait à m'élancer ; j'en sentais la moiteur sous le bandage blanc. Un sentiment de soulagement m'envahit. Enfin… je pense que c'était ça. Que peut-on ressentir en apprenant qu'aucune photo de son frère assassiné ne se balade à travers le pays sur le réseau Internet, où tous les détraqués qui aiment ce genre de choses pourraient la copier ?

— Quand la vérité sera faite sur ce type, je parie qu'un tas de gens voudront vous organiser une parade avec confettis et serpentins, dit Backus. On vous installera dans une décapotable et vous descendrez Madison Avenue.

Je le regardai. J'ignorais s'il voulait faire de l'humour, mais je ne souris pas.

— Peut-être que parfois la vengeance vaut bien la justice, ajouta-t-il.

— C'est quasiment la même chose, si vous voulez mon avis.

Après quelques instants de silence, Backus changea de sujet.

— Jack, nous devons recueillir votre déposition officielle. De A à Z. N'omettez aucun détail. Rachel, je pensais que vous pourriez peut-être vous en occuper, c'est-à-dire poser les questions.

— Entendu, Bob.

— J'aimerais que ce soit bouclé aujourd'hui et transmis au procureur dès demain. Ensuite, peut-être que nous pourrons tous rentrer à la maison.

— Qui s'occupe d'emballer le dossier pour le procureur ? demanda-t-elle.

— Carter.

Il regarda sa montre.

— Bon, dit-il, vous avez encore quelques minutes, mais vous pouvez aller au bout du couloir et demander Sally Kimball. Peut-être est-elle déjà prête.

Ainsi congédiés, nous nous levâmes et gagnâmes la porte. J'observai Rachel, essayant de déterminer si elle était fâchée de devoir prendre ma déposition pendant que ses collègues du bureau local inspectaient les fichiers informatiques de Gladden – sans aucun doute l'aspect le plus passionnant de l'enquête à ce moment-là. Son visage ne trahissait aucun sentiment. Arrivée à la porte de la salle de conférences, elle se retourna pour annoncer à Backus qu'il la trouverait dans les parages si jamais il avait besoin d'elle.

— Merci, Rachel. Oh, Jack, j'ai des choses pour vous.

Il brandit la liasse de messages téléphoniques. Je revins sur mes pas pour les récupérer.

— Et ceci également.

Il prit la sacoche contenant mon portable, posée sur le siège à côté de lui, et la fit glisser vers moi sur la table.

— Vous avez laissé ça dans la voiture hier.

— Merci.

J'observai le tas de feuilles roses. Il y avait au moins une douzaine d'appels.

— Vous êtes devenu un homme célèbre, reprit-il. Que ça ne vous tourne pas la tête.

— Seulement s'ils m'organisent une parade.

Il ne sourit pas.

J'attendis dans le couloir pendant que Rachel partait chercher la sténographe et en profitai pour passer en revue mes messages. Il s'agissait surtout de relances des chaînes de télé, mais quelques journalistes de la presse écrite avaient appelé eux aussi, dont un qui travaillait pour notre concurrent direct, le *Denver Post*. Les journaux à sensation ne m'avaient pas oublié, ni les émissions de variétés. Il y avait également un appel de Michael Warren. D'après le numéro qu'il avait laissé pour que je le rappelle, il était toujours en ville.

Mais les trois messages les plus surprenants ne venaient pas du monde des journalistes. Dan Bledsoe avait appelé de Baltimore, il y avait une heure. Et les deux autres messages émanaient de maisons d'édition : un grand éditeur installé à New York, et l'assistant du directeur d'une autre maison. Ayant reconnu les logos, je sentis un frisson dans ma poitrine, mélange d'excitation et d'inquiétude.

Rachel me rejoignit.

— Elle arrive tout de suite. On va s'installer dans un bureau par là. Allons-y.

Je lui emboîtai le pas.

La salle était une version miniature de celle où nous venions de nous entretenir avec Backus : une table ronde avec quatre chaises, une console le long du mur, avec un téléphone, et une baie vitrée donnant sur le centre-ville, à l'est. Je demandai à Rachel si je pouvais utiliser le téléphone en attendant l'arrivée de la sténographe, et elle me donna le feu vert. Je composai le numéro laissé par Bledsoe ; il décrocha après la première sonnerie.

— Enquêtes Bledsoe, j'écoute.

— Jack McEvoy à l'appareil.

— Hé, Jack ! Comment va ?

— Bien. Et vous ?

— Beaucoup mieux depuis que j'ai écouté les nouvelles ce matin.

— Tant mieux.

— Vous avez fait du bon boulot, Jack, en expédiant ce fumier dans le trou. Bien joué.

Comment se faisait-il que je n'éprouvais aucune joie ? pensai-je, sans le dire.

— Jack ?

— Oui ?

— Je vous dois une fière chandelle, mon vieux. Et Johnny Mac aussi.

— Non. Nous sommes quittes, Dan. Vous m'avez aidé.

— Bah, peu importe. Si jamais vous revenez par ici un de ces jours, on ira bouffer des crabes et boire de la bière à la taverne. C'est moi qui régale.

— Merci, Dan. Comptez sur moi.

— Hé, cette fille du FBI qu'on a vue dans les journaux et à la télé ? L'agent Rachel Walling ? Un sacré canon !

Je me tournai vers Rachel.

— En effet.

— J'ai vu les images d'hier soir sur CNN, quand elle vous aidait à sortir de la boutique… Faites gaffe, mon vieux.

Bledsoe parvint à m'arracher un sourire. Après avoir raccroché, je contemplai les deux messages des éditeurs. J'étais tenté de les rappeler, mais m'en empêchai. Je ne connaissais pas grand-chose au monde de l'édition, mais à l'époque où j'écrivais mon premier roman – celui qui avait fini dans un tiroir, inachevé – je m'étais un peu renseigné et m'étais dit que si un jour je le terminais, je me trouverais un agent avant d'aller voir un éditeur. J'avais même choisi l'agent qui me représenterait. Malheureusement, je n'avais jamais eu de livre à lui envoyer. Je décidai de retrouver son nom et ses coordonnées pour le rappeler plus tard.

Et il y avait l'appel de Warren. La sténographe ne nous ayant pas encore rejoints, je composai le numéro qu'il avait laissé. Une standardiste me répondit. Je demandai à parler à Warren et vis Rachel m'adresser un regard surpris et interrogateur. Je lui fis un clin d'œil, tandis que la voix au bout du fil m'annonçait que Warren était absent pour le moment. Je donnai mon nom, sans laisser de message, ni de numéro de téléphone. À son retour, Warren s'en voudrait de ne pas avoir été là.

— Pourquoi l'appelais-tu ? me demanda Rachel quand j'eus raccroché. Je croyais que vous étiez ennemis.

— Sans doute. Peut-être que je lui aurais dit d'aller se faire foutre.

Il me fallut une heure et quart pour raconter mon histoire en détail, pendant que la sténographe transcrivait tout ce que je disais. Les questions de Rachel servaient à me guider dans mon récit, en suivant un ordre chronologique. Quand j'en arrivai à ce qui s'était passé dans la boutique, ses questions se firent plus précises et, pour la première fois, elle me demanda quelles étaient mes pensées à tel ou tel moment.

Je lui expliquai que je m'étais seulement emparé de l'arme pour que Gladden ne l'ait pas, rien de plus. Mon intention, lui précisai-je, était d'en vider le chargeur lorsque le corps à corps avait commencé. Le deuxième coup de feu était involontaire.

— En fait, c'était plutôt lui qui tirait l'arme vers lui et ce n'est pas moi qui ai pressé sur la détente. Il a voulu essayer de s'en emparer encore une fois et mon pouce était coincé dans le pontet. Quand il a tiré dessus, le coup est parti. D'une certaine façon, il s'est suicidé. D'ailleurs, j'ai eu le sentiment qu'il savait ce qui allait se passer.

L'interrogatoire se poursuivit encore quelques minutes pendant lesquelles Rachel me demanda quelques précisions. Elle informa ensuite la sténographe qu'elle aurait besoin de la transcription dès le lendemain matin pour l'inclure dans le « plombage » qui serait remis au procureur.

— C'est quoi cette histoire de « plombage » ? lui demandai-je après le départ de la sténographe.

— C'est une expression. On dit toujours ça, qu'il s'agisse ou pas d'obtenir une mise en examen ou une inculpation. Calme-toi. Tu vois bien qu'on cherche seulement à établir la légitime défense. Ne t'inquiète pas, Jack.

Il était encore tôt, mais nous décidâmes d'aller déjeuner. Rachel annonça qu'elle me ramènerait à l'hôtel ensuite. Elle avait encore des choses à régler au bureau local, mais moi, j'avais quartier libre. Nous marchions dans le long couloir lorsqu'elle remarqua que la porte du «Groupe Trois» était ouverte, et elle jeta un coup d'œil à l'intérieur de la pièce. Il y avait là deux hommes, assis l'un et l'autre devant un ordinateur, avec un tas de documents éparpillés sur les claviers et le dessus des écrans. Je remarquai un exemplaire du recueil des œuvres de Poe que je possédais, posé sur le moniteur d'un des deux agents. Celui-ci fut le premier à remarquer notre présence.

— Salut, je suis Rachel Walling. Comment ça se passe ici?

L'autre agent leva la tête, et tous les deux nous saluèrent, en se présentant. L'agent qui avait levé la tête le premier et dit s'appeler Don Clearmountain répondit à la question de Rachel :

— Ça roule. D'ici la fin de la journée, nous aurons une liste de noms et d'adresses. On l'expédiera à tous les bureaux concernés, et ils devraient obtenir sans problème des mandats de perquisition.

J'imaginai des groupes d'agents fédéraux enfonçant des portes et sortant du lit des pédophiles qui avaient acheté des photos d'enfants assassinés. Une opération d'ampleur nationale. Je voyais déjà les gros titres des journaux. «Le Cercle du Poète disparu.» Voilà comment ils surnommeraient ces hommes.

— Mais là, je suis sur un autre truc, vraiment spécial, ajouta Clearmountain.

Il nous regardait avec le sourire triomphant du pirate informatique. C'était une invitation à entrer, ce que fit Rachel ; et je la suivis.

— De quoi s'agit-il ? s'enquit-elle.

— On a une série de numéros auxquels Gladden a expédié les photos digitalisées. On a également la liste des virements effectués sur le compte en banque de Jacksonville. Nous avons rassemblé les deux éléments et ça colle parfaitement.

Il prit une liasse de documents posée sur le clavier de son collègue, la feuilleta et y choisit une feuille.

— Par exemple, le 5 décembre de l'année dernière, la somme de cinq cents dollars a été virée sur ce compte. Il provenait de la Minnesota National Bank de Saint Paul. Le donneur d'ordre était un certain Davis Smith. Sans doute un faux nom. Le lendemain, le modem cellulaire de Gladden a appelé un numéro qui nous a permis de remonter jusqu'à un certain Dante Sherwood, à Saint Paul justement. La connexion a duré quatre minutes, le temps nécessaire pour transmettre et copier une photo. Nous avons relevé des dizaines de transactions semblables. Avec des écarts d'une journée entre le virement et les envois.

— Formidable.

— Mais une question se pose : comment tous ces acheteurs connaissaient-ils l'existence de Gladden, et comment savaient-ils ce qu'il proposait ? En d'autres termes, où faisaient-ils leur marché ?

— Et vous avez trouvé la réponse ?

— Oui ! Grâce au numéro appelé le plus souvent par l'intermédiaire du modem cellulaire. Il correspond à une messagerie informatique. Le réseau DSL.

La surprise se lut sur le visage de Rachel.

— Comme dans Dieu Soit Loué ?

— Oui… presque. En fait, on pense que ça veut plutôt dire Dépravations Sans Limites.

— Écœurant.

— Oui. En fait, on a deviné assez facilement. C'est pas très original et la plupart de ces messageries utilisent le même genre d'euphémismes. Ce qui nous a pris beaucoup plus de temps, c'était d'accéder au réseau. Il nous a fallu toute la matinée.

— Comment avez-vous fait ?

— Nous avons découvert les mots de passe de Gladden.

— Hé, attendez un peu ! dit Rachel. Toute la presse, dans tout le pays, parle de ce qui s'est passé hier soir. L'opérateur de la messagerie n'a pas eu l'idée de couper tous les ponts ? Vous voyez ce que je veux dire ? Pourquoi n'a-t-il pas déconnecté le réseau avant qu'on intervienne ?

— Il aurait dû le faire, mais il ne l'a pas fait.

Clearmountain se tourna vers son collègue, et tous les deux échangèrent un sourire de conspirateurs. Ils ne nous avaient pas tout dit.

— Peut-être, reprit Clearmountain, que l'opérateur était coincé et n'a pas pu intervenir à temps.

— OK. Racontez-moi la suite, dit Rachel avec impatience.

— Nous avons tout essayé pour entrer sur le serveur, les variations sur le nom de Gladden, sa date de naissance, son numéro de sécurité sociale, tous les trucs habituels. Rien. Nous pensions la même chose que vous, qu'il avait été déconnecté.

— Mais… ?

— Nous nous sommes intéressés à Edgar Poe.

Clearmountain prit l'épais recueil sur son moniteur et l'agita.

— C'est un code d'accès à deux mots. Le premier, on l'a trouvé facilement. C'était Edgar. Mais le deuxième nous a donné du fil à retordre. On a tout essayé : Corbeau, Eidolon, Usher, tout ce qu'on a pu trouver dans ce bouquin. Alors, on est revenus en arrière, on a recommencé avec le nom de Gladden, tous les numéros. Toujours rien. Et soudain… Bingo ! On a trouvé. C'est Joe qui a décroché le jackpot en mangeant un petit gâteau.

Clearmountain désigna son collègue, Joe Perez, qui nous adressa un sourire et nous fit la révérence. Dans l'esprit de ces « flics informatiques », ce qu'il avait réussi, c'était comme arrêter un criminel en flagrant délit pour un flic de la rue. Il paraissait aussi fier qu'un adolescent qui se tape une fille dans une chambre d'hôtel le soir de la remise des diplômes.

— Je lisais le truc sur Poe pendant une pause, expliqua Perez. J'avais les yeux fatigués à force de fixer l'écran.

— Une chance qu'il ait décidé de les reposer en lisant un bouquin, plaisanta Clearmountain, en reprenant son récit. Dans la notice biographique, Joe a appris que Poe avait utilisé un pseudonyme à un moment de sa vie, pour s'engager dans l'armée ou un truc comme ça. Edgar Perry. On a tapé ce nom-là, et comme je vous l'ai dit : bingo ! On a réussi à rentrer !

Clearmountain fit pivoter son siège pour taper

dans la main de Perez à la manière d'un basketteur. On aurait dit deux jeunes crétins en chaleur. Voilà à quoi ressemblait le FBI aujourd'hui, me dis-je.

— Et qu'avez-vous découvert ?

— Il y a douze rubriques sur cette messagerie. La plupart servent à évoquer les goûts spécifiques de chacun. Autrement dit : filles de moins de douze ans ou garçons de moins de dix ans, ce genre de choses. On trouve également une liste d'avocats conseillés, dans laquelle figure l'avocat de Gladden, Krasner. Sans oublier une sorte de « journal intime », rempli de trucs invraisemblables, des essais, des trucs comme ça. Certains textes ont certainement été écrits par notre homme. Écoutez un peu ça.

Il feuilleta de nouveau la liasse de documents et en tira une feuille, qu'il nous lut.

— C'est un exemple. « Je pense qu'ils savent que j'existe. L'heure est proche où j'apparaîtrai dans la lumière de la fascination et de la peur du public. Je suis prêt. » Et un peu plus loin, on trouve ceci : « Ma souffrance est ma passion, ma religion. Jamais elle ne me quitte. C'est elle qui me guide. Elle est moi. » Voilà, c'est bourré de machins dans le même genre. À un moment, l'auteur se baptise Eidolon. Et on pense qu'il doit s'agir de Gladden. Vos collègues de la BSS et vous, aurez de quoi nourrir vos banques de données avec tout ça.

— Parfait, dit Rachel. Quoi d'autre ?

— Une des rubriques est une bourse aux échanges. Où les gens proposent de vendre ou d'acheter certaines choses.

— Comme des photos ou des pièces d'identité ?

— Exact. On a d'ailleurs repéré un gars qui vend des permis de conduire délivrés dans l'Alabama. Va falloir se dépêcher de coincer ce petit plaisantin. Et nous avons trouvé le fichier où Gladden vendait ce qu'il stockait dans son ordinateur. Tarif minimum, cinq cents dollars la photo. Trois pour mille dollars. Si vous étiez intéressé, vous laissiez un message avec vos coordonnées informatiques. Vous expédiiez l'argent sur un compte en banque, et vos photos apparaissaient sur votre ordinateur. L'annonceur de la bourse aux échanges affirmait qu'il pouvait fournir des photos adaptées à tous les goûts.

— Comme s'il prenait des commandes et qu'ensuite il allait…

— Exactement.

— Vous en avez parlé à Bob Backus ?

— Il était là.

Rachel se tourna vers moi.

— Je sens que la parade sera grandiose.

— Vous oubliez la cerise sur le gâteau, dit Clearmountain. Mais c'est quoi cette histoire de parade ?

— Peu importe. Parlez-moi de la cerise sur le gâteau.

— La messagerie. À partir du numéro, nous avons réussi à remonter jusqu'à la source.

— Et ?

— Centre pénitentiaire de Raiford. Floride.

— Oh, mon Dieu ! Gomble ?

Clearmountain acquiesça en souriant.

— C'est en tout cas ce que pense Bob Backus.

Il va demander à quelqu'un de se renseigner. J'ai déjà appelé la prison et demandé à un des gardiens à quoi correspondait cette ligne. Il m'a répondu que c'était celle du bureau de l'intendance. Et en effet, j'avais remarqué que tous les appels de Gladden vers ce numéro avaient été passés après dix-sept heures, heure de la côte est. Le gardien m'a confirmé que l'intendance fermait ses portes à dix-sept heures. Il ouvre le matin à huit heures. Je lui ai également demandé s'il y avait un ordinateur dans ce bureau pour gérer les commandes, les stocks et ainsi de suite. «Oui, bien sûr», m'a-t-il répondu. Et un téléphone? Il m'a dit qu'il y en avait un, mais qui n'était pas relié à l'ordinateur. Cela étant, ce type serait tout à fait incapable de reconnaître un modem s'il en voyait un, croyez-moi. C'est un bénévole qui vient travailler à la prison tous les jours. Vous voyez le genre? Je lui ai demandé de vérifier pour la ligne téléphonique, un soir, par exemple, après la ferme-ture du bureau…

— Hé, attendez. Il risque de…

— Ne vous inquiétez pas, il ne fera rien. Je lui ai demandé de ne pas intervenir sans avoir notre feu vert. Pour l'instant, le réseau doit rester connecté, après dix-sept heures, évidemment, heure de la côte est. Je lui ai demandé qui travaille dans ce bureau, et il m'a répondu Horace Gomble. Un détenu qui béné-ficie d'un régime de faveur. Mais je vois que vous le connaissez déjà. Chaque soir, j'imagine, il branche la ligne téléphonique sur l'ordinateur avant de verrouil-ler la porte et il regagne sa cellule.

À cause de ces nouveaux développements, Rachel annula son déjeuner avec moi. Elle m'expliqua que je devrais prendre un taxi pour rentrer à l'hôtel et qu'elle m'y appellerait dès que possible. Peut-être serait-elle obligée de retourner en Floride, mais elle me tiendrait au courant. J'aurais voulu rester avec elle, mais je sentais peser la fatigue après ma nuit blanche.

En sortant de l'ascenseur, au rez-de-chaussée, alors que je traversais le hall de l'immeuble fédéral en songeant que je devais appeler Greg Glenn et consulter mes messages, j'entendis une voix familière dans mon dos.

— Hé, la vedette, ça roule?

Je me retournai et vis Michael Warren s'avancer vers moi.

— Warren. Je viens juste d'essayer de vous joindre au *Times*. On m'a dit que vous étiez sorti.

— Oui, j'étais ici. Une autre conférence de presse doit avoir lieu à deux heures. J'ai eu envie d'arriver en avance pour voir ce que je pouvais glaner dans les parages.

— Un nouvel informateur peut-être?

— Je vous l'ai dit, Jack, je refuse de parler de ça avec vous.

— Et moi, je refuse de vous parler.

Sur ce, je pivotai sur mes talons et m'éloignai. Il me lança:

— Pourquoi m'avez-vous appelé, dans ce cas? Pour frimer?

Je me retournai.

— Oui, sans doute. Mais vous savez, Warren, je ne vous en veux pas vraiment. Vous avez sauté sur une histoire qui passait à votre portée, et je comprends ça. Je ne peux pas vous le reprocher. Thorson avait lui aussi une idée en tête, et vous l'ignoriez. Il s'est servi de vous, mais tout le monde se sert de tout le monde. À un de ces jours.

— Attendez une minute, Jack. Si vous n'êtes pas furieux, pourquoi refusez-vous de me parler ?

— Parce que nous restons rivaux.

— Non, c'est faux. Vous n'êtes plus sur le coup. Je me suis fait faxer la une du *Rocky* ce matin. Ils ont refilé l'affaire à quelqu'un d'autre. Si votre nom apparaît désormais, c'est à l'intérieur de l'article. Pas au début ou à la fin. Vous n'êtes plus sur l'affaire. Vous êtes dedans. Alors, pourquoi ne pas me laisser vous poser quelques questions, officiellement ?

— Du genre : « Que ressentez-vous ? » C'est ça que vous voulez me demander ?

— Entre autres, oui.

Je l'observai un long moment. Même si je n'aimais pas ce type et ce qu'il avait fait, je ne pouvais m'empêcher de me sentir proche de sa position. Il agissait comme je l'avais souvent fait avant lui. Je consultai ma montre et jetai un coup d'œil sur le parking au-delà des portes vitrées du hall. Les taxis que j'avais aperçus la veille avaient tous disparu.

— Vous avez une voiture ?

— Oui, celle du journal.

— Conduisez-moi au Château Marmont. On parlera en chemin.

— Officiellement ?

— Officiellement.

Il brancha son magnétophone et le déposa sur le tableau de bord. Il voulait juste entendre ma version des faits. Il voulait pouvoir me citer au sujet de ce que j'avais fait hier soir plutôt que de s'en remettre à un informateur de seconde main, comme un porte-parole du FBI. Ç'aurait été la solution de facilité, et il était trop bon journaliste pour se satisfaire d'un porte-parole. Chaque fois que possible, il s'adressait directement à la source. Je comprenais sa démarche. J'étais comme lui.

Curieusement, ça me fit du bien de lui raconter toute l'histoire. J'y pris même du plaisir. J'avais déjà tout raconté à Jackson, pour mon propre journal ; je n'avais donc pas l'impression de dévoiler des secrets. Mais Warren était présent quasiment au départ de l'enquête, et ça me plaisait de pouvoir lui raconter personnellement où elle avait conduit et comment elle avait pris fin.

Toutefois, je ne lui parlai pas des derniers développements, de la messagerie DSL, dirigée par Gomble depuis sa prison. C'était trop bon pour être partagé. J'avais bien l'intention de raconter cette histoire, que ce soit pour le *Rocky*, ou un de ces éditeurs de New York.

Finalement, Warren gravit la petite colline menant à l'entrée du Château Marmont. Un portier vint m'ouvrir la portière, mais je ne descendis pas de voiture. Je me tournai vers Warren.

— Autre chose ?

— Non, je crois que j'ai tout. D'ailleurs, il faut que je retourne au bâtiment fédéral pour la conférence de presse. Ça va faire un article du tonnerre.

— Seuls le *Rocky* et vous avez l'exclusivité. Je n'ai pas l'intention de vendre mon histoire à *Hard Copy*, sauf pour une somme à six chiffres.

Il me regarda, surpris.

— Je plaisantais, Warren. D'accord, je me suis introduit dans la salle des archives de la fondation avec vous, mais de là à vendre mon histoire à des torchons...

— Et les éditeurs ?

— J'y pense. Et vous ?

— J'ai renoncé le jour où votre article est paru. D'après mon agent, les éditeurs qu'il a contactés s'intéressaient beaucoup plus à vous qu'à moi. Vous, vous aviez votre frère. De toute évidence, vous étiez plus impliqué. La seule chose que je pourrais fourguer, c'est un petit truc bâclé. Et ça ne m'intéresse pas. Je dois penser à ma réputation.

J'acquiesçai et me retournai pour descendre de voiture.

— Merci pour le taxi.

— Merci pour l'article.

J'étais descendu et allais claquer la portière quand Warren commença à dire quelque chose, puis s'interrompit.

— Quoi ?

— Je voulais… Ah, zut, écoutez, Jack. Au sujet de mon informateur. Si…

— Laissez tomber. Ça n'a plus d'importance. Je vous l'ai dit, le type est mort, et vous avez fait ce qu'aurait fait n'importe quel journaliste.

— Non, attendez. Il ne s'agit pas de ça… Je ne révèle jamais mes sources, Jack. En revanche, je peux vous dire qui n'était PAS un informateur. Et Thorson n'était pas mon informateur, OK ? Je ne connaissais même pas ce gars-là.

Je me contentai de hocher la tête, sans rien dire. Il ignorait que j'avais vu le relevé téléphonique de l'hôtel et que je savais par conséquent qu'il mentait. Une Jaguar flambant neuve s'arrêta sous la marquise du parking et un couple vêtu de noir de pied en cap en descendit. Je me retournai vers Warren, en me demandant ce qu'il manigançait. À quoi bon mentir maintenant ?

— C'est tout ?

Warren eut un haussement d'épaules.

— Ouais, c'est tout. Mais vu qu'il est mort et que vous étiez présent, j'ai pensé que vous voudriez peut-être savoir.

Je continuai de l'observer.

— OK, dis-je. Merci. À plus tard.

Je me redressai et claquai la portière, puis me baissai pour regarder Warren à travers la vitre et lui adresser un signe de la main. Il me répondit par un salut militaire et repartit.

46

De retour dans ma chambre, je branchai mon ordinateur sur la ligne téléphonique afin de me connecter sur le système informatique du *Rocky*. Trente-six messages m'y attendaient. Je ne les avais pas consultés depuis deux jours. La plupart des messages « de l'intérieur » contenaient des félicitations, même si cela n'était pas formulé de manière explicite : on se demandait s'il était bienséant de me féliciter pour avoir tué le Poète. Jackson avait laissé deux messages pour savoir où j'étais, et me demander de le rappeler ; Greg Glenn en avait laissé trois pour dire la même chose. L'opératrice du *Rocky* avait aussi transféré mes appels téléphoniques sur ma messagerie électronique, et plusieurs provenaient de journalistes des quatre coins du pays, ou de sociétés de production hollywoodiennes. Ma mère et Riley avaient appelé. Aucun doute, j'étais très demandé. Après avoir enregistré les messages, au cas où je voudrais rappeler, j'interrompis la communication.

La ligne directe de Greg Glenn m'expédia au standard ; l'opératrice m'informa que Glenn était en réunion et qu'elle avait reçu l'ordre exprès de ne pas le déranger. Je lui laissai mon nom, mon numéro et raccrochai.

Après avoir attendu un quart d'heure que Glenn me rappelle en tentant d'oublier ce que m'avait dit Warren avant de me quitter, n'y tenant plus, je décidai d'aller faire un tour. Je commençai par déambuler sur le Strip et entrai au Book Soup, une librairie que j'avais repérée précédemment, dans la voiture de Warren. Au rayon des romans policiers, je dénichai un livre que j'avais lu autrefois et qui, je m'en souvenais, était dédicacé à l'agent de l'auteur. Selon moi, c'était le signe qu'il s'agissait d'un bon agent. Muni de ce nom, je changeai de rayon pour consulter un annuaire recensant toutes les agences littéraires, leurs adresses et leurs numéros de téléphone. Puis je regagnai l'hôtel à pied, ayant mémorisé le numéro de l'agent en question.

La lumière rouge du téléphone clignotait quand j'entrai dans la chambre ; c'était certainement Glenn, mais je décidai d'appeler d'abord l'agent. Il était 17 heures à New York, et j'ignorais quels étaient ses horaires de travail. Il décrocha après deux sonneries. Je me présentai et me lançai aussitôt dans mon baratin.

— J'aimerais savoir si vous accepteriez éventuellement de me servir d'agent pour euh… ce qu'on pourrait appeler un récit criminel authentique. Vous vous occupez de ce genre d'ouvrages ?

— Oui, répondit-il. Mais plutôt que de discuter

de tout cela au téléphone, je préférerais que vous m'adressiez une lettre détaillée pour me parler de vous et de votre projet. Ensuite, je vous donnerai mon avis.

— Ce serait avec plaisir, mais le temps presse. Les éditeurs et les gens du cinéma ne cessent de m'appeler ; je dois prendre ma décision très rapidement.

Je le sentis mordre à l'hameçon. Je le savais.

— Pourquoi cet empressement ? De quoi s'agit-il ?

— Avez-vous lu dans les journaux ou vu à la télé un reportage sur un meurtrier, à Los Angeles... le Poète ?

— Oui, évidemment.

— Eh bien, c'est moi qui... euh... je l'ai tué. Je suis écrivain... journaliste. Et mon frère...

— C'est vous ?

— Oui, c'est moi.

Bien qu'il fût souvent interrompu par d'autres appels, nous discutâmes pendant une vingtaine de minutes de mon projet de livre et de l'intérêt qu'il suscitait chez les gens du cinéma. Il travaillait, m'expliqua-t-il, en collaboration avec un agent de Hollywood qui saurait négocier au mieux mes intérêts auprès de l'industrie cinématographique. En attendant, il voulait savoir dans quel délai je pouvais lui envoyer un projet de deux pages. Dans l'heure qui suit, lui répondis-je, et il me donna les coordonnées du modem fax de son ordinateur. Si mon histoire était aussi bonne que ce qu'il avait vu à la télé, reprit-il, il pensait n'avoir aucun mal à vendre le livre avant la fin de la semaine. Je lui répondis que c'était encore mieux qu'à la télé.

— Au fait, dit-il. Comment avez-vous eu mon nom ?

— En première page de *A Morning for Flamingos*.

La lumière rouge du téléphone continuait à me faire de l'œil mais, après avoir raccroché, je l'ignorai et repris mon portable afin de rédiger mon projet, essayant de résumer les événements de ces deux dernières semaines en deux pages. C'était un exercice d'autant plus difficile que je ne pouvais me servir que d'une main. Finalement, après un long effort, je me retrouvai avec quatre pages.

Je commençais à sentir des élancements dans ma main blessée, bien que j'eus essayé de ne pas m'en servir. J'avalai un des cachets contre la douleur qu'on m'avait donnés à l'hôpital et j'avais déjà repris mon ordinateur pour me relire quand le téléphone sonna.

C'était Glenn, et il semblait dans tous ses états.

— Jack ! s'exclama-t-il. J'attendais votre appel ! Qu'est-ce que vous foutez, nom de Dieu ?

— Je vous ai appelé ! J'ai laissé un message. Ça fait une heure que je suis assis là à attendre que vous me rappeliez.

— Bon sang, mais je l'ai fait ! Vous n'avez pas eu mon message ?

— Non. Vous avez dû appeler pendant que j'étais parti chercher un Coca au bout du couloir. Mais je n'ai eu aucun…

— Peu importe, peu importe. Dites-moi plutôt ce qu'on a pour demain. J'ai mis Jackson sur le coup et Sheedy a pris l'avion ce matin. Elle va assister à une conférence de presse au FBI. Qu'avez-vous de nouveau à nous donner ? Tous les quotidiens du pays nous ont emboîté le pas et nous devons absolument rester en tête. Alors, quoi de neuf ? Que savez-vous qu'ils ignorent ?

— Je ne sais rien, lui mentis-je. Il ne se passe plus grand-chose. Les agents fédéraux continuent à vérifier des détails, je suppose... Dites, je suis toujours sur la touche ?

— Franchement, Jack, je ne vois pas comment vous pourriez écrire cet article. Nous en avons déjà parlé hier. Vous êtes trop impliqué. Vous ne pouvez pas me demander de...

— OK, OK, je posais simplement la question. Euh... je peux vous dire deux choses. Premièrement, ils ont remonté la trace de Gladden jusqu'à un appartement, où ils ont découvert un cadavre. Une autre victime. Vous pouvez commencer par ça. Mais c'est peut-être le sujet de la conférence de presse. Deuxièmement, dites à Jackson d'appeler le bureau local du FBI, ici à L. A., et de les interroger sur l'ordinateur qu'ils ont retrouvé.

— L'ordinateur ?

— Gladden avait un portable dans sa voiture. Ils ont mis leurs cinglés d'informatique sur le coup toute la nuit, et ils y étaient encore ce matin. Ça vaut peut-être la peine de les appeler, je ne sais pas. J'ignore ce qu'ils ont découvert.

— Qu'avez-vous fait pendant ce temps-là ?

— Il a fallu que j'aille faire ma déposition. Ça m'a pris toute la matinée. Ils sont obligés d'adresser un dossier au procureur, pour demander un verdict de légitime défense, un truc comme ça. Et après, je suis revenu ici.

— Ils ne vous tiennent pas au courant ?

— Non. J'ai seulement entendu quelques agents parler du cadavre dans l'appartement et de cette histoire d'ordinateur, c'est tout.

— C'est déjà un point de départ.

Je m'efforçai de dissimuler le sourire dans ma voix. Peu importait que je révèle la découverte de la dernière victime. La nouvelle finirait par se répandre de toute façon. Mais un type comme Jackson qui téléphone directement au FBI n'avait aucune chance d'obtenir confirmation de l'existence de l'ordinateur, et encore moins des informations sur son contenu. Le Bureau ne lâcherait pas le morceau avant d'avoir exploré toutes les pistes.

— Je regrette, Greg, c'est tout ce que j'ai. Dites à Jackson que je suis désolé. Au fait, que vient faire Sheedy par ici, à part couvrir la conférence de presse ?

Sheedy était une jeune journaliste pleine d'avenir. Récemment, elle avait été affectée à la *go team*, des journalistes qui ont en permanence une valise dans le coffre de leur voiture, prêts à tailler la route dès que se produisait une catastrophe, un drame ou tout autre événement sensationnel en dehors de Denver. J'avais moi-même fait partie de cette équipe pendant quelque temps. Mais après avoir couvert mon troisième accident d'avion, pour interviewer des gens dont les proches venaient d'être réduits en bouts de charbon ou retrouvés en plusieurs morceaux, je m'étais lassé, et j'avais repris mon boulot avec les flics.

— Je ne sais pas, dit Glenn. Elle va fureter un peu partout. Quand revenez-vous ?

— Ils veulent que je reste encore un peu, au cas où les services du procureur souhaiteraient m'interroger. Mais je pense que dès demain, j'en aurai fini.

— OK. Si jamais vous avez du nouveau, prévenez-moi immédiatement. Et allez engueuler les types de la réception qui ne vous ont pas transmis mon message. Je vais transmettre cette histoire d'ordinateur à Jackson. À plus tard, Jack.

— OK. Oh, au fait, Greg ! Ma main va mieux.

— Quoi ?

— Je savais que vous vous faisiez du souci. Mais ça va beaucoup mieux, merci.

— Je suis désolé, Jack… La journée a été dure.

— Oui, je comprends. À bientôt.

47

L'analgésique que j'avais pris commençait à faire effet. La douleur lancinante de ma main s'atténuait, et j'étais envahi par une douce sensation de décontraction. Après ma conversation avec Glenn, je rebranchai la ligne du téléphone sur mon ordinateur, enclenchai le logiciel du fax et expédiai mon projet de livre à l'agent littéraire. Tandis que j'écoutais les braiments des ordinateurs en train de s'accoupler, une pensée me frappa soudain, telle une décharge électrique. Les appels que j'avais effectués dans l'avion qui me conduisait à L. A. !

Obnubilé par mon désir de prouver que Thorson était bien l'informateur de Warren, je m'étais à peine intéressé aux autres appels figurant sur sa note de téléphone de l'hôtel, ceux que j'avais refaits personnellement durant le vol. L'un d'eux s'était conclu par le bourdonnement aigu d'un ordinateur, quelque part en Floride, certainement à la prison de Raiford.

Je saisis la sacoche de mon portable sur le lit, sortis mes deux carnets et les feuilletai, sans trouver trace des appels que j'avais effectués dans l'avion. Je me souvins alors que je n'avais pas pris de notes, ni même inscrit les numéros de téléphone car je n'imaginais pas que quelqu'un viendrait voler les factures dans ma chambre d'hôtel !

Chassant toute autre pensée de mon esprit, je tentai de reconstituer très précisément le déroulement des opérations à bord de l'avion. À ce moment-là, je m'intéressais principalement à l'appel figurant sur la note d'hôtel de Thorson et adressé à Warren. C'était celui qui m'avait confirmé que Thorson était l'informateur de Warren. Les autres coups de téléphone passés de sa chambre – à quelques minutes d'intervalle pourtant – n'avaient pas attiré mon attention sur le coup.

Je n'avais pas vu le numéro qui, d'après Clearmountain, était le plus fréquemment appelé à partir de l'ordinateur de Gladden. Un instant, j'envisageai de le contacter pour le lui demander, mais je doutai qu'il le confie à un journaliste sans en référer d'abord à Rachel ou à Backus. Auquel cas je dévoilerais mon jeu, ce que mon instinct me déconseillait de faire pour l'instant.

Je sortis ma carte Visa de mon portefeuille. Après avoir rebranché la ligne du téléphone, je composai le numéro vert figurant au dos de la carte et expliquai à l'opératrice que je souhaitais obtenir des renseignements sur une facture. Après trois minutes de musiquette, une autre opératrice vint en ligne, et je lui demandai s'il était possible de vérifier des sommes débitées sur mon compte trois jours plus tôt seulement. Après avoir vérifié mon identité grâce à mon numéro de sécurité sociale, et autres détails, elle me répondit qu'elle pouvait interroger l'ordinateur pour savoir si les débits avaient été enregistrés. Je lui dis exactement ce que je cherchais.

Les appels venaient juste d'être débités sur mon compte. Et les numéros que j'avais appelés figuraient sur la facture. En cinq minutes, je les recopiai tous dans mon carnet, remerciai l'opératrice et raccrochai.

De nouveau, je connectai la ligne téléphonique sur mon ordinateur. J'ouvris le disque dur, pianotai le numéro de téléphone appelé de la chambre de Thorson et enclenchai le programme. Je consultai le réveil sur la table de chevet : il était quinze heures, soit dix-huit heures en Floride. Une petite sonnerie retentit, puis la connexion s'effectua. Je reconnus les couinements familiers des ordinateurs qui se rencontrent et s'accouplent. L'écran du portable devint tout noir, puis un message s'afficha.

```
*****************************************
           Bienvenue au club DSL
*****************************************
```

Je relâchai ma respiration, me laissai aller en arrière et sentis une décharge électrique me traverser de la tête aux pieds. Après quelques secondes, le message disparut vers le haut de l'écran, et un second réclama le code de l'utilisateur. Je tapai EDGAR, remarquant au passage que ma main valide tremblait. Edgar fut accepté, et l'ordinateur réclama le second mot de passe. Cette fois, je tapai

PERRY. Après une ou deux secondes, le second mot fut accepté et apparut alors la liste des avertissements.

```
******************************************
        DIEU SOIT LOUÉ !

    Règles de conduite

    1. Ne jamais utiliser un vrai nom.
    2. Ne jamais donner les numéros du
réseau à des connaissances.
    3. Ne jamais accepter de rencontrer
un autre utilisateur.
    4. Ne jamais oublier que d'autres
utilisateurs peuvent être des corps
étrangers.
    5. L'opérateur se réserve le droit de
déconnecter tout utilisateur.
    6. La messagerie ne peut servir à
évoquer des activités illégales – c'est
interdit !
    7. Le réseau DSL n'est pas respon-
sable de son contenu.
    8. Pour continuer, appuyer sur une
touche.
******************************************
```

J'appuyai sur la touche RETOUR et accédai à la table des matières où figuraient les différentes messageries offertes aux utilisateurs. Comme l'avait dit Clearmountain, c'était la corne d'abondance de tous les fantasmes du pédophile moderne. J'appuyai de nouveau sur la touche RETOUR, et l'ordinateur me demanda si je souhaitais quitter le réseau DSL. Je cliquai sur la case OUI et coupai la connexion. Je n'avais pas envie d'explorer le réseau pour l'instant. J'étais beaucoup plus intéressé par le fait que Thorson, ou celui qui avait effectué cet appel le dimanche matin de très bonne heure, connaissait l'existence du réseau DSL, et y avait même accès, au moins quatre jours plus tôt.

La connexion sur le réseau DSL ayant été effectuée de la chambre de Thorson, il me semblait évident que l'appel venait de lui. Malgré tout, j'analysai avec soin les autres facteurs. La connexion avait eu lieu, si j'avais bonne mémoire, quelques minutes seulement avant ou après l'appel adressé, de la même chambre, à Warren à Los Angeles. Pourtant, Thorson avait nié avec véhémence être l'informateur de Warren, à trois reprises au moins. Warren, lui, avait démenti deux fois, y compris après la mort de Thorson, alors qu'il importait peu de savoir que les fuites venaient de lui. Le doute introduit en moi par le second démenti de Warren quelques heures plus tôt pesait de plus en plus lourd. Il s'épanouissait dans mon esprit comme une fleur de soupçons, et je ne pouvais plus l'oublier.

S'il fallait croire Thorson et Warren, qui donc avait effectué ces appels de la chambre de Thorson ? Les possibilités tournoyaient dans mon esprit, mais toutes revenaient invariablement résonner dans ma poitrine avec le même bruit sourd. Rachel.

C'était la fermentation d'éléments divers et indépendants qui m'avait conduit dans cette voie.

Pour commencer, Rachel possédait un portable. Évidemment, c'était l'élément le plus faible. Thorson, Backus et les autres, tout le monde possédait ou avait accès à un ordinateur qui lui aurait permis de se connecter sur la messagerie DSL. Deuxième élément : Rachel n'était pas dans sa chambre le samedi soir où je l'avais appelée avant d'aller frapper à sa porte. Alors, où était-elle ? S'était-elle rendue dans la chambre de Thorson ?

Je repensai à tout ce que m'avait dit ce dernier au sujet de Rachel. Il l'avait comparée au Désert peint. Mais il avait dit autre chose. « Elle est capable de jouer avec vous... comme avec un jouet. Parfois, elle a envie de partager, et l'instant d'après, elle ne veut plus. Et elle disparaît. »

Et enfin, je revis Thorson dans le couloir de l'hôtel cette nuit-là. Je savais qu'il était déjà plus de minuit, soit *grosso modo* l'heure à laquelle les appels interurbains avaient été effectués de sa chambre. Quand il m'avait croisé dans le couloir, j'avais remarqué qu'il tenait quelque chose dans sa main. Un sachet, ou une boîte. Je me souvins alors du bruit de la petite pochette intérieure s'ouvrant dans le sac de Rachel, et du préservatif – celui qu'elle gardait en cas d'urgence – qu'elle avait déposé dans ma main. Je pensai à la façon dont Rachel avait pu inciter Thorson à quitter sa chambre pour se servir de son téléphone.

Je sentis un sentiment de terreur pure s'abattre sur moi. La fleur plantée par Warren s'était entièrement épanouie et m'empêchait de respirer. Je me levai pour marcher un peu, mais la tête me tournait. Rejetant la faute sur l'analgésique, je me rassis sur le lit. Après quelques instants de repos, je rebranchai le téléphone, appelai l'hôtel à Phoenix et demandai le service des facturations. Une jeune femme me répondit.

— Allô, oui, bonjour, dis-je. Je suis descendu dans votre hôtel le week-end dernier et je n'ai pas eu le temps de vérifier ma note avant de rentrer chez moi. Or, je m'interroge au sujet de quelques appels téléphoniques qui figurent sur la facture. Il y a déjà plusieurs jours que je veux vous appeler, mais je n'arrête pas d'oublier. Quelqu'un pourrait-il me renseigner ?

— Certainement. Je serai ravie de vous aider, monsieur. Si vous me donnez votre nom, je vais ressortir votre fiche.

— Merci. Je m'appelle Gordon Thorson.

Elle ne répondit pas. Je me figeai en pensant que, peut-être, elle avait entendu à la télé, ou lu dans les journaux, le nom de l'agent fédéral abattu à L.A., mais finalement, je l'entendis pianoter sur son clavier.

— Oui, monsieur Thorson. Chambre 325. Deux nuits. Eh bien, quel est le problème ?

Je notai le numéro de la chambre dans mon carnet, histoire de m'occuper. Cette habitude de journaliste qui consiste à noter tous les faits m'aidait à me calmer.

— Attendez… Je ne… pas moyen de remettre la main sur ma facture. Je l'ai posée quelque part sur mon bureau… Ah, zut ! Je ne la retrouve plus… Je vais être obligé de vous rappeler. Mais, en attendant, vous pouvez peut-être déjà commencer à regarder. Ce qui me tracasse, voyez-vous, c'est que j'ai trois appels passés après minuit, le samedi soir, et que je ne m'en souviens pas. J'ai noté les numéros quelque part pour… Ah, les voici.

Rapidement, je débitai les trois numéros que m'avait fournis l'employée de la carte Visa, en priant le ciel que ma ruse fonctionne.

— En effet, ces numéros figurent bien sur votre note. Êtes-vous sûr que…

— À quelle heure ont-ils été passés ? Là est tout le problème, voyez-vous. Je n'ai pas l'habitude de traiter des affaires au beau milieu de la nuit.

Elle me donna les heures. L'appel pour Quantico avait été enregistré à 0 heure 37 et suivi par celui adressé à Warren, à 0 heure 41, juste avant la connexion sur le réseau, à 0 heure 56. Je contemplai ces horaires après les avoir notés.

— Vous pensez ne pas avoir effectué ces appels, monsieur ?

— Comment ?

— Vous pensez ne pas avoir appelé ces numéros, disais-je ?

— Exactement.

— Y avait-il quelqu'un d'autre dans votre chambre ?

C'est justement là la question, non ? pensai-je en mon for intérieur.

— Euh, non, répondis-je avant d'ajouter : seriez-vous assez aimable pour vérifier, je vous prie, et s'il n'y a pas d'erreur de votre part, je me ferai un plaisir de payer. Je vous remercie.

Je raccrochai et regardai de nouveau les horaires que j'avais notés dans mon carnet. Ça correspondait. Rachel avait quitté ma chambre après minuit. Le lendemain matin, elle m'avait dit avoir croisé Thorson dans le couloir. Peut-être m'avait-elle menti. Peut-être ne l'avait-elle pas simplement croisé. Peut-être était-elle entrée dans sa chambre.

Thorson étant mort, je n'avais plus qu'une façon de vérifier cette hypothèse, sans interroger Rachel, ce que je ne pouvais pas faire pour l'instant. Je décrochai de nouveau le téléphone et appelai le bureau du FBI au bâtiment fédéral. Ayant reçu des ordres stricts pour filtrer les appels qui lui étaient destinés, la standardiste refusa obstinément de me passer Backus, jusqu'à ce que je lui explique que c'était moi qui avait tué le Poète et que je devais lui parler de toute urgence. Finalement, elle accepta de me le passer, et ce fut lui qui décrocha.

— Jack, que se passe-t-il?

— Écoutez-moi, Bob, c'est très important. Êtes-vous seul?

— Jack, je...

— Répondez-moi, bon sang! Euh... excusez-moi, je me suis emporté. Je voulais juste... Dites-moi simplement si vous êtes seul.

Je devinai une hésitation, et sa voix, quand il répondit, était teintée de scepticisme.

— Oui. De quoi s'agit-il?

688

— Nous avons beaucoup parlé de la confiance dans nos relations. Je vous ai fait confiance et vous m'avez fait confiance. Je vous demande de me faire confiance encore une fois, Bob, pendant quelques minutes et de répondre à mes questions, sans m'en poser. Je vous expliquerai tout ensuite. D'accord ?

— Écoutez, Jack. Je suis très occupé. Et je ne comprends pas ce que…

— Cinq minutes, Bob. Pas une de plus. C'est très important.

— Que voulez-vous savoir ?

— Que sont devenues les affaires personnelles de Thorson ? Ses vêtements et les objets récupérés à l'hôtel ? Qui s'en est chargé après… sa mort ?

— J'ai tout récupéré hier soir. Mais je ne vois pas le rapport avec notre enquête. Le contenu de ses affaires ne regarde personne.

— Je vous en prie, répondez à mes questions, Bob. Je ne cherche pas à écrire un article. C'est pour moi. Et pour vous. J'ai deux choses à vous demander. Premièrement : avez-vous retrouvé les notes de l'hôtel à Phoenix ?

— Phoenix ? Non, je n'ai pas vu les notes dont vous parlez, et d'ailleurs, elles n'avaient aucune raison de se trouver dans ses affaires. Nous sommes partis en coup de vent. Je suis sûr que les factures ont été expédiées à mon bureau de Quantico. Où voulez-vous en venir, Jack ?

La première pièce du puzzle venait de trouver sa place. Si Thorson n'avait pas les notes, sans doute n'était-ce pas lui qui les avait volées dans ma chambre. Je repensai à Rachel. C'était plus fort que moi. La première nuit à Hollywood, après que nous avions fait l'amour, elle s'était levée la première pour prendre une douche. Je l'avais imitée ensuite. Je l'imaginai prenant la clé dans la poche de mon pantalon, descendant au rez-de-chaussée et pénétrant dans ma chambre pour fouiller rapidement dans mes affaires. Simplement pour m'espionner. Ou peut-être savait-elle, d'une manière ou d'une autre, que j'étais en possession des notes de l'hôtel. Peut-être avait-elle appelé l'hôtel à Phoenix.

— Autre question, dis-je, ignorant celle de Backus. Avez-vous trouvé des préservatifs dans les affaires de Thorson ?

— Écoutez, je ne sais pas quelle sorte de fascination morbide vous pousse, mais je refuse de poursuivre sur ce terrain. Je vais raccrocher, Jack, et je ne veux pas que…

— Attendez ! Quelle fascination morbide ? J'essaye simplement de comprendre une chose qui vous a échappé, tous autant que vous êtes ! Avez-vous évoqué la question de l'ordinateur avec Clearmountain ? Au sujet du réseau ?

— Oui, je suis au courant. Mais le rapport avec votre boîte de préservatifs ?

Je remarquai qu'il avait, sans le vouloir, répondu à ma question concernant les préservatifs. Je n'avais pas parlé d'une boîte.

— Savez-vous, dans ce cas, qu'une connexion avec la messagerie a été établie de la chambre de Thorson à Phoenix, le dimanche matin ?

— C'est ridicule. Et d'abord, comment le sauriez-vous ?

— Quand j'ai quitté l'hôtel, l'employé de la réception m'a pris pour un agent du FBI. Vous vous souvenez ? Comme la journaliste à la sortie du salon funéraire ? Il m'a chargé de vous remettre les notes. Il pensait que ça irait plus vite que de les poster.

Un long silence suivit cet aveu.

— Dois-je comprendre que vous avez volé ces notes d'hôtel ?

— Vous avez entendu ce que j'ai dit. On me les a remises. Et sur la note de Thorson figuraient deux appels, un adressé à Michael Warren et l'autre passé à la messagerie, ce qui est assez étrange, si l'on pense que, hier encore, vous étiez tous censés ignorer l'existence de cette messagerie.

— J'envoie immédiatement quelqu'un pour récupérer ces factures.

— Ne vous donnez pas cette peine. Je ne les ai plus. On me les a volées dans ma chambre à Hollywood. Il y a un loup dans la bergerie, Bob.

— Hein ? Quoi ?

— Parlez-moi de la boîte de préservatifs que vous avez trouvée dans les affaires de Thorson et je vous expliquerai ensuite.

Je l'entendis pousser un soupir de lassitude, et de renoncement.

— OK. Il y avait bien une boîte de préservatifs. Même pas ouverte. Et alors ? Qu'est-ce que ça signifie ?

— Où est cette boîte ?

— Dans un carton scellé, avec le reste de ses affaires. Tout sera expédié demain en Virginie, avec le corps.

— Où est ce carton ?

— Là, près de moi.

— Je veux que vous l'ouvriez, Bob. Regardez la boîte, regardez s'il y a une étiquette ou quelque chose qui indique où elle a été achetée.

Tandis que je l'entendais arracher le ruban adhésif du carton, je revis Thorson traversant le couloir avec un objet dans la main.

— Je peux déjà vous annoncer, déclara Backus en ouvrant le carton, que la boîte se trouvait dans un sac de drugstore.

Je sentis mon cœur s'emballer et entendis le froissement d'un sac en papier.

— OK, je l'ai, reprit Backus d'une voix où perçait l'agacement. Scottsdale Drugs. Ouvert vingt-quatre heures sur vingt-quatre. Une boîte de douze préservatifs. Neuf dollars quatre-vingt-quinze. Vous voulez aussi connaître la marque, Jack ?

J'ignorai son sarcasme, mais sa question me donna une idée pour plus tard.

— Il y a un ticket de caisse ?

— Je viens de vous le lire.

— La date et l'heure de l'achat y figurent-elles ? Généralement, les caisses enregistreuses électroniques les impriment sur le ticket.

Un silence. Si long que je crus que j'allais hurler.

— Dimanche matin, zéro heure cinquante-quatre.

Je fermai les yeux. Pendant que Thorson achetait

692

une boîte de préservatifs, dont il n'utiliserait même pas un seul, quelqu'un téléphonait de sa chambre.

— Alors, Jack, qu'est-ce que ça signifie ? me demanda Backus.

— Ça signifie que tout ceci n'est qu'un immense mensonge.

Je rouvris les yeux et éloignai le téléphone de mon oreille. Je le regardai comme une créature étrange attachée à ma main et raccrochai lentement.

Bledsoe était encore à son bureau et répondit après la première sonnerie.

— Dan ? C'est encore moi, Jack.

— Hé, Jack ! Quel bon vent, l'ami ?

— Vous savez… cette bière que vous vouliez m'offrir ? Je me suis dit que vous pourriez faire autre chose pour moi.

— Tout ce que vous voulez.

Je lui expliquai ce que j'attendais de lui. Il n'hésita pas une seconde, même quand je lui précisai que ce devait être fait immédiatement. Il ne pouvait pas me garantir les résultats, mais promit de me contacter, dans tous les cas, dès que possible.

Je repensai au premier appel effectué pendant que Thorson n'était pas dans sa chambre. Il était adressé au standard de Quantico. Quand j'avais appelé ce numéro dans l'avion, cela ne m'avait pas paru étrange. Mais soudain, je m'interrogeai. Pourquoi appeler le numéro du standard en pleine nuit ? Je savais maintenant qu'il n'y avait qu'une réponse possible à ma question : le correspondant ne voulait pas appeler un numéro direct et révéler ainsi qu'il connaissait ce numéro. Au lieu de cela, par l'intermédiaire de son ordinateur, il avait appelé le standard et, l'opératrice ayant reconnu la sonnerie de connexion du fax, l'appel avait été transféré sur une des lignes de télécopie.

Je me souvins que lors de la réunion du dimanche matin consacrée au fax envoyé par le Poète, Thorson avait détaillé son trajet, grâce au compte rendu en provenance de Quantico. Le fax était d'abord passé par le numéro général, avant d'être transféré sur un télécopieur.

Sans un mot, une opératrice de Quantico me passa les bureaux de la BSS quand je demandai à parler à l'agent Brad Hazelton. Après la troisième sonnerie, je craignis qu'il ne fût trop tard. Il était sans doute rentré chez lui. Enfin, il décrocha.

— Brad, c'est Jack McEvoy. Je suis à Los Angeles.

— Hé, salut, Jack, comment ça va ? Vous l'avez échappé belle hier, hein ?

— Je vais bien, merci. Je suis désolé pour l'agent Thorson. Je sais que vous formez tous une équipe soudée et...

— C'était un connard de première, mais personne ne mérite ce qu'il lui est arrivé. C'est moche. On n'a pas le cœur à rire ici, aujourd'hui.

— Je m'en doute.

— Alors, c'est à quel sujet ?

— Oh, quelques points de détail. Je suis en train d'établir la chronologie des événements, pour que tout soit bien clair dans ma tête. Si jamais je décide d'écrire toute l'histoire, vous voyez.

Je m'en voulais de mentir à cet homme qui s'était toujours montré sympathique avec moi, mais je ne pouvais pas me permettre de lui dire la vérité : il aurait certainement refusé de m'aider.

— Et, repris-je, il semblerait que j'ai égaré mes notes concernant le fax. Vous savez, celui que le Poète a envoyé à Quantico le dimanche ? Si je me souviens bien, Thorson disait avoir été mis au courant par vous ou Brass. Ce que je voudrais savoir, c'est l'heure exacte à laquelle il est arrivé. Si vous le savez.

— Un instant, Jack.

Il était parti avant même que j'aie eu le temps de dire que je patientais. Les yeux fermés, je passai les minutes suivantes à m'interroger : était-il parti chercher le renseignement ou l'autorisation de me le donner ?

Enfin, il revint en ligne.

— Désolé, Jack, il a fallu que je fouille dans toutes les paperasses. Le fax est arrivé sur le télécopieur numéro deux dans la salle des communications des bureaux administratifs de l'Académie, à trois heures trente-huit exactement, le dimanche matin.

Je consultai mes notes. En déduisant les trois heures de décalage horaire, le fax était arrivé une minute après l'appel adressé au standard de l'Académie, appel passé de la chambre de Thorson.

— Ça vous va, Jack ?

— Hein ? Oh oui, merci. Euh… j'avais une autre question.

— Allez-y, dégainez… Oh, pardon.

— Ce n'est rien. Je voulais savoir si… euh… l'agent Thompson vous a envoyé un prélèvement buccal effectué sur la victime de Phoenix. L'inspecteur Orsulak.

— Exact, Orsulak.

— Il souhaitait identifier une substance. Il pensait qu'il s'agissait d'un lubrifiant pour préservatif. Ce que je voulais savoir, c'est si ce lubrifiant provenait d'une marque bien précise de préservatifs. Est-ce possible de le savoir ?

Hazelton ne répondant pas immédiatement, je faillis m'engouffrer dans ce silence.

— Drôle de question, Jack.

— Oui, je sais, mais euh… je suis fasciné par les détails de cette enquête, la façon dont vous procédez. Voyez-vous, il est essentiel d'être précis… l'histoire n'en est que meilleure.

— Je vous demande encore un instant.

De nouveau, il m'abandonna avant que j'aie eu le temps de dire quoi que ce soit. Mais cette fois il revint rapidement en ligne.

— J'ai votre renseignement. Ça vous ennuie de me dire pourquoi ça vous intéresse tant ?

Ce fut à mon tour de rester muet.

— Non, dis-je, décidant de miser sur la franchise. En fait, j'essaye d'élucider un point obscur, Brad. Si jamais mes soupçons se confirment, le FBI sera le premier informé. Vous pouvez me croire.

Hazelton sembla hésiter encore un instant.

— OK, Jack, je vous fais confiance. D'ailleurs, Gladden est mort. Ce n'est pas comme si je dévoilais des pièces à conviction du procès et, de toute façon, on ne pourrait pas prouver grand-chose avec ça. La substance en question est utilisée par deux marques de préservatifs. Les Ramses lubrifiés et les Trojan Golds. Ce sont certainement deux des marques les plus répandues dans ce pays. Voilà pourquoi on ne peut pas parler d'une preuve irréfutable.

Ce n'était peut-être pas une preuve recevable devant un tribunal, mais les Ramses lubrifiés était bien la marque du préservatif que Rachel avait sorti de son sac le samedi soir dans ma chambre d'hôtel. Sans rien ajouter, je remerciai Hazelton et raccrochai.

Tout était là, et tout semblait concorder. J'eus beau essayer, pendant plus d'une heure, et par tous les moyens, de démonter ma propre théorie, je n'y arrivai pas. Elle ne reposait que sur des soupçons et des spéculations, mais elle fonctionnait comme une machine dont toutes les pièces s'emboîtaient à la perfection. Et je n'avais aucun grain de sable à y lancer pour en bloquer les engrenages.

Il n'y manquait plus que l'élément que me fournirait Bledsoe. Je fis les cent pas dans la chambre en attendant son coup de téléphone. L'angoisse qui me rongeait l'estomac était comme une créature vivante. Je sortis prendre l'air sur le balcon, mais ça ne servit à rien. Le Marlboro Man me regardait fixement, son visage de dix mètres de haut tenant Sunset Strip sous son emprise. Je rentrai dans ma chambre.

Au lieu de fumer la cigarette dont j'avais envie, je décidai de boire un Coca. Je quittai ma chambre en prenant soin de pousser le verrou pour éviter que la porte ne se referme et parcourus le couloir au trot, jusqu'aux distributeurs. Malgré les analgésiques, j'avais les nerfs en pelote. Mais je savais que cette agitation allait bientôt se transformer en fatigue si je ne me dopais pas avec une dose de sucre et de caféine.

Je regagnais tranquillement ma chambre lorsque j'entendis le téléphone sonner. Je me précipitai, sautai sur le téléphone avant même de refermer la porte et décrochai après la huitième ou neuvième sonnerie.

— Dan ?

Un silence.

— C'est Rachel. Qui est ce Dan ?

— Oh... (J'avais du mal à reprendre mon souffle.) C'est... c'est un pote du journal. Il devait m'appeler.

— Qu'est-ce qui t'arrive, Jack ?

— Je suis essoufflé. J'étais parti chercher un Coca au bout du couloir, et j'ai entendu le téléphone sonner.

— Bon sang, tu as au moins couru le cent mètres !

— Oui, facile. Attends, ne quitte pas.

Je retournai fermer la porte, puis j'enfilai mon masque de comédien en revenant vers le téléphone.

— Rachel ?

— Écoute, je voulais juste te prévenir que je partais. Bob veut que je retourne en Floride pour m'oc-cuper de cette histoire de messagerie.

— Oh…

— C'est l'affaire de quelques jours.

La petite lumière rouge signalant un autre appel se mit à clignoter. «Merde, Bledsoe!» pensai-je en maudissant ce fichu contretemps.

— D'accord, Rachel.

— J'aimerais bien qu'on aille quelque part tous les deux après. J'envisageais de prendre des vacances.

— Je croyais que tu en revenais.

Je me souvins des indications que j'avais vues sur son agenda de bureau à Quantico, et, pour la première fois, je songeai que les dates correspondaient à l'époque où, peut-être, elle s'était rendue à Phoenix pour traquer et tuer Orsulak.

— Je n'ai pas eu de vraies vacances depuis long-temps. Je pensais à un petit voyage en Italie. Venise, par exemple.

Je ne relevai pas son mensonge. Comme je ne disais rien, elle perdit patience. Mon numéro ne fonctionnait pas.

— Jack, que se passe-t-il?

— Rien.

— Je ne te crois pas.

Après un instant d'hésitation, j'avouai:

— Il y a quelque chose qui me tracasse, Rachel.

— Je t'écoute.

— L'autre soir, la première fois où nous avons fait l'amour, je t'ai appelée dans ta chambre après que tu as été partie. Je voulais juste te souhaiter bonne nuit, te dire combien j'avais apprécié ce qui s'était passé entre nous. Mais personne n'a répondu. Je suis même allé frapper à ta porte. Pas de réponse. Et le lendemain matin, tu m'as dit que tu avais croisé Thorson dans le couloir. Alors… je ne sais pas… j'ai beaucoup réfléchi et…

— Réfléchi à quoi, Jack ?

— Je ne sais pas, j'ai réfléchi. Je me demandais où tu étais quand je t'ai appelée, quand j'ai frappé à ta porte.

Il y eut un silence et quand enfin elle répondit, sa colère crépitait au bout du fil comme un feu.

— Tu sais quoi, Jack ? J'ai l'impression d'entendre un collégien jaloux. Comme ce gamin dans les gradins du gymnase dont tu m'as parlé. Oui, j'ai croisé Thorson dans les couloirs, et oui, je l'avoue, il croyait que je le cherchais, que j'avais envie de lui. Mais ça n'a pas été plus loin. Désolée, je ne peux pas t'expliquer pourquoi je n'ai pas entendu le téléphone sonner. Peut-être que tu t'es trompé de chambre, ou peut-être que j'étais sous la douche à ce moment-là, en train de me dire moi aussi que j'avais passé un moment merveilleux. Et peut-être que je ne devrais pas être obligée de me défendre ou de me justifier. Si tu n'es pas capable de gérer ce genre de jalousies mesquines, trouve-toi une femme différente et choisis une autre vie.

— Écoute, Rachel, je suis désolé, OK ? Tu m'as demandé ce qui n'allait pas, je t'ai répondu.

— Tu as dû abuser des médicaments que t'a

refilés le médecin. Je te conseille une bonne nuit de sommeil pour te changer les idées, Jack. J'ai un avion à prendre.

Elle raccrocha.

— Adieu, dis-je dans le silence.

48

Le soleil se couchait, et le ciel était couleur de citrouille mûre, zébré de balafres d'un rose phosphorescent. C'était magnifique, et même le fouillis des immenses panneaux publicitaires d'un bout à l'autre du Strip me semblait beau. J'étais sorti sur le balcon, j'essayais de réfléchir, de comprendre, en attendant que Bledsoe me rappelle. C'était bien lui qui avait laissé le message pendant que je parlais avec Rachel. Il disait qu'il n'était pas à son bureau, mais qu'il me rappellerait.

J'observai le Marlboro Man, ses yeux plissés et son menton stoïque, épargnés par le temps. Il avait toujours été un de mes héros, une icône, malgré son manque d'épaisseur. Je me souvenais des repas du soir à la maison. J'étais assis à droite de mon père. Et lui fumait, le cendrier toujours posé à droite de son assiette. Voilà pourquoi j'avais appris à fumer. À mes yeux, il ressemblait au Marlboro Man, mon père. En ce temps-là, du moins.

Rentrant dans la chambre, j'appelai à la maison

et ce fut ma mère qui décrocha. Avec un tas de simagrées, elle me demanda si j'allais bien, puis me gronda pour ne pas avoir appelé plus tôt. Finalement, après l'avoir calmée et rassurée sur mon sort, je lui demandai de me passer mon père. Nous ne nous étions pas parlé depuis l'enterrement, à supposer qu'on se soit parlé ce jour-là.

— Papa ?

— Salut, fils. Tu es sûr que tout va bien ?

— Oui, oui. Et toi ?

— Ça va. On se faisait juste du souci pour toi.

— Pas la peine. Tout va bien.

— C'est une histoire de fou, hein ?

— Tu veux parler de Gladden ? Ouais.

— Riley est ici avec nous. Elle va passer quelques jours à la maison.

— Bonne idée, papa.

— Tu veux lui parler ?

— Non, c'est à toi que je veux parler.

Cette réponse lui coupa le sifflet. Je crus percevoir sa nervosité.

— T'es toujours à Los Angeles ?

Il avait appuyé sur le « g ».

— Oui, encore pour un jour ou deux. Je t'appelais parce que… je voulais… enfin, j'ai pensé à des choses et je voulais te dire que j'étais désolé.

— Désolé pour quoi, fiston ?

— Pour tout. Sarah, Sean, ainsi de suite… (Je ris, comme on rit quand une chose n'est pas drôle et qu'on se sent gêné.) Je suis désolé pour tout.

— Jack, tu es sûr que ça va ?

— Oui, ça va.

— Tu n'as pas à t'excuser, pour quoi que ce soit.

— Si. Si.

— Bon, bah... Nous aussi on est désolés... Je suis désolé.

Je laissai un court silence souligner ces paroles.

— Merci, papa. Il faut que je raccroche. Dis à maman que je l'embrasse et dis bonjour à Riley de ma part.

— Compte sur moi. Hé, si tu faisais un saut par ici en revenant, hein? Pour passer un jour ou deux à la maison?

— Promis.

Je raccrochai. Marlboro Man, pensai-je. Je tournai la tête vers la porte-fenêtre du balcon restée ouverte et vis ses yeux qui m'observaient par-dessus la balustrade. Ma main m'élançait de nouveau. Ma tête aussi. Je savais trop de choses et ça ne me plaisait pas. J'avalai un autre cachet.

À 17 heures 30, Bledsoe rappela enfin. Les nouvelles qu'il m'apportait n'étaient pas bonnes. C'était le dernier élément, celui qui déchirait le dernier voile d'espoir auquel je me raccrochais encore. En l'écoutant, j'eus l'impression que mon cœur se vidait de son sang. Je me retrouvais de nouveau seul. Et le plus terrible, c'était que la personne que j'avais désirée ne m'avait pas simplement rejeté. Elle s'était servie de moi et m'avait trahi comme jamais je n'aurais imaginé qu'une femme puisse le faire.

— Voici ce que j'ai trouvé, mon gars, dit Bledsoe. Accrochez-vous, c'est un conseil.

— Je vous écoute.

— Rachel Walling. Son père était Harvey Walling. Je ne l'ai pas connu. Quand il était inspecteur, je portais encore l'uniforme. Mais j'ai interrogé un des anciens de la Criminelle ; il m'a raconté qu'on le surnommait Harvey Wallbanger[1]. Vous voyez l'allusion ? Après avoir bu un coup. C'était un type étrange, paraît-il, un solitaire.

— Comment est-il mort ?

— J'y arrive. J'ai demandé à un pote de me sortir le dossier des archives. Ça remonte à dix-neuf ans. Bizarre, je m'en souviens pas. À croire que je bossais sans lever les yeux. Enfin bref, mon pote m'a donné rendez-vous à la Fells Point Tavern. Il a apporté le dossier. Aucun doute, il s'agissait bien de son vieux. Elle est mentionnée dans le dossier. C'est elle qui l'a découvert. Il s'est tiré une balle. Dans la tempe. On a conclu au suicide, mais il y avait quelques hics.

— Du genre ?

— L'absence de mot d'adieu, pour commencer. Deuxièmement, il portait des gants. D'accord, c'était l'hiver, mais ça s'est passé à l'intérieur de la maison. De bonne heure le matin. L'enquêteur a noté dans les rapports qu'il se posait des questions à ce sujet.

— A-t-on retrouvé des résidus de poudre sur un des gants ?

— Oui.

---

1. Soit «Cogne les murs» (NdT).

— Est-ce que… Rachel était présente quand c'est arrivé ?

— Elle a déclaré qu'elle dormait dans sa chambre, à l'étage, quand elle a entendu le coup de feu. Dans son grand lit. Elle aurait eu peur et ne serait descendue qu'une heure plus tard, a-t-elle dit. C'est alors qu'elle l'a découvert. Tout ça d'après les rapports.

— Et la mère ?

— Il n'y avait pas de mère. Elle avait fichu le camp depuis plusieurs années. Rachel vivait seule avec son père.

Je réfléchis un instant à tout ce qu'il venait de me dire. Son allusion à la taille du lit, et la façon dont il avait prononcé sa dernière phrase me tracassaient.

— Quoi d'autre, Dan ? Vous ne me dites pas tout.

— Laissez-moi vous poser une question, Jack. Y a-t-il quelque chose entre cette femme et vous ? Comme je vous le disais, j'ai bien vu sur CNN comment elle vous a…

— Écoutez, le temps presse ! Dites-moi donc ce que vous savez !

— OK. OK. Le seul autre élément étrange qui figurait dans les rapports concernait le lit. Il était fait.

— Quoi ?

— Le lit du père. Il était fait. Ça veut donc dire qu'il s'est levé, a fait son lit, s'est habillé, a enfilé son manteau et ses gants, comme s'il partait travailler, puis au lieu de ça il s'est assis dans le fauteuil et s'est tiré une balle dans la tête. Ou bien alors il est resté debout toute la nuit à réfléchir et, pour finir, il est passé à l'acte.

Je sentis la déprime et la fatigue me submerger comme une lame de fond. Je me laissai glisser du fauteuil jusqu'à terre, en gardant le téléphone plaqué contre mon oreille.

— Le gars qui a mené l'enquête a pris sa retraite maintenant, mais il vit toujours. Mo Friedman, qu'il s'appelle. On se connaît depuis un bail, lui et moi. À l'époque où je suis passé détective, il approchait de la quille. Un chic type. Je viens de lui parler au téléphone. Il habite dans les Poconos ; je l'ai interrogé sur cette affaire et lui ai demandé son avis. Son avis personnel, s'entend.

— Et alors ?

— Il m'a répondu qu'il avait laissé filer, car dans un cas comme dans l'autre il estimait que Harvey Wallbanger avait eu ce qu'il méritait.

— Mais son avis, c'était quoi ?

— Selon lui, le lit du père était fait parce que personne ne dormait jamais dedans. Il pense que le père couchait avec sa fille dans le grand lit à deux places et qu'un matin la gamine a pété les plombs. Mo n'a plus jamais entendu parler de rien, il n'était même pas au courant de tout ce qui s'est passé ensuite. Il a soixante et onze ans maintenant. Il fait des mots croisés. Il dit qu'il n'aime pas regarder les infos. Il ne savait pas que la fille était devenue agent du FBI.

J'étais incapable de parler. Ni même de bouger.

— Jack, vous êtes toujours là ?

— Faut que je raccroche.

La standardiste du bureau local du FBI m'annonça que Backus était déjà parti. Comme je lui demandais de vérifier quand même, elle me mit en attente au moins cinq minutes, pendant qu'elle se faisait les ongles ou retouchait son maquillage, je l'aurais parié. Quand elle revint en ligne, ce fut pour me confirmer que Backus était absent. Mais je pouvais essayer de le joindre le lendemain matin. Elle raccrocha avant que j'aie pu dire quoi que ce soit.

C'était Backus qui détenait la clé de l'affaire. Il fallait absolument que je le contacte pour lui expliquer ce que je savais et agir ensuite, comme il en déciderait. S'il n'était pas au bureau, peut-être était-il retourné au motel de Wilcox Avenue. Je devais m'y rendre de toute façon, pour récupérer ma voiture. Je jetai ma sacoche d'ordinateur sur mon épaule et me dirigeai vers la porte. Au moment où je l'ouvrais, je me figeai. Backus se tenait devant moi, le poing levé, prêt à frapper à ma porte.

— Gladden n'était pas le Poète. C'était un meurtrier, certes, mais ce n'était pas le Poète. J'en ai la preuve.

Backus me regardait comme si je venais de lui annoncer que j'avais vu le Marlboro Man me faire de l'œil.

— Vous avez effectué pas mal d'appels bien étranges aujourd'hui, Jack. À moi d'abord, puis à Quantico. Je suis venu voir si, par hasard, les médecins ne seraient pas passés à côté de quelque chose hier. Je pensais qu'on pourrait peut-être aller faire un saut à…

— Écoutez, Bob, je ne vous en veux pas de penser ça après ce que je vous ai demandé aujourd'hui, à vous et à Hazelton. Mais je ne pouvais rien vous dire avant d'avoir des certitudes. Maintenant, je suis sûr. Totalement sûr. Et je peux vous expliquer. Je m'apprêtais justement à partir à votre recherche.

— Dans ce cas, asseyez-vous et expliquez-moi ce que ça signifie. Vous avez parlé d'un loup dans la bergerie. Que voulez-vous dire ?

— Ce que je veux dire, c'est que votre boulot, au FBI, c'est d'identifier et de capturer ces gens-là. Les criminels récidivistes, comme vous les appelez. Et il se trouve qu'il y en a un parmi vous, depuis le début.

Backus souffla bruyamment, en secouant la tête.

— Asseyez-vous, Bob. Je vais vous raconter toute l'histoire. Si, quand j'en aurai terminé, vous pensez que je suis fou, vous pourrez me conduire à l'hôpital. Mais je sais que vous ne le penserez pas.

Backus s'assit au bout du lit, et j'entrepris de lui débiter mon histoire, en récapitulant tout d'abord les démarches que j'avais faites et les appels que j'avais passés pendant l'après-midi. Il me fallut presque une demi-heure uniquement pour évoquer cette partie de l'histoire. Juste au moment où je m'apprêtais à lui exposer mon interprétation des faits, Backus m'interrompit avec un argument auquel j'avais déjà réfléchi et auquel je m'attendais.

— Vous oubliez une chose, Jack. Vous avez dit que Gladden avait avoué le meurtre de votre frère.

Avant de mourir. Vous l'avez dit vous-même et je l'ai lu dans votre déposition cet après-midi. Vous avez même dit qu'il vous avait reconnu.

— Oui, mais il se trompait. Et moi aussi. Je n'ai jamais prononcé le nom de Sean. J'ai simplement dit «mon frère». Je l'ai accusé d'avoir tué mon frère, et il a cru que c'était un des gamins. Vous comprenez? Voilà pourquoi il m'a dit ça. Voilà pourquoi il m'a dit qu'il avait tué mon frère «pour le sauver». Il voulait dire, je pense, qu'il tuait ces enfants car il savait, après ce qu'il leur avait fait, que leur vie était détruite. Comme Beltran avait détruit la sienne. Et dans son esprit malade, en les tuant, il leur évitait de devenir comme lui. Il ne parlait pas des flics, Bob, il parlait uniquement des gamins. En fait, je crois qu'il n'a jamais été au courant pour les meurtres de flics.

«Et s'il m'a reconnu, c'est parce qu'il m'avait vu à la télé. Sur CNN. Vous vous souvenez? C'est là qu'il m'a vu.

Backus baissa la tête. Il essayait visiblement d'analyser mes affirmations et, à en juger par l'expression de son visage, ma théorie lui paraissait plausible. J'étais en train de le convaincre.

— Admettons, dit-il. Et Phoenix, les chambres d'hôtel et le reste? Comment expliquez-vous tout ça?

— On se rapprochait de la cible. Rachel le savait et, d'une manière ou d'une autre, il fallait qu'elle détourne l'enquête, ou fasse en sorte que tous les éléments accusent uniquement Gladden le jour où on l'arrêterait. Car même si tous les flics de ce pays rêvaient de le descendre, elle ne pouvait pas prévoir ce qui allait se passer.

« Alors, elle a fait trois choses, lui dis-je encore. D'abord elle a envoyé le fax, celui du Poète, à partir de son ordinateur, adressé au standard de l'académie de Quantico. Elle l'a rédigé de façon que les informations qu'il contenait établissent de manière certaine le lien entre Gladden et les meurtres de flics. Souvenez-vous de la réunion au sujet de ce fax. C'est elle qui a dit que c'était la preuve du lien entre toutes les affaires.

Backus se contenta de hocher la tête, sans rien dire.

— Ensuite, poursuivis-je, elle a pensé que refiler l'histoire à Warren m'inciterait à écrire mon article et provoquerait une tempête médiatique. Gladden ne pourrait pas passer à côté et déciderait de se terrer en apprenant qu'on le tenait pour responsable non seulement des meurtres qu'il avait commis, mais également des assassinats de flics qui leur succédaient. Voilà pourquoi elle a appelé Warren : pour tout lui raconter. Elle se doutait qu'il était retourné à Los Angeles pour essayer de fourguer son histoire après s'être fait virer de la fondation. Peut-être même l'avait-il appelée en lui laissant un message pour dire où le joindre. Vous me suivez ?

— Vous étiez pourtant persuadé que les fuites venaient de Gordon.

— C'est vrai. Non sans raisons : les notes d'hôtel. Mais le ticket de caisse du drugstore prouve qu'il n'était pas dans sa chambre quand les appels ont été effectués, et Warren m'a certifié que son informateur n'était pas Thorson alors même qu'il n'avait plus d'intérêt à mentir, puisque Thorson était déjà mort.

— Et la troisième chose ?

— Je pense qu'elle s'est connectée sur le réseau par le biais de son ordinateur. Par contre, je ne sais pas comment elle connaissait son existence. Peut-être un coup de téléphone anonyme adressé au FBI, ou un truc comme ça. Je ne sais pas. Toujours est-il qu'elle s'est branchée sur la messagerie. C'est peut-être à ce moment-là qu'elle a envoyé un des textes de l'Eidolon découverts par Clearmountain. Une fois de plus, cet indice établissait le lien entre Gladden et les meurtres du Poète. Elle nous livrait le coupable emballé et ficelé. Même si je ne l'avais pas tué, même s'il s'en était sorti et avait tenté de nier, les preuves étaient là pour l'accuser et personne ne l'aurait cru, surtout à la lumière des meurtres que lui-même avait commis.

Je marquai une pause pour permettre à Backus de digérer tout ce que je venais de dire.

— Les trois appels ont été effectués de la chambre de Thorson, repris-je au bout d'une trentaine de secondes. C'était une protection supplémentaire. Si jamais les choses tournaient mal, rien ne pourrait prouver qu'elle avait passé ces appels. Ils provenaient de la chambre de Thorson. Mais la boîte de préservatifs démolit cette ruse. Vous êtes bien placé pour savoir quelles relations elle entretenait avec son ex-mari. Ils ne cessaient de se bouffer le nez, mais il y avait encore quelque chose entre eux. En tout cas, Thorson continuait de la désirer, et Rachel le savait. Elle s'en est servie. Si elle lui demandait d'aller acheter des préservatifs et promettait de l'attendre dans son lit, je suppose qu'il aurait foncé immédiatement au drugstore comme un type qui a le feu aux fesses, si je puis dire. Et c'est exactement ce qu'elle a fait, à mon avis. À cette différence près qu'elle ne l'a pas attendu dans son lit. Elle s'est servie du téléphone. Et quand Thorson est revenu, elle avait fichu le camp. Thorson ne m'a pas raconté tout ça en ces termes, mais il me l'a fait comprendre. Le jour où nous avons fait équipe, lui et moi.

Backus acquiesça. Il avait le visage d'un homme fini. Sans doute voyait-il déjà ce qu'il allait advenir de sa carrière. D'abord son autorité mise en cause par le fiasco de l'arrestation de Gladden, et maintenant ça. Ses jours comme agent spécial en chef étaient comptés.

— Ça paraît tellement…

Il laissa sa phrase en suspens, et je ne l'achevai pas à sa place. J'avais encore d'autres choses à lui dire, mais j'attendis. Il se leva et fit quelque pas dans la chambre. À travers la porte vitrée du balcon, il regarda le Marlboro Man. Apparemment, celui-ci n'exerçait pas sur lui la même fascination que sur moi.

— Parlez-moi de la lune, Jack.

— Pardon ?

— La lune du Poète. Vous m'avez raconté la fin de l'histoire. Quel est le commencement ? Comment une femme peut-elle en arriver au stade que nous évoquons ?

Il se détourna du balcon pour me regarder, avec une lueur de défi dans les yeux. Il cherchait quelque chose, n'importe quoi, qui pourrait l'aider à bâtir une autre théorie, pour éviter de me croire. Je me raclai la gorge.

— C'est le point le plus délicat, lui dis-je. Vous devriez poser la question à Brass.

— Je le ferai. Mais essayez quand même.

Je réfléchis un instant. Puis je me jetai à l'eau.

— Une jeune fille, de douze ou treize ans. Son père abuse d'elle. Sexuellement. Quant à sa mère… Elle fiche le camp. Soit elle savait ce qui se passait et ne pouvait l'empêcher, soit elle s'en foutait. Bref, la mère s'en va et la fille se retrouve seule avec le père. C'est un flic. Un inspecteur. Il la menace, il la persuade qu'elle ne peut en parler à personne : il est inspecteur de police et il le saura. Il lui dit que personne ne la croira, et elle le croit.

« Mais un jour, elle n'en peut plus. Ou bien elle n'en peut plus depuis longtemps, mais l'occasion ne s'est pas présentée ou elle n'a pas encore trouvé le plan parfait. Peu importe. Ce jour-là, elle le tue et fait croire qu'il s'est suicidé. Ça marche ; elle s'en sort. Le détective chargé de l'affaire sent que quelque chose cloche, mais que fait-il ? Il sait que ce type a eu ce qu'il méritait. Conclusion, il laisse couler.

Backus s'était immobilisé au centre de la chambre, les yeux fixés sur le sol.

— J'étais au courant pour son père, dit-il. La version officielle, je veux dire.

— Un ami m'a fourni les détails de la version «non officielle».

— Ensuite?

— Ensuite, elle grandit. La force qu'elle a ressentie en accomplissant ce geste compense un tas de choses. Elle parvient à surmonter tout ça. Peu y parviennent, mais elle si. C'est une fille intelligente, elle s'inscrit à l'Université pour étudier la psychologie, en savoir plus sur elle-même. Elle parvient même à se faire engager par le FBI. Elle est brillante, elle gravit rapidement les échelons, pour finalement se retrouver dans l'unité qui étudie le comportement des gens comme son père. Des gens comme elle. Voyez-vous, toute sa vie durant elle a mené ce combat pour tenter de comprendre. Et le jour où son supérieur décide de mener une enquête sur les suicides dans la police, il va la trouver car il connaît la version officielle de la mort de son père. Il ne connaît pas la vérité. Uniquement la version officielle. Elle accepte ce travail, en sachant au fond d'elle-même que ce choix repose sur une imposture.

Je m'arrêtai là. Plus j'avançais dans cette histoire, plus je sentais croître ma puissance. La connaissance des secrets d'autrui est un pouvoir enivrant. Je me délectais de ma capacité à assembler tous les éléments.

— Et ensuite, demanda Backus, pourquoi est-ce que tout s'écroule?

Je me raclai à nouveau la gorge.

— Tout se passait bien, dis-je. Elle avait épousé un collègue et tout allait bien. Mais ça n'a pas duré.

J'ignore si c'est à cause de la pression du boulot, des souvenirs, de l'échec de son mariage, peut-être un mélange de tout ça. Elle a commencé à dérailler. Son mari l'a quittée, en pensant qu'elle était dénuée de sentiments. Le Désert peint, comme il la surnommait, et elle le détestait pour cette raison. Et alors… peut-être s'est-elle souvenue du jour où elle avait tué son bourreau. Son père. Et elle s'est souvenue de la sensation de paix qui avait suivi… Le soulagement.

J'observai Backus. Son regard était perdu dans le vague. Peut-être imaginait-il l'histoire à mesure que je la faisais sortir de l'enfer.

— Un jour, poursuivis-je, elle reçoit une demande de portrait psychologique. Un jeune garçon a été tué et mutilé en Floride. L'inspecteur chargé de l'enquête veut en savoir plus sur la personnalité du coupable. Mais elle reconnaît l'inspecteur ; elle connaît son nom. Beltran. Un nom surgi du passé. Un nom prononcé peut-être au cours d'une vieille interview, et elle sait que lui aussi viole des enfants, comme son père, et que la victime à l'origine de cette enquête est probablement *sa* victime…

— Exact, dit Backus, en prenant la relève. Alors, elle va voir ce type en Floride, ce Beltran, et elle recommence. Comme avec son père. Elle fait croire à un suicide. Elle savait même où Beltran cachait son fusil. Gladden le lui avait dit. Sans doute n'a-t-elle eu aucun mal à atteindre Beltran. Elle prend l'avion pour se rendre sur place, elle le contacte grâce à sa carte d'agent fédéral et s'introduit chez lui pour faire le coup. Ce geste lui redonne la paix. Il comble le vide. Hélas, ça ne dure pas. Bientôt, le même malaise réapparaît, et elle est obligée de recommencer. Encore et encore. Elle suit l'itinéraire du tueur d'enfants, Gladden, et elle tue ceux qui sont à sa recherche en se servant de Gladden pour couvrir ses traces, avant même d'en laisser.

Tout en parlant, Backus contemplait une vision, d'un air absent.

— Elle connaissait toutes les techniques, toutes les astuces, dit-il. Comme par exemple de frotter le préservatif lubrifié à l'intérieur de la bouche d'Orsulak. La fausse piste parfaite. Un vrai coup de génie.

J'acquiesçai et enchaînai :

— Elle avait visité la cellule de Gladden. Elle savait qu'il y avait dans le dossier une photo qui réapparaîtrait un jour. Elle savait qu'on distinguait les livres d'Edgar Poe sur la photo. Tout était manigancé. Elle a suivi Gladden à travers le pays. Grâce aux demandes de profils psychologiques qui lui parvenaient, elle savait quels meurtres il avait commis. Elle éprouvait un sentiment d'empathie. Elle le suivait. Et elle tuait le flic lancé à ses trousses. À chaque fois, elle faisait croire à un suicide, mais il lui restait Gladden pour se protéger si jamais quelqu'un débarquait et faisait éclater la vérité.

Backus me regarda.

— Quelqu'un comme vous, dit-il.

— Oui. Quelqu'un comme moi.

49

Mon histoire, déclara Backus, était comme un drap suspendu à une corde à linge par grand vent. À peine retenu par quelques pinces, elle menaçait de s'envoler.

— Il nous en faut davantage, Jack.

J'acquiesçai. C'était lui le spécialiste. En outre, le véritable procès s'était déjà déroulé dans mon cœur, et le verdict avait été rendu.

— Qu'avez-vous l'intention de faire ? lui demandai-je.

— Je réfléchis. Vous aviez… vous étiez au début d'une relation avec elle, n'est-ce pas ?

— Ça se voyait tant que ça ?

— Oui.

Il resta muet pendant une bonne minute. Il arpenta la chambre, le regard vague, concentré sur ses pensées, son dialogue intérieur. Finalement, il s'immobilisa et me regarda.

— Vous accepteriez de porter un micro ?

— De quoi parlez-vous ?

— Vous le savez bien. Je vais la ramener ici, je la

laisserai seule avec vous et après… à vous de jouer. Vous êtes certainement le seul capable de la piéger.

Je regardai fixement le sol. Je repensais à ma dernière conversation téléphonique avec elle, à la facilité avec laquelle elle m'avait démasqué.

— Franchement, je ne sais pas. Je crois que je n'en serai pas capable.

— Oui, c'est juste. Elle risque de se méfier et de vérifier, dit-il, en rejetant cette idée et en balayant la moquette du regard, comme s'il en cherchait une autre par terre. Mais vous restez notre meilleur atout, Jack. Vous n'appartenez pas au FBI, et elle sait qu'elle peut s'occuper de vous en cas de besoin.

— S'occuper de moi ?

— Vous buter, si vous préférez. (Soudain, il fit claquer ses doigts.) Ça y est, j'ai trouvé ! Inutile de vous faire porter un micro. On va vous mettre à l'intérieur du micro.

— Pardon ?

Il leva un doigt, comme pour me faire signe de patienter. Il décrocha le téléphone, coinça le combiné entre son cou et son épaule et l'emporta avec lui pendant qu'il composait un numéro et attendait qu'on décroche. Le fil du téléphone était comme une laisse limitant le nombre de ses pas dans toutes les directions.

— Faites vos bagages, me dit-il, en attendant que son correspondant décroche.

Je me levai et obéis à son ordre, sans me presser, fourrant mes rares affaires dans la sacoche de mon ordinateur et dans ma taie d'oreiller, tandis qu'il demandait à parler à l'agent Carter et lui donnait une série d'instructions. Il fallait appeler le centre des communications de Quantico afin qu'on envoie un message à l'avion du FBI à bord duquel voyageait Rachel.

— Faites-la revenir, ordonna-t-il enfin. Dites-lui simplement qu'il s'est produit un élément nouveau, mais qu'on ne peut en discuter par radio et qu'il faut qu'elle rentre immédiatement… Non, rien de plus. C'est bien compris ?

Satisfait de la réponse de Carter, il reprit en ces termes :

— Mais avant cela, mettez-moi en attente et appelez Clearmountain. J'ai besoin de l'adresse exacte et du code de la maison du tremblement de terre. Il saura de quoi je parle. Je vais y aller directement d'ici. Prenez avec vous un technicien son et vidéo et deux bons agents. Je vous expliquerai tout sur place. Dépêchez-vous d'appeler le gars de l'informatique.

Je posai sur Backus un regard intrigué.

— Oui, j'attends.

— La maison du tremblement de terre ? répétai-je.

— C'est Clearmountain qui m'en a parlé. Elle est située dans les collines, juste au-dessus de la vallée. Entièrement sous surveillance, de la cave au grenier. Son et vidéo. Elle a subi des dégâts durant la secousse et les vrais propriétaires l'ont abandonnée ; ils n'avaient pas d'assurance. Le Bureau l'a louée à la banque et s'en est servi pour piéger des inspecteurs des travaux et des entrepreneurs locaux. Une histoire de détournement de fonds publics destinés à la reconstruction. D'où l'intervention du FBI. Tout ce petit monde va bientôt être condamné. Le piège est refermé, mais le bail du Bureau n'est pas échu. Alors…

Il leva la main. Carter était revenu en ligne. Backus l'écouta un instant, puis hocha la tête.

— À droite dans Mulholland, et la première sur la gauche ensuite. C'est simple. À quelle heure pensez-vous arriver ?

Il raccrocha après avoir dit à Carter que nous serions sur place avant lui et ajouté qu'il comptait sur le dévouement de ses agents.

Alors que nous quittions l'hôtel à bord de la voiture de Backus, j'adressai un petit salut discret au Marlboro Man. Nous roulâmes vers l'est dans Sunset, jusqu'à Laurel Canyon Boulevard, puis nous empruntâmes la route qui serpentait entre les montagnes.

— Quel est votre plan ? lui demandai-je. Comment comptez-vous attirer Rachel dans cette maison ?

— Vous lui laisserez un message sur sa boîte vocale à Quantico. Vous lui direz que vous êtes chez un ami – un ancien collègue du journal qui est venu s'installer ici – et vous lui donnerez le numéro de téléphone. Je l'appellerai ensuite pour lui expliquer que je l'ai fait revenir de Floride parce que vous posez un tas de questions et formulez d'étranges accusations à son sujet, mais que personne ne sait où vous êtes. Je lui dirai que, selon moi, vous avez abusé des médicaments, et qu'il faut absolument vous conduire à l'hôpital.

J'étais de plus en plus mal à l'aise à l'idée de servir d'appât et de devoir affronter Rachel. Je ne savais pas comment j'allais pouvoir m'en tirer.

— Tôt ou tard, poursuivit Backus, elle aura votre message. Mais elle ne vous rappellera pas. Au lieu de cela, elle localisera la maison grâce au numéro de téléphone et viendra vous trouver. Seule. Avec deux objectifs.

— Lesquels ? lui demandai-je, bien que j'en aie déjà une vague idée.

— Essayer de vous faire entendre raison... ou vous tuer. Elle pensera que vous êtes le seul à savoir. Elle voudra vous persuader que votre hypothèse est abracadabrante. Ou bien elle voudra vous liquider. Je penche plutôt pour la deuxième solution.

Je hochai la tête. Je partageais son avis.

— Mais nous serons là. À l'intérieur de la maison, avec vous. Tout près.

Ce n'était pas rassurant.

— J'hésite...

— Ne vous en faites pas, Jack ! dit Backus en lâchant le volant d'une main pour me décocher un petit coup de poing dans l'épaule. Tout se passera bien cette fois, vous n'avez rien à craindre. Votre seul souci sera de la faire parler. Il faut qu'on l'enregistre. Poussez-la à avouer seulement une partie de l'histoire du Poète et on pourra la coincer pour tout le reste. Faites-la parler !

— J'essaierai.

— Vous serez parfait.

Arrivé dans Mulholland Drive, Backus tourna à droite comme le lui avait indiqué Carter et nous suivîmes la route en lacets qui longeait la crête de la montagne, offrant à travers la brume qui s'assombrissait une vue sur toute la vallée en contrebas. Nous serpentâmes ainsi pendant plus d'un kilomètre jusqu'à ce que, apercevant Wrightwood Drive, nous tournions à gauche pour redescendre dans un quartier de petites maisons construites sur pilotis d'acier, comme suspendues au-dessus du vide, témoignages précaires de la technologie et de la volonté des promoteurs de graver leur empreinte sur tous les sommets de la ville.

— Vous croyez vraiment que des gens habitent là-dedans ? demanda Backus.

— En tout cas, je n'aimerais pas m'y trouver durant un tremblement de terre.

Il roulait lentement afin d'inspecter les numéros peints sur le trottoir. Je le laissai faire, pour essayer d'apercevoir la vallée entre les maisons. Le soir tombait, déjà de nombreuses lumières s'étaient allumées tout en bas. Finalement, il arrêta la voiture devant une maison située dans un virage.

— Nous y sommes.

C'était une petite construction en bois. De devant, les pylônes qui la soutenaient étaient invisibles, et elle semblait flotter au-dessus du précipice. Nous l'observâmes l'un et l'autre pendant un long moment, sans faire un geste pour descendre de voiture.

— Et si elle connaît la maison ? lui demandai-je.

— Rachel ? Impossible, Jack. Moi, je la connais grâce à Clearmountain. Nous en avons parlé tout à fait par hasard. Certains gars du bureau local s'en servent à l'occasion, si vous voyez ce que je veux dire. Quand ils sont avec quelqu'un qu'ils ne peuvent pas ramener chez eux.

Je le regardai ; il me fit un clin d'œil complice.

— Allons inspecter les lieux, dit-il. N'oubliez pas vos affaires.

Il y avait une sorte de petit coffre blindé à l'entrée. Backus, qui connaissait la combinaison, l'ouvrit et prit la clé qui se trouvait à l'intérieur pour déverrouiller la porte.

Il entra le premier et alluma la lumière du vestibule. Je lui emboîtai le pas et refermai la porte derrière nous. L'intérieur était meublé très modestement, mais le mur du fond du living-room attira immédiatement mon attention. Il était entièrement fait d'épais panneaux de verre offrant une vue spectaculaire sur toute la Vallée. Je m'avançai pour admirer le panorama. À l'extrémité de la vallée, on voyait se dresser les contreforts d'une autre chaîne montagneuse. Je m'approchai si près que je vis mon souffle sur les vitres et plongeai mon regard dans les profondeurs de l'arroyo obscur, juste en dessous. Une sensation de vertige m'effleurant, je reculai d'un pas tandis que Backus allumait une lampe derrière moi.

C'est alors que je remarquai les fissures. Trois des cinq panneaux de verre étaient étoilés. Tournant la tête vers la gauche, je découvris l'image déformée de mon reflet et celui de Backus dans un mur en miroir, lui aussi fracturé par le tremblement de terre.

— Y a-t-il eu d'autres dégâts ? Vous êtes sûr qu'on ne craint rien ici ?

— Absolument rien, Jack. Mais, vous savez, la sécurité est une chose relative. La prochaine secousse pourrait être la bonne… Quant aux autres dégâts, ils sont surtout visibles à l'étage inférieur. D'après Clearmountain, c'est là qu'ils sont les plus importants. Murs déformés, tuyauteries éventrées.

Je déposai mon ordinateur et la taie d'oreiller par terre et me retournai vers la baie vitrée. Mes yeux étaient comme aimantés par cette vue et, courageusement, je m'avançai de nouveau vers la vitre. J'entendis une sorte de craquement en provenance du vestibule. Paniqué, je me retournai vers Backus.

— Ne vous inquiétez pas. Ils ont fait vérifier tous les pylônes par un ingénieur avant d'installer leur piège. Cette maison n'ira nulle part. On dirait qu'elle bouge, en effet, et c'est exactement ce qu'ils voulaient pour leur opération.

Je répondis par un hochement de tête, sans être trop rassuré. Je le regardai dans la vitre.

— Le seul qui a du souci à se faire, c'est vous, Jack.

Je jetai un regard dans le miroir, sans comprendre ce qu'il voulait dire. Et là, multipliée par quatre par les fissures du verre, je découvris l'arme qu'il tenait dans sa main.

— Qu'est-ce que ça signifie ? lui demandai-je.

— Terminus, tout le monde descend.

En un éclair, je compris. J'avais fait fausse route et accusé la mauvaise personne. Au même moment, une autre vérité m'apparut : c'était la fêlure qui était en moi qui m'avait égaré. Mon incapacité à croire et à recevoir. J'avais cherché le vice caché derrière les sentiments de Rachel, et non pas la vérité.

— Vous… C'est vous le Poète.

Il ne répondit pas. Il se contenta d'un petit sourire et d'un hochement de tête. Je devinai alors que l'avion de Rachel ne ferait pas demi-tour et que l'agent Carter n'allait pas rappliquer avec un technicien et deux agents. Je revoyais parfaitement le plan, jusqu'au doigt de Backus appuyé sans doute sur la touche du téléphone pendant qu'il faisait semblant d'appeler de ma chambre. Et maintenant, je me retrouvais seul avec le Poète.

— Pourquoi, Bob ? Pourquoi vous ?

Le choc était tel que je continuais à l'appeler par son prénom, comme un ami.

— C'est une très vieille histoire, comme toutes les autres, répondit-il. Trop ancienne, trop oubliée pour que je vous la raconte. D'ailleurs, vous n'avez pas besoin de la connaître. Asseyez-vous dans ce fauteuil, Jack.

Avec le canon de son arme, il me désigna le fauteuil rembourré disposé en face du canapé. Puis le canon revint sur moi. Je ne bougeai pas.

— Les coups de téléphone, dis-je. Vous avez téléphoné de la chambre de Thorson ?

J'avais posé cette question pour dire quelque chose, pour essayer de gagner un peu de temps, même si, au fond de moi, je savais que le temps n'avait plus de sens. Personne ne savait que je me trouvais ici. Personne ne viendrait à mon secours. Backus rit de ma question, un rire forcé et méprisant.

— Un vrai coup de chance, dit-il. Le soir de notre arrivée à l'hôtel, j'ai rempli les fiches pour nous tous, Carter, Thorson et moi. Et ensuite, apparemment, j'ai mélangé les clés. En réalité, j'ai téléphoné de ma chambre, mais les appels ont été facturés sur celle de Thorson. Évidemment, je l'ignorais, jusqu'à ce que je récupère les notes dans votre chambre lundi soir pendant que vous étiez avec Rachel.

Je repensai à ce que m'avait dit Rachel : il faut savoir provoquer la chance. Sans doute ce précepte s'appliquait-il également aux *serial killers*.

— Comment saviez-vous que les notes étaient en ma possession ?

— Je ne le savais pas. Du moins je n'en étais pas sûr. Mais vous avez appelé Warren pour lui annoncer que vous teniez son informateur par les couilles. Il m'a appelé aussitôt après, vu que son informateur, c'était moi. Il m'avait bien dit que vous accusiez Gordon d'être à l'origine des fuites, mais il fallait que je sache ce que vous saviez. Voilà pourquoi je vous ai autorisé à réintégrer l'enquête, Jack. Je voulais savoir ce que vous saviez. Et c'est seulement en pénétrant dans votre chambre, pendant que vous couchiez avec Rachel, que j'ai découvert les notes d'hôtel.

— C'est vous qui m'avez suivi dehors, jusqu'au bar ?

— Ce soir-là, c'est vous qui avez eu de la chance. Si vous vous étiez approché de cette embrasure de porte pour voir qui s'y cachait, le problème aurait été réglé sur-le-champ. Mais le lendemain, comme vous n'êtes pas venu me trouver pour accuser Thorson de s'être introduit dans votre chambre, j'ai pensé que la menace était écartée Que vous aviez laissé tomber. À partir de là, tout se déroulait comme sur des roulettes, conformément au plan… jusqu'à ce que vous m'appeliez aujourd'hui pour me parler de préservatifs et de coups de téléphone. J'ai compris où vous vouliez en venir, Jack. J'ai tout de suite compris que je devais agir vite. Maintenant, asseyez-vous dans ce fauteuil. Je ne vous le redirai pas.

Je marchai vers le fauteuil et m'assis. Je frottai mes paumes contre mes cuisses, sentant mes mains trembler. Je tournais maintenant le dos à la baie vitrée. Je n'avais plus rien à regarder, sauf Backus.

— Comment avez-vous su pour Gladden ? lui demandai-je. Gladden et Beltran.

— J'étais présent. Souvenez-vous. Pendant que Rachel et Gordon conduisaient d'autres interviews, moi, j'ai eu droit à ma petite conversation avec ce cher William. Et d'après ce qu'il a bien voulu me raconter, je n'ai eu aucun mal à identifier Beltran. Puis j'ai attendu que Gladden passe à l'action, une fois libéré. Je savais qu'il agirait. C'était dans sa nature. Je sais de quoi je parle. Alors, je me suis servi de lui comme couverture. Je savais que si un jour mes agissements étaient découverts, toutes les preuves le désigneraient.

728

— Et le réseau ?

— On parle trop, Jack. J'ai encore du travail ici.

Sans me quitter des yeux, il se baissa, ramassa et vida la taie d'oreiller. Puis il se pencha pour tâtonner parmi mes affaires, le regard toujours fixé sur moi. Ne trouvant pas ce qu'il cherchait, il renouvela l'opération avec la sacoche de l'ordinateur, jusqu'à ce qu'il mette la main sur le flacon de comprimés qu'on m'avait donné à l'hôpital. Il lut rapidement l'étiquette et releva les yeux vers moi, avec un sourire.

— Tylénol avec codéine, dit-il. Exactement ce qu'il nous faut. Prenez-en un, Jack. Non, prenez-en deux.

Il me lança le flacon ; instinctivement, je le rattrapai.

— Je ne peux pas, lui dis-je. J'en ai déjà pris un il y a moins de deux heures. Je dois attendre encore deux heures.

— Prenez-en deux, Jack. Tout de suite.

Sa voix avait conservé le même ton monocorde, mais son regard me fit froid dans le dos. Je m'énervai sur la capsule, mais parvins enfin à ouvrir le flacon.

— Je n'ai pas d'eau.

— Pas besoin d'eau, Jack. Avalez.

Je mis deux comprimés dans ma bouche, en essayant de faire comme si je les avalais alors que je les faisais glisser sous ma langue.

— Voilà.

— Ouvrez grand la bouche, Jack.

Je m'exécutai et il se pencha vers moi pour regarder, mais pas suffisamment près, hélas, pour que je tente de le désarmer. Il demeura hors d'atteinte.

— Vous savez ce que je crois ? Je pense qu'ils sont sous votre langue, Jack. Mais peu importe, car ils vont se dissoudre. Ce sera juste un peu plus long. J'ai tout mon…

Un nouveau craquement se produisit dans la maison. Il regarda autour de lui, avant de revenir immédiatement sur moi.

— J'ai tout mon temps.

— C'est vous qui avez écrit ces textes sur le réseau. C'est vous l'Eidolon.

— Oui, c'est moi, je vous remercie. Et pour répondre à la question précédente, j'ai appris l'existence de la messagerie grâce à Beltran. Il avait eu la gentillesse d'être connecté sur le réseau le soir où je lui ai rendu visite. J'ai pris sa place, tout simplement. J'ai utilisé ses mots de passe et, par la suite, j'ai demandé à l'opérateur de les remplacer par Edgar et Perry. J'ai bien peur que M. Gomble n'ait jamais su qu'il y avait… «un loup dans la bergerie», pour reprendre votre expression.

Je tournai la tête vers le miroir sur ma droite et y vis le reflet des lumières de la vallée derrière moi. Toutes ces lumières, tous ces gens, pensai-je, et personne pour me voir, pour voler à mon secours. Je sentis le frisson de la peur me traverser, plus fort.

— Il faut vous détendre, Jack, dit Backus de sa voix apaisante, monotone. C'est essentiel. Est-ce que vous sentez les effets de la codéine ?

Les comprimés s'étaient désintégrés sous ma langue, emplissant ma bouche d'un goût amer.

— Qu'allez-vous me faire ?

— Ce que j'ai fait à tous les autres. Vous vouliez en savoir plus sur le Poète ? Eh bien, vous allez tout savoir. Absolument tout. Vous serez aux premières loges, Jack. Des tuyaux de première main, Jack. Car c'est vous la cible. Vous vous souvenez de ce que disait le fax ? « La cible a été choisie, je l'ai dans le collimateur. » La cible, c'était vous, Jack. Depuis le début.

— Espèce de malade ! Vous...

Mon éclat de colère délogea quelques débris de comprimé, et je les avalai par réflexe. Comprenant visiblement ce qui venait de se passer, Backus éclata de rire, puis s'arrêta soudain. Il me foudroya du regard, et je vis briller une faible lueur dans ses yeux qui ne cillaient pas. Je compris alors à quel point il était fou et que si Rachel n'était pas la meurtrière comme je l'avais cru, les éléments qui, selon moi, faisaient partie de son stratagème pour nous égarer, constituaient peut-être, en réalité, le scénario meurtrier du véritable Poète. Les préservatifs, les aspects sexuels. Tout cela pouvait faire partie de sa « méthode de travail ».

— Qu'avez-vous fait à mon frère ?

— C'était entre lui et moi. Une affaire personnelle.

— Dites-le-moi.

Backus soupira.

— Rien, Jack. Rien. Il est le seul qui n'ait pas

voulu suivre le programme. C'est mon seul échec. Mais aujourd'hui, c'est presque une seconde chance qui m'est offerte. Et cette fois, je n'échouerai pas.

Je regardai fixement le sol. Je sentais se répandre en moi les premiers effets des analgésiques. Je fermai les yeux de toutes mes forces et serrai les poings, mais il était déjà trop tard. Le poison coulait dans mon sang.

— Vous ne pouvez rien faire, reprit Backus. Détendez-vous, Jack, laissez-vous emporter. Bientôt, ce sera terminé.

— Vous ne vous en tirerez pas. Rachel finira forcément par découvrir la vérité.

— Vous savez quoi, Jack ? Je pense que vous avez parfaitement raison. Elle comprendra. Peut-être a-t-elle déjà compris, d'ailleurs. Voilà pourquoi je disparaîtrai ensuite. Vous êtes la dernière corvée sur ma liste. Après quoi, je pourrai faire mes adieux.

Je ne comprenais pas.

— Vos adieux ?

— Je suis sûr que Rachel a déjà des doutes. C'est pour cette raison que j'ai dû l'expédier à plusieurs reprises en Floride. Mais ce n'est qu'un sursis temporaire. Bientôt, elle comprendra tout. Voilà pourquoi il est temps de changer de peau. Il faut que je redevienne moi-même, Jack.

Son visage s'éclaira lorsqu'il prononça ces mots. Je crus qu'il allait se mettre à chanter.

— Comment vous sentez-vous maintenant, Jack ? Un peu la tête qui tourne ?

Je ne répondis pas, mais il connaissait la réponse :

oui. J'avais l'impression de plonger dans un vide obscur, comme un bateau qui bascule au sommet d'une cataracte. Backus me regardait en parlant de sa voix calme et monotone, en répétant fréquemment mon prénom.

— Laissez les effets se répandre en vous, Jack. Profitez de ces instants. Pensez à votre frère. Pensez à ce que vous allez lui dire. Vous devriez lui dire, je pense, que vous vous êtes révélé un excellent enquêteur. Deux dans la même famille, c'est rare ! Imaginez son visage. Son sourire. Il vous sourit, Jack. Fermez les yeux, jusqu'à ce que vous l'aperceviez. Allez-y. Il ne vous arrivera rien Vous n'avez rien à craindre, Jack.

C'était plus fort que moi. Je sentais mes paupières se fermer. Je tentai de détourner mon regard. J'observai les lumières dans le miroir, mais la fatigue s'empara de moi et m'emporta. Je fermai les yeux.

— Bien, Jack. Excellent. Est-ce que vous voyez Sean ?

Je hochai la tête, puis sentis sa main se refermer autour de mon poignet gauche. Il le posa sur le bras du fauteuil. Puis il fit de même avec ma main droite.

— Très bien, Jack. Vous êtes un excellent sujet. Très coopératif. Je ne veux surtout pas que vous souffriez. Aucune douleur, Jack. Peu importe ce qui se passe, vous n'éprouverez aucune douleur, vous comprenez ?

— Oui.

— Il ne faut pas bouger, Jack. D'ailleurs, vous ne le pouvez plus, Jack. Vos bras sont comme deux poids morts. Vous ne pouvez pas les bouger. N'est-ce pas ?

— Oui.

J'avais toujours les yeux fermés, mon menton reposait sur ma poitrine et pourtant je restais totalement conscient de mon environnement. Comme si mon esprit et mon corps s'étaient séparés. Comme si je me voyais assis dans ce fauteuil, d'en haut.

— Ouvrez les yeux maintenant, Jack.

Je m'exécutai et le trouvai debout devant moi. Il avait glissé son arme dans son étui sous sa veste ouverte, et tenait dans sa main une longue aiguille en acier. C'était l'occasion ou jamais. L'arme était dans le holster, mais je fus incapable de me décoller du fauteuil, et même de tendre le bras. Totalement impuissant et immobile, je ne pus que le regarder enfoncer d'un air détaché la pointe de l'aiguille dans ma main qui n'était pas bandée. Il renouvela l'opération avec deux de mes doigts. Je ne fis aucun geste pour l'en empêcher.

— Parfait, Jack. Je pense que vous êtes prêt à m'accueillir. Souvenez-vous, les bras comme des poids morts. Vous ne pouvez pas bouger, même si vous en mourez d'envie. Mais gardez les yeux ouverts, Jack. Il ne faut pas manquer ça.

Il recula d'un pas et m'observa, comme pour me jauger.

— Alors, qui est le meilleur maintenant, Jack ? Qui est le plus fort ? Qui a gagné, qui a perdu ?

Mon esprit s'emplit de dégoût. J'étais incapable de bouger les bras ou de parler, mais je sentais la vague électrique de la terreur absolue qui continuait à hurler en moi. Je sentis des larmes se former dans mes yeux, mais elles ne coulèrent pas. Je regardai ses mains se porter à sa ceinture, et l'entendis dire :

— Je n'ai même plus besoin d'utiliser des capotes, Jack.

Au moment où il prononçait ces mots, la lumière du vestibule s'éteignit derrière lui et je vis un mouvement dans l'obscurité qui l'avait remplacée. Une voix s'éleva. Rachel.

— Plus un geste, Bob. Pas même un haussement de sourcils.

Elle avait parlé d'un ton calme, confiant. Backus se figea, les yeux plongés dans les miens, comme s'il pouvait y voir le reflet de Rachel. Des yeux morts. Sa main droite, cachée à la vue de Rachel, glissa vers l'intérieur de sa veste. Je voulus hurler pour la mettre en garde, mais n'y parvins pas. Alors, je bandai tous les muscles de mon corps pour essayer de bouger, même seulement d'un centimètre Ma jambe gauche se décolla du fauteuil, lamentablement.

Mais ce fut suffisant. Le pouvoir exercé par Backus perdait de son emprise.

— Rachel ! criai-je juste au moment où il dégainait son arme et faisait volte-face.

Il y eut un échange de coups de feu et Backus fut projeté à la renverse sur le sol. J'entendis une des vitres se briser et l'air frais de la nuit s'engouffra dans la pièce tandis que Backus se précipitait à quatre pattes derrière le fauteuil dans lequel j'étais assis.

Rachel jaillit au coin du mur, saisit la lampe et tira d'un coup sec pour la débrancher. Toute la maison se retrouva plongée dans l'obscurité que perçaient uniquement les lumières lointaines au fond de la Vallée. Backus ouvrit le feu de nouveau, à deux reprises, et son arme était si proche de ma tête que je fus assourdi par les détonations. Je le sentis tirer le fauteuil en arrière, d'un geste brusque, pour mieux se protéger. J'avais l'impression de sortir d'un sommeil profond et de lutter pour exécuter le moindre geste. Au moment où je me redressais, sa main se plaqua sur mon épaule pour m'obliger à me rasseoir au fond du fauteuil. Il m'empêchait de bouger.

— Rachel ! hurla-t-il. Si vous tirez, c'est lui que vous atteignez ! C'est ce que vous voulez ? Lancez votre arme et montrez-vous ! Nous pouvons discuter.

— Ne fais pas ça, Rachel ! criai-je à mon tour. Il va nous tuer tous les deux. Descends-le ! Descends-le !

Rachel surgit de nouveau de derrière le mur criblé de balles. Mais cette fois, elle était à plat ventre. Le canon de son arme visa un point situé juste au-dessus de mon épaule droite, mais elle hésita. Contrairement à Backus qui tira à deux reprises, tandis que Rachel se jetait en arrière pour se mettre à l'abri. Je vis le coin du vestibule exploser dans une gerbe de morceaux et de poussière de plâtre.

— Rachel ! criai-je.

Je plantai mes talons dans la moquette et, rassemblant en un unique effort toutes les forces qui me restaient, je repoussai le fauteuil aussi fort et aussi loin que je le pouvais.

Ce mouvement prit Backus au dépourvu. Je sentis la violence du choc. Déséquilibré, il bascula sur le côté, à découvert. Au même moment, Rachel jaillit au coin du vestibule et la pièce fut illuminée par la lumière d'une nouvelle rafale provenant de son arme.

Dans mon dos, j'entendis Backus pousser un cri strident, puis ce fut le silence. Mes yeux s'étant habitués à la quasi-obscurité, je vis Rachel sortir de l'alcôve et avancer vers moi. Elle tenait son arme à deux mains, les bras tendus. Le canon était dirigé juste derrière moi. Lentement, je me retournai tandis qu'elle passait devant moi. Arrivée à la fenêtre, devant le précipice, elle pointa son arme en direction des ténèbres dans lesquelles Backus avait plongé. Elle demeura dans cette position, immobile, pendant au moins trente secondes, avant d'avoir la certitude qu'il était mort.

Le silence s'empara de la maison. Je sentais l'air frais de la nuit sur ma peau. Enfin, Rachel se retourna, revint vers moi, me prenait par le bras et m'obligea à me lever.

— Allez, Jack. Réveille-toi. Tu es blessé? Tu as été touché?

— Sean...

— Quoi?

— Non, rien. Ça va, toi?

— Oui. Tu es blessé?

Remarquant qu'elle regardait le plancher derrière

moi, je me retournai. Il y avait du sang par terre. Et des morceaux de verre brisé.

— Non, ce n'est pas moi, lui dis-je. Tu l'as eu. Ou alors, c'est la vitre.

J'avançai vers le bord du précipice avec elle. Tout en bas, on ne voyait que l'obscurité. On n'entendait que le vent dans les arbres au fond du gouffre et les bruits assourdis de la circulation venus de plus loin.

— Je suis désolé, Rachel, lui dis-je. Je croyais que… j'ai cru que c'était toi. Je suis désolé.

— Ne dis rien, Jack. On en parlera plus tard.

— Tu n'étais pas dans l'avion ?

— Après t'avoir parlé au téléphone, j'ai senti qu'il se passait quelque chose. Puis Brad Hazelton m'a appelée pour me dire ce que tu lui avais demandé. J'ai décidé de venir te parler avant mon départ. En arrivant à l'hôtel, je t'ai vu partir en compagnie de Backus. Je ne sais pas pourquoi, mais je vous ai suivis. Sans doute parce qu'il m'avait déjà expédiée en Floride à la place de Gordon. Je n'avais plus confiance en lui.

— Tu as entendu ce qui s'est dit dans cette pièce ?

— J'en ai entendu suffisamment. Mais je ne pouvais pas intervenir tant qu'il n'avait pas rengainé son arme. Pardonne-moi de t'avoir laissé subir tout ça, Jack.

Elle s'éloigna du vide, mais moi, je restai là, à contempler l'obscurité.

— Je ne lui ai pas posé la question pour les autres. Je ne lui ai pas demandé pourquoi.

— Quels autres ?

— Sean, les autres… Beltran a eu ce qu'il méritait. Mais pourquoi Sean ? Pourquoi les autres ?

— Il n'y a pas d'explication, Jack. Et s'il y en a une, nous ne la connaîtrons jamais. Ma voiture est garée un peu plus loin sur la route. Il faut que j'aille réclamer des renforts et un hélicoptère pour fouiller le canyon. On doit être sûrs. Et je vais prévenir l'hôpital aussi.

— Pourquoi ?

— Pour leur dire combien tu as avalé de comprimés et savoir ce qu'il faut faire.

Elle se dirigea vers le vestibule.

— Hé, Rachel ! Merci.

— De rien, Jack.

50

Très peu de temps après le départ de Rachel, je perdis connaissance sur le canapé. Le vrombissement d'un hélicoptère tout proche s'infiltra dans mes rêves, mais pas au point de me réveiller. Finalement, quand je revins à moi, il était trois heures du matin. On me conduisit au treizième étage du bâtiment fédéral et là on m'installa dans une petite salle d'interrogatoire. Deux agents du FBI à la mine renfrognée, que je n'avais jamais vus, me posèrent des questions pendant les cinq heures qui suivirent, revenant encore et encore sur mon histoire, jusqu'à ce que j'aie la nausée à force de la régurgiter. Pour cet interrogatoire, il n'y avait pas de sténographe dans un coin de la pièce avec sa machine : cette fois, on parlait d'un des leurs et j'avais le sentiment qu'ils voulaient donner à mon histoire la forme qui leur convenait le plus avant de la faire enregistrer.

Enfin, un peu après huit heures, ils m'annoncèrent que je pouvais descendre à la cafétéria pour prendre un petit déjeuner, avant qu'ils fassent venir une sténographe pour recueillir ma déposition officielle. Nous avions ressassé tant de fois cette histoire que je savais exactement de quelle façon je devais répondre à chaque question. En réalité, je n'avais pas faim, mais j'avais tellement envie de sortir de cette pièce, de ne plus voir ces deux types que j'aurais dit oui à n'importe quoi. Au moins s'abstinrent-ils de m'escorter jusqu'à la cafétéria comme un prisonnier.

Je découvris Rachel assise seule à une table. Après avoir acheté un café et un beignet au sucre qui semblait dater d'au moins trois jours, je la rejoignis.

— Je peux m'asseoir ?

— Nous sommes dans un pays libre.

— Parfois, je me le demande. Ces deux types, Cooper et Kelley… ils m'ont gardé enfermé dans cette pièce là-haut pendant cinq heures !

— Il faut bien que tu comprennes une chose, Jack. Tu es le messager. Ils savent que dès que tu sortiras d'ici tu iras raconter ta petite histoire dans les journaux, à la télé, et sans doute dans un bouquin. Le monde entier entendra parler de la brebis galeuse du FBI. Et peu importe tout ce qu'on fait de bien, le nombre de criminels qu'on arrête ; la présence parmi nous d'une pomme pourrie va faire sensation. Toi, tu seras riche, et nous, on sera obligés de vivre avec les conséquences. Voilà, *grosso modo*, la raison pour laquelle Cooper et Kelley ne te traitent pas comme une *prima donna*.

Je l'observai. Apparemment, elle avait pris un petit déjeuner complet car il y avait des traînées de jaune d'œuf dans son assiette vide.

— Bonjour, Rachel, lui dis-je. Essayons de reprendre tout ça depuis le début.

Cette remarque provoqua sa colère.

— Écoute, Jack, je n'ai pas envie de te ménager moi non plus. Comment voudrais-tu que je me comporte avec toi maintenant, hein ?

— Je ne sais pas. Pendant tout ce temps où je répondais aux questions de ces types, je n'ai pas arrêté de penser à toi. À nous.

Je cherchai à déceler une réaction sur son visage, en vain. Elle regardait son assiette.

— Écoute, repris-je, je pourrais essayer de t'expliquer toutes les raisons pour lesquelles j'ai pensé que c'était toi, mais ça n'a pas d'importance. En réalité, tout vient de moi, Rachel. J'ai un vide en moi et… je n'ai pas été capable d'accepter ce que tu m'offrais sans éprouver des soupçons, une sorte de cynisme. Tout est parti de ce doute infime, vois-tu, et c'est devenu disproportionné… Je te présente toutes mes excuses, Rachel, et je t'assure que si on m'offrait une nouvelle chance avec toi, je ferais tout pour me dominer, pour combler ce vide. Et je te promets que j'y parviendrais.

Toujours pas de réaction, pas même un regard. Je me résignai. C'était terminé.

— Rachel, je peux te demander quelque chose ?

— Quoi ?

— Ton père. Est-ce que… il t'a fait du mal ?

— Tu veux savoir s'il m'a baisée ?

Je la regardai sans rien dire.

— C'est ma vie privée et je ne suis pas obligée d'en parler.

Je fis tourner mon gobelet de café entre mes mains, en le regardant comme si je n'avais jamais rien vu de plus passionnant. C'était moi maintenant qui n'osais plus la regarder.

— Bon, faut que je retourne là-haut, déclarai-je. Ils ne m'ont accordé qu'un quart d'heure.

Je m'apprêtai à me lever.

— Tu leur as parlé de moi ? me demanda-t-elle.

Je me figeai.

— De nous, tu veux dire ? Non, j'ai essayé d'esquiver le sujet.

— Ne leur cache rien, Jack. D'ailleurs, ils sont déjà au courant.

— Tu leur as dit ?

— Oui. Ça ne servait à rien d'essayer de leur cacher quoi que ce soit.

Je hochai la tête.

— Admettons que je leur parle de nous et qu'ils me demandent si nous sommes toujours… si notre relation continue ?

— Dis-leur que le jury délibère.

J'acquiesçai de nouveau et me levai, pour de bon cette fois. Le mot « jury » me rappela mes propres pensées de la veille, quand, dans mon esprit, jury à moi seul, j'avais prononcé sa condamnation. Il était normal, pensai-je, qu'à son tour elle m'oppose les preuves à charge.

— Quand tu seras prête à annoncer le verdict, fais-moi signe.

En sortant, je lançai le beignet dans la poubelle près de la porte de la cafétéria.

Il était presque midi quand enfin j'en eus terminé avec Kelley et Cooper. Et c'est à ce moment-là seulement que j'appris la nouvelle concernant Backus. En traversant les bureaux, je constatai qu'ils étaient étrangement déserts. Les portes de toutes les salles étaient ouvertes, les tables et les chaises inoccupées. On aurait dit un bureau de détectives le jour de l'enterrement d'un flic, et peut-être était-ce le cas. Je faillis retourner dans la salle d'interrogatoire où j'avais laissé mes deux inquisiteurs pour leur demander ce qui se passait. Mais je savais qu'ils ne m'aimaient pas, et qu'ils ne me diraient rien s'ils n'en avaient pas envie ou n'y étaient pas obligés.

En passant devant la salle des communications, j'entendis les échos d'une conversation radio. Je jetai un coup d'œil à l'intérieur et aperçus Rachel, assise seule à un bureau, devant un émetteur-récepteur. J'entrai.

— Salut, dis-je.

— Salut

— J'ai terminé. Ils m'ont dit que je pouvais partir. Où sont les autres ? Que se passe-t-il ?

— Ils sont tous à sa recherche.

— Quoi ? Backus ?

Hochement de tête.

— Je croyais...

Ma phrase demeura en suspens. De toute évidence, ils ne l'avaient pas retrouvé au fond du précipice. Je n'avais pas posé la question plus tôt car j'étais convaincu qu'on avait récupéré son corps.

— Bon sang, comment a-t-il pu...

— En réchapper? Mystère. Il avait disparu quand ils sont arrivés sur les lieux avec leurs torches électriques et leurs chiens. Il y avait un grand eucalyptus juste en dessous de la maison. Ils ont retrouvé des gouttes de sang dans les branches supérieures. Leur théorie, c'est qu'il est tombé dans l'arbre et que celui-ci a amorti sa chute. Les chiens ont perdu sa trace sur la route, un peu plus bas sur la colline. L'hélicoptère n'a pas servi à grand-chose, si ce n'est à empêcher tous les habitants du coin de dormir une bonne partie de la nuit. Sauf toi. Ils continuent de fouiller les environs. On a envoyé tout le monde dans les rues, dans les hôpitaux. Chou blanc pour l'instant.

— Nom de Dieu!

Backus était toujours en liberté. Quelque part. Je n'arrivais pas à y croire.

— Inutile de t'inquiéter, dit-elle. Il y a peu de chances, pense-t-on, qu'il s'en prenne à toi, ou à moi. Son seul objectif désormais, c'est la fuite. La survie.

— Je ne pensais pas à ça, répondis-je, mais peut-être que si. C'est effrayant, voilà tout. Un tel individu en liberté... Au fait, a-t-on découvert quelque chose pour expliquer... Pourquoi?

— Ils y travaillent. Brass et Brad se penchent sur la question. Mais l'énigme ne sera pas facile à résoudre. Il n'existait aucun signe. Le mur qui séparait ses deux vies était aussi épais qu'une chambre forte. Dans certains cas, il n'y a pas moyen de savoir. Ce sont des êtres inexplicables. Tout ce qu'on sait, c'est que la graine était là, en eux. La graine. Et qu'un jour, elle s'est répandue, comme des métastases… et qu'il s'est mis à accomplir ce qui n'était certainement que des fantasmes jusqu'alors.

Je gardai le silence. Je voulais qu'elle continue, je voulais simplement qu'elle me parle.

— Ils vont commencer par le père. J'ai appris que Brass se rendait à Washington aujourd'hui même pour l'interroger. Franchement, c'est une visite que je n'aurais pas aimé faire. Ton fils te succède au FBI, et finalement, il prend l'apparence de ton pire cauchemar. Quelle est cette phrase de Nietzsche ? « Celui qui combat les monstres…

— … doit prendre garde, ce faisant, à ne pas devenir lui aussi un monstre. »

— Exact.

Nous restâmes muets l'un et l'autre un instant, à réfléchir.

— Pourquoi n'es-tu pas là-bas avec les autres ? lui demandai-je enfin.

— Je suis consignée jusqu'à ce que je sois mise hors de cause en ce qui concerne la fusillade… et le reste.

— C'est un peu théorique, non ? Surtout que Backus n'est même pas mort.

— Il devrait l'être. Mais il y a d'autres facteurs.

— Nous, par exemple ? Sommes-nous un de ces facteurs ?

Elle acquiesça.

— Disons qu'on s'interroge sur mes capacités de discernement. Nouer des relations avec un témoin qui se double d'un journaliste ne fait pas partie des méthodes du FBI. Sans parler de ce qui nous est parvenu ce matin…

Elle me tendit une feuille qui était posée à l'envers sur le bureau. C'était un fax d'une photo en noir et blanc avec énormément de grain. On me voyait assis sur une table, avec Rachel debout entre mes cuisses, en train de m'embrasser. Il me fallut un moment pour situer la scène, puis je reconnus la salle des urgences à l'hôpital.

— Tu te souviens de ce médecin que tu as vu nous espionner ? dit-elle. Eh bien, ce n'était pas un médecin. C'était un enfoiré de journaliste indépendant qui a vendu sa photo au *National Enquirer*. Il a réussi à se faufiler en enfilant une blouse blanche. Et dès mardi cette photo sera en première page de ce torchon, à toutes les caisses de tous les supermarchés du pays. Conformément à leur éthique journalistique au-dessus de tout soupçon, ils nous ont faxé cette photo, bien entendu, en nous réclamant une interview, ou au moins un commentaire. Qu'en penses-tu, Jack ? Que dirais-tu de : « Allez vous faire foutre ! » ? Tu crois qu'ils le publieraient ?

Je reposai le fax sur le bureau et observai Rachel.

— Je suis désolé, Rachel.

— C'est tout ce que tu sais dire : « Désolé, Rachel Désolé, Rachel. » Ça ne te va pas du tout, Jack.

Je faillis le dire encore une fois, mais me contentai de hocher la tête. Je la regardai, en me demandant comment j'avais pu commettre pareille erreur. Je savais qu'à cause de cela j'avais gâché mes chances avec elle. En me lamentant sur mon sort, je fis défiler dans mon cerveau tous les éléments qui avaient formé un tout et réussi à me persuader d'une chose que mon cœur aurait dû savoir fausse dans l'instant. Je cherchais des excuses, en sachant qu'il n'y en avait pas.

— Tu te souviens du jour où nous nous sommes rencontrés, quand tu m'as conduit à Quantico ?

— Oui, je m'en souviens.

— C'est dans le bureau de Backus que tu m'as installé, hein ? Pour que je puisse téléphoner. Pourquoi ? Je croyais que c'était ton bureau.

— Je n'ai pas de bureau. J'ai juste une table dans un coin. Je t'avais installé là pour que tu sois tranquille. Et alors ?

— Rien. C'était juste un des éléments qui semblaient... coller parfaitement, avant. Le calendrier sur le bureau indiquait que Backus était en congé à l'époque où Orsulak... Et j'ai cru que tu me mentais en affirmant ne pas avoir pris de vacances depuis longtemps.

— Je refuse de parler de ça maintenant.

— Quand, alors ? Si on n'en parle pas maintenant, on n'en parlera jamais. J'ai commis une erreur, Rachel. Je n'ai aucune excuse valable. Mais je veux que tu saches ce que je savais. Je veux que tu comprennes ce que...

— Je m'en fous !

— Peut-être que tu t'en fous depuis le début.

748

— N'essaye pas de rejeter la faute sur moi ! C'est toi qui as merdé. Ce n'est pas moi qui…

— Qu'as-tu fait cette nuit-là, la première nuit, après avoir quitté ma chambre ? Je t'ai appelée, tu n'étais pas dans la tienne. J'ai frappé à ta porte, pas de réponse. Dans le couloir, j'ai croisé Thorson. Il revenait du drugstore. C'est toi qui l'avais envoyé là-bas, hein ?

Elle contemplait la surface du bureau.

— Réponds au moins à cette question, Rachel.

— Moi aussi je l'avais rencontré dans le couloir, dit-elle à voix basse. Avant toi. En sortant de ta chambre. J'étais tellement furieuse de le voir là, furieuse que Backus l'ait fait venir. C'était plus fort que moi. J'avais envie de le faire souffrir. De l'humilier. J'avais besoin de… quelque chose.

Et donc, en promettant de l'attendre, elle l'avait envoyé au drugstore pour acheter des préservatifs. Mais, à son retour, elle avait disparu.

— J'étais dans ma chambre quand tu as téléphoné, et quand tu as frappé à la porte. Je n'ai pas répondu, car j'ai cru que c'était lui. Je suppose que Gordon a fait la même chose que toi, car deux fois on a frappé à la porte. Deux fois on m'a appelée. Je n'ai pas répondu.

Je ne dis rien.

— Je ne suis pas fière de ce que j'ai fait, avoua-t-elle. Surtout après ce qui s'est passé.

— Ça arrive à tout le monde, Rachel. Et ça n'empêche pas les gens de continuer à vivre. C'est normal.

Elle resta muette à son tour.

— Je m'en vais, Rachel. J'espère que ça s'arrangera pour toi. Et j'espère que tu m'appelleras un jour. J'attendrai.

— Au revoir, Jack.

Avant de m'éloigner, je tendis la main vers elle, et mon index suivit le contour de sa mâchoire. Nos regards se croisèrent, longuement. Puis je m'en allai.

51

Il se recroquevilla dans l'obscurité du
tunnel d'évacuation des eaux de pluie. Pour
se reposer et se concentrer, pour dominer la
douleur. Déjà il savait que l'infection était
là. La blessure était superficielle, en termes
de dommages, une simple balle qui déchire
au passage un muscle abdominal supérieur
et ressort, mais elle était sale, et il sentait
les poisons qui se répandaient dans tout son
corps, lui donnant envie de s'allonger et de
dormir.

Il observa l'extrémité de l'égout. Seul un
rai de lumière venu de quelque part tout
là-haut filtrait jusqu'à lui. La lumière perdue.
Prenant appui contre le mur visqueux, il se
redressa lentement et, enfin debout, repartit. Un seul jour, se dit-il en avançant. Si tu
tiens le coup le premier jour, tu tiendras le
coup jusqu'au bout. Tel était le mantra qu'il
se répétait.

D'une certaine façon, c'était un soulagement. Malgré la douleur, et maintenant la faim, il éprouvait du soulagement. Plus de frontière. Les apparences s'étaient envolées. Backus avait disparu. Il ne restait plus qu'Eidolon. Et Eidolon triompherait. Ils n'étaient rien devant lui, et ils ne pouvaient plus rien faire pour l'arrêter.

— RIEN !

Sa voix résonna dans le tunnel, avant de disparaître dans l'obscurité. Une main plaquée sur sa blessure, il s'éloigna dans cette direction.

Vers la fin du printemps, un inspecteur du service des Eaux et de l'Électricité qui enquêtait sur l'origine d'une odeur pestilentielle ayant entraîné les plaintes des habitants du voisinage découvrit les restes du cadavre dans les égouts.

Les restes d'un cadavre. Il avait encore ses papiers d'identité et son insigne du FBI, les vêtements étaient bien les siens. On l'avait retrouvé, du moins ce qu'il en restait, étendu sur une plaque de béton surélevée, à l'intersection de deux canalisations d'évacuation souterraines. La cause du décès demeurait inconnue, l'état de décomposition avancée – accélérée par l'environnement humide et fétide des égouts – et l'intervention des animaux interdisaient toute précision dans les résultats d'autopsie. Le médecin légiste découvrit ce qui ressemblait à une blessure par balle et une côte cassée parmi les chairs pourries, mais aucun fragment de projectile susceptible d'établir de manière définitive un lien entre la blessure et l'arme de Rachel.

Quant à l'identification du cadavre, là encore les

résultats furent peu probants. Certes, il y avait la pièce d'identité, l'insigne et les vêtements, mais rien à part ça pour prouver qu'il s'agissait réellement de la dépouille de l'agent spécial Robert Backus Jr. Les animaux qui s'étaient attaqués au corps – s'il s'agissait bien d'animaux – en avaient emporté toute la mandibule inférieure et un bridge supérieur, empêchant toute comparaison avec les dossiers dentaires.

Cela me semblait un peu trop commode. Et je n'étais pas seul à le penser. Brad Hazelton m'appela pour m'informer de tous ces éléments. Le Bureau avait officiellement classé l'affaire, me dit-il, mais il y aurait toujours des agents qui continueraient à le chercher. De manière officieuse. Pour certains, ajouta-t-il, cette macabre découverte dans les égouts n'était qu'une enveloppe de peau, rien de plus, laissée par Backus derrière lui, sans doute un sans-abri qu'il avait rencontré dans les égouts. Ils étaient convaincus que Backus rôdait encore, et moi aussi.

Comme me l'expliqua Brad Hazelton, même si les recherches concernant Backus étaient officiellement abandonnées, les tentatives destinées à étudier ses motivations psychologiques se poursuivaient. Mais l'exploration en profondeur de la pathologie du Poète se révélait difficile. Des agents passèrent trois jours complets à fouiller son appartement près de Quantico, sans rien y découvrir qui permît d'appréhender, même de loin, sa vie secrète. Aucun souvenir lié à ses meurtres, aucune coupure de presse, rien.

Il n'y avait que de vagues anecdotes, de maigres

indices. Un père perfectionniste, jamais avare de châtiments. Une obsession maladive de la propreté et de l'ordre. Je me souvenais de son bureau à Quantico, je le revoyais redressant son sous-main après que je me fus assis dans son fauteuil. Des fiançailles annulées quelques années plus tôt par une future mariée qui raconta à Brass Doran que Backus l'obligeait à prendre une douche juste avant et juste après l'amour. Un ami de collège qui vint spontanément raconter à Hazelton ce que Backus lui avait un jour confié : lorsqu'il faisait pipi au lit, quand il était enfant, son père l'attachait avec des menottes au porte-serviettes de la salle de bains ; Robert Sr démentait l'histoire.

Mais ce n'étaient que des détails, et nullement des réponses. Des morceaux de l'étoffe plus large d'une personnalité qu'on pouvait seulement deviner. Je n'avais pas oublié ce que m'avait dit Rachel un jour. C'était comme essayer d'assembler un miroir brisé : chaque morceau reflète une partie du sujet, mais si le sujet bouge, son reflet aussi.

Depuis ces événements, je vis à Los Angeles. Un chirurgien de Beverly Hills a réparé ma main et, maintenant, la douleur réapparaît seulement à la fin d'une longue journée passée devant l'ordinateur.

Je loue une petite maison dans les collines et, par beau temps, je vois le soleil se refléter sur l'océan Pacifique, à vingt kilomètres de là. Quand il fait mauvais, la vue est déprimante et je laisse les stores baissés. Parfois, la nuit, j'entends les gémissements et les cris des coyotes dans Nichols Canyon. Il fait chaud ici, et je n'ai pas encore éprouvé le désir de retourner vivre dans le Colorado. Je téléphone régulièrement à ma mère, à mon père et à Riley – plus souvent que lorsque j'habitais sur place –, mais les fantômes de là-bas continuent de m'effrayer davantage que ceux d'ici.

Officiellement, je suis en congé du *Rocky*. Greg Glenn voudrait que je revienne, mais je réserve ma réponse. Si je peux le faire, c'est que je suis devenu un journaliste célèbre – je suis passé à l'émission «Nightline» et aussi à «Larry King Live» – et que Greg tient à me garder dans son équipe. Pour l'instant, je suis en congé sabbatique, le temps d'écrire mon livre.

Mon agent l'a vendu, avec les droits cinématographiques de mon histoire, pour une somme qui dépasse ce que je pourrais gagner en dix ans au *Rocky*. Mais la majeure partie de cet argent, quand je l'aurai touché, ira sur un compte bloqué destiné au futur enfant de Riley, l'enfant de Sean. Je crois que je ne saurais que faire d'une telle somme et, de plus, j'ai l'impression de ne pas le mériter. C'est l'argent du sang. J'ai mis suffisamment de côté sur mon premier acompte pour subvenir à mes besoins quotidiens et envisager de m'offrir un voyage en Italie une fois que j'aurai terminé le premier jet.

C'est là-bas que se trouve Rachel. Je le sais par Hazelton. Quand ils lui ont appris qu'elle devait quitter la BSS et Quantico, elle a donné sa démission et s'en est allée vivre à l'étranger. J'ai longtemps attendu de ses nouvelles, en vain. Je n'espère plus en recevoir maintenant, et je n'espère plus aller en Italie, comme elle me l'avait proposé un jour. La nuit, le fantôme qui me hante le plus est le mal enfoui en moi qui me conduisit un jour à douter de la chose dont j'avais le plus envie.

53

La mort, c'est mon truc. Grâce à elle, j'ai gagné ma vie et bâti ma réputation professionnelle. J'en ai tiré profit. Elle a toujours été présente autour de moi, mais jamais aussi proche que dans ces moments-là avec Gladden et Backus, lorsque je sentais son souffle sur mon visage, lorsqu'elle collait son œil contre le mien et tentait de m'emporter.

Je me souviens surtout de leurs yeux. Je ne puis m'endormir sans penser à leurs yeux. Non pas à cause de ce qu'on voyait à l'intérieur, mais de ce qu'on n'y voyait pas, de cette absence. Derrière ces yeux, il n'y avait que les ténèbres. Juste un désespoir si vide et si mystérieux que, parfois, je me surprends à lutter contre le sommeil pour y réfléchir. Et quand je repense à eux, je ne peux m'empêcher de repenser à Sean. Mon frère jumeau. A-t-il regardé les yeux de son meurtrier au dernier instant ? Et y a-t-il vu la même chose que moi ? Y a-t-il un Mal aussi pur et ravageur qu'une flamme ? Je continue de porter le deuil de Sean. Je le porterai toujours. Et là, tandis que je guette et que j'attends l'Eidolon, toujours je me demande quand je reverrai cette flamme.

REMERCIEMENTS

Je voudrais remercier les personnes suivantes pour leur travail et leur aide formidables.

Un grand merci à mon éditeur, Michael Pietsch, pour le long et dur travail qu'il a effectué sur ce manuscrit, comme toujours ; à tous mes collègues de chez Little, Brown, et particulièrement à mon ami Rom Rusch, pour leur dévouement. Une fois encore, Betty Power a accompli un excellent boulot rédactionnel, et bien plus. Merci encore à mes agents, Philip Spitzer et Joel Gotler, qui étaient là quand ce livre n'était qu'une idée.

Mon épouse, Linda, et d'autres membres de la famille m'ont apporté leur aide inestimable en lisant les premiers jets et en relevant – bien souvent – les défauts. Je suis extrêmement reconnaissant au frère de mon père, le révérend Donald C. Connelly, qui m'a raconté l'enfance d'un jumeau.

J'aimerais également remercier Michele Brustin et David Percelay pour leurs conseils techniques et, en matière de documentation, Bill Ryan et Richard Whittingham, le formidable écrivain de Chicago, sans oublier Rick et Kim Garza.

Et, enfin, j'aimerais remercier aussi les nombreux libraires que j'ai eu l'occasion de connaître au cours de ces dernières années et qui ont placé mes histoires entre les mains des lecteurs.

M.C.

DU MÊME AUTEUR :

Les Égouts de Los Angeles
Prix Calibre 38, 1993
1re publication, 1993
Calmann-Lévy, l'intégrale
MC, 2012 ;
Le Livre de Poche, 2014

La Glace noire
1re publication, 1995
Calmann-Lévy, l'intégrale
MC, 2015 ;
Le Livre de Poche, 2016

La Blonde en béton
Prix Calibre 38, 1996
1re publication, 1996
Calmann-Lévy, l'intégrale
MC, 2014 ;
Le Livre de Poche, 2015

Le Cadavre dans la Rolls
Seuil, 1998 ; Points,
n° P646

Créance de sang
Grand Prix de littérature
policière, 1999
Seuil, 1999 ; Points,
n° P835

Le Dernier Coyote
Seuil, 1999 ; Points,
n° P781

La lune était noire
1re publication, 2000
Calmann-Lévy, l'intégrale
MC, 2012 ;
Le Livre de Poche, 2012

L'Envol des anges
1re publication, 2000
Calmann-Lévy, l'intégrale
MC, 2012 ;
Le Livre de Poche, 2012

L'Oiseau des ténèbres
1ʳᵉ publication, 2001
Calmann-Lévy, l'intégrale
MC, 2012 ;
Le Livre de Poche, 2011

Wonderland Avenue
1ʳᵉ publication, 2002
Calmann-Lévy, l'intégrale
MC, 2013

Darling Lilly
1ʳᵉ publication, 2003
Calmann-Lévy, l'intégrale
MC, 2014

Lumière morte
1ʳᵉ publication, 2003
Calmann-Lévy, l'intégrale
MC, 2014

Los Angeles River
1ʳᵉ publication, 2004
Calmann-Lévy, l'intégrale
MC, 2015

Deuil interdit
Seuil, 2005 ; Points,
n° P1476

La Défense Lincoln
Seuil, 2006 ; Points,
n° P1690

Chroniques du crime
Seuil, 2006 ; Points,
n° P1761

Echo Park
Seuil, 2007 ; Points,
n° P1935

À genoux
Seuil, 2008 ; Points,
n° P2157

Le Verdict du plomb
Seuil, 2009 ; Points,
n° P2397

L'Épouvantail
Seuil, 2010 ; Points,
n° P2623

Les Neuf Dragons
Seuil, 2011 ; Points
n° P2798 ; Point Deux

Volte-face
Calmann-Lévy, 2012 ;
Le Livre de Poche, 2013

Angle d'attaque
Ouvrage numérique,
Calmann-Lévy, 2013

Le Cinquième Témoin
Calmann-Lévy, 2013 ;
Le Livre de Poche, 2014

Intervention suicide
Ouvrage numérique,
Calmann-Lévy, 2014

Ceux qui tombent
Calmann-Lévy, 2014 ;
Le Livre de Poche, 2015

Les Dieux du verdict
Calmann-Lévy, 2015 ;
Le Livre de Poche, 2016

Le Coffre oublié
Ouvrage numérique,
Calmann-Lévy, 2015

Billy Ratliff, 19 ans
Ouvrage numérique,
Calmann-Lévy, 2016

Dans la ville en feu
Calmann-Lévy, 2015,
Le Livre de Poche, 2016

Mariachi Plaza
Calmann-Lévy, 2016
Le Livre de Poche, 2017

*Muholland, vue
plongeante*
Ouvrage numérique,
Calmann-Lévy, 2015

Jusqu'à l'impensable
Calmann-Lévy, 2017

Le Livre de Poche s'engage pour l'environnement en réduisant l'empreinte carbone de ses livres. Celle de cet exemplaire est de :
600 g éq. CO_2
Rendez-vous sur
www.livredepoche-durable.fr

PAPIER À BASE DE
FIBRES CERTIFIÉES

Composition réalisée par MAURY-IMPRIMEUR

Imprimé en France par CPI
en janvier 2018
N° d'impression : 3026698
Dépôt légal 1re publication : août 2017
Édition 03 - janvier 2018
LIBRAIRIE GÉNÉRALE FRANÇAISE
21, rue du Montparnasse - 75298 Paris Cedex 06